Adolf Strodtmann

Orion

Zweiter Band

Adolf Strodtmann

Orion
Zweiter Band

ISBN/EAN: 9783743379763

Hergestellt in Europa, USA, Kanada, Australien, Japan

Cover: Foto ©Andreas Hilbeck / pixelio.de

Manufactured and distributed by brebook publishing software (www.brebook.com)

Adolf Strodtmann

Orion

ORION

MONATSSCHRIFT für LITERATUR und Kunst,

herausgegeben von

Adolf Strodtmann.

HAMBURG
Verlag von Hoffmann & Campe.

1863.

Zweiter Band.

Inhalt des zweiten Bandes.

Gedichte von Fooke Hoissen Müller.

Aus der ostfriesischen Mundart übersetzt von Friedrich Dörr.

---

1. König Helgo's Auge.

Auf dem Söller über dem Felsenstrand
Sitzt König Helgo von Helgoland.
Er mißt mit den Augen das tiefe Meer,
So scharf hat Keiner ein Auge wie er.
Bei den Fischern geht es von Mund zu Mund:
„Helgo's Auge, das bohrt ein Schiff in den Grund!"
Doch Zeit und Herzleid bleichten den Bart,
Er trauert um seine letzte Fahrt
Auf dem Eiland bei Tag und bei Nacht.

„Meine Hedda, was blickst du so bang hinaus?"
„„Es blitzt, lieber Ohm, und der Wind bricht aus.""
„Kind, Kind, mein Aug' ist noch hell und klar:
Ein Festlandsboot, das treibt in Gefahr! —
Meine Hedda, was blickst du so freundlich zum Strand?"
„„Lieber Ohm, der Fischer erreichte das Land.""
„Kind, Kind, 's ist der Junker. Er trägt die Harf'.
Alt ist mein Auge, doch sieht es noch scharf
Auf dem Eiland bei Tag und bei Nacht."

„Meine Hedda, was lacht hinab dein Mund?"
„„Mein Tjalba, Ohm, steigt herauf vom Grund.""
„Kind, Kind, mein Aug' ist so scharf wie alt,
Den Pfad klimmt empor Junker Ajobald. —
Seid willkommen, Junker, in Helgo's Saal!
Kommt näher und singt ihm das Lied nochmal,
Das trübe Lied von der letzten Fahrt,
Als Weib und Kind er glaubte bewahrt
Auf dem Eiland bei Tag und bei Nacht."

Die Harfe klinget, der Junker singt,
Wie tapfer Helgo die Feinde bezwingt,
Und mit Gütern und Mannen, wohlbewehrt,
Zum sichern Strande zurückgekehrt.

Doch wo fand er wieder sein Königsschloss?
Die Hälfte versunken in Meeresschoß.
Das Ganze zuvor war Helgo zu klein,
Das Halbe nun ist ihm zu groß, — allein
Auf dem Eiland bei Tag und bei Nacht.

Begraben im Meer mit dem halben Schloss
Der Sohn, sein einziger männlicher Sproß;
Die liebliche Tochter, die theure Hab',
So schwer erstritten, im feuchten Grab!
Die Thräne verdunkelt der Augen Schein,
Die Mannen entließ er und blieb allein.
Sein Schwestertöchterlein, Hebba lieb,
War Alles, was seinem Herzen blieb
Auf dem Eiland bei Tag und bei Nacht.

Der Junker schweigt. — Nachts klinget der Sang
Um Helgo's einsames Lager so bang:
Von dem Harfner mit Liebe, Lust und Weh,
Von Seemannsglück, von der tückischen See.
Sie bietet dem Starken im Überfluss
Der reichlichen Habe Vollgenuss.
Ein Griff! — dann nimmt sie das Liebste sein,
Und spart ihm das Leben zu langer Pein
Auf dem Eiland bei Tag und bei Nacht. —

Auf den Söller steigt Helgo nach Mitternacht:
„Was schleicht zur See hinunter so sacht?
Strandab ein Boot, — wie rasch es enteilt!
'S ist Hebba, die neben dem Junker weilt.
Laß fahren das Mädchen, ob's noch so lieb,
Mag bleiben das Letzte, wo Alles blieb!
Was soll die Jugend dem alten Mann?
Das Klagen höret so trüb sich an
Auf dem Eiland bei Tag und bei Nacht."

„„Ach, Ajobald, Liebster, ich glaub' es kaum,
Auf dem Söller sah ich den Ohm im Traum!
Bei den Fischern geht es von Mund zu Mund:
Helgo's Auge, das bohrt ein Schiff in den Grund!
Und im Kreise treibet umher dein Kahn,
Und je mehr du ruderst, je enger die Bahn!"" —

— Und zum Strande trieb ein verfluchtes Paar,
Man hört davon sagen wohl manches Jahr
Auf dem Eiland bei Tag und bei Nacht.

Als es tagte, kamen die Fischer und sahn: —
„Das hat König Helgo's Auge gethan!"
Doch König Helgo's Auge, so klar,
Umdunkelte Nacht für immerdar.
Seit König Helgo schloß den Blick,
Trog manches Mädchen der Liebe Glück,
Schlägt mancher Junker tapfer die Harf';
Doch giebt es noch Königsaugen, so scharf,
Auf Erden bei Tag und bei Nacht?

2. An Frau Herrenburger-Tietzeck.
(Norderney, 1855.)

Wenn Mast und Segel sich im Nordwind beugen,
Die Wogen tosen und es seufzt im Ried:
Das sind hier unsre Harfen, unsre Geigen;
Doch singt die Meermaid auch von fern ihr Lied,
So leis, so lieblich, doch so herzbezwingend,
Dass mancher Fischer, der da lauschend naht,
Nicht mehr zurückkommt übern Dünenpfad,
Und Braut und Mutter weinen händeringend.

Bist du die Meermaid, die, ans Land gestiegen,
Das ganze Eiland singt in Meeresschoß?
Bleibst du so steinern auch und theilnahmlos,
Wenn uns so laut, so heiß die Pulse fliegen?
Bist du die Stimme, die vom Ufer klingt,
Wenn unsre Böte durch die Strömung gleiten,
Die Bursche sucht ins Dickicht zu verleiten
Und Netze dicht von Nebel um sie schlingt?

Du singst ein Lied vor Fürsten und Baronen,
Du hast ein Lied für kleine Fischerleut',
Für Alt und Jung — wer's preisen mag und lohnen: —
Sag, hast du auch ein Lied für dich bereit?
Und wenn's dem Hörer ist, als führ' die Seele,
Von Banden frei, zum Himmel leicht empor:
Sag, kommt es tiefer dir, als aus der Kehle?
Und bringt es tiefer dir, als bis ans Ohr?

Nicht? O, du dauerst uns! Und willst du geben
All deinen Ruhm, wir tauschen nicht, o nein!
'S wird sonst auch anders wohl gewesen sein,
Und tief im Herzen sitzt dir doch noch Leben.
Da liegt die See im Glanze — siehst du sie?
Die weiß den Strand so glatt und weiß zu spülen;
Wie auch darauf die Menschen stampfen, wühlen:
Sie wäscht ihn sauber und ermüdet nie.

Sie spült auch Augen klar und glatt die Wangen,
Und was von Staub und Ruß, von Dunst und Rauch
Dem Binnenländer sich hat angehangen:
Sie spült es sicher ab, wie fest es auch.
Komm, lös den Haarbund! Sieh am Meeressaum,
Wie lustig taucht und spielt die Meeresschwalbe,
Wirf in die Wellen Puder, Schmink' und Salbe,
Und laß dich netzen von dem Silberschaum!

Laß dir die Strandluft singen um die Ohren,
Und klingt dir wieder tief im Herzensgrund
Die eigne Musik, dann bist du gesund,
Bist ein jung Mädchen wieder, neugeboren.
Gesund bist du, wenn, wo im Binnenland
Du wieder stehst in deines Ruhmes Glanze,
Du sprichst: „Ich schätze gleich dem schönsten Kranze
Den dürren Halm doch aus dem Dünensand!"

3. Was sich die Schwalben erzählen.

Schwalben, liebe Schwalben,
Sagt, was erzählt ihr euch? —
Vom Burschen, dem besten im ganzen Gau,
Vom Mädchen, so brav und mit Augen blau.
Er ging allein, sie saß allein
Und sang ihr Liebchen hier auf dem Stein
Im Dunkeln unter dem Baum.

Schwalben, liebe Schwalben,
Sagt, was erzählt ihr euch? —
Als der Bursch nun flüsternd neben ihr stund,
Da klopft' ihr das Herz, da schwieg ihr Mund.

Er konnt's nicht ertragen, bei ihr mußt' er sein,
Nun saßen sie selig und still zu Zwein
　　Im Dunkeln unter dem Baum.

　　Schwalben, liebe Schwalben,
　　　Sagt, was erzählt ihr euch? —
Vom Vater der zornig sein Kind ausläßt,
Von der Tochter, die seine Knie umfäßt,
Vom Mädchen, das da vergeht vor Leid,
Ihre Thränen weinet in Einsamkeit
　　Im Dunkeln unter dem Baum.

　　Schwalben, liebe Schwalben,
　　　Sagt, was erzählt ihr euch? —
Wir zogen davon übers weite Meer,
Da kam da ein Schiff vom Norden her:
„Jagt nicht so vorüber, ihr Vögelein,
Sagt, sitzt sie wohl noch und denket mein
　　Im Dunkeln unter dem Baum?"

　　Schwalben, liebe Schwalben,
　　　Sagt, was erzählt ihr euch? —
Wir flogen zurück, das Schiff fuhr fort,
Sein bester Matrose fiel über Bord:
„Liebe Schwalben, thut es dem Wind zuvor,
Und flüstert den letzten Gruß ihr ins Ohr
　　Im Dunkeln unter dem Baum!"

　　Schwalben, liebe Schwalben,
　　　Sagt, was erzählt ihr euch? —
Wir kamen wieder, o Jammer und Noth!
Wir fanden Alles vorbei und todt!
Wir baun unser Nestchen an anderm Ort,
Hier seufzt und klagt es immerfort
　　Im Dunkeln unter dem Baum.

4. Blumentrost.

Sieh, wie schon grün die Stachelbeeren stehn!
Schneeglöckchen auch! das stellt sich auf die Zehn,
Guckt übers Gras und nickt dem Nachbar zu:
„Nur dreist, nur dreist, es ist nicht mehr zu früh!"

Gedichte von Fooke Hoissen Müller.

Das war ein Winter! Nun, der Schnee verging.
Habt nur Geduld! hier endet jedes Ding!
Durch Kalt und Warm, durch Düster und durch Hell
Läuft ja mit uns die Zeit gleichmäßig schnell.

Wie? du bist auch schon da, mein Veilchen blau?
Willst du — zufrieden mit dem Tröpfchen Thau,
Zertreten, ungelohnt — die Frühlingsluft
Erfüllen wiederum mit deinem Duft?

Marienblümchen, du verzognes Kind,
Willst du auch wieder, stolz und kaltgesinnt,
Vom Beet verdrängen deine Schwestern all'?
Denk an den Spaten! Hochmuth kommt zu Fall!

Und, meine Rose, willst du wieder mir,
Wenn ich dich küssen will, die Lippe stechen?
Ich that genug für dich mit Hack' und Rechen!
So danken Menschen, doch nicht Blum' und Thier.

Und Liljen ihr, wollt ihr aus Lehm und Moor
Aufs Neue klimmen an das Licht empor?
Schon manchen Freund hab' ich zur Ruh' gebracht —
Bald lieg' auch ich und schlaf' in Grabesnacht.

Ob dann ein Maimond Alle aus der Gruft
Zu seiner Zeit in Licht und Leben ruft?
Hab' ich dann dich wohl wieder — dich — und dich?
Ich glaub's! und zweifl' ich, Blümlein, stärkt mich!

Teresa.

Eine Erzählung.

1.

Vor einigen Jahren lebte in einer kleinen deutschen Residenzstadt ein reicher Partikulier, Herr Wendel.

Der Mann stammte aus einem der größten Handels- und Hafenplätze des deutschen Nordens, war als Jüngling übers Meer gegangen, hatte sich in Westindien und Südamerika ein hübsches Vermögen erworben, das Erworbene nach seiner Rückkehr in die Vaterstadt durch glückliche Spekulationen noch vermehrt und sich als angehender Fünfziger zur Ruhe gesetzt.

Herr Wendel hatte im übrigen Wenig mit Cäsar gemein, aber er theilte jene bekannte Meinung Cäsar's, daß es besser sei, in einem Pirenäendorfe der Erste, als in Rom der Zweite zu sein. Das Vermögen, das er besaß, war nicht hinreichend, um ihm in seiner an bemittelten Bürgern und Kaufherrn reichen Vaterstadt eine hervorragende Stellung zu verschaffen, aber es gestattete ihm, in der kleinen Residenz ein glänzendes Haus zu machen und den spärlichen Luxus der Kleinstädter bei weitem zu überbieten. In —3— gab es keinen Regierungsrath, der nicht ein jährliches Einkommen von 6000 Thalern für etwas höchst Beneidenswerthes gehalten, und keinen Officier, der nicht daran verzweifelt hätte, durch die glücklichste, innerhalb der Landesgrenzen mögliche Heirath solche schwindelnde Höhe des Glücks zu erklimmen. Allerdings residirte in —3— ein Hof; aber dieser stand außer oder über der Sphäre der eigentlichen Gesellschaft. Der alternde Fürst war kein Freund vom geselligen Treiben; er sorgte zu seiner und seiner getreuen Unterthanen Unterhaltung für ein mäßig gutes Theater und eine überaus gute Kapelle, aber er gab keine Gesellschaften und Feste. Die wenigen Gelegenheiten ausgenommen, wo althergebrachte Sitte oder der Besuch eines auswärtigen Gastes ihm ein Heraustreten aus seinem Familienleben abnöthigten, sah man ihn nur, wenn er mit seinem Sechsgespann in flüchtiger Eile zur Jagd fuhr.

So war diese Residenz mit ihrer heitern Geselligkeit in der That ein günstiges Terrain für einen reichen Partikulier, der nicht für sich allein genießen, sondern seine Genüsse von Andern getheilt wissen wollte. Obwohl man in den büreaukratisch-militärischen Kreisen sonst ziemlich exklusiv gegen die Jünger Merkur's zu sein pflegte, so hatte man doch kein Bedenken getragen, zu Gunsten des Reichen, Weitgereisten, des Großhändlers, eine Ausnahme zu machen. Bald nach seiner Ankunft hatte er Zutritt in dem Klub erhalten, welcher die Elite der Gesellschaft umfaßte.

Freilich damals noch nicht, ohne einige schwarze Kugeln beim Ballotement
zu bekommen, welche ein paar orthodoxe Repräsentanten des Büreaukra-
tismus vom reinsten Wasser ihm in die Urne warfen. Aber dann war
er emporgestiegen wie ein Meteor — an dem gesellschaftlichen Himmel der
Residenz. Wie sollte er auch nicht? In sein Haus lockte nicht nur jener
gemeine Magnetismus des Reichthums, dessen Südpol der Braten und
dessen Nordpol die Weinflasche ist, — unser Rentier war in der That
auch ein unterhaltender Wirth und verstand es, jene Salonatmosphäre herzustellen, in der man unter Musik und Scherz in behaglichem Vergessen
der Welt schwelgt.

Herr Wendel war ein wenig über die Fünfzig hinaus, als die Dinge
sich ereigneten, die wir erzählen wollen; aber seine Haltung war noch
völlig aufrecht, sein nur wenig graugesprenkeltes blondes Haar dicht, seine
Bewegungen leicht. Es war nichts Auffallendes an ihm, wenn man nicht
Das dahin rechnen wollte, daß seine Figur ein Wenig ausgedörrt, sein
Gesicht etwas pergamentartig vergilbt schien von der Sonne der Tropen,
unter der er zwei Decennien zugebracht, und daß seine Nase sich ein
klein wenig geröthet hatte von dem reichlichen Genuß des Portweins und
Madeira, den die transatlantische Diätetik den Anwohnern des Äquators
zu empfehlen pflegt. Seine Kleidung war einfach wie die eines echten
Gentleman, und nur der kostbare Brillant im Hembe und der massive
goldene Knopf auf dem Bambusrohr erinnerten allenfalls an den reichen
Mann.

Als sich Herr Wendel in der Residenz niederließ, hatte man sich
Anfangs allerlei Märchen von ihm erzählt. Das Gerücht hatte seinen
Reichthum ins Ungeheure übertrieben, und die klügsten Leute wollten auch
das specifische Mittel wissen, durch das er sich sein Vermögen erworben.
Man fabelte von Säcken Goldes, die von den großen vierspännigen Wagen
abgeladen seien, welche seinen Hausrath gebracht, von goldenem Geschirr
und silbernen Tischen, und man setzte hinzu, Herr Wendel habe in West-
indien einen ausgebreiteten Sklavenhandel getrieben, der für ihn eine
Goldgrube geworden. Zu dem letzteren Gerede hatte im Grunde wohl
nur eine alte Negerin Anlaß gegeben, welche unter dem Dienstpersonal
Herrn Wendel's mit nach —3— gekommen war. In dem fern vom
Weltverkehr und Weltgewühl liegenden Städtchen war die ebenholzfarbne
Person ein Gegenstand allgemeiner und anhaltender Neugierde. Noch
Monate lang nach ihrem ersten Eintreffen sammelten sich junge und alte
Gaffer um sie, wo sie sich nur auf der Straße zeigte, und die Landleute
der Umgegend standen allsonntäglich dichtgedrängt vor dem Eisengitter des
Gartens, welcher Herrn Wendel's hübsches Haus umrahmte, begierig, einen
flüchtigen Blick auf die häßliche Alte zu werfen.

Jenes malitiöſe Gerede hatte ſich indeß allmählich verloren. Man
muſſte ſich ſagen, daß Herr Wendel gar nicht dem Bilde entſprach, das
man ſich von einem Sklavenhändler machte. Und die Negerin war von
ihrem Herrn, als jenes Gerücht ihm zu Ohren kam, nach ſeiner Vaterſtadt
zurückgeſchickt. Vor allen Dingen aber hatte ſich Niemand in der Re=
ſidenz über den Rentier zu beklagen: er war gegen Niemanden hochmüthig,
in ſeinen Zahlungen prompt, im Ausgeben koulant, im Wohlthun ein
Muſter. Seine kränkliche, blaſſe Frau wurde geprieſen als ein Engel an
Sanftmuth und Güte, ihre Knaben, die das Gymnaſium beſuchten, galten
für wohlerzogene Jungen.

Herr Wendel lebte übrigens in zweiter Ehe. Seine erſte Frau, eine
Kreolin von einer der großen Antillen, hatte ihm drei Kinder hinterlaſſen:
zwei Söhne, die, bereits erwachſen, ſich in einer größeren Stadt dem
Handel widmeten, und eine Tochter.

2.

An einem Januarabend des Winters 184* waren die ſämmtlichen
Fenſter eines anſehnlichen Gebäudes, das am öſtlichen Rande der Stadt
—3— ziemlich vereinzelt inmitten der Gärten lag, feſtlich erleuchtet. Es
war Herrn Wendel's Villa, und ein Ball Anlaß der Illumination.

In einer kleinen Stadt iſt ein Ball immer ein Ereignis; ein Ball
in einem Privathauſe iſt ein außerordentliches Ereignis; der Ball, den
Herr Wendel gab, war für die Geſellſchaft der kleinen Reſidenz das her=
vorragendſte Ereignis der Saiſon.

Seit vierzehn Tagen — ſo weit im Voraus hatte Herr Wendel die
Einladungen zum Thé danſant ergehen laſſen — war die Hauptſtadt des
X'ſchen Ländchens in fieberhafter Aufregung. Jedes Schulkind wuſſte von
dem bevorſtehenden Ball. Jeder betheiligte und unbetheiligte Einwohner
von —3— erinnerte ſich ganz genau, wo der »lange Lukas« des Herrn
Wendel, der viel eitler auf ſeine Livrée war, als der Herr auf ſeinen
Reichthum, die Hausglocke gezogen, um die extrafeine Einladungskarte ab=
zugeben. Man kannte recht gut die Zahl und die Sorten der Kuchen,
die bei dem Konditor beſtellt waren. Man ſprach von der Lachs= und
Hummerſendung, deren Ankunft ein plauderhafter Poſtſekretär verrathen
hatte. Die Kaufläden waren faſt ſo frequentiert, wie in den Wochen vor
Weihnachten; Schneider und Putzmacherinnen hatten alle Hände voll zu
thun gehabt, und die Beſitzerin eines Handſchuhladens behauptete, genau
ſo viel' weiße und gelbe Glacéhandſchuh verkauft zu haben, als der einge=
ladenen Gäſte waren.

Es war aber auch in der That Alles geladen, was nur irgend
»theefähig« war, und mit dem Ball hatte es noch eine ganz aparte Be=
wandtnis. Herr Wendel's Töchterchen war aus der Penſion heimgekehrt;

ihre Lehrjahre waren vorüber; sie trat in die Gesellschaft ein, und auf einem glänzenden Ball wollte der glückliche Vater die junge Schöne introducieren.

Die junge Schöne? — Freilich, ob Teresa schön war, Das war gerade das große Räthsel, die brennende Frage, die in allen Kreisen der Stadt seit ein paar Wochen aufs lebhafteste ventiliert wurde. Daß Teresa im Sechzehnten stand, daß sie einige Jahre in einer Pension zu Frankfurt a. M. zugebracht hatte, daß sie eine reiche Erbin und ein Liebling des Vaters war — Das wußte man, aber die Hauptfrage, ob sie schön sei, die wollte Jeder gerade auf dem Balle endgültig entscheiden. Vorläufig sah man sich auf Vermuthungen angewiesen, die sich auf des Mädchens Abstammung stützten. Die Meinungen in —Z— waren getheilt: die Damen betonten den gelben Teint der Kreolinnen und flüsterten von einem olivenfarbenen Backfisch, — die Herren hoben die schwarzen, feurigen Augen und den schlanken, üppigen Wuchs hervor, der die weiblichen Nachkommen der Spanier unter den Tropen charakterisiert.

Endlich hatte die ersehnte Stunde geschlagen. Equipagen rollten, seidene Gewänder rauschten, kleine und große Füße huschten über die teppichbelegten, mit den Kindern der tropischen Flora geschmückten Korridore des Landhauses. Allmählich füllte sich der ebenso reich wie geschmackvoll dekorierte Saal.

»Also Das ist — Teresa Wendel de Abaco!« murmelte jeder neue Ankömmling vor sich hin, wenn die Empfangsscene vorüber war, und er sich unter die Gruppen der früher Erschienenen mischte. »Ich hatte ein hübsches Kind zu sehen erwartet, — Das ist ein vollendet schönes Weib!«

Und sie war schön, diese Teresa Wendel de Abaco — wie sie, der Sitte ihrer Heimat zufolge, nach der Mutter hieß — in der That ein vollendet schönes Weib! Wie sie so neben den Eltern stand, um sich den Gästen vorstellen zu lassen, da dachte Niemand mehr an ihre fünfzehn Jahre. Sie war schlank und zart gebaut, nicht groß, aber von jener Fülle der Formen, die das Weib bestimmt vom Kinde unterscheiden. Ihre ganze Tournüre verrieth und ihre ungezwungene Sprache sagte, daß sie sich mit der vollkommenen Freiheit und Sicherheit eines Weibes bewegte, dem die Gesellschaftsräume gleichsam die Heimat sind. Und doch, welch ein Reiz der Jugend war über dies Geschöpf ausgegossen! Welch eine kindliche Lust am Dasein und am Moment, welch ein heiteres Glücklichsein, welch eine Freude, die noch nicht zweifelt, welch ein Genießen, das noch nicht reflektiert und nicht die Gegenwart mit der Vergangenheit vergleicht, lachte aus diesen dunkeln schwarzbraunen Augen. Sie war schön — sie wußte es auch — aber dies Wissen verrieth sich nur in dem einfachen Schmuck, den sie gewählt: eine feine Schnur echter Perlen um den edelgeformten, wenn auch nicht schwanenweißen Hals, — frische Granatblüthen in dem duftig schwarzen reichen Haar, — ein weißes Kreppkleid, an Schultern und Armen mit dunkelrothem Band garniert, — so erschien sie auf den flüchtigsten Blick als Das, was sie war: ein liebliches, heiteres und glückliches Kind des Südens.

Es war entschieden, Teresa war die Königin des Festes. Sie wäre es auch gewesen, wenn sie nicht Herrn Wendel's, des Festgebers, Tochter gewesen wäre.

Die Gesellschaft hatte sich allmählich in zwei Gruppen gesondert; je nach dem Geschlecht standen die Gäste an der einen oder der andern Seite des Saals. Teresa plauderte mit einigen Damen. Von Zeit zu Zeit wandte sie den Kopf nach dem Orchester hin, sich zu überzeugen, ob der Tanz nicht bald beginne. Als sie sich auch einmal wieder umkehrte, sah sie zwei Herren auf sich zukommen, die genau im selben Moment vor ihr standen und wie aus einem Munde fragten:

»Mein Fräulein, kann ich die Ehre haben zum Kotillon?«

Teresa lachte harmlos und schlug beiden Herren den Tanz ab, aus dem einfachen Grunde, weil sie schon mehr als sechsmal engagiert, mithin bereits versagt war.

Da Keiner Ursache hatte, den Andern zu beneiden, so scherzten die beiden Herren über ihr Zusammentreffen und benutzten die Gelegenheit, die Unterhaltung fortzuspinnen, um einige Sekunden länger in diese prächtigen Augen zu schauen. Sie erhielten Beide einen andern Tanz zugesagt, und Teresa notierte sich die Namen des Lieutenants S. und des Assessors B.

Bald wirbelten die Paare unter den strahlenden Kronleuchtern nach dem Takte der Musik; mit Bewunderung folgten die alten Herrn, derer die Spieltische bereits warteten, eine Weile den Bewegungen der entzückenden Teresa; die älteren Damen suchten bequeme Plätze, — über die ganze Gesellschaft breitete sich jenes Behagen aus, das in manchen Häusern wie von selbst, wie eine Naturnothwendigkeit, eintritt, in andern mit dem Aufgebot aller Kunst der Wirthe nicht herzustellen ist.

Die Française kam, und stolz führte der Assessor B. seine Dame, Teresa, in den Kreis der Tanzenden. Lieutenant S. hatte es einzurichten gewusst, dass er den Platz vis-à-vis einnahm, und so gehörte ihm sein reizendes Gegenüber in diesem Tanze eigentlich ebensowohl an, wie dem Assessor. Dieser glaubte auch zu seinem Verdrufs zu bemerken, dass Teresa sich weniger mit ihm beschäftige, als mit Jenem, und wenn sie glühender und erregter aussah, als bisher, so wagte er auch Das kaum sich zuzuschreiben, obwohl ihm heut Abend nach beendigter Toilette sein Bild ganz tadellos aus dem Spiegel entgegengeblickt hatte.

Der Walzer begann, den Teresa dem Lieutenant versprochen hatte. Wie der Glückliche die schöne Gestalt umfasste, da war's ihm nicht anders, als walze er mit ihr direkt in den Himmel hinein. Er befand sich in einem verzaubernden Rausche, aus dem ihn erst das Verstummen der Musik weckte.

»Ah — schon zu Ende?« sagte das gleichfalls aufgeregte, glühende Mädchen.

Ein Freudenstrahl zuckte über des Lieutenants Gesicht.

»Sie werden noch genug tanzen, mein Fräulein,« sprach er, »für mich aber ist der Ball zu Ende. Ich tanze heut nicht mehr.«

»Wie, Sie wollen schon fortgehn?«

»Nein, Das nicht, nur tanzen werde ich nicht mehr.«

»Sie wollen spielen, — so, — nun — da wünsche ich Ihnen Glück.«

»Ich denke nicht daran, ich werde zusehn.«

»Zusehn?« wiederholte Teresa lachend, — »was soll denn Das bedeuten? Sind Sie etwa müde?«

»O nein,« — entgegnete der Lieutenant keck und doch mit unverkennbarer Wärme, — »aber da Sie, Fräulein, keinen Tanz mehr für mich haben, so bleibt mir nichts Andres übrig, als Sie tanzen zu sehn.«

»Nein, Das kann ich unmöglich dulden und verantworten, — Sie sollen noch einen Tanz haben.«

»Versteh' ich recht, Sie wollten — ?«

Ein klein wenig befangen, aber schelmisch lächelnd sah Teresa den Lieutenant an.

»Es steht nur ein Kotillon auf der Tanzordnung,« sagte sie dann rasch, »finden Sie nicht, daß Das im Grunde zu wenig ist?«

»Ich finde es, bei Gott, ich finde es.«

»Nun, — ich werde Vater bitten, noch einen zum Schluß ansetzen zu lassen.«

»Fräulein — und dieser Kotillon soll für mich sein?«

»Ich versprach Ihnen ja noch einen Tanz,« antwortete das Mädchen mit einem leichten Nicken, und machte sich von dem Lieutenant los, an dessen Arm sie bisher einige Male im Saal auf und nieder gegangen war.

Der zweite Kotillon ward wirklich — natürlich, ohne daß Jemand die Veranlassung errieth, — auf der Tanzordnung angekündigt. Aber nicht sobald ward Das ruchtbar, als auch der Assessor auf Teresa zueilte, um sich diesen Tanz auszubitten. Ein »Bedaure sehr, ich bin schon versagt,« enttäuschte ihn abermals, und ingrimmig, daß ihm Jemand zuvorgekommen, erwartete er nicht ohne Spannung, wer Das wohl sein könne, denn ein Instinkt der Eifersucht sagte ihm: »Es wird der verdammte S. sein.«

Und S. war es in der That, wie wir bereits wissen, nur fühlte er sich keineswegs wie ein Verdammter, sondern wie der glückseligste Mensch auf Gottes weitem Erdboden. Teresa hatte ihm einen entschiedenen Vorzug gegeben, und wenn er auch geneigt war, diesen Vorzug, den ihm ein

leichtblütiges Mädchen gewährt, zu überschätzen, so war wenigstens Das
gewiß, daß Teresen der jugendfrische Lieutenant nicht mißfiel. Er war
auch eine stattliche, männliche Erscheinung, seine blauen Augen hatten
etwas Keckes und Gutmüthiges zugleich, und der knappe Uniformrock über
den blendendweißen Pantalons hob die schlanke Figur des gewandten
Tänzers aufs vortheilhafteste hervor.

Übrigens hatte S. kaum Gelegenheit, während des Kotillons hie und
da ein Wort mit seiner Dame zu reden. Die verwünschten Extratouren
ließen sie nicht einen Augenblick ruhig neben ihm sitzen. Nur den Trost
hatte er, daß sie ihm eins von den vielen Bouquets überließ, mit denen
sie selbst beglückt wurde. Sie wählte das schönste unter allen dazu aus,
aber sichtlich ohne eine weitere Bedeutung damit zu verknüpfen.

Die Wachskerzen an den Kronleuchtern und Kandelabern waren fast
niedergebrannt, als die Musik schwieg und die Gäste aufbrachen.

Es war noch niemals ein Fest im Hause des Herrn Wendel gewesen,
wo die Gäste nicht vergnügt heimkehrten, wo ihr Händedruck beim Ab=
schiednehmen nicht ehrlich gemeint war. Diesmal war die Befriedigung
außerordentlich. Auch Herr Wendel, seine Gattin und Teresa suchten,
berauscht von dem Triumph, den Letztere gefeiert, das Lager.

Höchstens der Lieutenant S. und der Assessor B. hatten eine dunkle
Ahnung davon, daß in diesem glänzenden, lichtschimmernden, freudeerfüllten
Saale leichte Fäden gewebt seien, woraus das Schicksal gordische Knoten
zu schürzen pflegt.

3.

Teresa war also eingeführt in die Gesellschaft. Und sie schien fortan
der Mittelpunkt zu sein, um den sich das ganze Gesellschaftsleben in —3—
drehte. Während dieser glücklichen Saison reihte sich Fest an Fest. Nur
noch einmal, im Februar, an Teresa's sechzehntem Geburtstage, öffnete
sich Herrn Wendel's Salon zahlreichen Gästen; aber wer nur immer ein
Haus machte, wollte Teresa bei sich sehn. Wo Dilettanten Theater
spielten, wo man sich mit Gesang einen Abend unterhielt, konnte man
vollends die talentvolle Kreolin nicht entbehren. Reizlos erschien jeder
Zirkel, in welchem sie fehlte.

Wenn sonst eine junge Schönheit in einer kleinen Stadt zum ersten
Male den Parkettboden der Salons betritt, so heftet sich die nergelnde
Eifersucht eben so geschäftig an ihre Sohlen, wie die Kritik die aufschn=
machenden Novitäten des Büchermarkts verfolgt. Das Furore, das eine
schöne Dame unter den Männern macht, wird ihr zum Fluch bei den
Frauen. Diese sonst stereotype Erscheinung wiederholte sich nicht bei
Teresa. Die Männer schwärmten ohne Ausnahme für sie, und vor deren
leidenschaftlicher Bewunderung verstummte selbst weibliche Eifersucht, welche

Anfangs doch leise von einem »braunen Zigeunermädel« zu flüstern gewagt hatte. Man ergab sich darin, ihr eine Ausnahmestellung einzuräumen. Es schien ein instinktives Einverständnis unter allen Frauen zu herrschen, daß diese Rivalin nur auf eine Weise aus dem Wege zu räumen sei; und so erging man sich denn aufs eifrigste in Hypothesen, wen dieses beneidenswerthe Mädchen mit Herz und Hand beglücken werde.

Aber schon das Auseinandergehn der Meinungen bewies, daß zunächst kein positiver Grund zu Vermuthungen vorlag. Teresa zeichnete wirklich unter ihren zahlreichen Verehrern Keinen entschieden aus; sie nahm die zahllosen Huldigungen, die ihr wurden, hin wie etwas sich von selbst Verstehendes, — ohne Affektation, ohne Eitelkeit, aber auch ohne Unterschied. Man sah es: sie amüsierte sich köstlich; sie plauderte viel, sie lachte viel, sie tanzte viel; sie scherzte mit Diesem und neckte Jenen; Keinem gab sie ein Zeichen von Liebe. Diesem liebenswürdigen Wesen, dem Gegenstand so vieler liebeglühenden Wünsche, war offenbar das Geheimnis des Liebens noch nicht aufgegangen.

Der erklärten Verehrer Teresa's, die sich — durfte man den Zirkeln der Residenz glauben — einige Hoffnung auf den Besitz des Mädchens machen konnten, waren mindestens ein Dutzend. Unter ihnen nannte man den Assessor B. und den Lieutenant S.

Beiden war allerdings auch keine besondere Bevorzugung geworden. Aber Beide glühten für die Kreolin; Beide kamen als gute Quartettsänger häufiger in das Haus des Herrn Wendel; Beide glaubten ihre Ansprüche auf Gegenliebe zu haben.

Wir haben bereits gesagt, daß der Lieutenant ein hübscher, lebhafter junger Mann war. Als den Sohn eines wenig bemittelten Beamten hatten die Vormünder den Frühverwaisten auf eine Kadettenschule geschickt. Als er von da nach —3— zurückkehrte, verschafften ihm seine Officiersepauletten und seine gute Figur überall Zutritt. Seine ewig heitre Laune und der Humor der Jugend machten ihn zu einem unentbehrlichen Mitglied der weiblichen wie der männlichen Zirkel der Residenz. Er selbst ließ sich vollkommen gehen, er war wenig wählerisch in seinen Genüssen, er haschte die Freude, wo sie sich ihm bot, er führte seine Einfälle aus, wie sie ihm eben kamen; aber es war Witz und Natur in seinem Treiben, und so sah man ihm Vieles nach, was man Andern schwerlich verziehen hätte. Man nahm es ihm nicht übel, daß er nicht nur die Bälle zweiten Ranges besuchte, sondern auch eingestand, er habe sich dort gut unterhalten. Und wenn er das rosige Töchterchen seines Nachbars Kleeberg, des Maurermeisters, auf der Straße ebenso freundlich grüßte, als die blasse Eveline, die sentimentale Tochter des Finanzraths Grau, so machte man weiter Nichts daraus. Vielleicht trug zu dieser Nachsicht auch das Wohlgefallen bei, das der alte fürstliche Herr dem Gerücht zufolge an den launigen

Einfällen des jungen Manns hatte. Sollte Jener doch eines Tages, als ihm sein Kammerdiener erzählte, wie S. sich als Frau des Kapellmeisters verkleidet und den berauschten Musiker Abends unter Keifen und Schelten vom Kasino geholt, — sich vor Lachen den Bauch gehalten und hinzugefügt haben: »der S. ist doch ein kapitaler Kerl.« — Trotz seines leichten Sinnes fehlte dem Lieutenant jedoch auch der Ernst nicht ganz. Während er nur der Gegenwart zu leben schien, dachte er an seine Zukunft. Der Rest seines Vermögens, der ihm nach erlangter Mündigkeit ausgezahlt worden, war aufgezehrt, seine Gage überaus knapp, und er sann darauf, seine Finanzlage zu bessern. Vor Jahresfrist hatte er, ohne Jemanden ins Vertrauen zu ziehn, ein Gesuch beim Fürsten eingereicht, worin er um einjährigen Urlaub und einen Zuschuß bat, damit er sich als Ingenieur ausbilden könne. Das Ländchen hatte Mangel an Ingenieuren, und S. hoffte, sich als Solcher durch Vermessungen und beim Wegebau ein reichliches, wenn auch nicht glänzendes Auskommen zu sichern. Sein Gesuch war allerdings nicht gewährt; der Fürst hatte an dem Rande der Bittschrift bemerkt: »Möglichst zu berücksichtigen,« doch die Regierung war nicht darauf eingegangen und hatte den Bittsteller auf spätere Zeit vertröstet.

Was der Lieutenant der reichen und schönen Kreolin also zu bieten hatte, war weder ein hoher Rang in der Gesellschaft, noch ein ebenbürtiger Reichthum: es war nur sein liebendes Herz. Ein solches aber stützt seine Hoffnungen eben nur auf die Liebe des Andern. Und Das war auch beim Lieutenant der Fall. Liebt sie mich — liebt sie mich nicht? Diese einzige Frage hielt er vorläufig der Beachtung werth. Jenes allerliebste Entgegenkommen Teresa's auf dem Balle war ihm ein ermuthigendes süßes Geheimnis, jener Blumenstrauß ein unschätzbares Kleinod. Was ihm Sorge machte, war nur, daß er gar nicht weiter kam mit dem Mädchen, daß hier wider alle Regel das kleine gemeinschaftliche Geheimnis keine größere Annäherung vermittelte, daß die holden Zeichen der Liebe, die so untrüglich sind wie die schrecklichen des Todes, auf dem lächelnden Gesichte Teresa's sich nicht einstellen wollten.

Während nach dieser Seite hin Alles gleichsam auf demselben Punkte blieb, so machte dem Lieutenant etwas Anderes, worin eine um so raschere Entwicklung stattfand, nicht geringere Sorge. Sein Verhältnis zu dem Assessor nahm eine höchst unbequeme Gestalt an. Die beiden jungen Männer waren nie Freunde gewesen, in der Rivalität um die Gunst Teresa's wurden sie erbitterte Feinde.

Der Assessor B. war jedenfalls ein gefährlicher Nebenbuhler. Seine lange schlanke Figur, sein blasses schmales Gesicht mit dem markierten Profil und der hohen Stirn hatte etwas unleugbar Anziehendes, seine Weise, sich zu benehmen, gab ihm einen unverkennbaren Anstrich von

Vornehmheit. Sein Vater, einer der ersten Beamten des Landes, war ein einflussreicher und begüterter Mann. Das Bewusstsein, ein Sohn dieses Mannes zu sein und damit Anspruch auf eine glänzende Karriere zu haben, prägte sich in dem Benehmen des Assessors scharf aus, und dies Bewusstsein, das von den Bewohnern der Residenz getheilt wurde, regulierte seine Stellung in der Gesellschaft. Man liebte ihn nicht, aber man hütete sich wohl, Das zu zeigen. Man flüsterte sich ganz im Vertrauen zu, dass der Assessor doch eigentlich ein unausstehlich hochmüthiger Narr sei. Seine Zurückhaltung betrachtete man als ein studiertes Vornehmthun, seine Schweigsamkeit in der Unterhaltung schrieb man dem Mangel der einfachsten Kenntnisse zu, die interessante Blässe seines Gesichts leiteten Altersgenossen von einem wüsten Universitätsleben ab. Aber wo man sich Dergleichen zuraunte, da folgte gewiss die Bitte um strengste Verschwiegenheit, und der mit bedenklicher Miene gesprochene Nachsatz: »Er kommt ohne Zweifel ins Regierungskollegium.«

Es war der Natur und der Situation eines solchen Mannes angemessen, dass er sich nicht nur an die Tochter, sondern auch an den Vater wandte, wenn er eine Lebensgefährtin suchte. Obwohl er es an Aufmerksamkeiten gegen Teresa nicht fehlen ließ, so machte er doch Herrn Wendel fast noch mehr den Hof, als ihr. Konnte er ja dem Mädchen an seiner Seite eine gesicherte Zukunft, glänzende Aussichten bieten; und bei den Vätern pflegt Das Etwas zu gelten. Vorläufig jedoch machte er bei dem Vater so wenig sichtliche Fortschritte wie bei der Tochter. Niemand schien sich weniger um die Liebhaber Teresa's zu bekümmern, als Herr Wendel. Freundlich, wie immer, gegen Alle, zeigte er Vorneigung für Keinen. Längst gewohnt, von den jungen Männern mit äußerster Zuvorkommenheit behandelt zu werden, fühlte er als reiferer Mann keine tiefere Zuneigung für einen derselben. Sie waren ihm mehr nur die Staffage seines Salons, die Hebel der Unterhaltung, die eifrigen Tänzer, die beliebten Sänger, die unentbehrlichen Organe der Salonmeinung, die jede Musik »süperbe« und jeden Gesang »göttlich« fanden. Herr Wendel hatte auch nicht die Absicht, seiner Tochter in der Wahl eines Gatten vorzugreifen. »Teresa ist ein kluges Kind,« sagte er zu seiner besorgteren Frau, »mag sie sich einen Mann selbst wählen. Sie hat ihr hübsches eignes Vermögen; nach meinem Tode bekommt sie noch vom meinigen dazu. Da ist die Sache nicht gefährlich, wenn sie sich auch in einen Habenichts verliebt.«

Für den Mangel an Erfolgen bei Herrn Wendel und Teresa rächte sich der Assessor aber gleichsam an dem Lieutenant S., der seine Liebe zu dem Mädchen ebenso wenig verbarg, wie er selbst. Er that Das auf eine ganz eigenthümliche Weise.

So fein sich Herr B. in der Gesellschaft von Damen oder diesen gegenüber benahm, so Viel hatte er sich von jeher im Kreise seiner Altersgenossen, ja gegen ältere Männer erlaubt. Malitiöse Fragen, hochfahrende Antworten, ein höhnisches Naserümpfen, ein vornehmes Ignorieren war man von seiner Seite gewohnt. Hatte er von der Universität auch nicht viele Kenntnisse mitgebracht, so hatte er sich dort doch jene häßliche Fertigkeit angeeignet, Andere in der Unterhaltung zu kränken, ohne eins der beleidigenden Stichwörter zu gebrauchen, die Niemand zu überhören pflegt. Diese Kunst übte er gegen den Lieutenant und brachte Denselben dadurch fast zur Verzweiflung.

Man sage nicht, der junge Officier habe ein einfaches Mittel gehabt, um dem Dinge ein Ende zu machen. Das kann möglich sein in einer gewöhnlichen Garnison. Nicht so in einer kleinen Residenz. Der Ruf eines Raufbolds wird dort leichter erworben, alle Aussicht auf Avancement leichter abgeschnitten durch einen raschen Schritt, als irgendwo anders. Unter jungen Leuten in der zweiten Hälfte der Zwanzig ist dort ein ungezwungener Ton eingebürgert, den beleidigende Absicht wohl ungestraft missbrauchen kann. Ja, über die Räume des Spielzimmers und des Konversationssaals im Kasino hinaus verfolgte der Assessor in seiner Weise den Lieutenant. S. knirschte mit den Zähnen, als in Gegenwart Teresa's der Assessor ihn einst zu einer Gruppe von Damen rief, um über eine kleinbürgerliche Schönheit Auskunft zu geben. Es war die Frau eines Grenzbeamten, die vor einigen Jahren für die erste Schönheit der Residenz galt. Man sagte damals, S. habe ihr ein wenig die Kour gemacht. Jetzt war der Beamte von Schmugglern erschossen, der Fall machte von sich reden, man beklagte das Weib, und B. sagte mit unnachahmlicher Herablassung und zugleich mit einem Anflug von Verachtung:

»Herr Lieutenant S. wird genauere Auskunft über die Frau geben können.« —

Es wurde endlich dem Lieutenant zu heiß. Er brach eine Gelegenheit vom Zaun und nöthigte seinen Feind — trotz der Gegenvorstellungen seiner Freunde — zum Duell. Sie wechselten jenseits der Grenze, auf einer Haide, ein paar Kugeln, aber die Kugeln trafen nicht, und im Verhältnis der beiden Männer zu einander änderte sich Nichts. In —3— war das Duell und der Haß der beiden Männer ein öffentliches Geheimnis, Mancher verurtheilte im äußersten Winkel seines Herzens das Benehmen des Assessors, es offen zu missbilligen getraute sich Niemand.

Aber die Saison sollte vor ihrem Schluß dem Lieutenant noch mehr Unheil bringen: Herr Wendel zeigte sich äußerst kalt gegen ihn. Allerdings geschah Das nicht in so auffallender Weise, dass es ein Dritter bemerken konnte, aber S. erhielt so deutliche, wenn auch feine Zeichen einer Antipathie, dass er sich keiner Täuschung hingeben durfte. Alles zusammengenommen aber machte ihn so verstimmt, daß er nur selten seine gute Laune wiederfand, eigentlich nur dann, wenn er in Teresa's feurige, ihn noch immer freundlich anblickende Augen sah.

In dieser Stimmung tauchte der alte Plan oder besser Wunsch, sich zum Ingenieur auszubilden, lebhafter in ihm wieder auf, als je. Und je mehr er erwog, um so mehr lebte er sich in den Gedanken ein. Unter andern Umständen wäre es ihm vielleicht unmöglich erschienen, die Nähe Teresa's zu meiden: jetzt erschien ihm die Entfernung aus der Residenz wie eine Erlösung, und er übersprang in seiner Phantasie leicht das eine Jahr, nach dessen Verlauf er mit wohlbegründeter Aussicht auf eine sorgenfreie Existenz seine Bewerbung um die Kreolin fortsetzen würde.

Endlich entschlossen, verfaßte er rasch eine neue Bittschrift und erwirkte sich eine Audienz beim Fürsten, um das schriftliche Gesuch mündlich zu unterstützen. Der Fürst empfing ihn gnädig und schlug seine Hoffnung nicht nieder, wenn er auch eine definitive Antwort erst nach eingeholtem Gutachten seiner Räthe versprach. Acht Tage darauf war die definitive Zusage, vom Vater des Assessors B. unterzeichnet, in des Lieutenants Händen: er hatte Urlaub auf ein Jahr, seine Gage lief fort, und außerdem war ihm ein namhafter Zuschuß bewilligt.

Freudig deckte er einen Theil der Schulden, die von dem Begriff eines Lieutenants so unzertrennlich sind wie das Roß vom Reiter, vertröstete die übrigen Gläubiger und machte sich reisefertig.

Nur Eins blieb noch übrig zu thun, — das Abschiednehmen.

Von lustigen Kameraden, von guten Freunden zu scheiden, wenn man sagen kann: »bis über ein Jahr.« Das macht sich leicht; die pflichtmäßigen Abschiedsvisiten abzustatten, da wo man getanzt oder Thee getrunken hat, ist auch nicht übermäßig schwer — aber einem geliebten Mädchen Lebewohl zu sagen, ist eine andre Sache, zumal wenn man, wie S., gar keine Gewißheit hat, daß die Geliebte nicht nach Jahresfrist für immer verloren sein wird.

»Ich muß Gewißheit haben,« sagte er nach langer Überlegung zu sich selbst. »Zehntausend Teufel werden mich peinigen, wenn ich sie hier zwischen all' den Kourmachern weiß und hab' ihr nicht wenigstens gesagt, daß ich sie lieber habe, als irgend einen Menschen in der Welt.«

Klopfenden Herzens schritt S. um die Mittagsstunde, in welcher Herr Wendel regelmäßig im Kasino bei einem Glase Portwein die Zeitung las, durch das Thor des Gartens vor der Stadt. Hundertmal hatte er sich gesagt, was er zu Teresa, welche bei nahendem Besuch von der kränklichen Mutter oft allein gelassen wurde, sprechen wollte. Jetzt nahte der entscheidende Moment.

Mit verhaltenem Athem folgte er dem Diener, der die Thür des Wohnzimmers weit vor ihm aufriß; drinnen saß Teresa, aber leider auch

Herr Wendel. Dieser Abschied hatte über das Schicksal seines Lebens entscheiden sollen, und nun wurde für den Lieutenant daraus eine bloße Förmlichkeit. Sehr höflich begrüßte und entließ ihn Herr Wendel, sehr warm, ja herzlich, Teresa; es war ihm, als sei es nicht bloß Scherz, wenn sie über die Lücke klagte, die durch seine Abwesenheit in der Gesellschaft entstehen werde. Aber er konnte natürlich kein Wort von Dem anbringen, was aus seinem Herzen strömen wollte; nur sein Blick mochte verrathen, was ihm das Scheiden so schwer machte.

Er zerdrückte eine Thräne und murmelte ingrimmig einen Fluch, als er das Haus verließ. Er ahnte nicht ohne Grund, daß der Alte, von der auf den folgenden Tag festgesetzten Abreise des Lieutenants wohlunter-richtet, absichtlich seine Tochter nicht verlassen habe. Trotzig beschloß er zu schreiben.

Und so that er, als er wieder in seiner Stube war. Er strömte die leidenschaftliche Gluth, die ihn beseelte, hin aufs Papier, er sprach von seinen Plänen und von Teresa's Schönheit, er betheuerte seine Liebe und zweifelte an ihrer Liebe — Alles bunt durcheinander. Dann schloß er, wie folgt:

»In Ihre Hände lege ich nun mein Schicksal. Könnten Sie mich lieben — wahrhaftig, ich würde Sie glücklich machen. Können Sie es nicht — wie werde ich's ertragen, daß ein Andrer Sie besitzt? Schreiben Sie mir Teresa, Geliebte! Heut Abend noch — nur eine Zeile. Werfen Sie den Brief in Ihren Garten, zum Fenster hinaus; ich werde ihn finden, denn ich werde den Schein Ihrer Lampe bewachen! Wie könnte ich schlafen!« — — —

Früh am Abend machte sich S. von seinen Freuden los. Er patroul-lierte die halbe Nacht im Garten des Herrn Wendel. Kein Fenster öffnete sich, kein Brief war zu finden.

Endlich schlich er heim. Nach einigen Stunden führte ihn der Eilwagen davon.

4.

Der Sommer war verstrichen; der Herbst auch; es war wieder Winter.

In einem kleinen Zimmer im dritten Stock zu München saß Lieutenant S., eifrig zeichnend. Die mancherlei Instrumente an den Wänden und auf dem Tische deuteten darauf hin, daß er sich wirklich in den Beruf vertieft habe, worauf er seine Zukunftspläne gebaut hatte, wie wir oben erzählten. Sein blühendes Gesicht, sein harmloses Pfeifen während der Arbeit verriethen auf den ersten Blick, daß hier kein zweiter Werther sein Leben melancholisch vertraure.

Sanguinische Menschen empfinden jedes Weh, das sie trifft, für den Moment viel tiefer, als anders geartete Naturen, aber sie wissen sich auch

2*

rascher zu trösten. Vergessen und Hoffen, diese beiden Hauptfaktoren des Trostes, sind die beneidenswerthe Mitgift des Sanguinikers.

S. hatte nicht vergessen, aber bald — schon im Eilwagen — wieder angefangen, zu hoffen. Als er durch die Pracht eines selten schönen Maimorgens dahinrollte, schwand seine Melancholie, wie der Nachtthau vor dem Sonnenstrahl. Warum denn auch darüber verzweifeln, daß Teresa seinen Brief nicht beantwortet hatte? Konnte er etwa mit Recht eine Antwort erwarten? Hatte er sich nicht selbst gesträubt, ein entscheidendes Wort zu sagen? War ihm Das nicht gleichsam nur entpreßt in dem bittern Schmerze des Scheidens? Und nun wollte er Alles für verloren halten, da sich das Mädchen nicht in ungeheurer Eile in seine Arme warf? Gewiß — Teresa wollte sehn, ob der Wildfang von Lieutenant über ein Jahr noch dachte wie heute? Sie wollte ihn nicht binden und sich nicht binden durch die förmliche Annahme seiner Gelübde — aber sie liebte ihn doch!

Was der Mensch hofft, Das glaubt er leicht. S. wiegte sich allmählich in die süßeste Zuversicht ein. Sein Glaube wurde noch bestärkt durch die brieflichen Mittheilungen eines Freundes. Teresa — so schrieb ihm Dieser, — hatte sich mehrmals angelegentlich nach dem Abwesenden erkundigt; bewegte sie sich auch so unbefangen und heiter in der Gesellschaft wie zuvor, wurde sie umschwärmt und angebetet wie früher, so zeigte sich doch keine Spur einer aufkeimenden Liebe.

Jetzt hatte der Lieutenant lange keinen Brief erhalten. Aber auch Das bekümmerte ihn nicht sehr. Es war nun im Januar; noch reichlich zwei Monate, und er kehrte selbst heim, sah und — siegte. Das war fast zweifellos.

Vielleicht waren Das auch die Gedanken, die jetzt den Kopf des zeichnenden jungen Mannes erfüllten; denn ein zuversichtliches Lächeln umschwebte von Zeit zu Zeit seine Lippen.

Der Briefträger störte ihn.

»Ein Brief von —3—.«

Hastig riß S. das Kouvert auf. Zwei Karten, mit rothseidenem Bändchen zusammengeschlossen, fielen ihm zuerst ins Auge. »Teresa Wendel de Abaco! Otto B., Regierungsassessor!«

Tonlos las der Lieutenant die Namen ab. Er las sie noch einmal und noch einmal. Er schlug eine helle Lache auf. Dann sanken seine Arme herab, die Karten zu Boden.

Nach längerer Zeit erst erinnerte sich der so fürchterlich aus seinen Himmeln gestürzte Mensch, daß auch ein Brief an ihn dalag. Der Brief des Freundes enthielt die Bestätigung seines Unglücks. »Ich glaube,« hieß es darin, »lieber Eduard, dieser Brief wird dir eine ungemüthliche Stunde bereiten. Teresa ist die Braut des hochmüthigen Assessors. Du warst doch verliebt in das Mädchen bis über die Ohren. In der letzten Nummer des Regierungsanzeigers stand die Ernennung des Stadtgerichts- assessors B. zum Regierungsassessor. Ich habe für dich die Anzeige aus- geschnitten und lege sie bei. Am selben Tage wurden die Verlobungs- karten verschickt. B. selbst hat mir diese für dich gegeben. Er sagte zu seinem Glück weiter Nichts; sonst hätte ich ihm die Freude mit meiner Klinge versalzen. Die ganze Stadt ist voll von der Verlobung. Man sagt, sie sei längst heimlich geschehn, die Veröffentlichung nur aufgeschoben bis zum fünfzigjährigen Dienstjubiläum des alten B., wo Dieser sich die Ernennung seines Sohnes zum Regierungsassessor vom Fürsten ausgebeten. Verliere nur deinen Humor nicht» 2c. 2c.

Stundenlang ging der Lieutenant im Zimmer auf und ab. Er sagte kein Wort, aber er faßte zuweilen wie ein Nervenkranker an seinen Kopf. Endlich schien er einen Entschluß gefaßt zu haben; er packte seinen Koffer, er bezahlte seine Rechnung und die Miethe für den laufenden Monat, hüllte sich in seinen Mantel, nahm eine Droschke und fuhr zur Eisenbahn.

Er legte eine lange Reise zurück — er wusste selbst nicht, wie. Er kam spät Abends nach —3—, er wusste selbst nicht, warum. Erst als er bei seinem alten Miethherrn, der ihn erstaunt ansah, aber zufällig sein früheres Zimmer leer stehen hatte, nach der anstrengenden Reise einige körperliche Erholung gefunden, begann er sich zu besinnen.

Was wollte er eigentlich hier? Diese Frage stellte er sich erst jetzt. Am Morgen nach seiner Ankunft Teresa sehn! Dieser Gedanke fuhr aller- dings immer wieder durch sein erschüttertes Hirn; es war die fixe Idee, die ihn nicht losließ; aber wo? wie? wozu? Auf diese Fragen hatte er keine Antwort.

Gegen Mittag kleidete er sich an und ging aus. Wäre ihm zufällig ein Bekannter begegnet und hätte ihn gefragt: »Wohin gehst du?« schwerlich hätte er es zu sagen gewusst. Mechanisch lenkte er seine Schritte zu Herrn Wendel's Villa. Er war in dem Garten, er bemerkte es nicht; er zog an der Hausglocke, er dachte sich Nichts dabei; er schritt über die Hausflur — plötzlich sah er sich in einem Zimmer — Teresa vor sich.

Mögen tausend Philosophen demonstrieren: »es giebt keinen Zufall!« Thatsachen beweisen mehr, als aprioristische Urtheile und Schlüsse. Der Lieutenant fand Teresa allein. Was die sorglichste Berechnung, die plan- mäßigste Intrige ihm schwerlich gewährt hätte, Das gewährte ihm die blinde Laune des Zufalls. Herr Wendel war mit seiner Gattin ausge- fahren, und — was sehr selten vorkam — ohne Teresa.

Sie war gerade an ihrem Blumentische beschäftigt, als der Lieutenant eintrat. Wie sie sich umdrehte und ihn erkannte, setzte sie rasch über ein paar auf der Erde stehende Töpfe hinweg, um auf kürzestem Wege zu ihm zu gelangen und ihm die Hand zu reichen.

S. nahm die Hand nicht. Er ließ sein Auge mit einem Ausdruck unsäglichen Schmerzes und dabei so vorwurfsvoll auf Teresa ruhn, daß Diese betroffen einen Schritt zurücktrat.

»Was ist Ihnen?« fragte sie beklommen.

»Sie sind Braut, Teresa, ist es wahr?«

»Braut? — Nun — ja — doch! Wie meinen Sie Das?«

»Thor, der ich war! Wahnsinniger!« rief S. und schlug sich vor die Stirn.

»Um Gotteswillen, Herr Lieutenant! Ich verstehe Sie nicht! — Was führt Sie zu mir?«

»Von Ihnen selbst wollte ich's hören,« sagte er düster, »um zu begreifen, daß mir Nichts, Nichts mehr zu hoffen bleibt.«

»Nichts zu hoffen? — Was hat Ihr Hoffen mit mir gemein?«

»Nichts, freilich Nichts, gar Nichts mehr. Sie waren,« fügte er bitter hinzu, »meine Hoffnung, meine einzige Hoffnung.«

»Ich?« fragte Teresa, noch bleicher werdend, als sie während der Unterredung schon geworden.

»Wähnten Sie etwa,« fragte S. mit aufwallendem Zorn, »ich habe Sie nur geliebt wie die andern Laffen?«

»Sie mich geliebt? Sie mich geliebt? fragte Teresa, indem sie mit beiden Händen nach der Stirn faßte.

»Sagte ich es Ihnen damals nicht, schrieb ich es Ihnen nicht,« — und er ergriff Ihren Arm fast drohend — »daß ich Sie mehr liebe, als irgend ein Mensch in der Welt?«

»Sie sagten mir, daß Sie mich liebten? — Besinnen Sie sich, Herr Lieutenant, — Sie gingen.« — Teresa's Stimme wurde bei diesen Worten weich und kaum vernehmbar — »Sie gingen und sagten mir kein einziges Wort!«

S. trat einen Schritt zurück. »Wie, Sie hätten meinen Brief nicht empfangen?«

»Brief? Ich weiß von keinem Brief!«

»Den Brief vom Vorabend meiner Abreise, worin ich Ihnen Alles, Alles sagte?«

Teresa schüttelte den Kopf.

»O dann — aber — es ist dennoch zu spät! Sie sind Braut, ohne Zweifel eine glückliche Braut!«

Teresa antwortete nicht und sah vor sich nieder.

»Teresa, wär' es nicht so? Reden Sie, nur ein einziges Wort, um Gottes Barmherzigkeit willen. Lieben Sie den Assessor? Sagen Sie, ist es nicht zu spät?« Und wieder faßte er krampfhaft den Arm des Mädchens und sah ihr mit fieberhafter Spannung ins Gesicht.

Sie schlug die Augen nicht empor und schwieg.

»Tereſa, du liebſt ihn nicht. O ſieh mich an! Ich fühle, ich könnte wahnſinnig werden. Du liebſt ihn nicht! Aber mich — mich! Sprich es aus, daß mich mein ahnendes Herz nicht betrogen. Liebſt du mich?«

Er hatte beide Hände um ihre Taille gelegt. Er ſah ſie an, das glühende Geſicht zu ihr gebeugt. Sie antwortete nicht, aber ſie blickte empor. Im Moment darauf lag ſie in ſeinen Armen.

Es war des Glückes faſt zu Viel für einen Mann, der eben noch beinahe der Verzweiflung erlag. — — — Endlich entzog ſich Tereſa ſanft ſeiner Umarmung, ſeinen leidenſchaftlichen Küſſen.

»Eduard, mir ſchwindelt der Kopf. Ich bin ſo glücklich; aber ich kann es noch nicht faſſen. Ich bitte dich, laß mich allein.«

»Du biſt mein!« rief er, »Niemand ſoll dich mir rauben.«

»Ich bin dein,« ſagte ſie feſt. »Aber, wenn du mich liebſt, ſo verlaß mich jetzt. Es iſt meine erſte Bitte,« ſetzte ſie ſchmeichelnd hinzu. »Du ſollſt von mir hören. Morgen. Wo wohnſt du?«

Er gab ihr ſeine Wohnung an. Sie umſchlang ihn noch einmal; ſie tauſchten von Neuem glühende Küſſe.

Widerſtrebend und doch freudetrunken entfernte er ſich.

5.

Der Lieutenant ging als ein ganz anderer Mann von Tereſa fort, als der er gekommen. Es war, wie die Feenmärchen erzählen, wie wenn ein Zaubertrank dem Entkräfteten die Spannkraft der Jugend wiedergiebt. Die Unterredung mit der Geliebten hatte Eduard S. ſeinen Muth, ſeine Luſt am Leben, ſeinen Verſtand, ſeine Beſinnung zurückgegeben. Er fühlte, daß er der glücklichſte Menſch von der Welt ſei, aber er hatte nun auch wieder Sinn für die Außenwelt. Er empfand jetzt das Mißliche ſeiner Situation in —Z—. Er überſah jetzt mit einem Blick die kleinen Unbehaglichkeiten, die aus ſeiner plötzlichen Ankunft in der Reſidenz hervorgehn mußten, und er dachte ſchon an die unbequemen Fragen, die man über den Zweck ſeiner Reiſe an ihn richten werde.

Aber er dachte daran mit dem Humor eines Glücklichen. Das ſah er ein, nur eine Lüge konnte ihm über die Verlegenheiten hinweghelfen. Sie war bald erfunden. In einem kleinen hannoverſchen Städtchen, etwa zehn Meilen von der Reſidenz, wohnte ein Verwandter von ihm, ein alter penſionierter Hauptmann. »Den laſſe ich krank ſein, ſterbenskrank, todtkrank,« ſagte er lachend zu ſich ſelbſt, »er hat mich kommen laſſen, und ich habe nach dem Beſuch einen Abſtecher nach der Heimat gemacht. Die Verlobung Tereſa's kann mir mein redſeliger Freund R, deſſen Brief natürlich uneröffnet in München liegt, als eine Neuigkeit für mich, noch einmal erzählen.«

Er ging zu seinem Freunde, der ihm geschrieben hatte, trug sein
Märchen vor, ließ sich Alles erzählen und spielte den Erstaunten, über-
raschten, so gut, daß Jener kein Mißtrauen schöpfte. Nach zwölf Stunden
erzählte sich die ganze Residenz von S.' Reise zu dem Onkel. — »Morgen!«
hatte Teresa versprochen, und sie hielt Wort. Am Abend des nächsten
Tages, in der Dämmerung, wurde dem sehnsüchtig harrenden Lieutenant
ein Brief überbracht, dessen Inhalt er mit athemloser Hast verschlang.

Damals, als S. die Residenz verließ, hatte Teresa erst eingesehn,
daß er ihr im Grunde der liebste sei unter allen jungen Männern, die
sie kannte; aber weit entfernt zu denken: »Wenn ich dich liebe, was geht's
dich an?« sagte sie sich im Gegentheil trotzig: »Gehst du so ohne Weiteres
auf und davon, so werd' ich mich auch um dich nicht quälen.« Das ist
die Philosophie eines leichtblütigen Mädchens, und diese Philosophie hätte
auch bei Teresa Stich gehalten, wenn es der Assessor nur etwas besser
verstanden hätte, sich bei ihr einzuschmeicheln. Warum sie ihn eigentlich
erhört hatte? — nun, Einen mußte sie ja doch wählen, und da ihr eben
kein Anderer besser gefiel, so gab sie dem Zureden der Mutter nach. Auf
S. hatte sie ja doch nicht hoffen können; Das wollte sie auch nicht, sie
ärgerte sich im Grunde nur, wenn seine blauen treuen Augen ihr nicht
aus dem Sinn wollten, und sie hatte gehofft, verheirathet zu sein, wenn
er wiederkäme.

Dem Lieutenant gingen vor Entzücken fast die Augen über bei diesen
naiven Geständnissen.

Das entschlossene Mädchen hatte nun dem Vater am gestrigen Abend
Alles gesagt. Sie habe sich getäuscht über ihr Herz. Geliebt habe sie
den Assessor nie. Jetzt aber liebe sie und sei wiedergeliebt und wolle
glücklich sein und glücklich machen. Den Assessor heirathe sie nun und
nimmermehr. Diese Erklärung hatte eine heftige Scene veranlaßt zwischen
Vater und Kind. Herr Wendel, sonst ein so nachgiebiger Vater gegen
seine Tochter, setzte ihr diesmal den unbeugsamsten Widerstand entgegen.
Kalt theilte er ihr mit, daß der leichtfertige Lieutenant keine passende
Partie für sie sei. Einen Brief Desselben, den jener Taugenichts vor
seiner Abreise an Teresa geschrieben, habe er aufgefangen, gelesen und ins
Feuer geworfen. Herr Wendel stellte der Tochter vor, welch öffentlicher
Skandal entstehen müsse, wenn die Verlobung zurückgehe, welche Folgen
dieser Skandal für Teresa, für die Wendel'sche Familie, die sich eben erst
in der Residenz eingebürgert, haben müsse. Er schalt den frevelhaften
Leichtsinn, womit die Tochter ein heiliges Band lösen wolle, das sie freiwillig geknüpft. Die Heirath müsse vollzogen werden, und wenn der
Lieutenant fernere Schritte thue, um Teresa's Ruhe zu stören, so würden
er und Herr B. Mittel zu finden wissen, ihn unschädlich zu machen.

»Es ist Manches wahr, was mir der Vater gesagt hat,« schrieb Teresa, »aber längst nicht Alles. Und ich kann nun doch nicht von dir lassen. Ich bin dein. Ich bleibe dein. Ich verlasse, wenn du willst, Vater und Mutter.«

Herr Wendel hütete seine Tochter wie ein Argus. An eine Zusammenkunft der Liebenden war nicht zu denken. Desto eifriger wurde die Korrespondenz geführt; eine verschwiegene Dienerin Teresa's trug die Briefe hinüber und herüber. In diesem Briefwechsel reifte jene Andeutung einer Flucht, welche Teresa gegeben hatte, zum Entschluß. In der That drängte die Zeit. Teresa ertrug es fast nicht, sich vor ihrem Verlobten zu verstellen, ihm Gefühle zu heucheln, die sie nicht für ihn hegte; und doch wagte sie es nicht, mit ihm zu brechen. Herr Wendel hatte ihr seinen Entschluß zu bestimmt angedeutet. »Laß dir nur mit einer Silbe, einer Miene merken, du wollest die Verbindung lösen, wehe dann deinem Liebhaber, dem blonden nichtsnutzigen Wicht! Mit der Kinderei eines Duells kommt er nicht wieder davon. Ich werde dann sofort dem Vater deines Bräutigams die ganze Sachlage enthüllen, und du weißt, er ist mächtig genug, diesem Knaben sein gemeines Spiel zu verderben.«

Die Noth, sagt man, macht erfinderisch; am meisten gilt Das von der Noth der Liebe. Bald hatten sich Teresa und der Lieutenant über einen Plan zur Flucht geeinigt. Der Plan war verwegen, aber vielleicht gerade deßhalb gefiel er Beiden. Teresa wollte Abends bei ein paar ältlichen Damen, Verwandten ihres Bräutigams, einen Besuch vorschützen. Während sie den Bedienten hinaufschickte, um anzufragen, ob sie willkommen sei, würde sie, wo möglich unbemerkt vom Kutscher, aus dem Wagen steigen, im Halbdunkel der Straßenbeleuchtung in den Thorweg neben dem Hause schlüpfen, von da aus die Gärten durcheilen, die an die Stadt grenzten, und die Chaussée gewinnen. Dort sollte der Lieutenant sie erwarten, sie zu sich aufs Pferd nehmen und mit ihr so weit reiten als möglich. Auf einer möglichst fernen Poststation nähmen sie dann Extrapost, um die holländische Grenze zu erreichen. In England würden sie sich trauen lassen.

Es gab damals keine elektrische Telegraphen, sonst wäre ein solcher Fluchtplan, wobei nur auf einen ganz unerheblichen Vorsprung zu rechnen war, und wobei die einzige Aussicht auf Gelingen in der Ungewißheit der Verfolger über die eingeschlagene Richtung beruhte, überaus lächerlich gewesen.

Wenige Vorbereitungen waren zu treffen. Der Lieutenant raffte an barem Gelde zusammen, was er auftreiben konnte. Teresa's kostbarer Schmuck, den sie mitnehmen würde, sollte die nächste Zukunft sichern. Das Pferd eines befreundeten Gutsbesitzers der Nachbarschaft, das S. öfters geritten, ward unter einem Vorwande entliehen.

Der zur Ausführung bestimmte Tag brach an, — ein kalter, wolken-verhängter Februartag. Aber S. glühte wie im Fieber. Mit Bangen wartete er der lezten, entscheidenden Botschaft. Auch diese kam Nachmittags. Mit wenigen liebeathmenden Worten sagte ihm Teresa nochmals, sie dürften nicht weiter aufschieben, er möge sie Abends erwarten.

Die Chaussée, welche von —3— nordwärts führt, umklammert in einem stumpfen Winkel die Gärten der Stadt. Zwischen diesen von Hecken umsäumten Gärten hindurch führt ein Labyrinth von Gassen, die meist auf die Landstraße münden. Dem Schweizerhäuschen im Garten des Kommercienraths L. gegenüber ritt Abends 7 Uhr ein einsamer Reiter auf der Chaussée langsam auf und nieder. Es war der Lieutenant S. Erst gegen acht Uhr durfte er die Geliebte erwarten, aber die Ungeduld, das unbeschreibliche Bangen, womit man immer ein überschwängliches Glück erwartet, hatte ihn weit früher als nöthig fortgetrieben. Tausend Gedanken kreuzten sich jezt in ihm. Er überrechnete noch einmal, ob die kleinen Kunstgriffe, die er angewandt, um der zu erwartenden Verfolgung eine falsche Richtung zu geben, genügen würden. Er fragte sich, ob es nicht doch besser gewesen, Jemanden ins Vertrauen zu ziehn; ob er nicht wenigstens ein Fuhrwerk hätte miethen sollen; ob er in übergroßer Vor-sicht nicht die Sorge für Teresa's Gesundheit hintangesetzt habe. Ihn schauderte, wenn er das zarte Mädchen ausgesetzt dachte dieser häßlichen Nacht. Seit Einbruch der Dunkelheit trieb der scharfe, schneidende Nordost einen feinen Schneestaub vor sich her. An dem immer leiser tönenden Tritt seines Pferdes konnte der Reiter ermessen, wie der Weg verschneite.

Die Zeit verrann. Kaum konnte der Lieutenant durch das Schnee-gestöber hindurch noch die Umrisse des Schweizerhäuschens erkennen; die Schneewolken, die stoßweise wie weißlichgraue, unheimliche Schatten an ihm vorüberhuschten, sperrten die Aussicht. S. zog die Uhr, die Zahlen des Zifferblatts waren nicht zu unterscheiden, er tastete an den Zeigern herum; es mußte zwischen 8 und 9 Uhr sein.

»Jezt wird sie gleich kommen,« murmelte er in sich hinein; und er zog das Pferd zur andern Seite, dichter an die Gartenhecke, obwohl der Schnee dort tiefer lag und das Thier ermüdete.

Wieder ritt er auf und nieder, — lange Zeit, — nach seiner Meinung eine Ewigkeit. Es mußte lange neun Uhr vorbei sein, nahezu zehn. Der Zapfenstreich in der Stadt war längst vorüber.

»Sie kommt nicht mehr,« dachte er. »Was mag sie verhindert haben?« — Seine Gedanken verwirrten sich. Er malte sich das Schlimmste aus. Aber dennoch dämmerte noch eine schwache Hoffnung in ihm. Viel-leicht hat sie ihre Flucht nicht ausführen können, als sie aus dem Wagen stieg; sie wird es thun, wenn sie abgeholt wird. Ich kenne meine Teresa.«

Und der Lieutenant ritt noch immer auf und nieder. Plötzlich tauchte eine Idee in ihm auf. »Wie, wenn ſie ſich in dem Gewirr der Gartenwege zwiſchen den Hecken verirrte? Wenn ſie das Schweizerhäuschen in dem Schneesturm verfehlte und an der andern Seite auf die Chauſſee käme?« — Erschrocken klammerte er ſich an dieſen Gedanken. Er gab ſeinem Pferde die Sporen, ritt die Chauſſee entlang in wildem Galopp, bog um den Winkel, jagte bis zur letzten Hecke, dann wieder zurück, und ſo auf und nieder.

S. hat es nie zu ſagen vermocht, wie oft er dieſen Weg zurücklegte. Sein Pferd zitterte unter ihm, es war von Schaum bedeckt, als ein lautes »Halt!« und »Wer da?« ertönte, und der Reiter unwillkürlich das Thier anhielt.

Einen Augenblick zögerte der Lieutenant mit der Antwort. Erſt auf das wiederholte »Wer da?« gab er, wie aus Gewohnheit, ſeinen Namen an.

Es war ein Gendarmerie-Officier mit einigen Begleitern, der S. höflich bat, ihm zu folgen.

Aber die Beſtürzung des Verhafteten erreichte erſt ihren Gipfel, als er erfuhr, Tereſa Wendel ſei ſeit acht Uhr Abends verschwunden, und man habe ihn im Verdacht, ſie entführt zu haben.

In fürchterlicher Angſt erzählte er, was er wuſſte. Es war, als ginge ihm jetzt erſt die volle Erkenntnis des gräßlichen Unwetters auf, das ihn umtobte. Er beſchwor den Officier, die Umgegend durchſuchen zu laſſen. — Einer der Reiter wurde zur Stadt geſchickt, um Laternen und mehr Leute zu holen. S. gab ihm ſein erſchöpftes Pferd mit; er ſelbſt blieb, auf ſein Ehrenwort, nicht entfliehen zu wollen, bei den Suchenden.

Bald bewegten ſich hundert oder mehr Laternen wie geſpenſtiſche Irrlichter in dem Weichbilde der Stadt. Man hatte die Bewohner der zunächſtgelegenen Straßen aus dem Schlafe gepocht, und bereitwillig brachten oder ſchickten ſie ihre Laterne, die ein Inventarſtück iſt in einem jeden Hauſe einer der Gasbeleuchtung entbehrenden Stadt. Den Laternenträgern ſchloſſen ſich Andere mit Beſen, Hacke und Schaufel an.

Unter ihnen waren auch der Aſſeſſor und der verzweifelnde Vater. Sonderbar, Dieſe faſt immer allein, während ſich ſonſt Alle beeiferten, den ſuchenden Lieutenant zu unterſtützen, hier ihm eine Hecke durchbrechen halfen, dort ihn, der kaum Ohr hatte für ein Wort, vor einer Untiefe warnten.

Es möchte ſchwer ſein, zu ſagen, wie es gekommen, aber der Zuſammenhang der Dinge war den Leuten allen bekannt. Ein paar abgeriſſene Worte wurden hie und da gewechſelt; der Inſtinkt verknüpfte ſie, die Phantaſie malte weiter aus, that auch wohl im Einzelnen des Guten zu Viel; aber im Ganzen traf man das Richtige und Alle hatten Partei genommen für das unglückliche Paar.

In dem Herzen des Assessors kämpften Wuth und Schmerz. Schmerz freilich über den Verlust des Mädchens, aber Wuth vor allen Dingen gegen seinen Rivalen. Dieser hatte jedoch das höhnende Wort, das der Assessor ihm beim flüchtigen Begegnen zuzuschleudern sich nicht versagte, überhört, und eine drohende Erwiderung in plattdeutscher Mundart von anderer Seite erstickte die schon auf den Lippen schwebende Wiederholung.

Das Gefühl des Herrn Wendel war nur Reue. Er hatte eben dies sein Kind am meisten geliebt. Die Scene, die er vor wenigen Tagen mit ihr gehabt, trat so lebendig vor seine Seele, er kam sich selbst vor wie ein entsetzlicher, unnatürlicher Vater, er hätte Alles gegeben, um das Vergangene ungeschehen zu machen — und er war so ganz ohne Hoffnung. Der an allen Komfort des Lebens gewöhnte Mann stierte verzweifelt in diese Winternacht, deren Schrecken in seinen Gedanken alles Maß überstiegen. Gestern noch hatte er gleichgültig, hinter seinen doppelten Fenstern sitzend, die in Lumpen gekleideten Bettelkinder vorüberhuschen sehen, jetzt stand es ihm fest: in diesem Graus konnte seine Teresa nicht leben. Er suchte nur ihre Leiche. »Ihre Leiche!« murmelte er, mechanisch sich durch den Schnee arbeitend, von Zeit zu Zeit eintönig vor sich hin.

Plötzlich machte sich eine eigenthümliche Bewegung unter den Suchenden bemerkbar. Die Zerstreuten zogen sich zusammen zu einer dichten Gruppe und umstanden einen großen Jagdhund, ein schönes prächtiges Thier, das heulend und wie um Hilfe bittend den Boden scharrte.

Woher der Hund, wer auf den klugen Einfall gekommen, ihn mitzubringen, danach fragte man nicht, aber als das große dunkelbraune Thier erst die Suchenden umkreiste, da wurde es Jedem sofort klar, daß man, kopflos, des allerbewährtesten Helfers nicht gedacht, und als der Hund suchend hin und her fuhr, da folgten ihm Aller Augen, und als er endlich an einem Punkte zu scharren anfing, da ließ ein Jeder von der eigenen Spur, und drängte sich um den Hund.

Der Lieutenant kniete neben ihm auf der Erde in dem losen Schnee. Derselbe lag fußhoch zusammengeweht und es mußte sich hier eine Vertiefung befinden. Auch duldete der Lieutenant weder Hacke, noch Schaufel. »Ihr könntet sie tödten!« schrie er, »ihr könnt sie erdrücken! Tretet nicht auf sie!« als ob er es ganz bestimmt wisse, daß hier an dieser Stelle seine Teresa gebettet liege.

Und jetzt ertönte ein Schrei von den Lippen des jungen Mannes, ein Schrei, so durchbringend, daß er Aller Herzen erbeben machte. Er hatte einen Zipfel von Teresa's Mantel gefaßt, und so viel' Hände sich nur herandrängen konnten, halfen ihm jetzt, den Schnee wegzuschaffen, so daß in einem Nu die Vermißte wirklich von der deckenden Hülle befreit dalag. — Der Bräutigam, der auch herangekommen war, wollte hinzuspringen, aber schon hielt S. die geliebte Gestalt in seinen Armen, und zähneknirschend sah und hörte der Assessor, wie Jener seine Braut mit den zärtlichsten Namen überschüttete, ja, unbekümmert um alle Zuschauer, mit Küssen bedeckte. Als dann auch der Vater neben Teresa niederkniete, ihre kalten Hände in die seinigen nahm, sie anflehte, nur wieder aufzuwachen, er wolle ihr Alles, Alles gewähren, was sie wünsche, — da fühlte B., daß seine Anwesenheit hier mehr als überflüssig sei und — verschwand.

Damit trat er gleichsam selbst seine Rechte an S. ab. Aber welcher Art waren diese? War es nur das Recht, der wiedergefundenen Geliebten als Leidtragender nach dem Kirchhof zu folgen und die Blume des Südens, die der Nordsturm verweht, auf immer zu beweinen?

Nein. So entsetzlich grausam war das Schicksal nicht. Man trug Teresa an jenem Abend in das nächste Haus, hüllte sie in wärmende Decken, rief Ärzte herbei und that Alles, was Kunst und Erfahrung in solchen Fällen gebieten.

Und sie wachte auf, ward dem Leben, dem Glück und der Liebe wiedergegeben. Ihr erstes Wort, ihre erste Frage, als sie wieder zur Besinnung gelangte, war S., ihr erstes Verlangen, ihn zu sehen, und was hätte man der in Wahrheit vom Tode Erstandenen weigern können?

Herr Wendel hatte in den nächsten Tagen eine lange und ernste Unterredung mit dem jungen Manne. Er leugnete nicht, daß er ihn nicht zum Schwiegersohne gewünscht habe: »Nicht weil Sie arm sind, denn die paar hundert Thaler des Assessors waren in meinen Augen auch kein Reichthum, aber —« und Herr Wendel gab dann ferner nicht undeutlich zu verstehen, daß ihm übles Gerede über den Lieutenant zu Ohren gekommen sei, als dessen Überbringer Dieser wohl nicht mit Unrecht seinen Gegner vermuthete.

»Ich füge mich den Thatsachen,« sprach Herr Wendel. Ich weiß, daß ich nicht wohl anders kann. Ich will an der schlechten Meinung, die ich von Ihnen hatte, nicht festhalten, — aus Gründen. Die Zukunft muß lehren, ob ich mich eines Bessern von ihnen versehen kann. Machen Sie meine Tochter glücklich; thun Sie Das, so will ich Sie mit Freuden meinen Sohn nennen, aber betrachten Sie sich überhaupt schon von jetzt an als solchen.«

Um dem Gerede der Leute bald ein Ende zu machen, ward die Hochzeit beschleunigt, und die Sympathie der ganzen Stadt war auf Seiten des jungen Paares.

Herr Wendel hat nie Ursache gehabt, den Tausch seiner Schwiegersöhne zu bereuen.

Hebbel als Lyriker.

Von Ludwig Goldhann.

Unsere Gegenwart ist eine Zeit der Ausgleichung, der Verknüpfung des Entlegenen, und wie sie mittelst des elektrischen Funkens die alte und neue Welt — im geographischen Sinne — verbinden will, so bringt die Leuchte der modernen Forschung in die fernsten Regionen der alten Geschichte, und so möchte sie andere Brände zünden, die auf politischem Gebiete Höhe und Tiefe nivellierten. Aber auch zwischen Gedanke und That schlingt sich eine lange Kette von Vermittlungsgliedern, die nicht übersprungen sein wollen; und wie wir es erlebten, daß jener heiß bejubelte Kabelfaden schon nach wenigen Stammelworten auf (noch unbestimmt) lange Zeit verstummte, so ist auch die Bindung geistig entlegener Potenzen nur ein Werk langsamer Reise, die im gemessenen Gange der Stetigkeit ihr Ziel erreicht. Ja, noch mehr: gerade diese nivellierungsdurstige Zeit wird Erscheinungen zu Tage fördern, die dem Ziele ihres Hauptstrebens am fernsten zu liegen scheinen, gleichwie eine allzu feurige Rüde ihre Beute überspringt — sie wird an Extremen haften und den banalen französischen Spruch über deren Berührung im leidigsten Sinne zur Wahrheit machen.

Im Kunstgebiete, und — um nur sogleich von unserer eigentlichen Domäne Besitz zu ergreifen — in dem der P o e s i e, konnten wir solche Thatsachen bis auf die jüngste Gegenwart herab um so gewinnreicher beobachten, weil der Deutsche, dem der Boden des praktischen Handelns bis zur Stunde noch entzogen ist, gerade in der Sphäre idealer Darstellung, insbesondere des gesprochenen und gesungenen Wortes nach vollstem Ausdrucke strebt und seine Intentionen bis zur Evidenz an den Tag legt. So hatten wir z. B. — um aus Vielem nur Eines zu erwähnen — aus dem Nachlass unserer Väter (mittelbar aus der Sturm und Drangperiode, unmittelbar von der romantischen Schule) eine poetische Richtung überkommen, die sich in exklusiv gläubiger Apotheose des u r w ü c h s i g e n G e n i u s gefiel, während andererseits der kritische Hang der Zeit, ein Produkt der philosophischen Doktrin und genährt durch den Skepticismus der tonangebenden Literarhistoriker, nach einer Bewusstheit des Schaffens drängte, welche zuletzt jede poetische Inspiration mit andern Mythen abzuthun strebte. Jede Einseitigkeit aber, die sich als lebend bethätigen will, wird allmählich ihrer eigenen Hilfsbedürftigkeit inne, und so suchte sich jene Tendenz mit pietistischem Chrisam zu salben, indem sie den poetischen Glauben durch den religiösen zu stählen strebte, während die Verfechter des reflektierten Schaffens theilweise mit den Wortführern des politischen Radikalismus in nüchternen Revolutionsdramen gemeine Sache machten — Beide jenes Moment der Zeitstimmung sich aneignend, welches ihren Übungen eine wahlverwandtschaftliche Seite entgegenbrachte.

Wie schwierig und gefahrdevoll die Lage des in diese wechselnden Strömungen gestellten Dichter-Individuums sein musste, vermag nur Derjenige zu ermessen, der die zarte Besaitung des Dichtergemüthes kennt und weiß, wie der künstlerische Trieb, allenthalben nach dem Vollen strebend, sich nicht beruhigen kann, eh' ihm selbst der aphoristische Gedanke mit scharfem Gepräge gerundet entgegentritt. Der schwächere Geist hatte hier den leichteren Kampf, weil er sich in dieser oder jener Richtung verfing und sonach schon durch den Esprit de corps sich gestärkt fühlte; die höhere Begabung musste in sich selbst die widersprechenden Momente aufnehmen und zu durchdringen suchen, so gut es eben gehn mochte; — der höchsten endlich ist es vorbehalten, beide Richtungen in sich selber zu versöhnen und jene Aufgabe, die Heine's, des klassischen Romantikers, zersetzende Ironie in negativer Weise gelöst, durch ein positives Vorgehen mit der Krone des Gelingens ruhmreich abzuschließen.

So stehen wir denn an der Genesis des echten poetischen Kunstwerks, welches rein und substratlos vor uns schwebt, gleich jenen tanzenden Nymphen, die, keines Bodens bedürftig, auf pompejanischen Wandgemälden durch den Schwung der eigenen Grazie sich zu tragen scheinen; das freie Spiel heiter verschlungener Kräfte lässt den schweren Kampf seines Meisters nicht ahnen, und die Tiefe des Gedankens spricht sinnvoll aus der Bedeutung jedes einzelnen Theiles. Wo die künstlerische Bildungskraft bis zu solcher Höhe gesteigert ist, dort kann auch die Frage nach poetischen Kategorien — in subjektiver Beziehung — eigentlich gar nicht aufgeworfen werden, und wenn für naive Kunstperioden die Scheidung poetischer Gattungen im Wege einer ästhetischen Physiologie fast bis in das Innerste der künstlerischen Individualität verfolgt wurde, sehen wir schon in Shakspeare einen Dichter, der groß ist als Lyriker wie als Dramatiker, Schiller's Genius bewältigt jede Kunstform, und Goethe's Meisterdramen und unübertroffene Lieder waren bereits Eigenthum des Volkes, als ihm sein »Hermann und Dorothea« den schönsten epischen Lorber um die Stirne wand. Die nächste Folgezeit brachte — aus den oben flüchtig berührten Gründen — keinen Dichter, welcher der positiven Lösung jener eben angedeuteten höchsten Aufgabe nahe gerückt wäre, wohl aber häufte sie jene massenhaften Bildungsstoffe, von denen gesättigt der Genius der Gegenwart — wenn anders sich ein solcher aus dem Widerstreit der die Zeit bewegenden geistigen Mächte entbinden könnte — an sein hohes Werk schreiten mochte.

Keine Zeit aber kennt sich selbst in der Tragweite ihrer Strebungen und kann mit sicherer Diagnose die Gründe ihres Siechthums und die

Mittel zu deren Abhilfe angeben; noch gewagter wäre es, die Männer
namentlich bezeichnen zu wollen, welche als ärztliche Specialitäten diesem
oder jenem Gebreste entgegenzuwirken berufen wären, — obgleich oft kunst-
richterlicher Dünkel, dem das Unmögliche noch nicht genügt, sogar der
Zukunft schon ihre Autoritäten oktroyieren will; — wenn wir aber auf
wildbewegtem Meere, das weithin die Trümmer unseres gescheiterten
Schiffes bedecken, einen stolzen Segler kraftbewusst durch die schäumenden
Wogen heranrauschen sehen, so fassen wir wohl neuen Lebensmuth und
begrüßen den erhofften Retter, ohne vorerst nach Richtung und Flagge zu
forschen. So kommt uns im weitbewegten, hafenlosen Gebiet der deutschen
Poesie der Gegenwart Friedrich Hebbel als eine Persönlichkeit entgegen,
deren abgeschlossene Physiognomie etwas von jener seemännischen Entschiedenheit an sich hat, der wir uns unbedenklich zur Führung nach dem sichern Port
überlassen. Eine Bürgschaft unseres Vertrauens finden wir in dieser rüstig
gespannten Haltung, in der Sicherheit des Gebahrens, die selbstgewiß ihr
feinstes Muskelspiel beherrscht, wir finden sie im tiefgefurchten Ernst
der Züge, die von Sonnengluth an Palmenküsten, wie vom ewigen Eise
des Nordpols, von azurner Meeresstille, wie von himmelan brausender
Sturmfluth erzählen.

In der That blieben auch Hebbel jene Stürme nicht gespart, die im
Gebiete der Kunst nicht minder wie im religiösen die unerläßlichen Vor-
bedingungen des wahren Gottesfriedens sind. So wie in seinen Dramen,
jenen mächtigen Äolsharfenklängen, aus welchen die Schmerzenshauche
der Zeit dissonierend ertönen, folgerichtig die grellsten Gegensätze auf gleichem
Boden sich begegnen, so haben sich in des Dichters eigenem Entwicklungs-
gang jene beiden heterogenen Momente, von deren endlicher Durchdringung
wir oben die Reife des vollendeten Kunstwerks abhängig erklärten, vielfach
berührt, gemieden und bekämpft. Es wird dem prüfenden Verstande wohl
immer, wie jedes Tiefste, schwer fasslich bleiben, wie jene überschwellende
Naturkraft, die das Grundelement von Werken gleich »Judith« und »Ge-
noveva« bildet, andrerseits so gemessenen Schrittes am Faden einer scharfen
Dialektik den Irrgewinden moralischer oder socialer Mißverhältnisse folgen
mochte, wie in »Maria Magdalena« und »Julia« geschah. Wenn aber
die Kunst überhaupt mit jedem bedeutenden Werke irgend eine specielle
Aufgabe des Geistes zu lösen hat, so bleibt sie selbst doch ein ewig ungelöstes göttliches Problem, und während wir noch über dem Mysterium
ihres Schaffens sinnen, bringt sie uns, ein neues, größeres Wunder, als
Aufschluß ihr Vollendetstes entgegen. Im »Ring des Gyges« und
»Michel Angelo« lächelt Hebbel's Genius zum ersten Male unbefangen,
weil er sich nah den Regionen fühlt, wo in hellenischen Lüften nur
Blumen ohne Dornen blühen.

War sonach eine geistige Wiedergeburt der Welt des modernen Dichters titanische Aufgabe, so lag auch im poetischen Schaffen nicht mehr, nach Goethe's noch harmloser Auffassung, ein Selbstbefreien des dichtenden Individuums, sondern die Welt erlöste sich im poetischen Werke gleichsam von sich selbst. Der Akt des Schaffens konnte daher auch nimmer jenen unbefangenen Genuß gewähren, womit in naiverer Zeit der Dichter ganz sich in den Arm der Schönheit warf, sicher, daß dem seligen Umfangen nur Reizendes entsprießen könne; ja, dem erforderten Riesenmaß der Kraft müßten sterbliche Nerven erliegen, wenn nicht wieder im unerschöpflichen Grunde der Künstlernatur die Quelle des Balsams flösse, welche die Kunst eben zur ewig »heitern« macht. Des dramatischen Dichters düstre Stirne mochte glättend ein spielender Schimmer überfliegen, wenn er den ernsten Psalter mit der weichmelodischen Lyra vertauschte, nicht etwa, weil er hier im Spiele leichter Lieder und Idyllen sich gewähren ließ, sondern weil seine Phantasie, dem strengen Bann der Wirklichkeit entnommen, in reizender Bildung sich ergehen und schaffen durfte, was sie wünschte, nicht was sie mußte.

So tritt uns auch Hebbel als Lyriker in schönster menschlicher Entfaltung näher heran, als es dem berufsvollen Dramatiker vergönnt war: es ist der Brutus, der, vom blutigen Tribunale heimgekehrt, in stiller Kammer eine Thräne weint über seinen schrecklichen Richterberuf, eine schöne, menschliche Thräne, die aber gleichwohl die mannhaften Züge des scharfen Römertypus nicht entstellt. Damit haben wir auch schon den bezeichnendsten Grundzug der Hebbel'schen Lyrik angedeutet: es sind seltene Blumen und Schlinggewächse, die aus hartem Felsengrunde keimen, und so bezaubernd ihre Farbenpracht, so süßbewältigend ihr Duftaroma, wir tragen fast Scheu, in ihrem Flor zu wühlen, weil wir den starren Boden kennen, dem sie so wunderbar entsprießen, und ihn bloßzulegen fürchten. Gleichwohl bleibt auch dieses Räthsel ein zaubervolles; ahnend, daß nur aus tiefer Denkerseele so sinnige Gebilde tauchen können, forschen wir nicht weiter nach der Gedankenarbeit, die den Felsenboden zu frischem Blüthetrieb befähigte. Aber freilich ist Dies nicht jener spielende Genuß, womit wir die Lovely- und Nipptischpoesien schlürfen, jedes dieser Gedichte bildet einen Ring, dessen Zusammenschluß — oft eine scharfgeschnittene Gemme, immer aber ein Edelstein — gefunden sein will, und so schlingen sich alle wieder zur werthvollen Kette in einander, worin, Glied für Glied, von der zartesten Liebeständelei durch alle Stufen menschlichen Fühlens und Erkennens bis zum deutungsvollen Sinnspruch, der Gedanke selbst nach freier Offenbarung ringt.

Demnach lassen sich auch in Hebbel's lyrischen Poesien — sowie sie jetzt gesammelt in den 1857 bei Cotta neu aufgelegten: »Gedichten« vorliegen — drei Hauptkategorien unterscheiden, je nachdem die künstle-

rische Idee, erst noch in subjektiver Stimmung befangen, sich bald in ob-
jektiver Gestaltung ausspricht, um endlich hüllenlos in didaktischer Kunstform tiefe Wahrheiten zu verkünden: Lieder und Bilder — Balladen und
Gelegenheitsdichtungen — reflektierende Gedichte, Epigramme und Verwandtes. Aus der eben angedeuteten genetischen Charakteristik von
Hebbel's lyrischen Produktionen dürfte sich übrigens schon ergeben, daß
das Symbolische einen Grundzug aller dieser Dichtungen darstellt, aber
es ist damit nur eben jenes Symbol gemeint, das jedem echten Kunstgebild
zu Grunde liegt, und während dieses in den Gedichten der zweiten Kategorie in Situation und Handlung deutungsvoll die Phantasie überrascht,
um in der dritten echt epigrammatisch in Bild und Aufschrift sich zu
lösen, begegnet uns die Symbolik der »Lieder« noch in dichten Schleiern,
um voll sinniger Keuschheit mehr noch unsere Ahnung zu berühren, als
unsere Anschauung und Erkenntnis. Ähnlich spricht die Natur selbst, die
Geschichte zu uns: wir treten an sie nicht mit einer Frage, sondern ihre
Erscheinungen tragen uns einen Gedanken entgegen, der vielleicht in uns
erst eine Frage regt und von Glied zu Glied in ewige Zusammenhänge
leitet. So athmet in diesen Liedern die lebendige Naturmalerei einen
geistigen Duft, der auch dem scheinbar leichtesten Spiele der Bildungen
jene erhöhte Bedeutung giebt, welche häufig für jenen Reiz naiver Harmlosigkeit entschädigen muß, die man gewöhnlich dem Liede (im engern
Sinne des Worts) als sein vorzüglichstes Attribut vindicieren will. Übrigens
hat eine Schwesterkunst auch in dieser Beziehung den Liedern bereits das
Zeugnis ihrer Geltung ausgestellt, indem sie ihr sangbares Element zu
verwerthen wusste, und in der That findet in Liedern wie: »Nachtlied«,
»Zu Pferd, zu Pferd!« »Das Vöglein«, »Frühlingslied« ꝛc., so wenig sie
im eigentlichen Sinne volksthümlich genannt werden können, die Musik
schon in Fülle jene bewegtere Stimmung des Gefühls, aus deren Wogen
sich von selbst, wie Leuchten des Meeres, die melodische Klangfolge entbindet.

In den Gedichten, welche wir nach ihrem Inhalt unter der Rubrik:
»Balladen und Verwandtes, Gelegenheitsdichtungen« befassen möchten,
tritt das Charakteristische von Hebbel's Künstlernatur am ausgesprochensten
hervor, weil hier einerseits gleichsam schon ein Flügelregen jenes Genius
bemerkbar wird, der in den dramatischen Gebilden die reine Ätherbläue
des Gedankens durchkreist, während andrerseits die Reflexion noch nicht in
direkt lehrhafter Form erscheint. Wenn es als Aufgabe des dramatischen
Dichters bezeichnet wird, ein Stück vom Leben in seiner Gebrochenheit
gegenüber der ewigen Idee — dem sittlichen Centrum des Welt-Organismus
— darzustellen, so haben wir in jenen Poesien Splitter dieser Stücke
oder vielmehr den Ausdruck des Schmerzes, womit diese Trümmer in
ihrer scharfen Zersplitterung in das empfängliche Gemüth des Dichters
schneiden. Ist daher das Kolorit dieser Dichtungen ein vorwiegend

düsteres — zuweilen selbst mit dämonischer Beleuchtung — so mildert
doch andrerseits eben die durchgängig waltende Harmonie einer einheitlichen
Grundstimmung jene schroffen Kontraste, die oft wie Reminiscenzen an
Hebbel's energischste dramatische Produktionen anklingen. Balladen, wie:
»Vaterunser«, »Der Haideknabe«, »Die Polen sollen leben«, »Die Spanierin«,
»Die Odaliske«, »'s ist Mitternacht«, werden im Leser ein fast peinliches
Gefühl zurücklassen, weil, obschon sie in knappster Form nur das Faktum
selbst zu bringen scheinen, doch schon in dieser Gedrungenheit des Ausdrucks eine geheime Bitterkeit liegt, die uns berührt wie abgerissene Reden
eines Mannes, denen wir es anfühlen, daß nur der verschlossene Seelen-
schmerz selbst ein breiteres Eröffnen hindert. Wo aber der Dichter sich
einmal dieser trüben Stimmung entschlägt und auf echt epische Weise
realen Boden unter sich spürt — zuweilen auch wohl, weil er sich persönlich durch diesen oder jenen Vorwurf besonders angeregt findet — da
ziehen lebensvolle Genrebilder mit niederländisch gesunder Färbung unserer
Phantasie vorüber, und eine sinnige Betrachtung, mitunter voll praktischer
Lebensweisheit, wird unser dauernder Gewinn. »Ein dithmarsischer Bauer«,
»Das Korn auf dem Dache« und »Husarenwerbung« bleiben in dieser Beziehung Muster ihrer Art, während sich in der Ballade: »Die heilige
Drei« Hebbel's auch auf weiterem Gebiete schon bewährte Gabe, dem
naiven Legendenstoffe — gleichwie andern Naturprodukten — seinen geistigen
Gehalt abzugewinnen, in hoher Formvollendung aufs Neue bestätigt.

Es ist kein Widerspruch, wenn wir oben die Balladen und Dergleichen
als die Hebbel's dichterische Persönlichkeit am meisten charakterisierende
Gattung bezeichneten und gleichwohl jenen Gedichten, welche, das reflektierende Element in mehr unmittelbarer Weise bietend, somit gleichsam den
Übergang zu den eigentlichen Sinnsprüchen bilden, vor allen den Preis
der Trefflichkeit zuerkennen. Denn die Tiefe der Gedankenwelt, Hebbel's
eigentlichster poetischer Inhalt, strebt dort schon nach der ihm eigentlichsten Form, der dramatischen, und weil eben dieses Ringen auf episch-
lyrischem Boden zu keinem vollen Siege führen kann, stellt sich ein Un-
genügen heraus, welches, vielleicht im Schaffen selbst nur halb empfunden,
den Leser hie und da merkbar verstimmt. In den Dichtungen dagegen,
die wir hier im Auge halten, hat sich die Reflexion, mittelst des lebendigen
Symbols, zu Bildungen abgeklärt, die in vollrunder Abgeschlossenheit den
Sinn nicht minder wie den Geist vergnügen; der frische Quell der Poesie
ist hier ein künstliches Fontänenspiel, hinter dessen krystallheller Wölbung
die Idee, eine duftige Blume selbst, anmuthsvoll hindurchschimmert; eine
Kunst, die mit Wasserperlen und Blüthenkelchen spielt, läßt das Geheimnis
der Form in Natur und Dichtung ahnen. Die Bestimmtheit, mit der
übrigens jede reale Erscheinung an den Dichter herantritt, bringt auch
hier in den meisten Fällen jene scharfe Pointierung hervor, die der modernen

3*

Lyrik charakteriſtiſch iſt, aber es ſind nicht die Pointen ſo vieler Heine'ſcher Tändeleien, die, wie raſchgekühlte Glastropfen, in Nichts zerſtäuben, wenn die Spitze weggebrochen, es iſt nicht jener brillante Farbenſchmuck, womit ſo mancher öſtreichiſche Lyriker ſeine hochaufſchießende Rakete in die Luft zerplatzen läſſt, es erfreut hier vielmehr die ſchwebende Spitze, worin das ſchöne Linienſpiel einer Opferflamme ſtill verduftet. Die tiefen Probleme ſocialer Konflikte und geheimnisvoller Bezüge des menſchlichen Herzens, mit deren Löſung im großen Stile ſich die Tragödie befaſſt, ſchlingen in ihre wechſelvolle Verknüpfung und Entfaltung eine Fülle von Berührungen und Thatſachen, die in Schmerz und Freude tauſendfältig durch die Welt nachzittern; hier entſtehen neue Bindungen und Gegenſätze, und bis ins Unendliche vervielfältigt ſich die Maſſe der Probleme, die der Kunſt zur unerſchöpflichen Fundgrube neuer Stoffe werden. Im Grunde ſind auch alle dieſe Stoffe, ſelbſt wo ſie ſich ins Minutiöſe zu verlieren ſcheinen, dem Dichter von gleicher Wichtigkeit, aber das Zufällige der Begabung und des individuellen Entwicklungsganges, ſowie perſönliche Sympathien üben wahlverwandtſchaftliche Einflüſſe, ſo daſs — um ein Hebbel'ſches Beiſpiel zu brauchen — dem Einen »Käfer und Butterblumen« genügen, während der bedeutender Organiſierte an Sonnenſyſtemen ſelbſt ſeine Kräfte meſſen will. Es ſteht vielleicht in Zuſammenhang mit dem Oppoſitionellen in Hebbel's ganzer Natur, daſs die Ergründung des nie ganz gelöſten Myſteriums, worin ſich das tiefſte Weſen des Weibes dem Manne gegenüber hüllt, ſchon in ſeinen größeren Werken ein bedeutendes Moment der pſychologiſchen Konflikte bildet; aber während dort die Höhe der geſtellten Aufgabe Ausnahmefälle und außerordentliche Komplikationen bedingte, iſt es in den Gedichten das Ideal der Liebe ſelbſt, welches das reinſte bindende Verhältnis zwiſchen menſchlichgeſtimmten Seelen, die in ſeine ewige Tiefe hinabſinken, wie zwei Thauperlen in den Kelch der weißen Lilie, in duftigen Geſtaltungen offenbart. Freilich kann eine ſo volle Männlichkeit nicht mit den Schattenbildern einer ſentimentalen Mondſcheinliebe tändeln, und der Dichter macht kein Hehl daraus, daſs es ihm mit der Forderung an der Geliebten ganze Perſönlichkeit realer Ernſt iſt, aber der feine Geiſt, womit hier die geheimſten Bezüge zum Ausdruck gelangen, athmet eine Atmoſphäre der Keuſchheit, die auch das ſenſualiſtiſche Element in ſeinem poetiſchen Rechte ſchützt. Das reizende Gedicht: »Liebesprobe«, ferner: »Sie ſehn ſich nicht wieder«, »An ein erröthendes junges Mädchen im Louvre«, »Ich und du«, »Stanzen auf ein ſicilianiſches Schweſternpaar«, »Das Mädchen im Kampfe mit ſich ſelbſt«, und der Cyklus: »Ein frühes Liebesleben« u. a. m. ſchlagen Klänge an, welche dem uralten Thema durch geiſtreiche Nuancierung dauerndes Intereſſe ſichern.

Das pſychologiſche Räthſel der weiblichen Natur verliert jedoch dem Dichter momentan ſeine Bedeutung, wenn er die ſchöne Erſcheinung im

Zusammenhange mit dem Naturganzen erfaßt und sonach, wie durchweht
von einem Schauder pantheistischer Ehrfurcht, der reizendsten Bildung
des unerschöpflichen »Proteus« sich nähert. In dieser Auffassung haben
wir zugleich einen Schlüssel zu des Lyrikers Verhalten gegenüber der
Natur selbst: sie hat für ihn nur Werth, indem er sie von höherem Leben
durchpulst erkennt, aber sein eigener reichorganisierter Geist läuft in so
vielen zarten Spitzen aus, daß sich ihm der Berührungspunkte genug
bieten, um in der ganzen Natur bloß jenes ewige, dem wahren Dichter
verständliche Buch zu finden, dessen Initialen — wie die alter Inkunabeln
— mit Blumen umrankt sind, während der Inhalt nur in den großen
Hieroglyphen des Sonnensystems sich abschließt. Hier erst findet der
Dichter des socialen Problems die wahre Ruhestatt, um, zwar nicht in
morgenländischem Quietismus, aber in heiterem Genusse mit den Formen
spielend, zu neuen Gängen sich zu stärken, und so athmen viele dieser
Gedichte eine gesunde Lebensfrische, frei von jenem officinellen Duft, womit
uns selbst in den Balladen noch mancher Naturzug entgegenweht.

Doch auf der Höhe des angedeuteten Standpunkts verschwimmen
zuletzt die Grenzen zwischen Natur und Leben, und wenn jene in Gedichten von so tiefsinniger Bedeutung, wie: »Das Opfer des Frühlings«,
»Der Baum in der Wüste«, »Auf dem Meer«, »Der Sonnen-Jüngling«,
Horn und Flöte« und dergleichen, noch in der schönsten Bildlichkeit des
Symbols ihre alten poetischen Prärogative geltend macht, so folgen bald
wieder solche, worin der philosophische Gedankengehalt selbst nach unver-
mitteltem Ausdruck strebt, denn immer ist es das Menschendasein an
sich, welches in seinen tausend Wandlungen und Konflikten den voll-
gültigsten Anspruch auf künstlerische Reproducierung stellt. An des Dichters
eigenem Lebenszange und der Fülle seiner Bildungsmomente spiegelt sich
hier der der Menschheit, und so schmückt den allgemeinen Gehalt häufig
ein Reiz des Individuellen, der durch die in Reminiscenzen weilende
Stimmung oft voll gemüthvoller Weichheit unsere Seele anmuthet, wie
in: »Bubensonntag«, »Großmutter«, »Ein Geburtstag auf der Reise«,
»Geburtsnachttraum«, »Das alte Haus« und ähnlichen, während Gedichte
wie: »Eine Pflicht«, »Zwei Wanderer«, »Erleuchtung«, »Die Schönheit
der Welt«, »An den Tod« und das herrliche »Gebet« — vielleicht die
schönste Perle der Sammlung — rasche Streiflichter, theilweise in mystischer
Färbung, über die höchsten Fragen des Lebens ergießen. Aus solch reiner
Harmonie poetischen Daseins folgen wir dem Sänger nur ungern — in
dem Abschnitte: »Dem Schmerz sein Recht« — in ein dunkleres Gebiet,
obschon uns hier die Aphorisme: »Geht· stumm an dir vorbei die Welt«
wie ein erhebender Mahnruf selbstbewusster Männlichkeit erklingt. Auch
in »Des Dichters Testament« hallen noch die düstern Klänge fort, aber

während sich der arbeitende Gedanke mehr und mehr der Stimmung zu
entkleiden sucht, ringt er in dem merkwürdigen Stücke: »Das abgeschiedene
Kind an seine Mutter« schon nach systematischer Gestaltung, die freilich
hier nicht zu erreichen war, ohne in ihrem wuchtigen Erzgusse die poetische
Blüthe zu versengen.

Aus den Dichtungen der dritten Kategorie sind nun vor Allem jene
gediegenen Sinnsprüche hervorzuheben, die — theils in der Form des
Sonetts, bald im klassischen Epigramm oder noch leichteren Rhythmen —
eine Fülle moralischer, praktischer und ästhetischer Weisheit bringen, welche
durchweg an bedeutende Fragen in Leben und Kunst rührt und dieselben
entweder löst oder doch augenblicklich unter den rechten Gesichtspunkt stellt.
Ist die Weisheit des Orients, wie sie in Myriaden sinnvoller Sprüche
atomistisch sich fixierte, nur die Frucht vieljähriger Erfahrung der Völker
und des Einzelnen, so haben wir in Hebbel's Buch der Sprüche die Essenz
der Resultate lebenslanger Gedankenarbeit, den Diamantkörnern gleich, die
sich als Produkt gewaltiger Revolutionen und Verkohlungen im Schacht
der Erde ablagern. An das Kleine und Konkrete heften sich hier oft
Gedanken von großer Tragweite, die engste Spalte genügt eben, um durch
sie die volle Sonne zu schauen. Jene energische Koncentration der Darstellung, die, eines der entschiedensten Kennzeichen von Künstlerbegabung,
Hebbel schon in seinen größern Werken charakterisiert, findet sich hier zu einer
Gedrängtheit des Ausdrucks gesteigert, welche dem einzelnen Worte Centner-
gewicht verleiht. Leben, Kunst, Geschichte, Ethik ziehen am geistigen Ho-
rizonte des modernen Brahmanen vorüber und im Fluge greift er ihre
bedeutendsten Erscheinungen auf, diejenigen, von deren Beleuchtung helle
Reflexe auf ihr ganzes Gebiet zurückstrahlen und das Entlegene in tief
innigem Zusammenhange darlegen. Von Interesse sind hier vor Allem
die Aphorismen über Kunst und Poesie, worin ein ästhetisches Glaubensbekenntnis niedergelegt ist, das für die Kunstbestrebungen der Gegenwart
als maßgebend betrachtet werden kann. Denn so zufällig in den meisten
Fällen die Anlässe sind, die hier zu Keimen poetischer Triebe werden,
so reichen doch die logischen Konsequenzen dieser Sinnsprüche größtentheils
weit genug, um in ihrer Verknüpfung beinahe ein ganzes System der
Ästhetik zu konstruieren. Bei einer so bewußten Schaffensthätigkeit, wie
die Hebbel's, gewinnt eine solche Offenbarung um so mehr Interesse, weil
hier die Bezüge zwischen Theorie und Praxis gleichsam aufgedeckt liegen,
indem auch er zu jenen »Richtern der Form« gehört, die das Gesetz, welches
sie aufstellen, gleich schon im Geben erfüllen, während andrerseits jede tief-
angelegte Dichternatur, selbst bei klarster Kundgebung ihrer Intentionen,
doch immer ein letztes Residuum bewahrt, welches sowohl der Kritik als
dem Genusse ein heiteres, wenn auch stets ungelöstes Räthsel bleibt.

Gleichen wir Menschen doch fortan dem phantasiereichen Kinde, welches sich bei dem schönsten Spielwerk nicht begnügt, ohne dem geheimen Trieb= werk nachzuforschen, worin das Wunder der Bewegung und des Lautes liegt. Aber freilich — während das Kind die entweidete Puppe wegwirft, giebt dem gebildeten Menschenkinde das Kunstwerk erst höchste Lust, wenn es auch die Gesetze seines Werdens ergründet hat.

Fassen wir nun noch zum Schlusse Hebbel's gesammte lyrische Pro= duktionen in einem Totalüberblick zusammen, so können wir nicht umhin, darin ein bedeutungsvolles Kriterium der Zeit zu erkennen, welche schmerz= voll nach dem Schönsten ringt, aber auch dort, wo noch kein Sieg erfochten ist, in den wechselnden Attitüden des Kampfes selbst oft ein reizendes Schauspiel bietet. Die Zeiten einer exklusiven Lyrik sind vorüber: ihr Stoff ist die Welt, ihre Form an kein Schema mehr gebunden. Heine's unerbittlicher Ironie war nicht minder der lärmende Enthusiasmus der politischen Dichter erlegen, wie die mondbeglänzte Frömmigkeit der Ro= mantiker und der farbenprunkende Kosmopolitismus eines Freiligrath: der neuen Lyrik aber ist es vorbehalten, alle diese Richtungen als überwundene Momente in sich aufzunehmen und, vergeistigt durch die weltbewegenden Gedanken der Gegenwart, ihre Reflexe im reinen Dichtergemüth aufzu= weisen. In diesem Sinne erscheint die Stellung Hebbel's in der modernen Poesie, wie wir sie am Eingang dieser Skizze zu bezeichnen suchten, auch mit Rücksicht auf seine lyrischen Schöpfungen als eine vollberechtigte, die sich ihrer Kraft wie ihres Sollens durchaus bewußt ist, seine »Gedichte« reihen sich den dramatischen Werken ebenbürtig an und stehen somit auf einem Niveau, wo ihrem Schöpfer allerdings zu Muthe werden mag wie dem einsamen Pilger, der, vom Morgenroth bestrahlt, auf hohem Alpen= gipfel wandelt. Damit erklärt sich denn auch, daß Hebbel's Gedichte — inmitten einer Überfülle von lyrischen Ephemeriden — im Augenblick noch keineswegs jener Popularität sich erfreuen, die ihr innerer Werth zu verbürgen scheint; aber eine so resignierte Persönlichkeit, wie Hebbel, dürfte hierüber nur geringen Kummer fühlen, und braucht er des Trostes, so hat sich ja der Dichter selbst den schönsten zugerufen in jenem schla= genden Epigramme:

»Perlen hast du gesät — auf einmal beginnt es zu hageln,
Und man erblickt sie nicht mehr; hoff auf die Sonne, sie kommt!«

Dramaturgische Abhandlungen

von H. Th. Rötscher.

5.

Der freiwillige und der unfreiwillige Narr.
Mit besonderer Beziehung auf Shakspeare.
(Der Narr in „König Lear" und Malvolio in „Was ihr wollt.")

Auch für die in der Überschrift bezeichneten Gegensätze hat Shakspeare für alle Zeiten die ewigen Urbilder geschaffen, und es lohnt sich wohl, dass wir uns dieselben einmal beiläufig zum Bewusstsein bringen. Zuerst also: wer ist ein freiwilliger Narr? Es ist Derjenige, welcher sich zum »Narren« gemacht hat, dadurch aber einen hohen sittlichen Zweck erfüllt. Wer sich zum Narren macht, setzt sich freiwillig zur Kurzweil eines Andern herab. Der freiwillige Narr muss daher, um wahrhaft menschlich und dadurch poetisch brauchbar zu sein, das Bewusstsein von seiner Selbsterniedrigung haben. Wodurch kann er sich von dieser Selbst-erniedrigung befreien und wieder zum Gefühl seiner menschlichen Würde gelangen? Dadurch allein, dass er seine Stellung als Narr in einem höheren sittlichen Dienst verwendet und durch die Liebe, mit welcher er seine Rolle als Narr spielt, sich erhebt und sich so zum Spiegel der Wahrheit macht. Nur hiedurch stellt sich der freiwillige Narr in seiner menschlichen Würde, die er scheinbar aufgegeben hatte, wieder her und gewinnt unsre Liebe, die ihn bis ans Ende begleitet. Eine solche hoch-poetische Gestalt des freiwilligen Narren hat Shakspeare in der Gestalt des Narren in »König Lear« geschaffen. Der Narr im »Lear« hat sehr wohl das schmerzliche Bewusstsein seiner Stellung, denn er möchte, wie er selbst sagt, »alles Andre eher sein, als ein Narr.« Aber er erhebt sich aus dieser unwürdigen Stellung, nur zur Kurzweil eines Höheren zu dienen, indem er sowohl seinem Herrn den Spiegel der Wahrheit vorhält, als auch, nachdem Diesen die furchtbaren Schläge des Schicksals, wenn auch nicht ohne Schuld, getroffen haben, durch seinen Humor das Herzweh des Königs zu verscheuchen strebt und in Liebe bei dem theuren Herrn aushält, ihn begleitet in furchtbarer Nacht, um ihn nicht in solcher Zer-rissenheit sich selbst zu überlassen. Dieser Narr stirbt zuletzt an gebrochenem Herzen, als die Nacht des Wahnsinns sich über den geliebten Herrn zu lagern beginnt, er also ihm Nichts mehr sein kann, da weder die bitteren Wahrheiten, noch der beschwichtigende Scherz mehr verstanden werden.

Dadurch, dass er dem König den Spiegel der Wahrheit vorhält, ist er der bittere Narr, der sich aber eben durch dies Verfahren aus der Erniedrigung seines Narrenthums befreit. Durch seine Liebe zum König macht er sich andererseits zum Tröster und liebevollen Hort desselben. Man fühlt es diesem Narren an, dass er sich nur mit Mühe die Worte des Humors aus der tiefbewegten Brust abringt, um das Herz des gekränkten Königs zu erleichtern. Diesen Theil seiner Mission, den Kummer von dem Herzen Lear's durch seinen Humor hinwegzuscheuchen, vermag der Narr nur durch die Kraft der Liebe zu erfüllen, — einer Liebe, die zuletzt sein Gemüth aufreibt, weil seine Kräfte im Dienste der Wahrheit und Liebe aufgezehrt sind. Er will »um Mittag zu Bette gehen«, da der Wahnsinn des Herrn eine ewige Scheidewand zwischen ihm und dem Könige aufgerichtet hat. Das Leben wie der Tod sind gewissermaßen die Verklärung des freiwilligen Narren.

Wer ist nun, diesem freiwilligen Narren gegenüber, der unfreiwillige Narr? Derjenige, welchen die Eitelkeit und Selbstverkennung so weit aufgebläht haben, dass er zu einem bloßen Spielball des Spottes und der tollen Lust seiner Umgebung geworden ist. Auch für diese Gestalt hat Shakspeare das Urbild geschaffen, und zwar in seinem Malvolio in »Was ihr wollt.« Malvolio ist wesentlich ein gravitätischer Narr, und nur dadurch der Gegenstand des Humors für Andere. Es giebt folglich nichts Verkehrteres, als dem Malvolio nur einen Zug von Humor oder selbstbewusstem Spaße zu leihen, denn dadurch wird sogleich das Bild des unfreiwilligen Narren verwischt; Malvolio ist in keinem Augenblick subjektiv komisch, er ist vielmehr durch das Übermaß seiner Eitelkeit von allem Humor schlechthin entfernt und kann daher nur ein Objekt des Humors für Andere sein. Malvolio, der unfreiwillige Narr, ist wesentlich eine trockene gravitätische Gestalt, welcher die Eitelkeit, in die sie versenkt ist, jede Kritik der Verhältnisse geraubt hat. Folglich darf aus ihm in keinem Augenblicke der Schalk herausschlagen, denn er ist stets ernst und selbstbewusst. Je ernster und gravitätischer Malvolio erscheint, je mehr er in diese Gravität hineinwächst, desto komischer erscheinen die Situationen, in welche er versetzt ist. Durch dieses Übermaß von Eitelkeit und Gravität hat der Dichter dafür gesorgt, dass der Zuschauer keinen Augenblick Partei für ihn nimmt, dass er nirgends selbst da, wo ihm hart mitgespielt wird, Anspruch auf unsere Theilnahme erhält. Wir gönnen ihm vielmehr alles Widerwärtige und namentlich allen Hohn, dem er ausgesetzt wird, von Herzen, weil wir darin nur die gerechte Strafe für die maßlose Eitelkeit des Subjekts erblicken. Der phantastischen und somit verstandlosen Eitelkeit Malvolio's entspricht allein die gründliche Verhöhnung, welche er erfährt. Malvolio ist daher der unfreiwillige Narr, welcher an dieser, aus ungemessener Narrheit stammenden Eitelkeit zu

Grunde geht, ohne Trost, wie ohne Aussicht auf irgend einen Ersatz. Nur weil in ihm kein Zug von Humor und Freiheit ist, wird er auch allen Täuschungen, in die ihn seine Eitelkeit versetzt, zugänglich. — Was folgt daraus für die künstlerische Darstellung dieses unfreiwilligen Narren? Je trockener, gravitätischer er erscheint, je mehr er sich bis zu phantastischer Würde und Hoheit steigert, ohne jemals auch nur durch einen Zug komisch wirken zu wollen, desto klarer erscheint sein Bild, desto mehr tritt er im Geiste des Dichters vor uns hin, desto ergötzlicher wirkt seine Vernichtung, desto drastischer das Strafgericht, welches über diese hirnverbrannte Eitelkeit verhängt wird.

Die neuplattdeutsche Literatur.

Von Friedrich Dörr.

III.

Fooke Hoissen Müller.

Habent sua fata libelli! Es giebt trivial gewordene Sprichwörter, die dennoch zuweilen ganz treffend an ihrem Platze sind. Dies gilt mit vollstem Recht im vorliegenden Falle. Über Hunderten von Büchern hat ein besonders glücklicher Stern gewaltet, der sie in ein Licht gestellt und mit einem Glanze umgeben, daß es unmöglich geworden ist, sie könnten jemals in Nacht und Vergessenheit zurückversinken. Kommt es doch zum Theil nur auf einen glücklichen Koup des Dichters an, eine etwas veraltete und vergessene Bahn neu zu betreten oder einem altmodisch gewordenen Gewande einen neuen Schnitt zu geben, um in die erste Reihe der Schriftsteller einzutreten. Was gälte uns Klopstock's »Messias«, wenn er in unserer Zeit, wo nach dem Fatum der Bücher nicht leicht etwas Neues mehr ans Licht treten kann, geschrieben, wenn er nicht der erste Versuch gewesen wäre, in moderner Zeit das Epos neu zu gestalten und durch seine entschieden ausgeprägte, also unkünstlerische, religiöse Tendenz die ganze Schar der Pietisten zu glühenden Verehrern gewonnen hätte? Was würden nach Goethe und Heine noch Gleim und der Schwarm moderner Anakreontiker mit ihrer seichten epikuräischen Lebensweisheit gelten, hätte nicht ein glückliches Schicksal sie in eine an produktiven, ja auch nur formell dichtungsfähigen Kräften arme Zeit gestellt? Die Stollberg, Hagedorn, Gellert und viele Andere verdanken ihren Nachruhm offenbar einzig dem günstigen Geschick. Talente, wie sie, zählen wir unter den

Lebenden zu Dutzenden, ohne daß sie weiter beachtet werden. Aber sie bilden ein nothwendiges Mittelglied in der Literaturgeschichte, man nennt sie, man liest sie nicht.

Wenn freilich nur auf so zweideutigen Ruf zu rechnen ist, so möchte Mancher es vielleicht vorziehen, gar nicht erst bekannt zu werden. Ein Anderes aber ist es, wenn über einem wirklich eminenten Talente ein so unglücklicher Stern waltet, wie über Fooke Hoissen Müller.

Als im Jahre 1857 die »Döntjes un Vertellses in Brookmerlander Taal, de verbreedste ostfreeske Mundart, von F. H. Müller« (Berlin, Julius Springer) erschienen, fanden dieselben keine weitere Beachtung. In keinem Blatte erfuhren sie eine freundliche Erwähnung, und so blieb dem Schreiber dieser Zeilen die angenehme Aufgabe, in den »Blättern für literarische Unterhaltung« ein Jahr später in ausführlicher Besprechung auf den hohen Werth des Buches aufmerksam zu machen, und er hatte die Freude, daß andere Journale, von der Beurtheilung Notiz nehmend, gleichfalls die Gedichte empfahlen. Dennoch ist das Buch ungelesen geblieben.

Während man Groth's und Reuter's Namen sicherlich überall kennt und Anstand nehmen würde, zu gestehen, daß man ihre Schriften nicht gelesen, findet man selten, daß Jemand von Müller's Gedichten Kenntnis genommen hat.

Zum Theil liegt der Grund darin, daß im Jahre des Erscheinens die Begeisterung für das Plattdeutsche bereits bedenklich abgekühlt war und das Auftauchen eines neuen Werkes in dieser Mundart nicht mehr zu den überraschenden Seltenheiten gehörte. Ein großer Antheil an der Schuld gebührt auch dem Verleger, der, obgleich er auf unsern in jener Recension ausgesprochenen Tadel hin ein kleines Wörterbuch nachzuliefern beabsichtigte, hinterbrein dennoch unbegreiflicherweise dies zweckentsprechende und wenig kostspielige Unternehmen wieder aufgab. Denn an einem solchen Wörterbuche fehlt es dem Leser der Gedichte allerdings, da zumal der Hochdeutsche nur durch dies Medium in das Verständnis einzudringen im Stande ist. Groth und Reuter werden dadurch für Jedermann lesbar. Aber selbst der Plattdeutsche versteht nicht Alles, was Müller geschrieben, denn die auf einen so abgelegenen Theil Deutschlands beschränkte ostfriesische Mundart weicht in vielen wesentlichen Stücken, besonders im Wortschatz, vielfach von den übrigen plattdeutschen Mundarten ab, und selbst das so fleißig und gründlich angelegte »Ostfriesische Wörterbuch, von Stürenberg« giebt auf manche vorkommende Frage nicht die genügende Antwort.

Übrigens ist die Sprache des Buches äußerst interessant, und wir möchten dieser Mundart an Wohlklang wie an Treue den Vorzug vor allen uns bekannten geben. Gerade in diesem entlegenen Winkel konnte die verstoßene und verachtete Sprache am sichersten eine ruhige Stätte

finden und hier, selber im Absterben begriffen, eine Tochter zur Welt
bringen, welche einer ganzen Nation als Sprache der Bildung und des
Verkehrs dienen sollte. Denn die große Ähnlichkeit des Ostfriesischen mit
dem Holländischen wird wohl nicht aus einem Einfluß des letzteren auf
jenes, sondern so zu erklären sein, daß im Ostfriesischen sich noch die alte
plattdeutsche Mundart erhalten hat, aus der das Holländische hervorgegangen.

Eben wegen jenes schwierigeren Verständnisses haben wir versucht,
die vorangestellten Proben in hochdeutscher Sprache wiederzugeben, obgleich
wir uns sonst auf das entschiedenste gegen solche Versuche, aus einem
Volksdialekte übertragen zu wollen, erklären müssen. Die Übersetzungen
von Groth's »Quickborn« haben die Unzulänglichkeit solches Unterfangens
aufs klarste dargethan. Mit Reuter's Gedichten, die ganz eigentlich aus
plattdeutschem Wesen hervorgegangen, würde der Versuch beim ersten
Anlauf scheitern. Für Müller's Gedichte wäre eine Übersetzung am ehesten
möglich, und daß Dies der Fall ist, beruht auf einem nicht wegzuleugnenden
Fehler des Buches: es ist nicht im eigentlichen Sinne plattdeutsch! Zwar
ist der Dichter ganz Ostfriese, voll Begeisterung für seine Heimat und
voll warmer Liebe für seine Muttersprache, die er auch mit großer Meisterschaft zu handhaben weiß. Aber der Inhalt der Gedichte ist ein solcher,
daß sie ebenso gut, wenn nicht besser, hätten hochdeutsch geschrieben
werden können.

Das nur zehn Bogen starke Buch enthält zunächst ein größeres
episches Gedicht »Tiark Allena«; dann folgen noch achtzehn kürzere Gedichte
und Lieder.

Das epische Gedicht bietet uns nicht etwa, wie man es vom Plattdeutschen erwarten möchte, eine einfach idyllische Erzählung, es ist ein
großartiges erschütterndes Gemälde von dem Kampfe des friesischen Bauern
mit dem feindlichen Meere, das fortwährend gegen die Deiche tost, ihm
seinen Landbesitz, den er dem Meere entzogen hat, wieder abzugewinnen.
Gewiß ein glücklicher Vorwurf zur epischen Behandlung in unserer Zeit,
und sicherlich würde das Gedicht, hochdeutsch geschrieben (und zwar vor-
ausgesetzt mit derselben Meisterschaft in der Form), ein nicht geringes und
sicherlich dauerndes Aufsehn gemacht haben. Um zur Lektüre anzuregen
und in das Verständnis einzuleiten, theilen wir den Inhalt des Gedichtes mit:

Tiark Allena, der Held des Gedichtes, ist ein Kämpfer, ein wackerer, stolzer,
ausdauernder Kämpfer, der täglich dem Meere zuruft: »Ick will doch sehn, well
Baas blivt, du oder ick!« Aber das Meer ist ewig, und des Friesen Schanzen — so
gewaltig jene Deiche sind, die er dem Meere entgegenwirft — sind es nicht.
Immer wieder reißt das feindliche Element die ungeheuren Bauten nieder und
bricht verheerend in das Besitzthum des Bauern ein. Mit aller Kraft,
mit dem Muthe des Stolzes, der gar nicht zu brechen ist, aber auch mit

der berechnenden Klugheit des klaren Verstandes geht Dieser in den Kampf.
Seine Nachbarn betrachten ihn, den sie nicht verstehen, mit halb ängstlichem
Blick und melden ihn, und allerdings sind der düstere Trotz, mit dem er
vorschreitet, und das wunderbare Glück, das er hat, geeignet, ihn in die
Meinung zu bringen, als gehe es nicht mit rechten Dingen zu. Er führt
auch oft genug den Namen des Teufels im Munde und geht nicht in
die Kirche, aber seinen Sohn Otto, auf den er alle Hoffnung setzt, schickt
er jeden Sonntag hinein. Dieser ist indeß ein leichtsinniger Bursche, der
lieber den Mädchen nachläuft, doch endlich, nach manchen Verhältnissen
leichterer Art, ein Mädchen findet, das zwar arm und einfach ist, aber
sein Herz und seinen wilden Muth bändigt. Vergebens bittet er um die
Einwilligung des Vaters. Wie! der reiche, stolze Bauer, der nach langen
Jahren des Kämpfens sich seinen Besitz vom Meere errungen hat, soll
in die Mißheirath willigen? Nimmermehr! »Geh hin,« sagt er, »und
suche dir ein reiches Mädchen aus der Nachbarschaft.« Aber die Väter
dieser Mädchen? Hier zuerst tritt das Düstere hervor, welches die Nähe
des feindlichen Meeres so großartig schön als Rahmen um das ganze
Gemälde hüllt. Keiner weiß, wie lange Tiark Allena sein Hab und Gut
sein nennt; er ist keinen Tag sicher, und über Nacht kann die heran-
brausende Fluth Alles vernichten. Die Nachbarn wollen mit einem Mann,
der so unsicher sein Haus gebaut hat, keine Gemeinschaft. Da schickt er
den Sohn in die Stadt, dort zu wählen, und nicht lange währt es, so
führt Dieser auch eine Dame aus der verdorbenen feinen Welt in das
Haus seines Vaters. An demselben Tage, wo die lustige Hochzeit im
Hause Tiark's stattfindet, trägt man in der Stille die vor Gram hin-
gewelkte verlassene Geliebte zu Grabe, und während die Orgel in der
Kirche braust bei der Trauung, fallen außen in die Gruft die Erdschollen
auf den Sarg der Unglücklichen. Die Gegensätze sind vortrefflich
gezeichnet. Der Dichter ruft der Orgel zu, sie solle nur lauter und lauter
brausen, damit Keiner den dumpfen Ton der auf den Sarg fallenden
Erde vernehme. »Dat verstimmt!« Noch schärfer sind die Gegensätze
gezeichnet, welche sich bei dem Hochzeitsgelage zwischen den Städtern und
den Landleuten entwickeln. Wie durch das ganze Gedicht, so zieht sich
auch durch dieses Gemälde ein düsterer Faden. Trotz der ausgelassensten
Festfreuden wird Einem im Hause doch nicht wohl. Auch Otto drückt
Etwas und dem Tiark, der sich indessen Nichts merken läßt, ist das
Treiben nicht recht geheuer. Nur die Städter lassen es sich wohl sein
und tanzen und singen; da kommt plötzlich die Schreckensbotschaft, daß
der Deich durchbrochen sei und die Fluth herantose. Alles kommt entsetzt
in Bewegung, die Städter, mit Ausnahme der jungen Frau, fliehen in
aller Hast der Stadt zu, Tiark aber, der immer gefaßt ist, fährt mit
seinem Sohne hinaus mit mehren Wagen, deren Ladung den Deichbruch

stopfen soll. Der Sohn fährt nahe an den Strom, um seinen Wagen auszuschütten, aber er fährt einen Schritt zu weit, und — Wagen und Fuhrmann sind verschwunden! Das ist ein Donnerschlag für den Alten. Vergebens ruft er in das Tosen des Windes und des Meeres hinaus, er harrt bis zum Frühroth, aber — Doch lassen wir den Dichter hier einmal selbst sprechen. Es giebt Das zugleich eine Probe von der Sprache und von der Formmalerei, welche der Dichter so kunstvoll anzuwenden versteht, und beweist auch, dass es nicht geradezu eine Unmöglichkeit für Plattdeutsche ist, den Genuss der eignen Lektüre des Werkes sich zu verschaffen.

He hört be Water blubbern,
He hört be Winde wehn,
He hört be Tüten piepen,
He hört be Mewen schrein,
He hört in busend Stimmen,
Wat lewt un wewt witunt.
He hört sin egen Hartschlag —
Von Otto nich en Luut.

As Koppelhunde stoltern
Strandup ballstürge Seen!
He mug hör gruf befehlen,
Hör bibben up sin Kneen:

„Bringt mi min Kind!" — Se targen
Hum man mit Brüh an Turt.
Elk smit hüm vör sin Footen
En Drachtse Schill un Murt!

Un mit Gelachter flüchten
Se in hör seker Rik:
„Vast holl wi unse Fangsten.
Baas Tiark! Wahr du bin Dik.
Süttst du? Dar buten riben
Wittkoppde Jungen Wacht!
Kumm mit! — Dar's Otto's Brutbedd!"
— Dat was de Hochtiednacht.

Mit schwerem Herzen wendet sich der Vater vom Meere ab, aber nur einen Augenblick ist sein Herz gedrückt, sein Gang schwer, dann erwacht der alte Trotz, und er geht mit festem Schritt nach Hause. Seinem umsichtigen sichern Auftreten gelingt es, das Wasser abermals zurückzudrängen, und die Deiche werden wieder aufgerichtet. Aber im Hause findet Tiark keine Ruhe mehr. Die junge Frau ist in die Stadt zurückgekehrt, er will sich die Ruhe auf Reisen wieder holen. Es würde zu weit führen, wollten wir ihm immer folgen; genug, er zieht von bannen, nachdem er sein Haus und Gut der Hut treuer Untergebenen anvertraut hat; er reist nach dem Süden, nach Neapel, nach der Schweiz, nirgends aber findet er die Heimat, und der Stolz der Schweizer, die in ganz vorzüglicher charakteristischer Zeichnung den friesischen Bauern gegenübergestellt werden, verleidet ihm die Reise vollends. Da denkt er an die Rückkehr. Jahre sind verflossen, aber sein Stolz ist ungebrochen, er zieht mit dem alten Friesentrotz im Herzen der Heimat zu. Da, als er vor seinem Hause steht, staunt er über die Veränderung, er kennt es kaum wieder. Er tritt näher; Alles ist fremd, auch die Gesichter, die aus dem Fenster gucken, und an der Thür steht ein Soldat. Die Hannoveraner haben das Land inne, und durch Machtspruch ist sein Haus einem Officier gegeben. Nur ein Stübchen oben im Hause hat man ihm gelassen. Erst braust sein Zorn empor; als man ihm aber einen Brief giebt, der ihn von Allem in Kenntnis setzt, da begiebt er sich, finster und mit bitterer Miene sich der Macht fügend, in sein Zimmer. Nur eine Magd, die lange Jahre im Hause gelebt und ihm treu geblieben ist, mit der er auch vor Zeiten in einem intimen Verhältnis gestanden, wird noch geduldet; mit ihr, der einzigen Freundin, vereinigt er sich, und sie erzählt ihm den ganzen Hergang. Als es Abend wird, geht Tiark hinaus an den Deich. Er nimmt zuvor Abschied von Maree und sagt ihr düster, er trete eine große Reise an. Sie scheint es wohl so zu verstehen, als ob er seinen Tod suchen wolle, und der Leser wird es auch glauben. Da ruft sie, als er schon fort ist, dann solle er sie mitnehmen, und sie folgt ihm in die Nacht und das Unwetter hinaus, zur Verwunderung der übrigen Haus- bewohner. Noch stehen die Deiche, aber der Wind bläst aus Norden und ist fest; wer weiß, was über Nacht geschieht! Im Hause indessen ist Alles munter und froh. Der Dichter führt uns in das Zimmer des Gesindes, das sich eifrig und ausgelassen unterhält und Pläne für die Zukunft macht. Ja, die Zukunft! Allmählich schlafen Alle ein. Da plötzlich pocht es ans Fenster und der dumpfe Schreckensruf tönt: »Die Fluth hat die Deiche durchbrochen!« Die Verwirrung und Angst ist entsetzlich, die feste, sichere Hand Tiark's fehlt, dem Meere entgegenzukämpfen; der reiche Besitz, Haus und Feld, wird Beute der Wogen, von ihnen verschlungen. Von Tiark und Maree nirgend eine Spur; man hält sie für ertrunken. Da kommt wiederum nach Jahren ein junger Matrose. Das »T. A.« auf seinem Pfeifenkopf macht ein Mädchen aufmerksam, sie fragt ihn aus, und er erzählt, daß er in der neuen Welt einen Mann und dessen Frau gefunden habe, Beide aus Ostfriesland. Er habe einen reichen Besitz und es gehe ihm wohl. Von Dem habe er die Pfeife; seinen Namen habe er nicht erfahren. So hat Tiark das Meer dennoch bezwungen! Es hat ihn auf seinem Rücken hinübertragen müssen in das ferne Land, wo Tiark endlich Ruhe und Glück gefunden hat.

So dürftig diese Skizze des Inhalts ist, wird sie dennoch erkennen lassen, daß hier die Gelegenheit zu echt epischer Behandlung geboten war. Der Kampf des Menschen gegen die finster grollende Naturkraft, und der endliche Triumph des Geistes, der sich Alles unterthan macht, selbst die scheinbar siegreiche Natur, Das ist das großartig schöne Motiv des Ge- dichtes. Aber auch die Behandlung und Ausführung ist eine durchweg künstlerisch geniale. Zwar finden sich sprachliche Mängel; nicht ganz frei ist die Sprache von den der plattdeutschen Grammatik fremden und wider- strebenden Inversionen. Aber der Dichter schrieb nicht für die Öffent- lichkeit. Aus uns gemachten Mittheilungen duldete seine Bescheidenheit nicht, daß seine Produktionen vor das größere Publikum kamen. Erst nach seinem Tode wurde von seinem Bruder, der die hohe dichterische Begabung in ihm richtig erkannt, aber ihn vergebens zur Veröffentlichung

seiner Gedichte ermuntert hatte, die vorliegende kleine Sammlung herausgegeben. Noch eine Feile — und wir besäßen etwas fast Vollendetes in
der Hinterlassenschaft.

Müller ist unstreitig das umfassendste und berufenste Talent unter
sämmtlichen bisher ans Licht getretenen plattdeutschen Schriftstellern. Erhebt
er sich in dem besprochenen Gedichte zu der rein epischen Idee und Behandlung, wie wir sie nur in den größten Epen der Kulturvölker finden,
so glauben wir in der Ballade wieder dem Meister Uhland zu begegnen,
denn sein »Könk Helgo's Dg« gemahnt ganz an den gemüthreichen und
tiefen Balladenton, der die Gedichte dieses Sängers für immer kennzeichnet.
Man urtheile nur nicht nach unserer vorn mitgetheilten Übersetzung, man
lese das Original, wo in den tiefsten Tönen der dumpfe Schmerz des
König Helgo sich laut macht

> „Up't Eiland bi Dag un bi Nacht."

Gerade in dieser volksthümlichen Anwendung des Refrains trifft der
Dichter mit seltenem Glück das Rechte. Wie lieblich und einschmeichelnd
klingt das:

> Schwaaltes, leew Schwaaltes,
> Seggt, wat vertellt ji so?

und wieder zum Schlusse das:

> In Dunkeln unner de Boom.

Aber nicht nur zur Darstellung des tiefsten Schmerzes benutzt der
Dichter den Refrain, — mit dem Gefühl des köstlichsten Humors erfüllt
uns der nur dem Inhalte gemäß veränderte Refrain in dem Gedichte
»Wahlversammlung«:

> Kukuk, Kukuk!
> Kukuk an't Word! „Kukuk."
> „Kukuk" hört, hört! — „Kukuk" hört, hört! —
> Kukuk sall Meeksmann *) sin,
> Kukuk sall't sin!

Wir wiederholen: Müller's Gedichte, hochdeutsch geschrieben, hätten
nicht verfehlt, sich großartigen Erfolg zu erwerben. Die Liederchen sind
eben so meisterhaft, eben so herzlich, einfach, voll idyllischen Lebens, und
Alles ist von einem so poetischen Geiste getragen, daß das Buch Jeden,
der ein Herz hat für echte Poesie, auf das vollkommenste befriedigen und
erwärmen muß. Doch — habebat suum fatum libellum!

Möchte es uns gelingen, dies fatale Fatum noch nachträglich von
dem Büchlein abzuwälzen! Wir setzen unsern Namen auf dem Gebiet
plattdeutscher Literatur zum Pfande: Die Gedichte Müller's müssen gefallen, müssen in allen Lesern die Hochschätzung und Verehrung hervorrufen, welche wir für den Dichter hegen.

---

*) Freiwerber.

Fanny Lewald's Selbstbiographie.

Meine Lebensgeschichte. Von Fanny Lewald. 6 Bände. Berlin, O. Janke.

Über Autobiographien schwebt das deutsche Publikum seit undenklichen Jahren in einer bedenklichen Unklarheit. Auf der einen Seite kann und mag Niemand in Abrede stellen, daß dieselben von höchstem Werthe für die Literatur und die Kulturgeschichte sind, oder doch sein könnten und immer sein sollten. Auf der andern Seite hält der Deutsche jene mißverstandene und falsch angewandte Tugend der »Bescheidenheit«, oder Das, was er so zu taufen beliebt, in der zähesten Weise fest. Und es ereignet sich wohl, daß dieselben Sach- und Fachkenner, die im Allgemeinen zugeben, daß Selbstbiographien ein gut und nützlich Ding sind, in jeder einzelnen, welche erscheint, eine unerhörte Anmaßung erblicken. Es ist daher, trotz Goethe's gewichtigem Ausspruch, daß überhaupt Jeder, der Etwas erlebt habe, sein Leben schreiben solle, noch immer einigermaßen gewagt, mit einer Selbstbiographie vor das deutsche Publikum zu treten.

Daß an und für sich gar keine Anmaßung in der Schilderung des eignen Lebens liegt, ist eine ziemlich einfache und doch von so Vielen nicht begriffene Sache. Bei einem Menschen, der Bedeutendes gewollt, erstrebt und zum Theil erreicht hat, kann es für die Gegenwart und das kommende Geschlecht nur von Werth sein, über seine Ziele, seine Wege und deren Hindernisse Aufschluß zu erhalten. Ja, selbst bei Jemand, der keine andere »Bedeutung« als die eines guten, treuen, wahrheitliebenden Beobachters der Dinge hätte, der aber größere Vorgänge und Kreise beobachten konnte, ist es nur dankenswerth, wenn er sich zu biographischen Aufzeichnungen entschließt. Wir würden in Deutschland, wo es so viel' Hundert eigenthümlicher und bedeutsamer Lebensläufe giebt, eine weit reichere biographische Literatur besitzen, wenn nicht Diejenigen, die Etwas erlebt haben, zum guten Theil von der Sorge beherrscht würden, daß man ihnen ihre Aufzeichnungen am Ende verübeln statt danken werde. In letzter Instanz kann man freilich diese Sorge nicht anders als eine kleinliche Furcht nennen. Wo es eine Sache gilt, sollte sich Niemand von Bedenken zurückschrecken lassen, und wer etwas Rechtes zu sagen hat, Dem wird es zuletzt auch nie an den rechten Hörern fehlen.

Wir sind daher durchaus nicht der Meinung, daß eine Frau kein Recht habe, ihre Lebensgeschichte zu schreiben. Wir sind es in keinem Falle, wenn sie die dazu nöthige Klarheit und Wahrheit besitzt, wenn ihr Erlebtes des Mittheilens werth ist. Natürlich stellt sich die Sache im Falle Fanny Lewald's, einer verdienstreichen und geistvollen Schriftstellerin, noch anders. Wer einige Romane aus ihrer Feder kennt, muß zur Über-

zeugung gelangt sein, daß sie wirklich erlebt, gekämpft, gerungen und
gestrebt hat. Unter diesen Umständen besäße sie das Recht einer Autobiographie, selbst wenn ihr Lebensweg sie nicht mit bedeutenden Menschen
und vielbewegten Kreisen in Bezug gesetzt hätte. Niemand wird bezweifeln,
daß Fanny Lewald große Schärfe der Beobachtung und eine — zu Zeiten
beinahe herbe — Wahrheitsliebe besitzt, und das Interesse für ihre Selbstbiographie ist gegeben, bevor wir dieselbe noch zur Hand nehmen. Freilich
mit der ausgedehnten Anlage derselben können wir uns weniger einverstanden erklären. Sechs bis jetzt erschienene Bände schildern in drei Abtheilungen (»Im Vaterhause«, »Leidensjahre«, »Befreiung und Wanderleben«) die ersten Jahrzehnte Fanny Lewald's und umfassen erst einen
kleinen Theil der Zeit, in welcher sie als Schriftstellerin an die Öffentlichkeit trat und das Leben selbständig begann. Wenn wir gern glauben,
daß es der Verfasserin ein inneres Bedürfnis war, sich über Vieles ausführlicher zu verbreiten, wenn wir ferner zugeben müssen, daß die
elegante Glätte des Stils auch bei den zu breiten Partien der Erzählung
keine Ermüdung aufkommen läßt, so sollte einer so vorzüglichen Erzählerin,
wie Fanny Lewald, am wenigsten entgehen, daß viele Vorgänge und
Stimmungen mit möglichster Knappheit und Kürze dargestellt sein wollen.
Wir sind überzeugt, daß eine Zusammenfassung des reichen Inhalts der
vorliegenden Bände auf höchstens vier das Interesse nur erhöht haben müßte.

Schon die Umgebungen, in denen Fanny Lewald's früheste Jugend
verflossen ist, sind in ihrer Lebensgeschichte zum ersten Male dem gebildeten
deutschen Publikum näher gerückt. Die Schriftstellerin stammt bekanntlich
aus Königsberg und versteht es, von der Stadt der reinen Vernunft, von
der entlegensten und darum unbekanntesten unter den größeren deutschen
Städten ein anschauliches und gewinnendes Bild zu geben. Sie thut
Dies in gleichsam nur gelegentlichen Zügen, die aber außerordentlich bestimmt und sicher sind und deßhalb eine Gesammtwirkung hervorbringen.
Dasselbe gilt von den Schilderungen der Menschenkreise, in denen ihre
Jugend verlief. Der israelitische Kaufmannsstand Königsberg's, mit seinen
vielfachen Familienverzweigungen, seinen weitreichenden Verbindungen und
manchen höchst charakteristischen Gestalten, giebt der Verfasserin Anlaß zu
einer Reihe ganz reizender Schilderungen. Ihre Familienpietät wirkt
dabei außerordentlich wohlthuend, und je schärfer und überwiegender sonst
die Verstandesseite in dem Buche Fanny Lewald's hervortritt, um so liebenswürdiger will uns eben dieser Zug erscheinen.

Wir folgen der Verfasserin durch ihre Erzählungen aus dem Königsberger
Leben, durch die wechselnden Schicksale ihrer Familie, durch die Kreise ihrer
Jugendfreundschaften. Sie läßt uns einen klaren Einblick in den Gang
ihrer Bildung thun, die Freuden ihrer frühesten Jahre mit durchleben.
Vortrefflich sind besonders die Erinnerungen an ihre ersten Reisen, — im

Niederſchreiben muſs ſie ſelbſt noch einmal das Glück derſelben durchlebt haben.

Doch legt Fanny Lewald in dieſer Lebensgeſchichte den Hauptaccent
auf ihre innere Entwicklung, auf jene Kämpfe und Erlebniſſe, welche ſie
Schritt für Schritt zu ihrer nachmaligen Lebensanſchauung und Lebens-
beſtimmung geführt haben. Dies iſt ſelbſtverſtändlich vollkommen richtig,
und wir verfolgen mit Spannung und Befriedigung die außerordentlich
klare, einleuchtende Darlegung jener Seelenzuſtände, jener Unbefriedigtheit,
jenes Dranges nach ſelbſtändigem Leben und Wirken, die aus einer
leidensvollen Mädchenjugend hervorgingen. Wir wiſſen der Verfaſſerin
Dank, daſs ſie mit anſchaulicher Lebendigkeit, mit der ſtrengſten Wahrheit,
welche ſich mit der ſchuldigen Rückſicht für Andere vereinigen läſst, ihr
inneres Leben eben ſo beſtimmt ſchildert, wie ihr äußeres. Dadurch tritt
auch Das, was wir als den Kern und die eigentliche Bedeutung des
Buches betrachten, am beſten hervor.

Es iſt Dies eine der wichtigſten, wenn nicht die wichtigſte Frage der
Zeit: die nach der Stellung der Frauen in der Gegenwart, und nach ihrer
möglichen Stellung in der Zukunft. Fanny Lewald tritt, in Rückerinnerung
eigner Erlebniſſe und jener innern Kämpfe, die ihr nicht erſpart blieben,
der gegenwärtigen Stellung der Frauen entgegen, welche ſie lediglich auf
eine Heirath anweiſt, die in unzähligen Fällen nur der »Verſorgung«
halber geſchloſſen wird. Mit allem Recht erblickt die Verfaſſerin in der
Erziehung zur Arbeit, in der Möglichkeit der Arbeit die einzigen Mittel,
dieſen unſeligen Zuſtand der Dinge zu überwinden. Nur freilich ſollte
Dies ein Ausweg und nicht der Hauptweg bleiben. Denn die natürlichen
Bedingungen der menſchlichen Exiſtenz und Geſellſchaft laſſen ſich nicht
aufheben, und auch wenn in Zukunft kein Mädchen mehr durch den
Mangel an Verſorgung und geregelter Wirkſamkeit zur Heirath veranlaſst
werden ſollte, muſs die Möglichkeit derſelben im Auge behalten und die
darauf berechnete Erziehung der Gegenwart mit der neuen zur Arbeit
vereinigt werden. Die Löſung der ganzen höchſt ſchwierigen Frage beruht
in der Auffindung von Thätigkeiten, durch welche Tauſende von Frauen,
die dem Bürgerſtande angehören, beſchäftigt werden könnten. Denn die
Empfindungen, welche Fanny Lewald in ihren »Leidensjahren« und der
endlichen »Befreiung« gehegt und geſchildert hat, werden wohl zahlloſe Male
getheilt. Aber nur in wenigen Fällen können einzelne Frauen den Ausweg
wählen, den die Verfaſſerin nach harten Kämpfen für ſich fand. Ja, im
Allgemeinen ſollte der Weg, den Fanny Lewald mit ſo viel Berechtigung
und Glück betreten hat, noch weit ſeltener gewählt werden, als es gegenwärtig geſchieht. Die Verfaſſerin iſt eine ausgezeichnete Schriftſtellerin,
und ſchon in ihren erſten Anfängen lag Vielverſprechendes. Aber wir ſind
überzeugt, daſs manche junge Dame es zu einer Leiſtung in der Weiſe

4*

ihrer »Jenny« und »Clementine« bringen könnte, ohne darum den Weg
bis zu den »Wandlungen« zurückzulegen, wie Fanny Lewald. Und deßhalb
gilt die Befreiung durch literarische Arbeiten nur für sie selbst und wenige
Andere; der allgemeine Satz, den wir aus der Geschichte ihrer Kämpfe
und der endlichen Lösung ableiten, heißt: Befreiung durch die Arbeit.

Dieser Theil der Lewald'schen Lebensgeschichte führt uns ganz naturgemäß auf das Thema, welches in den letzten Jahren in allen möglichen
kritischen Zeitschriften erörtert worden ist, auf das erschreckende Anwachsen
weiblicher Federfertigkeit. Wir halten uns überzeugt, daß es bei vielen
der neuesten Autorinnen eben nur der Drang nach einer passenden selbständigen Beschäftigung und der Mangel an solcher außerhalb des künstlerischen Gebietes ist, was sie zum Schreiben bringt. Sie thun unglücklich,
was Fanny Lewald mit Glück gethan hat, wobei denn freilich auch nicht
zu vergessen ist, daß die Letztere den ganzen Ernst ihrer Natur und ihres
Wollens an die neue Laufbahn gesetzt hat, was man wenigen, sehr wenigen
unserer Schriftstellerinnen nachrühmen darf. Büchern wie dem vorliegenden
gegenüber müßte sich die Kritik ihren Standpunkt, ihr Verhältnis zur
weiblichen Autorschaft überhaupt klarmachen. Jene Beurtheiler, welche
sich der rücksichtslosen Abweisung auch talentvoller, auch vollkommen be-
rechtigter Arbeiten aus weiblicher Feder schuldig machen, vermehren das
Übel des Dilettantismus, anstatt ihm zu steuern. Die beliebten Stichworte
von männlicher Engherzigkeit, männlichem Neid und ungerechter Unter-
drückung der Frauen sind ohnehin in Aller Munde. Und kommt es nun
vor, daß weibliche Leistungen in Bausch und Bogen verdammt werden, so
glauben sich sämmtliche neunhundertneunundneunzig Dutzendnovellistinnen
der jüngsten Zeit ebenso ungerecht verkannt, verketzert und verlästert,
wie eine Georges Sand, eine Annette Droste-Hülshoff, eine Fanny Lewald
oder Betty Paoli. So kommen Kritik, Autorinnen und Publikum aus
einem Zirkel von gegenseitiger Ungerechtigkeit und gegenseitigem Mißtrauen
nicht heraus. Man entschließe sich eben kurz und rund, jede irgend werthvolle Frauenleistung bereitwillig, ohne jeden Hintergedanken und ohne
jenes mitleidige Lächeln anzuerkennen, das nicht am Platze ist. Man weise
auf der andern Seite, ohne jeden Anklang von falscher Galanterie, alle
Stümperei, alle Kläglichkeit, und wenn sie zehnmal einen Frauennamen an der
Stirn trägt, zurück. Auf diesem Wege wird am besten ein Halt gewonnen
und der Bitterkeit, welche sich an dieser Stelle in die Kritik eingeschlichen
hat, ein Ende gemacht.

Wir haben nun in der That alle Ursache, das Buch von Fanny Lewald, trotz
einzelner Mängel und Schwächen, als ein sehr vorzügliches, inhaltreiches und
mit ebenso hohem Ernst wie großer Bildung geschriebenes anzuerkennen.
Um je freudiger und bereitwilliger Dies geschieht, um so unbesorgter dürfen
wir auch jener Mängel gedenken. Daß wir glauben, die Darstellung

könne in einzelnen Partien kürzer und knapper ſein, ward ſchon oben berührt. Ein zweiter Punkt, bei dem wir uns mit der Verfaſſerin in Widerſpruch finden, iſt das allzuſtarke Betonen der Verſtandesſeiten im Leben. Freilich werden dieſelben von unzähligen Leuten ſo gar nicht oder ſo wenig betont, daß wir wohl begreifen, wie eine geiſtvolle Frau dazu gelangen kann, den Hauptaccent auf den Verſtand zu legen. Allein Gefühl, Leidenſchaft und Phantaſie haben denn doch eine ganz andere Berechtigung, als ihnen Fanny Lewald einzuräumen ſcheint, und wir glauben, daß ſie ihnen in der That ſelbſt eine ganz andere einräumt, und nur im Eifer der Darlegung einſeitig wird. Dasſelbe gilt von einer mehrfach vorkommenden Art und Weiſe, gewiſſe Behauptungen aufzuſtellen, welche eine Art kategoriſchen Imperativs bilden, deren Konſequenzen aber von der Verfaſſerin ſicher nicht getheilt werden. Wenn ſie zum Beiſpiel äußert, ſie könne von keinem Autor Etwas leſen oder kein Zutrauen zur Leiſtung eines Dichters haben, deſſen häusliche Verhältniſſe ungeordnet ſeien, der Schulden mache und ſo weiter, ſo fragen wir uns nur: aber wie lieſt Fanny Lewald dann Bürger, dann Leſſing und Schiller, von denen die beiden Letzten, obwohl durchaus ſittliche und feſte Perſönlichkeiten, doch leider ihr halbes Leben lang mit Schulden zu kämpfen hatten! Gewiß wollte die Verfaſſerin nichts Anderes ſagen, als daß eine gewiſſe haltloſe und widrige Geniewirthſchaft ihr kein Zutrauen einzuflößen vermöge, und Jedermann wird ihre Meinung theilen. Aber die Form, in welcher dieſelbe ausgedrückt wurde, erweckte die Empfindung, als ob nun gar an die Stelle des »ganzen Mannes« der Grenzboten-Äſthetik der geldverdienende Mann treten ſolle. Da die »Lebensgeſchichte« Fanny Lewald's ganz ſicher eine neue Auflage erfährt, ſo wären dieſe und ähnliche Äußerungen leicht mehr zu präciſieren.

Daß die angedeuteten Mängel, von denen wir lediglich nach individuellem Eindruck ſprechen, und die für ganze Leſerkreiſe vielleicht nicht einmal bemerklich ſind, den Genuß des Buches ſehr wenig beeinträchtigen, verſteht ſich von ſelbſt. Übrigens würde der treffliche Stil über noch ganz andere Dinge leicht hinwegführen, als die bedenklichſten Äußerungen, die ſich in der Selbſtbiographie vereinzelt vorfinden mögen. Die Hauptſache bei einem Buche bleibt ſeine Totalität. Und wo dieſelbe einen ſo günſtigen Eindruck hinterläßt, wo uns aus der Erzählung von Lebensſchickſalen, der Darlegung eines Innenlebens, der Beobachtung zahlreicher Erſcheinungen und der Charakteriſtik zahlreicher Menſchen eine ſo geſchloſſen in ſich beruhende und mit reichem Talent ausgerüſtete Natur begegnet, wie in dieſer Autobiographie, da würden wir Unrecht thun, uns bei den Einwänden länger aufzuhalten, als bei der Anerkennung.

Wir erwarten und wünſchen, daß das Werk, welches in gewiſſem Sinne doch erſt eine Einleitung iſt, ſeine Fortſetzung finden möge. Die

Jahre, welche den bis jetzt geschilderten folgten, haben die Schriftstellerin in noch weitere und größere Lebenskreise geführt. Hunderte von interessanten Menschen sind ihr begegnet, in nähern Bezug zu ihr getreten, große Ereignisse und wechselnde Bilder an ihr vorübergegangen. Dem Allen sollte sie eine ebenso feste, klare Gestalt zu geben suchen, als sie in den Erinnerungen jener Jahre gethan hat, welche ihrem öffentlichen Auftreten und Wirken vorangingen, sie zu demselben vorbereiteten und in dasselbe einführten.						—r—

† Aus Wien und Österreich.

V.

Auch Wien hat jetzt sein Revolutiönchen, und daran sind die Türken Schuld. Nicht aber die lebenden, die freundlichen civilisierten Leute, die nur noch hin und wieder in verzeihlichen Rückfällen zur Gemüths-Ergötzung ein Dutzend Christen und Juden niedermetzeln, sondern die todten, die fanatischen Scharen Mahmud's, Soliman's und Mustapha's, die den Stephansthurm so unendlich gern mit dem Halbmond geziert hätten, und die es sich, als sie unverrichteter Sache nach schweren Verlusten von der heldenmüthig vertheidigten Kaiserstadt wieder abzogen, gefallen lassen mussten, daß die Bäcker dem beliebtesten Kaffeebrot, Kipfel genannt, fortan zum ewigen Hohn die Halbmondgestalt gaben. Von diesen grimmigen Widersachern der Christenheit haben nämlich viele Tausende ihre Gebeine hier zurückgelassen, und diesen Gebeinen hat man seit anderthalb Jahrhunderten, wahrscheinlich ganz naiver Weise und ohne specielle Malice, die Reste der sämmtlichen Mastochsen, Schweine und Kälber beigesellt, die von der Bevölkerung verzehrt wurden. Da der Wiener sich nie durch übertriebene Mäßigkeit unter den übrigen Deutschen hervorzuthun suchte, so hat Das natürlich im Lauf der Zeit eine ungeheure Knochengrube gegeben; da er sich aber ebenso wenig bemühte, sie in der Industrie zu übertreffen, so blieb das große Kapital, das in diesen Knochen steckte, bis auf unsere Tage unangerührt und Niemand hatte eine Ahnung davon, daß Johann Sobiesky, als er die Feinde des Urgroßvaters mit seiner blitzenden polnischen Klinge niedersäbelte, zugleich für den späten Enkel den Tisch gedeckt habe. Allein, wie der Kirchenstaat, trotz der Erklärung des Papstes, daß er die Einführung der Eisenbahnen nicht gestatten könne, weil die Bibel Nichts von ihnen wisse und weil der Dampf obendrein aus dem Rachen des Teufels komme, bald nach dem Tode des hartnäckigen alten Gregor, der sich so fromm äußerte, sein Vetturino-System aufgab und die brausende und donnernde Lokomotive einließ, so hat sich auch in Österreich, ungeachtet des Widerwillens einer hohen Aristokratie, die für die Schönheiten ihrer Parks und den Frieden ihrer Jagden fürchtete, eine Fabrik nach der andern erhoben. Namentlich sind wir so weit gekommen, unsern Kasse selbst zu süßen, und seitdem haben denn auch die Knochen ihren Preis. Als nun bei Gelegenheit der Stadt-Erweiterungs-Arbeiten die fast vergessene Türken-, Ochsen- und Schweinegrube mit ihrem unerschöpflich scheinenden osteologischen Inhalt wieder entdeckt wurde, wuchs plötzlich ein Myrmidonen-Geschlecht wie unmittelbar aus der Erde hervor und stürzte sich darüber her. Riesige Männergestalten, mit Krampen und Schaufeln ausgerüstet, Körbe auf dem Rücken und Säcke um den Leib, schritten heran, hochaufgeschossene Weibsbilder mit fliegenden Haaren und gebräunten Broncegesichtern zogen hinterdrein, und verwegene Buben und Mädchen, mit noch unentwickelten, aber solcher Erzeuger vollkommen würdigen Snacks-Gliedern schlossen den Zug. Anfangs ging Alles gut, die Leute verdienten viel Geld und standen Niemand im Wege. Aber es ereigneten sich einige Unglücksfälle, hie und da wurde ein Trunkenbold, der unvorsichtig war, verschüttet, und nun mischte die Polizei sich hinein. Einstweilen blieb es bei der Überwachung, dann aber erfolgte ein förmliches Verbot. Jedoch, nicht umsonst brennt es in Polen. Unsere »Beinstierer«, denn diesen Namen führt die neue Zunft, verzichteten keineswegs ohne Widerstand auf ihren Nibelungenhort. Die schöne Zeit, wo ein Gendarm nur zu husten brauchte, um eine ganze Stadt zum Zittern zu bringen, ist für uns wieder vorüber und beglückt unsern stolzen Rivalen, den vielgepriesenen preußischen Fortschritts-Staat. Sie schlugen ihre Krampen und Schaufeln an einander und revoltierten, und als Das Nichts half, schickten sie dem Bürgermeister der Stadt Wien ein Todesurtheil zu, ein gründlich motiviertes und in bester Form abgefasstes Todesurtheil, wie das geheime National-Komité der Polen sie gegen sogenannte Hoch-verräther erläßt, oben mit dem Symbol der heiligen Dreifaltigkeit versehen, unten mit dem Todtenkopf und dem aus Arm- und Beinknochen gebildeten nachdenklich-ernsten Kreuz geschmückt. Unser Bürgermeister, Doktor Zelinka, ist aber ein viel zu guter Jurist, um leicht zu erschrecken; er hat das Dokument der Öffentlichkeit übergeben und geht so ruhig spazieren, wie Cäsar vor den Idus des März. Das Verbot ist nicht zurückgenommen; es war durch den Fortschritt der Planierungsarbeiten hervorgerufen worden, und man konnte allerdings den großen Exercierplatz durch die Beinstierer nicht füglich wieder aufwühlen lassen, nachdem er kaum mit schweren Kosten nivelliert und geebnet war. Es entsteht nur die Frage, was man thun würde, wenn die Hunderttausende, statt in Knochengestalt, unmittelbar in Silberzwanzigern oder auch nur in Kupferkreuzern in der Erde steckten. Ich fürchte, der Magistrat würde in diesem Fall das Graben nicht bloß gestatten, sondern sich selbst daran betheiligen.

Vom nationalökonomischen Standpunkt aus betrachtet, ist Beides aber völlig gleich, denn Schatz bleibt Schatz, ob er nun als Münze im Topf funkelt oder als ungehobener Werth im Boden liegt.

Von den »Beinstierern« ist der Sprung zu den »Kanalräumern« leicht. Besorgen Sie nicht, daß ich Sie auch von diesen Industriellen, die den Ratten= und Mäusefang en gros betreiben und für die es ein Festtag ist, wenn sie einmal einen Kater erwischen, zu unterhalten gedenke. Ich will Ihnen bloß den neuesten Weh= und Klageruf der heiligen Slawa mittheilen, wie er kürzlich in einem mährischen Blatt zu lesen war; er wird Sie gewiß in seinem erschütternden Pathos an das Erhabenste im Propheten Jeremias erinnern. »Du kommst nach Wien« — sagt der edle Moravier — »und suchst deine Landsleute auf. Aber wenn du sie findest, kannst du dich ihnen vor Gestank nicht nähern, denn jede Nacht waten sie im Schlamm, um sich ihr Brot zu verdienen, und auch bei Tage werden sie den üblen Geruch nicht wieder los. Armes Volk, du bist mehr zu bedauern, als die Juden in Ägypten, denn Diese mußten freilich arbeiten und ihren Herren Häuser bauen, aber wenn sie auch murrten, so murrten sie doch bei vollen Fleischtöpfen, du aber wirst in schlechte giftige Luft versetzt und erwirbst kaum so Viel, daß du dich sättigen kannst.« Das klingt fürchterlich, nicht wahr? Aber ich möchte den ergrimmten Patrioten fragen, warum er denn eigensinnigerweise gerade beim Maskulinum stehen blieb und sich gar nicht ums Femininum bekümmerte? So sehr der Landsmann auch stinken mag, so lieblich duftet die Landsmännin; wie kam es, daß er sich bei den Reizen der Schwester nicht von seinem Entsetzen über die Räudigkeit des Bruders erholte? Die czechoslavische Jungfrau ist kaum halb erwachsen, so sinnt sie schon darüber nach, ob der Wiener »Graben« ein leerer Mythos sei, ein albernes Ammenmärchen, wie das vom Pfannenkuchenhäuschen, oder ob man ihn mit seinen sieben Himmeln und vierzehn Paradiesen wahr und wirklich in der Welt antreffe. Da nun Nichts über Erfahrung geht, wie Louis onze zu Tristan l'Hermitier sagt, so macht sie sich auf, sobald sie zwei Hemden und ein Kopftüchel beisammen hat, wäscht sich in jedem Wasser, das sie unterwegs passiert, siebenmal, da sie schon in früher Kindheit von ihrer Mutter über die fabelhafte Empfindlichkeit der deutschen Nase belehrt worden ist, und trifft nach einer kleinen Zwischenstation in Prag, während deren sie am »Ring«, wo Viel gekauft und verkauft wird, ihre Toilette ergänzt, glücklich und wohlbehalten in der Metropole ein. Wer ihr hier nach einigen Wochen oder Monaten begegnet, wird gewiß nicht behaupten können, daß sie übel riecht, aber eben deßhalb stände es in ihrer Macht, ihr »armes Volk« zu rächen, und unser Patriot hätte, statt gar keine Notiz von ihr zu nehmen und unfruchtbare, wenn auch gewaltige, Himmel und Erde bewegende Klagelieder anzustimmen, sich praktisch fassen und ihr die Rolle der Judith einstudieren sollen. Das könnte Tausenden den Hals kosten. Doch, Spaß bei Seite. Ich möchte den Mann auffordern, einmal in die Büreaux der österreichischen Monarchie hinein zu schauen. Da würde er sich überzeugen, daß das czechische Idiom weit mehr vertreten ist, als das Verhältnis der Kopfzahl gestattet. Oder führen seine Konnaissancen ihn nicht so weit hinauf? Ist er selbst Kanalräumer? Sein Stil spricht nicht dagegen! Der Sinn für Gerechtigkeit ist bei diesen Leuten bis auf die letzte Spur erloschen, und der nur zu kosmopolitische Deutsche muß Krieg mit ihnen führen, er mag wollen oder nicht; sie greifen geradezu nach Allem, was uns verunglimpfen kann, und wir sind verloren, wenn wir uns nicht wehren.

Ein tragi-komisches Ereignis war die Selbsthinrichtung einer Reklamen-Größe. Frau Marie Seebach-Niemann gastierte am Carls-Theater und machte vollständig Fiasko. Sie war als letzter Rettungsengel für diese unglückliche Bühne verschrieben, und sie wurde ihr Tod, denn die wenigen Habitue's, die dem Volksstück bis an sein seliges Ende treu geblieben wären, flohen entsetzt von dannen, als sie plötzlich Goethe's »Faust« auf der Speisekarte fanden, und das gebildete Publikum ging nicht hinein, weil es der Kunstreiterei des modernen Virtuosenthums längst satt und müde ist. So lange das Haus steht, war es nicht so leer, aber so lange der »Faust« existiert, hat sich auch noch nicht ein solches Gretchen vor die Lampen gewagt; man sollte gar nicht glauben, daß die reizende Schöpfung bis auf diesen Grad auf den Kopf gestellt werden könnte. Alles unvermittelt und zusammengeschüttet, ein förmlicher Kaleidoskop-Eindruck, wie ich nur noch einmal einen gleichen hatte, und zwar als Herr Bogumil Dawison in Wien zum ersten Mal den Hamlet spielte. Studenten und Soldaten benutzen die Bücher der Leihbibliothek zuweilen, um ihre eigenen sauberen Gedanken zu verewigen. Sie streichen so viele Buchstaben oder auch ganze Wörter mit Dinte durch, als sie brauchen, um ihre Einfälle auszudrücken, und wer ihnen, noch ungewarnt durch Erfahrung, den Gefallen thut, nachzubuchstabieren, Der erhält zum Lohn für seine Mühe einen schlechten Witz oder etwas noch Schlimmeres. Gerade so verfährt das Schauspieler-Virtuosenthum mit dem dramatischen Dichter, und Keiner geht weiter, als Frau Marie Seebach-Niemann. Neu und originell um jeden Preis, und wenn das Neue auch nur darin besteht, daß wir den Kopf unter dem Arm tragen, und das Originelle darin, daß wir unsere Briefe mit den Fußzehen schreiben! Wer wird danach fragen, ob es sich mit den Intentionen des Dramas verträgt, dem man die Ehre der Darstellung erweist? genug, übergenug, wenn man nur von dem verblüfften Zuschauer, der das Buntscheckige des grübelnden Verstandes so leicht mit der tiefsinnigen Mannigfaltigkeit der schaffenden Phantasie verwechselt, ein frühreifes Bravo davonträgt. Wie wurde Herr Seydelmann, denn mit Diesem fing das Unwesen an, dafür beklatscht, daß er im »Faust«, in der ersten Scene, wo sich der Pudel in den Kavalier verwandelt, von

Zeit zu Zeit wieder in den knurrenden, heiseren Hundeton zurückfiel! Und doch steht der gemein-materialistische Zug nicht höher, wie das berüchtigte Flageolett-Hihihi des Baganten Kunst im »Abällino«, das noch jetzt als »Hohngelächter der Hölle« auf allen Winkel-Theatern lebt, und ist sogar als Verstandesprodukt dumm, da Mephisto ja kein Pudel ist, sondern nur die Pudelmaske trägt, und der zufällig übergeworfene Rock das Denken und Empfinden eines vernünftigen Wesens nicht modificieren und beein-trächtigen kann. Wie wurde derselbe Virtuos bewundert, wenn er beim Eintritt in Gretchens Kammer die Backen aufblies und dann pustete und prustete, als ob er Feuer und Schwefeldämpfe aushauchte. Der Zug sollte das spätere »Es ist so schwül und dumpfig hier« des ahnungsvollen Mädchens motivieren, aber wozu braucht sie noch den Instinkt der Unschuld, wenn die Nase ausreicht, und was soll man zu einem Teufel sagen, in dessen Interesse es liegt, sich aufs sorgfältigste zu verbergen, und der, weit entfernt sich mit Eau de Cologne zu besprengen, wie er billig müßte, ab-sichtlich den ganzen Odeur seiner Großmutter ausströmt? So zerstören diese »geistreichen Kommentatoren« der Dichter, wie die geläufige Reklamen-feder sie nennt, durch ihre Klügeleien nicht allein das ganze Bild, sondern treten auch noch obendrein auf Schritt und Tritt in Widerspruch mit sich selbst. Aber Herr Seydelmann erreichte jedesmal seinen Zweck, denn er hatte viel Verstand und lieferte scharfe Epigramme. Frau Seebach-Niemann fällt durch, denn sie kommt nicht über die Grillen hinaus. Die hiesige Kritik verurtheilte sie und ihre Heuschreckensprünge einstimmig, sie hätte aber auch vor zehn Jahren nicht so übertrieben galant gegen sie sein und ihr einreden sollen, daß sie das Zeug zu einer Weltschauspielerin besitze. Dann wäre sie vielleicht zu ihrem eigenen höchsten Vortheil in ihrem kleinen Kreise geblieben und hätte das Sentimentale, die Louisen und die Clavigo'schen Marien, wieder zu Ehren gebracht; das Veilchen ist verloren, das nicht bloß den ganzen Frühling, sondern auch den Sommer repräsentieren will. — Auf demselben Carls-Theater feierte die Signora Patti unendliche Triumphe. Fürchten Sie aber nicht, daß ich ihre Hervorrufe und Kränze gezählt habe. Ich erwähne ihrer nur, weil sich an ihren Aufenthalt in Wien ein höchst interessantes sociales Faktum knüpft. Sie wurde natürlich in die Gesellschaft gezogen, sang aber nur ein einziges Mal außer der Bühne, und zwar bei dem Baron Sina, einem der ersten Matadore unserer Börse, der ihr die Gefälligkeit mit einer kolossalen Summe bezahlte. Nichts konnte sie bewegen, den Mund noch ein zweites Mal aufzuthun, und alle Welt schimpfte auf ihren Onkel, weil man annahm, daß Dieser ihr verboten habe, das Silber ihrer Stimme wegzugeben, ohne echtes Gold dafür wieder zu empfangen. Sie wird nämlich von einem Onkel herumpräsentiert, der die Journale viel beschäftigt, indem sie die Frage diskutieren, ob er ein ganz neuer Charakter ist oder eine bloße verbesserte und vermehrte Auflage des alten bekannten Vaters der Debütantin. Es ist schwer, den Punkt zu entscheiden, denn der Onkel leistet ungeheure Dinge; so hat er die Signora z. B. durch den Pinsel eines berühmten Porträtmalers in eine wahre Venus verwandeln lassen, und stellt das Bild in jeder Stadt gegen ein mäßiges Entrée zum Besten der Armen öffentlich aus, obgleich er selbst am besten weiß, daß man, wenn man die kleine dicke Quabbe mit dem balkonmäßig vorstehenden Doppelkinn des Abends dann in natura wirklich erblickt, gar nicht mehr daran glauben kann, daß sie dem Künstler selbst gesessen hat. Aber, wie Viel auch auf die Rechnung des Onkels gehen mag: in dieser Sache war er ohne Schuld. Denken Sie sich, Herr Sina selbst hatte ihr den Mund verbunden, er hatte die beispiellose Unverschämtheit gehabt, ihr die Bedingung zu stellen, daß sie, wenn sie in seinem Salon gesungen habe, in keinem anderen mehr singen dürfe, und sie war darauf eingegangen. Ist Das nicht unerhört? Die Träume der Dichter sind doch nicht immer so verrückt, als sie scheinen. Hier haben wir schon einen Geldprotz, wie der sehr gute österreichische Provinzialismus lautet, den es in seinem hohlen Übermuth kitzelt, die Ohren seiner Mitbürger um einen Genuß zu bringen, ohne daß er den seinigen, denn sonst wäre es verzeihlich, dadurch steigert. Warum sollte nicht Einer folgen können, der ihren Augen einen noch schlimmeren Streich spielt, indem er für sich allein eine Gemälde-Galerie anlegt und die größten Meisterstücke aller Zeiten hineinsperrt? Auch Derjenige, der die ganze Ernte aufkauft, um sie auf dem Halm verfaulen zu lassen, ist keineswegs undenkbar, und der Staat müßte ihn jedenfalls in seinem Eigenthum schützen und bei Gefahr einen Militärkordon aufstellen. Der Soldat wäre verpflichtet, auf seine verhungernden Mitbrüder, wenn sie durchzubrechen versuchten, zu schießen, der Priester könnte freilich fluchen. — Nicht vergessen darf ich, ehe ich vom Theater scheide, die »elegante Tini«, eine Parodie des Mautner'schen Schauspiels, denn auch sie ist ein Zeichen der Zeit. Der Kankan, wird darin getanzt, und wenn wir fortschreiten wie bisher, so haben wir Aussicht auf eine Bühne, wie sie den ehrwürdigen Justinian, den großen Plünderer der römischen Juristen, den noch größeren Schöpfer des Corpus juris, welches das deutsche Recht erdrückte, wie ein Mühlstein die junge Eichenpflanzung, zu seiner Zeit in Konstantinopel über die Regierungslasten tröstete. Sie wissen, daß diese Bühne ihn sogar mit einer Kaiserin versorgte; erinnern Sie sich noch, in welcher Rolle die tugendhafte Theodora seine Blicke zuerst auf sich zog? Es steht im Gibbon zu lesen, aber nur griechisch; ihre Mitspielerinnen waren Gänse, wirkliche unschuldige watschelnde Gänse.

Zur kleinen Chronik nur ein einziges Geschichtchen. Ein junger Mensch ahmt im Böhmerwald mit großer Geschicklichkeit die Stimme eines Auerhahns nach, und ein hitziger Jäger, der schon Wochen lang auf den Auerhahn lauert, erschießt ihn.

Musikalische Literatur.

Mozart, von Ludwig Nohl. (Stuttgart, Fr. Bruckmann.)
Der Geist der Tonkunst, von Ludwig Nohl. (Frankfurt, Sauerländer.)

Die Hegel'sche Philosophie, welche das Verdienst, den Begriff der »Entwicklung« eingeführt zu haben, mit Recht für sich in Anspruch nimmt, kann leider nicht freigesprochen werden von dem Vorwurfe, daß sie den ersten Impuls gegeben zu einer Konsequenzmacherei und Systemreiterei, die sich nach und nach aller Lebenskreise bemächtigt und nicht zum Vortheile unserer Erkenntnis in die meisten Disciplinen eingedrungen. An sich einer der genialsten Gedanken, der je dem menschlichen Geiste entsprungen, wird seine hartnäckige Verfolgung ins Kleinliche und seine konsequente Anwendung auf Alles und Jedes geradezu albern, wie denn überhaupt die Gebiete des Erhabenen und Lächerlichen bekanntlich nahe genug an einander streifen. Die beiden in der Überschrift genannten Werke von Ludwig Nohl geben zu der vorausgesandten Bemerkung hinreichende Gelegenheit; denn leider hat sich der Verfasser, von dem Begriffe der »Entwicklung« geleitet, hinreißen lassen, gar Vieles, was einfach als Thatsache aufzunehmen und zu konstatieren gewesen wäre, durch das Princip der Entwicklung als Nothwendigkeit zu erklären.

Wir betrachten zuerst das später erschienene Werk: »Mozart,« woran sich dann die Bemerkungen über den »Geist der Tonkunst« anschließen werden.

Ob nach dem riesigen Denkmale, welches Jahn dem großen Todten errichtet, noch für eine neue Biographie von Mozart die äußere Nothwendigkeit vorhanden sei, darüber läßt sich streiten; doch steht fest: so lange die deutsche Nation bestehen und das Gefühl für das wahrhaft Schöne nicht erlöschen wird, so lange wird auch der Name Mozart leben und die Darstellung seines Lebenslaufes für jeden Deutschen von höchstem Interesse sein. Nun hat aber nicht Jedermann, dessen Lebensberuf von der Kunst oder von der ausschließlichen Kunstbetrachtung abseits liegt, die Zeit und die erforderliche Bildung, um Jahn's Werk auch nur durchlesen, geschweige in sich aufnehmen und genießen zu können. Man muß daher eine Arbeit, welche sich von vornherein engere Grenzen steckt, und welche sich einer ziemlich populären Darstellung befleißt, um den Gegenstand einem größern Publikum, als den ausschließlichen Fachmännern, zugänglich zu machen, sehr dankbar anerkennen; und von diesem Standpunkte aus soll auch von uns dem »Mozart« von Ludwig Nohl die Anerkennung nicht versagt sein. Wer von Mozart's Charakter, von dem eigenthümlichen Lebensgange dieses Genius ein Bild erhalten will, ohne sich erst in Studien zu vertiefen, zu denen ihm entweder die Zeit

oder die Kenntnis mangelt, Der leſe das Buch von Nohl; er wird Dies
mit Vergnügen thun, und nicht ohne Befriedigung wird er es aus den Händen
legen. — Gerne wird er ſeinem Führer folgen nach Salzburg, »dem
Paradieſe von Deutſchland«, um ſich mit ihm an dem reizenden Orte
zu erfreuen, wo Mozart's Wiege ſtand; er wird ihm folgen durch die
mannigfachen Krümmungen und Windungen bis nach Wien, wo der
unſterbliche Meiſter im unbekannten Grabe ruht. *) Das Buch Nohl's
iſt, was den biographiſchen Theil anbelangt, anziehend geſchrieben, überall
ſehen wir den Menſchen Mozart vor Augen, und das Bild, welches Nohl
zeichnet, iſt durch und durch liebenswürdig. Spielt auch die Anekdote in
der Darſtellung eine ziemliche Rolle, ſo iſt ſie doch niemals ihrer ſelbſt
willen da, ſondern nur dazu gebraucht, um aus ihr auf den Charakter
ſeines Helden einen Schluß zu ziehen, oder überhaupt demſelben irgend
eine Eigenthümlichkeit abzulauſchen. Der Standpunkt Nohl's als Mozart-
biograph iſt häufig der apologetiſche; kann man dieſen auch nicht
durchgängig als den richtigen anerkennen, ſo erweiſt er ſich ſpeciell bei
Mozart doch häufig als der nothwendige, wenn man bedenkt, wie ge-
ſchäftig die böſe und verleumberiſche Zunge von jeher geweſen, um den
Charakter eines Mannes anzugreifen, deſſen künſtleriſche Verdienſte ſie,
ohne der Lächerlichkeit anheimzufallen, öfters nicht geradezu offen beſtreiten
konnte. Zur Darſtellung eines ſo liebenswürdigen Bildes, wie es uns
Nohl von Mozart entwirft, iſt aber Eines erforderlich, ohne welches
überhaupt keine gelungene Biographie denkbar iſt, nämlich die Begeiſterung für ſeinen Gegenſtand. Nohl iſt ein der Begeiſterung im
edelſten Sinne fähiger Mann, Das leuchtet aus jeder Seite ſeines Buches
hervor, und er iſt ſpeciell bezüglich des in Rede ſtehenden Gegenſtandes einer
der begeiſtertſten Mozartianer, die man ſich denken kann. Solch ein Enthuſiasmus hat immer etwas Liebenswürdiges, Naives und Kindliches,
und dieſe liebenswürdige Begeiſterung, die ſich in Nohl's Mozart rein
und unverhohlen ausſpricht, iſt auch der größte Vorzug des Buches.
Leider liegt aber in dieſem eben berührten Vorzuge auch ſchon der Keim
zu den Schwächen des Werkes; denn wie anziehend und liebenswürdig
auch der Enthuſiasmus erſcheint, ſo iſt er doch allein nicht hinreichend,
Etwas zum Verſtändnis des Andern beizutragen; der Enthuſiasmus bleibt
beim Gefühlsverſtändnis, ohne zur reinen Kunſtanſchauung vorzubringen.
Leider ſteht das kritiſche Vermögen des Herrn Nohl mit ſeiner Begeiſterung nicht auf gleicher Höhe, und in Folge Deſſen ſteht auch der analy-
tiſche Theil des Buches gegen den biographiſchen bedeutend zurück. Der

*) Oder im wenigſtens ſo lange unbekannten Grabe geruht hat. Denn erſt ſeit
einigen Jahren will man hier Mozart's Grabſtätte mit Beſtimmtheit aufgefunden haben.

Enthusiasmus hat dem Kritiker manches Schnippchen geschlagen, und wo wir ein Urtheil erwarten, finden wir nicht selten einen hymnenartigen Ausruf, der jedenfalls dem Herzen des Verfassers mehr Ehre macht, als seinem Kopfe. Es ist Dies kein seltner Fall, und man hat keine Ahnung davon, wie leicht es ist, auf einen solchen Weg zu kommen. Man braucht sich nur in eine Lieblingsidee zu verrennen, und das Malheur ist fertig. Da wird denn nicht mehr geprüft und unterschieden, sondern Alles in die Höhe geschraubt und auf eine Stufe gestellt; den Widerspruch, dessen man sich dabei schuldig macht, sieht man natürlich nicht, und wer es wagt, anderer Meinung zu sein und zwischen den einzelnen Werken eines Genius noch einen Unterschied zu machen, ist ein Barbar, der für das Schöne kein Gefühl hat. Man braucht, um ein eklatantes Beispiel zu haben, nur die Shakspeare'schen Sonette zur Hand zu nehmen, und wenn man sich nach Lesung derselben bei unbefangener Beurtheilung sagen muss: »Tiefe Gedanken, aber keine Poesie!« — da springt auf einmal ein Männlein an dich heran, dem diese Sonette wahre Weltwunder sind, und ruft dir zu: »Ich behaupte, dass ich diese (Sonette) weit über die Sonette Petrarka's stelle und für die schönsten halte, welche überhaupt existieren.« — Bodenstedt heißt der Mann, und wenn du ihm widersprichst, so bedauert er dich, dass dir der Genius Shakspeare's verschlossen bleibt. Ganz so, wie Bodenstedt mit Shakspeare, macht es Ludwig Nohl mit Mozart. Die Begeisterung für den Gegenstand seiner Darstellung und die in den Eingangszeilen schon berührte unerlaubte Anwendung des Begriffs der Entwicklung führen den sonst strebsamen Verfasser gar oft von dem rechten Wege ab, und in der Meinung, den geraden Weg zu wandeln, irrlichteliert er hin und her. Wo irgend eine Schwäche des Buches zu Tage tritt, da gehört sie ganz bestimmt in eine von den zwei Kategorien, deren eine der überschwänglichen Begeisterung, und deren andere der Systemmacherei ihren Ursprung verdankt. So wird (S. 46) das zufällige Zusammen-treffen Mozart's mit dem Engländer Thomas Linley in Florenz und die aus dem Zusammentreffen zweier musikalischen Wunderknaben leicht begreifliche gegenseitige Neigung schnell dazu benützt, von der dama-ligen Zeit der schwärmerischen Freundschaften im Allgemeinen zu reden. Goethe, Lavater, Jakobi werden herbeigerufen, der Göttinger Dichter-bund, der Pietismus Spener's und der Mysticismus des »edlen« Friedrich von Spee wird in Bewegung gesetzt, um zu beweisen, was keines Beweises bedarf, um zu erklären, was Niemand unerklärlich findet. Das Allernächste lässt man aus dem Auge und holt recht weit aus, um einen Zufall als einen Akt der Nothwendigkeit hinzustellen, der seiner Anlage nach im Plane der Vorsehung von aller Ewigkeit her bereits ent-halten war. Im Dienste des Erzbischofs von Salzburg hatte Mozart natürlich die Verpflichtung, Kirchenmusik zu schreiben. Dass Mozart's eigentliche Größe aber erst auf dem Gebiete der Oper sich wahrhaft entwickeln und zeigen konnte, ist heute für uns eine ausgemachte That= sache. Auch Nohl weiß Das recht gut, wir werden Dies später sehen; dennoch sagt er (S. 78): »Es war bloß die Fügung seines äußern Ge= schickes, die den Jüngling aus dieser Bahn (der Kirchenmusik nämlich) herausriß und für den Rest seines Lebens einer andern Richtung seiner Kunst zuwendete. Denn seine Neigung war eben so sehr bei dieser Musik beschäftigt als bei der Oper, und wir werden sehen, daß er am Abend seines Lebens, nachdem er die Wandlungen des menschlichen Daseins sämmtlich durchgemacht hatte, sich durchaus wieder der Betrachtung der höhern und höchsten Dinge zuwendet.« — Vergleicht man mit Diesem eine spätere Stelle (S. 243), in der es heißt: »Allein alles Das waren nur lyrische Ergüsse seines Empfindens oder höchstens Vorarbeiten zu größeren Dingen, er sehnte sich nach Aufgaben auf seinem eigentlichen Gebiete: er wollte eine große Oper schreiben.« — so sieht man leicht, zu welchen Widersprüchen die Konsequenzmacherei führt; denn oben wird es bloß eine äußere Fügung genannt, daß Mozart sich der Oper zuwendete, um zu beweisen, daß die Kirchenmusik seiner Naturanlage ebenso angemessen war wie diese, und später bezeichnet der Verfasser selbst die große Oper als Mozart's eigentliches Gebiet. In der That können solchen Wider= sprüchen nur sehr verwirrte Kunstanschauungen zu Grunde liegen. Die Natur vertheilt die Gaben so mannigfach, daß Jeder sein gutes Theil erhält. Daß der Eine mehr, der Andre weniger erhalten, kann eben so wenig bestritten werden, als daß der Eine diese, der Andre jene Gaben sein nennt. In alle Ewigkeit bleibt ein Kaninchen ein Kaninchen, ein Löwe ein Löwe. Nie wird aus einer Haselstaude eine Eiche, oder umge= kehrt. Wie in der unbewußten, so ist es aber auch in der bewußten Welt. Ein Goethe, der größte Lyriker der Welt, hat kein Drama aufzuweisen, das sich mit einem Shakspeare'schen »Richard III.« oder mit einem »Macbeth« messen kann; der »Faust« steht bei aller seiner Größe als Drama weit unter »Hamlet«. Dagegen enthält das eine Gedicht: »Über allen Gipfeln ist Ruh'« mehr echte Poesie und mehr musikalische Empfindung, als alle 156 Sonette von Shakspeare zusammengenommen. Schon Virgil sagt: Non omnia possumus omnes. Wer wird nun z. B., um die Schönheit eines Pferdes zu rühmen, beweisen wollen, daß es ebenso gut als Elephant betrachtet werden könne, wie als Pferd; oder umgekehrt? Man würde einen solchen Menschen rein für unzurechnungs= fähig halten. Und in der Kritik begegnet man in der That Urtheilen, die sich um nicht viel besser ausnehmen, nur daß das Unhaltbare des Urtheils nicht sogleich Jedermann in die Augen sticht. Mozart's Genius offenbart sich in der großen Oper, »Don Juan«, »Die Zauberflöte«, »Figaro's Hochzeit« sind die Werke, in denen wir den tiefen Geist

ihres Schöpfers zu bewundern haben, und wie schön auch das Requiem,
wie herrlich manche Instrumental-Komposition dieses Meisters auch sein
mag, sie reicht von ferne nicht hinan an die Größe, Erhabenheit und
Schönheit, die sich in den genannten Opern dem Hörer erschließt. Freilich
ist es immer Mozart, der auch diese andern Dinge gemacht hat, und es
werden immer Züge von Bedeutung den Meister verrathen, aber im Ganzen
genommen stehen sie tiefer. Das ist heute schon ausgemacht, darüber
braucht man nicht erst zu streiten, nur das Gesetz, dem die Natur hier
folgt, ist noch nicht ins allgemeine Bewusstsein gedrungen. Nohl begeht
den Fehler, in seiner liebenswürdigen Begeisterung immer dasjenige Werk
von Mozart für das allerschönste zu halten, mit dem er sich gerade augenblicklich beschäftigt und hebt dadurch sein eigenes Princip der Entwicklung
zum großen Theile wieder auf. So sagt er (S. 251) von den Doppelchören aus »Idomeneo«: »Von größerer dramatischer Lebendigkeit und
niederschmetternderer Wucht besitzen wir selbst noch heute Nichts.« Dieses
Urtheil ist Resultat der momentanen Stimmung, des augenblicklichen Ein-
druckes. Man spricht manchmal in der Aufwallung des Momentes so
Etwas aus, und wem wollte man es übel nehmen? aber ein kritischer
Kopf überlegt sich's, ob er so was niederschreibt. Billig fragen wir doch
Herrn Nohl, ob sich in der »Zauberflöte« und im »Don Juan«
Nichts findet, was sich mit den genannten Doppelchören vergleichen lässt.
Auch die Behauptung (S. 253), daß der »Idomeneo« mehr Musik enthält,
als alle Opern Gluck's zusammengenommen, ist übertrieben. Der Verfasser braucht nur ein anderes Werk von Mozart in die Hand zu nehmen,
und gleich ist wieder dieses andere ein Werk, mit dem sich Nichts vergleichen
lässt. So behauptet er von »Belmonte und Konstanze« (S. 313): »Diese
Töne, sie waren nie vorher gehört worden. Nach ihnen stimmte sich fortan
jede Leier, die von Liebes-Leid und Glück in deutscher Weise singen wollte,
und noch heute sind sie nicht wieder erreicht, wie viel weniger übertroffen.« —
Was ist dieses Urtheil anders, als dasjenige, welches er oben über
»Idomeneo« fällt? Man sieht sogleich: Produkt des momentanen Sichhin-
gebens, des unmittelbaren Empfangens, ein seliger Augenblick, — Begeisterung,
doch keine Kritik! — Wir haben oben gesehen, daß Nohl selbst die Oper
als Mozart's eigentliches Gebiet bezeichnet; nun bietet sich aber wieder
Gelegenheit, von der Kirchenmusik zu reden, und um seinen geliebten
Mozart auch als Kirchenkomponisten als den Ersten hinzustellen, wird
Dieser plötzlich wieder zu dem Manne gemacht, der »durch seine Kunst, wie
durch sein wahrhaft frommes Gemüth, wie ein zweiter Palestrina der
welschen Fluth einen starken Damm entgegenzusetzen und dem Kultus seiner
Kirche durch seine Messen die wahre Feierlichkeit wiederzugeben« im Stande
gewesen wäre (S. 356). Man kann sich über dieses ewige Hin- und
Herlavieren in der That eines leisen Lächelns nicht enthalten; dabei kann

man aber Herrn Nohl auch nicht gram werden. Man sieht deutlich, wie ihm bei jedem Schritte, den er weiter geht, seine blinde Verehrung für den angebeteten Gegenstand alles kritische Bewusstsein raubt; Nohl spricht in jedem Falle seine ehrliche Überzeugung aus, aber diese in den einzelnen Fällen sich selbst aufhebende Überzeugung wirkt auf den unbefangenen Leser komisch. Mozart that, was er zu thun berufen war. Mozart war der Mann, den Deutschen die größte Oper zu schaffen; — er schrieb seinen »Don Juan«. Warum ihm nun durchaus noch die Kirchenmusik aufdisputieren? Streng genommen, hat Mozart gar keine Kirchenmusik geschrieben; denn seine für die Kirche verfassten Kompositionen athmen durchgängig eine schöne Weltlichkeit. — Ebenso, wie mit der Kirchenmusik, verhält es sich bei Mozart mit der reinen Instrumentalmusik; auch diese war sein eigentliches Gebiet nicht; und wie schön die G-moll-Symphonie und Jupitersymphonie auch sein mögen: gegen den »Don Juan« gehalten, schrumpft ihr Werth sehr zusammen. Eine solche Anschauung ist aber in den Augen des Herrn Nohl sicherlich eine Barbarei, er stellt sich die Jupitersymphonie ganz anders vor, »und wir haben« — sagt er (S. 467) — »schwerlich ein zweites Tonbild, das so wie dieses die Allbewegtheit des Menschenlebens bis in seine geheimsten Tiefen durchschauen lässt.« — Was soll man dann von Beethoven's Symphonien sagen? — doch ja, hier hat der Verfasser seiner Behauptung durch das Wörtchen »schwerlich« selbst einen leisen Zweifel angehängt, er war eben nicht im höchsten Stadium der Begeisterung; aber hören wir, was er über das im Jahre 1789 für Anton Stadler komponierte Klarinettenquintett schreibt. Ich empfehle dem Leser die Seiten 503 und 504 des Buches zur genauen Lektüre, und bedaure nur, dass die genannten zwei Seiten nicht im sapphischen Versmaße geschrieben sind; für diejenigen Leser aber, denen Nohl's Buch nicht augenblicklich zur Hand sein sollte, setze ich eine Stelle (S. 504) her: »Wahrlich, diese Musik versetzt uns in jenen holden Taumel der Kunst, wo wir wähnen, all' die Dinge des Lebens, die so unvereinbar weit auseinander klaffen, seien zusammengebracht und das ganze All klinge in diesem einen kleinen Raume harmonisch ineinander, — dass wir wähnen, den innersten Sinn aller Dinge, die ewige Wahrheit selbst zu erfassen, weil wir den goldenen Saum ihres himmlischen Gewandes in unserer Hand fühlen! — Fürwahr, ein größerer Triumph der Liebe wie der Schönheit ist nie gefeiert worden.« — Beim Anhören dieses Quintettes hat Herr Dr. Nohl offenbar »Belmonte und Konstanze« bereits wieder vergessen; anders lässt es sich nicht erklären.

Aber Alles übersteigt die überschwängliche Analyse, welche Nohl einem der schwächsten Produkte Mozart's, nämlich der Oper: „Cosi fan tutte", angedeihen lässt. Hier fängt Mozart an, Philosoph zu werden, d. h. Herr Nohl macht ihn dazu. Der Verfasser findet zwar selbst den Text von

Da Ponte gering; aber dennoch läßt er sich's nicht nehmen, aus diesem albernsten aller Operntexte philosophische Ideen herauszuspintisieren. Wir können die ganze Auseinandersetzung hier nicht abdrucken; wir verweisen den Leser auf die betreffenden Seiten 507, 508, 509, 510, 511 und 512. Ihm ist „Cosi fan tutte" — »die Oper der entzückendsten, wahrhaft hinreißenden Schönheit,« und durch sie gelang es unserem Meister, einen Schritt weiter zu seiner eigenen Vollendung zu thun. Eine Grundlage des Lebens hatte er hier gefunden, und mit ihr die eigene Versöhnung.« — Welche Grundlage des Lebens Dies sei, frägt sich Jeder, der die Oper kennt, vergebens. Gefunden hat er allerdings Etwas, und zwar einen albernen, höchst abgeschmackten Text, der so geartet ist, daß selbst ein Mozart, der Genius, der das Opernproblem am klarsten erfaßt und erschaut, nicht fähig war, Etwas daraus zu machen. Mit Ausnahme der reizenden Ouvertüre und einzelner Nummern ist an dieser Oper Nichts zu halten. Sie wurde erst in diesem Jahre wieder aus dem Archive des Wiener Hofoperntheaters hervorgeholt, um in der großen Opernkalamität sich als rettender Engel zu erweisen; der Wiederbelebungsversuch hatte aber einen so geringen Erfolg, daß diese Oper der »entzückendsten, wahrhaft hinreißenden Schönheit« vom Publikum und von der Kritik zwar mit Achtung angehört, aber einstimmig abgelehnt wurde, so daß sie nach etlichen Aufführungen wieder ins Archiv zurückspazierte, woher sie gekommen war. Der Mißerfolg wäre zwar kein Argument gegen die Oper, wenn sie neu wäre; allein bei einem Werke von Mozart, bei dessen Anhören die Parteileidenschaften schweigen und Jeder eher geneigt ist, für als gegen das Werk sich präoccupieren zu lassen, ist ein solches Faktum, wie das erwähnte, nicht zu unterschätzen. »Don Juan«, »Figaro« und »Zauberflöte« machen immer volle Häuser, aber mit Opern, wie „Cosi fan tutte", wird kein Hund aus dem Ofen gelockt. Mozart's Größe büßt dadurch Nichts ein, und sein unauslöschlicher Ruhm wird dadurch um Nichts geringer, daß man diese Dinge gegen einander abwägt und ins gehörige Licht rückt. Steht ja auch z. B. das »Wintermärchen«, bei allem Reiz, der sich in den Schäferscenen findet, als Ganzes nicht im entferntesten auf der Höhe des »Hamlet«! Wem wird es einfallen, das Eine durchaus dem Andern gleichzustellen? Und wer wird bei richtiger Erkenntnis des Verhältnisses glauben, daß Shakspeare darum weniger unsterblich sei, weil das »Wintermärchen« hinter »Hamlet« zurücksteht? — Bei Herrn Dr. Nohl »buldet aber die Zauberflöte«, die er das schönste, das tiefste Werk nennt, das der Phantasie Mozart's entsprungen, — »an vollendeter Schönheit nur „Cosi fan tutte" neben sich« (S. 512).

Ganz eingezwängt in den Begriff der Entwicklung, vermittelt Nohl (S. 558) den Übergang von der »Zauberflöte« zum Requiem. Er sagt: »Nach diesen Dingen des Lebens konnte nur noch vom Himmel die Rede sein — der »Zauberflöte« konnte nur ein Requiem folgen.« Man beachte wohl: »konnte nur folgen,« sagt der Verfasser, und stellt somit die Komposition des Requiems, welches bekanntlich bei Mozart bestellt wurde, als einen Akt der Nothwendigkeit hin, nicht etwa nur in dem Sinne, wie jedes Kunstwerk ein Akt der Nothwendigkeit ist, sondern in dem Sinne, daß Mozart nun unmöglich etwas Anderes hätte schreiben können. Der Umstand, daß Mozart nun stirbt, und nicht mehr Gelegenheit findet, noch weitere Opern zu schreiben, kommt hier der Systemmacherei des Verfassers sehr zu Statten, und wir haben uns hier nur zu erinnern, daß Dieser früher schon vom jungen Mozart behauptete, er sei von der Kirchenmusik bloß durch äußere Fügung des Schicksals in eine andere Richtung (zur Oper) gedrängt worden. Das macht sich Alles sehr schön; »wenn man's so hört, möcht's leidlich scheinen, steht aber doch immer schief darum«, — denn billig frägt man sich: warum? — Hätte Mozart noch fortgelebt und wieder Opern geschrieben, so würde uns der Verfasser philosophisch beweisen, wie die Komposition des Requiems eigentlich nur als Durchgangspunkt, als ein Moment der Entwicklung aufzufassen sei, und wie Mozart nach dem Requiem seine wahre Aufgabe, seinen innern Beruf für die dramatische Musik erst recht tief erfaßt und begriffen. Schade, armer Mozart! mußtest du so früh sterben, ohne so recht zu wissen, wer und was du eigentlich gewesen bist, ob Lyriker oder Dramatiker ꝛc.

Doch genug der Einzelnheiten. Bei allen Schwächen, die wir dem Buche vorhalten, ist es doch immerhin eine sehr anständige, von Fleiß und Studium zeugende Arbeit, und der Lektüre des Publikums zu empfehlen. Es sind Partien in dem Buche, mit denen man gar wohl übereinstimmen kann; was der Verfasser über die Hauptwerke »Don Juan«; »Figaro«, »Zauberflöte« sagt, mag immer beherzigt werden. Wenn er auch in diese Opern viel hineingeheimnißt, woran der gute Mozart sein' Lebtage nicht gedacht hat, so sind die Auseinandersetzungen des Verfassers doch nicht ohne Interesse, und was er von der Musik dieser Opern sagt, hat seine volle Richtigkeit; aber auch bezüglich der andern Werke Mozart's sagt er viel Treffliches und Gutes, nur glaubten wir gegen die unkritische Art protestieren zu müssen, mit der er Alles auf gleiche Höhe stellt. Der biographische Theil aber sei ausdrücklich nochmals hervorgehoben; von besonderem Reize ist die Darstellung, insofern sie die Liebesverhältnisse Mozart's berührt. Sein Verhältnis zu den verschiedenen Auserkorenen, unter denen Aloysia Weber die Hauptrolle spielt, ist sehr anmuthig geschildert. Über Alles anziehend und ein Bild voll Reinheit, Keuschheit und Anmuth ist die Schilderung von Mozart's Ehe, von seinem Verhältnisse zu Konstanze.

Wenn ich nun das Urtheil über Nohl's Mozart in Kürze nochmals zusammenfasse, so kann Dies nur dahin lauten, daß das Werk auf den Charakter eines wirklichen Beitrages zur Mozartliteratur keinen Anspruch machen darf, denn die bisherige Literatur über Mozart ist durch dieses Buch nicht in den Besitz von neuen Thatsachen und Anschauungen gelangt, die ihr früher gefehlt hätten. Das Verdienst des Buches beschränkt sich darauf, dem größeren Publikum, welches einen Jahn nicht lesen kann, in populärer, anziehender Darstellung Mozart's Lebenslauf vorzuführen, und also zur Kenntnis von Mozart in solchen Kreisen beizutragen, wo man der Kunstbetrachtung eine nur sehr geringe, dem anderweitigen Berufe abgewonnene Zeit zu opfern im Stande ist. Von diesem Gesichtspunkte betrachtet, kann dem Buche bei allen Schwächen und Mängeln, die es enthält, doch eine gewisse Anerkennung nicht ausbleiben, und diese sei hiemit auch aufrichtig ausgesprochen. — —

Über den »Geist der Tonkunst« desselben Verfassers werden wir uns etwas kürzer fassen können. Das Buch ist schon im Jahre 1861 erschienen also nicht mehr als Novität zu betrachten, der »Orion« kommt mit seiner Besprechung jedenfalls etwas spät; da er mit derselben aber nicht früher kommen konnte, so wird er sich mit dieser nachträglichen Pflichterfüllung so kurz, als thunlich, abzufinden suchen.

Im Ganzen laboriert auch dieser »Geist der Tonkunst« etwas stark an schlecht verdautem Hegel. Auch hier legt der Verfasser in die Musik Dinge hinein, die nicht hineingehören, und macht Suppositionen, die ganz willkürlich sind. Nach dem Titel: »Geist der Tonkunst« zu schließen, haben wir in dem Buche etwas ganz Anderes erwartet, als was wir gefunden haben. Wir glaubten, das Buch werde sich mit einer Unterhaltung über den Geist, will sagen »Inhalt«, der Musik befassen, und die Frage untersuchen, was denn eigentlich der Inhalt der Musik sei. Statt einer ästhetischen Untersuchung finden wir aber einen kurzen Auszug aus der Geschichte der Musik, gespickt mit eingestreuten ästhetischen Bemerkungen. Nun, jeder Autor hat das Recht, zu schreiben, was er will; nur soll er, wo möglich, schon durch den Titel des Buches andeuten, was man in demselben zu erwarten hat, um den Leser nicht irre zu führen. Eine mit ellenlangen Citaten aus Büchern von aller Herren Ländern, namentlich aus Vischer's Ästhetik und aus einer Unzahl von Biographien, zusammengeflickte geschichtliche Übersicht, über deren Richtigkeit oder Unrichtigkeit bezüglich der darin vertretenen Anschauungen noch gar nicht gesprochen werden soll, — Das nennt Herr Nohl den »Geist der Tonkunst«. Dieser »Geist der Tonkunst« ist ein Resultat der in unserer Zeit beliebten Buchmacherei; denn aus zehn Büchern wird leicht ein elftes. — Wenn man nach dem Nutzen eines solchen Buches frägt, so muß man darauf antworten: Der Wissenschaft hat es keinen Nutzen gebracht, denn es ist darin nichts Gutes und leider auch nichts Schlechtes, was als wesentlich Neues aufträte, das Ganze ist eine Kombination, eine Zusammenstellung, wodurch die Wissenschaft nicht gefördert wird. Aber nicht einmal jenen Vorzug besitzt das Buch, den wir der Mozartbiographie einräumen konnten, nämlich den Laien einen populären Abriß zu bieten, in anziehender Darstellung den weniger Kundigen in die Kunstbetrachtung einzuführen. Erstens ist das Buch durch die genannten ellenlangen Citate, wie leicht begreiflich, in der stilistischen Darstellung sehr ungleich, so daß der Laie sich von der biographischen Darstellung plötzlich in den Ton und die Redewendungen der Schulphilosophie versetzt sieht; zweitens bietet es ihm diesen Abriß nicht einmal in einiger Vollständigkeit, sondern höchst fragmentarisch, so daß der Laie von der Geschichte der Tonkunst und von ihrem Geist eine sehr wunderliche Vorstellung bekommen müßte; denn der Verfasser schreibt eine Geschichte der Tonkunst, und doch wieder keine Geschichte; er zeigt an einem gewissen fortlaufenden Faden die musikalischen Erscheinungsformen auf, greift diese aber wieder höchst willkürlich aus der Summe des ihm zu Gebote Stehenden heraus, so daß das jeweilig in Rede stehende Werk fast nur als Beispiel hiehergezogen scheint. Das Buch ist also weder eine Geschichte, noch eine ästhetische Untersuchung, sondern eine Reihe von biographischen Notizen, nebst ästhetischen und analytischen Bemerkungen, übergossen mit einer Sauce, die aus der Hegel'schen Philosophie zubereitet worden, und ist daher keinesfalls geeignet, »von einem so bedeutendem Gebiete des menschlichen Schaffens« — wie der Verfasser wünscht — »eine klare Vorstellung zu geben.«

Das Buch ist eingetheilt in zwölf Abschnitte. Der Verfasser beginnt mit den Sphären des absoluten Geistes, kommt auf die Verwandtschaft von Kunst und Religion, und zeigt, wie wir eigentlich vor Mozart, streng genommen, noch gar keine Musik gehabt haben, und wie wir, streng genommen, nach Mozart wieder keine Musik mehr haben. Das ist des Pudels Kern. Mozart, und wieder Mozart. Ich werde der Letzte sein, der Jemanden seine Begeisterung überhaupt, und namentlich die Begeisterung für den unsterblichen Mozart, missdeuten wird; es ist bereits oben über Nohl's liebenswürdigen Enthusiasmus gesprochen worden. Kann man diesen aber auch in einem dem Gegenstande seiner ausschließlichen Verehrung speciell gewidmeten Werke entschuldigen, so wird sie aufdringlich und anmaßlich, wenn sie sich in einer scheinbar objektiven Darstellung so überaus geltend macht, und wenn sie obendrein verleitet, gegen die andern Heroen der Kunst ungerecht zu sein. Ungerecht aber ist Nohl nicht nur gegen Mozart's Vorgänger, namentlich gegen Bach, sondern ganz besonders gegen Mozart's großen Nachfolger, gegen Beethoven.

Eine ganz kurze Blumenleſe aus Nohl's Buche wird hinreichen, Dies zu beweiſen. Von der großen Meſſe in D ſagt Nohl, nachdem er ſie in Beziehung zu der Myſtik der Neuplatoniker gebracht und ſeinem philoſophiſchen Entwicklungsgelüſte Genüge gethan, (S. 208): »Es iſt dieſelbe myſtiſche Verſenkung in die Gottheit, daſſelbe Sichhineinſchwindeln in ihr Weſen, das in dieſem Werke ſeinen Ausdruck gefunden hat, dieſelbe Ektaſe, daſſelbe Delirium der Viſion, derſelbe Irrſinn überreizter Empfindung und überreizter Phantaſie, die überall den rechten Übergang in die Wirk-lichkeit, die rechte Vermittlung zwiſchen dem Unendlichen und Endlichen nicht finden kann. Daher hat das Werk trotz ſeiner Fülle von Muſik keinen Eingang gefunden, es wird hin und wieder aufgeführt, bewundert, angeſtaunt, als ein Rieſenwerk des Geiſtes gelobt, am Ende aber ſtehen gelaſſen. Und mit Recht.« — Daß die D-Meſſe »ſtehen gelaſſen« wird, iſt einfach eine Unrichtigkeit; im Gegentheile ſcheint gerade unſere Zeit erſt beſtimmt, ſich in die Tiefe dieſes Werkes mit Innigkeit und Liebe zu ver-ſenken. Der Verfaſſer wolle ſich erinnern laſſen, daß die Meſſe in D in Wien bei ihrer Aufführung vor zwei Jahren mit ſolchem Enthuſiasmus aufgenommen worden, daß eine wiederholte Aufführung im darauffolgenden Jahre ſich als dringende Nothwendigkeit herausgeſtellt. Bei der Tonkünſtler-Verſammlung in Weimar (1861) wurde die D-Meſſe ebenfalls nicht bloß angeſtaunt, und in Prag wurde dieſelbe vor einigen Jahren im Laufe eines Winters zweimal gebracht. Das heißt nach meiner Anſicht nicht: das Werk »ſtehen laſſen«. Geſetzt aber, Dem wäre ſo, der Verfaſſer wäre mit ſeiner Angabe im Rechte, ſo zeigt er durch ſein zuſtimmendes Urtheil, daß man das Werk »mit Recht« ſtehen laſſe, wie wenig er ſelbſt in Beethoven's eigentlichen Geiſt eingedrungen, und wir können ihn nur an ſeine eigenen Worte (S. 235) erinnern, wo er ganz richtig bemerkt, daß es nicht Jedermanns Sache ſei, das reine Schöne zu faſſen. — Auf Seite 210, wo noch von der D-Meſſe die Rede iſt, nachdem ſie vorher mit Immermann's »Merlin« zuſammengeſtellt worden, ſagt Nohl: »Die Welt hat gerichtet, dieſe Werke ſind halb vergeſſen, und werden es bald ganz ſein.« — Nun, bezüglich der D-Meſſe iſt dieſe Prophetie wohl nicht zu fürchten. Nohl ſteht Beethoven gegenüber noch ziemlich auf dem Stand-punkt des berüchtigten Ulibiſcheff's, der ebenfalls aus ſeinem barbariſchen Novgorod der erſtaunten Welt den Untergang der Beethoven'ſchen Werke dekretierte. Der deutſche Geiſt achtete, wie wir ſehen, des ruſſiſchen Ukaſes ſehr wenig, und wird ſich auch durch Nohl's ſcheinphiloſophiſche Demon-ſtrationen den unmittelbaren Genuß an der D-Meſſe hoffentlich nicht verkümmern laſſen.

Die A-dur-Symphonie Beethoven's nennt der Verfaſſer (S. 218): »den erſten Verſuch, in Muſik Geſchichte darzuſtellen.« Auf dieſe Behauptung kann man ernstlich nicht antworten. Die Abweisung könnte nur in einer Weise erfolgen, wie Dies in der Leipziger »Illustrierten Zeitung« bezüglich der von Nohl ausgesprochenen Ansichten über die »Zauberflöte« geschehen ist. Der Irrthum der Beethoven'schen Musik ist nach dem Verfasser die Transscendenz (S. 229). Selbst die von dem Verfasser als die schönsten bezeichneten Werke: die Eroica, die Pastorale, die C-moll-Symphonie und auch die siebente (A-dur), lassen nach seiner Anschauung das Gefühl weit unbefriedigter, als die weniger ausgedehnten Instrumentalwerke Mozart's (S. 234). »So ist« — fährt er fort — »das Ende der Stimmung, welche diese Musik erregt, eine gewisse Leerheit, es fehlt gerade die unermeßliche, unsagbare Fülle u. s. w.« — Alle Welt weiß heute, daß Mozart der größte Opernkomponist, und Beethoven der größte Instrumentalkomponist der Deutschen ist. Die Mozart'schen Instrumentalwerke höher zu stellen, als die Beethoven'schen, ist eben so ungereimt, als wenn man den »Fidelio« mit allen seinen Herrlichkeiten über »Don Juan« erheben wollte. Warum denn nicht Jedem das Seine lassen? Muß denn Mozart auf allen Gebieten den ersten Preis erringen? — Wir haben uns über diesen Gegenstand oben schon näher ausgesprochen, und finden nur noch nöthig, um jedem Mißverständnisse vorzubeugen, an Folgendes zu erinnern. Gewiß ist es, daß die verschiedenen Gebiete der Kunst an einander grenzen, ja, daß sie zum Theil in einander fließen. Der Maler hört und empfindet auch neben seinem Schauen und Bilden, der Musiker sieht und bildet auch neben seinem Hören und Empfinden; bis auf einen gewissen Grad wird also um so mehr der Dramatiker auch Lyriker, der Lyriker auch Dramatiker, der Opernkomponist Symphoniker, hingegen der Symphoniker auch Opernkomponist sein; aber nur bis auf einen gewissen Grad; streng genommen, wird der Künstler in der Regel eine Richtung als die seiner Phantasie, seiner Naturanlage angemessenste ausfüllen, und wenn Mozart auch Instrumentalwerke geschaffen, wie die »Jupiter«, die »G-moll-Symphonie«: — seine Größe liegt in der Oper; da steht er unerreicht. Beethoven's »Fidelio« mag musikalisch noch so hoch stehen: er erreicht den »Don Juan« keineswegs, und zwar gerade darum, weil Beethoven durchaus Lyriker und kein Dramatiker ist.

Eduard Kulke.

Ungedruckte Briefe von Heinrich Heine.

12.
An Ferdinand Dümmler in Berlin.

Gemeinschaftliche Bekannte haben mir Ihre Thätigkeit und Loyalität gerühmt. Weil ich, durch Erfahrung gewitzigt, diese beiden Eigenschaften bei einem Buchhändler am höchsten achte, mehr als jedes andere Interesse, so mache ich Ihnen hiermit das Anerbieten, ein Buch von mir in Verlag zu nehmen. Dieses enthält: 1) eine kleine Tragödie (etwa 3½ Druckbogen stark), deren Grundidee ein Surrogat für das gewöhnliche Fatum sein soll und die Lesewelt gewiß vielfach beschäftigen wird, 2) ein größeres dramatisches Gedicht, genannt »Almansor«, dessen Stoff religiös-polemisch ist, die Zeitinteressen betrifft, und vielleicht etwas mehr als 6 Bogen beträgt, und 3) ein drei bis drei und ein halb Druckbogen starker Cyklus humoristischer Lieder im Volkstone, wovon in Zeitschriften Proben standen, die durch ihre Originalität viel Interesse, Lob und bittern Tadel erregt. Die kleine Tragödie, die ich für die Bühne bestimmt habe, und die gewiß auch aufgeführt wird, nenne ich Ihnen oder theile ich Ihnen mit, sobald ich Sie meinem Anerbieten nicht abgeneigt finde; ich wünsche nämlich nicht, daß sie hier bekannt werde, bevor der Druck angefangen, und ich habe sie hier nur zwei Personen, dem Professor Gubitz und dem Legationsrathe Varnhagen v. Ense, lesen lassen.

Über meinen eignen Werth als Dichter darf ich selbst wohl kein Urtheil fällen. Nur Das bemerke ich, daß meine Poetereien in ganz Deutschland ungewöhnliche Aufmerksamkeit erregt, und daß selbst die feindliche Heftigkeit, womit man hie und da über dieselben gesprochen, kein übles Zeichen sein möchte. Von den zahlreichen öffentlichen Ausbrüchen der Art schicke ich Ihnen nur beiliegendes Blatt,*) erstens weil ich nur dieses besitze, und zweitens weil der Tadel darin ziemlich bedeutend ist. Es ist so halb und halb eine Entgegnung auf Karl Immermann's unbedingt lobendes Urtheil über mich in derselben Zeitschrift, schließt sich an Das, was in den westfälischen und rheinischen Blättern in so vollem Maße über mich gesagt worden, und ist in süddeutschen Blättern (Hesperus, Morgenblatt, Rhein. Erholungen u. s. w.) ebenfalls auf ungewöhnliche Weise ausgesprochen worden.

Ich glaube nicht, daß ich hier in Berlin sehr bekannt bin; aber desto mehr bin ich es in meiner Heimat, am Rhein und in Westfalen,

---

*) Das „Kunst- und Wissenschaftsblatt", Nr. 24, vom 7. Juni 1822, welches eine höchst geistvolle, mit —Schm— unterzeichnete Kritik der Heine'schen Gedichte enthielt. Anm. d. Red.

wo man, wie ich von allen Seiten erfahre, auf das Erscheinen meines langerwarteten poetischen Buches sehr gespannt ist, und wo dasselbe gewiß den größten Absatz finden wird.

Ich habe nächster Tage das Vergnügen, Sie persönlich zu besuchen und mit Ihnen über das Übrige, Honorarbestimmung u. Dgl., zu sprechen. Ich bin

mit Hochachtung und Ergebenheit

H. Heine.

Berlin, den 5. Januar 1823.   Taubenstraße No. 32.

13.

An W. Häring.

Hamburg, den 17. Januar 1831.

So geht's, lieber Häring, man will ausführlich lange Briefe schreiben und schiebt's auf von Tag zu Tag, in Erwartung einer allerbesten Stunde, und da geschieht's, daß man plötzlich Etwas mitzutheilen hat, und man muß in der schlechtesten Stunde den kurzgefaßtesten Brief hinkratzen. So geht's mir heute. Einer meiner Freunde, A. Lewald, ersucht mich, Ihnen beikommende Novelle zu schicken, die im zweiten Theil seiner Novellensammlung erscheinen wird. Er wünscht, sie im »Freimüthigen« abgedruckt zu sehen, und dieser Abdruck müßte unverzüglich stattfinden. Ich denke, diese Novelle wird Ihnen gefallen und das große Erzählungstalent des Verfassers erkennen lassen. Er weiß zu erzählen und die Figuren zur Anschauung zu bringen, und ich habe ihm das Prognostikon gestellt, daß er einst in seinem Fache zu den beliebtesten Schriftstellern gehören wird. Ich habe ihn eben durch seine Arbeiten erst kennen lernen, und das günstige Vorurtheil, das ich hege, ist daher keine Parteilichkeit. Ich wünsche, lieber Häring, daß Sie den ersten Band von Lewald's Novellen, der jüngst erschienen, lesen möchten, und wenn Sie im »Freimüthigen« eine wirksame Recension liefern wollten, wär's mir sehr angenehm, da ich selbst bis am Halse in Politik stecke und nichts Ästhetisches schreiben kann. Und doch verdient das Buch eine rasche Empfehlung, wenn solche auch nur das Eine bezweckte, daß der Verfasser einsähe, wie nur die Novelle, und nicht das Theater, woran er seine Kräfte vergeudet, für sein Talent geeignet ist.

Ich schreibe in großer Eile und kann Ihnen, lieber Häring, nur flüchtige Grüße zuwerfen. Mein jüngstes Buch macht hier viel Glück und überall Lärm — vielleicht singe ich bald: Timpe, Timpe, mach dich auf die Strümpe! Leben Sie wohl, grüßen Sie mir Robert und alle Freundlichgesinnten. — Ich muß schließen.

Ihr Freund

H. Heine.

Drei Natur-Kuriosa aus Nordamerika.

Von Dr. Gustav Plöde.

1. Vogel oder Frosch?

Für Ornithologen und Jäger.

Petersburg ist nach Richmond die größte Stadt des schönen Staates Virginien, den jetzt leider die Furie des Bürgerkrieges verwüstet. Sie liegt am Appomattox, der oberhalb der Stadt, für eine kurze Strecke in einem felsigen zerrissenen Bette fließend, sich wie ein romantischer Gebirgsbach gebärdet, sehr bald aber zahm wird und zwischen mäßig erhöhten Ufern dahinfließt, bis er 12—15 Meilen unterhalb Petersburg's sich mit dem von Richmond kommenden Jamesflusse vereinigt und mit ihm einen ganz ansehnlichen, für alle Seefahrzeuge schiffbaren Strom bildet, der einige Meilen weiter östlich unterhalb Norfolk's in den atlantischen Ocean mündet. Der Peter, von welchem Petersburg seinen Namen empfing, war nicht Peter der Große, auch nicht St. Petrus, sondern ein deutscher Peter, der den größten Theil des Landes besaß, auf dem die Stadt erbaut wurde, und deßhalb jedenfalls kein dummer Peter war. Die Umgegend der Stadt ist angenehm, aber unbedeutend, wie die meisten hübschen Gegenden Nordamerika's für Denjenigen, dessen Seele von den Bildern europäischer namentlich deutscher Naturschönheiten erfüllt ist. Aber die Appomattox-Gegend ist klassisch in der Geschichte der ersten Ansiedlungen des Landes, welches die loyale englische Chevalerie zu Ehren der sogenannten jungfräulichen Königin »Virginia« taufte, und voll von Indianer-Erinnerungen. An der nördlichen Seite des Holzbrückchens, welches die Stadt mit dem linken Flußufer verbindet, auf dem der Bahnhof der Eisenbahn nach Richmond liegt, steht noch hart an der Straße das Becken der Pokahontas, ein vom Wasser beckenartig ausgehöhlter Granitblock, aus welchem nach der Sage die indianische Prinzessin, die Stammmutter des virginischen Adels, die Weihe der Taufe empfangen haben soll. Der Grund und Boden um Petersburg besteht theils aus Urgebirge, Ausläufern der Alleghanies, in zerstreuten Blöcken, zwischen denen ganz in der Nähe der Stadt zwei starke kalte Schwefelquellen entspringen, theils aus Alluvial-Land. An dem Zusammenflusse des Appomattox mit dem Jamesflusse, bis wohin eine Eisenbahn von Petersburg geht, und wo die zwischen New-York, Philadelphia und Richmond gehenden Dampfböte anlegten, befindet oder befand sich eine kleine Niederlassung, von der man sich als künftigem Binnenhafen und Stapelplatz von Petersburg vor einigen Jahren große Erwartungen machte. Jetzt sind diese Erwartungen alle zu Wasser geworden, denn

City-Point — so hieß der Embryo einer Hafen- und Handelsstadt — ist meines Wissens schon im vorigen Jahre bei einem militärischen Streifzuge von Unions-Kanonenböten zusammengeschossen worden und wird vielleicht in Kurzem wieder der Ausgangspunkt kriegerischer Operationen werden, wenn die Unionstruppen von Süden aus gegen Richmond vorrücken sollten. Zu der Zeit, von welcher ich erzählen will, vor beiläufig drei Jahren, hatte City-Point eben angefangen, sich bemerklich zu machen, und ein paar deutsche Freunde hatten ein Kommissions- und Verladungsgeschäft daselbst gegründet, dessen Komptoir und Lagerhaus eine bescheidene Blockhütte hart an der Dampfbootlandung und dem Endpunkte der Eisenbahn war. Dort gab es verschiedene Schiffs- und Stapelartikel, so wie einigen für Schiffsvolk und Arbeiter nöthigen Proviant und Herzstärkungen, unter denen natürlich der germanische Gerstensaft nicht fehlte. Auch kampierte dort ein Komptoirist und Buchführer über Nacht. Nicht selten legten bei City-Point schon deutsche und schwedische Schiffe mit Ladung für den Süden an, und nahmen dort Rückfracht an Taback u. s. w. ein, und Das waren dann Festtage für die einsamen Blockhaus-Merchants, denn die nordischen Schiffskapitäne sind fast durchgängig muntere, lebenslustige und gastfreie Gesellen, und führen immer etwas Gutes zu essen und noch mehr zu trinken am Bord ihrer Schiffe. Da gab es denn nicht selten ganz lustige Gelage in den kleinen schmucken blankgeputzten, oft selbst eleganten Kajüten, und manchmal machte dabei sogar eine blondhaarige nordische Kapitänsfrau die Honneurs. Die beiden Geschäftsinhaber wohnten aber auf einer dem Einen von ihnen gehörigen Farm, eine halbe Stunde unterhalb City-Point auf dem erhöhten Fluss- ufer gelegen, mit angenehmer Aussicht über die weite Wasserfläche, die man von da — nach oben wie nach unten — einige Meilen weit überblickte. Rechts führte die Wasserstraße in die weite Ferne, nach Norfolk und dem atlantischen Ocean und weiter nach der entlegenen, aber unvergessenen euro- päischen Heimat, und wenn von dieser Seite sich ein größeres Segel zeigte, so war Das eines der Ereignisse, welche das ruhige Leben auf der einsamen Farm am Jamesriver dann und wann unterbrachen. Dann kam ein Schiff aus Bremen oder Hamburg oder Schweden und Norwegen, die Ferngläser wurden herbeigeholt und man versuchte, die Farben der Flagge zu erspähen. Man erschöpfte sich in Vermuthungen, welcher Kapitän es sein möge, den man bald mit kräftigem deutschen Handschlage als alten oder neuen Freund zu begrüßen und dessen schmucke Cabin man sich gastlich aufthun zu sehen hoffte. Freund W. baute auf seiner kleinen Farm Taback, Mais, Kar- toffeln u. s. w. und bewirthschaftete sie mit gemietheten Schwarzen. Daß seine Arbeiter nur gemiethet waren, und nicht sein Eigenthum, war wohl mehr seinem Mangel an Mitteln, als seiner Abneigung gegen die Sklaverei beizumessen. Denn leider muß man unsern Landsleuten nachsagen, daß sie das Talent der Acclimatisation nicht nur physisch, sondern auch moralisch in vorzüglichem Grade besitzen. Die in Sklavenstaaten lebenden Deutschen verlernen nur zu bald ihre principielle Opposition gegen das Eigenthum an Menschen, sie söhnen sich leicht mit der Theorie der Unterordnung der Racen und der Wohlthat der Sklaverei für die schwarze Race aus, und haben dann, wenn sie selbst Menschenbesitzer werden, nicht eben den Ruf nachsichtigster und mildester Herrschaft. Das eben ist der Hauptfluch dieses unglückseligen Institutes, daß es der Eigenliebe und Selbstsucht fröhnt, und indem es den Aufwallungen der Leidenschaft und des Affektes keinerlei Damm entgegensetzt, den privilegierten Menschen unmerklich zu ungezähmter Herrschsucht und Geringschätzung der Menschenrechte erzieht. In dieser Thatsache haben wir in nuce die Erklärung der jetzigen Krisis der nord-amerikanischen Union. Auch unser Freund W. war kein sehr sanfter Herr seiner schwarzen Knechte, und die stille Farm am Jamesflusse konnte wohl Mancherlei erzählen von »deutschen Hieben«, von Negern, die ins Wasser flüchten und im Boote mit Revolvern verfolgt werden. Zur Entschul-digung darf man dabei freilich nicht vergessen, daß der Miethherr der Schwarzen weit schlimmer daran ist, als der Eigenthümer, denn der Sklave kennt den Unterschied der Rechte Beider genau und weiß ihn entsprechend zu benutzen. Doch ich will keine Abhandlung über die Sklaverei schreiben, wir haben dieses traurigen Stoffes zum Nachdenken hier genug und wollen uns heiterern Bildern zuwenden.

Es war ein schöner Sonntag im November. Der November ist be-kanntlich der schönste Monat in den nördlichen und Mittelstaaten der Union. Die Sommerhitze ist vorüber, und mit ihr haben auch die Moskitos bis auf einige Nachzügler Abschied genommen. Das Wetter ist beständig, die Luft ist rein, klar und erfrischend, die Sonne grade angenehm warm, die Natur mit den bunten Farben des Herbstes geschmückt, welche von dem langdauernden Grün der schönen amerikanischen Trauerweide und den dunkeln Schattierungen der Nadelhölzer angenehm unterbrochen werden. Es ist der vielgerühmte Indianer-Sommer, ein Nachsommer, der sich auf die Sturm- und Regenzeit der Tag- und Nachtgleiche regelmäßig einstellt. Wir beschlossen, eine Sonntagspartie nach City-Point und der Farm Freund W.'s zu machen, wo die Jagdlustigen unter uns den fabelhaften virginischen Vogel Sora zu erlegen gedachten. So packten wir uns, mit der nöthigen Munition versehen, in einen Petersburger Miethwagen und trabten auf der einsamen Straße, auf der wir nur einigen zur Kirche fahrenden Farmer-familien begegneten, nach der großen Hafenstadt City-Point und überfielen Freund W. auf seiner Farm, den wir unter Tapetenstreifen und Kleister-töpfen trafen, denn er hatte eben sein Haus tapeziert. Doch kommen wir zu den Hauptpersonen unserer Erzählung.

Die Sora ist ein kleiner braungescheckter Sumpfvogel, etwa von der Größe der deutschen Wachtel, der durch seine Eigenthümlichkeiten zu ver-

schiedenen fabelhaften Erzählungen Anlass gegeben hat und Gegenstand des
Volksaberglaubens geworden ist. Was die Wissenschaft davon sagt, wollen
wir weiter unten anführen. Der Volksglaube erzählt von ihm, dass er
aus dem Sumpfe entstehe und in den Sumpf zurückkehre, dass Niemand
ihn jemals kommen oder abziehen sehe, Niemand wisse, woher er komme,
noch wohin er gehe; an einem Tag erscheine er plötzlich und ebenso plötzlich
verschwinde er wieder mit dem ersten Frost. Er sei nur in einem bestimmten
Küstenstrich in Karolina und Virginien zu finden, und nirgend anderswo
bekannt. Jedes Jahr, wenn die Sora-Saison erschienen ist, wird von den
virginischen Zeitungen in der Sora-Gegend die Sora-Frage von Neuem
verhandelt, und ich war nicht wenig verwundert, in der „Free Press" von
Petersburg alles Ernstes die Theorie vorgetragen zu lesen, dass die Soras
um deswillen plötzlich verschwänden, weil sie sich bei eintretendem Froste
in Frösche verwandelten!! Natürlich war ich neugierig, die Bekanntschaft dieser merkwürdigen Vogel-Amphibie zu machen, durch welche die
Wunder von Ovid's Metamorphosen im 19. Jahrhundert zur Wahrheit
werden sollten. Wir steigen zu diesem Zwecke in ein Kanoe, doch wo möglich
nur zu Zweien, von denen der Eine, im hinteren Theile des Bootes sitzend,
dieses mit einem kurzen Ruder vorwärts treibt, der Andere, der Jäger, im
Vordertheile stehend, das Gewehr schussfertig bereit hält. Wir steuern in
das flache schilfbewachsene Wasser langsam hinein, denn es ist eine Fahrt
mit Hindernissen, die ihr theils das hohe dichte Schilf und Gras, theils
die Untiefe des Wassers bereitet. Der Jäger vorn muss daher auf seiner
Hut sein, dass er bei dem oft vorkommenden Festfahren des Kanoes und
den Versuchen, es wieder flott zu machen, nicht kopfüber über Bord fällt
und ein unwillkürliches Wasser- oder Schlammbad nimmt. Wer ein Paar
hoher Wasserstiefel erobert hat, — mit denen auch der Bootführer versehen
sein muss, denn oft wird es nöthig, aus dem Kanoe zu steigen und das
festgefahrene, von außen hebend oder schiebend, wieder flott zu machen, —
Der zieht es denn auch vor, durch das Wasser watend, dem Feinde langsam
zu Leibe zu gehen. Dieser hält sich in dem Schilfe und Grase versteckt,
verräth aber seine Anwesenheit durch das häufige Ausstoßen eines kurzen
schreiend-klagenden Rufes, der viel Ähnlichkeit mit dem Geschrei junger
Frösche hat, was wahrscheinlich zur Entstehung der Volksfabel von der
Frosch-Metamorphose mit beigetragen hat. Da die Soras oft in großer
Menge vorhanden sind, so tönt uns ihr Klageruf oft jede Sekunde ent-
gegen und zeigt uns den Weg in das Centrum des Feindes. Leicht erschreckt durch das Aufschlagen des Ruders auf das Wasser oder durch einen
Schuss, fliegen die Vögel aus dem Gras und Schilf auf, erheben sich ein
oder zwei Fuß über dasselbe, fliegen dann in grader Linie nur wenige
Schritte und fallen, wie gelähmt oder getroffen, alsbald wieder nieder.
Dieser kurze Flug, auf dem das tödtende Blei sie erreicht, ist die Veran-

laffung zu einer andern Volksmeinung geworden, daß der Vogel nämlich
überhaupt nicht höher und weiter als einige Fuß oder Schritt fliegen könne,
die wir theilweise als Irrthum erkennen lernen werden. Ein vorsichtiger
Jäger erlegt nur eine Sora auf jeden Schuß, denn wenn man die Stelle,
wo sie niederfällt, nicht genau ins Auge faßt, geht die Beute bei der Dichtigkeit
und Einerleiheit des Schilfes und Sumpfgrases sehr leicht verloren. Noch
kürzeren Proceß und dabei weit ergiebigere Jagd machen die Schwarzen
am Jamesriver bei Nacht auf die Sora. Je dunkler die Nacht, je dichter
die Finsterniß, desto besser, desto heller und weiter leuchtet das Feuer und
desto verblüffter und bewilderter wird der Vogel. In der Mitte des Kanoes,
welches die Jäger zu Zweien oder Dreien besteigen, wird nämlich auf
einem Pfahle der mastähnlich aufgerichtet wird, eine Pfanne angebracht
und in dieser ein Feuer angezündet, und wenn dieses hellodernd seinen
Schein weit hinaus auf das Dunkel wirft, geht es in die Schlupfwinkel
der Sora hinein. Erschreckt, erstaunt und geblendet — denn die Sora
ist ein halber Nachtvogel — macht sich derselbe bemerklich, ohne aufzufliegen,
und wird nun ganz einfach mit der leichten, 10—12 Fuß langen Ruder-
stange niedergeschlagen und ins Boot eingesammelt. Diese primitive Jagd-
methode ist oft so ergiebig, daß, wie uns Audubon versichert, auf diese
Weise drei Neger in drei Stunden 20—80 Dutzend Vögel erlegen können.

An Audubon, den berühmten amerikanischen Ornithologen, den begeisterten Kenner und Liebhaber der Natur- und Thierwelt seines Vaterlandes (er war ein Eingeborner von Louisiana), wollen wir uns denn auch um
wissenschaftliche Belehrung über den kleinen interessanten Vogel Sora wenden.

Audubon's schönes Werk über die Vögel Amerikas ist nur in sehr
kleinen Kreisen bekannt, denn auch das kleinere Werk (the birds of America),
in sieben Bänden und mit Bildern in reducirtem Maßstab, ist wegen
seines Preises von circa $ 25 immer noch nur ein Werk für Bibliotheken
und reiche Privatleute. Es ist Dies um so mehr zu bedauern, als die
blühende, schwunghafte, von Naturliebe, Begeisterung und Poesie erfüllte
Darstellung und Schreibweise des Verfassers das Buch zu einer höchst
angenehmen Unterhaltung macht. Audubon leitet die Beschreibung dieses
Vogels mit folgenden Bemerkungen ein:

»Nicht viele Jahre sind vergangen, seit von den Bewohnern der Gegenden, in welchen zu gewissen Jahreszeiten diese Species zu Tausenden
vorkommt, versichert und geglaubt wurde, daß sich bei der Annäherung
kalten Wetters die Soras in den Schlamm begrüben, um den Winter im
Erstarrungszustande zuzubringen. Viele wundervolle Erzählungen wurden
verbreitet, um die Welt von der Wahrheit dieser behaupteten Erscheinung
zu überzeugen. Die Sache war aber, wie man vermuthen wird, die, daß
die Vögel nur ihr Quartier veränderten, wie sie ohne Zweifel fortfahren
werden zu thun, solange das Klima für sie im Winter zu kalt wird.
Bis zu den Tagen Wilson's war in der That sehr Wenig über die Sitten
dieser Thiere bekannt geworden, und abergläubische Begriffe und
absurde Phantasien vertraten daher die Stelle genauer Erkenntniß im Geiste
der Leute, die zuerst von anderen wichtigen Geschäften zu sehr in Anspruch
genommen waren, um den Thieren um sich herum Aufmerksamkeit zu
schenken. Und mit Rücksicht auf die Soras insbesondere habe ich keinen
Zweifel, daß die Ansiedler in unsern Urwäldern sich nicht weiter um sie
kümmerten, als daß sie, gut zubereitet, ein sehr schmackhaftes Gericht liefern.
Jetzt aber ist der Fall sehr verschieden. Viele der unternehmenden und
fleißigen Söhne Kolumbia's sind zu Wohlstand und Behaglichkeit gelangt,

und deren Kinder genießen einer liberalen Erziehung. Wissenschaft und Kunst, diese Begleiter des friedlichen Verkehrs, sind jetzt Quellen des Vergnügens für viele unserer Bürger, und es giebt heutigen Tages nicht wenige Personen unter uns, welche der Zoologie in allen ihren Zweigen emsig ergeben sind. Namentlich ist der Fortschritt in der Ornithologie so rapid gewesen, daß ich anstehen würde, zu behaupten, daß irgend ein Amerikaner, wenn auch noch so ungebildet, glaube, daß die Rallen im Schlamme in Höhlen lebten. Wer die Gebräuche unserer Vögel oder der irgend eines Theiles der Welt studiert hat, giebt nicht länger zu, daß die Schwalben verdammt seien, unter dem Eise nach Wärme zu suchen, denn wir haben bewiesen, daß diese Vögel Alles, was zu ihrer behaglichen Existenz nöthig ist, mit Leichtigkeit erlangen können, indem sie auf ihren Flügeln nach anderen Gegenden ziehen, und Soras und andere Species der Vögel sind in dieser Beziehung den Schwalben ähnlich. Der Geier, von dem man annahm, daß er seine Nahrung von ferne rieche, hat seine Geruchsstärke ziemlich ganz verloren. Gänse sind nicht länger mehr die Abkömmlinge von Seemuscheln, noch singen die Schwäne mehr ihr eigenes Requiem. Auch der Pelikan hat aufgehört, seine eigene Brust zu zerfleischen, um seine gefräßigen Jungen zu äzen. Naturbeflissene haben allmählich die verschiedenen Irrthümer berichtigt, in welche unsere Vorfahren gefallen sind, und würden jetzt grade so leicht erwarten, einen Zug von Fischen unter dem Pfluge hervorgehen, als einen Schwarm Rallen aus dem Kothe auftauchen, sich schütteln und fortfliegen zu sehen.

Der arme Audubon, der Dies, durchdrungen von den Fortschritten und der Bildung seiner Landsleute, vor dem Jahr 1840 schrieb — was würde er gesagt haben, hätte er noch 20 Jahr' später mit uns in der Petersburger „Free Press" lesen können, daß die Soras sich in Frösche verwandeln!! So täuscht man sich vom eigenen erhöhten Standpunkte aus über den der umgebenden Menge.

Die Sora ist nach Audubon ein Wandervogel, der im März (wo man ihn auf dem Markte von New-Orleans trifft) von der mexikanischen Küste aufbricht, um im Norden zu brüten. Einige halten sich bei dieser Wanderung an den Rand der westlichen Ströme und durchkreuzen das Land direkt nach Art der Waldhähne. Andere gehen die Küsten entlang, indem sie, über die vielen Buchten und Busen des Hauptlandes hinwegziehend, je nach der Witterung anhalten oder vorwärts gehen. So umgehen Viele die Küsten von Georgia und Süd-Karolina und fliegen direkt nach Cape Lookout (Südspitze von Maryland, am Potomac). Wenige folgen den Einbuchtungen der Küste, die meisten fliegen gradezu und kommen so durch den Pemlicosund, und immer an der Küste hin, nach Cape Henry. Einige gehen dann die Chesapeak-Bay hinauf nach der Mündung des Delaware und bis zum Lake Ontario und dem St. Lawrence-Strom. Dort bringen sie ihre Brützeit zu und kehren dann im Herbste mit ihren Jungen nach den südlichen Gegenden zurück. Die Rückreise geht aber, wegen der nöthigen Rücksicht auf die Schwäche der Jungen, bedeutend langsamer von Statten, als die Hinreise. Sie gehen vorzüglich nach ihren beliebten Zizania-Marschen, und da diese östlich vom Staate New-York fehlen, so kommen die Soras in Massachusets nur selten und noch östlicher gar nicht vor.

Da Audubon selbst Schwärme von Soras über den Golf von Mexiko in der Richtung nach Cape Lookout fliegen gesehen und es glaubwürdig verbürgt ist, daß einzelne Verirrte sich Hunderte von Meilen weit

auf ihren Flügeln erhalten haben, bis sie auf Schiffe trafen, so ist er voll=
kommen von ihrer Flugkraft überzeugt. Allein, es ist eine Thatsache, daß
sie auf ihrer Rückreise aus irgend einem Grunde schlecht „zu Flügel=
sind; sie fliegen langsam, niedrig, mit baumelnden Beinen, nur eine kurze
Strecke — und fallen dann gleich wieder mit ausgebreiteten Flügeln, als
wären sie angeschossen, ins Schilf herab. Zwei= bis dreimal aufgejagt,
ist es schwer, sie wiederzusehen, denn sie tauchen dann unter und verstecken
sich unter dem schwimmenden Grase, wobei sie nur den Schnabel aus
dem Wasser strecken. Verwundet, tauchen sie geschickt, was zu dem Irrthum
Anlaß gab, daß sie gar nicht ertrinken könnten, den Dr. Bachmann durch
Versuche widerlegt hat. Wenn sie gemächlich gehen, halten sie den
Schwanz hoch, in Furcht laufen sie mit großer Geschwindigkeit.

Im Oktober werden sie in den Reisfeldern und Süßwassersümpfen
von Karolina, Virginien u. s. w. gefunden. Die Sora ist halb=nächtlich
und verbirgt sich am Tage in hohem Schilf und Gras; den nach der
Brutzeit gewählten Schlupfwinkel verlassen sie Tag und Nacht nicht.
Wenn die Fluth sie dazu zwingt, kriechen sie nach der Spitze der Pflanzen
und halten sich an den Stengeln und Blättern ebenso leicht fest, wie sie
auf dem schwimmenden Kräutig einherschreiten.

Der sonderbarste Gebrauch oder Instinkt dieser Species ist die Ge=
nauigkeit, mit der sie den letzten Moment wissen, bis zu welchem sie sich
im Herbste an irzend einem nahrunggewährenden Orte aufhalten können.
Heute noch mag man Soras in ihren Lieblingssümpfen hören und sehen;
man kann sie noch im Abenddunkel wahrnehmen, aber wenn man am
nächsten Morgen auch zeitig zu dem Platze zurückkehrt, sind sie alle ver=
schwunden. Gestern war das Wetter mild, heute ist es kalt, und die
Soras wußten genau, daß die Veränderung bevorstand, und sicherten sich
gegen deren Einfluß durch schnellen Aufbruch zur Nachtzeit. Dieses
plötzliche Verschwinden hat jedenfalls die Entstehung der Fabel veranlaßt,
daß sie bei eintretender Kälte sich in den Schlamm vergrüben, oder —
wie unsere phantasiereichen Virginier, denen Dies zu gemein und prosaisch
vorkam, behaupten — sich in Frösche verwandeln. Die Species: Sora=
Ralle, nach Linné Ortygometra Carolinus, gehört nach Audubon zu der
Familie 33 Rallinae, Genus Ortygometra, Crake Gallinule.

Zur Vervollständigung der Naturgeschichte unserer virginischen Wun=
dervögel habe ich nur noch hinzuzufügen, daß der ehrliche Audubon ganz
Recht hat, daß sie, gut zubereitet, ein sehr schmackhaftes Gericht liefern.
Gut zubereitet, d. h. scharf und dunkelbraun gebraten, so daß man sie
mit Strunk und Stiel verzehren kann; durch Kochen wird ihr Fleisch
zäh. Beim Frühstück in der Blockhütte, dem Komptoir und Waarenlager
des berühmten Kommissions= und Verladungsgeschäftes W. & Co. in
der Seestadt City=Point, dem im Mutterleibe umgekommenen Hafen=Embryo
am James=River, verdankten wir der kundigen Hand eines Schwarzen
die angenehme Bekanntschaft mit diesen inneren Vorzügen der virginischen
Vogel-Amphibie.

Druck von Pohle & v. Döhren in Hamburg.

Die Tannengeister.

Ein Sylvestermärchen, von Enno Hektor.

(Der Wiederabdruck ist nicht gestattet.)

———

Wenn dichtgeschart die weißen Vögel schwirren,
Im Forst die reifumstarrten Zweige klirren,
Sich unter blankem Panzer birgt der See;
Wenn Mutter Erde, eine Niobe,
Vor Schmerz erstarrte, daß man ihr geraubt
Die Blumentöchter, und der Söhne Haupt
— Der Bäume — Kranz und Krone hat entrissen,
Drum sie in langer Nächte Finsternissen
Nun gerne weilt; wenn Vogelsang verklang,
Nur noch der Rabe ruft, die Spatzen schwätzen,
Der Büchse Knall erschallt das Feld entlang,
Die Hunde mit Gebell den Hasen hetzen,
Und andres Wild im Wald der Jäger birscht,
Der Schlitten über glatte Flächen gleitet,
Voran das Roß, kaum hörbar, dampfend schreitet,
Die Schellen bimmeln und der Boden knirscht;
Wenn weiße Blumen an den Fenstern schimmern,
Die Armuth schärfer nagt, von Thür zu Thür
Nun ihre Kinder schleichen, nackt und dürr,
Und um ein Scheit, um einen Lappen wimmern;
Wenn sich das alte Jahr zum Sterben neigt,
Die Zeiger mahnend auf sein Ende deuten,
Der Thürme Glocken es zu Grabe läuten,
Noch eh' der letzte Seufzer ihm entweicht;
Und mit Geknall, Geschrei und Becherschwenken
Ein wilder Schwarm, zum Henkerdienst entboten,
Sich müht, es jäh im Punschnapf zu ertränken,
Daß sich erschrocken, aller Hoffnung bar,

1

Die Tannengeister.

In düstre Nacht zurücke zieht das Jahr,
Dumpf in sich grübelnd, zählend seine Todten; —
    Wenn so Medusenschreck der Winter breitet,
Das alte Jahr zum Sterben sich bereitet:
Dann hoch auf eines Waldgebirges Rücken,
Wo Riesenföhren düster thalwärts blicken,
Versammeln sich die Geister jener Tannen,
An deren Wurzel ward die Axt gelegt
Das Jahr entlang, deß Todesstunde schlägt,
Und ältrer, die erst jetzt hieher entrannen,
Weil nun erst sich ihr Loos zu Ende trägt,
Um ihren Brüdern kund zu thun, von wannen
Sie hergeeilt zur heimatlichen Halde
Und was ihr Schicksal war, entrückt dem Walde.

    Da seht! schon rauschen sie in dunklen Scharen
Von Ost und West daher, von Süd und Nord,
Sie kommen stürmisch hastend da und dort
In nebelfarbnen Schemen hergefahren,
Begrüßen froh das grüne Vaterhaus,
Schaun von der Höhe selig rings hinaus,
Hinab ins Thal, hinauf zum steilen Gipfel.
Zum Willkomm neigen säuselnd ihre Wipfel,
Die noch im Boden wurzeln, die Genossen.
Inmitten ragt die älteste der Tannen,
Ein Riese, kühn zum Himmel aufgeschossen,
Deß graben Stamm vier Arme kaum umspannen.
Um diesen Waldesfürsten alsofort
Im Kreise scharen sich die Tannengeister,
Begrüßend ihn als ihren Herrn und Meister,
Und er, die Zweige wiegend, nimmt das Wort:

    „„Willkommen uns im heimischen Revier,
Ihr Alle, die hieher die Pfade fanden!
So meldet nun, einst dieser Halde Zier,
In welchem Dienste eure Tage schwanden,
Seit Menschenhände euch entführt von hier,
Was ihr erlebt in nah' und fernen Landen.““

    Im Forste kreist geheimnisvolles Rauschen,
Drauf von den Schatten einer tritt hervor,
Und rasch wird Alles still, dem Wort zu lauschen
Des Ersten aus der Tannengeister Chor.
    Der spricht: „Kein glänzend Los fiel mir zu Theil;
Im Dämmerwinkel einer engen Hütte
Geht nun der Tag mir hin im Schlenderschritte.
Zuerst — ihr denkt's euch — fielen Keil und Beil,

Axt, Hobel, Säg' und ähnlich Mordgewehr
Mit Spalten über mich und Schaben her;
Es war ein arg Zersplittern und Zertrümmern,
Dann wiederum ein künstlich Fügen, Zimmern,
Bis endlich ward ein neu Geschöpf aus mir,
Zweifüßig, weder Pflanze, weder Thier,
Ein Schaukelding, ein hohles Instrument,
Ein seltsam Wesen, das man Wiege nennt,
Das emsig nach dem Takte wird bewegt,
Wobei man Eipopei zu singen pflegt.
Am meisten ist es einem Vogelneste
Vergleichbar, denn man füttert es aufs beste
Mit Heu und Wolle aus und weichen Decken,
Und legt hinein, in Windeln eingebunden,
Von Tuch und Schnur, Gewand und Band umwunden,
Daß es die Füßchen kaum vermag zu strecken,
Ein Vögelchen, doch ohne Federzier,
Ein Menschenkind. Also geschah es mir.
Ein niedlich Püppchen hielt ich warm umfangen,
Und hatte man zu schaukeln angefangen,
So meint' ich noch im grünen Wald zu sein,
Mir däucht', ich wiege mich im Hauch des Windes,
Auf meinen Armen schaukle statt des Kindes,
Auf meinen Zweigen sich ein Vögelein;
Und ließ die Mutter, der im Antlitz blüht
Der Jugend Rose noch, die Stimme schallen
Und sang und trällert' ein Popeialied,
So meint' ich fast, mir schlügen Nachtigallen.
War so der Bergwald vor mir aufgetaucht
Und Schlaf herabgerieselt auf den Kleinen,
So wurde Waldesduft ihm eingehaucht,
Mein Traum geschickt verwoben mit dem seinen.
Ich ließ die Winde wühlen in den Bäumen,
Eichkätzchen flink von Ast zu Aste hüpfen
Und bunte Vögel durch die Büsche schlüpfen,
Die Quelle plätschern und den Gießbach schäumen;
Dann streifte, wie die Höhn das Morgenlicht,
Im Traum ein wonnig Lächeln sein Gesicht."

„Ein reizend Loos hat man dir ausgedacht,
Wohl gern ersehnt von allen Bruderbäumen;
Doch schwerlich ging's beständig, Tag und Nacht,
Mit Schaukeln so, mit Trällern so und Träumen."

„Nun, manchmal quiekte auch und schrie wie toll

Mit schauerlichem Zetern, Schluchzen, Ächzen,
So hört' ich niemals Rab' und Eule krächzen.
Mitunter auch — doch zag und schüchtern nur
Meld' ich dies dunkle Räthsel der Natur,
Ich bin hier in Gesellschaft, die anständig,
Weh mir, wenn nicht die rechten Worte fänd' ich!"

„„Sprich nur, Nichts hast du zu befahren hie,
Wir sind ja mehr natürlich, als ästhetisch,
Und nicht gereiht um einen feinen Theetisch,
Du weißt: Natur kennt keine Prüderie.""

„Mitunter — hätt' ich besser doch studiert,
Wie man die Opernhelden kritisiert!
Da fänd' ich feinster Wendung Phrasen schon —
Mitunter auch vernahm ich einen Ton,
Dumpf, seltsam, ein Geräusch, nicht wohl zu schildern,
Den Lippen, möcht' ich schwören, nicht entflohn;
Zu gleicher Zeit — ich suche scheu nach Bildern —
Stieg mir ein Dunst, ein scharfer, in die Nase,
Betäubend fast, ein giftiges Gedüst;
Ich fand im Walde nirgendwo im Grase,
In keinem Sumpf, in keinem Steingeklüft
Ein derlei Kraut, das so fatal gerochen."

Ein Kichern geht, wie so der Geist gesprochen,
Verstohlnes Flüstern durch den Forst. Sodann
Tritt auf ein Zweiter, hebt zu reden an:

„In grünster Jugend, erst vor wenig' Tagen,
Sollt' ich der freien Bergesluft entsagen,
Doch hab' ich, ob ein Junger zwar und Kleiner,
Schon reichere und süßre Frucht getragen,
Als unter euch der Hohen, Starken einer;
Denn goldne Äpfel schwankten mir am Ast,
Mit Silbernüssen, bunten Seidenfähnlein,
Konfektfigürlein: Häslein, Hündlein, Hähnlein,
Rosinenkränzen und noch andrer Last;
Von jedem Zweiglein blitzte Lichterschimmer,
Es war ein Perlgefunkel, Goldgeflimmer,
Daß ich vermeinte schier, ein Feentraum
Umfinge mich — ich war ein Weihnachtsbaum.
Auf einem Tische prunkt' ich, um mich her
Die breite Tafel war von Schätzen schwer,
Ein Reich der Wunder, eine Welt im Kleinen.
Seht da! Soldaten, reitend und zu Fuß,
Und aufmarschiert in Reih' und Glied, erscheinen,

Doch halten sie sich ganz so steif und grade,
Als lebten sie, und lassen wie die großen
Geduldig mit sich spielen zur Parade,
Sich lenken, willig rück- und vorwärts stoßen.
Dann könnt ihr Segelschifflein schwimmen sehn,
Die so natürlich flink zu Grunde gehn,
Wie auf dem Meer das größte Linienschiff;
Und Pferdchen seht ihr, denen statt des Schweifes
Inmitten beider Schinken steckt ein steifes
Holzpfeifchen; pfeift ihr drauf, so pfeift ein Pfiff;
Nußknacker knacken harte Nüsse wacker —
Brotlose Kunst! sie pflügen nur den Acker,
Genießen nie die Frucht, den süßen Kern;
Es zeigen feine Damen sich und Herrn,
Wie sich geziemt: die Haltung steif und stolz,
Die Kleider prächtig und der Kopf von Holz.
Der Hampelmännchen darf ich nicht vergessen:
Die Glieder hält ein Draht, ihr zerrt daran,
Und hurtig fangen sie zu hopsen an
Und schlenkern Arm' und Beine wie besessen.
Kein Höfling, kein getreuster Unterthan
Ist so bereit, zu regen Glied um Glied,
Wenn ihn die Majestät am Fädchen zieht.
Und immer lächeln sie, die Hampelmännchen;
Zupft, zerrt nur, lasst sie zappeln, sich kastein,
Bis sich vom Rumpfe lösen Arm und Bein:
Sie lächeln fort und fort, — die Hampelmännchen.
Da giebt's denn noch viel sonstiges Gethier,
Geräth, Geschütz und Back- und Kochgeschirr,
Das ich mit Namen kaum vermag zu nennen.
Und denkt euch nun die selige Kinderschar,
Die plötzlich tritt vor diesen Prachtbazar —
Sie staunt, die Augen glühn, die Wangen brennen.
Das drängt sich und betrachtet, fragt und tastet,
Das schreit erfreut, Das jubelt, hüpft und hastet,
Der rührt die Trommel, Der probirt sein Schwert,
Der pfeift, Der schwingt sich auf sein Steckenpferd,
Die kocht sich ohne Feuer eine Suppe,
Die küsst, entkleidet, bettet ihre Puppe,
Das tummelt sich, Das ist ein Sumsen, Lärmen,
Wie wenn am Sommertag die Bienen schwärmen.
So rauscht die Freude um den Weihnachtsbaum,
So sind mir wie ein rosenduftiger Traum
Drei Abende in Glanz dahingeflossen."

Die Tannengeister,

„„Und was hernach?"" so fragen die Genossen.
  „Nun, das Hernach gefällt mir freilich kaum;
Zu einem Hügel mußt' ich mich verlaufen
Gemischten Stoffs — man nennt ihn Düngerhaufen."
  „„Doch wie,"" so forscht der alte Tannenbaum,
„„Ist diese Bildung dir so rasch gekommen?
Für deine Jugend sprichst du sehr gescheit,
Man merkt, du nipptest von dem Geist der Zeit
Und hast modernes Wesen angenommen.""
  „Wißt: noch auf meinem Weihnachtstische stand ich,
Beschaute die Bescherung mir, da fand ich
‚Was sich der Wald erzählt,' und ich erfuhr,
Daß nun jedwede stumme Kreatur
Versteht, sich so manierlich auszudrücken,
So wohlgewählt und zierlich zum Entzücken,
Wie kaum ein Doktor spricht vom Rednerstuhle;
Da merkt' ich denn, mir mangle sehr die Schule,
Da ward ich meiner Roheit herzlich gram
Und mußte meine Einfalt bitter tadeln,
Mir stieg der Saft bis in die höchsten Nadeln,
Ich ward, bekenn' ich, dunkelgrün vor Scham,
Und schaute dann, von Lernelust entglommen,
Alsbald mich um, ob ich vielleicht erwische,
Was meiner Geistentwildrung möge frommen,
Entdeckt' auch glücklich auf dem Weihnachtstische
Manch zierlich Büchlein, goldumblümt der Rand,
In prächtigem Leinwand- oder Lederband,
Mit ledernen — nein, lyrischen Gedichten.
Dergleichen sind euch schwerlich schon bekannt,
Drum laßt, wie man sie fertigt, euch berichten.
Man nährt sich von der Liebe Honigseim,
Bis sich das übervolle Herz erbricht
In ein Gefäß, ein tönendes, den Reim,
Das heißt hernach ein lyrisches Gedicht.
Wer solcherlei Produkte bringt ans Licht,
Dünkt sich, er hab' ein Stückchen Welt erschaffen,
Und rings erstehen Millionen Affen
Und thun's ihm nach, geschickt und ungeschickt,
Und reimen sich zurecht ihr Bißchen Leid,
Sich Ruhm erdichtend für die Ewigkeit;
Und doch, wer einen Riß im Stiefel flickt,
Bei Gott! verwendet besser seine Zeit.
Ich schlang so Viel hinab von dieser Speise,
Daß mir am Ende ward verwünscht fatal

— Man hat ein Wort dafür: sentimental —
So elend! Alles drehte sich im Kreise,
Es ward zu eng mir in der dumpfen Kammer,
Und diesem Leide folgte neue Qual,
Die ganze Welt erschien mir fad' und schal,
Die Menschen nennen dieses Katzenjammer;
Dazu der Kerzen mystisch Dunstbereich,
Die Zuckerplätzchen, süßer Lyrik gleich —
Ach Gott, es schwanden mir die grünen Kräfte,
Mir schlief der Fuß, dürr wurden Mark und Säfte,
Die Zweige schlotterschlaff, die Nadeln weich.
Ich dacht' an meinen Wald und wünschte Flügel,
Als mich, des Schmucks beraubt, zerzaust zuvor,
Die Magd ergriff, mich schleifte vor das Thor
Und schleuderte auf den bewußten Hügel.
Kaum war mir's unlieb, — an der freien Luft,
Umhaucht von einem wunderkräftigen Duft,
Erstarkt' ich, fühlt' ich neu in mir sich regen
Die heiße Sehnsucht, meinen Geist zu pflegen.
Das Schicksal hatte günstig mich geführt,
Der Hügel wurde meiner Bildung Vater,
War hohe Schule mir und alma mater.
Es hatten nämlich sich hieher verirrt
Aus jüngster Zeit der Blätter, Blättlein viele,
Und war auch manches gar zu illustriert:
Durch eifrig Mühn gelangt' ich doch zum Ziele.
Vermöcht' ich zwar die Namen anzuzeigen
Der Werklein, die in Versen und in Prosa
Sich fanden dort, doch will ich lieber schweigen,
Ihr wißt ja: nomina sunt odiosa.
Kaum ist aus neuer Zeit ein Federheld,
Der jenem Helikon sich nicht gesellt.
Da gab es Sprünge! Dunkle Macht des Fatums!
Da lagen Schriften, wild und backenzähnig,
Und wieder andre, wenig jüngern Datums,
Husch! kätzleinzahm, subsubterunterthänig,
Und ein Aroma hauchend — singulär!
Der ganze Hügel roch davon nicht wenig.
Die Bibliothek erstarkte mehr und mehr,
Denn täglich flogen neue Blättlein her.
Ich säumte nicht, mich ihrer zu bedienen,
Und, wie ich meine, mit Gewinn; ihr wißt:
Gedeihlich wirkt, befruchtend jeder Mist,
Und neues Leben blüht aus den Ruinen."

Ein Dritter tritt hervor und spricht mit Rauschen:
„Ich mußte meine luftige Bergeshöh'
Mit eines Thales tiefem Grund vertauschen,
Nicht fern von hier, — aus meinem Dörfchen seh'
Ich deutlich eure stolzen Kronen ragen;
Oft, wenn gewitternd sich ein Sturm erhob,
Von Berg zu Thal durch Ficht' und Föhre schnob,
Ward euer Rufen an mein Ohr getragen.
Ich ward in einer dunklen Frühlingsnacht
Im Thale drunten in des Dorfes Mitte
Als Maibaum aufgepflanzt nach Burschensitte.
Als dann der Morgen rosig war erwacht,
Fand ich wie eine Braut mich aufgeputzt,
Mein struppig Haupt höchst zierlich zugestutzt,
Zwei Arme kreuzweis oben angezimmert,
Daran von Goldpapier ein Krönlein flimmert,
Daneben Epheukränze angebunden,
Die mir ein blühnder Mädchenkranz gewunden.
Zuhöchst am Schopfe blitzten hellen Schein
Ein Glas und eine Flasche in der Senne;
Das mochte also wohl zu deuten sein:
Die Flasche ist des Dorfes höchste Wonne!
Obwohl ich meine: wenn die Flasche wär'
Dem gar zu fuseldurstigen Verlangen
So unerreichbar hoch stets aufgehangen,
In manchem Hause gäb's der Wonne mehr.
Doch Glas und Flasche freuten sich mit Klingen,
Daß sie gekommen zu so hohen Dingen.
Im Dorfe durfte gleicher Höhe sich
Die Glocke rühmen nur, die feierlich
Vom Thurm herab zur Andacht ruft die Leute;
Der war die Flasche nun im Aug' ein Dorn,
Die weltgesinnte, die sogar sich freute,
Wenn sie geweckt der frommen Glocke Zorn.
Die Beiden lagen immerfort im Streite.
Kaum tönte durch das erste Morgengraun
Mit lautem Schall der Glocke Ruf zur Mette,
So klirrt' und klang die Flasche um die Wette
Und ließ nicht ab, bis schier vor Eifer braun
Die Glocke schalt:
                    ‚Du glatte Kreatur,
Du eitel Bauch und Hals, wie wagst du nur
In meine heiligen Klänge drein zu klirren,
Der Beter frommen Sinn mir zu verwirren?

Laß ab, du Gleißnerin, du hohles Ding,
Mit deiner Frechheit Tönen mich zu plagen,
Laß ab von deinem dummen Cymbalschlagen,
Von diesem weltlich faden Klinglingling!'
    „Die Flasche sprach hinwieder: „„Ich gesteh',
Du schleuderst Wort und Schimpf mit kräftigem Schwunge,
Doch bist du eben auch nur Mund und Zunge;
Ich seh' nicht ein, Hochwohlehrwürdige,
Warum nur dir gestattet sei von Allen,
Nicht Andern auch, zu bimmeln nach Gefallen.""'
    ‚Mich hat Herr Schiller lang und breit besungen.'
    „„Mich feiern Millionen Dichterzungen!""'
    ‚Mich trägt schon hundert Jahre dieser Thurm,
Mein Leib von Erz trotzt jedem Donnersturm.
Worauf magst du dich steifen? Glück und Glas,
So lehrt ein alter Spruch, wie bald bricht Das!'
    „„Erznärrin! weil von Erz, bist du von Dauer,
Jawohl! allein ein Glück, das bald zerbricht,
Ist lieber mir, als eine ewige Trauer.
Was zu beständig, lob' und lieb' ich nicht;
Mehr, als die steife, starre Felsenmauer,
Die selbst des Donners Keile nicht zersplittern,
Vergebens Sturm und Brandung wild umwittern,
Lieb' ich die Blume, die ein Mädchen bricht,
Die Falter, die von Kelch zu Kelche zittern,
Nur einmal schaun des Himmels goldnes Licht.
Starr ist und kalt und ohne Herz das Erz,
Wie schön, was brechen kann: Glück, Glas, ein Herz!""'
    ‚Du lobe immer, was der Wind verweht;
Ich preise, was unsterblich ist und stät.'
    „„Du freilich bist, der Dummheit gleich, unsterblich,
Schwerfällig auch wie sie, doch hindert Dies
Nicht, daß die Zeit auch werde dir verderblich;
Eh' man sich's denkt, bekommst du einen Riß,
Und all dein schönes Pathos hat ein Ende.""'
    ‚Doch nur, damit als Phönix ich erstände;
Du aber, bist zu Trümmern du zergangen,
Wie magst du je zu neuem Sein gelangen?'
    „„Zerbricht mein Leib, so lebte ich genug;
Ich weckte Lust, ich weckte Lieb' und Lieder,
Daß glüh der Freude Strom durch alle Glieder
Gleich Lavafluthen rann, zu kühnem Flug
Der Geist sich hob, wie alles Drucks entledigt,

Zu schläferndem Sermon, zu Buß' und Beichte,
Wo Jeder wünscht, indem er heimlich gähnt,
Zum Mittagstisch vom Tisch des Herrn sich sehnt:
„O daß der Krimskrams bald sein End' erreichte!
Den Menschen quälst du; wozu ward das Leben,
Wenn nicht, es zu genießen, ihm gegeben?
Der Liebe Fülle war's, die ihn erschuf,
Und Wonne, Wohlsein, Glück ist sein Beruf.
Warum von Qual und Tod nur immer sprechen?
Ach, ungeladen kommen Leid und Pein!
Was drückst du tiefer noch ins Fleisch hinein
Des Schmerzes Stacheln, die den Armen stechen?"'

,Du lockst zu arger Lust, zu böser Gier,
Giebst kurzes Glück ihm, rasche Freuden hier,
Daß ewig dort die Flamme an ihm zehre;
Ich ruf' zu frommer That ihn mahnend auf,
Laß ihn erdulden kurzen Leidenslauf,
Daß ewig ihm des Himmels Wonne währe.'

,„Nie hat die Freude bösen Sinn geweckt,
Die Langeweile ist's, die Arges heckt."'

,Ein trunkner Muth hat manchen Mord vollbracht.'

,„Doch keine Scheiterhaufen angefacht."'

,Geh, geh! Ich habe Nichts mit dir zu schaffen,
Ich bin des Himmels, du der Erde Kind.'

,„Ja, irdisch bin ich durch und durch gesinnt
Und trotze dir und speie auf die Pfaffen!
Für deinen Himmel geb' ich, frommes Ding,
Daß du's nur weißt, nicht einen Pfifferling.
Klingling, hier freue tapfer sich, wer kann!
Kurz ist die Lust zwar unterm Himmelslicht,
Doch hat sie Hand und Fuß; ein todter Mann
Ist ewig selig, doch er weiß es nicht."' —

„So stritten, Schlag auf Schlag, kling klang, bim bum,
Die mit Geklingel, Jene mit Gebrumm,
Sich Glock' und Flasche, Geist und Welt herum.
Aufmerksam hört' ich zu, mir aber schien,
Als wenn der Mensch — gleichviel, ob ihn verlange,
Die Glocke, ob die Flasche vorzuziehn,
Ob er an den, ob den Prinzipien hange,
Ob ihn der Himmel reize, ob die Erde —
Als Engel sich in keinem Fall gebärde.
Und immerfort noch liegen in den Haaren
Sich Gott und Welt, und weiß zu siegen keins;
Umsonst, daß kluge Köpfe längst gebaren

Die Zauberformel: ‚Gott und Welt sind Eins.‘ —

„Doch stärker war, als oben in den Lüften,
Der Lärm, der sich am Kirmestage unten
An meinem Fuß erhob; in hellen, bunten,
Geputzten Scharen, Bänder um die Hüften
Und Hüte, nahte sich die junge Welt
Des Dorfes, roth vor Lust nach Tanz und Reigen,
Voran Schalmein, Waldhörner, Flöten, Geigen,
Und bald von Paaren war ich rings umstellt.
‚Juhe!‘ so scholl's, und ‚Heisa, hurrah, hoch!‘
Nach links und rechts der pralle Leib sich bog,
Den Boden ließ von Taktgestampf erdröhnen
Der Bursch und schwang mit Kraft die derben Schönen
Im Kreis herum, dass manches Röckchen flog;
Nur trug ich leider meinen Kopf zu hoch,
Als dass ich Sonderliches profitierte,
Wenn je zu tief mein Auge sich verirrte.

„Und während so Schalmei und Geige klangen,
Die Paare sich im Zweitakt keuchend schwangen,
Umkreiste langsam, kaum den Blick gehoben,
Ein Mädchen, keinem Burschen zugesellt,
Von einem Schwermuthschleier zart umwoben,
Den Platz, wo laut der Lärm des Festes gellt‘.
Schön war sie wie ein leuchtender Gedanke,
Der süß dem Dichter durch die Seele zieht,
Schön wie ein melancholisch Ammenlied,
Das Balsam träuft ins Herz, ins heimwehkranke;
Der Wuchs so schlank, die Arme weich und schmiegsam,
Die Haut so blank, der Fuß so schmal und biegsam,
Das Antlitz mild umglüht von holder Scham,
Das ganze Bild so mailich, minnesam.
Wohl hob ihr Busen sich vor Lustverlangen,
Traf raschen Tanzes Melodei ihr Ohr,
Doch fürder zog sie langsam wie zuvor,
Leidvollen Träumen einsam nachzuhangen.

„Wie schwoll der tolle Lärm um meinen Stamm!
Der brach sich stampfend Bahn, den Nachbar knuffend,
Der sträubte strampfend sich, zu Boden puffend,
Dass manchem Trotzkopf wüthig schwoll der Kamm.
Die Gläser kreisten und die Köpfe glühten,
Trutzlieder, Witze, spitz wie Pfeile, sprühten,
Dann Schimpf und Hohn, dann wirres Wortgebraus,
Die Mädchen wehren schreiend ab und heulen —

Die Ärmel aufgekrämpt! es regne Beulen
Und Blut in Strömen!' Glas zerspringt auf Glas,
Zu Prügeln werden Flöte, Geig' und Bass,
Zum Zugseil jeder Schopf und jeder Zopf,
Und mancher Topf fliegt Manchem an den Kopf;
Es tobt und tost, es dröhnen Stock und Faust,
Wie wenn der Sturm durch unsre Kronen braust.
O bestialischer Verwüstung Greuel!
Der ganze Hauf' nur noch ein wirrer Knäuel,
Knie gegen Knie gestemmt, Brust gegen Brust —
Das ist der Gipfel nun der Kirmeslust.

      „Ich wandte weg den Blick von diesem Graus
Und schaute langgestreckten Halses aus
Nach ihr, die in den Bergwald sich verloren,
Die Schlucht entlang, hinan den steilen Pfad,
Bis wo ein Felsenvorsprung ragt; sie hat
Sich diesen Platz zum Belvedèr' erkoren.
Dort war's, dass bald mein spähndes Aug' sie fand,
Sanft angelehnt an eine Felsenwand,
Das Kinn umschlossen von der hohlen Hand,
Das Angesicht gen Westen starr gewendet,
Wo kaum die Sonne ihren Lauf geendet,
Wo über einem Zaun von Himmelsrosen,
Ein goldner Falter, glomm der Abendstern,
Dem jäh der Gießbach, der ihn haschte gern,
Im Schaumgewand entgegensprang mit Tosen.
Ein Bild der Sehnsucht dort die Jungfrau stand,
Weit offen, unbewegt das Aug', als bohre
Sie tief den Blick in jenes Wunderland,
Wo fern die Sonne schloss die Rosenthore.
Bewundernd schwiegen die umbüschten Höhn.
O Bild, aus lauterm Golde frisch gegossen,
Von Abendgluthen wunderbar umflossen,
Wie schön warst du, wie schön, wie wunderschön!"
      So sprach der Baum, die andern lächelten
Und mit den Wipfeln Winke fächelten:
„„Er ist verliebt! ein Tannenbaum verliebt!
Was doch nicht Alles draußen sich begiebt!
Man glaubt's entsprungen einem Dichterhirne.
Ein Maibaum schwärmt für eine Bauerndirne!
Und ob sie wirklich ein so schönes Kind,
Wie er sie malt? Jawohl, von ferne! Sähe
Er das gepriesne Wunder in der Nähe:
Ein Trudchen wär's, wie eben Alle sind.""

Still in den Hintergrund schlich der Belachte,
Und in den Kreis dann trat der Vierte sachte,
Begann nach allen Winden scheu zu spähen
Und hob vorsichtig, leise an: „O sagt,
Ist lautes Reden hier nicht zu gewagt?
Lässt nicht ein Buntrock hier sich manchmal sehen
Mit Helm und Bandelier, Gewehr im Arm?"

„„Bah!"" sprach der Tannengreis; „„um diese Zeit,
An diesem Ort, in dieser Einsamkeit
Zeigt nimmermehr sich Förster, noch Gendarm.""

„Gefährlich ist, was ich zu sprechen habe,
Fatal das Feuer meiner Rednergabe;
Gewiss, hört mich die Polizei, so wird
Die Rede sammt dem Redner konfisciert."

„„Sprich, wie du magst! Hier giebt es keine Schergen,
Denn Freiheit herrscht im Wald und auf den Bergen.""

„Nun wohl, so nehm' ich denn kein Blatt vors Maul.
O Welt! o Zeit! o tempora! o mores!
Allüberall ist jetzt — merkt nicht ein Thor es? —
Nicht bloß im Staate Dän'mark, Etwas faul.
Sonst, vor nicht lange, wenn das Ungeheuer
Reaktion ein Härchen nur bewegte,
Geschah's, dass alle Welt sich stürmisch regte
Und rief und schrie und brüllte: ,Feuer! Feuer!'
Zum Kampf sich rüstend mit dem Drachen, der
Rasch tief in seine Höhle sich verkroch;
Doch jetzt, wo auf der Straße mit Gepoch
Das Unthier schreitet groß und frech einher:
Jetzt bleibt es still, dass man das Mäuslein pfeifen
In seinem Löchlein hört — wer mag's begreifen?
Das bückt sich tief und kriecht und schwänzelt wieder,
Wie irgend sonst, vor jedem güldnen Stern;
Und küsst ein Hundsfott einem großen Herrn
Die Stiefelspitzen, nennt man's treu und bieder.
Zeigt ein durchlauchtig Haupt sich nur von fern:
Die Hüte 'runter! Vivat! Hurrah! Hoch!
Festbogen, Feuerwerk, Illuminieren,
Geläute, Fahnenschmuck — ein Jubilieren,
Wie wenn in Zion's Stadt der König zog.
In jedem Blättlein könnt ihr wieder lesen,
Wann ein gekröntes Haupt spazieren ging,
Ein prinzlich Paar gewechselt Ring um Ring,
Madame Hoheit eines Sohns genesen,

Sich allergnädigst schon verständlich mache —
Wär's nicht gescheiter, dass man drüber lache,
Man möchte drob des hellen Teufels werden!
Und dann die Pfaffen — Steine muss es rühren,
Wie sie sich mühn, zum Himmel euch zu führen,
Euch zu verleiden alle Lust der Erden,
Die nur sie selbst ertragen ohn' Beschwerden,
Wie ihnen denn kein Lied so wohl gefällt,
Als das: ‚Der Papst lebt herrlich in der Welt,‘
— Ward Dem die Lust ein wenig auch vergällt! —
Und wer nicht Papst, möcht' doch ein Päpstlein werden.
Beichtväter, Kirchenzucht, Gesangbuchstreit —
Wird vor Entzücken nicht das Herz euch weit?
Wer weiß, was noch im Schoß die Zukunft hegt!
So weit noch kommt's, soll mich der Kuckuck holen:
Bevor zur Frau ihr euch ins Bette legt,
So oft euch nun die Lust dazu bewegt,
Müßt ihr — es kostet etliche Obolen —
Vom Päpstlein die Erlaubnis erst erholen,
Und lesen dürft ihr nur den Katechismus.
O, reizend ist sie, diese jüngste Welt,
Die Zeit des Köhlerglaubens und der Kohlen,
Des Geisterklopfens und des Realismus —
Hurrah Maschinen, Industrie, Chemismus,
Vor Allem Geld und Geld und wieder Geld!
Ums Geld rückt man hinauf zum Hofpoeten
— Hinauf? Hinab, du windgedrehter Schuft! —
Um Geld kauft ihr den feinsten Schmeichelduft,
Um Geld die gellendsten der Lobtrompeten;
Ums Geld wird tiefstbemüthiglich geschwänzelt,
Ums Geld in allen Schnörkeln gescherwenzelt,
Ums Geld der Väter Glauben konvertiert,
Ums Geld der beste Freund benunciiert,
Ums Geld die Hure zum Altar geführt,
Ums Geld, wie Meister Satan pfeift, getänzelt.
Um Geld erkauft ihr Alles, was ihr wollt,
Thut Jeder Jedes, was er nicht gesollt,
Ums Geld — o straft mich Lügen, die ihr's hört! —
Ist Mancher selbst zu Gift und Dolch entschlossen,
Hat Sohn sich gegen Vater frech empört,
Ums Geld ist — weh! — oft Bruderblut geflossen.
Doch nein, noch herrscht die Pest nicht überall,
Noch giebt es Herzen, die für Edles glühen,
Die Bahn des Rechten im Verborgnen ziehen,

Verachtend Kränze und Posaunenschall;
Noch giebt es Männer, die für Wahrheit sprühen,
Nicht zollbreit ab vom graden Wege gehn,
Wie Felsen auf des Lichtes Seite stehn,
Nicht um die Welt vorm goldnen Kalbe knieen.
Noch ist der Baum der Freiheit nicht verdorrt,
Noch nicht des Stammes Mark und Kern vermodert,
Noch der Begeistrung Flamme nicht verlodert,
Noch unter Schlacken glimmt der Funke fort.
Noch lebt der alte Geist, der rothe Kaiser,
Er schlummerte nur müd' ein wenig ein;
Doch wenn zu laut die schwarzen Vögel schrein,
So wacht er auf, so sprengt er den Kyffhäuser;
Er schwingt das Schwert, die Treuen stehn geschart,
Vergeltung droht das Beil im Bund der Reiser,
Sieghaft als rothe Fahne weht sein Bart.
Weh euch, ihr Kronen- und Tiarenträger,
Die ihr Nichts lernen, Nichts vergessen könnt!
Sie sind nicht todt, die Kläger und die Zäger,
Es kommt der Tag, wo neu der Kampf entbrennt.
Ihr glaubt euch sicher wiederum gebettet,
O trauet nicht! ihr steht auf einer Mine,
Ein Funke fliegt, es zündet die Stoppine,
Der Boden dröhnt — kein Heiland, der euch rettet!
Und aus dem Brande, der gen Himmel loht,
Ein Phönix, wird die Freiheit jung erstehen,
Nicht wie die alte schmählich untergehen,
Weil Lehrerin uns ward die Zeit der Noth;
Sie faßt die Herzen an mit Sturmeswehen,
Nicht wird erst lange dann parlamentiert,
Und dennoch, weil die Roheit ausgeschlossen,
Kein Tropfen Blutes ohne Noth vergossen —
Rein sei die Hand, die dann das Schwert berührt!
So geht uns einst im rosigen Morgenscheine
Die Sonne auf der Freiheit, die ich meine."

    Die Tanne kreischte so, und rings im Wald
Erhob sich, schwellend mehr und mehr, ein Surren,
Nicht wußte man: war's Beifall, war es Murren.
Der Waldesriese aber sprach alsbald:
„„Wo lerntest du, für Freiheit so zu rasen?
Was wärmst du wieder auf die alten Phrasen
Der rothen Republik von achtundvierzig?
Maulheld, der vor Gendarmen retrirt sich,
Spar deine Lunge! Nimmer heutzutage

Lockst du mit solchem Bombast einen Hund
Vom Ofen mehr. Mein Freund, die Welt ist rund,
Der Mensch der jüngsten Zeit von anderm Schlage,
Der Geist ein anderer, der nun regiert,
Als der das Wuthgebrüll dir hat diktiert.
Anstatt so wild zu prophezein, berichte,
Statt hohler Predigten gieb uns Geschichte."

    „Sei's drum! Ich ward von einer kühnen Schar,
Die wein- zugleich und siegestrunken war,
— Ihr denkt es schon — als Freiheitsbaum gepflanzt,
Mit Lärm begrüßt, mit Jauchzen wild umtanzt.
Von Fahnenschmuck umwallt, trug auf der Spitze
Ich eine rothe Jakobinermütze.
Der Taumel, der die wilde Schar gefaßt,
War unbeschreiblich; hin und wieder trugen
Sie riesge Plakate, die sie schlugen
An alle Straßenecken, und in Hast
Ward hin und her gerannt, der Arbeit Last
War abgewälzt, die Welt schien aus den Fugen.
Geschrei und Lachen, Singen und Gebrüll —
Ein Mann erscheint, da ruft es: ‚Rede halten!'
Er streicht den Bart, er legt die Stirn in Falten,
Er räuspert sich: — ‚„Mitbürger!!'" — Alles still.
Nun rollt und rauscht, wie über Felsenzacken
Ein Katarakt, der Rede Strom dahin;
Er weiß die Menge wunderbar zu packen,
Sei, was er spricht, nun Unsinn oder Sinn.
Man ruft: ‚Sehr gut! Hört, hört! Jawohl! Oho!'
Und dann am Schluß: ‚Bravo! Bravissimo!'
Die Mützen fliegen schwirrend in die Luft,
Verworrne Rufe schallen: ‚Hoch! Vivat!
Dem Herrn von Ohnewitz ein Pereat!'
‚„Da kommt ein Buntrock!'" ‚Nieder mit dem Schuft!'
‚„Nein, Brüderschaft! Freiheit!'" ‚Was König, pah!
Die rothe Republik! Hoch, hoch! Hurrah!' —
Vollbärtige Demagogen sind beflissen,
Die Gluth zu schüren, Fäuste ballen sich,
Rings wittert man Tyrannen fürchterlich
Und tausend Fenster werden eingeschmissen.
Noch steigert sich der Lärm — mit Kesseln, Pfannen,
Bratspießen, Zangen, Schaufeln, Töpfen, Kannen
Wird eine Symphonie extemporiert,
Das ist Musik, doch eine zum Verzweifeln,

Wie ein Rumor von hunderttausend Teufeln.
Rrrrr! Trommelschall! Im Takte rückt heran
Infanterie, geschlossen Mann an Mann —
Ein Schuß! ‚Wer schoß?‘ Das ist nicht wohl zu sagen,
Gleichviel! der Pulverblitz hat eingeschlagen.
‚Man hat aufs Volk geschossen!‘ weithin bringt
Der Wehruf, wie des Donners Echo springt
Von Berg zu Berg; der Dämon der Empörung
Fährt in das Volk, es schnaubt und schäumt vor Wuth,
Lammherzen flackern auf in lichter Gluth,
Selbst zarte Frauen flehn um Racherhörung.
‚Verrath, Verrath!‘ schreit Alles, ‚Mordio!‘
Ein Löwe, ein getroffner, brüllt nicht so.
‚Das Volk, der Souverän von Gottes Gnaden,
Der echte, wahre, unerhört beleidigt!
Ein Schuft, wer nicht den Herrscher „Volk“ vertheidigt!
Auf, zu den Waffen! zu den Barrikaden!‘
Und rascher, als von kundiger Zwergenhand
Ein Feenschloß ersteht auf glattem Grunde,
Baut Wall an Wall das Volk, zuhauf gerannt,
Wie wenn es mit der Hölle wär‘ im Bunde;
Die Pflastersteine springen auf und thürmen
Empor sich wie auf einen Zauberruf,
Und Wagen, Karren rasseln her, zu schirmen
Der Kämpfer Brust, und dann, wie ein Vesuv,
Speit krachend Feuer die gethürmte Wehr,
Dampfwolken wirr sich in einander gießen,
Mordkugeln fliegen dicht dahin, daher,
Die Läufe glühn, des Blutes Bäche fließen.
Ein Jüngling fiel ins Auge mir, ein schlanker,
Von breiter Brust, im Antlitz eine Schmarre,
Im Munde eine brennende Cigarre,
In seinen Händen blitzt‘ ein Lauf, ein blanker;
Den lud er fort und fort mit kaltem Blute,
Und schoß und harrte aus mit Löwenmuthe.
Er sank, doch rafft‘ er wieder sich empor,
Griff die Cigarre auf, die er verlor,
Und lud und schoß und rauchte ruhig weiter.
Mir schien, ein Strauß auf seinem braunem Hut,
Vom Liebchen wohl, gab Stütze seinem Muth
Und ließ sein Auge blitzen sonnenheiter.
Noch wogte wechselnd hin und her der Kampf,

Da dröhnte nah und näher Roßgestampf,
Kanonen rasseln polternd übers Pflaster,
Die Schlünde dampfen, krachen, Fenster splittern,
Holztrümmer lösen prasselnd sich, es zittern
Stützpfeiler, Mauern, Thore und Pilaster;
Von Menschenleichen, blutig und zersetzt,
Deckt den zerstampften Grund ein ganzer Schwaden.
Die Söldnerschar rückt vor — weicht — siegt zuletzt,
Erstürmt durch Übermacht die Barrikaden.
Dann wilde Flucht, das Blutwerk ist vollbracht,
Die wüste Trümmerstätte deckt die Nacht."

„„So, daher kommt es,"" spricht der Tannenfürst,
„„Daß du in allen Gliedern Schrecken spürst,
Denkst du an Leute mit Gewehr und Säbel;
Die blauen Pillen mögen freilich schwer
Im Magen liegen, und es scheint mir sehr,
Daß Pulverdampf nicht riecht wie Bergesnebel.""

„Oho! ich bin geflohn nicht, noch gepurzelt;
Umschwirrten mich die Kugeln noch so toll,
Ich wich vom Flede nicht um einen Zoll,
Stand, darf ich schwören hoch, wie angewurzelt,
Und in der Lende stecken mir noch zwei
Verdammte Bohnen von gebiegnem Blei,
Die, läßt ein dauernd schönes Wetter bloß
Ein wenig nach, mich kitzeln kurios."

„„Du wirst denn jetzt wohl, da gekehrt der Friede,
Als Veteran und tapfrer Invalide
Beziehen eine Pension?""

„O nein,
Der Staat hat mich in seinen Dienst genommen,
Ich habe eine Uniform bekommen
Und kann mit meinem Loos zufrieden sein.
Die Jakobinermützenherrlichkeit,
Wie zu begreifen, dauerte nicht lange,
Die rothe Fahne war nur kurz im Schwange,
Ein Umschlag kam, unbändig rollt die Zeit.
Ich selber auch, ich wurde umgeschlagen,
Behaun nach einem Zollhaus hingetragen.
Da darf ich jetzt auf meinen Lorbern ruhn;
Wißt, Kinderchen, als Schlagbaum dien' ich nun." —
(Schluß folgt.)

Das Genrebild.

Novellette von Ewald August König.

Ich traf vor mehreren Jahren eines Tages auf einer Erholungsreise in einer deutschen Residenzstadt ein, in welcher ich einige Tage zuzubringen gedachte. Unter andern Sehenswürdigkeiten besuchte ich auch die Kunstausstellung, die gerade in jenen Tagen bedeutende Schöpfungen unserer ersten Maler aufzuweisen hatte. Ich durchschritt die hohen, weiten Säle und ließ meinen Blick bald auf diesem, bald auf jenem Gemälde ruhen; sie waren wohl geeignet, meine Bewunderung zu erregen und meine Aufmerksamkeit für kurze Zeit zu fesseln, aber noch fand ich keins, in welches ich mich mit ganzer Seele vertiefen konnte. Hier Maniriertheit, dort effekthaschendes Virtuosenthum, hier prosaische Einförmigkeit in der Behandlung, dort die erste, zwar vielversprechende, aber doch unbefriedigt lassende Probe eines jungen Talents. Freilich, ich war verwöhnt, ich hatte die berühmtesten Gemäldegalerien Deutschlands, die Meisterwerke eines Tizian, Rafael, Correggio, Rubens und van Dyk gesehen, jene Originale standen noch zu frisch vor meiner Seele, als daß die Kopieen mich befriedigen konnten. — Da entdeckte ich plötzlich in einer Ecke des letzten Saales ein kleines Genrebild, es hing versteckt, aber doch so, daß es die nöthige Beleuchtung erhielt. Fast hätte ich dieses Bildchen, welches geflissentlich so versteckt zu hängen schien, übersehen, wäre ich nicht durch einen alten Herrn, der bereits seit einer halben Stunde vor demselben stand, aufmerksam gemacht worden. Jener Herr mochte etwa sechzig Jahre zählen, seine Züge waren hart und streng, seine glanzlosen düstern Augen, die unter den buschigen Brauen regungslos in ihren Höhlen lagen und gleichsam die Hüter am Grabe des Glücks und der Hoffnung zu sein schienen, blieben stier und unverwandt auf das Bild gerichtet. Als ich in den Saal trat, fiel mein erster Blick auf diese Erscheinung, die mich keineswegs angenehm berührte und mir doch auch wieder ein gewisses Interesse einflößte. Als ich den Saal verlassen wollte, sah ich den Herrn noch immer auf demselben Fleck stehen, und jetzt erst trat ich näher, um das Gemälde zu betrachten, welches die Aufmerksamkeit dieses Mannes so sehr in Anspruch nahm. Aber kaum hatte ich einen Blick auf dasselbe geworfen, als ich mich ebenfalls in hohem Grade gefesselt fühlte. Es stellte ein junges Mädchen an der Bahre eines alten Mannes — wie ich vermuthete, des Vaters — vor; die milde, verklärte Ruhe in dem Antlitz des Todten, das heitere Lächeln, welches die bleichen Lippen umschwebte, sie kontrastierten grell mit der Verzweiflung in den Zügen des stumm und stier auf die Leiche schauenden Mädchens. Der Ausdruck in ihren Augen, in denen ein wildes

2*

unheimliches Feuer glühte, in Verbindung mit dem bittern Lächeln, welches
um ihre Lippen zuckte, ließen mich vermuthen, daß der Maler einen der
entsetzlichsten Augenblicke aufgefaßt hatte: den, in welchem die eiserne Hand
des Schicksals plötzlich die Vernunft eines Menschen zertrümmert. Mir
war, als ich lange hinsah, als müsse das Mädchen plötzlich mit einem
lauten verzweifelten Schrei des Wahnsinns aus dem Rahmen hervor und
sich auf den Alten stürzen, dessen geisterbleiches Antlitz mich ahnen
ließ, daß er zu dem Bilde in näherer Beziehung stand. Fürwahr, ich
mußte gestehen, der Maler, der dieses Bild geschaffen hatte, durfte auf
sein Werk stolz sein. Ich trat hinzu, um mir den Namen des Meisters
und den Preis des Bildes zu bemerken, fest entschlossen, dasselbe zu kaufen,
wenn die Forderung nur einigermaßen zu dem Werth im Verhältnis
stand. »Privateigenthum. Unverkäuflich!« las ich auf dem Zettel. »Schade«,
sagte ich halblaut vor mich hin, »ein Anderer scheint mir zuvorgekommen
zu sein.«

Die Statue des alten Herrn schien durch diese Worte Leben zu erhalten.
Er wandte sich zu mir um und musterte mich mit seinen todten glanzlosen
Augen vom Scheitel bis zur Sohle. »Gefällt Ihnen das Bild?« fragte er.

»Ich muß gestehen, unter allen, welche gegenwärtig sich in der Ausstellung befinden, spricht dieses am meisten mich an,« erwiderte ich.

Ein Lächeln des Triumphs glitt über die welken, bleichen Lippen des
Fremden. Er schien keine Lust zu haben, die angeknüpfte Unterhaltung
fortzusetzen; ohne ein Wort zu entgegnen, wandte er mir den Rücken, um
sich wieder in das Anschauen des Gemäldes zu vertiefen.

»Wissen Sie vielleicht, wer der Eigenthümer dieses Bildes ist?« nahm
ich nach einer kurzen Pause das Wort.

»Wozu die Frage?« entgegnete der Fremde barsch, indem er mir über
die Schulter einen Blick zuwarf, in welchem Mißtrauen und Ärger über
die Störung sich spiegelten. »Ich denke, Sie werden dem Eigenthümer
nicht zumuthen wollen, daß er Ihnen zu Liebe sich von demselben
trennen soll.«

Ich konnte nicht daran zweifeln, der Besitzer des Gemäldes stand
vor mir; sein grobes, barsches Zurückweisen meiner gewiß höflichen Frage
ließ auch mich jetzt auf eine Fortsetzung der Unterhaltung verzichten. Ich
wandte mich an den Beamten der Ausstellungskommission, welcher in dem
Saale die Aufsicht führte, um durch ihn Näheres über den Fremden zu
erfahren. Er zuckte die Achseln. »Der ist ein Sonderling,« entgegnete
er mir. »Er hatte nicht eher Ruhe, bis das Bild hier hing; kaum sind vierzehn Tage seit Eröffnung der Ausstellung verstrichen, und jetzt möchte er es
schon wieder fortholen, je eher, je lieber. Tagtäglich bringt er Vormittags
eine Stunde hier zu; ohne die übrigen Gemälde nur eines Blickes zu
würdigen, stellt er sich sofort vor sein Eigenthum, um es regungslos an-

zuflieren, bis die Mittagsstunde ihn an den Aufbruch mahnt; so theil=
nahmlos, wie er gekommen ist, so theilnahmlos entfernt er sich auch wieder.«

»Sein Name?« fragte ich.

»Ich kenne ihn nicht,« fuhr der Beamte fort; »wie ich höre, weilt
er erst seit drei Monaten in unserer Stadt. Er soll früher eine bedeutende
Stellung an einem deutschen Hofe bekleidet haben und jetzt von den Ein=
künften seines ziemlich bedeutenden Vermögens leben. Sehen Sie, er
knöpft den Rock auf und sieht auf die Uhr, jetzt wird er sich entfernen,
um morgen zu bestimmter Stunde sich wieder einzufinden.«

Wirklich traf der Fremde zum Aufbruch Anstalt, er knöpfte den Rock
wieder zu, warf noch einen letzten Blick auf das Gemälde und schritt
davon. Ich folgte ihm; das Interesse, welches ich für ihn fühlte, war
eher größer denn geringer geworden. Am Portale trafen wir zusammen,
draußen goß der Regen in Strömen, ich hatte einen Regenschirm, der
Fremde besaß keinen. Zuvorkommend bot ich ihm meine Begleitung an,
er wies sie rauh, wie es mir schien: mißtrauisch, zurück. »Nun gut,« sagte
ich, »so bleibe auch ich, bis der Regen nachläßt.«

Wir standen eine geraume Weile schweigend beisammen und schauten
auf die Straße hinaus.

»Gewisse Leute haben ein besonderes Interesse daran, sich in die Ge=
heimnisse Anderer zu drängen,« nahm der Fremde endlich das Wort, ohne
mich anzublicken; »derartige Menschen verfolgen wie die Schmeißfliegen
Jeden, der —«

»Wenn diese Worte sich auf mich beziehen sollen, so thun Sie besser,
dieselben zu sparen,« fiel ich ihm ins Wort; »ich habe nicht die Absicht,
mich in Ihre Geheimnisse zu drängen, Sie haben nur insofern Interesse
für mich, als Sie Eigenthümer jenes Bildes sind, welches ich gekauft
haben würde, wenn es zu kaufen wäre. Ihre Privatverhältnisse, wie Ihre
Vergangenheit, erregen meine Neugierde nicht im entferntesten.«

Eine Weile schwieg der Fremde, er sah düster vor sich hin, gleichsam
in seine Erinnerungen an vergangene Zeiten versunken. »Was halten Sie
von dem Bilde?« fragte er endlich in demselben rauhen, abstoßenden Tone.

Ich hatte nicht erwartet, nochmals einer Anrede gewürdigt zu werden,
und blickte deshalb einigermaßen erstaunt auf. »Was ich davon halte?«
entgegnete ich. »Ich denke, Ihnen Dies bereits gesagt zu haben, mich
sprach es unter allen Gemälden in der Ausstellung am meisten an.«

»Nicht wahr, es liegt Seele in dem Gemälde?« fuhr der Fremde
fort. »Noch heute ärgert's mich, daß ich es dorthin gehängt habe. Warum?
Weil Keiner den Werth dieses kleinen, anspruchslosen Genrebildchens zu
würdigen weiß, weil die Gaffer, die den Werth der Gemälde nur nach
Quadratfuß bemessen und den Quadratzoll unberücksichtigt lassen, stumm
und theilnahmlos vorüberschreiten, ohne es nur der Mühe werth zu achten,

einen Blick in die Ecke zu werfen. — Sie sind der Erste, der den Werth dieses Kunstwerks zu würdigen wußte, kommen Sie, Sie sollen die Geschichte dieses Bildes hören.«

Ich hielt diesen Vorschlag für eine Falle, in welcher der Alte mich fangen wollte, und wies denselben deßhalb mit der Bemerkung zurück, daß mich Dies durchaus nicht interessire, wenn er aber geneigt sei, mir das Gemälde zu überlassen, so würde ich die Erzählung in den Kauf nehmen.

»Überlassen? — Niemals!« entgegnete der Sonderling. »Aber darum können Sie meine Mittheilungen doch hören, Sie werden nicht bereuen, mir die Stunde geopfert zu haben. — Kommen Sie,« fuhr er fort, »der Regen wird so bald noch nicht nachlassen, gehen wir in den ersten, besten Gasthof, wo wir ein Stübchen für uns und eine gute Flasche Wein bekommen können.«

Ich hatte jetzt Nichts weiter gegen das Anerbieten einzuwenden, und eine halbe Stunde später saßen wir bereits in meinem Zimmer hinter der Flasche; ich füllte die Gläser, und der Fremde leerte das seinige auf einen Zug.

»Es ist Thorheit, düstere Bilder der Vergangenheit neu aufzufrischen und kaum vernarbte Wunden wieder aufzureißen,« hob er in düstrer Stimmung an, »indeß des Menschen Herz liebt es, diese Thorheit zu begehen, er hofft dadurch, seinen Schmerz mildern, seinen Gram in Wehmuth umwandeln zu können. Sei es denn, Sie werden mein Vertrauen schätzen, oder ich müßte mich sehr in Ihnen täuschen. Vor etwa zehn Jahren war der Maler dieses Bildchens ein blühender, schöner Jüngling, dessen Talent zu den größten Hoffnungen berechtigte. Er hatte bei einer Preisausschreibung den ersten Preis, ein Stipendium für eine Reise nach Italien, erhalten, und so schied er denn eines Morgens aus der Heimat, um im schönen Süden die Schöpfungen italiänischer Meister zu bewundern und unter dem blauen Himmel Italiens sich ferner in der Kunst auszubilden. Er weilte dort ein ganzes Jahr und zog dann ins südliche Deutschland, wo er den Sommer zubringen wollte. Die Gegend dort hat Manches aufzuweisen, was ein für Poesie empfängliches Gemüth fesseln kann, sie bot auch dem Maler so viele und mannichfaltige reizende Punkte, daß er in der Wahl seines Aufenthaltsortes schwer zu einem Entschlusse kommen konnte. Ein unstätes Wanderleben wollte ihm nicht behagen, er sehnte sich vielmehr danach, in irgend einem Dorfe ein Asyl für die Sommermonate zu finden, und wenn er nun auch ein solches wohl in jeder Dorfschenke gefunden hätte, so hielt ihn doch bald Dies, bald Jenes wieder ab, in dem Dorfe, in welchem er just übernachtete, zu bleiben. Hier wollte ihm der Wirth nicht behagen, dort fand er in der Schenke nicht Bequemlichkeit genug, hier war's ihm zu still, dort bot sich ihm keine Aussicht auf geselligen Verkehr; genug, er wanderte von einem Dorfe zum andern und kam schließlich, mißmuthig geworden, zu dem Entschluß, in die Heimat zurückzukehren. Da begegnete ihm eines Abends, als er durch Wald und Feld streifte, ein junges schönes Mädchen, dessen erstes Erscheinen schon auf das für den Eindruck des Augenblicks empfängliche Gemüth Feodor's einen unwiderstehlichen Zauber übte. Er redete sie an, sie beantwortete seine Fragen höflich und bescheiden, ohne jene gezierte Zurückhaltung, welche nie mit weiblicher Würde in Einklang zu bringen ist. Therese war die Tochter eines Pfarrers, und der Maler, der im Laufe der Unterhaltung hinreichend Gelegenheit fand, Herz und Gemüth der Landschönen kennen zu lernen, und in beiden einen reichen Schatz von Bildung, Vertrauen und Edelsinn entdeckte, beschloß, bei dem Vater Theresens sein Quartier aufzuschlagen, wenn ihm dazu Erlaubnis würde. Therese beruhigte ihn über diesen Punkt, ihr Vater habe sich längst nach dem Umgang mit einem in Kunst und Wissenschaft bewanderten Manne gesehnt, sagte sie, er werde sich glücklich schätzen, einem Künstler die Gaststube für den Sommer einräumen zu können. Und in der That empfing der Pfarrer, eine ebenso vertrauende, schlichte Natur wie Therese, den jungen Mann mit offenen Armen. Möglich auch, daß der Gedanke, Feodor werde für das Obdach einen ziemlich hohen Preis zahlen, bei dem armen Landgeistlichen schwer in die Wagschale fiel; bei der Hausfrau, welche jeden Groschen ihres Haushaltungsgeldes zu Rath halten mußte, war Dies gewiß der Fall. Dem Maler wurde noch an demselben Abend die Gaststube eingeräumt, und man gewöhnte sich bald daran, ihn als Glied der kleinen Familie zu betrachten. Der Pfarrer lauschte mit besonderem Wohlgefallen den Mittheilungen über die Kunstwerke, welche Feodor in Italien und anderen Landen gesehn hatte, er war hoch erfreut, als er vernahm, daß sein Gast das Schachspiel liebe, und wandte Nichts dagegen ein, als der junge Mann schon in den ersten Wochen nach seiner Ankunft den Weinkeller seines Wirths mit neuem Vorrath versah. Auch die Hausfrau gewann den Maler bald lieb, er hatte für sie immer ein Stündchen übrig und verschmähte es sogar nicht, ihr beim Wickeln des Garns hilfreiche Hand zu leisten. Hatte Feodor eine neue Skizze in sein Buch aufgenommen, so zeigte er sie den Alten und er durfte ihres Lobes gewiß sein. So schlang sich das Band um Wirth und Gast immer enger, der alte Mann lebte in dem Umgange mit dem Künstler neu auf, und Feodor gewann ebenfalls den schlichten biederen Pfarrer lieb, dessen Seele wie ein aufgeschlagenes Buch offen vor seinen Blicken lag. Kein Hehl, kein Falsch war in diesen Leuten; wen kann's da wundern, daß der Jüngling, der ein reines, unverdorbenes Herz ihnen entgegentrug, sich zu ihnen hingezogen fühlte! Nur über Therese war Feodor noch nicht ganz mit sich im Klaren, er wußte nicht, was er an dem Mädchen hatte. Sie blieb ihm fern, so oft er auch den Versuch machte, sich ihr zu nähern;

freundlich und artig kam sie ihm entgegen, aber nie überschritt diese Freundlichkeit eine gewisse Grenze, über welche der feurige Jüngling am liebsten
schon am ersten Abend hinweggesprungen wäre. Ihn wollte bedünken, als
drücke ein geheimer Kummer das Herz des Mädchens, oft bemerkte er,
wenn sie sich unbeachtet glaubte, eine Thräne in ihren Augen, und manchmal
hob in seiner Gegenwart ein unwillkürlicher Seufzer ihren Busen. Dies
beunruhigte ihn; weshalb, wusste er selbst nicht, er ahnte nicht, dass in
seinem Herzen plötzlich eine unheilvolle Liebe erwacht war.«

»Unheilvoll?« fragte ich erstaunt.

»Ja, unheilvoll!« fuhr der alte Herr fort. »Das Ende meiner Erzählung wird's Ihnen beweisen. Trotz jener Grenze näherten die Herzen
der beiden jungen Leute sich mehr und mehr, das Beisammenleben schon
bedingte Dies, und zudem fand Jedes in dem Andern ein Echo für eigene
Gedanken und Gefühle, wenn die Kunst oder die gute That eines edlen
Menschen das Thema der Unterhaltung bildete. Die Sympathie zweier
Seelen ist ein festes, für Zeit und Ewigkeit fesselndes Band, sie muss
das Fundament der Liebe wie der Freundschaft bilden, wenn beide von
Dauer sein sollen. Die ersten Wochen verstrichen der Familie in unge-
trübter Heiterkeit und Ruhe, mit dem Gaste war ein frisches, geistig be-
lebendes Element in das Haus gekommen, und die Anregung, welche von
Diesem ausging, wirkte eben so wohlthuend auf die Landbewohner, wie die
schlichten, einfachen Naturen auf das empfängliche Herz des Jünglings.
Und dieses Herz, welches noch vor wenigen Wochen nirgend Ruhe noch
Rast fand, welches stolz und muthig auf der Bahn des Ruhmes dem
lockenden Ziele entgegenzog und nur den einen Wunsch kannte, jenen
Lorberkranz zu erringen, der den Namen des Künstlers unsterblich
macht: wie bald hatte es sich in diese Einsamkeit, in dieses friedliche Landleben gefunden, welches der Erfüllung jenes Wunsches doch so fern lag!
War der Thatendurst eingeschlummert, die Thatkraft erlahmt, oder hatte
der Maler erkannt, dass alles Streben nach Ruhm und Größe nichtig
sei? Was bewog ihn, seinem Streben zu entsagen und die Tage, die
Zeit des Schaffens zu verträumen? Er ward sich Dessen bald bewusst,
das liebliche Pfarrkind hatte es ihm angethan, all sein Sinnen und
Denken weilte bei ihr, in seinem Herzen tobte der Kampf zwischen Liebe
und Pflicht, zwischen Thatkraft und Geistesträgheit. Er fühlte selbst: es
musste klar werden in seinem Innern, und Das bald. Offen und ehrlich
gestand er dem Pfarrer, was sein Herz bewegte; der alte Mann hatte ihn
lieb, sehr lieb gewonnen, und die Aussicht, den Künstler für immer an
sich zu fesseln, erfüllte ihn mit aufrichtiger Freude. Er gab ohne Zögern
seine Zusage, und auch die Mutter willigte erfreut ein. Feodor glaubte
es den alten Leuten schuldig zu sein, ihr Jawort zuerst einzuholen, bei
Therese selbst hoffte er nicht auf Schwierigkeiten zu stoßen. Das Mädchen

ahnte von Alledem Nichts. Als der Maler ihr am Morgen des nächsten Tages im Garten begegnete, erwiderte sie seinen Gruß so freundlich und offen, wie sie Dies bisher stets gethan hatte. Feodor war ihr beim Aufbinden und Begießen der Blumen behilflich, und die Unterhaltung, welche dieses Geschäft begleitete, ließ nicht im entferntesten durchblicken, was das Herz des jungen Mannes bewegte. Endlich rückte der Maler ohne lange Einleitung mit seinem Antrag offen heraus, er fragte Therese, indem er ihre Hand faßte und ihr treuherzig ins Auge schaute, ob sie mit ihm vereint durch das Leben gehen wolle, er bat sie, auf seine offene Frage eben so unumwunden zu antworten. Das Mädchen sah schweigend vor sich hin, und eine Thräne drängte sich unter den seidenen Wimpern hervor. Schon glaubte Feodor, in dieser Thräne, die langsam über die Wange rollte, ein verschämtes »Ja« zu lesen, als Therese plötzlich dem jungen Manne ihre Hand entzog und mit der Erklärung, sie werde am Abend ihre Antwort geben, eilig davonging. So sehr Feodor sich auch bemühte, an der Hoffnung festzuhalten, welche vor wenig' Augenblicken noch sein Herz erfüllte, konnte er Dies doch nicht, es lag Etwas in den Blicken und dem Wesen des Mädchens, welches jene Hoffnung Lügen strafte. Er berichtete den Eltern das Resultat seiner Werbung, und es gelang Diesen, ihn zu beruhigen. Ihre Tochter sei ein unerfahrenes, schüchternes Mädchen, sagten sie, der Antrag habe sie überrascht und verwirrt, man müsse ihr Zeit lassen, mit ihrem Herzen über diesen Schritt zu Rathe zu gehen, und dürfe überzeugt sein, daß sie das Rechte finden und wählen werde. Die Hoffnung kehrte in das Herz Feodor's zurück, die Hausfrau versicherte ihn ja, daß Therese bisher mit keinem jungen Manne näher bekannt geworden sei und also ihr Herz noch frei sein müsse. Als der Abend dämmerte, trat er in das Stübchen des Mädchens, um die Antwort zu holen, welche — so hoffte er — sein Lebensglück begründen sollte. Therese bat ihn, Platz zu nehmen und sie ruhig anzuhören. Sie hatte geweint, Feodor sah es an den gerötheten Augen, ihr Gemüth war aufgeregt, ihre Stimme aber klang fest und ruhig. »Sie haben eine offene Antwort verlangt, und ich will sie geben,« sagte sie; »nur um Eins muß ich Sie bitten, nämlich, das Geheimniß, welches ich Ihnen anvertraue, streng zu bewahren, bis ich selbst den Schleier lüpfe, der es meinen Eltern noch verbirgt. So sehr auch Ihr Antrag mich ehrt, so sehr ich denselben auch zu schätzen weiß, muß ich ihn doch ablehnen, weil mein Herz nicht mehr frei ist, weil ich bereits verlobt bin.«

Feodor sprang überrascht, bestürzt von seinem Stuhle auf.

»Zürnen Sie mir nicht,« fuhr das Mädchen fort, »was kann das Herz dafür, wenn es sich Dem hingiebt, zu dem es sich unwiderstehlich hingezogen fühlt. Sie wissen, daß unser Dorf unter dem Patronat eines Grafen steht, der ungefähr eine halbe Stunde von hier entfernt auf seinem

Stammschlosse wohnt. Der Sohn dieses Grafen, ein edelherziger, gemüth=
reicher Jüngling, kehrte vor einem Jahre von der Universität zurück, und
der Zufall fügte es, daß er am ersten Tage nach seiner Rückkunft mir
im Walde begegnete. Ich kannte ihn nicht, er knüpfte ein Gespräch mit
mir an und bat mich, als wir schieden, öfter den Wald zu besuchen. Ich
muß gestehen, das bescheidene Wesen des jungen Mannes gefiel mir, ich
fühlte mich zu ihm hingezogen und kam nur dem Drange des eignen
Herzens nach, wenn ich seine Bitte erfüllte. Wir sahen uns oft, fast
täglich; als der Winter kam, hatten unsre Zusammenkünfte im Walde ein
Ende, dafür schrieben wir einander desto häufiger; und, daß ich's kurz
mache, vor drei Monaten gaben wir einander das Jawort, welches mich
für das ganze Leben an ihn fesselt.« — Feodor hatte schweigend zugehört;
mit jedem Worte, welches Therese sprach, sah er eins seiner Luftschlösser
einstürzen, eine seiner Hoffnungen zu Grabe tragen. Er fühlte bittren
Haß gegen den glücklichen Nebenbuhler in seinem Herzen erwachen, und
mußte sich doch auch selbst gestehen, daß dieser Haß durch Nichts begründet
und unedel sei.

»Zürnen Sie mir nicht,« bat das Mädchen noch einmal.

»Zürnen?« erwiderte der Maler rasch und heftig. »Weßhalb? —
Nein, Therese, ich zürne Ihnen nicht,« fuhr er milde fort, »das Herz geht
seinen eignen Weg, und jedes Menschen Geschick muß sich erfüllen. Aber
warnen möchte ich Sie; wenn ich auch den Grafen nicht kenne, so weiß
ich doch, daß dessen Vater niemals die Heirath seines Sohnes mit einer
Bürgerlichen zugeben wird. Sie kennen die Klippen nicht, wissen Nichts
von den Künsten...«

»Kein Wort weiter!« fiel das Mädchen ihm ernst und würdevoll ins
Wort. »Ich darf fest auf das Herz meines Verlobten vertrauen, er wird
an mir nicht zum Meineidigen werden. Lassen Sie uns Freunde bleiben,«
fügte sie hinzu, indem sie dem jungen Manne die Hand reichte; »kann
ich auch Ihre Liebe nicht erwidern, so hat doch mein Herz noch Raum
für einen Freund, und diese Freundschaft soll es Ihnen bewahren übers
Grab hinaus. Es wird vielleicht bald eine Zeit kommen, in der meine
Eltern des Trostes bedürfen, dann bleiben Sie bei ihnen, versprechen Sie's
mir, und ich kann mit freudigem Herzen aus dem Elternhause scheiden.« —
Bestürzt blickte Feodor dem Mädchen ins Antlitz. »Sie wollen fliehen?«
fragte er, »wollen heimlich die Eltern verlassen und den alten Leuten
die letzte Stütze rauben?« — »Das Weib wird Vater und Mutter ver=
lassen und dem Manne folgen,« erwiderte Therese düster, »so steht's in
der heiligen Schrift. Bin ich nicht zu dem Schritt gezwungen? Der
Vater Kuno's wird in unsre Heirath nicht willigen, meine Eltern geben
uns ihren Segen nur dann, wenn der alte Graf unsre Verbindung gut=

heißt, was also bleibt uns übrig? Wir müssen fern von hier, in der Fremde — «

»Halten Sie ein, Therese,« unterbrach Feodor sie, »nie kann ich gut= heißen, daß Sie den alten Leuten dieses Herzeleid anthun. Wissen Sie, mit welcher Liebe die Eltern an ihrem einzigen Kinde hängen? Begreifen Sie die Tiefe der Wunden, welche Sie ihren Herzen schlagen würden? Ist Ihr Verlobter ein Ehrenmann, liebt er Sie treu und aufrichtig, nun wohl, so mag er vor seinen Vater hintreten und ihm offen gestehn, was sein Herz bewegt. Weigert der Alte seinen Segen, so bleibt dem Sohne noch immer die Möglichkeit, Das zu thun, wozu er jetzt entschlossen ist. Dann werden Ihre Eltern den Bund segnen und im Vertrauen darauf, daß Ihr Geschick einst sich günstig gestalten möge, Sie als die Gattin Ihres Geliebten mit leichtem Herzen hinausziehen lassen.«

»Das Alles habe ich selbst mir wohl hundertmal gesagt,« versetzte Therese, das Köpfchen schüttelnd, »aber Kuno will dieses Aufsehn nicht. Sein Plan ist, daß wir in Bremen durch den Segen der Kirche ver= bunden werden und dann nach Frankreich reisen. Von dort aus will er seinem Vater und meinen Eltern schreiben; billigen sie unsern Schritt, so kehren wir zurück; wo nicht, bleiben wir so lange in der Fremde, bis die Aussöhnung erfolgt ist.« Die Ruhe und Festigkeit des Mädchens ließen Feodor nicht bezweifeln, daß ihr Entschluß unwiderruflich sei, und Dies beunruhigte ihn um so mehr, als ihre letzten Worte den Verdacht in ihm erweckt hatten, der junge Graf habe nur die Absicht, die Knospe zu pflücken, weil ihre Reize seine Sinne fesselten. Er liebte Theresen wahr und aufrichtig, und diese Liebe war so rein, daß sein eignes Ich in den Hintergrund trat bei dem Gedanken an das Schicksal des vertrauenden Mädchens. Er bat sie, den Eltern das Geheimnis zu entdecken oder ihm die Erlaubnis dazu zu geben, sie wies diese Bitte zurück und er erlangte nur die Zusage, daß sie ihre Flucht noch einige Wochen hinausschieben und den Verlobten noch einmal bestimmen wolle, jenen Schritt zu thun, der allein die Flucht rechtfertigen konnte. Mit schwerem Herzen verließ Feodor das Mädchen und theilte so schonend wie möglich den Eltern die Weigerung Theresens mit. Der Pfarrer, darüber erzürnt, daß die Hoff= nungen, an deren Verwirklichung er keinen Augenblick gezweifelt hatte, an dem Eigensinn seiner Tochter scheitern sollten, machte dem Mädchen die heftigsten Vorwürfe und befestigte dadurch nur den Entschluß, der in dem Herzen desselben wurzelte und von welchem er freilich Nichts ahnte. Die Mutter suchte den aufgeregten Gatten zu beruhigen; dadurch, daß sie das Mädchen in Schutz nahm, reizte sie seinen Zorn nur noch mehr, und zum ersten Male während ihrer langen glücklichen Ehe schlich sich eine Mißstimmung zwischen die beiden Gatten, welche tiefere Wurzeln schlug, als sie vermutheten. Der Friede war gestört, er floh und sollte nie unter

dieses Dach zurückkehren. Hatte Therese früher schon sich von dem jungen
Manne fern gehalten, so that sie es jetzt nur noch mehr, fast schien es
dem Maler, als bereue sie, ihn in ihr Geheimnis eingeweiht zu haben.
Der Aufenthalt in der Pfarrwohnung war ihm verleidet, dennoch blieb er,
um den alten Leuten zur Seite zu stehn, wenn die Katastrophe, die nicht
lange mehr ausbleiben konnte, eintrat. Und sie trat ein, — früher, als
der Maler erwartete. Ungefähr zwei Wochen nach jenem Tage ward
Therese eines Morgens vermißt, aus untrüglichen Anzeichen ließ sich
schließen, daß sie die letzte Nacht nicht im Hause ihrer Eltern zugebracht
·hatte. Die bestürzten Eltern, die eher alles Andere, denn eine Entführung
vermutheten, wollten bereits der Behörde Anzeige machen, als die
Mutter in einem Schranke, den Therese benutzt hatte, einen Brief fand,
dessen Inhalt nicht geeignet war, die alten Leute über das Schicksal ihrer
Tochter zu beruhigen. Therese nahm in demselben von den Eltern Abschied, entschuldigte ihren Schritt, so gut sie Dies vermochte, und versprach
zu schreiben, sobald sie die Gattin des jungen Grafen sei. Der Pfarrer
behauptete bei dieser Nachricht eine größere Fassung, als Feodor vermuthet
hatte, während die Mutter sich ganz dem trostlosen Schmerze hingab, den
ihr der allerdings schwer zu entschuldigende Schritt des einzigen Kindes
verursachte. Was in der Seele des alten Mannes vorging, konnte der
Maler nicht ergründen, seit jenem Morgen saß er theilnahmlos in seinem
Sessel, fast immer in dumpfes Hinbrüten versunken, und nie wieder kam
der Name der Tochter über seine Lippen. Die Hausfrau erlag dem
Schmerze, den Niemand mit ihr trug, denn welche Linderung vermochten
die Worte des Malers ihr zu geben? sie blieben leere Worte, gegenüber
dem Schmerz der Mutter, die um ihr verlorenes Kind klagte. Bei dem
Gatten fand sie eben so wenig Trost, er wies sie barsch zurück, wenn sie
ihm mit ihren Klagen nahte. Erst als ihre Krankheit bedenklich zu
werden begann, brach bei dem Gedanken an den neuen Verlust, der ihn
bedrohte, die Eisrinde, welche das Unglück um das Herz des alten Mannes
gezogen hatte. Jetzt, nachdem bereits vier Wochen seit der Flucht Theresens
verstrichen waren, raffte der Pfarrer sich auf, er wollte hinauf ins Schloß,
dort erforschen, wo die Flüchtigen weilten, und dann, mochte der Weg
auch noch so weit sein, die Wanderung antreten und die Tochter an das
Sterbebett der Mutter zurückholen. Der alte Graf war ein rechtlicher,
edel denkender Mann, er tadelte den Schritt seines Sohnes scharf und
gelobte, ihn enterben zu wollen, wenn er nicht die Betrogene den Eltern
zurückbringe, denn von einer Heirath mit der Pfarrerstochter könne ja
doch keine Rede sein. Wohin das Paar sich gewendet hatte, wußte er
eben so wenig wie der Pfarrer, ein Brief war noch nicht eingetroffen.
Zwar versprach er, sobald er einen Brief erhalte, den Pfarrer davon in
Kenntnis zu setzen; was aber konnte dies Versprechen augenblicklich
dem tiefbetrübten Vater nutzen? Mit verzweifelndem Herzen trat er end-

lich den Rückweg an, selbst die Religion bot ihm keinen Trost mehr, und wohl einsehend, daß er in dieser Stimmung sein Amt nicht länger verwalten könne, schrieb er noch an demselben Tage an seine Vorgesetzten, die seinem Wunsche, ihn zu pensionieren, um so bereitwilliger nachkamen, als bereits mehrere Kandidaten sehnsüchtig auf die Erledigung dieser Pfründe harrten. Drei Wochen später trug man die Mutter zu Grabe, ihr letztes Wort war der Name ihres unglücklichen Kindes. — Der Sommer war inzwischen verstrichen, aber Feodor vermochte es nicht übers Herz zu bringen, jetzt den alten Mann zu verlassen, dessen Einsamkeit Niemand theilte, wenn er ging. Er blieb, und hätte er darum der Kunst untreu werden müssen, er würde das Opfer gebracht haben, er konnte den Vater der noch immer heiß geliebten Therese nicht der Verzweiflung überlassen. Weder von Theresen noch deren Entführer traf eine Nachricht ein, sie waren verschollen. Feodor schlug vor, ihren Aufenthaltsort durch Vermittlung der Behörde zu erforschen, der Vater wollte Dies nicht. »Sie hat ihre Mutter ins Grab gebracht, sie wird auch mir das Herz brechen,« sagte er, »mag es drum sein, ich fühle mich frei von jeder Schuld. Nie will ich sie wiedersehn, niemals soll sie wieder vor meine Augen treten, denn rein und schön ist ihr Bild in meinem Herzen, die Wirklichkeit darf es nicht trüben.«

Wohl war's ein trauriger, trüber Winter, den der Maler in der Gesellschaft des mißmuthigen, schweigsamen Mannes verlebte, doch auch er verstrich und der Frühling kehrte wieder mit seinen Blüthen und Liedern. Der Maler brachte jetzt den größeren Theil des Tages draußen im Freien zu, und oft begleitete ihn der Pfarrer, um den düsteren Gedanken zu entfliehn, welche in der Einsamkeit ihn unablässig verfolgten. Bald aber fühlte er nicht mehr die Kraft, weite Ausflüge zu machen, eine Anfangs unbedeutende Erkältung zwang ihn, das Bett zu hüten, und bald zuckte der Arzt bedenklich die Achseln. Feodor pflegte den alten Mann mit aufopfernder Liebe, er wich nicht von dem Bette des Kranken, und seinem ernsten, milden Zureden gelang es, das tief gekränkte, schwer gebeugte Vaterherz zur Nachsicht und Versöhnung zu bewegen. Der alte Mann starb, nachdem er seine unglückliche, verführte Tochter gesegnet hatte, und dem Sterbenden gereichte es zum Trost, als der Maler ihm versprach, die Verschollene aufzusuchen und ihr den Segen der heimgegangenen Eltern zu bringen. Es blieb dem jungen Manne jetzt Nichts mehr zu thun, als den Todten zu beerdigen und die geringe Hinterlassenschaft desselben dem Gericht zu übergeben; war Dies vollbracht, so konnte er in seine Heimat zurückreisen und dort versuchen, den schweren Traum abzuschütteln, der die schönsten Blüthen seines Frühlings geknickt und vielleicht sein ganzes Lebensglück vernichtet hatte. Die Liebe zu Theresen war in seinem Herzen noch nicht erloschen, vergeblich kämpfte er gegen sie an, umsonst rief er sich zu, daß es Thorheit sei, seinen zu Grabe getragenen Hoffnungen nachzuhangen, — das Bild Theresens, ihr liebes, mildes Engelangesicht wich nicht, im Wachen und Träumen stand es vor seiner Seele, wie hätte er es vergessen können! — Es war am Tage nach dem Tode des Pfarrers. Die Abendsonne warf durch das Fenster ihre Strahlen auf das Antlitz der Leiche, über welches der Tod seinen verklärenden Frieden gebreitet hatte. Feodor saß in der anstoßenden Kammer; während seine Gedanken bei Theresen weilten, zeichnete seine Hand das Antlitz des Heimgegangenen nieder. Da plötzlich ward er durch einen dumpfen Schrei aus seinen Träumen geweckt, er sah auf, sein Blick fiel auf das Antlitz Theresens, welche vor Leiche des Vaters stand und stier, mit stummem, thränenlosem Schmerz, auf die Züge des geliebten Todten blickte. Im ersten Augenblick glaubte er, die Erscheinung sei eine Phantasmagorie seines krankhaft überreizten Gehirns, aber gar bald überzeugte er sich, daß es kein Blend= werk, keine Vision war, was er erblickte. Er erhob sich, um dem armen unglücklichen Mädchen beizustehn, denn arm und unglücklich war sie, er las es in ihren Zügen, in denen eine bittere Leidensgeschichte geschrieben stand, er las es in ihren erloschenen Augen, in denen Kummer, Elend und Verzweiflung sich spiegelten. Sie bemerkte nicht sein Kommen, und Feodor wagte nicht, sie aus der stummen Apathie zur Wirklichkeit zu wecken. So standen die Beiden eine geraume Weile schweigend beisammen, Beide gleich tief ergriffen von dem Frieden des Todes, der über ihnen schwebte. — Und jetzt, mein Herr«, schloß der Fremde, der sichtbar sich zwang, seine Fassung zu behaupten, »jetzt kennen Sie die Geschichte des Bildes, welches Sie so tief ergriffen hat.«

Er wollte sich erheben, ich hielt ihn zurück. »Lassen Sie mich auch das Ende hören,« bat ich.

Der alte Herr blickte eine Weile düster vor sich hin, dann ergriff er das Glas und leerte es hastig. »Das Ende?« erwiderte er. »Nun freilich, jede Geschichte muß ja ein Ende haben, und auch diese hat einen Schluß. Der Maler redete endlich dem Mädchen zu, er berichtete ihr, was seit ihrer Flucht im Elternhause sich zugetragen hatte, ohne dabei das bittere Weh zu berühren, welches an dem Tode der alten Leute allein die Schuld trug. Therese erwiderte kein Wort, nur als Feodor ihr mit= theilte, daß die Eltern auf dem Sterbebette ihr unglückliches Kind ge= segnet hätten, glitt ein Lächeln wehmüthiger Genugthuung flüchtig über ihre bleichen Lippen. Was sie erduldet und gelitten hatte, wie bitter sie enttäuscht worden war, sie ließ es den jungen Mann nur ahnen, keine Klage, kein Wort kam über ihre Lippen, stumm und starr blieb sie bei der Leiche stehen, bis die Nacht hereinbrach, und als die Knie unter ihr brachen, als sie vor Müdigkeit umsank, legte sie das Haupt zu Füßen des Todten auf die Bahre, um unverwandt in das geliebte Antlitz des Heim= gegangenen zu schauen, dessen Herz der Gram über das undankbare, pflicht= vergessene Kind gebrochen. Man trug die Leiche zu Grabe, Therese wankte

hinter dem Sarge zum Friedhofe, dort sank sie am Grabhügel nieder, um
am Abend als eine Wahnsinnige von demselben wieder aufzustehn. Feodor
sorgte dafür, daß sie in einer Irrenanstalt untergebracht wurde, und reiste
dann ab nach Paris, wo, wie er aus den Papieren des Mädchens ersah,
der Verführer weilte. Nach langem Forschen entdeckte er ihn eines Abends
im Jokeyklub, er nahm ihn beiseite, stellte ihn über seine Handlungsweise
zur Rede und forderte Genugthuung. Der Wüstling wies die Heraus-
forderung mit Spott und Hohn zurück, Feodor besann sich nicht lange,
er schlug den Grafen ins Gesicht und schoß am nächsten Morgen im
Boulogner Wäldchen dem herzlosen Schurken eine Kugel durchs Gehirn. —
Vier Wochen später hatte der Maler sein letztes Bild, dasselbe, welches
jetzt in der Ausstellung hängt, beendet, es ließ ihn nirgend rasten noch
ruhen, wie ein gehetztes Wild eilte er von Ort zu Ort, bis er in den
Reihen der Krimkrieger bei dem Sturme auf Sebastopol endlich die
ersehnte Ruhe fand.«

Der Schluß dieser Erzählung hatte mich tief erschüttert, eine geraume
Weile saßen wir einander schweigend gegenüber, endlich erhob der Fremde
sich. — »Mein Herr, dieser Maler war mein Sohn,« sagte er, indem er
mir die Hand reichte, »jetzt werden Sie begreifen, weshalb ich mich nicht
von dem Bilde trennen will.«

Ich weiß nicht, welche Ahnung mich bewog, den Alten, dessen Blick
wehmüthig ernst, aber doch mit Wohlwollen auf mir ruhte, nach dem
Namen des Malers zu fragen.

»Er hieß Feodor Müller,« erhielt ich zur Antwort.

»Derselbe, welcher in Halle das Gymnasium besuchte?« fragte ich rasch.

Der Alte nickte.

»Er war mein einziger Jugendfreund, mein Gefährte in Lust und
Leid, so lange er in Halle blieb. Später, als er das Gymnasium verließ,
trennten sich unsre Wege, und seitdem habe ich nie, weder direkt noch indirekt,
Nachricht über ihn erhalten.«

Der alte Herr drückte mir mit warmer Herzlichkeit die Hand.

»Ich habe noch Briefe zu Hause, worin er Ihrer als seines besten
Freundes Erwähnung thut,« versetzte er; »könnte ich mich von dem Gemälde trennen, Ihnen würde ich's am liebsten anvertrauen.«

Wir nahmen Abschied von einander; ich reiste noch an demselben
Abend in meine Heimat zurück. — Ungefähr drei Jahre später eröffnete
mir das Gericht, daß ein Herr in der Residenz mich zum Erben eines
Bildes eingesetzt habe; ich nahm es in Empfang, es war dasselbe, an
welches jene Erzählung sich knüpfte. Jetzt hängt es über meinem Schreibtische, und oft, wenn ich mit ganzer Seele mich in dasselbe vertiefe, begreife ich wohl, weshalb sein Anblick dem alten Mann zum Bedürfnis
geworden war.

Ernst Rietschel.

Von **Andreas Oppermann**. Leipzig, F. A. Brockhaus, 1863.

Beurtheilt von **Adolf Stern.**

Es sind schon über zwei Jahre dahingegangen, seit der Tod Ernst Rietschel's, des populärsten und gefeiertsten unter den deutschen Bildhauern der Neuzeit, eine allgemeine, ungewöhnliche Theilnahme fand. Man fühlte damals, daß in Rietschel nicht nur ein talentreicher Künstler schied, der Höchstes erstrebt und Höchstes geleistet, der mitten aus seinem großen Werke, dem Reformationsdenkmal für Worms, abgerufen wurde, als er eben erst die mächtige Gestalt Luther's gebildet, — sondern daß Deutschland auch eine jener in der Kunst der Gegenwart so seltnen Persönlichkeiten verlor, die nach schwerem Ringen und Kämpfen die Sicherheit des eignen Wollens und Könnens gefunden haben. Rietschel's Weg war ein harter und mühevoller gewesen, er hatte gleichsam mit Himmel und Erde kämpfen, seine Ausbildung Schritt für Schritt gewinnen, das eben Errungene immer wieder hinter sich werfen müssen, um weiter zu streben, weiter zu streiten. Ihm galt es, in frühester Jugend den Druck materieller Verhältnisse, dann aber den härteren Druck künstlerischen Zwiespalts, geistiger Ungewißheit, der auf so vielen Künstlern der Gegenwart liegt, zu besiegen. Und er hatte Alles besiegt; er stand im Leben als ein hochgeehrter, in sich glücklicher, weitwirkender, neben den Besten der Zeit und den Größten der Nation genannter Mann. Er stand in der Kunst als ein Bildhauer, dem große Aufgaben zu Theil wurden, und der an jede Aufgabe die Begeisterung des ganzen Menschen, die Hingabe eines vom edelsten Ziel erfüllten Künstlergeistes zu setzen wußte. Was ihn auch einst an Zweifeln und Schwankungen beängstigt haben mochte, — in den letzten Jahrzehnten seines Lebens lag es unter seinen Füßen. Wohl rang er, ein rechter Bildner, der Vollendung bei jedem neuen Werke nach, als gelte es in ihm das Probestück seines Berufes zur Kunst abzulegen, aber seinen Weg ging er sicher, unerschrocken, von tausend Anfeindungen, Mißurtheilen, Mißverständnissen nicht mehr beirrt. Er glaubte fest an die Ziele, die er sich steckte, weil er fühlte, mit welcher Wahrheit, welchem Einsatz aller ihm verliehenen Kräfte, mit welchem tiefsten Ernst und welcher höchsten Treue er ihnen zustrebte. Er hielt ein Ideal im Auge, obschon ihn die Gegner einen »Realisten« schalten und von Düsseldorfer Genrekunst oder gar von grobem Naturalismus fabelten. Dieser Gehässigkeit entgegen, fühlte er sich, bei aller ihm innewohnenden Bescheidenheit, fest und bewußt. Er hegte die Erwartung, daß sein künstlerisches Wirken der schließlichen Gerechtigkeit nicht entbehren werde, und er konnte sich, der Verkennung durch einen principiellen einseitigen Idealismus gegenüber, auf die begeisterte Anerkennung der Nation stützen. Es war nicht jenes unedle Pochen auf den Beifall des »Publikums«, welches so manchen Modekünstlern eigen ist. Es war eine ruhige, im echtesten Sinne des Worts bescheidne Zuversicht, daß das Wahre und Echte auch von der Mehrheit der wahren und echten Geister erkannt werden müsse. Und so schuf er freudig, bis der Tod das rastlose Auge, die nimmermüde Hand, die so Unvergängliches und Edles gebildet, ruhen ließ. Wer ihn gekannt hat — und wir preisen uns und Jeden glücklich, dem Dies zu Theil geworden, — Der weiß, daß in ihm Deutschland einen seiner echtesten und menschlich liebenswürdigsten Künstler, seiner besten Söhne verlor.

Dies war auch die erste Empfindung nach Rietschel's Tode. Im Moment seines Abscheidens ward beinahe keine andre Stimme, als die der Bewunderung, laut. Aber wie es denn in Deutschland zu gehen pflegt, blieben bald auch die gehässigen Beurtheilungen nicht aus. Sie begannen damit, daß sie die allgemeine Verehrung für Rietschel nicht gerade bekämpften, sie jedoch herabzustimmen suchten. Leider bleibt derartiges Beginnen bei uns nie ganz ohne Erfolg. In Frankreich ist es so schwer, anerkannte Größen der Nation zu bestreiten, daß selbst gerechte, vollkommen wahre Kritik jahrzehntelang ohne jeden Erfolg bleiben kann. Kleinliche, jämmerliche Mäkelei, Principienreiterei, hinter welcher gewöhnlich viel weniger Principien als persönliche Vorurtheile und Antipathien stehen, können dort kaum auf ein Publikum rechnen. Bei uns ist der umgekehrte Fall vorhanden. Nicht drei Monate nach Humboldt's Tode mußten wir lesen, daß Derselbe doch eigentlich kein Gelehrter gewesen sei, und kaum ein Jahr, nachdem Rietschel zur Ruhe gegangen, tauchte das alte widrige Gerede von seinen mangelnden Idealen und seiner bloß tüchtigen Technik wieder auf. Wir sahen daher mit einiger Ungeduld dem Erscheinen der Biographie und Charakteristik Rietschel's entgegen, welche seit einiger Zeit angekündigt war. Wir erwarteten nichts Minderes, als daß dieselbe im Stande sein werde, ein treues, von keinem falschen Zuge entstelltes Bild des großen Künstlers, seiner Bildung, seines Strebens, seiner Leistungen und seines überaus wichtigen Verhältnisses zur gesammten deutschen Kunst der Gegenwart und der Zukunft zu geben.

Das erwartete Buch über »Ernst Rietschel« von Andreas Oppermann, dem Schwager, dem nächststehenden jüngeren Freunde des Meisters, liegt nun vor uns. Es ist ein hohes Lob und doch nur einfache Gerechtigkeit, wenn wir sagen, daß es — selbst die später zu erwähnenden Unzulänglichkeiten mit eingerechnet — alle eben angedeuteten Erwartungen erfüllt. Es ist eines der besten biographischen Bücher, welche uns die neuere Zeit gebracht hat, und wenn es einen der besten und edelsten

Männer behandelt, so entspricht seine Weise der charaktervollen, ernsten und dabei milden Natur Rietschel's, der Einfachheit und dabei doch so großen Vielseitigkeit, die ihm eigen war. Mit einem Worte: dem Bearbeiter war reiches Material zur Verfügung gestellt und er bietet einen reichen Inhalt, der zunächst eine liebevoll ausgeführte Biographie Rietschel's, bei der Bedeutung Desselben für die künstlerische Gegenwart aber auch von allgemeinster kunstkritischer Wichtigkeit ist.

Oppermann's Buch zerfällt in zwei Abschnitte, deren einer die von Rietschel selbst (für seine Familie) niedergeschriebenen ersten Lebenserinnerungen, der andere die weitere Geschichte des Künstlers und die Charakteristik seiner Werke enthält. Der zweite und Haupttheil ist für uns natürlich der weitaus wichtigere, so liebenswürdig dankenswerth auch die eignen Mittheilungen des Künstlers sind. Dieselben erzählen uns von seiner frühesten Entwicklung (Rietschel war als der Sohn eines sehr unbemittelten Beutelmeisters in dem sächsischen Städtchen Pulsnitz den 15. December 1804 geboren), von der dürftigen Kindheit, die er in materieller und geistiger Beziehung durch Entbehrungen und einen mangelhaften Schulunterricht zu durchleben hatte. Sie lassen aber durchblicken, welche fein organisierte, unbewußt von Höherem erfüllte Seele in dem armen Knaben lebendig war, und sie zeigen klar und deutlich, wie bald der künstlerische Trieb und Drang in seiner Natur mächtig und überwiegend wurde. Ohne noch Etwas von der Kunst zu wissen, strebte Rietschel ihr bereits mit allen Seelenkräften zu. Und in seiner Jugendgeschichte, wie in der der Mehrzahl unsrer bedeutenden Männer, spiegelt sich der in unserm Volke lebende Drang zum Höheren. Bei Rietschel in fast rührend schlichter Weise, und die Treue mit welcher der gereifte Mann aus seinen Erinnerungen dieser Jugend Alles fern hält, was er sich erst in späterer Zeit zu eigen gemacht, die Unbefangenheit, mit der er selbst die Gedrücktheit ärmlicher Verhältnisse vor unsere Augen stellt, dienen seiner nachmaligen geistigen und äußerlichen Erhebung zum trefflichsten Gegenbilde. Allerdings mag man sich nicht verhehlen, daß die ergebene Art und Weise, mit welcher Rietschel die Armuth des elterlichen Hauses, gewisse kleine Demüthigungen und jene Ängstlichkeit bespricht, die leider die Begleiterin beschränkter Verhältnisse zu sein pflegt, für unsre Generation fast etwas Fremdes hat. Das jüngere Geschlecht pflegt solche Erinnerungen nur mit Trotz und Zorn zu hegen. Aber ob Ergebenheit oder Widerstand in der Rückerinnerung: die Hauptsache bleibt die Energie, solche Verhältnisse zu überwinden, siegreich dagegen zu kämpfen. Diese Energie hat Rietschel in einer Weise bewährt, die Tausende von modernen Naturen tief beschämen müßte. Man lese in seinen Erinnerungen, welche harten jahrelangen Entbehrungen er ertragen, welchen eisernen Fleiß er einsetzen mußte, um die ersten Schritte auf einer Bahn zu thun, von deren herrlichen Endzielen ihm selbst erst eine Ahnung aufging. Man lese, wie selbstverständlich dieser Natur Alles war, was zu höherer Bildung des Geistes, des ganzen Menschen führen konnte, — und habe dann noch den Muth, über einzelne kleine Züge zu lächeln. So wenig es auch dem Höchstgebildeten gegeben ist, jeden dialektischen Laut und Anklang aus seiner Sprachweise zu verbannen: so wenig hatte Rietschel vermocht, gewisse kleine Nachwirkungen seiner Jugend augenblicklich hinter sich zu werfen. Aber nichtig und unwichtig sind solche Äußerlichkeiten, der Gewißheit gegenüber, daß in ihm der mächtigste und verehrungswürdigste Drang des Menschen zur reinen Höhe echter Kunst, echten Geisteslebens durchzudringen, in seltener Stärke lebendig war. Und schon vor dem Abschluß dieser »Jugenderinnerungen« stimmen wir Oppermann bei, der in seiner Vorrede daran mahnt, »daß ein Volk, aus dem noch Künstler wie Ernst Rietschel hervorgehen, keine Verkümmerung erlitten hat.«

Rietschel's künstlerische Bildung ist in kurzen Zügen zu charakterisieren. Er besuchte die Dresdner Akademie im Anfang der zwanziger Jahre, wo dieselbe noch völlig eine abgelebte, todte Kunst ohne Bedeutung und Weihe vertrat. Glücklicherweise hatten die Schüler selbst keine Achtung vor ihren Lehrern, aus Rom und München herüber leuchteten die Gestirne der neuen deutschen Kunst, die Bessern unter der lernenden Künstlerjugend wendeten ihre Blicke dahin. In Ahnung des kommenden Großen, im Vorgefühl eines ungekannten Neuen, und im Gegensatz zu der öden, trostlosen, rein äußerlichen Handfertigkeit des abgelebten Künstlergeschlechts, griff ein gewisses »Nazarenerthum« unter den Jüngeren Platz. Auch Rietschel theilte dasselbe. Da aber sein Naturell stark und durchaus gesund war, da er unmittelbar von der Dresdner Akademie aus in Rauch's Werkstatt trat, und Dessen Schule und Umgang stählend auf ihn einwirkte, so hat seine nazarenische Periode für Rietschel sogar einen dauernden und wesentlichen Vortheil gehabt. Sie hatte ihn zu einer Vertiefung und Innerlichkeit geführt; welche sich nie mehr mit der bloßen gelungenen Form, der Formschönheit allein, zufriedenstellen konnte. Die Beseelung jeder Schöpfung ward bei ihm selbstverständlich. Und wenn es für gewisse Werke der Plastik außer Frage ist, daß ihre Beseelung schon in den Formen an sich selbst liegt, so wurden Rietschel in späterer Lebenszeit Aufgaben zu Theil, die eine Innerlichkeit erforderten, von der freilich selbst viele »idealistische« Künstler kaum eine Ahnung haben. — Rietschel sah nach mehrjährigem Aufenthalt in Berlin auch das Kunstleben München's und lernte dessen hervorragendste Vertreter kennen. Er kehrte nach Dresden zurück, um eine Professur an der dortigen Akademie zu übernehmen und sich dauernd daselbst niederzulassen.

Von hier an begann seine selbständige Wirksamkeit. Anfänglich auf sich allein gestellt (erst Ende der dreißiger und Anfang der vierziger Jahre

3*

sammelten sich in Dresden einige hervorragende künstlerische Kräfte),
hatte Rietschel eine lange, über ein Jahrzehnt währende Prü-
fungsperiode zu bestehen. Wohl schuf er auch jetzt schon einige treffliche
Werke. Aber im Ganzen kämpfte er mit seinen Stoffen und rang nicht
allein mit den geistigen Hindernissen, sondern auch mit den materiellen
Übelständen, die sich der modernen Bildhauerkunst entgegenstellen. Unter
letzteren bereitete ihm namentlich das Mißverhältnis zwischen dem Künstler
und dem modernen Erzgießer, dem der Erstere seine Werke anvertrauen
muß, schwere Sorgen. Oppermann hat dies Mißverhältnis auch für
den Laien vollkommen verständlich dargelegt (S. 168 ff. der Biographie),
wie er denn überhaupt auf die den meisten Lesern fremden Fragen der
Technik mit großer Klarheit eingegangen ist. — Schwieriger aber, als die
Überwindung solcher Übelstände, wurde für Rietschel die Erreichung der
großen Ziele, die ihm vom ersten Tage seines selbständigen Künstlerthums
an vorschwebten. Noch befand er sich in einer Befangenheit, welche das
Schwanken zwischen Naturstudium und idealen Gedanken hervorgerufen,
noch hatte er nicht die Höhe erreicht, auf der sich Form und Gehalt des
Kunstwerks völlig decken.

»Die Kunst hat die Aufgabe, die Natur, indem sie dieselbe mit dem
menschlichen Gedanken vermählt, zu einer neuen veredelten Prometheus-
schöpfung zu gestalten; sie muß daher die Natur gründlich studieren, sie
beherrschen lernen, um sie bereinst, vom Zufälligen befreit, dem läuternden
Meere des menschlichen Denkens und Fühlens entstiegen, als Schönheit
darzustellen. Jeder Künstler soll diese Metamorphose des gewöhnlichen
Naturbildes in das erhöhte Kunstgebild auf seine eigene Weise vollziehen.
Aber es ist eine häufige Erscheinung, daß die Künstler diese Aufgabe
nicht zu ihrer vollen Lösung bringen, daß sie entweder sich unbedingt der
Natur hingeben, diese wahllos kopieren, ihr höchstes Ziel in frappanter
Nachahmung derselben finden und so die Kunst von der Natur über-
wuchern lassen; oder daß sie die bereits bestehenden Kunstformen der
Antike, der Renaissance u. s. w. sich zu eigen machen, sie gleichsam aus-
wendig lernen und zum Ausdruck idealer Gedanken benutzen, um sich die
Arbeit eigner individueller Durchdringung der Natur zu ersparen.«

Hier lag der Zwiespalt in Rietschel's früheren Schöpfungen, hier liegt
auch derjenige, welcher auf die ganze Kunst der Gegenwart lähmend,
hemmend, verderblich einwirkt. Niemand, als die Realisten der äußersten
Schule, als die Kopisten und Daguerreotypisten der Natur, als die reinen
Techniker und Malenkönner, bezweifelt, daß die deutsche Kunst die des
Idealismus, des Gedankens, von jeher gewesen ist und in alle Zukunft
bleiben soll. Aber, wie sich Rauch gegen Rietschel ausdrückt, »selbst mit
der größten göttlichen Befähigung, ohne die feste Grundlage der Kenntnis
organisch lebendiger Natur, ist kein dauernder Werth des Geschaffenen,

noch weniger aber ein Fortbilden entsprechender Kunst möglich.« Und hier fühlte Rietschel, ob auch wie kaum ein Anderer von der Macht des idealen Gedankens, des Göttlichen in der Menschheit und in der Kunst überzeugt und erfüllt, daß der Gedanke kein Recht gebe, von der treusten Durchbildung eines Kunstwerks abzusehen. Hier fühlte er, daß in jeder künstlerischen Aufgabe die heilige Verpflichtung zu ihrer vollendetsten Verlebendigung liege. Hier war es, wo er sich von Denen trennen mußte, die auf selbständige Bezwingung der Natur durch den Gedanken Verzicht leisten und den letztern lieber in vorhandnen, in überlieferten Formen aussprechen. Und hier fühlte er auch, daß das »Können« nicht so untergeordnet, so nichtig sei, wie es gewisse raisonnierende Vertreter des Idealismus meinten. Auch der geistvollste Künstler wird nur durch die liebevolle, echte und wahrhafte Durchbildung seiner Schöpfung etwas Ewiges schaffen. So kam er zur Überzeugung: »in dem innerlichen Durcharbeiten des Stoffs, in dem Herauslehren des darin wohnenden Geistes, in dieser Arbeit, welche Gedanke und Materie, die größten Gegensätze an sich, mit einander vereinigt, so daß wir gezwungen sind, Inhalt und Form in diesem Werke ungetrennt betrachten zu müssen, liegt die wahrhaft schöpferische Thätigkeit des Künstlers. Sie vollbringt der Mensch nur mit seinem ganzen eigensten Sein, und wo wir sie in einem Werke vollbracht sehen, da wirkt die Kunst auf den Beschauer in ihrer entfalteten Macht, da ergreift sie Leben und Sein des Volkes, da hat sie ein Recht, in der ersten Reihe der menschlichen Interessen aufzutreten. Dann verschwindet die Frage nach Idealismus und Realismus und nach allen den Schablonen, womit wir uns quälen, und es genügt uns die Empfindung — des Kunstwerks!«

In den eben angeführten Worten bezeichnet der Biograph hinlänglich und mit einfacher Bestimmtheit den kritischen Standpunkt, den er der zweiten, vollendeten und für die deutsche Skulptur so überaus wichtigen Schaffensperiode Rietschel's gegenüber einnimmt. Wir müssen ihm dabei freudig zustimmen, und jeder Unbefangene, Jeder, der ein Herz hat für alles Echte und ewig Wahrhafte in der Kunst, wird Dasselbe thun. Es muß für den Biographen und Beurtheiler eine innig wohlthuende Freude gewesen sein, der Meisterwerke Rietschel's einzeln gedenken zu dürfen. Von der herrlichen »Pietas« (in der Friedenskirche zu Potsdam), vom mustergültigen, vollendet schönen Standbild Lessing's (zu Braunschweig), bis zur Schiller-Goethe-Gruppe (in Weimar), bis zum Entwurf des Reformationsdenkmals für Worms und dem gewaltigen Luther, dem der Meister, noch im Sterben ein Sieger, die letzten Tage seines Lebens geweiht: — welche Reihe von Schöpfungen! Wie auf den größeren, so ward auch auf den kleineren Gebieten dem rastlosen Streben die herrlichste Erfüllung. In jener Zeit schuf Rietschel die Reliefs der »Tageszeiten«, die reizenden Gegenstücke »Amor, den Panther stachelnd« und »Amor auf durchgehendem

Panther«, schuf das reizende »Kind mit der Traube«. In jener Zeit entstanden die Arbeiten für das neue Museum zu Dresden, welche, im Verein mit denen Ernst Hähnel's, schon der Außenseite des Gebäudes künstlerische Weihe verleihen. Und an diese Werke schlossen sich jene gelungenen Büsten und Porträts, unter denen einige, wie die wunderbare Büste Rauch's und das Porträtmedaillon Franz Liszt's, wahrhaft klassische, für alle Zukunft mustergültige Werke sind.

Fassen wir nach Alledem noch einmal Rietschel's künstlerische Gesammterscheinung ins Auge, so wie sie im Leben bis vor Kurzem vor uns gestanden, und wie sie in Oppermann's Biographie treu und ohne einen falschen Zug wiedererscheint, so darf man wohl klagen, daß ihn Deutschland zu früh für noch manches herrliche Gebild, das aus seiner Hand hervorgehen konnte, verloren hat, — aber doch auch der sichern Überzeugung leben, daß Das, was er geschaffen, zu Ehre und Ruhm bestehen, sein ganzes Werden und Sein aber vorbildlich für die deutsche Künstlerjugend bleiben werde. Nicht in Äußerlichkeiten, die individuell sind und immer bleiben mögen. Aber darin für immer, »daß er bei seinem Schaffen von hingebender Treue und Liebe zur Kunst, von ernstem Streben nach Wahrheit erfüllt war.« Wir wissen es dem Biographen vor Allem Dank, daß er auf diese allgemein künstlerischen Eigenschaften das höchste Gewicht legt und überhaupt alle jene Vorzüge und Verdienste des Meisters betont und hervorgehoben hat, welche jeder Künstler bei jeder Aufgabe zu erreichen, zu erstreben, einzusetzen vermag. Wir haben wohl hören müssen, daß Rietschel in Bezug auf seine Aufgaben besonders begünstigt gewesen sei. Dies mag in gewissem Sinne gelten. Allein der Stoff kann dem echten Künstler wohl Schwierigkeiten bereiten, oder kann ihm die Arbeit erleichtern. Aber niemals wird er ihn zur Höhe wahrer Kunst erheben, niemals kann er ihn zu Boden drücken. Das liegt im Künstler, der, je erfüllter, je begeisterter er von seinem Gegenstand sein soll, um so mehr darnach ringen muß, das tiefste geistige Leben in demselben zum reinsten, vollendetsten Ausdruck zu bringen. Dies vermag er aber nur, wenn er die Energie eines ganzen Künstlerwillens einsetzt. Wie für Rietschel, so wird für jeden Künstler und wäre er der höchstbegabte, das Hesiod'sche Wort:

»Vor der Trefflichkeit setzten den Schweiß die unsterblichen Götter!« seine volle und ewig gültige Bedeutung behaupten.

Von großer Wichtigkeit für Rietschel's Charakteristik sind die mitgetheilten Briefe Desselben, theils an einzelne Fürsten, wie an König Ludwig von Baiern und den Großherzog von Sachsen-Weimar, theils an Rauch, an Dr. Karl Schiller in Braunschweig, an seinen Freund Trautschold, an Oppermann selbst. Sie sind mehr als alles Andere geeignet, dem Verfasser der Biographie Aussprüche des Lobes, der Bewunderung zu ersparen, sie belegen, mehr als jede Erzählung es vermöchte, den sittlich ernsten, den

liebenswürdigen Charakter Rietschel's, wie er Allen, die ihn gekannt, theuer
geworden. Wir lernen ihn als ein Muster ehrenhaftester Unabhängigkeit
und Überzeugung in allen künstlerischen Dingen kennen. Wenn wir lesen,
wie er den König Ludwig von Baiern schreibt, daß er bei der Schiller-
Goethe-Gruppe vor Allem danach trachte, das deutsche Volk zu befriedigen;
wenn er dem Wunsche des Großherzogs von Weimar nach einer Reiterstatue Karl August's die entschiedensten Bedenken entgegensetzt; wenn
er gegen das Braunschweiger Lessingkomité die würdigste Inschrift
am Standbild des großen Denkers und Dichters verficht, — so erkennen
wir klar, wie ungerecht die öfter gehörte Anschuldigung allzugroßer Nach-
giebigkeit gegen ihn gewesen. Wir sehen mit unwiderlegbaren Dokumenten
verbürgt, was wir immer gewußt, daß in ihm eine der neidlosesten Seelen
lebte, die je ein Künstler besessen. Sein Glück und seinen Jubel über
Rauch's, des geliebten Meisters, Triumphe, schlagen wir dabei nicht hoch
an. Aber ein charakteristisches Zeichen seiner Gesinnungen in diesem
Punkte sind zahlreiche mitgetheilte Äußerungen über Hähnel. Nach längerer
Befreundung mit diesem genialen Bildhauer, der in Dresden neben
Rietschel rühmlich gewirkt, trat eine Lösung des näheren Verhältnisses ein.
Gewöhnlich pflegt leider in solchen Fällen feindselige Ungerechtigkeit zu
folgen. Wenn wir damit Rietschel's Urtheile über Hähnel's Meisterwerk,
die einzig schöne Statue des Rafael, über Dessen gesammte Arbeiten am
Dresdner Museum vergleichen, wenn wir lesen, wie dringend er noch in
seinen letzten Lebenstagen die Übertragung der von ihm neben dem Luther-
denkmal nicht zu bewältigenden kolossalen Reiterstatue des Fürsten Schwarzen-
berg an Hähnel empfahl, so ist dies Alles freilich im Sinne des katego-
rischen Imperativs selbstverständlich. Aber wenn wir uns fragen, wie
viele Künstler der hastig strebenden, heftig rivalisierenden Gegenwart den
selbstverständlichen Anforderungen echter sachlicher Gesinnung, frei von
jeder Persönlichkeit, genügen, so müssen wir doch wieder sagen, daß auch
in diesem Bezug in Rietschel's Art und Wesen etwas Vorbildliches lag
und für Jeden, der seine Biographie mit rechtem Sinne liest, immer
liegen wird.

Nicht für Die, welche das Glück hatten, ihn kennen und lieben zu
lernen, bedurfte es dieser und andrer, von Oppermann mit glücklichem
Takt und freier Beherrschung seines Stoffes in die Darstellung verwobenen
Züge. Aber für Alle, die dem Meister im Leben ferner standen, ihn nach
seinen Werken verehren, und Wenig vom Menschen wissen, werden dieselben
einen überaus wohlthuenden und befriedigenden Eindruck hervorrufen.
Denn wir sind zwar hoffentlich über die klägliche Zeit des »kein Talent,
doch ein Charakter« hinweg. Aber es hieße, die einfachsten menschlichen
Empfindungen verleugnen, wenn wir nicht zugestehen wollten, daß sich
der Größe gegenüber der Wunsch nach menschlicher Liebenswürdigkeit regt,

und daß ihr Vorhandenſein bei geiſtiger Bedeutung und hohem Talent
uns immer wohlthuend berührt.

Bei Denen, die ihn gekannt, ruft jede Zeile des Buches, die dieſer
Liebenswürdigkeit des Künſtlers gedenkt, die Erinnerung an den theuren
Mann wieder wach. Es iſt eine ſchmerzliche Freude, ſich noch einmal
ſeine herrlichen Eigenſchaften vergegenwärtigen, von ihnen Zeugnis ablegen
zu dürfen. Wie rein und klar, wie durchaus wahr, wenn auch mit vollſter
verdienter Liebe, ſchildert der Verfaſſer alle jene Elemente von Rietſchel's
Natur, den Ernſt und die Vielſeitigkeit ſeines Weſens, die Friſche ſeiner
Auffaſſung, die reife Bildung, die er in raſtloſem Streben gewonnen und
bis ans Ende gefördert, die Treue gegen ſeine Schüler, die ſtrenge Gerechtigkeitsliebe, die empfängliche Theilnahme für alle regen Beſtrebungen.
Wenige Worte reichen aus, um Dies den Leſern ins Gedächtnis zu rufen
oder vor Augen zu ſtellen. Und doch war es ſo unendlich Vieles, was
mit Rietſchel geſchieden und nur in dem treuen Bilde ſeines Lebens und
Weſens, das uns vorliegt, erhalten iſt.

Möge denn dies Bild ſeiner Wirkung gewiß ſein. Auf zwei Momente der Oppermann'ſchen trefflichen Biographie glauben wir noch beſonders
hinweiſen zu ſollen, da ſie von allgemeinſtem Intereſſe, von allgemeinſter
Wichtigkeit ſind. Zuerſt auf die Frage des Verhältniſſes der Kunſt zur
lebendigen Gegenwart, zu den geiſtigen Strömungen und Richtungen
derſelben. Es iſt unter Künſtlern und Kunſtkritikern eine vielverbreitete
Meinung, daß Ort und Zeit für den Künſtler völlig gleichgültige Dinge
ſeien. Dieſe Meinung iſt aus der urſprünglich richtigen Überzeugung,
daß der Genius jedes Hindernis beſiege und in der Kunſt der Wille des
Menſchen am freieſten ſei, hervorgegangen. Aber Hinderniſſe gilt es eben
doch zu beſiegen, und Schranken ſind auch hier vorhanden, die vielleicht
unmerklich, aber dennoch mächtig, den Willen einengen. Darum ſoll und
muß der Künſtler ein Auge und Herz für die Zuſtände um ſich herum
haben, darum muß er ſich ſeines Verhältniſſes zu denſelben klar bewußt
werden. Oppermann berührt dieſe überaus wichtige Stelle bei Gelegenheit einer 1851 erfolgten Berufung Rietſchel's nach Wien. Er ſagt:
»Rietſchel in Wien! Das wäre gewiß für die Entwicklung der neueſten
Kunſtgeſchichte eine Thatſache von Bedeutung geweſen, und dennoch iſt
ſein Entſchluß, dem Rufe nicht zu folgen, als ein glücklicher anzuſehen.
Würde ſich der Künſtler des Leſſing, der ſpätere Schöpfer des Luther-
monuments, in dem damaligen Wien des Konkordats glücklich gefühlt
haben? Ganz gewiß nicht. Er gehörte nicht zu jenen deutſchen Däm-
mernaturen, die, wenn ſie nur den Meißel oder Pinſel führen, ſich um
die Außenwelt nicht kümmern. Er betheiligte ſich mit ſeinem ganzen
Herzen viel zu ſehr an der Entwicklung, dem Geſchicke ſeines Vaterlandes,
er hatte von Leſſing's und Luther's Geiſte gerade genug in ſich, hatte zu

viel entschiedene Sympathien und Antipathien, als daß er von der Entwicklung der katholischen Herrschaft in den nächsten Jahren unberührt
geblieben wäre.«

Eine zweite Frage von allgemeinster Bedeutung, die wir uns vorbehalten in einem der nächsten Hefte des »Orion« noch besonders aufzunehmen, ist die der Kunstakademien und Kunstschulen. Rietschel selbst, den
seine Gegner wohl für die Akademien eingenommen schalten, hatte im
langjährigen Wirken an der Dresdner Akademie der bildenden Künste die
Überzeugung gewonnen, daß ihre augenblickliche Gestaltung unzulänglich
und die Quelle großer Übel sei. Er hatte bereits im Jahre 1847 der
sächsischen Regierung den Plan zur Aufhebung der untern Klassen der
Akademie und zur Errichtung einer allgemeinen Zeichnenschule vorgelegt.
Während die Akademien unvermeidlicherweise ein talentloses oder mittelmäßig begabtes Künstlerproletariat ausbilden müssen, macht sich der Mangel
an wahrhaft tüchtigen, wahrhaft gebildeten Kunsthandwerkern stärker und
stärker fühlbar. Durch Errichtung allgemeiner Zeichnenschulen, die gleichzeitig die Vorbereitung für die Laufbahn eines Künstlers, wie eines Kunst-
handwerkers bilden sollen, durch mehrjährige Beobachtung der Schüler in
diesen, würde der Aufnahme Talentloser in die eigentliche Kunstakademie
vorgebeugt, und ihnen doch gleichzeitig ein Weg zu glücklicher Laufbahn
und Wirksamkeit eröffnet. — So nahm der Künstler an Allem Theil, was
als wirkliche Frage, als antheilswerth auf dem Gebiete der Kunst erschien.
So war er sich ihrer Bezüge zum täglichen Leben eben so klar bewußt, als
derer zum höchsten Gehalt und Geist des Daseins. So tritt er uns aus
der auch stilistisch sehr gut geschriebenen Biographie Oppermann's entgegen.
Wenn von den Mängeln derselben die Rede sein soll, so möchten wir
uns dem Verfasser gegenüber in einem Punkte verwahren. Im Eifer,
Rietschel's Natur und Kunstweise gegen ungerechtfertigte Beschuldigungen
klar zu vertheidigen, wird er gegen anders geartete Naturen öfter
mißtrauisch, ja ungerecht. Es ist sehr wohl zu begreifen und zu verstehen, warum Michel Angelo's Meisterwerke dem reiferen Meister größeren
und tieferen Eindruck machten, als dem jungen Manne. Aber muß darum
die Bewunderung des großen Florentiners bei einem Jüngling immer
falsche Großmannssucht sein? — Abgesehen von solchen Stäubchen, von
solchen Stellen, bei denen der Furor biographicus selbst einen so klaren
und feingebildeten Schriftsteller nicht verschonte, ist das Lebensbild,
welches Oppermann aufgestellt hat, durchaus echt, frei, natürlich, und ein
würdiges Denkmal des Meisters, der in der Geschichte der deutschen Bildhauerkunst für immer eine der ersten Stellen, einen treu errungenen
Ehrenplatz einnehmen und behaupten wird.

Neue Romane und Novellen.

Kein Literaturgebiet ist im letzten Decennium mit so rastlosem Eifer bebaut worden, wie das Feld der Novellistik. Eine so massenhafte Produktion in einer bestimmten Kunstgattung steht allemal in wesentlicher Beziehung zu den politischen und socialen Bestrebungen der Zeit. In den vierziger Jahren wandten sich die talentvollsten unsrer Schriftsteller vorherrschend dem Drama zu, und daneben florierte die politische Lyrik; unsre Dichter bemühten sich eben, dem lebhaft erwachten Verlangen nach politischer Freiheit und gesellschaftlicher Reform Ausdruck zu verleihen, das Lied ward zur Waffe im Befreiungskampfe der Menschheit, und auf der Bühne schritten uns Helden vorüber, welche als Märtyrer des Gedankens gekämpft hatten, wie Uriel Akosta und Friedrich Schiller, oder die großen socialen Probleme der Zeit traten in bewegter Handlung an uns heran, wie in »Maria Magdalena« oder in der »Schule der Reichen«. Anders heut zu Tage. Es ist still geworden auf dem Kampfplatz, eine große Volkserhebung ward nach kurzem Jubel mit Pulver und Blei niedergeschmettert, die feige Hinterlist siegte über das allzu leichtgläubige Vertrauen, und an die Stelle der frischen Begeisterung für ideale Güter trat für eine Weile das widrig frivole Haschen nach weltlichem Besitz. Auch unsere Literatur hat, als treuer Spiegel der Zeit, diese Wandlungen mit durchgemacht. Die lieblich zarten oder trotzig wilden Klänge der Lyrik sind von dem materiellen Geldgeklapper des Börsenschwindels übertäubt worden, und die Bühne verschloß sich dem idealen Ringen, um als Liebedienerin der jüngsten Mode dem Kultus des goldnen Kalbes mit seinen lasterhaften Aufregungen und blasierten Genüssen Thür und Thor zu öffnen. Der Priester dieses hohlen, in sich haltlosen Kultus kann aber nimmer der Dichter sein, und reine Kunstwerke vermögen nicht aus der Einwirkung dieses neuesten Weltevangeliums zu entspringen, dessen Werth sich auf Heller und Pfennig in Thalern, Gulden oder Mark Banko berechnen läßt. In dem Schlammboden einer solchen Zeit findet jedoch der Roman vor Allem ein fruchtbares Erdreich, er kann sich nach jeder Richtung zu einer hohen Blüthe entfalten, sei es nun, daß er die buntwechselnden Erscheinungen der Gegenwart oder einen Theil derselben zu einem großen, erschütternden Kulturbilde zusammenfasse, sei es, daß er sie mit den Blitzen des Humors oder der Satire beleuchte. Diese Überzeugung mag wohl auch der innere Grund sein, weßhalb die begabtesten Schriftsteller sich neuerdings fast ausschließlich dem Roman zuwenden, obschon wir uns nicht verhehlen, daß äußerliche Gründe der größeren Rentabilität, des leichteren Gelderwerbs, dabei ebenfalls mit im Spiele sind. Schon von

diesem Standpunkt aus wird es daher gerechtfertigt erscheinen, wenn
wir den novellistischen Produktionen unsrer Zeit eine beständige Aufmerksamkeit widmen, und nicht bloß die Grundbedingungen und Gesetze der
verschiedenen Romangattungen theoretisch erörtern, sondern auch die einzelnen
Novitäten dieser Literatur einer fortlaufenden Kritik unterziehen.

Seltner fast, als ein guter Roman, begegnet uns eine Sammlung
guter Novellen, und in der That mag es häufig schwieriger sein, eine
kurze Erzählung in Prosa zu schreiben, die allen Ansprüchen der Kunst
genügt, als ein breit ausgeführtes Lebens- und Sittengemälde in den
Rahmen eines mehrbändigen Romans zu spannen. Denn, trotz des Be-
gehrens nach einer möglichst knappen, koncisen Form, können wir der Novelle weder die Nothwendigkeit einer scharfen psychologischen Charakteristik,
noch die Forderung einer interessant verwickelten und harmonisch sich lö-
senden Handlung erlassen. Sie darf nicht zur Skizze oder bloßen Anekdote
herabsinken, wenn sie überhaupt noch als Kunstwerk gelten will. Es
gereicht den „Neuen Erzählungen von Otto Roquette", (Stuttgart,
Cotta'scher Verlag) zur Ehre, daß sie auch bei Anlegung dieses strengeren
Maßstabes Nichts an ihrem Werthe verlieren. Die erste und längste
Novelle des Bandes — »Titze von Crixen« — schildert in vortrefflicher
Weise die allmähliche Entwilderung eines rohen Landjunkers durch die
Liebe. Der historische Hintergrund der Freiheitskriege ist mit großem
Geschick benutzt, um die Wahrscheinlichkeit der Handlung zu erhöhen, ohne
daß der Verfasser sich durch wohlfeiles Hinweisen auf bekannte historische
Ereignisse irgendwie die Mühe selbständiger Motivierung der Details
seiner Erzählung erspart hätte. Minder glaubwürdig erscheint uns die
Fabel der zweiten, »Aus einer Dachstube« betitelten Novelle. Ein Handwerker, der, um seine Familie zu ernähren, gezwungen ist, seinem Brotherrn
gegenüber sich als Junggesell zu gerieren, weil Derselbe grundsätzlich keine
verheiratheten Arbeiter beschäftigt, wird schwerlich seiner eignen Frau, die
er zärtlich liebt, jene Nothlüge selbst dann noch verhehlen, als er sieht,
daß gefährliche Mißverständnisse daraus entspringen. Die dritte
Erzählung — »Die Schlangenkönigin« — spielt im Spreewalde, dessen
landschaftliche Reize der Verfasser uns in zauberischer Frische vor Augen
stellt. Die Handlung ist, trotz des romantisch klingenden Titels, von ziemlich einfacher und realistischer Art, und der Schluß — wie in der Regel
bei Roquette's Novellen — von versöhnlicher Milde. Im Ganzen athmen
diese Erzählungen einen poetischeren Duft, als die früheren Arbeiten des
Verfassers, denen, bei aller Formgewandtheit, eine gewisse hausbackene
Trockenheit und Armuth der Erfindung schadete.

Raffinierter, ja oftmals von einem bedenklichen Hautgout der Empfindung und Schilderung, sind die „Novellen von Julius Grosse",
(München, E. A. Fleischmann), deren zweiter Band uns vorliegt. Die

erste Erzählung — »Am Golf von Neapel« — trug, wie uns eine Anmerkung belehrt, bei einer Novellen-Konkurrenz des »Illustrierten Familienjournals« den ersten Preis davon. Es ist Dies eine zweifelhafte
Empfehlung, wenn man sich erinnert, daß der Inhalt jener Zeitschrift
größtentheils aus französischen Blut- und Schaudergeschichten besteht; wir
wollen daher sofort anerkennen, daß die Novelle des Herrn Grosse das
gewöhnliche Lesefutter des »Illustrierten Familienjournals« weit überragt.
Im Übrigen freilich steht der überreizt pikante Inhalt tief unter der
eleganten Form; die Charaktere und Situationen scheinen mehr aus dem
Proceß einer künstlichen Verstandeserhitzung, als aus der natürlichen
Wärme des Herzens und der Phantasie hervorgewachsen zu sein, sie erregen
daher eher Neugier und Verwunderung, als ein spannendes Interesse.
Ähnliches gilt von der zweiten Novelle, die in den Lebensschicksalen des
royalistischen Sonderlings Morizot ein Charakterbild aus der französischen
Revolution zu liefern sucht. Obgleich der Verfasser wiederholt die Versicherung giebt, daß er den Parteistandpunkt seines Helden nicht theile,
schließt er sich diesem in seiner Darstellung und Beurtheilung der historischen
Ereignisse doch wesentlich an. Auch sind letztere keineswegs in künstlerischer
Art mit der Erzählung von Morizot's Schicksalen verflochten, sondern nur
mit losen Fäden, oft in chronikenhafter Dürftigkeit, an dieselben geknüpft.

Spricht sich bei Grosse's Arbeiten wenigstens in der Form häufig
noch ein künstlerisches Streben aus, so betreten wir in den „Novellen
von Ferdinand Kürnberger", (3 Bände. München, Fleischmann) das Gebiet
der flachsten Unterhaltungsliteratur. Kürnberger ist ein Mann von Geist
und Talent; sein Roman »Der Amerikamüde« und seine Preisnovelle
»Das große Loos« erweckten nicht geringe Erwartungen von der Zukunft
des Verfassers — dieselben sind jedoch arg getäuscht worden. Der Inhalt
der vorliegenden Bände besteht fast zur Hälfte aus sogenannten »Künstler-
Novellen«; aber wir müßten den Leser bedauern, der sich aus diesem
Wust abenteuerlicher und geschmackloser Anekdoten etwa ein Bild von Da
Ponte, Mozart, Öhlenschläger, Wilhelm von Humboldt oder Schwanthaler
machen wollte! So bizarr wie der Inhalt, so gespreizt und affektiert ist
meist auch die Form. Wir greifen als Probe nur folgende Schilderung des Gesichts einer Dame heraus, die uns als das Modell von
Schwanthaler's Bavaria vorgeführt wird: »Die Schale der Stirn war
mit einer großartigen Hoheit modelliert. Über das Auge spannte sie sich
in einem weiten prangenden Bogen, der einen geistreichen Schatten in die
Augenhöhle warf. Das Auge wurde dadurch tief, ohne hohl zu sein —
eine wahre Grotte der Phantasie! Das Stirnbein setzte sich fort in eine
Nase vom reinsten griechischen Stil. Zu einer lachenden Heiterkeit wölbte
sich die sanft gerundete Wange, deren Höhenpunkt um keine Linie vor
oder zurück, auf- oder abwärts fiel, anders als es der Kanon der lieb-

lichsten Schönheit verlangt. Der Mund war klein, süß, niedlich, die Koselust einer zärtlichen Grazie athmend. Der feine Ballen des Kinns, mit seinem reizenden Grübchen einer Rose mit aufknospendem Kelche vergleichbar, schloß das Schauspiel eines Antlitzes, welchem die Götter Alles geschenkt hatten, was zum Gefallen des Weibes erfinnlich ist.» Auch von dem Inhalt dieser Novellen wollen wir ein Beispiel geben. In einer derselben — sie ist »Der Mummelsee« betitelt — heirathet »das süßeste deutsche Mädchenbild« einen »Ausbund von Häßlichkeit«, von dem sie selber mit verachtungsvollem Spotte gesagt hat, daß er statt der Nase »eine umge= stülpte und plattgedrückte Mopsschnauze« im Gesicht trage, daß »die schiefen, schmal geschlitzten Augen an die Chinesen erinnern« und in grauenerregender Art »gefrorenen Tropfen« gleichen, daß der Blick »nicht der Blick eines Menschen, eines warmblütigen Thieres, sondern eines In= sektes« sei. Und diesem »Kerl, der häßlich wie die Hölle« ist, reicht die schönste aller Jungfrauen ihre Hand, weil er sie beim Umschlagen ihres Kahnes aus dem Mummelsee gerettet und dadurch, mit einer albernen Wette, zugleich ihr Herz gewonnen hat. Wessen Nerven aber eines noch stärkeren Anreizes bedürfen, Der lese die Erzählung: »Der letzte Teigheirm.« Wir wollen ihm, um seine Neugier auf eine kleine Vorfolter zu spannen, einst= weilen Folgendes verrathen. Der Teigheirm ist ein Höllenzwang, durch den man früher in Schottland den Teufel beschwor. Die Procedur besteht im Wesentlichen darin, daß man schweigend und allein, unter beständigem Fasten, drei Tage und drei Nächte hindurch schwarze lebendige Katzen langsam an einem Spieß über schwachem Feuer brät und sich durch die Jammertöne und Todeszuckungen der gequälten Thiere in einen wahn= sinngleichen Zustand hineinmartert. Wir denken, der Leser verlangt keine weiteren Proben und wird mit uns beklagen, daß ein begabter Schriftsteller durch das Haschen nach pikantem Unterhaltungsstoff auf so traurige Irrpfade gerieth.

Eine beträchtliche Stufe höher stehen die „Dorfschwalben aus Östreich; Geschichten von August Silberstein" (ebendaselbst erschienen), von welchen unlängst der zweite Band zur Versendung kam. Der Ver= fasser weiß fesselnd und gewandt zu erzählen, seine Geschichten sind gut erfunden, seine Charaktere glaubwürdig und mit realistischer Bestimmtheit durchgeführt; leider jedoch hat er sich durch die Beliebtheit der Auerbach'schen Dorfgeschichten auf den Abweg des Kokettierens mit jener falschen Naivetät verlocken lassen, die den volksthümlichen Ton zu treffen glaubt, wenn sie nur möglichst viel' dialektische Ausdrücke und Reden in' die Erzählung mengt. Bei Auerbach ist dies Unwesen noch zu ertragen; bei seinen Nachahmern, zu denen auch Silberstein gehört, überschreitet die Stillosigkeit jedes Maß. Nicht bloß die auftretenden Personen sprechen in ihrem breiten oberdeutschen Dialekt, sondern auch die Schilderungen und ergänzenden

Zwischenreden des Verfassers werden in einem unleidlichen Mischmasch von
Hochdeutsch und mundartlich verderbtem Kauderwälsch vorgetragen. Es
ist kein Wunder, wenn die Verfasser solcher Dorfgeschichten zuletzt kaum
mehr im Stande sind, ein reines und richtiges Deutsch zu schreiben. Zu
dieser Bemerkung veranlaßt uns ein in demselben Verlag publicierter
humoristischer Roman desselben Verfassers: „Herkules Schwach". Auch
dies dreibändige Werk verräth eine scharfe Beobachtungsgabe und ein
beachtungswerthes Talent der Erfindung wie der Charakterzeichnung; aber
auch hier stören uns jeden Augenblick Provinzialismen und platte Aus-
brücke oder das Haschen nach Bildern, die zugleich plump und geziert
sind. Unsere Literatur ist namentlich in der Gegenwart zu arm an humoristischen Romanen, als daß wir nicht mit Vergnügen das Gelungene
mancher Situationen des vorliegenden Werkes anerkennen sollten; im
Ganzen tritt jedoch die Absicht — die Tendenz, in jedem der auftretenden Charaktere eine bestimmte Zeitrichtung zu verkörpern — allzu
stark in den Vordergrund, um uns nicht zu verstimmen. Jean Paul,
welcher dem Verfasser als Muster gedient (manche Scenen sind den Werken
Desselben fast sklavisch nachgeahmt), ist wegen des Mangels an künstlerischer
Einheit in seinen meisten Kompositionen jedenfalls ein gefährliches Vorbild. —

Die nächstfolgenden drei Produktionen führen uns auf das Gebiet
des historischen Romans. In „Vergangene Tage, von Ludwig Ziemssen"
(Kassel und Göttingen, Georg H. Wigand) überwiegt das kulturhistorische
Element bei weitem das novellistische; ja, letzteres tritt so sehr zurück und
vermag das Interesse des Lesers so wenig zu spannen, daß wir dem
Verfasser entschieden rathen, sich in Zukunft lieber der strenghistorischen,
als der belletristischen Schriftstellerei zuzuwenden.

„Anno 1724. Zur Charakteristik der polnischen Herrschaft,
von Fr. Clar" (Bromberg, C. M. Roskowski) ist eine *geschichtliche
Novelle mit eingestreuten Bemerkungen und Abhandlungen, die uns belegen,
daß es auch diesem Verfasser nicht gelungen ist, das historische Material
poetisch zu bewältigen und überall in Fleisch und Blut zu verwandeln.
Den Hintergrund und Kern der Erzählung bildet der entsetzliche Justizmord, der auf jesuitischen Betrieb und in Folge des Hasses, den der pol-
nische Adel gegen das deutsche Bürgerthum hegte, 1724 an neun protestantischen Häuptern und Bürgern der Stadt Thorn begangen ward. Die
Erinnerung an diese Tragödie mag immerhin am Platze sein, aber entweder hätte eine wirkliche künstlerische Umgestaltung des Stoffes erfolgen
oder eine einfache lebendige Erzählung der historischen Thatsachen genügen sollen.

Einen Justizmord interessanterer Art behandelt ein dreibändiger Roman
von Hermann Schmid: „Der Kanzler von Tyrol", (München, Fleisch-

mann). Der im Jahre 1651, auf Anstiften der Wälschen und Pfaffen, tückisch hingemordete Held ist Wilhelm Biener, der humane Kanzler und Freund der Herzogin Claudia von Tyrol. Es ist ein trübes, entsetzliches Bild, das sich vor den Augen des Lesers entrollt, und wer vom Roman, wie er es vom Drama fordern darf, verlangt, dass der Held nicht ohne eigene Schuld den feindlichen Mächten des Schicksals erliege, Der mag über die Wahl des Stoffes mit dem Verfasser rechten. Im Übrigen aber muss eingeräumt werden, dass die vollkommene Verschmelzung des geschichtlichen Materials mit den frei erfundenen poetischen Elementen einen höchst wohlthuenden Eindruck gewährt. Wir möchten dies Buch daher Jedem empfehlen, welcher sich durch Lektüre eines guten historischen Romans ein unentstelltes Bild von den Zuständen Tyrols in der ersten Hälfte des siebzehnten Jahrhunderts und zugleich einen anziehenden poetischen Genuss verschaffen will.

„La Stella, Roman aus Venedig's Gegenwart, von Franz von Nemmersdorf" (ebendaselbst) gehört jener Richtung der Belletristik an, die sich nach allerjüngsten französischen Mustern gebildet hat und vorherrschend durch einen phantastischen Reichthum an äußerer Handlung zu blenden sucht, ohne sich viel um eine sorgfältige Motivierung der kaleidoskopartig wechselnden Vorgänge zu bekümmern. Der Titel enthält insofern eine Unrichtigkeit, als die Handlung, ohne dadurch an Wahrscheinlichkeit zu gewinnen oder zu verlieren, eben so wohl zu jeder anderen Zeit, als in der Gegenwart, und eben so wohl in jeder anderen großen Stadt, als in Venedig, spielen könnte. Die Gesellschaft, in welche uns der Verfasser führt, besteht, mit Ausnahme eines alten gutmüthigen Abbate, zumeist aus nichtsnutzigem Gesindel: adligen und bürgerlichen Glücksjägern, Kourtisanen ꝛc. ꝛc.

Als einen desto interessanteren Beitrag zur Romanliteratur der Gegenwart begrüßen wir Robert Byr's „Östreichische Garnisonen" (Hamburg, Hoffmann und Campe). Dieser Roman bildet insofern eine willkommene Ergänzung zu Leo Wolfram's „Dissolving Views", als er uns ein anschauliches Bild des dort nur flüchtig berührten Militärlebens in Östreich giebt. An künstlerischer Rundung und Einheit steht Byr's Arbeit indess hoch über dem Wolfram'schen Buche. Die »Östreichischen Garnisonen« sind eben kein Tendenzroman, sondern der Verfasser — augenscheinlich selbst ein östreichischer Officier — hat nur mit glücklichem Griffe den Stoff seiner Erzählung den ihm genau bekannten Verhältnissen entnommen und mit frei waltender Phantasie seine eignen Lebens- und Diensterfahrungen als Grundlage eines selbständigen Kunstwerks benutzt. Hiedurch erhält sein Buch einen doppelten Reiz für den Leser, der nicht bloß durch eine tragisch sich steigernde Romanhandlung, sondern eben so

sehr durch die pikanten Enthüllungen aus dem östreichischen Militärleben
gefesselt wird. Zudem weiß der Verfasser seine Gestalten fast immer mit
plastischer Schärfe zu individualisieren, und nur die grobkomischen Figuren,
wie der »weiße Mohr«, leiden hin und wieder an einer grotesken Übertreibung. Wie schon der Titel errathen läßt, wechselt der Schauplatz der
Erzählung zu verschiedenen Malen; die Handlung beginnt in Mailand
und Padua, spielt dann nach Prag und Salzburg hinüber, und kommt
zum Austrag auf dem Schlachtfelde von Magenta und im Kurorte
Baden bei Wien.   —dt—

Reisebeschreibungen.

Fragmente aus Italien. Natur und Kunst. Von **Karl Grün.**
(München, Fleischmann.) — Vermischte Schriften von Dr. Ernst Förster.
Erster Band. (Ebendaselbst.)

Beurtheilt von **Eduard Kulke.**

Die Literatur der Reisebeschreibungen hat in der neuesten Zeit einen
großen Aufschwung genommen. Aufschwung? — Pardon, theurer Leser!
ich sehe dir's schon an, du willst mich fragen, was ist denn in neuerer
Zeit erschienen, das sich mit Heine's »Reisebildern« vergleichen ließe? Und
du hast Recht, ich wollte sagen: die betreffende Literatur hat in neuerer
Zeit eine ungeheure Ausdehnung gewonnen, also der Aufschwung war
extensiv, nicht intensiv gemeint. In der That, von Heine's »Reisebildern«
angefangen bis herunter zum gemeinen »sichern Führer« oder »treuen Wegweiser« — welch eine Skala von Reiseschriften! — Ganz natürlich. Wer
heutzutage reist, Der schreibt auch; und wer reist heutzutage nicht? Ein
Schiller, der die Schweiz nie betreten, in seinem unsterblichen »Tell«
aber dennoch ein naturwahres Bild derselben gezeichnet, wird von unsern
heutigen Touristen als sancta simplicitas mitleidig belächelt. Der gesteigerte
Verkehr, die immer größere Verbreitung des Eisenbahnnetzes um die ganze
Erde, die fortgeschrittene Dampfschiffahrt verwandeln die Mühseligkeiten
und Schwierigkeiten, die in früherer Zeit mit dem Reisen verbunden waren,
in eitel Spielerei; die neueste Zeit ist sogar so erfindungsreich geworden,
die sogenannten Vergnügungsfahrten einzuführen, und man reist heute
in corpore nach London, nach der Schweiz, nach Konstantinopel und
Italien, wie man in früheren Zeiten Sonntags gemeinschaftlich in die
Kirche ging. Wer sollte da nicht reisen? — Wohlverstanden, ich meine

nicht nur die Geschäftsreisenden, die Kaufleute, die in fremden Ländern
Handelsverbindungen und immer neue Beziehungen in ihrem Geschäfts-
verkehr herzustellen bemüht sind, — ich meine vielmehr gerade Diejenigen,
welche reisen, um — nun, um zu reisen, denen das Reisen an sich Selbst-
zweck ist. Und wer von Denen, die da reisen, sollte heutzutage nicht
schreiben? Unter fünfzig modernen Touristen entpuppen sich dir eben so
viel' offene und verkappte Schriftsteller, als sich in einer Abendgesellschaft von
fünfzig Personen dramatische Dichter enthüllen, nämlich: neunundvierzig.
Keiner dieser Touristen braust in seinem Koupé an einer Ruine vorbei,
ohne sein Notizbuch aus der Tasche zu ziehen, um mit Gewissenhaftigkeit
einzuzeichnen, was er dir, theurer Leser, später einmal vorzulegen gedenkt,
so wie du in Gesellschaft von keiner historischen Persönlichkeit sprechen
kannst, ohne mit der Frage behelligt zu werden, ob sich diese Persönlichkeit
wohl nicht zum Helden eines Dramas eigne. Du lächelst, lieber Leser? —
du denkst wohl, für wen unter diesen Umständen die Reisebeschreibungen
eigentlich geschrieben werden, wenn Jeder in der Lage gewesen, Dasselbe
zu sehen, was der Verfasser schreibt! ich merke schon, du bist noch sehr
naiv. Die Touristen machen es wie die Israeliten. Jeder Tourist erzählt
und beschreibt mit einer Genauigkeit und Umständlichkeit, als ob eben
nur er allein die Reise gemacht hätte, so wie jeder Israelit am Passahfeste
den Auszug aus Ägypten in einer Breite und Ausführlichkeit darstellt,
als ob er und nur er allein aus Ägypten gezogen wäre. Die Überschwemmung des Büchermarktes mit Reiseartikeln ist daher kein blaues
Wunder, sondern geht, wie du siehst, auf ganz natürliche Weise zu. Es
versteht sich von selbst, daß bei einer solchen Massenproduktion sich immer
Einiges finden wird, das relativ hervorragend genannt werden muß;
denn es kommt eben immer darauf an, wer reist, wer sieht, wer hört und
beschreibt. Duo quum faciunt idem, non est idem. In die Kategorie
derjenigen Schriften, die an und für sich keine, höchstens eine sehr geringe —
verglichen aber mit der großen Masse der Reisebeschreibungen, eine relativ
hervorragende Bedeutung beanspruchen dürfen, gehören die in der Überschrift
angezeigten Werke von Karl Grün und Dr. Ernst Förster.

Ersterer nennt sein Buch: »Fragmente aus Italien«. Er sagt in der
Widmung: »Ich habe dieses Buch »Fragmente« genannt, erstens aus
Stolz und zweitens aus Bescheidenheit. Aus Stolz, weil zwei der wichtigsten Bücher, die ich kenne, ebenfalls als »Fragmente«, als Ideenbruch-
stücke auftraten, und weil ich glaubte, daß einer der größten Menschen
und Denker, Gotthold Ephraim Lessing, ... diesen Versuch vielleicht
mit einem kleinen gnädigen Nicken betrachtet haben würde. Aus Bescheidenheit, weil wirklich nur Ansätze und Anläufe gemacht worden sind,
zu deren Ausführung mir Zeit, Geduld und auch die Kraft fehlten.« —
Ich muß nun sogleich bemerken, daß diese den Titel des Buches recht-

fertigende Erklärung mir etwas unerklärlich, wenigstens unklar dünkt.
Der Verfasser scheint das Paradoxe zu lieben, und nennt sein Buch
»Fragmente« aus Stolz und — aus Bescheidenheit. Aus Stolz? sehr
gerne möglich; aber aus Bescheidenheit? — wo liegt da die Bescheidenheit?
Es sind in seinem Buche, wie der Verfasser selbst sagt, wirklich nur Ansätze,
Anläufe gemacht worden, zu deren Ausführung ihm Zeit, Geduld und
Kraft fehlten. Der Verfasser hat also ein Buch, welches Fragmente enthält — »Fragmente« genannt, er hat seinem Kinde den richtigen Namen
gegeben. Ist Das Bescheidenheit? — ich wüßte nicht. Ich habe nie
gehört, daß z. B. der Verfasser eines lyrischen Gedichtes es für Bescheidenheit erklärt, sein lyrisches Gedicht nicht eine Tragödie genannt zu haben; —
ich habe nie gehört, daß der Komponist einer Sonate, der Maler eines
Genrebildes sich für bescheiden hält, wenn Dieser sein Bildchen nicht histo-
risches Gemälde, Jener seine Komposition nicht Oper benennt. Wir
müssen also behaupten, daß die Bescheidenheit des Verfassers im vorliegenden Falle (er kann übrigens ja der allerbescheidenste Mensch sein)
eine illusorische, den Lesern und sich selbst vorgemachte sei. Was den
andern Grund, den Stolz nämlich, anbelangt, so ist dieser allerdings mit
etwas klareren Worten ausgedrückt, da der Verfasser seine Fragmente durch
eben diese Bezeichnung zweien der wichtigsten Bücher, die dieselbe Aufschrift
führen, anreiht. Inwiefern er zu dieser Anreihung und eventuell zu seinem
Stolze Ursache hat, werden wir sehen, wenn wir auf den Inhalt des Buches
selbst zu sprechen kommen. Daß Lessing seinen Versuch vielleicht mit
einem kleinen gnädigen Nicken betrachtet haben würde, mag gerne zugestanden werden, unter der Voraussetzung, daß der Verfasser sein Buch zu
Lessing's Zeiten geschrieben hätte; was Lessing — von den Todten auf-
erstanden — heute zu dem Buche sagen würde, ist fraglich. Sollte er in
diesem Falle auch gnädig nicken, so möchte die Ursache hievon wohl doch
weniger in dem objektiven Werthe des Buches, als in der noch größern
Toleranz des großen Menschen und Denkers zu suchen sein.

Das Buch enthält, wie der Verfasser gleich von vornherein sagt
National-Ökonomie, Geologie, Ästhetisch-Landschaftliches, Kunstphilosophie,
Religionsphilosophie, Archäologie, Kunstgeschichte und Politik nach und
neben einander.

»Der Werth der Lombardei« ist eine mit Hülfe der „Revue des
deux Mondes" auf der Basis von Zahlen angestellte national-ökonomische
Untersuchung, welche die Frage beantworten soll, was die Lombardei werth
ist. Der Verfasser stellt verschiedene Vergleichungen der Bodenproduktion,
der Anzahl der Städte, Flecken und Landgemeinden zusammen und kommt
schließlich zu dem Resultat: »Der König von Italien hat einen Edelstein
in seine Krone geflochten, welcher bloß noch der Politur bedarf.« — Der
Politur! ganz richtig. Ich weiß nicht, was Herr Grün unter dieser

Politur meint. Denn der Artikel scheint im Ganzen noch jener Ansicht
zu huldigen, wo der Werth eines Landes nach der Anzahl der Quadrat-
meilen und der Einwohner bemessen wird; die neuere national-ökonomische
Anschauung, der zufolge der Werth eines Landes nach dem Maße der in
demselben herrschenden Freiheit und Bildung bemessen wird, leuchtet aus
der angestellten Untersuchung nicht hervor. Die Freiheit und Bildung
aber scheint gerade jene Politur zu sein, welche der Krone Italiens bis
jetzt noch fehlt. Sollte der Verfasser Dies darunter verstanden haben, so
kann man ihm allerdings beistimmen. Aber wann wird die Krone Italiens
diese Politur bekommen? — es sind bis jetzt wenig' Anzeichen dafür
vorhanden.

»Von Genua nach Pisa« ist ein in Briefform geführtes Reise-
tagebuch, oder umgekehrt ein in Form eines Reisetagebuches geschriebener
Brief an Fräulein Cäcile A... zu Leipzig. Der Brief beginnt Anfangs
März 1861 und geht bis zum 5. März. Der Verfasser zeichnet gewissen-
haft auf, was er sieht und hört, ohne uns etwas besonders Neues oder
Anziehendes zu sagen; er langt endlich in Pisa an, versichert uns, daß
der schiefe Thurm wirklich keine Lüge, daß der Thurm wirklich schief
stehe. Dazu gehört aber in der That nicht sehr viel Beobachtungsgabe.

Etwas anziehender ist die Darstellung der »Wanderungen um
Pisa«. Nicht daß die Bemerkungen des Wanderers etwa hier ein besonderes Interesse hätten (was sollte es uns z. B. interessieren, daß ihn
die Berge mit ihrer täuschenden Nähe von Land zu Land foppen? —
wer wüßte Das nicht aus eigener Erfahrung, und wenn er auch nicht
über einen Spaziergang hinausgekommen wäre?); aber der Verfasser benützt
diese Gelegenheit zu einem Vergleiche, und erzählt einige launige Anekdoten,
wie ihn »die Ausrufer, besonders in des Morgens mystischer Frühe, mit
ihren Sirenentönen angeführt.« — Ich will hier den Verfasser selbst
sprechen lassen, er erzählt: »Wie der Dichter einst die holden Fliegen ehrte,
die ihn aus der Trägheit Behagen zum wachen Schaffen aufkitzelten, so
segnete ich seit mehreren Tagen die süße Musagetin, die vor meinem
Fenster so zauberisch sein: Italia! flötet. Es muß ein junges Mädchen
sein, elf oder zwölf Jahre alt, ein Mädchen, das irgend Etwas zu verlaufen hat, patriotische Blätter, oder Lieder, oder Kokarden; sie flötet so
langsam und vernehmlich ihr I-tá-lia, mit dem Accent auf dem vollen A,
daß es mir eine wahre Herzenswonne ist. Man soll jedoch seine Freuden
nicht zergliedern, man soll seine Genüsse nicht analysieren; was thut's,
wenn es Illusionen sind! Aber eines Morgens war ich früh bei der
Hand, die Prophetin sang wieder vorbei; ich reiße das Fenster auf und
erhalte einen Schlag in den Nacken wie ein Stier, der sich in Beefsteaks
verwandeln soll. Sie singt — immer noch sein, immer noch zierlich —
Cenciaja statt Italia; cenciaja aber heißt auf Deutsch: — Lumpen!

4*

Um einer solchen Lumperei willen braucht man freilich nicht nach Italien zu reisen. — In Kolmar im Elsaß hörte der Verfasser eben so eine Allemannin, die zu seinem Ergötzen »Antilope« durch die Straßen sang; eines Morgens verwandelte sich die »Antilope« in »Alti Lomp'.« Auch zu London geschah ihm ein Ähnliches. Er vernahm eine Stimme, die er für den mahnenden Ruf eines Dissenterpredigers hielt. Er hörte ganz deutlich: „Look up — Emanuel — All is lost — Emanuel — look up!" (»Schaut auf! — Herr, sei mit uns — Alles ist verloren — Herr, sei mit uns — schaut auf!« versteht sich: zum Himmel.) Ein sich rechtzeitig einfindender Freund belehrt ihn aber: »Der Kerl da drunten ruft: Old cloth (alte Kleider) — No hats to sell? (Keine Hüte zu verkaufen?) Lock up (schließt auf, — macht die Thüren auf)!« Der vermeintliche Bußprediger war nämlich, wie ihn sein Freund belehrte, Niemand anders, als »der klassische Trödeljude dieses Stadtviertels, der mit den Mägden und Bedienten sein Engrosgeschäft treibt.« — Nicht übel ist die Bemerkung, welche der Verfasser bei Gelegenheit der cascina macht; er sagt nämlich: »Es war eine recht hübsche Idee von dem Großherzog, alle Kamele seines Landes in einen einzigen Park zu sperren, und es wäre dieses Beispiel wohl der Nachahmung anderswo werth. Man befreit die Gesellschaft so auf einen Schlag von Allem, was stätig und brutal sich dem Fortschritt widersetzt. Und wenn nun die Kamele sich gar vermehren, so ist auch dafür gesorgt, daß diese Sorte der Nachwelt nicht verloren geht, 2c.« — Die Abhandlung schließt mit einer recht interessanten Schilderung des weiblichen Menschenschlages in Livorno. Die Mädchen und Weiber sind wahre Riesinnen, und die Fabel von den Amazonen stammt, wie der Verfasser lächelnd hinzufügt, sicher aus Livorno.

Von den beiden Abhandlungen: »Aus Florenz.« — hat die erste: »Fiesole und die Certosa«, einen kunstwissenschaftlichen Anstrich. Neues begegnete uns in der That nicht, nur daß der Verfasser den Wein in Italien schlecht findet. Die zweite Abhandlung: »Das toskanische Stroh«, ist eine Vorlesung für Frauen. Sobald man Dieses weiß, so erräth man auch gleich den Inhalt des Aufsatzes, man erräth sogleich, daß von den florentinischen Strohhüten die Rede sei. Von welchem Gesichtspunkte aus der Verfasser seinen Gegenstand beleuchten werde, bleibt allerdings noch in Frage, aber ein Blick, und die Zahlen, die uns ins Auge fallen, belehren uns, daß wir es mit einer national-ökonomischen Abhandlung zu thun haben. Sie ist recht interessant und darin allerdings kein »leeres Stroh gedroschen«, wie der Verfasser Anfangs derselben prophezeiht.

Die besten Aufsätze des ganzen Buches sind: »Die bildende Kunst und die Geschichte«, — ferner: »Die Antike und die neue Welt«, — welche sich mit mehren andern, weniger bedeutenden als eine Gruppe »aus Rom« — präsentieren.

Im erstgenannten Aufsatze geht der Verfasser von dem (seiner Ansicht nach gewissen) Satze aus, dass alle Kunst historische Kunst sei. »Das Porträt« — sagt er — »ist eitel Geschichtsbildnerei, große öffentliche, oder kleine private Geschichte. Was eine mächtige Hauptstadt im Namen eines Reiches in den Hallen ihrer Museen zu besitzen wünscht, die Erinnerung an die großen Männer, Das liebt sich der Bürger in seinen bescheidenen Gemächern, die Bilder der Seinigen. Die Natur, die Büste und das Porträt sind eigentlich die ganze bildende Kunst in ihren wesentlichsten Momenten.« — Der Verfasser geht dann über auf den Unterschied der Plastik und Malerei (Einzelfigur, Gruppe). Der Laokoon giebt als plastische Gruppe zu gerechten Bedenken Anlass, und der eigentliche Vermittler zwischen der Einzelfigur und der Gruppe (in der Malerei) ist das Relief; dies ist die Epik der Bildhauerei, u. s. w. — Das sind Bemerkungen, wie man sie in jeder beliebigen Ästhetik mit mehr oder minder Ausführlichkeit behandelt findet; der Verfasser macht noch einige Digressionen, bis er sich endlich an seine Aufgabe erinnert und Natur, Büste und Porträt in jene Beziehungen zur Geschichte setzt, »wie sie zu derselben gehören und zum Studium derselben ganz unentbehrlich sind.« — Über diese Beziehungen spricht sich der Verfasser dahin aus, dass er im Vatikan, im Kapitol, im Lateran, in der Villa Borghese erst den Schlüssel zum Verständnis der römischen Geschichte gefunden habe. Nun geht er der Reihe nach einige Porträts durch und analysiert die Köpfe. So sehen wir Sophokles, Euripides, Demosthenes, Cicero, Sokrates, Alkibiades, Anakreon, Plato ꝛc. an uns vorüberschreiten. Gerne mag eingeräumt werden, daß die meisten dieser Analysen sehr geistvoll sind, und dass in der Ansicht des Verfassers bezüglich des Zusammenhanges der Büsten und Porträts mit der Geschichte etwas Wahres enthalten sei; doch scheint es zu weit gegangen, wenn man die Büsten und Porträts als unentbehrlich zum Studium der Geschichte hingestellt sieht; der Verfasser irrt sich nämlich darin, dass er die längst gewonnenen Kenntnisse aus der Geschichte, die bestimmten Anschauungen von historischen Personen, die er längst mit sich herumträgt, nun beim Anblick einer Büste plötzlich erst aus dieser herauszulesen meint, während er doch eigentlich nur eine Bestätigung des längst Gewussten von Seiten des bildenden Künstlers erhält. So z. B. hat der Verfasser, wie jeder andere Mensch, eine bestimmte Vorstellung von Anakreon; der Verfasser stellt sich Anakreon vor wie Béranger, und frägt dann vor der Büste des Erstern betroffen: »Kommt der archaistische Anakreon nicht völlig auf Béranger hinaus?« — Das ist gerade so subjektiv, wie der bestimmte Inhalt, den wir oft in einem Tonstücke zu finden glauben, während in Wahrheit wir es sind, die diesen bestimmten Inhalt in die Komposition hineinlegen, weil sie auf uns gerade so wirkt, dass wir nur diesen Inhalt in derselben zu erkennen vermögen. Wenn also der Verfasser sagt:

»Unerbittlich sind Bildhauer und Maler gegen ihre Helden, selbst wenn
Diese die Chronik noch so schlau gefälscht hatten«, so scheint er mir die
bildenden Künstler hier allzuhoch zu stellen gegen die Geschichtschreiber
(was die historische Treue betrifft). Ist der bildende Künstler ein Zeitgenosse des Helden und porträtirt den Kopf desselben nach der Natur,
wer bürgt mir dafür, daß er nicht schmeichelt, daß er denselben nicht in
ein günstigeres Licht zu setzen sucht? Ist der bildende Künstler kein Zeitgenosse, nun, so muß er sich auch nur auf die Geschichte stützen, so schöpft
er aus derselben Quelle, wie wir. Die Wahrheit erführen wir freilich
nur, wenn Engel die Weltgeschichte schrieben, aber man kann mit Recht,
den Schiller'schen Satz erweiternd, hinzufügen: und wenn die bildenden
Künstler Engel wären. Der Verfasser führt ferner noch eine Reihe
römischer Imperatoren: Augustus, Tiberius, Caligula, Claudius, Nero,
Galba, Vespasian, Titus, Domitian, Nerva, Trajan, Hadrian, Antonius
Pius, Marc Aurel, Heliogabal, an unserem Blicke vorüber und begleitet
jeden Einzelnen mit treffenden Bemerkungen. Zum Schlusse giebt er
noch einige sehr richtige Ansichten über das Porträt im Allgemeinen,
kömmt auf Rubens, Van Dyk und Rembrandt, Rafael und Tizian, welche
nicht einen zufälligen Moment kopierten, sondern »ins Innere der Erscheinung, zum Centrum der Seele hinabstiegen«; er stellt noch in einer
geistvollen Parallele Rafael mit Schiller, Tizian mit Goethe zusammen
und weist diese Zusammenstellung durch die Besprechung einiger Porträts
der beiden großen Maler als richtig nach. »Die Kunst riß mich immer
tiefer«, sagt der Verfasser zum Schlusse,« in ihr Labyrinth, und gerade,
als ich mich für meinen Zweck verloren glaubte, wurde mir die Kunst
selbst zur Geschichte, zum Wegweiser auf den Kreuz- und Querzügen der
Völker.« —

Der zweite der genannten Aufsätze: »Die Antike und die neue
Welt« ist eine in Briefform geschriebene religionsphilosophisch-kunstwissen-
schaftliche Abhandlung. Es ist ein Kapitel, welches — wie der Verfasser
in der Widmung sagt — »ihm sehr am Herzen liegt, und viel gründlicher,
viel ausführlicher, folglich auch weitläufiger behandelt zu werden verdient.«
Der Verfasser fürchtet, »daß die koncise und prägnante Art der Behandlung, welche in möglichster Kürze Alles zu sagen strebt, bei vielen minder
robusten Seelen nicht geringen Anstoß erregen wird, weil sie mehr die
Resultate seines Denkens und Forschens vor sich sehen, als den lang-
wierigen und deßhalb immer versöhnenden Weg, auf dem er zu ihnen
gelangte.« — Nun, ich muß hier dem Verfasser das Zugeständnis machen,
daß ich, obwohl mir eine gründlichere, ausführlichere Behandlung diesem
Gegenstande jedenfalls angemessener erscheinen möchte, an der Art
seiner Darstellung keinen Anstoß nehme, und daß ich dieses Kapitel für
das relativ werthvollste des Buches halte. Karl Grün stellt sich die

Frage: »was will das Christenthum in der Welt? — welcher Idee entspricht es? welchen Fortschritt in der Menschheit verdanken wir specifisch
ihm?« — Von der Anschauung Hegel's, nach welcher jede folgende Stufe
in der frühern bereits als Nothwendigkeit enthalten ist, und welche, wie
richtig an sich selbst, in der Anwendung auf die Geschichte oft zu den
grausamsten Gewaltannahmen führen muss, hat sich der Verfasser gründlich
losgesagt. In der That spielt das noch immer fortbestehende Heidenthum
und Judenthum, mehr aber noch der, der Zeit nach später als das Christenthum entstandene Muhammedanismus dem Hegel'schen Systeme der Entwicklung einen argen Streich. — Die Antwort, welche Grün auf seine
Frage giebt, ist durchaus nicht neu. Strauß' »Leben Jesu« und Feuerbach's »Wesen des Christenthums« beantworten die Frage viel gründlicher
und ausführlicher, und man musste nicht erst auf die »Fragmente aus
Italien« warten, um 1862 zu erfahren, was Feuerbach bereits vor zwanzig
Jahren verkündet. Also, was die Antwort selbst betrifft, so hat der Verfasser dabei höchstens das Verdienst einer populären, leicht verständlichen
Darstellung für sich; aber interessant ist die Art und Weise, wie er diese
Frage an eine kunstwissenschaftliche Betrachtung knüpft, also in ästhetischer
und kunsthistorischer Beziehung. Vor Allem ist er gegen die Bezeichnung
»christlich-germanisch«. »Ich habe«, sagt er, »immer Etwas gemerkt, sobald
man die Barbaren in den Streit mischte, und ich fürchte sehr, mit der
Zusammenkoppelung »Christlich-Germanisch« ist der Welt ein tüchtiger
Bär aufgebunden worden.« Er geht nun auf die einzelnen Künste über.
Beginnend mit der Architektur, stellt er die bestimmte Frage: »Ist sie
christlich oder germanisch? — War sie christlich, warum haben die christlichen Griechen, Ägypter und Asiaten keine Dome gebaut? — Das Christenthum soll eine Universalreligion sein: weßhalb hat es dann keine christlichen Tempel, die sich auf der ganzen Erde gleichen, hervorgebracht? —
Die Moschee ist allenthalben.« — Von der Architektur wendet er sich zu
der Malerei, »mit der es«, wie er bemerkt, »nicht besser steht«; — »denn
erst die Erschließung der Antike brachte Inhalt in die abendländische Anschauung«. »Vor dem 14. Jahrhundert wird man nicht ernstlich von
Malerei reden wollen«, — »die Antike musste befruchtend auf die abend-
ländischen Völker niederfallen, wenn überhaupt das Ideal wieder aufgehen
sollte«. — »Und jetzt entfalteten sich die italiänische, die niederdeutsche, die
französische und die spanische Malerei, keine christliche«. — »Man weiß
sich Viel mit Rafael's Madonnenbildern, die natürlich als eben so viele
Apotheosen des Christenthums aufgeführt werden.« — »Zur christlichen
Kunst gehört nach der Grundanschauung dieser Religion die Abwesenheit
alles Verführerischen, alles Sinnenreizes, die Darstellung des Herben,
Weltflüchtigen«; — »die Rafael'schen Madonnen sprengen die christliche
Anschauung im Namen der Schönheit und des Weibes.« — Dies ist die

Grundanschauung des Verfassers, und diese sucht er jetzt in einzelnen
Gemälden, die er einer genauern Analyse unterzieht, nachzuweisen. Endlich
gelangt er auch auf das Gebiet der Poesie, und sucht in einer Parallele
von zwei Frauencharakteren, nämlich der Sophokleischen Antigone und der
Shakspeare'schen Cordelia den Beweis zu führen, daß auch nach dieser
Seite hin kein Fortschritt bewirkt worden ist, der specifisch dem Christenthum zuzuschreiben wäre. »Du hast oft gehört«, sagt der Verfasser, »das
Christenthum habe die Frauen erlöst, emancipiert, in ihre wahre Stellung
eingesetzt ꝛc. Jene zwei Frauen (Antigone und Cordelia) reichen sich über
eine Kluft von 2000 Jahren die Hand, und wenn du mir sagst, was das
Christenthum vor der Einen voraus hat, was es der Andern zusetzte, so
soll das Christenthum die Frau emancipiert haben.« — Die Fabeln der
»Antigone« und des »Lear« werden neben einander gestellt, die Vergleichung
durchgeführt: »Cordelia wie Antigone haben den Familiengeist zu sühnen
und herzustellen; Beide sind die Schutzengel schuldbeladener Väter, das
Ideal von Töchtern.« — Einzelne Aussprüche Beider zeigen die gleiche
Größe der Gesinnung, und der Verfasser schließt diese Untersuchung mit
der Frage: »Ist in der »Antigone« irgend Etwas, das vom Christenthume
zu höherer Entwicklung gezeitigt worden wäre? Hat Shakspeare seine
»Cordelia« dem alten oder dem neuen Testament entnommen? Ist der
Schiller'sche »Tell« aus den symbolischen Büchern erwachsen? Oder haben
nicht vielmehr die Germanen in zweien ihrer Stämme die griechische Idee
bis zur Höhe der Alpen hinauf geführt?« —

Auf die weitern Kapitel des Buches werde ich nicht eingehen, und
zwar im Interesse des Verfassers. Das besprochene Kapitel wird von
keinem der nachfolgenden mehr erreicht, und wenn Lessing, wie sich Herr
Grün schmeichelt, diesen Versuch wirklich mit einem gnädigen Nicken
betrachtet haben würde, so hätte Dies nur eben bei dem genannten Aufsatze geschehen können. So nehme ich hier von Herrn Karl Grün
Abschied, um mich dem andern oben angezeigten Buche, den »Vermischten
Schriften« des Dr. Ernst Förster, zuzuwenden.

Von diesen vermischten Schriften enthält der bis jetzt vorliegende
erste Band vier Abschnitte: »Briefe aus Italien, 1833«, »Briefe aus
Italien, 1837«, »Reise durch den Kirchenstaat unter der Herrschaft der
Cholerafurcht im September 1837«, und endlich: »Kleine Wanderungen
in England und Schottland.«

Der Verfasser war — wie er in dem Vorworte mittheilt — acht-
mal in Italien, und hat von seinen italiänischen Reisen für die vermischten
Schriften nur die genannten zwei ausgehoben. Für diese weise Einschränkung gebührt ihm jedenfalls unser Dank, denn Herr Dr. Förster ist
ein sehr schreibseliger Mann. Was hätten wir nicht Alles zu hören bekommen, wenn er mit deutscher Gewissenhaftigkeit und Gründlichkeit uns

alle die Ereignisse mitgetheilt hätte, die er über alle acht Reisen in seine
Tagebücher verzeichnet. In der That ist die Lektüre dieses Förster'schen
Buches ohne einen gewissen Grad von Selbstüberwindung absolut unmöglich.
Oft hat man den Eindruck — und namentlich gilt Dies bei den Stellen,
wo der Verfasser sich in Bemerkungen und Anschauungen ergeht — als ob
uns Jemand die nagelneue Mittheilung machte, daß zweimal zwei wirklich
vier ist. Wenn ich trotzdem diesem Buche oben unter der großen Masse
der Reiseliteratur eine gewisse relative Auszeichnung nicht absprechen konnte,
so liegt der Grund in dem sichtbaren, jedenfalls sehr ernsten Streben des
Verfassers, etwas Besseres zu bieten, andrerseits aber auch in der Mittheilung von Objektivem, das nicht ohne Bedeutung ist. Und so will ich
denn gleich das dritte Kapitel des Buches: »Reise durch den Kirchenstaat
unter der Herrschaft der Cholerafurcht im September 1837« als dasjenige
bezeichnen, welches durch die darin mitgetheilten Enthüllungen unzweifelhaft
ein gewisses Interesse beanspruchen kann. Die Briefe aus Italien von
1833 sowohl als von 1837 bieten Wenig, eben so die »Wanderungen in
England und Schottland,« was den Leser zu fesseln vermöchte. Daß der
Italiäner bigott ist, — daß »viele Wandgemälde in Kirchen und Klöstern
unter der Grabesdecke von Kalk begraben liegen,« — daß es in Italien
heutzutage keine musikalischen Messen, überhaupt keine Kirchenmusik giebt —
und Ähnliches mehr, sind keine besonderen Neuigkeiten. An dem schiefen
Thurm in Pisa geht Förster allerdings nicht so schnell vorüber, wie Karl
Grün; er sieht sich das Wunder etwas näher an, und hat auch darüber
seine Vermuthungen. Es ist nämlich die Frage, ob der Thurm ursprünglich schief gebaut worden sei, oder ob der Bau so gesunken, daß sich seine
schiefe Lage aus einer größern Senkung auf der einen Seite erklären
ließe. Obwohl nun die Meisten, und — wie der Verfasser sehr wohl
weiß — auch der Kunstgelehrte Schorn, der letztern Ansicht beipflichten,
tritt Herr Förster derselben doch entgegen und zeigt hier seine selbständige
Meinung. Er nimmt wahr, daß die ganze Umgebnng eine gewisse ab-
sichtliche Unebenheit verrathe; es ist nämlich auch das Baptisterium schief
gebaut, es giebt unter den scheinbar horizontalen Lagen der schwarz und
weißen Marmorquadern nicht zwei parallele rc. Dies Alles bestimmt ihn
zu der Annahme, daß der Thurm mit Absicht schief gebaut sei; — den
Grund für diesen tollen Einfall, einen Thurm schief zu bauen, findet er
darin, — »daß die Baukunst zur Zeit des Wiedererwachens im Ringen
und Suchen nach Eigenthümlichkeit, und instinktartig auf die Mannigfaltigkeit gewiesen, zuerst, sich selbst missverstehend, diesen Weg eingeschlagen
habe, auf welchem Nichts ihr vorangegangen.« — Auf dem langen Wege
von 112 Seiten, die durch die erste Reise vom Jahre 1833 ausgefüllt
werden, halte ich die eben angeführte Ansicht über den schiefen Thurm

von Piſa für das Beſte, was dem Leſer begegnet. Eine nicht viel größere
Ausbeute wird ſich aus der zweiten Reiſe von 1837 gewinnen laſſen.

Der Verfaſſer berichtet aus Padua von einer Entdeckung, die er
daſelbſt in der dem heiligen Georg geweihten Kapelle neben San Antonio
gemacht, — eine Entdeckung, die allerdings verdienſtlich und nicht ohne
Intereſſe iſt. Er erzählt: »Die Wände waren weiß wie Mörtelgrund,
theilweiſe fleckig und ganz ſchwarz, wie vermodert. Noch ſah man einige
Spuren von Malereien, und drei oder vier Köpfe waren ſo friſch in der
Farbe und ſo gut erhalten, daß ich ſie im Jahre 1826 mir gezeichnet
hatte. Zu meiner nicht geringen Verwunderung fand ich die Köpfe jetzt
noch in derſelben guten Verfaſſung.« — »Dies reizte mich zu näherer
Unterſuchung. Da ſich die Köpfe ziemlich hoch befanden, ließ ich mir
eine Leiter bringen, und ſah nun zu meinem höchſten Erſtaunen, daß das
Weiß, was ich als den beſchädigten Mörtelgrund der Freskogemälde ange-
ſehen, eine dicke Staubkruſte war, die ſich über die Bilder gelegt, und die,
wo ſie Waſſer oder Nebel geſchluckt, fleckig und ſchwarz geworden. Mit
einiger Vorſicht konnte ich die Staubdecke entfernen, und hatte die namen-
loſe Freude, ein ganzes großes, wunderherrliches, figurenreiches Gemälde
darunter hervorgehen zu ſehn.« Das iſt nun allerdings wenigſtens Etwas.
Ob das Gemälde wirklich ſo wunderherrlich ſei, wie es der Verfaſſer hier
ſchildert, mag von Denjenigen, die ſich durch Autopſie davon zu überzeugen keine Gelegenheit haben, immerhin bezweifelt oder in Frage geſtellt
werden; die Entdeckung an ſich ſelbſt iſt intereſſant. Der Verfaſſer berichtet auch weiter noch von dem guten Fortgange ſeiner in dieſer Richtung
angeſtellten Unterſuchungen. Er verſchweigt aber auch die verſchieden-
artigen Wirkungen nicht, welche ſeine Entdeckungen auf die Bevölkerung
von Padua gemacht haben. Während ihm von Seiten der Adminiſtration
von San Antonio das Zeugnis gegeben wird, »die ganz in Vergeſſenheit
gekommenen Malereien der St. Georgskapelle wieder aufgefunden, ja
gleichſam vom Tode ins Leben gebracht zu haben,« — »kam eine Anzahl
Bürger in die Kapelle und ſchimpfte ſtark: Viene quel bizarro oltra-
montano e faci questo torto!" — »Andere ſagen: Alte Geſchichten!
Das haben wir lange gewußt! braucht uns nicht erſt von einem Deutſchen
geſagt zu werden!« —

Gegen den Schluſs des ſechſten Briefes findet ſich ſchon eine Mittheilung,
welche den Übergang zu dem folgenden Kapitel bildet. Die Cholera herrſcht
bereits in Rom, und »ringsum ſind alle Wege abgeſchloſſen«. — »Das
Gouvernement leugnet beharrlich das Daſein der ſchrecklichen Krankheit.« —
»Der Papſt ordnet eine große Proceſſion an, an der er ſelbſt Theil nimmt,
und in welcher das alte byzantiniſche Gnadenbild Madonna della neve
aus S. Maria maggiore nach der Kirche al Geſu getragen wurde, um
daſelbſt einige Zeit zur öffentlichen Verehrung ausgeſtellt zu bleiben.« —

»Aber die Krankheit frug Nichts nach der Madonna und arbeitete verläufig noch im Stillen, aber mit wachsendem Behagen.« »Das Fest der Himmelfahrt Mariä wurde gefeiert,« — »ganz Rom in eine Kirche und jedes Haus zu einem Altar mit brennenden Kerzen verwandelt.« — »Die Furcht stachelt auch die Furien des Fanatismus auf. Der Wahn, Gift werde gestreut, und namentlich von Fremden, bemächtigte sich mit Blitzesschnelle einer großen Menge aus dem Volke. In den Trattorien wird kein Salz, kein Pfeffer, kein Essig und Öl mehr auf den Tisch gestellt, angeblich auf obrigkeitlichen Befehl, um Vergiftungen vorzubeugen.« — So ist die Stimmung in Rom. Der Verfasser erzählt nun einen Fall, wo er mit dem Maler Koch in unzweifelhafter Lebensgefahr schwebte, aus der ihn nur glückliche Eingebung errettete, während der englische Sprachlehrer Howsel, der sich in einer ähnlichen Gefahr befand, ein Opfer des Fanatismus wurde. Mit dieser Schilderung der Stimmung in Rom schließt die zweite Abtheilung des Buches. Der Verfasser verläßt Rom und schildert nun seine »Reise durch den Kirchenstaat unter der Herrschaft der Cholerafurcht im September 1837.«

Es wurde schon oben diese Darstellung als das beste Kapitel des ganzen Buches bezeichnet. In der That liefert Dr. Förster hier ein Bild das von Jedermann mit Interesse aufgenommen werden wird. Der Verfasser sagt in der Vorrede: »Man wird vornämlich in der »Reise durch den Kirchenstaat unter der Herrschaft der Cholerafurcht« den Grund einer allgemeinen und gerechten Erbitterung gegen so viele Mißstände in der Verwaltung und Regierung zu Tage liegen sehen, aber eben so sicher ein Urtheil daraus schöpfen, wie unzureichend die Mittel in der Bevölkerung sind, dem Übel abzuhelfen. Ein Volk, das dem dicksten Aberglauben mit Liebe huldigt, wird die Priesterherrschaft nicht bewältigen; wo Willkür und Selbstsucht sich gegen Gesetz und Ordnung sträuben, und Gehorsam zu den Ausnahmen gehört, fehlt das unerläßliche Material zum Aufbau eines Staates ꝛc.«

Die Reisebeschreibung zerfällt in so viele Abtheilungen, als die Reise selbst Tage in Anspruch nimmt; diese dauert neun Tage. Die Schilderung steht darum weit höher als die andern Theile des Buches, weil der Verfasser hier seinen subjektiven Bemerkungen einen weit geringeren Spielraum läßt und sich größtentheils nur an die Darstellung des Thatsächlichen hält. Liegt auch in dem Objekte eine unvermeidliche Monotonie (denn es handelt sich in der Regel um Nichts anders, als um Verweigerung der Aufnahme in die vom Papste angeordneten Observationshäuser), so sind doch wieder die verschiedenen Variationen dieses einen Themas interessant genug, um dem Leser die Beschreibung alle neun Tage hindurch genießbar und anziehend zu machen. Eine Reproduktion der ganzen Reisebeschreibung zu bieten, liegt nicht in unsrer Absicht; wir geben eine

Probe aus dieser Darstellung, wonach sich der Leser ein Bild von derselben entwerfen kann. Es war der sechste Tag der verhängnisvollen Reise. Dr. Förster mit seiner Reisegesellschaft befindet sich in Fano, von wo aus er sich nach Bologna begeben will. Er erzählt: »Um den Weg von Fano nach Bologna in zwei Tagen zurückzulegen, mussten wir heute wenigstens Cesena erreichen und deßhalb früh aufbrechen. Der Kutscher war beauftragt, uns um halb vier Uhr zu wecken. Er kam auch pünktlich, jedoch um uns anzuzeigen, dass wir ruhig weiter schlafen könnten, da an ein Fortkommen nicht zu denken sei. »Man läßt mich nicht zu den Pferden,« sagte er; »Gott weiß, was aus ihnen geworden ist.« Das wirkte wie ein Ruf zu den Waffen, und ich ergriff wenigstens die einzige, die uns zu Gebote stand, die päpstliche Verordnung, und ging damit hinunter zu der Wache. Auf mein Anrufen erschien der Unterofficier, und nach und nach die ganze Belagerungsarmee. Ich fragte, ob es wahr sei, dass der Kutscher nicht zu seinen Pferden dürfe, und aus welchen Gründen? »Wir haben strengen Befehl,« war die Antwort, »Niemand über die Schwelle zu lassen.« — »Aber,« entgegnete ich, »wir wollen abreisen, und darum muss der Kutscher zu den Pferden, wie wir hernach in den Wagen.« (Nebenbei bemerkt, eine sehr naive Logik des Verfassers). Der Soldat wiederholte kurz seine erste Antwort, woraus ich sah, dass wir in aller Form Gefangene waren. — »Wem dient ihr?« — fragte ich, durch dieses Verfahren empört, — »und wem habt ihr Gehorsam geschworen?« — »Sr. Heiligkeit dem Papst,« antwortete die Mannschaft. »Nun, so höret die päpstlichen Verordnungen,« fuhr ich fort und entfaltete mein Plakat.« — Darauf liest ihnen unser Reisende die §§ 9 und 18 aus der päpstlichen Verordnung vor, in welchen geboten ist, Denjenigen, der von Rom ins Ausland reisen will, an der Barrière der vorschriftsmäßigen Desinfektion zu unterziehen, ferner, dass alle Behörden dieser Verordnung aufs pünktlichste und vollkommenste Folge zu leisten haben. Die Mannschaft kehrt sich aber nicht daran und sagt: »Wir sind vom Magistrat hieher beordert und müssen thun, was uns geheißen ist.« — »So dient ihr zweien Herren,« — ruft der entrüstete kunstliebende Pilger, »von denen Einer dem Andern widerspricht. Was ist Das für ein Zustand, wo keine Gesetze mehr gelten, und die Untergebenen sich zu Herren machen! Ihr habt einen Souverän, und seine Gesetze sind eure Befehle. Wer dawider handelt, ist ein Revolutionär, und einem Solchen gehorchen, ist selbst Revolution.« — Mit großer Mühe und nach langem Warten hatte endlich der Gesundheitsrath die Befehle zur Freilassung der Reisenden ertheilt. Die bündigste Antwort auf seine so eben angeführten Fragen sollte der Verfasser aber erst in dem kleinen Flecken La Cattolica (am Flüsschen Tavolo) erhalten. »Auch Cattolica hatte seinen Gesundheitsrath, der, aus einem dicken Doktor, einem noch dickern Geistlichen und einem höchst magern Stadtschreiber nebst einigen Militärpersonen bestehend, uns am Thore empfing. Ein Jeder der Genannten war geschäftig, uns einen Befehl zu geben, ein Verbot zu insinuieren; allein auf unsere Frage nach dem Observationshause schwiegen Alle still. — »Es ist keines eingerichtet,« sagte endlich der Geistliche; »und es wird auch keines eingerichtet werden,« fügte der Schreiber hinzu; »denn«, fuhr der Doktor fort, »Se. Eminenz haben mir, als dem Präsidenten der Sanitätskommission, eröffnet, wie sie auf keine Weise dulden wolle, daß in ihrer Delegation der Pest irgend ein Vorschub geleistet werde.« — »Ihr kennt aber doch,« fiel ich ein, »die päpstliche Verordnung, der Papst ist doch noch euer Souverän.« — Bei diesen Worten schüttelte der Geistliche lächelnd den Kopf; der Arzt ließ mich gar nicht ausreden, sondern sagte: »In Rom kann man Gesetze machen, soviel man will; gefallen sie dort, so mag man sie dort befolgen; wir machen und haben unsere eigenen.« — So geht es dem Reisenden durch volle neun Tage; immer und überall dieselben Chikanen und (worauf es schließlich hinauskommt) Gelderpressungen, bis er endlich nach vielen Müh- und Drangsalen, wie Odysseus von seiner langen Irrfahrt zurückkehrend, am neunten Tage mit Inbrunst und Dank den Boden betritt, wo er den kaiserlichen Adler begrüßen kann.

Auf die »Kleinen Wanderungen in England und Schottland im Sommer 1851« einzugehen, halte ich nach dem bisher Gesagten für überflüssig. Das Buch ist im Ganzen genommen für den magern Inhalt zu dickleibig; es hätte Viel gewonnen, wenn es, ungefähr auf den vierten Theil seines Umfangs reduciert, bloß die Reise unter der Herrschaft der Cholerafurcht enthalten hätte. Schreibseligkeit und Redseligkeit gehören aber zu jenen Eigenschaften, die sich schwer unterdrücken lassen.

---

† Aus Wien und Österreich.

VI.

Österreich führt bekanntlich zu seinen übrigen Kriegen seit lange auch einen Krieg um das Nibelungenlied, und wahrlich mit Recht und nicht ohne Grund. Mit Recht, denn ein so ungeheurer geistiger Erwerb, einmal in Sicherheit gebracht, könnte für Vieles entschuldigen und über Manches trösten; dies Gedicht wiegt alle verloren gegangenen Provinzen auf und die eingebüßte Weltherrschaft obendrein. Nicht ohne Grund, denn, von den immerhin vieldeutigen positiven Anhaltspunkten abgesehen, hat der Österreicher sich allerdings schon einer anderen Literaturperiode zu rühmen,

als derjenigen, der Saphir Bild und Gepräge aufdrückte; einer Literaturperiode, die durch die Wiedererwachung des Epos in beiderlei Gestalt
und durch die ersten Anfänge einer kühneren Lyrik auf Jahrhunderte hin
maßgebend für ganz Deutschland wurde. Ja, um es zur Steuer der
Gerechtigkeit beiläufig einzuschalten, wäre die Schmach, über Saphir gelacht und mit ihm »wilde Rosen« gepflückt zu haben, denn wirklich gar
so groß? Das könnte doch nur der Fall sein, wenn man anderswo zu
derselben Zeit lauter Vollblut-Götter verehrt hätte. Nun aber herrschte
in Berlin der »Gesellschafter für Geist, Herz und Magen«, der trockenste
aller Pedanten, der Holzschneider Gubitz; in Dresden der Allerweltsmann
Theodor Hell durch seine »Abendzeitung«; in Leipzig August Kuhn und
Methusalem Müller, die in der »Eleganten« um den Preis der Matt-
herzigkeit und Trivialität mit einander rangen; in München gar die
»Bairische Landbötin«, die, von einem äußerst pfiffigen, zum Katholicismus
übergetretenen norddeutschen Doktor geleitet, im populärsten Pumpernickel-
Stil bald die Gendarmerie, bald den König Ludwig pries und sich über
den Letzteren bei Gelegenheit eines sehr glänzend ausgefallenen Volksfestes
einmal des Passus bediente: »Der Höchste (der liebe Gott nämlich) habe
gewiß nicht ohne Neid auf den Allerhöchsten (den bairischen Monarchen)
herabgeschaut.« Ich denke, die Wiener brauchten sich nicht zu schämen,
daß sie sich an den Humoristen hielten, denn neben diesen Gesellen blieb
Saphir ein Riese, und wenn sie sich auf einen ganzen Berg Ararat von
richtig bezahlten Rechnungen und von Wohlverhaltungs-Zeugnissen stellten;
er gehörte in seiner genialen Eigenthümlichkeit unbedingt mit zum
Geistesadel der Nation, wenn er auch aus der etwas anrüchigen Seiten-
linie entsprungen war, die den zugleich gefürchteten und verachteten Pietro
Aretino zum Stammvater hat, und es war eine Inkonsequenz, ja eine
Grausamkeit von der Natur, daß sie ihm den Abschied aus dem Leben
nicht so leicht machte, wie diesem Italiäner, der bekanntlich vor Lachen
mit dem Stuhl umfiel und den Hals brach, als man ihm einen beispiel-
los frechen Kourtisanenstreich von seiner in Venedig privatisierenden
Schwester erzählte. Saphir hatte einen sehr schweren Tod. — In dem
Krieg um die »Nibelungen« sind seit Holtzmann zwei neue Feldzüge gemacht,
aber freilich noch immer keine entscheidende Schlachten geschlagen worden.
Wilhelm Gärtner's »Chuonrad, der Prälat von Göttweih, und das
Nibelungenlied« erschien schon vor einer Reihe von Jahren, wurde aber
von den Zunftgelehrten im eigentlichsten Verstande todt geschrieen; denn
Gärtner ist zwar ein Mann von der tiefsten Einsicht und dem ausge-
breitetsten Wissen, aber er gehört nicht zur Innung, und ein Bönhase
dürfte den Schuh, der nirgends drückt, erfinden: die wachsamen Älterleute
des Handwerks würden die arme geplagte Menschheit schon verhindern,
ihn anzuziehen. Jetzt ist ein Vortrag von Franz Pfeiffer: »Der

Dichter des Nibelungenliedes« hervorgetreten; der Verfasser ist Professor
der deutschen Literatur und wirkliches Mitglied der kaiserlichen Akademie
der Wissenschaften und hat also Gärtner's Schicksal nicht zu fürchten.
Aber mit aller schuldigen Achtung für Professorenkollegien, Akademien
und philologische Richterstühle sei es gesagt: der Werth dieser beiden Ma-
nifestationen steht zu der Aufnahme, die sie gefunden haben, in einem
geradezu umgekehrten Verhältnis. In einem Hauptpunkt stimmen sie zusammen: Pfeiffer glaubt so gut, wie Gärtner, an einen bestimmten Verfasser des Gedichts; auch muß er Das ja wohl, da er den Mann entdeckt
haben will und für das Eigenthumsrecht und den Ruhm desselben plaidiert.
Aber gleich hier auf der Schwelle: welche Verschiedenheit! Gärtner entwickelt die Absurdität der Lachmann'schen Anschauung aus den innersten
Gründen und geht auf die letzten Geheimnisse des poetischen Schöpfungs-
processes zurück; Pfeiffer tritt Lachmann nur zufällig in der Nibelungen-
frage nicht bei, im Übrigen aber adoptiert er sein Princip und kennt
dichterische Erzeugnisse ganzer Völker, ja sogar, was unseres Wissens noch
nicht vorkam, Strophenbildungen, also metrische Thaten, des Volksgeistes.
Es handelt sich aber nicht darum, ob man ein solches Afterprincip in
einzelnen Fällen bejaht oder verneint; es handelt sich darum, sich gründlich von ihm loszusagen oder es, wofern man kann, mit Verstand und Vernunft in Einklang zu bringen. Als Friedrich August Wolf seine
Hypothese über den Ursprung der Homerischen Epen in die Welt schleuderte,
trieb ihn vielleicht derselbe Kitzel, der Jean Jacques Rousseau ein halbes
Jahrhundert früher bewog, von dem Fluch und dem Nachtheil der Künste
und Wissenschaften zu reden, nachdem alle vorhergegangenen Generationen
von ihrem Segen und ihrem Vortheil geredet hatten. Wir wissen sehr
wohl, daß Dies mit seiner eigenen Erklärung nicht stimmt, aber in
excentrischen Menschen, und Wolf war excentrisch, gehen wunderliche Dinge
vor, und auch Rousseau war weit davon entfernt, sich zu dem eigentlichen
Motiv seiner Opposition zu bekennen, ohne darum im gemeinen Sinne
zu heucheln. Wie es damit aber auch stehe: Wolf war, als ein genialer
Mann, dem auch im ästhetischen Gebiet die fünf Sinne nicht gleich aus-
gingen, viel zu einsichtig, den ersten Schritt zu thun, ohne ihm auf der
Stelle den zweiten folgen zu lassen; er bestritt daher nicht bloß die Einheit
des Dichters, sondern auch die Einheit der Gedichte. Das ließ sich,
Werken gegenüber, deren Werth und Bedeutung allerdings weit mehr
auf dem wunderbaren Detail, als auf der Verknüpfung desselben zu einem
harmonischen Ganzen, beruhen, recht gut hören. Es wurde nicht von oben
herab versichert, daß eine Menge kleiner, vollkommen in sich abgeschlossener
Kunstkörper in der Ilias und der Odyssee, wie Froschlaich, zu einem großen
Organismus zusammen geronnen seien; es wurde nur behauptet, daß man
eine Anzahl selbständiger Dichtungen, verschieden in Ton und Färbung,

aber eng verwandt im Stoff, durch einen kompilatorischen Faden zum
Zweck besserer Aufbewahrung und leichterer Recitation im Zusammenhang
locker und lose mit einander verbunden habe. Daß dreißig Zwerge oder
auch Männer gewöhnlichen Wuchses zu einem Riesen zusammen wachsen
sollten, ist ein Ding der Unmöglichkeit, aber sehr wohl können sie sich die
Hand reichen und einen symbolisch-bedeutsamen, von einem einzigen Grundgedanken getragenen Tanz mit einander aufführen. Wie gesagt, es ließ
sich hören, und dabei war auch sogar der Kompilator gedeckt; er hatte
Reliquien aufzureihen gehabt und durfte so wenig willkürlich ausscheiden,
umstellen und verstümmeln, wie Derjenige, der einen Heiligen zusammen-
flicken soll, und der die Knochen, wäre auch ein Eselskinnbacken dabei,
unterbringen muß, gleichgültig, ob sie zusammen passen oder nicht. Sonst
müßte man den Spieß gegen Wolf und seine Schule freilich umkehren,
wenn sie gegen die Einheit der Gedichte und des Dichters ein Haupt-
argument aus der Masse von Thaten und Begebenheiten hernehmen, die
an einem Tage geschehen sein sollen und doch nach dem empirischen
Verlauf unmöglich geschehen sein können, denn solch ein Verstoß dürfte
dem begeisterten Dichter jedenfalls, noch ganz abgesehen von seinen Privilegien in Bezug auf Zeit und Raum, viel eher begegnen, als dem
nüchternen Kompilator, und der Mann hätte sich durch einige leicht ein-
zuschaltende Sonnen-Auf- und Untergänge gewiß unschwer zu helfen gewußt.
Ganz anders steht es mit Lachmann und seiner Liedertheorie. Der
sieht die Einheit des Dichters an, aber nicht die des Gedichts, denn Das
kann er nicht. Niemand wird sich zu sagen getrauen, daß auch bei den
»Nibelungen,« wie bei der Ilias und der Odyssee, Werth und Bedeutung
auf dem Detail beruhen, Jeder wird einräumen müssen, daß der Schwerpunkt des Ganzen in der Komposition zu suchen sei. Hier haben wir
also die dreißig Zwerge, die zu einem Riesen zusammenwuchsen oder, um
das Bild zu wechseln, den Apfel, der auf einem ganzen Wald von Bäumen
heranreifte. Die Liederdichter pfiffen, wie's ihnen der Schnabel erlaubte,
Keiner wußte vom Andern, und daraus entstand ein episch-dramatischer
Organismus, wie die Welt noch keinen größern, vielleicht noch keinen so
großen, gesehen hat, und der bloß der fast mechanischen Nachhilfe eines
Überarbeiters bedurfte, um, wie die Sonnenuhr am Himmel, in allen seinen
Systemen zusammen zu greifen. Es wäre lächerlich, nach Holtzmann an
diesen Aberwitz noch ein ernstes Wort der Kritik zu verschwenden; Wolf
weckte eine ganze Schar von Nachahmern, sogar im theologischen Gebiet,
wo De Wette sich in seinem Sinn an der Genesis versuchte, aber Keiner
vergriff sich so arg im Objekt, wie Lachmann. Er ist, trotz des Gepolters
seiner Schüler, als abgethan zu betrachten, allein ähnliche Tollheiten müssen
immer wieder aufschießen, wenn man die Wurzeln nicht mit Stumpf und
Stiel vertilgt und aufhört, von »dichtenden Völkern« zu reden, die sogar

Metra hervorbringen, was Alles Wolf nicht im entferntesten einfiel, denn
für diesen Standpunkt benimmt sich Lachmann noch äußerst gemäßigt und
bescheiden, da er sich mit anderthalb Dutzend von Vätern begnügt, während
er viele Millionen hätte proklamieren können. Ist es denn so schwer,
zwischen den zwei Momenten, die hier in Betracht kommen, zu unter=
scheiden? Ganz ohne alle Frage arbeitet das Volk dem Dichter vor; es
macht zahllose Beobachtungen und legt sie in Sprichwörtern und prägnanten
Redensarten nieder. Das sind unschätzbare Materialien, und darum soll
man ihm, um Luther's derbes Wort zu brauchen, unverwandt aufs Maul
sehen. Aber die Schöpfung selbst setzt eine individuelle Zeugung voraus;
das Volk, als solches, dichtet so wenig, als es malt, baut, Statuen meißelt
und musiciert, oder wenn doch, so muss es sich auch mit gleicher Noth=
wendigkeit in den übrigen Künsten produktiv zeigen, und wenn die
Magistrate bisher nach einem bekannten Spottwort in der Architektur nicht
glücklich waren, so lag es daran, dass sie die Urversammlungen nicht zu
Hilfe riefen. Doch, wir dürfen endlich zu unserem eigentlichen Thema
zurückkehren, um es nun rasch zu erledigen. Gärtner und Pfeiffer, Beide
glauben der Persönlichkeit auf die Spur gekommen zu sein, welcher die
deutsche Nation das Nibelungenlied verdankt, aber Gärtner's Werk strotzt
so von den tiefsinnigsten ästhetischen und historischen Ausführungen, dass
es für seine Bedeutung fast gleichgültig ist, ob er sich in der Verfasserschaft
irrt oder nicht, wogegen Pfeiffer's Abhandlung mit diesem Punkt
steht oder fällt. Gärtner spricht dem Prälaten Chuonrad von Göttweih
die Krone zu; uns hat er nicht überzeugt. Pfeiffer nimmt sie für den
Kürenberg, von dem sich in einer Pariser Handschrift Einiges erhalten
hat, in Anspruch; wir können ihm noch weniger beitreten. Aber wenn
Gärtner's Gründe, der historischen Wahrscheinlichkeits=Rechnung entnommen,
uns bloß nicht gewichtig genug scheinen, um die Entscheidung herbeizu=
führen, so treffen diejenigen, welche Pfeiffer vorbringt, gar nicht das Ziel.
Mit Gärtner haben wir demnach Nichts weiter zu schaffen, aber Pfeiffer's
Argumentation müssen wir noch einer kurzen Prüfung unterziehen. Er
selbst fasst seinen Gedankengang so zusammen: »Die Nibelungenstrophe
ist nicht das Produkt des schaffenden Volksgeistes, ist kein National=
eigenthum, sondern das Kunstwerk einer bestimmten Person. Der Erfinder
der Strophe ist auch der Dichter des Liedes. Dieser ist der Kürnberger,
dessen Heimat Oberösterreich, dessen Hauptquelle ein altes lateinisches Buch
war. Der Kürnberger ist, wie der älteste lyrische, so auch der erste höfische
Dichter adeligen Standes, er ist der Schöpfer des volksmäßigen strophischen
Epos, und zugleich der größte epische Dichter unseres Volks. Sein Werk
ist die erste herrliche Frucht der Betheiligung des Ritterstandes an der
Poesie. Von ihm hat die nationale Epik für alle Zukunft Form und

Gehalt, Richtung und Ziel empfangen.« Ein stolzes Gebäude, nicht wahr?
Bis in die Wolken ragt es hinein, und nicht ohne Schwindel schaut man
zum Thurm empor! Worauf ruht es? Auf dem Pedantismus, womit
die reimenden Mittelmäßigkeiten des Mittelalters an dem Eigenthumsrecht
der von ihnen erfundenen Strophenbildungen festgehalten haben, oder vielmehr (denn so ganz ausgemacht ist die Sache wohl nicht, wenigstens nicht
für die hier in Betracht kommende Periode) nach der Ansicht des Verfassers
festgehalten haben sollen. Was man noch vom Kürnberger besitzt, ist in
der Strophe des Nibelungenliedes gedichtet; der Kürnberger durfte die
Strophe nicht entlehnen, denn Das wäre in den Augen der Genossenschaft
Diebstahl gewesen; ebenso wenig aber, und aus dem nämlichen Grunde,
durfte man sie ihm abborgen, und also ist er so gewiß der Schöpfer
unseres großen National-Epos, als er Erfinder der Strophe ist, die seinen
Namen trägt. Der Leser wird nun zunächst über das Wunder erstaunen,
daß man die kleinste dieser seiner beiden Thaten, nämlich die Strophen-
bildung, so genau kennt und von der größten erst durch den Herrn Professor
Pfeiffer Etwas erfährt; danach steht zu erwarten, daß man nach Jahr-
tausenden von Napoleon's Tracht, von seinem grauen Rock und seinem
dreieckigen Hut noch gründlich unterrichtet sein, von seinen Schlachten aber
Nichts mehr wissen wird. Durch Bescheidenheit und Zurückhaltung erklärt
sich dies Wunder nicht, und die eventuelle Berufung auf den Homer
müßten wir sehr entschieden abweisen. Wenn man die Anonymität liebt,
so liebt man sie überall; man geht nicht als Lyriker ohne Larve herum
und verbirgt die Autorschaft der »Nibelungen« so ängstlich, als ob man
einen Mord zu verheimlichen hätte. Zwischen einem Gedicht aber, das
sogleich niedergeschrieben wurde, und Dichtungen, die viele Jahrhunderte
hindurch nur von Mund zu Mund gingen und erst spät zur Aufzeichnung
gelangten, besteht keine Analogie hinsichtlich des äußeren Schicksals. Doch,
wir wollen uns nicht bei Rechenfehlern aufhalten, wo wir die ganze
Rechenmethode, als durchaus unanwendbar, ablehnen müssen. Zugegeben,
daß der jämmerliche Meistersängerzwang schon so früh zur Geltung kam,
wie Pfeiffer behauptet, und angenommen, daß der Kürenberger auf seine
Strophe so stolz war, wie Gevatter Leineweber auf ein neues Damast-
muster: glaubt er, der Genius, der die Kraft zu dem Nibelungen-Epos
in sich spürte und dieser Strophe bedurfte, hätte sich daran gekehrt? Er
würde zugegriffen und gedacht haben: »Ihr werdet mich vielleicht als Dieb
verurtheilen, aber die Nachwelt wird mich nicht hängen!« Rafael, um
ein Beispiel von der bildenden Kunst herzunehmen, entlehnte von allen
Seiten, er entlehnte nicht bloß von den Vorgängern, sondern auch von
seinen Zeitgenossen, sogar von seinem Gegner Michel Angelo, und viel
wichtigere Dinge, als das Metrum in der Poesie, aber er wußte, daß er

ein Unendliches aus eigenen Mitteln hinzuzuthun hatte, und darauf kommt es an. Wenn ein Bauer dem andern Etwas vom Acker abpflügt, so verletzt er sein Gebiet und wird mit Recht bestraft, aber der Welteroberer behandelt den ganzen Erdball wie einen Pfannkuchen und zerstückelt ihn nach Belieben. Wenn ein Philister gegen irgend ein positives Gesetz verstößt, so bekommt er seine Schläge, aber ein König wirft die ganze Rechtspflege um und führt eine neue bessere ein. Ganz so verfahren große Künstler und Dichter.

Ungedruckte Briefe von Heinrich Heine
an Karl Immermann.

1.
Berlin, den 24. December 1822.

Sie sollten längst schon einen Brief von mir haben. Wie ich die menschenversöhnenden Liebesworte las, die Sie vorigen Sommer im »Anzeiger« *) über meine Gedichte ausgesprochen, nahm ich mir vor, Ihnen zu schreiben. Unterdessen sandte mir unser gemeinschaftlicher Bekannter Dr. Schulz Ihre Tragödien, und ich wollte, statt Ihnen Lobeserhebungen und andere leere Worte zu schicken, Ihnen erst Ihren Liebesdienst wirklich vergelten und in der Domkirche der Literatur, im kritischen Berlin, bei Ihrem Geisteskinde Gevatter stehen, und ihm den rechten verdienten Namen geben, und es besonders dem Schutze und der Pflege der Frauen empfehlen. Als ich bald drauf — das Wort »Domkirche« ist wohl nicht das rechte, und statt dessen sollte stehen: Packhaus, Börse, Rumpelkammer, Rothstall, Spinnhaus, Tanzsaal, und Gott weiß was, aber ich liebe nicht das Ausstreichen, und fahre also lieber fort — als ich bald drauf eine große Reise antrat, nahm ich zwar Ihre Tragödien und die »Papierfenster« **) mit, beschäftigte mich geistig mit Ihnen auf der ganzen Reise und wurde sehr vertraut mit Ihnen, aber das Schreiben unterblieb. Bei meiner Zurückkunft hierher wollte ich Ihnen mit Freude gleich schreiben, wie überall, wo ich die Saat Ihres Ruhmes hingestreut, tausendfältige, schwere Halme mir jetzt entgegenwallten; aber Krankheit und Unmuth ließen mich nicht

---

*) Immermann's Kritik über Heine's erste Gedichtsammlung wurde am 31. Mai 1822 im „Kunst- und Wissenschaftsblatt" (No. 23) des „Rheinisch-westfälischen Anzeigers" abgedruckt.

**) Die Papierfenster eines Eremiten, von K. Immermann; Hamm, Schulz, 1822.

dazu kommen. Vor sechs Wochen reiste von hier nach Münster mein bester Freund, der Referendarius Christian Sethe, der wegen einiger Umwegsreisen vielleicht erst jetzt dort eingetroffen, und durch Diesen war ich Willens Ihnen einen Brief zustellen zu lassen. Aber ich habe noch nicht seine Adresse und will nicht so lange mehr warten, da ich gestern zufällig erfahre, daß Sie in Kurzem nach Berlin kommen würden. Zwar glaube ich es nicht, da Alles, was mir am liebsten wäre, nie geschieht. Doch ist es mir selber unerklärlich, wie Das, was mich eigentlich zu einer Verlängerung meines Stillschweigens veranlassen sollte, mich just am meisten antreibt, Ihnen schnell zu schreiben. Es ist vielleicht die Besorgnis, daß ich bei Ihrer Hierherkunft Ihnen nicht frei ins Gesicht sehen könnte, weil ich so lange damit säumte, Sie meiner höchsten Achtung und innigsten Liebe zu versichern. Ja, ich bin begierig, Ihnen das Alles mündlich zu sagen, und wenn Sie nicht herkommen, so will ich deßhalb diesen Frühling zu Ihnen nach Münster kommen. Wenn dieser Brief Sie noch in Münster trifft und mein Freund Sethe schon dort ist, so wünschte ich, daß Sie seine Bekanntschaft machten; Sie sind ihm schon bekannt, und er wird Ihnen sagen, daß ich der Mann bin, der um einer Sache willen, die andre Leute eine bloße Grille nennen, im Stande ist, eine bedeutende Reise zu machen. Vielleicht sagt er Ihnen sogar, daß ich seinet- und Ihrethalben schon längst das Projekt gefaßt, dieses Frühjahr nach Münster zu kommen. — Ich sehe diese Tage eine kleine Pièce über Goethe und Pustkuchen von Ihnen angezeigt. Sagen Sie doch an Schulz und Wundermann, daß man sie mir gleich herschicke.

Ihre »Gedichte« haben mich nicht befriedigt; denn ich las die Tragödien früher. Ein andermal mehr über diesen Punkt, der vielleicht greller aussieht, als er ist. Es ist Vielen so gegangen, und ich sage es Ihnen offenherzig, weil ich Sie für den Mann halte, dem man seine Meinung ohne Umschweife sagen kann. Aber wie wäre es mir möglich, das ganze große Foliolob ihrer Tragödien auf diesem Quartblättchen niederzuschreiben! Ich muß dieses schöne Geschäft mir aber doch vorbehalten für eine schönere Zeit, wo mich nicht Krankheit so sehr niederdrückt wie jetzt. Empfangen Sie nur vorläufig meine heilige Versicherung, daß ich Sie nächst Öhlenschläger für den besten jetzt lebenden Dramatiker halte (denn Goethe ist todt). Ich werde nie den schönen Tag vergessen, wo ich Ihre Trauerspiele erhielt und las und halb freudetoll allen Freunden davon erzählte. Die laue Anzeige derselben im »Gesellschafter« von Varnhagen v. Ense hat mir mißfallen; ich hatte anders mit ihm gewettet. — Einen Gruß muß ich Ihnen bestellen von einer Ihrer Verehrerinnen, der Frau v. Hohenhausen, der ich in Ihrem Namen ein Exemplar der Trauerspiele verehrte. Ich hoffe, Sie werden dieses eigenmächtige Verfahren nicht mißbilligen, die gute Frau hat ehrlich Wort gehalten, zur Verbreitung der Tragödien beizutragen, obschon Das, was sie in mehreren Zeitungen, besonders im Leipziger »Konversationsblatte« darüber schrieb, auch ehrlich flach ist; sie hatte eine bessere Recension derselben an Müllner geschickt, die Dieser bloß benutzt zu seinem Wischiwaschi. An eine Aufführung Ihrer Tragödien auf dem hiesigen Theater glaube ich nicht; sie sind zu gut. Mein Freund Köchy, der nächstens im »Konversationsblatte« über Ihre Tragödien etwas Besseres sagen wird, hat ein Exemplar derselben, das ich ihm auf einer Reise nach Braunschweig mitgegeben, dem dortigen Direktor Klingemann mitgetheilt und von Demselben das Versprechen erhalten, den »Petrarca« aufzuführen. — Mein Brief würde zu lang werden, wenn ich Ihnen ausführlich erzählen wollte, wie sehr hier Ihre Tragödien gefallen, wie sie gepriesen worden, kritisiert und getadelt — von Dichterlingen. Letztere sind die natürlichen Feinde der guten Dichter, und dieses Geschmeiß wird nicht ermangeln, Ihren schönen Lorber anzufressen. Sie haben bis jetzt noch das besondere Glück gehabt, daß, in dem obskuren Münster, Ihre Persönlichkeit den Meisten verborgen war. Aber wo der wahre Dichter auch sei, er wird gehaßt und angefeindet, die Pfennigsmenschen verzeihen es ihm nicht, daß er Etwas mehr sein will als sie, und das Höchste, was er erreichen kann, ist doch nur ein Martyrthum. Tief ergriffen haben mich die bedeutungsvollen Worte, die Sie im »Anzeiger« über meine Gedichte ausgesprochen; ich gestehe es, Sie sind bis jetzt der Einzige, der die Quelle meiner dunklen Schmerzen geahnt. Ich hoffe aber, bald ganz von Ihnen gekannt zu werden; vielleicht gelang es mir, in meiner nächsten poetischen Schrift den Passepartout zu meinem Gemüthslazarethe niedergelegt zu haben. Ich werde dieses Büchlein bald in Druck geben, und es wird zu meinen größten Seelenfreuden gehören, wenn ich es Ihnen mittheile; eigentlich sind es doch nur Wenige, für die man schreibt, besonders wenn man, wie ich gethan, sich mehr in sich selbst zurückgezogen. Dieses Buch wird meine kleinen malitiös-sentimentalen Lieder, ein bildervolles südliches Romanzendrama und eine sehr kleine nordisch düstre Tragödie enthalten. Thoren meinen, ich müßte wegen des westfälischen Berührungspunkts (man hat Sie bisher für einen Westfalen gehalten) mit Ihnen rivalisieren, und sie wissen nicht, daß der schöne klarleuchtende Diamant nicht verglichen werden kann mit dem schwarzen Stein, der bloß wunderlich geformt ist, und woraus der Hammer der Zeit böse wilde Funken schlägt. Aber was gehen uns die Thoren an? Von mir werden Sie immer das Bekenntnis hören, wie unwürdig ich bin, neben Ihnen genannt zu werden. Professor Gubitz hat mir längst den Auftrag gegeben, Sie für den »Gesellschafter« zu werben; aber ich kann Ihnen nicht rathen, sich durch Zeitblätter zu verzplittern, bewundre indessen Ihre literarische Thätigkeit. Die Natur muß Ihnen außer der Poesie noch das schöne Geschenk einer guten Gesundheit gemacht haben. Sie können viel, unendlich viel Gutes wirken. Ich fand diese Tage eine kleine Burschenschrift: »Ein Wort zu seiner Zeit, von Immermann«. Ich glaube, sie ist von Ihnen, und mit Freude habe ich daraus ersehen, wie Ihnen schon früh ein starkes Wollen des Guten und Rechten innewohnte. Kampf dem verjährten Unrecht, der herrschenden Thorheit und dem Schlechten! Wollen Sie mich zum Waffenbruder in diesem heiligen Kampfe, so reiche ich Ihnen freudig die Hand. Die Poesie ist am Ende doch nur eine schöne Nebensache.

Adresse: H. H. aus Düsseldorf,   H. Heine.
beim Universitätspedellen zu erfragen.

2.

Berlin, den 14. Januar 1823.

Lieber Immermann! Ich will Ihnen eine gute Meinung beibringen von meiner Pünktlichkeit im Schreiben, Berichten, Auskunftgeben u. s. w.; darum zögere ich nicht mit der Beantwortung Ihres lieben Briefes vom 31. Meine Freunde wollen mich zwar in diesem Punkte nicht sonderlich loben; der gute Sethe — sagen Sie ihm aber, ich schreibe ihm mit nächster Post — wird gewiß auch kein Loblied anstimmen über meine Briefschreibungs-Ordentlichkeit; aber Das ist Alles bloßes Vorurtheil.

Obzwar wir uns durch Ihr freundliches Schreiben näher gerückt sind, gewiß 20 Poststationen, etwa bis Potsdam, so ist unsere Entfernung von einander doch immer noch zu weit, und ein Centner Briefporto ist zu theuer, und das Briefschreiben ist zu mühsam, und meine Faulheit ist zu groß — als daß ich mit nöthiger Ausführlichkeit Ihnen sagen könnte, wie Ihr Brief mir das Gemüth erregt und bewegt und erfreut und getröstet und gestärkt.

Ich will mich daher lieber an das Geschäftliche halten, und Ihnen meine Meinung über das Verlegerwesen mittheilen.

Durch Professor Gubitz hatte sich die M.'sche Buchhandlung zu dem Verlage meiner Gedichte bequemt, und außer 40 Freiexemplaren, wovon mir bis auf diese Stunde noch 10 Exemplare aus filziger Knickrigkeit vorenthalten werden, habe ich keinen Pfennig Honorar erhalten. Dieses sage ich Ihnen sub rosa zu Ihrer Tröstung, da ich zweifle, ob das Honorar für Ihr erstes Werk besonders bedeutend gewesen sein mag. Durch ihre häßlichen Winkelzüge und schmutzigen verletzenden Kniffe ist mir aber die M.'sche Buchhandlung (ihr Chef heißt B.) jetzt so verleidet, daß ich ihr diese Tage meinen Unwillen auf die empfindlichste Weise zu erkennen gab, und mein zweites Buch gewiß nicht bei M. erscheinen wird und ich schon diese Woche einen andern Verleger dazu suchen will. Bei meiner angeborenen Unbeholfenheit in allen Geschäften, die ins Merkantilische einschlagen, wird mir Dieses nicht sehr leicht werden.

Ich schreibe Ihnen dieses Detail, damit Sie sehen, daß ich Ihre Tragödie oder die Zeitschrift in diesem Augenblick M. nicht anbieten kann;

ich wünsche daher Ihren Bescheid, ob Professor Gubitz in Ihrem Namen besagter Buchhandlung den »Periander« antragen soll. Zwar glaube ich nicht, daß M. gegenwärtig zum Verlag belletristischer Artikel geneigt sind; in honorierender Hinsicht sind sie immer die größten Filze. Ich denke aber noch in diesem Monate für meine Dramen einen Verleger zu finden, und da werde ich nicht ermangeln, ihm Ihr Drama und die Zeitschrift anzubieten. Ich bin hier mit keinem Buchhändler außer M. persönlich bekannt; doch Dieses ist nicht nothwendig, wenn man einen Verleger sucht. Es ist hier der Gebrauch, daß der Schriftsteller der Buchhandlung einen schriftlichen Antrag macht. Wollen Sie, daß ich Dieses bei einigen hiesigen Buchhändlern in Ihrem Namen thue, so geben Sie mir dazu den bestimmten Auftrag. Ich rathe Ihnen aber, schreiben Sie lieber selbst von Münster an bekannte hiesige Buchhandlungen und bemerken denselben, daß Sie mir den Auftrag gegeben, noch besonders mit ihnen zu sprechen über Ihre Anträge, sowohl des »Periander's« als der Zeitschrift. — Ich hoffe, daß Sie mich trotz meines konfusen Schreibens verstanden haben. Das Verlegersuchen gehört zu den Anfängen des schriftstellerischen Martyrthums. Nach dem buchhändlerischen Verhöhnen und dem Insgesichtgespucktwerden kommt die theegesellschaftliche Geißelung, die Dornenkrönung dummpfiffigen Lobs, die literaturzeitungliche Kreuzigung zwischen zwei kritisierten Schächern — es wäre nicht auszuhalten, dächte man nicht an die endliche Himmelfahrt!

Ich hoffe, daß Ihnen in der Verlegernoth der Legationsrath Varnhagen v. Ense nützlich sein wird, wenn Sie ihn ebenso als nachhelfenden Buchhändlerbesprecher gebrauchen wollen. Er ist ein Mann, dessen äußere Stellung, Charakter, Kritik und Loyalität das höchste Vertrauen verdient, dessen Zuneigung ich mir ebenfalls durch die schöne Vermittlerin Poesie erworben habe, der übrigens der Einzige ist, auf den ich in diesem falschen Neste mich verlassen kann, und dessen freundschaftliche Theilnahme an Ihrem Wirken das Schönste und Beste ist, was Ihnen hier meine Vermittlung erwerben konnte. Ich habe ihm, um ihn über die Verlegersache zu konsultieren, Ihren Brief an mich nebst der Pustkuchiana gleich mitgetheilt, und um Ihnen eine Freude zu machen, und zu gleicher Zeit um nicht nöthig zu haben, Ihnen selbst meine Meinung über diese zwei Broschüren zu sagen, schicke ich Ihnen das Billett, das mir vorgestern Varnhagen's Frau darüber geschrieben. Zur Verständnis desselben bemerke ich nur, daß in den von Goethe so schön gewürdigten Briefen über die »Wanderjahre«, die im »Gesellschafter« standen, die mit »Friederike« unterzeichneten aus der Feder von Frau v. Varnhagen geflossen sind, und daß in dem einen (es ist der erste) einige mit Ihrer Schrift gleichlautende Ausdrücke vorkommen. Übrigens ist Das die geistreichste Dame, die ich je kennen gelernt, und ich wünsche dieses Billett gelegentlich von Ihnen zurückzuerhalten.

Daß mir dessen Inhalt wie aus der Seele herausgeschnitten ist, versteht
sich von selbst. Wie Varnhagen über Ihre kritische Schrift urtheilt, werden
Sie in seiner Anzeige derselben im »Gesellschafter« lesen. Er läßt Ihnen
sagen, daß Sie es doch nicht unterlassen möchten, an Goethe und an Tieck
ein Exemplar derselben zu schicken. Wir haben vorgestern Abend viel von
Ihnen gesprochen; auch Herr v. Varnhagen verspricht sich Viel von einer
Zeitschrift, worin Sie einen Theil der kritischen Gerechtigkeitspflege ausüben.
Ich interessiere mich gern für dieses Projekt; doch kann ich in Betreff
literarischer Arbeiten keine bestimmte Zusagen machen; von meinem Ge-
sundheitszustande wird Alles abhängen. — Mit Freude habe ich Ihre lieben
Worte über meine Poeterien gelesen; Ihre schöne Freimüthigkeit beweist
mir, daß Sie es gut mit mir meinen. Sobald ich Ihnen in Hinsicht
der Verlegerangelegenheiten tröstlichere Bescheide mittheilen kann, schreibe ich
Ihnen; das Ihnen heute Gesagte mag Ihnen dienen zu einem politischen
Verhalten gegen Ihren jetzigen Verleger. Dr. Schulz ist mir immer sehr
wacker und brav vorgekommen. — Grüßen Sie Sethe recht freundschaftlich;
sagen Sie ihm, daß ich ihn sehr vermisse. — Von ganzer Seele ist
Ihnen gut   H. Heine.

3.
Berlin, den 21. Januar 1823.

In Betreff der Verlegerfrage habe ich, bester Immermann, Ihnen
einen Nachtrag zu meinem letzten Briefe zu geben. Herr v. Varnhagen
schreibt diese Tage an Brockhaus in Leipzig, daß er Ihnen den Rath zukommen lasse, sich in Verlagsangelegenheiten an ihn zu wenden. Varnhagen
wird zu gleicher Zeit obigen Buchhändler in Kenntnis setzen, wie vortheilhaft
es für ihn ist, literarische Produktionen von Ihnen in Verlag zu nehmen.
Sie können daher schon mit umgehender Post an Brockhaus schreiben und
ihm Ihren »Periander« und die Zeitschrift zum Verlag anbieten. In
Hinsicht des »Periander« werden Sie selbst wissen, was Sie ihm, außer
den Honorar= und übrigen Bedingungen, als zweckmäßig schreiben müssen;
in Hinsicht der Zeitschrift wird es nöthig sein, daß Sie ihm den ganzen
Plan und die Tendenz derselben mittheilen. Ich sollte meinen, Leipzig
liegt für Ihren Zweck nicht gar zu entfernt. Literarische Entfernungen
können nicht nach Meilen berechnet werden.

Professor Gubitz, den ich in meinen eignen Verlegerangelegenheiten
gebraucht, habe ich über denselben Gegenstand befragt, und er erbietet sich,
Ihren »Periander« unterzubringen bei einer sich eben etablierenden, mit
großen Fonds versehenen Buchhandlung (ich glaube: die Vereinsbuchhand-
lung), die schon jetzt viel Bedeutendes druckt, sich meistens mit Verlag
beschäftigen wird, und von den besten deutschen Schriftstellern schon Ver-
lagszusicherungen hat. Gubitz wünscht daher, daß Sie ihm Ihre Honorar=

bedingungen und das Manuskript mittheilen. Ich überlasse es Ihnen, wie Sie von dieser Offerte Gebrauch machen wollen.

Varnhagen und Gubitz sind bis jetzt die Einzigen, die ich mit Ihrem Verlegergesuche bekannt gemacht. Ich habe jetzt, wegen meiner eigenen Produkte, mit Dümmler angeknüpft, will aber noch nicht mit ihm über Ihren »Periander« sprechen, bis Sie es verlangen; sein Verlag ist unbedeutend. Mir ist es um baldigen Druck zu thun. Ich freue mich wie ein Kind auf das Erscheinen meines eigenen Buches; eben weil so viel infames Gesindel mich anfeindet. Warten Sie nur, auch Ihnen werden die Stiefkinder der Muse auf den Hals rücken. Auf ihren »Erwin«, sagt man mir, wird heillos geschimpft; Ihr »Petrarcha« aber soll unter aller Kritik sein. Ich habe den Grundsatz angenommen, Alles zu ignorieren, was man über mich schimpft und schimpfen wird. Ich weiß, es hat sich ordentlich eine Societät gebildet, die systematisch durch schnöde Gerüchte und öffentliche Kothbewerfung mich in Harnisch bringen will. Einliegend ein Pröbchen aus dem »Freimüthigen«. Scheint mir von einem armen Edelmann, Namens U., herzurühren, der geglaubt hat, als das einzige dramatische Licht der Zeit, sobald er auftrete, angebetet zu werden, und der mir die geheime Bosheit nicht verzeihen kann, daß ich in seinen Gesellschaftskreisen die Existenz eines Immermann verkündigte. Ich kann mir's denken, daß Sie bei Ihrer Gesundheit über Misère und Witzmangel lachen würden.

Ihre Schrift über Goethe und Pustkuchen hab' ich nochmals gelesen und nicht genug bewundern können. Sie verdienen die größte Würdigung. Ein Gleichgesinnter wird diese bald im Literaturblatt des »Morgenblatts« aussprechen. — Leben Sie wohl, gedenken Sie meiner mit Wohlwollen. Wenn Sie mich aus einzelnen Ausdrücken und Beschwernissen für einen Kleinigkeitskrämer halten, so will ich Ihnen gern gestehen, daß ich es bin. Vielleicht rührt's her von meinem Gesundheitszustand, vielleicht aber weil ich noch so halb Kind bin. Es ist ein Kniff, daß ich mir gern die Kindheit so lang als möglich erhalte, eben weil sich im Kinde Alles abspiegelt: die Mannheit, das Alter, die Gottheit, sogar die Verruchtheit und die Konvenienz. — Ihr Sie liebender

H. Heine.

Drei Natur=Kuriosa aus Nordamerika.
Von Dr. Gustav Plöde.

2. Der Biersamen.
Für Naturforscher und Bier-Reisende.

Unser ebenso gelehrtes wie durstiges Vaterland machte vor Jahren eine
Erfindung, die eine Revision in der Cerevisiologie hervorzurufen, den
humanisierenden Segen des Biertrinkens auch auf die entlegensten Winkel
der Erde und die rohesten ihrer Kinder auszubreiten versprach. Ein erfin-
derischer Geist, ich glaube irgendwo in Mähren, schuf den Bierstoff oder
Bierstein, erfand die Kunst, den segensreichen Gerstensaft in harten Fels
zu verwandeln und aus diesem Fels dann wieder auf tausend Meilen weit
entfernt den edlen schäumenden Quell hervorrinnen zu lassen. Und mein
edler Freund v. Sch. — den ich herzlich grüße, falls diese Zeilen ihm zu
Gesicht kommen sollten — kam, mit Patenten in der Tasche und dem Felsen
im Fasse, über den atlantischen Ocean geschwommen und versuchte, den
harten Bierstein hier in noch härteres Gold zu verwandeln. Aber leider
vergebens. Der unvergeßliche Nordpolfahrer Elisha Kent Kane versprach
sich zwar von der Errichtung einer Bierauflösungsanstalt am Nordpol
großen Nutzen für die Gesundheit seiner Mannschaft und die Civilisation
der Eisbären, und nahm einige Fässer Bierstein mit auf seine Expedition,
wobei wir die Freude hatten, die persönliche Bekanntschaft des kleinen
feurigen unternehmenden Amerikaners, den wir für einen Franzosen gehalten haben würden, zu machen. Aber wir haben in Kane's Nordpol-
Expedition vergeblich nach den Erfolgen des Bierstoffs gesucht, und Freund
v. Sch. gab nach langen und unermüdlichen Versuchen, die Yankees für
die Bier-Reform zu bekehren, das Unternehmen auf. Was war aber auch
dafür in einem Lande zu erwarten, wo der Biersamen wächst und man
Nichts als Wasser und etwas Zuckerstoff braucht, um sich in seinem Hause
eine nicht allein nie versagende, sondern wachsende und immer ergiebiger
werdende Bierquelle anzulegen? —

Es war im April 1860, als ich auf einer virginischen Farm die erste
Kunde von dieser fabelhaften Erscheinung erhielt. Ich war mit meiner
Familie der Einladung recht lieber Bekannten in der Nähe Petersburg's,
„to spend the day with them", gefolgt und ihr eigener Wagen hatte uns
durch stille Fichtenwälder nach der einsamen Besitzung gebracht, auf der
wir zum ersten Mal die virginische Gastfreundschaft und virginisches
Hauswesen kennen lernen sollten. Die Familie gehörte nicht den F. F. V.'s
an. Diese drei mystischen Buchstaben, denen man jetzt öfters in englischen
Zeitungen begegnet und deren Bedeutung auch hier Vielen unbekannt ist,
ist die Devise auf dem Wappenschilde der stolzen virginischen Aristokratie,

die ihren Stammbaum halb auf die Ritter der jungfräulichen Königin und halb auf die eingeborene Prinzessin Pocahontas zurückzuführen lieben. Sie bedeutet aber ganz einfach: The first families of Virginia (die ersten Familien Virginiens). Zu diesen gehörten, wie gesagt, unsere Gastfreunde nicht. Um zu den F. F. V.'s zu gehören, muß man nicht nur von »verdammt« vornehmer Geburt sein und Washington Lee oder wenigstens Mason heißen, sondern auch noch »verdammt« reich sein, und sein farbiges zweibeiniges Zuchtvieh nach Hunderten, wo möglich nach Tausenden zählen. Das war bei unseren Gastfreunden nicht der Fall, wie die wenigen bescheidenen Sklavenhütten in der Nähe bezeugten. Die Familie R. gehörte den kleinen Sklavenhaltern an, bei denen das »besondere Institut« wirklich einen patriarchalischen Anstrich trägt, wo Herrschaft und Dienerschaft in der That eine Familie im altrömischen Sinne bilden, wo beide Theile in fortwährender persönlicher Berührung sind, und wenn, wie in unserem Falle, die Herrschaft gutherzig und gebildet ist, von den in den Romanen geschilderten Schrecken der Sklaverei so Wenig zu sehen und zu hören ist, daß man verfucht sein würde, sich mit dem Institute selbst auszusöhnen, wenn nicht dessen innerstes Princip selbst faul und verwerflich wäre und die Möglichkeit aller jener Schrecknisse in sich trüge. Wir brachten einen einfachen aber angenehmen Tag bei den guten gebildeten Leuten zu, und machten die Bekanntschaft des — Biersamens.

»Doktor, haben Sie schon je zuvor unser Bier, aus Biersamen gemacht, gekostet?« war die Frage, welche die junge Dame des Hauses an mich richtete. Miß Mary lag dabei der Länge lang auf dem Sopha ausgestreckt; Miß Mary — die einzige Tochter der Familie, die außer Vater und Mutter noch aus zwei vom Hause abwesenden Söhnen bestand — war das echte Bild einer southern lady. Klein, zart, weichlich, lebendig muthwillig und witzig, und dabei durch die Gewohnheit des Bedientwerdens so faul, daß sie nicht die Hand ausstreckte nach dem Wasserglase vor ihr auf dem Tische, ohne ihre Sally zu dieser Handreichung herbeizurufen. Ich traf sie im nächsten Sommer in einer nördlichen Kaltwasseranstalt wieder, auch in dieser Hemisphäre der beste Kurort für die träge, verweichlichte Aristokratie. Die Zeiten waren schon bewegt durch die Agitation für die Präsidentenwahl, dann kam der traurige Riß, der durch die schöne Union ging, und ich habe Nichts wieder von ihr gehört und gesehen, außer einem südlich-patriotischen, feuerspeienden, yankeefressenden Briefe, den sie an den Kaltwasserdoktor im Norden geschrieben hatte. Arme Mary, wie mag es jetzt dir und den Deinigen gehen? Deine zwei Brüder dienen gewiß in den Reihen der Rebellen, haben vielleicht beide schon geblutet, vielleicht verblutet in dem unglückseligen Kampf, den ihr einen Kampf für die Freiheit oder Unabhängigkeit nennt, in dem Kampf für den grausamen Wahn eurer südlichen Rechte und »besonderen Institutionen!«

»Doktor, haben Sie schon je zuvor unser Bier, aus Biersamen gemacht, gekostet?« Bier, aus Biersamen gemacht?! — Wer beschreibt mein germanisches Erstaunen bei dieser Frage? Denn wenn ich auch wusste, dass unter dem englischen Worte beer nur irgend ein leichtes gegohrenes Getränk, aus Wurzeln, Kräutern oder sonstigem Stoff gebraut, zu verstehen sei, — so überraschte mich doch der Ausdruck Biersamen (beer-seed), und meine Wissbegier beeilte sich, die Frage zu verneinen. Die unvermeidliche braune Sally wurde dann gerufen und producierte ein Glas, das über einer Lage weißkörnigen Bodensatzes eine hellgelbe, ziemlich klare Flüssigkeit enthielt, die durch ihre Farbe und ihren nicht unangenehmen, süßlich-säuerlichen Geschmack an junges Berliner Weißbier erinnerte. Nachdem die Zunge ihr Vorgangsrecht bei der Untersuchung des neuen Bieres gehabt, wurden denn auch Auge und Finger mit der Prüfung des biererzeugenden Bodensatzes, des Biersamens, beauftragt, und das Ergebnis dieser Prüfung kann nicht besser und kürzer wiedergeben werden, als wenn ich das Aussehen des Bodensatzes und sein Gefühl zwischen den Fingerspitzen mit dem aufgequollener Reiskörnchen, jedoch ohne harte Hülse, vergleiche. Der Satz war dem Ansehen nach ein Konglomerat gequollener und zerfallener Körnchen und daher der Name »Biersamen« bezeichnend gewählt, aber nun kam der schwierigste Theil der Untersuchung. Was war Das für ein Stoff? und wo kam er her? und wie war seine wunderbare Eigenschaft der Vervielfältigung in infinitum zu erklären? Man versicherte uns nämlich, dass die ganze Masse des Bodensatzes in dem Glase aus ein paar Körnchen entstanden sei, die sich bei richtiger Behandlung in kurzer Zeit schnell vervielfältigen, so dass immer neue Gläser damit gefüllt werden könnten. Man thue ein oder einige Körnchen, die aber immer nass erhalten werden müssen, in eine verkorkte Flasche und gieße etwas mit Zucker, Sirup oder Honig versüßtes Wasser darauf, worauf die Körnchen aufschwöllen und in neue Körnchen zerfielen, die wieder denselben Process durchmachten, so dass die Masse sich fortwährend aus sich selber forterzeuge und vermehre, wobei man jedoch den Process durch tägliches Zugießen neuen Wassers zu unterhalten habe. Das ist Alles, was wir über den merkwürdigen Stoff erfahren konnten. Auf unsere Frage, was er sei, woher er komme, wurde uns nur die Antwort zu Theil, dass Jemand ihn von Jemanden erhalten, dem ihn Jemand gegeben, der von Jemanden erfahren, dass Jemand gesagt habe, er werde in den Rocky Mountains oder in Kalifornien zwischen den Felsen gefunden. Das war Alles, was man wusste. Ich nahm mir eine Probe des Biersamens mit und fand seine oben beschriebenen Eigenschaften vollkommen bestätigt; er war bei der angegebenen Behandlung in fortwährender Vermehrung aus sich selbst begriffen. Da ich bald darauf nach New-York und Massachusets reiste, so theilte ich die sonderbare Erscheinung verschiedenen wissenschaftlichen Freunden mit; Allen war sie neu, doch Keiner wußte mehr damit anzufangen, als ich selbst. Das Ergebnis unserer verschiedenen Konjekturen war, daß es eine vegetabilische Substanz (vielleicht ein Mark) sein möchte, deren Zelle die Eigenschaft besitze, sich aus sich selbst heraus zu vermehren und zu vervielfältigen. Aber der weitere Ursprung dieser Substanz blieb nach wie vor im Dunkeln, und ich habe daher nur noch die Hoffnung, von den wissenschaftlichen Großmächten Deutschlands Belehrung über den Biersamen zu erhalten, indem ich ihnen die Frage ans Herz lege, ob ihnen ein Stoff wie der von mir beschriebene, und was ihnen von demselben bekannt ist? Belehrung, vielleicht durch diese Blätter, wird dankbar anerkannt und, wenn es die Umstände erlauben, durch Biersamen honoriert werden, nachdem dessen Quelle durch Beseitigung der amerikanischen Krisis wieder zugänglich geworden sein wird.

3. Eine Pflanze von Metall.

Für Chemiker und Raritätensammler.

Mein Freund Augustin Theile ist eine Art Universalgenie und Tausendkünstler. Sein dickes Organ der Mechanik (bump of constructiveness, Bausinn, Gall) läßt ihm Tag und Nacht keine Ruhe. Er trägt sich unaufhörlich mit neuen Erfindungen, und er sieht, hört und liest von keiner solchen, die er nicht schon vor Jahren selbst gemacht, oder wenigstens beinahe gemacht hätte. Er ist Geometer und Geodät, Civil- und MilitärIngenieur, Land- und Wasserbaumeister, Maschinenzeichner und Maschinenbauer, Bergmann, Physiker und Chemiker; er erfindet neue Heiz- und Leuchtapparate, neue Gebläsemaschinen, Ventilatoren, Rauchverzehrer und Kondensatoren, setzt galvanische Batterien ohne Säuren zusammen, magnetisiert Triebräder für Lokomotiven, baut Hochöfen und Schmelztiegel, macht alle Arten von Stoffen unverbrennlich, fabriciert Tinte und schwarze Farbe für Hutmacher, und Anilin für die Fabrikanten, analysiert, kombiniert, legiert und amalgamiert; destilliert Kohlenöl und spekuliert in Gold-, Silber-, Kupfer-, Zink-, Blei- und Graphit-Minen. Als der Krieg ausbrach, erfand er Schutzkappen gegen den Sonnenstich, wasserdichte Zelte, unlösliche Brandraketen, unübertreffliche Signallichter, ganze Regimenter auf einmal umwerfende Doppelkugeln; auch hat er das Problem des transatlantischen Telegraphen, und zwar ohne alles Kabellegen, gelöst. Neben diesen materiellen Bestrebungen ist er auch zu Pferde in der Politik, wenn er auch dabei nicht ganz fest im Sattel sitzt, und sein Streitroß heute einmal der schreienden Trompete des „New-York Herald" und morgen den Signalhörnern des „Tribune" oder der „Evening-Post" nachläuft. In der Poesie rühmt er sich einer scharfen Kritik, und hat einem namhaften deutschen Poeten der jüngsten Generation im Feilen und Beschneiden seiner lyrischen Juwelen zu dessen großer Zufriedenheit beigestanden. In Religiosis herrscht bei ihm nach Art der deutschen Gelehrten, vorzüglich der Chemiker und Mechaniker, die Skepsis vor, weßhalb mein Freund behauptet, daß, wenn er in einem spiritualistischen Zirkel erscheint, die Tische stets in der vis inertiae verharren, und die Geister sich regelmäßig wegen anderweitiger Geschäfte entschuldigen lassen, was ihn jedoch nicht abhält, von seinem eigenen Supranaturalismus überzeugt zu sein, denn er versichert, zu Zeiten beim Würfelspiel Anderer die Würfe genau vorhersagen zu können, und durch Mittheilung der ihm »erschienenen« Gewinn-Nummern der Zahlen-lotterie schon mehr als einem armen Teufel »Fünfdollarnoten« zugewendet zu haben. Außerdem ist er ein angenehmer, durch seine Lebendigkeit anregender Mann, und besitzt das Talent, die Leute für sich und seine Talente zu gewinnen, indem er dem Goethe'schen Grundsatze folgt: »Vertraue dir nur selbst, so trauen dir die andern Seelen«. Ein solcher Mann, wirst du meinen, verehrter Leser, passte recht eigentlich für Amerika, und müßte da schon längst sein Glück gemacht haben. Damit würde man aber vor-trefflich irren. Mein Freund Augustin hat es, bei einem vieljährigen Aufenthalt, mit allen seinen Erfindungen, seinem Beruf als Jack of all trades, seinem gewinnenden Wesen und seinem Talent für erlaubten »Humbug«, noch immer auf keinen grünen Zweig gebracht, sondern schon zeitweilig auf sehr dürren Zweigen gesessen. Den meisten seiner Pläne und Ideen, die vielleicht die Wissenschaft umgestürzt und die Welt reformiert hätten, ist es ergangen, wie den Millionen Keimen des Lebens, die in der Natur in jeder Sekunde zu Grunde gehen. Wie manche Eichel wäre ein tausendjähriger Eichbaum geworden, wenn nicht ein Schwein sie ver-schlungen hätte; wie manche Palme verschmachtet im dürren Sande der Wüste, wie mancher Genius wird als Embryo von der Welle des Blutes hinweggespült! Und wahrlich, unsere Ideen, die Samenkörner unseres Geistes, sie haben Nichts voraus vor den Keimen des physischen Lebens, Millionen von ihnen gehen ungeboren wieder zu Grunde; die Natur ist die größte Verschwenderin, die es giebt, sie streut das Leben mit vollen Händen aus, unbekümmert darum, ob die Bedingungen seiner Erhaltung im einzelnen Falle vorhanden sind oder nicht. Es ist keinem Zweifel unterworfen, daß die größten Entdeckungen und Erfindungen häufig mehr als einmal gemacht werden, daß ihre Nutzbarmachung für die Menschheit nicht selten auf Jahrhunderte wieder verloren geht, weil in den äußeren Umständen die Bedingungen ihrer Entwicklung fehlten, weil das Samen-korn nicht den Boden fand, in dem es aufgehen und Wurzel schlagen konnte.

War es ein solches Samenkorn, was mein Freund Augustin ge-funden hatte, als ich ihn im Mai 1861 in seinem Laboratorium besuchte, und ihn mit einer, ihm und mir neuen und überraschenden Erscheinung beschäftigt fand? Er experimentierte zu jener Zeit gerade mit der galva-nischen Reduktion der reinen Metalle nicht nur, sondern auch ihrer Le-gierungen, und versicherte, dabei mancherlei interessante Erfahrungen, namentlich in Bezug auf die bisher noch nicht gelungene Niederschlagung letzterer, gemacht zu haben. Dabei kam ihm folgende, noch niemals mitgetheilte und daher wahrscheinlich noch nie zuvor beobachtete interessante Erscheinung zu Gesicht. Zum Zwecke der Niederschlagung von Kupfer auf zwei Platten, die eine von Stahl mit einem starken Überzug von Kupfer, hatte er diese in einer Kupferlösung hängen. Das die Lösung enthaltende Gefäß war schmal, aufrechtstehend, etwa einer leeren Buchkapsel zu vergleichen. In diesem hingen die Platten perpendikulär und parallel in der Lösung, indem sie oben an einem paar Holzbrettchen befestigt waren, welche zugleich den Deckel des Lösungsgefäßes bildeten. Zwischen diesen Holzdeckeln und dem oberen Rande der daran hängenden Platten war ein freier Raum von etwa ein halb Zoll Höhe, da die Metalllösung nur bis an den Rand der Platten reichte. Als nun der Holzdeckel mit den daran befestigten Platten herausgehoben wurde, zeigte sich zwischen dem oberen Rande dieser und dem Holzdeckel eine sonderbare Bildung von Kupfer, in Gestalt eines Bäumchens, dessen Wurzeln an dem inneren Rande der Platten festsaßen, während die Krone an den Holzdeckel anstieß und der Stamm den Raum zwischen Beiden einnahm. Leider ging das Bäumchen bei der Lostrennung in Stücke, so daß Krone und Stamm von einander getrennt wurden, während die Wurzeln an der Platte hängen blieben. Bei näherer Untersuchung der einzelnen Theile, theils mit bloßem Auge, theils mit der Lupe, ergab sich, daß der Stamm des pflanzenähnlichen Gebildes aus einem Konvolut einzelner Stielchen oder Stämmchen bestand, deren Formation und Windungen an ein Bündel Weinreben erinnerten. Der Gipfel oder die Krone, welche durch das Anstoßen an den Holzdeckel und die dadurch bedingte Ausbreitung entstanden zu sein schien, erwies sich als ein feines Gewirr von Fasern und Fäbchen, welche als spiralförmige Ranken von verschiedener Feinheit und Länge erkannt wurden. Einzelne derselben waren bis zu drei Achtel Zoll lang, und alle von höchst regelmäßiger und zierlicher Windung. Diese Erscheinung beobachtete mein Freund nicht nur einmal, sondern zu wiederholten Malen, und zwar so, daß mehrere solcher Metallgewächschen, theils größer, theils kleiner, neben einander standen, einige in Form von Bäumchen mit einem Stamme, andere als bloße Spiralen unmittelbar aus dem Rande der Platte emporgewachsen. Ich selbst sah nur die Bruchstücke des größten derselben, wie sie eben beschrieben wurden, aber ich sah auch nie etwas Feineres und Zierlicheres und der menschlichen Kunst so Unnachahmliches. Die Momente, welche diese Erscheinung zu einer besonders merkwürdigen und zu näherer Untersuchung auffordernden machen, sind folgende: Aus der Lösung eines unorganischen Stoffes (eines Metalles: Kupfer) sehen wir organische Formen hervorgehen, und zwar nach einem Bildungsgesetze, welches wir bisher nur im Pflanzenreiche beobachtet haben — dem der Spirallinie. Ferner: das Medium dieser unorganischen Lösung war eine organische Säure, und zwar, was der Sache die Krone aufsetzt: Weinsäure. Also aus einer, eine weinsaure Verbindung enthaltenden Kupferlösung geht unter der Vermittelung des galvanischen Stromes und unter Hinzutritt sonstiger Bedingungen, die freilich leider noch gänzlich unbekannt sind, eine Bildung hervor, welche — obgleich dem Stoffe nach rein unorganisch (chemisch-reines Kupfer) — sich nicht nach dem im Reiche des Unorganischen geltenden Gesetze der Krystallisation, sondern in dem Pflanzenreich angehörigen Formen (der Spirale) entwickelt, und zwar in solchen Formen, welche eine genaue Ähnlichkeit mit Theilen der Pflanze tragen, von welcher die lösende Säure ihren Namen erhalten, weil sie einen wesentlichen Bestandtheil dieser Pflanze bildet. Ein ferneres dabei zu beachtendes Moment ist, daß die Bildung nicht innerhalb der Lösung, sondern außerhalb derselben vor sich ging, also dabei von Krystallisation nicht die Rede sein kann und die Erscheinung Nichts mit dem bekannten Dianen- oder Saturnbaume gemein hat, sondern uns hier die meines Wissens noch nirgends mitgetheilte Thatsache vorliegt, daß unorganische Stoffe unter bestimmten Vorausaussetzungen sich nach organischen Gesetzen anordnen und organische Formen annehmen können. Die Frage, ob hiebei das Gesetz der Kapillar-Attraktion thätig gewesen sei, und in welcher Weise die Ablagerung des Kupfers in den Spiralen erfolgte, sind Fragen, deren Beantwortung noch näherer Erörterung vorbehalten bleiben muß. Es war ferner zu bemerken, daß die Erscheinung sich nur bei einer bestimmten Quantität des galvanischen Stromes, an der Tangentenbussole gemessen, zeigte, und bei Herabsetzung des Stromes auf die Hälfte nicht zu bemerken war. Zur Bildung der metallischen Vegetation waren nur wenige Stunden der Einwirkung des galvanischen Stromes von einer gewissen Quantität erforderlich.

Liegt uns hier wirklich eine neue, früher noch nie beobachtete Thatsache vor, so muß sich uns der Gedanke aufdrängen, daß uns dieselbe vielleicht neue Einblicke in die geheime Werkstätte des Lebens und der Natur eröffnen und ihre Weiterverfolgung zu wichtigen Entdeckungen in Bezug auf Formbildung im organischen und unorganischen Reiche führen könnte. Nur andeutungsweise wäre in dieser Beziehung zu erwähnen, daß, während bei allen Pflanzen die unorganischen Bestandtheile, die verschiedenen Erden, Salze u. s. w., sich gleich bleiben und nur in ihrer Zusammensetzung variieren, es hauptsächlich die organischen Säuren sind, welche die Individualität der Pflanzen vermitteln und daher auch wahrscheinlich ein wesentlich bestimmendes Moment der Formbildung ausmachen. Wenn das Experiment mit weinsaurer Lösung zu bestätigenden Resultaten geführt haben wird, so wiederhole man die Versuche mit verschiedenen anderen Pflanzensäuren, wie Klee-, Apfel-, Tanninsäure, und man wird hoffentlich zu bestimmteren Aufschlüssen über den Einfluß der Säure bei der organischen Bildung gelangen.

Die hier mitgetheilten Thatsachen wurden ihrer Zeit in der gelesensten deutschen Zeitung New-Yorks, sowie im „Scientific American", einer weitverbreiteten englischen Wochenschrift, veröffentlicht, jedoch ohne daß dieser Anregung irgend weitere Mittheilungen in der Sache gefolgt wären. Dies ist denn auch in Amerika nicht besonders zu verwundern, und am wenigsten bei den jetzigen Zeitläuften. Ich wollte deßhalb dieses mögliche Samenkorn neuer Wahrheit noch einmal auswerfen, und zwar auf deutschen Boden, wo es — wenn überhaupt lebensfähig, und zum Leben bestimmt — gewiß am ersten die Bedingungen des Aufgehens und der Weiterentwicklung finden wird. Es ist jedenfalls noch ein zarter Keim, aus dem zwar ein wichtiger Zweig neuer Erkenntniß aufwachsen könnte, aber keiner, der die materielle Welt mit Knall und Dampf umgestalten, sondern nur die Philosophie des Lebens bereichern dürfte, und der daher der sanften Hand eines stillen, liebevollen Pflegers im Garten der Wissenschaft bedarf. Unser unglückliches Adoptiv-Vaterland, überhaupt kein guter Boden für Theorie und Spekulation, hat jetzt vollends nur Sinn, Zeit und Geld für den Theil der physischen Wissenschaften, von der Mechanik bis zur Chemie, welcher sich auf die Zerstörungskunst bezieht, und für stille, stetige Pflege der anspruchslosen Wissenschaft müssen wir noch für lange Zeit unsere Blicke nach Europa, und vor Allem nach dessen Kopf und Herzen: Deutschland, richten.

Druck von Pohle & v. Döhren in Hamburg.

Die Tannengeister.

Ein Sylvestermärchen, von Enno Hektor.

———

(Schluß.)

Sturmnächtlich düster tritt der Fünfte vor,
Geist einer hohen, stolzen Riesentanne,
Schlank und gerade wie ein mächtig Rohr,
An Ernst und Würde gleichend einem Manne,
Dem auf die Stirn das Schicksal Furchen schrieb,
Dem Schimpfes halb, der ungerochen blieb,
Schon oft vor Grimm die Zornesadern schwollen.
Er spricht — es klingt wie fernes Donnergrollen:
    „Rauscht auf, regt eure Wipfel, Kameraden,
Laßt eure Stimme schwellen zum Orkan!
Als ich mich tummelte auf feuchten Pfaden,
Da klang es so — ich sah den Ocean.
Das Meer, das Meer! es hat nicht seines Gleichen,
Das ist ein wundersamer Wiesenplan,
Drauf seltner Gattung Schäflein grasend streichen,
Dreimaster! Und die Blümlein, die dort blühn,
Wenn ihre weißen Knospen springen, sprühn
Euch einen Duft, so kühl, so frisch und herbe,
Wie ihr im Lenze thalwärts nie geweht,
Und Kelch an Kelch erklafft, so weit ihr seht,
Ein jeder lauernd, wie er euch verderbe.
Der Himmel läutet donnernd seine Glocken
Und schüttelt wild sein wallend Wolkenhaar,
Der Sturm entrafft der Blüthen eine Schar,
Flicht sie dem Himmel in die braunen Locken.
So hab' ich oft das Meer gesehn, ich war
— Ich war, wie reizt das Wort zu bitterm Spotte! —
Mast auf dem ersten Schiff der deutschen Flotte.
Ja, deutsche Flotte, solch ein Fabelwesen
Ist wahr und wirklich einmal dagewesen.
Sie kam nach vielem Weh und Ach und Krach

Zu Stande, freilich war sie auch barnach!
Drum baute sie die große Nation —
Von Berg und Maus die Fabel kennt ihr schon.
Man strengte sich gewaltig an; vom Bier
Gab manch ein Trinker nach geleertem Glas
Ein Pfennigstück; es ging von Thür zu Thür
Der Bettelstab, Kollekte nennt man Das;
Vom Taschengeld ein Gröschlein reichte dar
Der edle deutsche Jüngling, der Scholar
Von Prima und Sekunda, tapfrer dann,
Im Busen Hochgefühl, ein ganzer Mann,
Die Schule schwänzend, draußen sich zu tummeln;
Die deutsche Frau gab einen goldnen Ring,
Ein Halsgeschmeid' und andres Tändelding;
Die deutsche Jungfrau schnitt vom Ohr die Bummeln.
Aus solchem Stoff, woraus Barmherzigkeit
Sonst Arm- und Siechenhäuser pflegt zu bauen,
Schuf man Kanonenböte, — voll Vertrauen:
Das Flottenkindlein wachse mit der Zeit.
Doch war ich stolz, muß ich gestehn, zu dienen
Als Mast dem ersten deutschen Orlogschiff;
Kein Loos hat jemals prächtiger mir geschienen,
Als meines, wenn durch Tau und Segel pfiff
Ein frischer Wind, die Woge jauchzend sprang
Am Bug empor, Matrosenruf erklang,
Die Schlünde donnernd ihre Grüße schickten,
Vom Flaggentuch die deutschen Farben blickten.
Da gab ich hin mich kühnen, großen Träumen,
Ich sah im Geiste schon von Segelbäumen
Rings einen kriegerischen Wald erstehn,
Von jedem Top die deutsche Flagge wehn,
Ein Regiment zu Lande, Macht zur See,
Ein Reich, das nach der höchsten Palme trachtet,
Stark, einig, frei, gefürchtet und geachtet,
Geheilt von tausendjahrelangem Weh.
Ein schnöder Traum! Wie Spreu ist er zerflogen.
Nicht viele Monde tanzt' ich auf den Wogen,
Als ich geschlagen ward — vom Feinde? nein,
Vom eignen Herrn, der in mir saß den Sklaven,
Der böslich rebellierte, mich zum Hafen
Sammt allen Mitrebellen schleppt' hinein,
Wo uns die nie geträumten Schläge trafen
Des Hammers, der uns um ein Spottgebot
Dem Ersten, Besten zusprach, wie ein altes

Gerümpel, morschen Tröbel nach dem Tod
Des Hausherrn — „Bietet Niemand mehr? behalt es!"
So wurbe um elenden Zubaslohn
Das Lieblingskind der deutschen Nation,
Sein Stolz, sein Ruhm, sein eigen Fleisch und Blut,
Des Fleißes Gabe, theures Opfergut,
Verschachert! Nie noch hat ein Volk gewüthet
So sinnlos wider seinen eignen Leib,
Recht wie ein gottverlassen, schamlos Weib,
Das nicht des eignen Hauses Ehre hütet.
Und kein Protest! kein wilder Zornesschrei!
Die Zeit des Sturms und Dranges war vorbei,
Man liebte wieder, träumend einzuschlafen. —
Einst ruht' ich selber träumerisch im Hafen,
Beraubt des stolzen Schmucks der Trikolore,
Da aus der Ferne brang zu meinem Ohre
Gewohnte Melobei, bie Hörner klangen,
Ich lauschte bebenb, meine Seele schwoll,
Des Vaterlandes Hochgesang erscholl,
Wie er so oft, wenn wir in See gegangen,
Erklungen war von meines Schiffes Decke.
War's möglich, burst' es sein? ja, die Musik
Der deutschen Flotte war's, bie das Geschick
Zwang, jetzt zu spielen an der Straßenecke,
Von Thür zu Thür um eine Gnabenspende
Zu betteln — Bettelanfang, Bettelenbe!
Und seib getrost, man wird noch einmal betteln
Um eine beutsche Riesenslotte gehn,
Noch einmal still und lammgebulbig sehn
Den mühsam aufgehäuften Schatz verzetteln,
Noch einmal ernten Schmach und bittern Hohn —
Hut ab vor solcher Bettelnation!
O Volk, wie thust du mir im Herzen weh,
Wenn ich bich so hartnäckig wühlen seh'
Selbstmörbrisch in ben eignen Eingeweiden,
Nach einem Retter schauenb unverwandt,
Der gründlich heile, — boch burch Unverstand
Dir selber schaffenb tausenbfache Leiden;
Freunb aller Welt, unb boch so egoistisch,
So grunbgelehrt, unb boch so nebulistisch,
So aufgeklärt, unb boch so pietistisch,
Gescheit, unb boch so träumerisch unb mystisch,
So beutsch, unb boch so partikularistisch,
So ungestüm, unb boch so voll Gebulb.

Nach Einheit schreiend dir auf Markt und Straßen
Die Kehle heiser, und doch ohne Maßen
Zerrissen und zerstückt durch eigne Schuld.
So wirf doch einmal fort den alten Hader
Von Süd und Nord, von Waiblingen und Welf,
Noch ist zum Handeln Zeit, es schlägt erst Elf,
Rück aus, ein dichtgeschlossenes Geschwader! —
,Recht schön! doch macht sich Das nicht so im Nu,
Das Wollen thut's nicht, mehr gehört dazu.
Wir sind gewitzigt worden, sind nicht mehr
Die alten Idealpolitiker,
Nein, klug und praktisch sind wir jetzt, betrachten
Die Dinge nur noch, wie sie eben sind,
Nicht Jene mehr, die mit dem Kopfe blind
Zu rennen durch die starre Wand gedachten.
Wir bringen nun einmal im faulen Frieden
Die Einheit nicht zu Stande, die beschieden
Uns dann erst wird, wenn uns von Ost und West
Der Feind bedroht, dann stehn wir mauerfest
Zusammen, ja, ein Krieg bewirkt die Kur,
Den klaffenden Riß heilt Blut und Eisen nur.'
Ei, seht doch, also könnt ihr einig sein,
Ihr könnt vergessen euren Zwist, allein
Ihr wollt dazu wie ungezogne Rangen
Mit Haselruthen erst geprügelt sein.
Nicht doch, es läßt sich anders auch erlangen;
Habt ihr besiegt doch euer Erbgebresten
Auf Sänger-, Schützen-, Turn- und andern Festen.
Wie ginge nicht im Ernst, was spielend geht?
Je nun, die Zeitungsschreiber wollen's nicht,
Die fürchten, wenn das Friedensbanner weht,
Daß bald am besten Stoff es da gebricht.
Wär' schade drum, wenn ihnen solch ein Bissen,
Wie Zwist im eignen Hause, würd' entrissen.
Ist Das ein Chor! Da hinterm Pulte sitzen
Sie Tag und Nacht gebückt und brüten dumpf
Und schreiben mit blutleeren Fingerspitzen
An Leitartikeln sich die Federn stumpf,
Und grübeln grämlich und ergrimmt und schwitzen,
Wie sie den blutigen Riß noch weiter schlitzen,
Zur Lohe fachen böser Zwietracht Flammen.
Versöhnend wirken? Pah! nur Recht behalten,
Wenn man das Wort auch zehnfach müßte spalten,

Muß man die Kriegesfackel drohend zeigen,
,Krieg, Krieg!' so krächzen sie von allen Zweigen,
Des Zeitungschreibers Leben ist der Zwist.
Die schaffen euch die Einheit nicht! Ihr müßt
Die edle Frucht vom Baume selber langen,
Greift zu! längst ist sie reif, laßt sie nicht hangen,
Bis sie von selber fällt, dann ist sie faul,
Und wartet nicht, bis es beginnt zu wettern,
Ein Sturm sie schleudert euch ins offne Maul,
Da möchte sie die Zähne euch zerschmettern.«

Rasch tritt hervor der weiland Freiheitsbaum,
Deß Ungeduld sich längst bezwungen kaum.
„O Brüderchen, du thust mir herzlich leid,
Nicht eben weit ist deine Weisheit her,
Stehst eben noch nicht auf der Höh' der Zeit,
Bist Patriot, Einheitspolitiker,
Großdeutsch, ultramontan, Reaktionär.
Ihr wollt zusammenschmelzen Gold und Blei,
Das giebt euch einen schönen Einheitsbrei.
Was meint ihr, was durch alle Nationen
Jetzt brausend geht, sich regt in allen Zonen?
Der Einheitsdrang? Nein, Freund, Dem ist nicht so;
Wär' es das Wort, das allwärts geht herum:
Das Nationalitäts-Principium?
Glaub's euch der Jud' Apella, non ego.
Die Freiheit ist's, die alle Welt erstrebt
Und die in jedem Volk, wie weit man wandre,
Als ewig treibender Gedanke lebt.
Freiheit zuerst! so fällt euch alles Andre
Von selber zu. Herunter mit dem Zopf,
Dem büreaukratischen! Zerrt die Perücke
Herzhaft dem Professorenthum vom Kopf,
Dem zünftigen der Universitäten;
Baut dem Talent, dem ärmsten auch, die Brücke
Zu Rang und Ansehn, Renten und Diäten;
Fort mit der Vormundschaft des Pfaffenthums,
Fort mit des Polizeistaats Schandkabalen,
Fort mit dem alten Plunder, dem feudalen,
Fort mit der Herrschaft des Soldatenthums!
Thut all den Kram, den alten deutschen Jammer,
Der Folter letzte Reste, ins Museum
Germanicum, die deutsche Rumpelkammer,
Thut Das, und singt ein donnerndes Tedeum!

Die Tannengeister.

Wenn alle Freiheitsfreunde, alle wahren,
Zu einem Ziele sich zusammenscharen,
So wird die Einheit euch von selbst zu Theil.
Freiheit voran! Bei Gott, es geht nur so;
Freiheit voran! so laute die Parole;
Wer die nicht will, dass ihn der Teufel hole!
Freiheit voran! Das ist das A und O.«

    Der Tannengeister Alterspräsident
Nimmt ernst das Wort und spricht: „„Wie ihr doch rennt!
Ihr Beide wollt auf einen Ruck zu Viel,
Ihr überrennt euch und verfehlt das Ziel.
Wohl sind sie schön, der Menschheit Ideale,
Doch darf man nicht gewaltsam um sie werben,
Die Ungestümen weihn sie dem Verderben,
Das hat bewährt sich mehr als tausend Male.
Wie sich das Ideal auch immer nennt,
Ob Kirche, Himmel, Freiheit: opfert man
Ihm Menschenleben, weh den Henkern dann!
Ob auf dem Holzstoß Ketzer man verbrennt,
Ob Freiheitsfeinde durch die Guillotine
Ins Jenseits schickt, Das läuft auf Eins hinaus;
Die Güte des Princips nicht, dem ich biene,
Der Weg dahin macht ziemlich Alles aus,
Zeigt, was ich werth bin, ob mein Ideal
Verdient, dass man dahin gelang' einmal.
Nur nicht im Trab, zieht keine Treibhauspflanzen,
Das rasch Gebaute hält nur eine Weil';
Ein Jeder strebe redlich für sein Theil,
Und besser wird's gewiss im großen Ganzen.
Genug davon! Das Kannegießern hört
Auf dieser Bergeshöhe schlecht sich an;
Ich hoffe, wer nun an der Reihe, stört
Uns nicht mit solchen Dingen.““ —

              Der begann:
„Nein, nein, gewiss nicht; kläglich war mein Loos,
Poetisch weder, noch politisch groß,
Verschmäht, obskur, nichtsnutzig und gering;
Nur ungern trug ich die trübselige Last,
Mich schämend des beklerten Daseins fast,
War ein einfältig, schmucklos, wacklig Ding,
Das Schreibpult eines Mannes, den Natur
Zwar reich begabt, jedoch einseitig nur,
Der, ärmer noch als Job, ein Exemplar

Die Viel gedacht und noch Viel mehr gelesen,
Ein deutscher Träumer und Gelehrter war.
Das ist ein Völklein, wie kein andres mehr
In weiter, breiter Welt, es zieht den Karren
Des Daseins unverdrossen, bis er leer,
Gradaus, was immer komme in die Quer;
Es sind, um kurz mich auszudrücken: Narren.
Mein Herr nun war ein Muster seiner Art,
Ein altes, dürres Männlein, grau, gebückt,
Sein ganzes Wesen ängstlich und gedrückt,
Die Kleider schlottrig, stoppelig der Bart.
Umbaut von moderduftigen Quartanten,
Dickbauchigen, verstaubten Folianten,
Von Manuskripten, die vor tausend Jahren
Ein Mönch in dumpfer Zelle etwa schrieb,
Von weißen Lederlappen, sonderbaren,
Des Schimmels wegen ihm besonders lieb,
Woran, wie Krammetsvögel in den Schlingen,
An Schnüren tellergroße Siegel hingen:
So, wie die Schneck' in ihrem Schneckenhause,
Der Eremit in seiner schmalen Klause,
Verträumt' er seine Zeit tagaus, tagein.
Trat je ein Fremder in sein Kämmerlein,
Zusammenschrak er, wie der Hirsch erschrickt,
Wenn er den Jäger plötzlich nah erblickt.
Solch ein verlegnes Ding! und so zerstreut!
Wie oft nicht hat er über sein Papier
Die Dinte statt des Sandes hingestreut,
Und fortgeschüttet gutes braunes Bier
Anstatt den Inhalt seines Kammertopfes;
Er suchte oft die Hülle seines Kopfes
Allüberall — und trug sie auf dem Haupte,
Wo er sie nimmermehr zu finden glaubte;
Wie oft verfehlt' er nicht den Stuhl, sich setzend
Ins leere Nichts, bis er den Boden fand;
Oft trug er auch, die junge Welt ergötzend,
Den Schirm bei heiterm Wetter aufgespannt.
Der Bücher keines war ihm unbekannt,
Und nur die Welt ihm ein verschlossnes Buch.
Schon als er noch den Knabenkittel trug,
Versaß er halbe Nächte hinter alten,
Von Mäusen angefressenen Scharteken,
Trieb sich herum in allen Bibliotheken
Und ließ für seinen Leib den Himmel walten.

Die Tannengeister.

Vor Allem liebt' er, zwar bei innerm Sträuben,
Getrieben wie von magischer Gewalt,
Von Bildern düstern Jammers wegzustäuben
Den Staub, den gern die Zeit darauf gedeckt.
Da stand des „schwarzen Todes" Schreckgestalt
Grass vor ihm auf, wie sie daniederstreckt
Mit einem Schlage Opfer ohne Zahl;
Er las von Hungersnöthen, großen Schlachten,
Dann von der Foltern tausendfacher Qual,
Von fromm zu Ehren Gottes angefachten
Holzbränden für die Ketzer und die Hexen,
Von Armen, die in düstern Kerkern ächzen,
Von der Spitäler tausendfachem Weh,
Von grausem Missgeschick zu Land und See,
Von Schiffbruch, Städtebrand, der Armuth Klagen,
Von heiligen Bartholomäusnächten
Und von unheiligen Septembertagen,
Von jenem ewigen Drang, den Geist zu plagen,
Zu ängsten ihn, zu fesseln und zu knechten,
Von all' den Qualen, die am Menschen nagen,
Ob er der Guten einer, ob der Schlechten.
Unsäglich Mitleid schwellte seine Brust
Beim Anblick solchen Meers von Qual und Jammer,
Er weinte heiß in seiner stillen Kammer
Oft Nächte lang, ihm selber kaum bewusst.
Noch kräuselten sich jugendblonde Locken
Um seinen Nacken, den der Jahre Zahl
Nicht bog, noch läuteten voll süßer Qual
In seiner Brust der Sehnsucht Maienglocken;
Noch baut' er riesig in die blauen Lüfte
Sein Ideal, nach deutscher Jünglingsart,
Schlug Brücken über meilentiefe Klüfte,
Zum höchsten Ziel zu bahnen sich die Fahrt.
‚Der Menschheit Jammer heilen: o, Das wäre
Ein Ziel, des mühesamsten Ringens werth;
Wohlan, so sei's! Vernichtung der Megäre,
Der Pein, die an dem Mark der Menschheit zehrt!
Das Mittel muss sich finden — wo? je nun,
In Büchern, Das ist doch wohl selbstverständlich;
Studieren also! keine Stunde ruhn,
Studieren heute, morgen, stets, unendlich!'
Und hatte früher schon mein Herr probiert,
Zu wandeln Bücherstaub in Fleisch und Blut,
So ward von dieser Stunde an studiert

Mit nie erhörter, wahnsinngleicher Wuth.
Das ging so fort, er ward ein Mann, ein Greis,
Ein Fremdling stets dem Leben und der Welt;
Nicht bloß verfehlt' er, was er einst so heiß
Erstrebt, das Ziel, das er sich vorgestellt
Zu finden, — nein, es war auch längst vergessen;
Doch mußt' er seinen Wissenshunger stillen,
Studierte fort um des Studierens willen.
Bei einem Bücherschatze unermessen
Hatt' er zu leben kaum, nie gab er hin
Das kleinste Buch um Trinken oder Essen,
An seinen Büchern hing sein ganzer Sinn;
Die waren Alles ihm, sein Stolz, sein Glück,
Sein Freundeszirkel, seine Welt, sein Leben,
Er selbst der Büchersammlung rarstes Stück,
Steif, trocken, ledern, auch ein Buch nur eben.
        „Doch manchmal, wenn durchs Fenster zu ihm drang
Der Lärm von Kindern, die im Überschwang
Des Jubels hell aufschrieen, jauchzten, lachten;
Wenn aus der Ferne ihm die Lüfte brachten
Ins Stübchen eines Posthorns süßen Klang;
Wenn festlich aufgeputzt ein Hochzeitwagen
Vorüberzog, Baß, Fiedel und Schalmei
Ihm sangen wundersame Melodei:
Dann plötzlich fuhr er auf in wilden Klagen,
Zerschlug die Brust, zerrauste sich das Haar.
‚Dahin, dahin! verloren siebzig Jahr'!
Ich habe nie der Kindheit Lust genossen,
Mich nie gelabt, ein Kind, an Kinderpossen,
Nie zog hinaus den Jüngling Lustverlangen,
Ich habe nie zum Tanz den Fuß geregt,
Nie zu den Lippen glühend Naß bewegt,
Nie eines Mädchens holden Leib umfangen.
Dahin, dahin! Auch mir wohl blühte jetzt,
Wenn ich gewollt, von Kindern eine Schar,
Nicht wär' ich einsam, nicht im grauen Haar
Dem Hungertode elend ausgesetzt.
Doch ist's versagt, den Weg zurück zu wandern,
Die Zeit dahin, verloren mir und Andern!'"
        „„Nun, und das Ende? Ist ein Wandel nie
In seines Lebens stille Bahn getreten?""
Forscht ein Neugieriger.
                ‚Ja, unerbeten,
Doch besser sagt euch Das mein Nachbar hie.'" —

Der tritt, ein Bild des Grauens, in den Kreis,
Tiefschwarz, zernagt, aushauchend Moderduft,
Ein recht Gespenst, entstiegen dumpfer Gruft.
Er spricht — hohl klingt's, wie tief aus einer Kluft,
Die Hörer überläuft es kalt und heiß,
Daß sie die hohen Wipfel düster neigen,
Der ganze Wald versinkt in dumpfes Schweigen.

„Ich ward des alten Mannes letztes Bettchen,
Man kennt das Ding: sechs Bretter und zwei Brettchen.
Gemüthlich modern wir zwei Klafter tief
In kühler schwarzer Erde eng beisammen;
Daß je die Sonne mich ins Dasein rief,
Zu solchem Loose kalt mich zu verdammen!
O, lustig ist's; zwar geht es still dort zu,
Doch herrscht auch dort nicht starre Todtenruh';
Gesellschaft leisten Würmer uns und Maden
Und Alles, was sich nährt von Staub und Koth,
Sie thun nicht blöde, setzen ungeladen
Zu Tische sich, wir halten Table d'hôte,
Sind höflich übermaßen, bieten gar
Uns den Schmarotzern selbst zur Speise dar.
So wird die stille Wirthschaft fortgetrieben,
Bis auch kein Brocken übrig mehr geblieben,
Nur Staub noch füllt die engen, dumpfen Räume —
Das ist das Ende aller Menschenträume.
So schließt es stets. Mag immerhin der Erde
Vornehmster Sohn die kühnsten Flüge nehmen,
Nach allen Sternen langen, ja, er werde
Ein Cäsar selbst: doch muß er sich bequemen,
Wie die geringste, ärmste Kreatur
Zu enden, auch im Marmorsarkophage
Zuletzt nur Staub zu sein. Zwar geht die Sage,
Als Wahrheit dumpf geglaubt noch heutzutage,
Die Menschen lebten jenseit der Natur
In Räumen ohne Raum, zeitloser Zeit,
In daseinstrotzender Unwirklichkeit,
Mit kurzem Worte: in der Ewigkeit,
Ein zweites Leben. Uralt ist die Fabel,
Gedichtet in der Menschheit Kinderjahren,
Als noch der Mensch zum Denken nicht kapabel,
Ihm Phantasie und Sinne Alles waren.
Den Geist begriff er nicht als Geist, er sah
Ihn abgetrennt, als andern Leib im Leibe,

Daß der sichtbare Leib zerbrach, so bleibe,
— Dies war sein Glaube — immer lebend doch
Der Vogel, der nun frei zur Höh' entflog.
Seit diesen Glauben ein Geschlecht umzog
Von krauser Mystik, weiß man nicht zu sagen,
Ob Fisch, ob Fleisch des Menschen Geist und Seele.
Doch mögt ihr wissen, dass zu unsern Tagen
Der alte Wunderglaube nicht mehr zähle;
Verstand und Wissen sind die Herrscher jetzt,
Und Phantasie und Glaube abgesetzt.
Auch heute weiß der Mensch nicht Alles zwar,
Doch seines Wissens Grenze sieht er klar.
Als Dichten noch und Denken nicht geschieden,
Da sagte man: ,Der Mensch, er stirbt hienieden,
Dass er im Jenseit neues Sein erwirbt;'
Bescheidner sagt man heute nur: ,Er stirbt.'
Der Mensch, die Wahrheit achtend, ist nicht mehr
So kindlich-egoistisch wie vor Zeiten,
Zu wahren, bei dem Wandel um ihn her,
Sein kleines Ich durch alle Ewigkeiten.
Zwar, was da ist, wird immerfort bestehn,
Doch muss es fügen sich dem Wechseldrange;
Das Einzelne verfällt dem Untergange,
Im Ganzen als ein Neues aufzugehn."
      Die alte Tanne spricht: „Man hört dir an,
Du profitierst noch bei dem Leichengraus,
Du herbergst einen hochgelehrten Mann
Und bist nun selber ein gelehrtes Haus.
Es scheint beinah, du hast einmal ,Das Wesen
Des Christenthums' von Feuerbach gelesen,
Du raisonnierst und sprichst ja wie ein Buch;
Du hast im stillen, dunklen Reich der Schemen
Zeit freilich und Gelegenheit genug,
Zu meditieren über dunkle Themen.
Auch mag, wo Alles Fäulnis und Verwesung,
Nur Schutt und Moder, Erde, Stein und Bein,
Nicht Lust, noch Licht, es allzuleicht nicht sein,
Zu denken sich vom Tode die Genesung;
Da wird man die Principien des Seins
Recht gründlich und materiell erwägen,
Wird gerne sich zurecht die Dinge legen
Mit nüchternem Verstandes-Einmaleins.
Doch, Philosoph, wie viel' du auch der Fragen,

Dem Licht gewinnst, so wirst du Brücken schlagen
Nie über des Gemüthes dunkle Tiefen…

„Halt! horcht! Was regt sich tappend dort am Grunde?
Ein Mensch? im Wald hier um die Geisterstunde?
Er schleppt sich mühsam fort von Strauch zu Strauche,
Er taumelt, hält, stützt auf den Stab sein Kinn,
Sinkt nieder, legt sich wie zum Schlafen hin —
Au, au! just auf mein dickstes Hühnerauge.
Wer mag es sein?" —

        Der Freiheitsbaum versetzt:
„Mich dünkt, mir scheint — ja, ich erkenn' ihn jetzt,
Es ist der Bursche mit dem Strauß am Hute,
Den ich, als jene wilde That geschah,
Mit unerschütterlichem Heldenmuthe
Einst auf den Barrikaden kämpfen sah." —

„Du," spricht die alte Tanne zu dem Geist
Der Wiege, „der du gar so trefflich weißt
Selbst eines Säuglings Träume zu erlauschen
Und Worte mit den Schlafenden zu tauschen,
Erforsche, was, bevor sein Schlaf entflieht,
Dem Wanderburschen durch die Seele zieht."

Der Wiegengeist ist allbereit und kniet
Zum Schläfer hin, sein Träumen zu belauschen.
Nach kurzem Horchen tritt er vor und spricht:
„Im Thal, an dieses Berges Fuße dicht
— Ihr hört das Bächlein drunten leise rauschen —
Liegt unsers Träumers Heimatort, wovon
Der Maibaum hier vorhin erzählte schon,
Die Heimat auch der sehnsuchtkranken Maid,
Die er so reizend uns zu schildern wußte,
Die auf die Kirchweihlust verzichten mußte,
Weil, was sie liebte, ferne war und weit.
Mir scheint, die zarten Hände sind entdeckt,
Die auf des Burschen Hut den Strauß gesteckt.
Nach jenem Straßenkampf aus Kerkerbanden
Mit Mühe, ein Verwundeter, entronnen,
Hatt' er ein Wandern ohne Ziel begonnen,
War lange umgeirrt in fremden Landen.
Da flog ihm zu ein mildes Fürstenwort,
Die Amnestie, er lenkte heim sofort
Die Schritte, die kein Hemmnis konnte zügeln,
Getragen von der Sehnsucht Adlerflügeln,
Bis hier, von Schlaf und Müdigkeit bezwungen,
Er kraftlos niedersank, dem Ziele nah.

Vielleicht, daß er sein letztes Lied gesungen,
Die Luft geht scharf, gefährlich ruht er da."
Der Träumelauscher hat gesprochen kaum,
So schüttelt gleich der alte Tannenbaum
Mit Macht sein Haupt, daß dicht die Nadeln fliegen
Und niederregnen auf den Schlafbetäubten,
Rings um ihn her, zu Füßen ihm und Häupten
Und obenauf in hohen Schichten liegen,
Daß von der Nase kaum ein Tüpfel ragt.
Dann ruft er seinen Freund, den Wind, herbei,
Der in drei Sätzen kommt herangejagt,
Der soll zusammenrechen Laub und Spreu.
Der Wind vor Eifer pustet, schnaubt und hustet,
Beschnüffelt weit umher den harten Grund
Und läuft behend wie eines Jägers Hund
Und heult auch so. Zwar Wenig ist zu holen,
Doch bringt er bald ein Häuflein, welches kleckt,
Womit er tappig-flink den Schläfer deckt,
Und knixt und macht sich wieder auf die Sohlen.
Husch! schlüpft er drauf in eine enge Kluft
Und hockt bequem in einem Winkel nieder
Und knurrt vor Lust und schlenkert alle Glieder
Und macht hier dem gepreßten Herzen Luft:
„Hui, Tannenvolk, du sollst mir nimmer wehren,
Zu pfeifen hier ein Stücklein dir zu Ehren,
Hui, brausen soll's wie Hageldonnerwetter."
Er schickt sich an und räuspert sich und schreit
Und pfeift: „Du grünest auch, wenn's friert und schneit,
O Tannebaum, wie treu sind deine Blätter!" —
Noch einmal nimmt des Waldes Haupt das Wort:
„Nun ist der Bursche sicher zugedeckt,
Nun schlafe er und träume ruhig fort,
Bis ihn des neuen Jahres Morgen weckt.
Genossen! Nahe rückt die Trennungstunde,
Vernehmt ein Wort noch, eh' der Hammer fällt!
Ihr Alle habt gegeben treue Kunde
Von euren Loosen in der Menschenwelt;
Sie zeigten uns den Zwiespalt und die Plagen,
Die über sich die Menschen selbst gebracht,
Da könnten schwanke Herzen leicht verzagen,
Erhellte nicht ein treuer Stern die Nacht.
Es giebt ein Wort, das jeden Mißklang hebt,
In jeder Brust, wenn noch so heimlich, lebt,

Verbraucht und schal, verhöhnt selbst da und dort —
Ich gäb' es hin, wenn nur die Sache bliebe.
Doch wie man immer an dem Worte nage:
Es wirkt noch Wunderdinge heutzutage,
Und dieses Wort — ihr reimt's euch schon — heißt Liebe.
Ich meine nicht die Liebe, die abstrakte,
Die leicht für alles Ferne sich erwärmt; —
Nicht die Verhimmelung, die abgeschmackte,
Die für des Tages eitle Helden schwärmt; —
Den Taumel des Gemüthes nicht, der leicht
Zu wecken ist durch Gläser, die gefüllt,
Und ,Seid umschlungen, Millionen!' brüllt,
Doch mit dem Nebelflor der Nacht entweicht; —
Die Liebe nicht, die in das Blaue strebt
Und prahlend für das Allgemeine glüht,
Doch, wenn es gilt zu handeln, feig erbebt,
Sich in ihr Schneckenhaus zurücke zieht; —
Auch die nicht einzig, die im Lebensmai
Das Herz gefangen nimmt, das noch so trutzend,
Aus Zweien macht ein Paar, und, wenn dabei
Des Himmels Segen, auch ein volles Dutzend.
Die Liebe mein' ich, fest und stark wie Erz,
Die heldenmuthig Alles überwindet,
Die schönsten Siege feiert, wo das Herz
Sich sträubt, zur Milde schwer die Brücke findet;
Die auch den Gegner eigner Meinung achtet,
Nicht stets im Recht zu sein sich überhebt,
Die Gegensätze zu begreifen trachtet,
Der Fehlthat Wurzel zu ergründen strebt.
Ein Schuft höhnt Recht und Sitte — du begehrest
Sofort Justiz und donnerst: ,Draufgehaut!'
Halt, Tugendstolzer! denke nach: — du wärest
Derselbe, stäkest du in seiner Haut.""

      Der Schlagbaum, ein gewaltiger Raisonneur,
Leiht dem Sermon nicht allzugern Gehör
Und brummt: „Nicht überall ist Lieb' am Platz,
Ein jeder Satz heischt seinen Gegensatz.
Recht liebt nur, wer zu hassen auch versteht,
Und unentbehrlich ist der Haß, — es giebt
Des Hassenswerthen mehr, als was man liebt.
Wer zu geflissentlich nach Liebe geht,
Gehört den Starken ganz gewiß nicht an;
Die Lieb' ist weiblich, doch der Haß ein Mann."

„„Haſs — häſslich Wort! Wollt euch erzählen laſſen,
Wovon mir warb — weiß nicht mehr, wie — die Kunde.
War einſt ein Mönch, der führte ſtets im Munde
Das Wort, das eine: ,Man ſoll Niemand haſſen.'
Ein gutes Wort, bei Gott! ein ſanftes Wort,
Ein trefflich Wort, und alſo war der Mann,
Der es zu ſprechen pflegte fort und fort,
Kein härtres jemals über ſich gewann,
Ein alter guter, ſanfter, ſtiller Mann,
Der, ſchritt er leiſe betend durch den Tann,
Auf ſeinem Pfad jedweden Wurm gewahrte
Und hob den Fuß, daſs er ein Leben ſparte;
Und jeder Halm und jede Blume bog
Zum Gruß das Haupt, wo er vorüberzog,.
Und auf die Schultern ihm mit Zauchzen flog
Der Vogel, der nach weitem Fluge dort
So ſicher ruhte wie ein Schiff im Port.
Oft neckten ihn die weltlicher Geſinnten
Und ſuchten ihn mit mannigfachen Finten
Untreu zu machen dem gewohnten Wort;
Sie ſprachen ihm von böſer Schlangen Ziſchen
Und argem Gift, das ſie verderblich miſchen;
Von Lächlern, die euch ſchön thun mit dem Blick,
Euch träufeln ſüßen Honig in die Ohren,
Doch hinterher, bei guter Zeit, euch bohren
Den Stahl, den kalten, heimlich ins Genick;
Von Lug und Trug, Gewalt, Tyrannenwuth,
Von all und jeder haſſenswerthen Brut.
Doch wie man reizte ihn, der Mönch gelaſſen
Sprach ſtets das Eine: ,Man ſoll Niemand haſſen.'
Einſt ging ein ſeiner Schelm ihm ſo zu Leibe:
„Ehrwürdiger, ihr kennt ihn, der dem Weibe
Den Apfel bot, den Zeuges alles Böſen,
Den Erzkujon, von dem uns zu erlöſen
Gott ſelbſt ſich martern ließ, — den Höllenhund,
Den Teufel, Satan, alles Übels Grund,
Der Menſchenſeele ärgſten Feind; nicht wahr,
Den ſoll, den muſs man haſſen ganz und gar,
Den haſst auch Ihr?"' Doch ſprach der Mönch gelaſſen
Das Wort, das eine: ,Man ſoll Niemand haſſen.'""

     „Mir ſcheint der Mann — daſs ich's geſtehen muſs! —
Nichts weiter, als ein Simpliciſſimus."

     „„Ich will nicht, daſs die Liebe blind ſei, nein!
Der Menſch, der rechte, ſoll kein Eſel ſein.

Die Liebe, welche dunklem Drange nur
Gehorcht, iſt noch nicht auf der rechten Fährte;
Tritt Einſicht zu der Stimme der Natur,
Dann erſt zeigt Liebe ſich in ihrem Werthe.
Und glaubt mir, mit der wahren Bildung ſteigt
Der Liebe ſanfte Macht in gleichem Maße;
Wer voll die Höh' der Bildung hat erreicht,
Weiß Nichts mehr von dem Ungethüm: dem Haſſe.
Der Menſchheit Heil und Preis! verfolgt ſie ſtät
Ihr einzig würdiges Ziel: Humanität.
Drum dürft ihr wahrlich immer gelten laſſen
Des Mönches Spruch vollauf und unbedingt,
Den guten Spruch: ‚Der Menſch ſoll Niemand haſſen.‘
Das ſei der Ton, der Alles überklingt.
Und wenn ihr denn, wo Teufel Arges ſchufen,
Den Haß noch braucht: der kommt ſchon ungerufen. —
Nun geht! Ich habe ſchon den Laut vernommen,
Der Geiſtern feind, der Ruf des Hahnes gellt;
Zieht Alle hin, von wannen ihr gekommen,
Und rauſcht das Wort vom Lieben durch die Welt!"
        Geſpenſtiſch Flüſtern — und im Nu von dannen
Iſt fortgehuſcht die Geiſterſchar der Tannen.
        Im Walde fängt es an, ſich neu zu regen,
Die Wipfel alle grüßend ſich bewegen,
Von Leben zeugt des Vogels Flügelſchlag,
Schon hat das tiefſte Dunkel ſich verloren,
Im Oſten graut der Morgen, und geboren
Wird eines neuen Jahres erſter Tag.
Der Sonnenvogel ſchwingt mit goldnem Flügel
Empor ſich über nebelfarbne Hügel,
Grüßt freudeſtrahlenden Blicks das neue Jahr;
Die Erde prangt im blankſten Schneegewande,
Die Winde ſchweigen, über alle Lande
Spannt ſich das Dach des Himmels blau und klar.
Im Thal, wo raſchen Zugs das Bächlein rinnt,
Ruht ſtill das Dörflein, wie ein Boot im Hafen,
Ein Vogelneſt im Laube, wie ein Kind,
Das auf dem Schoß der Mutter eingeſchlafen.
Von allen Dächern wirbelt auf und wallt
Der Rauch des Herdes, ſanft emporgehoben,
Zerflattert roſenfarb in Lüften oben.
Die Glocke grüßt zur Höh' hinauf, es hallt
Der Berg die Klänge freudig grüßend wieder.

Ein Mädchen, steigt gewandt den Berg hinan,
Betritt den düstern, morgenstillen Tann,
Die Nadeln knistern unter ihren Tritten.
Noch ist nicht weit die Schlanke vorgeschritten,
Da trifft unheimliches Geräusch ihr Ohr,
Sie schaut sich um, sie schreitet lauschend vor,
Noch ahnt sie nicht, wie nah' ihr der Ersehnte,
Den sie im fernen Land noch irrend wähnte,
Doch pocht das Herz ihr bang — sie ist allein.
„Dort regt es sich — o Gott, wem fällt nur ein,
Zu lagern hier bei solchem Winterwetter?"
Da rafft sich aus dem Laub der Bursch empor
Und summt, noch halb im Traum, sich leise vor:
„„O Tannebaum, wie treu sind deine Blätter!"" —
„Mein Gott, du bist's?" — „„Ich bin's, und du, auch du?!""
Ein Sprung, ein Schrei, sie halten sich im Nu
Umschlungen Beide, Brust an Brust gedrückt
Und Mund auf Mund, und schauen sich entzückt
Ins feuchte Aug'; dann reißt der Bursche stumm
Sich los, erklimmt des Berges höchste Spitze
Und blickt wie glückberauscht sich um und um: —
„„Gott grüß' dich, Heimatland, im Sonnenblitze!""
Er saugt mit Wonne ein den frischen Duft
Des Morgens, wirft die Mütze in die Luft
Und jauchzt und ruft: „„Glückauf, du neues Jahr!
Schau hier ein glücklich, überselig Paar!""
Das Mädchen steht ihm schon zur Seite dort,
An seinen Arm gehängt, und nimmt das Wort:
„Wie mochtest du nur einen Platz wie diesen
Zur tödlich kalten Ruhestatt erkiesen?" —
„„Ich lebe ja, es sei nun, wie es sei,
Doch glaub' ich fest, ein Wunder war dabei.
Der hohe Baum dort ward mein Lebensretter,
Er streute Nadeln mir auf Kleid und Haar
Und in die Seele Träume wunderbar —
O Tannebaum, wie treu sind deine Blätter!""

————•————

Das Stadtgespräch.

Eine Erzählung, von Elise Schmidt.

Das Kind schlief; der Hund hatte sich neben dem Bettchen auf seine
vier Pfoten gestreckt und schaute ernsthaft nachsinnend in die Weite;
zwitschernd hüpfte der Vogel auf seinem Stänglein im Bauer hin und
her; die Köchin war in der Küche mit der Zurüstung eines Bratens be=
schäftigt; kurz, es war ein so stiller, tiefruhiger Sonntagmorgen, wie man
nur einen in der christlich nordischen Welt sich denken oder träumen kann.

Das Kind erwachte; es streckte, noch halb im Schlummer, seine runden
Ärmchen empor; die Puppe im blauen Kleidchen mit dem schwarzen Kopf
und den langen dürren Lederhänden, mit der es zu Bette gegangen, entfiel
ihm. Es selber legte seinen goldblonden Lockenkopf wohlig zurück auf das
schneeweiße Linnenkissen und öffnete bald, bald schloß es die Lider über
den großen dunklen Augensternen, in jenem seligen halb wachen, halb
traumbefangenen Kindheitsbehagen am wohlgepflegten Dasein. Wenn es
die Augen zur Diele niederschlug, sah es dort feinen weißen Sand gestreut,
mit grünen Tannenspitzen vermischt, die einen aromatischen Duft verströmten;
aus den feinen Ritzen am Boden, durch die Luftlöcher des kleinen thürin=
gischen Vorstadthauses schwebte eine ganze Schar freundlicher Genien und
Gnomen auf das kleine phantasievolle Menschenkind zu, und überhäufte
es mit seinen Spielsachen und Geschenken, die es dann im halblauten
Selbstgespräch an seinen zarten Fingern herzählte. Dazu hüpften und
sangen die gemalten Vögel an den Wänden, welche dort in derben Birkenmaser=
Rahmen hingen, und die große Wanduhr mit den schweren Eichen= und
Messinggewichten tickte abgemessen in die Phantasiewelt des Kindes den
gleichförmigen Pendelschlag der eilenden Zeit. Des Vaters Hirschfänger
und seine gezogene Doppelbüchse hingen friedlich an der Wand und blinkten
im halb einfallenden Sonnenstrahle hinein in die liebliche Märchenwelt;
das Kind ahnte noch nicht ihre blutige Bestimmung.

Da kratzte es an der Thür, Hunde heulten und winselten; das Kind
wußte, daß es Mülpe und Tyras seien. Es schlug in die Hände und
richtete sich halb im Bettchen empor; die Märchengeister seiner Traumwelt
verschwanden vor der eintretenden Wirklichkeit.

Kurzer Hufschlag erklang; an das Thor wurde mit dem Peitschenknopfe
geklopft. Eine freundliche Hand öffnete den winselnden Thieren das Zimmer.
Mülpe, die schwere Jagdhündin, kam bedächtig und leckte ihrem Liebling,
dem Kinde, die streichelnde Hand, während Tyras, der mächtige Springer,
schon seinen schwarzen schlanken Leib über das schmale Bett gelegt
und die kleine Herrin geliebkost hatte. Den Thieren hing Blut am Maule.

Das Kind achtete nicht darauf; es wischte die rothen Tropfen mit seinen rosigen Händchen ab und freute sich der rothglänzenden Farbe. Auch die Thiere achteten nicht darauf; sie kamen vom Tagwerk und lechzten, wie jeder ehrliche Arbeiter, nach Atzung und Ruhe. Ihre Mühe war heute eines Hasen Tod gewesen. Dem Herrn voran hatten sie ihn in den Feldern der Vorstadt aufgejagt und pflichtschuldigst apportiert. Doch der Herr hatte nicht darauf geachtet; er hatte seinen Schuß wie ins Blaue hinein gethan, den Hasen gleichgültig unbesehen dem Pferde an den Sattel gehängt, und war in kurzem, finsterm Galopp mürrisch und heftig nach Hause geritten. Dies Alles schienen die Thiere mit klugen Augen und wedelnden Schwänzen dem kleinen Mädchen, der Tochter des Försters, erzählen zu wollen, die jetzt dem Papa sehnsüchtig die Arme entgegenstreckte.

Der kleine graue Dachshund, der vorher an ihrem Bette so gut Wache gelegen, war schon längst vor der Ankunft des Herrn an der Thür gestanden und hatte die Nase an die Ritze gebeugt, mit dem Schweife langsam hin und her wedelnd, denn der Instinkt des Thieres verkündigte schon aus weiter Ferne die Ankunft des Nahenden. Jetzt war er hinaus, dem Reiter entgegen. Mit ihm schoß durch die Thür der blanken Küche eine blühende Magdgestalt, öffnete schnell den anschlagenden Hunden die Thür und stand nun am Zaunstackett vor dem Reiter, das Gatterthor aufmachend. Der silberne Morgennebel wallte noch auf den Fluren; ein süßes Ahnen des Frühlings lag in der Luft und bewegte liebevoll spielend die schwellenden Knospen der Bäume. Ein frischer Wind strich eben, den Nebel aufjagend, und verkündigte, daß um Mittag die Sonne scheinen werde. In des Reiters Bart hing der Reif, sein Gesicht war glühroth; doch wußte man nicht: war es von innerer Hitze oder von äußerer Kälte? Er und das Pferd athmeten schwer, und letzteres dampfte, als er aus dem Sattel stieg. Seine Stirn war stark gerunzelt, er hielt die Augen vor innerem Verdrusse fast zugedrückt, als er die Zügel an das Mädchen gab. Dies war schade, denn hätte er die Augen aufgehabt und das Mädchen angesehn, so würde sein Verdruß wie Nebel vor der Sonne geschwunden sein. So ging er zugedrückten Auges, nicht rechts noch links sehend, in das Haus; — doch konnte er nicht hindern, daß, als er in die Thüre trat, ihm Etwas in die Nase kam, das wie Bratenduft roch und ihn wieder an das Mädchen erinnerte.

Letzteres stand draußen und weinte leis und betrübt. In der Thür hatte sich der blanke Förster recht derb und rauh umgekehrt und hatte recht befehlshaberisch gerufen — freilich, wie es ihm, dem Herrn, der Magd gegenüber zukam: »Führe Sie das Pferd herum und striegle Sie es; dann in den Stall damit und es gefüttert!«

Margareth war diesen Ton schon seit Monaten nicht mehr gewohnt gewesen; vielmehr war der Förster schon recht lange gut und freundlich

gegen sie. Was machte ihn nun heut am stillen Sonntagmorgen so unzu=
frieden und barsch? Sie war sich doch bewusst, dass der Braten in der
Küche dampfte, das Kind gepflegt war, der Stall glänzte. Ach, sie war
eine arme Magd; sie konnte sich gar nicht freuen über den Hasen, dem
der Schuss so tief gegangen und den ihr der Jäger für die Küche mitgebracht.

Sie musste sich noch einmal im Stall niedersetzen und lauter
weinen. Es war ja nichts Ungewöhnliches, dass sie das Pferd fütterte
und striegelte, den Stall säuberte und Häcksel schnitt; im Gegentheil: es
war beim Vermiethen so ausbedungen. Sie that es ja auch gern und
hatte ihre Freude daran, dass der Rapp sie kannte und hell aufwieherte,
wenn sie ihm die goldgelbe Streu unterbreitete, den Trank im klaren
Futtereimer ihm vorsetzte oder duftiges Heu in seine Krippe warf.

Dies gab sie zu; doch nimmer hätte die arme Magd es sich einge=
standen, dass ihr Herz noch mehr der Grüße sich freute, welche der Herr
mit freundlichem Kopfnicken ihr zuwarf, wenn er auf dem blitzsaubern
Rappen davonsprengte.

So war es vordem gewesen; doch seit Monaten schon hatte der Herr
sein Pferd selbst besorgt. Wie es gekommen, wusste sie nicht zu sagen; —
es war wohl so lange, seitdem das Kind im Hause war und sie Mutter=
stelle an demselben vertrat.

Margareth war ein armes Mädchen; wer ihre Eltern gewesen, konnte
Niemand angeben; sie war als eine kleine Dirne vom Wege in die Stadt
gekommen, wie eine Blüthe vom Baum fällt und zufällig hinausgetragen
wird. Sie war immer eine kleine Magd gewesen; zuerst bei den Gänsen,
die sie mit einem wohltönenden, von ihr erfundenen Gesange aus dem
Feld lockte. Dann diente sie als Magd bei hochbetagten Leuten, die sie
nicht verließ, auch als sie in Armuth geriethen und keinen Lohn mehr
geben konnten. Sie wusste nicht, dass sie eine poetische Figur war. Keiner
in der kleinen Landstadt wusste Das von ihr; aber Alle kannten und
achteten sie.

Von den alten Leuten weg hatte der Förster, dessen Frau gestorben
war, sie zu sich genommen. Sie sollte, wie gesagt, sein Pferd füttern
und seine Wirthschaft besorgen. Warum hätte der Wittwer sich scheuen
sollen, ihr Das anzubieten? Der Zustand, aus dem er sie genommen,
war noch immer tief unter Dem, was er ihr bot. Sie lag bei den armen
alten Leuten auf Stroh in einem Mauerloche. Das vom frühern Lohn
ersparte Bett legte sie der alten Herrschaft unter. Gleich der heiligen
Rothburga umflossen von ihren schönen Haaren, machten diese bei Nacht
und Tag ihren einzigen Schmuck aus. Sie nährte ihre arme alte Herrschaft
dadurch, dass sie eine kleine Blumenzucht trieb, die wunderbar unter ihren
Händen gedieh. Munteren Ganges schritt sie dann unter ihrer blumigen
Last von Haus zu Haus und bot Reseda und Nelkenstöckchen feil, und

Keiner mochte der Rose versagen, den weniger schönen Schwesterflor zu laufen!

Sollen wir sie beschreiben? — Wenn sie ohne Last ging, schritt sie daher wie ein stämmiger junger Mann, ein schwaches Mädchen konnte sich auf sie lehnen.

Man mußte sie anschauen und sich nach ihr umschauen. Selten aber ging sie ohne Last; doch stets anmuthig nickten ihre Blumen ihr um das volle freundliche Antlitz, dessen Zähne Perlen, dessen Augen Sonnenschein waren.

Man wußte nicht: sollte man mehr ihren Wuchs bewundern, dessen jungfräuliche Rundung, verbunden mit der Festigkeit ihres Ganges und dem Stolz ihrer Haltung, ihr fast einen Charakter von jünglingshafter Herbheit verlieh, — oder das Gesicht, dessen elastische Züge jeden Eindruck wiederspiegelten, im Ganzen aber Seelenheiterkeit, Feinfühligkeit und offene, rückhaltlose Herzlichkeit verkündigten.

Und dieses Mädchen hatte geweint. Heut zum ersten Male! Was traf sie denn so in den Worten des Herrn? Sie hatte doch schon öfter das Pferd gestriegelt. Und auch heute schluckte der Rappe mit seiner breiten bleifarbigen Zunge unter den großen gelben Zähnen hervor nach dem Stücklein Brot, das sie, wie gewöhnlich, unter ihrer Schürze hielt, — gewissermaßen zum Dank für den Liebling, daß er den Herrn zurückgebracht. Die Thränen waren auf das Brot geträuft; der Schwarze schluckte das Alles gemüthlich hinunter.

Der Förster ließ sich heute nicht im Stalle sehen. Das Mädchen hatte Lust, länger als sonst darin zu verweilen; doch plötzlich fiel ihr ein, daß der Braten in der Küche verbrenne, und schnell war das mattherzige Träumen, welches sie befallen, vor der gesunden Realität ihres Lebens entschwunden.

Sie fühlte wieder das Gefühl ihres Standes mit all der Wichtigkeit, welche die Nothwendigkeit jedem Berufe eines Arbeiters verleiht. Sie dachte an das Pferd, an das Kind — an den Mann! — an Haus und Garten, an innere und äußere Obliegenheiten; Alles sollte aus ihren Händen Bedarf und Ordnung empfangen! Mit einem Wort, sie fühlte sich wieder! Mit sicherem Schritt, den stämmigen Wuchs fest aufgerichtet, ging die hohe ehrliche Magd eilends aus dem Stalle dem Hause zu.

Der Förster war eigentlich ein schöner Mann; nur eine hohe, etwas kahle, vom kurz verwichenen Gram gefurchte Stirn gab ihm das Gepräge höherer Jahre, als er zählte, und beeinträchtigte das Kräftige, lebensvolle seiner äußeren Erscheinung. Doch wenn er so daher schritt oder ritt in seinem grünen Rocke mit den silbernen Eichenguirlanden am schwarzen Sammtkragen, den Hirschfänger mit dem grimmigen Löwenkopfe an der Seite, und auf den schwergeprägten echten Knöpfen das hochfürstliche Wappen, dann schaute Bub' und Mädchen dem schmucken Jäger nach.

Da er viel in der Welt herumgekommen und mit Groß und Gering
verkehrte, so hatte er für Alle einen guten Ton, und für Frauen absonderlich
galante Manieren; daher denn auch viele Hoffnungen seit dem Absterben
seiner Frau an ihm hingen. Jedoch, wenn auch manches Mädchen erröthete, mit dem er sprach: sein Lächeln blieb schwermüthig. Haar und
Bart waren zwar kohlschwarz geblieben, die Zähne blendend weiß, die
Augen glänzend: aber inwendig hing doch Alles grau umflort. Tief war
die Melancholie, die über ihn gekommen, seit er in das offene Grab seiner
Frau gesehen.

Er hatte sie geliebt, und sie hatte ihn beherrscht. Sie war eine
Stadtdame, die er aus einer großen reichen süddeutschen Handelsstadt in
die kleine thüringische Residenz hineinverpflanzt. Damals war er sogar
im Rang eine Stufe höher gewesen; als hochfürstlicher Oberförster hatte
er auf einem besonders beliebten Jagdschlosse des Fürsten mitten im Walde
den ganzen Bezirk des fürstlichen Jagdgebiets im kleinen Ländchen beherrscht.

Aber die Poesie dieses Aufenthalts im einsamen Jagdschlosse, auf
hoher wunderschöner Bergwiese gelegen, wo Wälder auf Wälder unabsehbar
die grünen Wipfelkronen zu dem eben verbundenen Paare hinaufstreckten
und dann die blauen Berge wolkenhoch den glänzenden Beschluß der
stillen Aussicht machten, konnte das arme Weibchen nicht begreifen. Ihr
war das Reh verhaßt, das sich freute, weil es nirgend Menschen sah;
der Hirsche Geschrei kam ihr fürchterlich vor. Sie ging ruhelos durch
das Haus, wie eine von der Einsamkeit Gejagte.

Wenn ihr Mann daheim war, fand sie einigen Trost in seiner gren-
zenlosen Liebe, in seinen Liebkosungen.

Aber es kam fast stets, daß er viele Tage in seinem Berufe aus
war. Im grünen Wald mit der Büchse im Arm; im Schnee auf dem
Anstand. Dann klagte sie mit gerungenen Händen ihr elendes Schicksal
an. Was kümmerte es sie, wenn er mit Wildpret beladen nach Hause
kam? Welche Freuden gewährte ihr seine Jagdlust? Sie war eine
Kamelie, für den Tanzsaal geboren; kein Immergrün, das des Mannes
Haus im Winter schmückt. Das Landleben war ihr fremd; sie hätte sonst
in schaffender Thätigkeit als ländliche Gutsfrau ihren Beruf zu erfüllen
vermocht. So verursachte ihr das Bellen der Hunde, das Knallen der
Büchsen, oder gar das Blut in den Wunden der Thiere einen tödlichen
Widerwillen.

Armer Mann, die Liebe allein macht das Leben nicht aus! —

Wie vernachlässigt fand der Förster sein Haus, wenn er heimkam!
Die geliebte Frau in Thränen, die dann zwar seinen Unmuth, sein Bedauern verwischten durch die heiße, ungestüme Leidenschaft, mit der sie
sich ihm hingab.

Aber er sah seine Frau dahinsterben; er konnte es sich nicht verhehlen, — und sie starb, weil ihr der Visiten-, der Tanzsaal fehlten!

Das Kind, welches ihre Ehe gebracht, konnte als ein kleines, unfertiges Ding, wie es noch war, das Interesse der Frau nicht erregen; es ward nachlässigen Mägden übergeben, und gedieh eben auch nicht sonderlich.

Der Oberförster war eine stille, fromme Waldnatur; er sah mit Abscheu den Zustand der Dinge in seinem Hause; aber er liebte seine Frau abgöttisch. Er wollte sie nicht sterben sehn!

Eines Tages trat er den Fürsten an und bat, ihn zu degradieren d. h. ihn aus seiner Stellung im Walde zu entlassen.

Diese Bitte klang so unglaublich, daß der erstaunte Fürst sie sich zweimal vortragen ließ. Der Fürst war ein gemüthlicher Herr, selbst ein leidenschaftlicher Nimrod; er liebte seinen braven Oberförster und wollte ihn nicht missen. Daher lachte er und machte ihm Gegenvorstellungen, die auf sein eigenes Eheverhältnis hinzielten, da er selbst oft die junge zarte Fürstin allein ließ und wochenlang in den Wäldern umherstreifte.

»Aber die durchlauchtigste Fürstin bleibt in der Residenz, während meine Frau verlassen im Walde lebt«, hatte der arme Förster den Muth zu erwidern.

»Nun, so soll Seine ma chère in die Stadt, aber auch Er nicht mehr in den Wald!« brummte ergrimmt der Fürst.

Der beliebte Forstregent fiel in Ungnade.

»Einen Waidmann, der vor seiner Frau das Hasenpanier ergreift, will ich nicht mehr mit Augen sehen!« sagte der Herr.

Der arme Mann wurde degradiert, aller Jagdpraxis entbunden und mit einem Schreibeposten beim Rechnungswesen der fürstlichen Wildkammer angestellt. Er war kein Oberförster mehr, aber er blieb ein guter Ehemann.

Wer mag ihn hier nicht verlachen, wie der Fürst es gethan? Und doch — welche unbegreifliche Liebe verblendete ihn, daß er den Abgrund nicht sah, zu dem er mit eigenen Füßen hinschritt? Er wollte seine Frau nicht sterben sehen — der erste Ball kostete ihr das Leben!

Ach, wie war sie schön an jenem Abend! — Der arme Förster hatte kaum den Muth, sie anzusehen! Sie verblendete dem eignen Mann die Sinne, als sie, so durchaus in weißen Linon und Gaze gehüllt, mit Blumen im Haar, wie eine Feenkönigin vor ihm stand, mit dem Lächeln des sicheren Triumphes auf den Lippen! Er wollte sich ihr nahen, sie in seine Arme schließen — hatte er doch mit einem ungeheuren Opfer ihr diese Stunde des Glücks erkauft — da ward ihre Stirn finster, ihre Lippe herrisch, es wurde ihm herb geboten, sich zurückzuziehen: das Kleid das nicht zerknüllt werden durfte, nahm ihre ganze Seele ein!

Der Mann fing an zu begreifen, daß er im Walde »ihr Einziger« gewesen; auf dem Balle durfte er füglich der Letzte sein!

Aber sie war so schön, so gebildet, eine so vollendete Weltdame; sie
hatte jetzt das Feld erobert, auf dem sie glänzte, und wollte es genießen,
da sie von Seiten ihrer Familie Vermögen besaß. Ihr Mann hatte den
Wald verlassen, wo er Schütz und König war, und schlich traurig, einsilbig,
seiner glänzenden Siegerin nach.

Alles erfüllt sich! Sie wollte aus dem Wald — er hatte es ihr
verschafft. Er wollte sie fröhlich sehen — sie war es. Sie tanzte so
unmäßig (der Fehler ihres Mannes, ihr zu Liebe geschehen, hatte ihr eine
gewisse Berühmtheit in der Stadt verschafft, so daß Jeder sich drängte,
mit der Löwin der kleinen Residenz einen Tanz zu machen), sie lachte so
ausgelassen, sie erhitzte sich dermaßen, und fuhr dann, trotz der Warnungen
ihres besorgten Mannes, im offenen Schlitten durch Nacht und Wind in
tollem Übermuth nach Hause, daß der Morgen ihr mit Bestimmtheit die
Krankheit brachte, an der sie starb.

Aber sie war eine zauberische Blüthe gewesen, heiß und beseligend,
mit purpurrothen Lippen wie das Leben; sie hatte sich in den Tod ge=
lacht, getanzt und geküßt!

Der Mann konnte sie nicht vergessen.

Wir verließen den Förster — der es jetzt nur noch dem Namen nach
war — in dem Augenblicke, als er in den Vorflur seines Hauses trat
und der Braten ihm in die Nase duftete. Er stand einen Augenblick still.
Alles heimelte ihn an. Wie war der Flur so reinlich bestreut, wie sauber
die Wände, von denen frische Palmen herabhingen, da es gegen Ostern
ging. Draußen auf dem Hofe gackerten die Hühner, scharrte der Hahn;
Pferd, Kuh und Schwein schienen sich jedes auf seinem Platze behaglich
zu fühlen.

Die Kuh streckte ihr gehörntes Haupt durch das eiserne Gitter ihres
reinlichen Stalles, schaute ihn mit den großen Augen fragend an, und
strich mit ihrer großen schweren Zunge über seine Schulter, als er in
ihre Nähe kam.

Nun gar in der Küche! Da funkelte das Kupfer, glänzte der Herd,
und so weiter bis in die Stube hinein, wo die Uhr ihr ernsthaft gemüth=
liches Tiktak wie eine Zustimmung zu der leuchtenden Ordnung, die überall
im Hause herrschte, vernehmen ließ.

Sein geliebtes Kind — eine rosige Menschenblüthe, lag es in der
lilienweißen Unschuld der blendenden Linnenkissen, und streckte dem Papa
voll Wohlsein die runden Ärmchen entgegen.

Er drückte es an sich. »Mein liebes Kind!« murmelte er gepreßt.
»Dich soll ich wieder entbehren! — und wie wird es dir ergehen unter
den fremden herzlosen Menschen? Ach, kaum fanden wir uns wieder,
kaum schlich etwas Ruhe in mein Herz, als der Dämon der Menschen
sie wieder austreibt und uns trennt!«

Eine große Thräne fiel aus seinem Auge, als er Dies dachte, denn laut sprach er nicht.

Das Kind gewahrte sie; es war die erste Thräne, die es sah, und es dachte darüber nach.

Da erscholl eine Stimme mit vollem, sonorem Brusttone durchs Gemach. Es waren nur die einfachen Worte:

»Herr Förster, der Tisch ist gedeckt.«

Margareth stand in der Thür, ihre stattliche Erscheinung füllte den ganzen Raum aus.

Der Förster ging zur Wiege, nahm sein Kind und setzte es zu sich, dann schob er hart das Kouvert Margarethens, die bisher in ländlicher Gleichgestelltheit mit an seinem Tische gesessen und seinem Kinde vorgelegt hatte, bei Seite und sagte mit barscher Kälte im Ton:

»Sie wird von jetzt an wieder in der Küche essen.«

Das Mädchen warf einen langen Blick auf ihn, nahm jedoch schweigend und mit ruhigem Anstand ihren Teller fort und ging.

»So werde ich sie endlich aus dem Hause treiben!« sagte der gepreßte Mann vor sich hin und schritt, ohne zu essen, seufzend auf und ab, indem er dem munter speisenden Kinde zuweilen einen Bissen des duftigen Bratens vorschnitt.

»Warum ißt denn die Margareth nicht mit uns?« fragte endlich das Kind.

»Sie wird bald gar nicht mehr bei uns sein, und du mußt dich daran gewöhnen!« antwortete wie oben der Mann.

»Und warum?« fuhr er in seinem tristen Selbstgespräch fort. »Weil die Leute sagen, daß ich die Margareth heirathen werde. Toller Schnack! Als ob ein gebildeter Mann sein Dienstmädchen heirathen könnte! Es greift wirklich meine Ehre an!«

Und er vergegenwärtigte sich nun das Gebilde der kleinen Hauptstadt: wie er bei seinen heutigen Morgenvisiten auf manche verdeckte oder unverhehlene Äußerung gestoßen. Die Frau Bürgermeisterin tauchte vor ihm auf mit ihren drei dicken, rosageleideten Töchtern und ihrer ewig beweglichen Zunge. Er hatte die Damen eben getroffen, als sie mit Vorbereitungen zu einem Polterabendscherze beschäftigt waren, wo zwei der guten Mädchen polnisch tanzen und eines ein Gedicht hersagen sollte. Etwas verwogen, wie die Frau Bürgermeisterin stets war, nahm sie sogleich den Herrn Förster ins Gebet. Die beiden dicken polnischen Tänzerinnen fragten auch kichernd, indem sie mit ihren Pas innehielten und den Schweiß von den Wangen wischten (deren Grübchen sich sonderbarerweise, durch erstaunliche Fettlagen gedrängt, bis unter die Augen verschoben hatten, was ihnen ein wunderliches Ansehen gab): »warum denn die Margarethe sein Pferd nicht mehr füttere? hähähä!« — Nach dieser zarten und gemüthvollen Frage quälten sie sich wieder ab, die Mazurka, daß der Boden dröhnte, zu üben.

Margarethe tanzte nie; Das fiel ihm ein. Sie konnte es wahrscheinlich nicht. Welcher Lehrmeister hätte der Armen es beibringen sollen? Ihm war der Tanz zuwider — seine Frau hatte sich todtgetanzt! Aber hätte Margarethe tanzen mögen: mit welchem anderen Anstande, als die dicken Bürgermeistertöchter! — Und so irrten seine Gedanken immer wieder zur Margareth zurück, die er doch Willens war aus seinem Hause zu jagen.

Denn die Stichelreden waren ihm nah gegangen, die er von allen Bekannten nah und fern über sein vermeintliches Verhältnis zu dem Mädchen angehört.

Der fürstliche Oberförster, der die schönste und gebildetste Frau der Welt gehabt, nun mit seiner Dienstmagd verheirathet! — es griff fast seinen Verstand wie seine Ehre an!

Liebte er sie, liebte sie ihn? Sonderbar, er hatte nie danach gefragt. Peinvoll wurde es ihm auf einmal klar, daß es so sei. Das Gefühl war zwischen den Beiden aufgewachsen wie ein schöner schirmender Baum, in dessen Schatten sie saßen und sich die Hände reichten.

Er fühlte plötzlich: er liebte sie mit tief eingewurzelter Liebe, die um so heftiger war, je stiller sie gewachsen.

Und doch war es eines Mannes Werk, den Baum auszugraben.

Er dachte an seine Familie, an die Verwandten seiner Frau.

Dann fiel ihm plötzlich ein — mit einem Schreck durchzuckte es ihn! — eine Geschichte, die er kürzlich gehört, wie ein armes Mädchen, von einem begüterten Manne geliebt, dessen Hand ausgeschlagen, um einen Gefährten ihres Standes zum Ehegatten zu wählen.

Sie war ja nur eine Magd; sollte sie keine freie, offene Liebe haben?

Er hatte sich nie darum gekümmert, was sie des Sonntags an ihren Ausgehtagen that. Es wurde ihm nun plötzlich interessant. Aber in seinem Hause konnte sie nicht bleiben — auch des Mädchens wegen nicht; sie wurden ja zum Stadtgespräch! —

Dann fielen seine Blicke wieder in die Öde.

Er bedeckte sein Gesicht mit den Händen. Sein armes Kind bedurfte einer Mutter. Wo fand es Eine, die es besser pflegte, als Margareth? Leiblich! — aber auch geistig? Eine Magd, die sein Pferd gestriegelt — als Mutter, als Erzieherin seines Kindes? Wie der Blitz fuhr eine andere tragische Geschichte durch sein Gehirn, die er mit erlebt, mit beachselzuckt, bekopfschüttelt hatte. Die Geschichte eines bekannten Malers, der das Kammermädchen seiner Mutter geehlicht und dann vor dem rohen Weibe sein Lebenlang auf der Flucht gewesen!

Die Worte einer geistreichen Frau aus jener Epoche seiner Jugend, wo er als Forstkandidat in einer größeren Residenz seinen Studien obgelegen, fielen ihm ein:

»Die Männer sehen jedes Gänseblümchen für 'ein Gretchen an, bis sie mit ihm verheirathet sind, dann verwandelt sich die Naivetät in Roheit, die Ungebundenheit des Äußeren in Schmutzigkeit; der Wunsch solcher Mädchen, Damen zu spielen, ist unerträglich, und verwandelt sich tausend= mal für den Mann in Scham und Verlegenheit. Goethe wußte recht gut, warum Faust sein Gretchen verließ; er hatte es an Friederiken erfahren!«

Er erbleichte bis ins Herz; das Blut stockte ihm. Nun war ihm der Ausgang klar; es konnte nur ein tragischer sein. Glück genug, wenn sie ihn nicht liebte, wenn er allein der Leidende wäre! — Aber liebte sie ihn? Die schöne Mädchengestalt stand vor seinen begehrlichen Sinnen.

Obgleich der Förster ein sittlicher Mann war, dachte er doch einmal zitternd daran, daß er — wenn nicht ihr Mann — doch ihr Liebhaber werden könne. Allein ein Blick auf das Mädchen bezwang ihn! — Sie legte so viel Selbstgefühl in ihrem Ausdruck, in ihrem ganzen Gebahren an den Tag, daß er fühlte: er achtete das Mädchen!

Und dennoch, wenn sie ihn liebte? — wenn sie sich ihm ergeben wollte— sie hatte sie doch Das nur mit sich selbst auszumachen!

Es war Sonntag. Er nahm die Bibel, aus der Margareth vorher dem Kinde vorgelesen, und warf sie dem Satan Versucher an den Kopf.

Was berechtigte ihn, weil das Mädchen im Joche niederer Dienst= barkeit stünde, sie noch unglücklicher machen zu wollen?

Dienen wir denn nicht Alle? — —

Dann mußte er lachen. Was ihm dieses plötzliche, aphoristische Lachen entlockte, war das auf seinem Pulte aufgeschlagene Haushaltungsbuch, worin Margareth ihre wirthschaftlichen Rechnungen niederlegte, und welches jeden Sonntag seiner Einsicht unterbreitet wurde.

»Welche staunenswürdige Orthographie!«

Zeichen äußerer Unbildung schmerzen uns an Denen, die wir lieben, am meisten.

Arme Magd! — der stolze Herr Oberförster schüttelte seinen hoch= müthigen Kopf gewaltig über deinen unschuldigen »Kolkop«, der unten zwischen falschgeschriebenen Kraut und Rüben am Schlusse der Rechnung stand.

Wahr ist's: sie konnte nie seine Frau werden!

Und doch drehten sich seine Träume um das rosige Bild des Mädchens, ohne etwas Anderes, als das Naturverhältnis, zu fühlen.

Ach, es gab eine Zeit, da kein Lesen und Schreiben war; damals, im Garten Eden bei Adam und Eva, dem schönen ersten Menschenpaar; — aber was haben Bildung und Kultur aus dem Garten Eden gemacht?

Der arme Förster! Das Mädchen war so hübsch und es paßte so ganz für ihn — und es sollte doch nicht für ihn passen!

»Wie?« sagte er, in einem Anfalle von Verzweiflung sich gegen alle Formen der Gesellschaft stemmend.

»Heißt nicht Orthographie »Rechtschreibung«, d. h. nach dem Laute des gesprochenen Wortes schreiben? Und hat da mein Mädchen nicht richtig geschrieben, wenn sie »Kolkop« schreibt? Ja, sie tritt sogar in die Reihen der gründlichsten deutschen Sprachverbesserer, wenn sie zwei Buchstaben in einem zweisilbigen Worte spart — o Potsdamer Sprachverein! — und wie tief ist die Genialität ihres Mutterwitzes! sie macht für immer die abscheuliche Vergleichung zwischen einem Kohlkopfe und einem Menschenkopfe unmöglich!«

Bis dahin war er mit dem Humor gekommen, als dieser plötzlich erstarb und einem bittren und tiefen Ernste Platz machte.

Er hatte bei den oben wiederholten Worten die Bekenntnisse des ungrammatikalischen Kindes, d. h. die Haus- und Wirthschaftsrechnungen, hin und her durchblättert, und bemerkte nun auf einmal, wie sich auf den Blättern jüngeren Datums des Mädchens Handschrift regelmäßiger erwies.

Offenbar hatte sie die Züge seiner Handschrift nachgeahmt und versucht, sich daran zu bilden. Bitter und rührend sprachen hier Armuth und Liebe ihn an. Ungewährtes Bedürfnis und heiß aufklimmende Sehnsucht zogen mit leisen Bleistiftstrichen über die sicheren großen Zeichen seiner Handschrift hin und umgaben sie mit einem dunklen Scheine, — gleichsam eine Glorie der um Bildung bittenden Armuth.

Eine Thräne trat in des Försters Auge. Er begann unwillkürlich mit seinen Betrachtungen in die nachtschwarzen Tiefen der Gesellschaft hinabzusteigen. Dieses Mädchen rieth ihm seine Leidenschaft zu verführen, sein Stolz, unglücklich zu machen, — wie so Viele fallen, deren Armuth entehrend ist. O Gott, ihn schauderte, ihn schwindelte; er blickte in die gähnenden Klüfte unserer Civilisation, die jetzt dem erschrockenen Auge so offen, wie einst die Gräber Jerusalems, liegen! Er sah ihre Leichen, ihre Schäden, alle die brennenden Fragen der alternden Gesellschaft, — feurige Klumpen, an die Niemand heranzutreten wagt; die man sich gern verhehlen möchte, wenn ihr stinkender Rauch sie nicht verriethe, — die formlos herumtreiben, bis sie mit ihrem glimmenden Feuer die Welt in Brand gesteckt haben werden. Umsonst erheben prophetische Genies ihre warnende Stimme und zeigen die Leiden der Elenden; die Welt tollt weiter im Faschingstaumel, Niemand sieht, wie schon die Faschine der Zerstörung an sie gelegt ist!

Der Förster lebte, wie wir wissen, in einer kleinen Residenzstadt, die im leidigen Miniatur ein Abklatsch der großen Städte war. Theater mit Oper, Ballett und Schauspiel, Koncerte und Bälle, Paraden und geringer Kirchenbesuch bewegten sich auch hier, trotz der lieblichen Naturumgebung, im gewöhnlichsten Zirkel des Lebens.

Der ganze wilde Nihilismus, die Überzeugung von dem tollen Zufall des Weltbaus, das Fordern der guten Verdauung als letzte Errungenschaft, die Idee der Endlichkeit, und darum das Streben, die Erde durch rastlosen Genuß so intensiv wie möglich auszunutzen, hatten auch hier ihre Anbeter. Die Kraft des Dampfs trieb auch hier ihre Räder rasend durch die Gehirne und Erzeugnisse der Menschen. Daß der Wille des Menschen sich stemmen müsse gegen den Strudel, in den die Zeitbewegung ihn sonst allgewaltig reißt, daß die höchste Kraft der Sittlichkeit heutzutage die Mäßigung ist, — daß wir Schiffer im Sturme sind, davon wollte der wilde Geist der kleinen Stadt, wie überall, Nichts hören.

Darum verdachte man dem Förster sein Verhältnis zu dem Mädchen, das, wie man besorgte, einen ehrlichen Ausgang nehmen könne.

Der Förster war ein Kind seiner Zeit; er gehörte auch als ein guter Bürger der Stadt an, in der er lebte. Er theilte alle ihre Vorurtheile; auch war er Nichts weniger als ein Demagog, und betete seinen deutschen Fürsten an.

Nun plötzlich riß ihn sein Herz mitten hinein in den Strudel der Zeitbewegung. Alle Fragen, die sonst nur die sublimsten Geister bewegen, wurden plötzlich unserm armen Oberförster vorgelegt — durch die Liebe! Er mußte sie lösen oder daran zu Grunde gehen.

Zum ersten Male mit Ruhe seit ihrem Tode, nahm er das Bildnis seiner verstorbenen Frau in die Hand und sah es verständnisvoll an.

Was hatte diese Frau aus ihm gemacht?

Den Gatten, den Vater, den Hausherrn, den ganzen gewaltigen Begriff des Mannes hatte sie nicht geachtet, sie hatte sein Gefühl, seine Würde, seinen Beruf geschmäht, sie hatte ihn hinuntergezogen — in den Salon!

Wie Delila dem Simson seine Locken, so stiehlt die Weltfrau dem Manne seine Kraft und seine Würde; sie erniedrigt ihn, indem sie ihn in den Salon zieht (den ihre List erfunden), zum Eunuchen des Lächelns, zum dienstbereiten Sklaven der Gefälligkeit, und schlägt sich Flitter zu ihrem Prunk aus dem Golde der Mannheit.

Dahinein, aus seinem treuen grünen Wald, hatte ihn das unglückselige Weib, die hochbegabte feinfühlende gebildete Frau, wie die Welt sie nannte, gezogen; und dann war sie untergegangen im Rausch befriedigter Leidenschaft, zu glänzen, zu herrschen, — wie der Schmetterling am Licht.

»Beim Himmel!« fuhr er auf. »Ich sehe hier zwei weibliche Gestalten; die eine meine Frau, die andere — meine Magd; welche verschiedene Figuren!

»O Julie, du mit den verwischten lieblichen Zügen, ist diese Schminke der Anmuth, durch Ausdruckslosigkeit hervorgebracht, wahre Anmuth?

»Was wir sonderbarerweise an der Frau anbeten, die Schwäche, ist sie es nicht, die den Mann mit charakterlos macht und ihn mit hinabreißt in den Abgrund weibischer Laune und Unselbständigkeit?

»Die Schwäche der Frauen ist das schlimmste moderne Laster. Die alten Römerinnen waren von antiker Stärke. Die freie Anmuth der Griechinnen pries den Mann glückselig, der sie besaß — aber ihre Liebe war frei. Die moderne Frau, eingezwängt in ihre Schnürbrust, umhüllt von ihrem Krinolin, trippelnd selbst im Tanz, der freiesten Bewegung, hat Nichts bewahrt von der ursprünglichen Stärke, der Freiheit, der Festigkeit des Geschlechts. Der Mann, ihr Vormund, ihr Oberherr, in vielen Fällen ihr Tyrann, wird durch diese gefährliche Stellung, oft gegen seinen Willen, zur egoistischen Würdelosigkeit hinabgedrückt. Die Künste, welche die moderne Frau der guten Gesellschaft treibt, wodurch sie den Namen »gebildet« erhält — sind sie denn mehr, als die Künste der Automaten? Sie plappert fremde Sprachen, sie spielt, sie tanzt, sie singt aus Langerweile so hin, — um den Mann zu unterhalten, meint sie!

»Ach, arme Frauen, wer giebt ihnen die Stärke ihres Geschlechts zurück?

»Aus dem Volke muß es kommen, aus dem Volke muß das gesunde unentstellte Weib wieder aufwachsen! Heilige Stellung der Magd, heilig, denn du bist unentweiht; — unentweiht, denn du bist unabhängig, du thust für wenigen Lohn deine Pflicht; aber über deine Gefühle hat Niemand zu gebieten!

»Laß mich dich betrachten, du, von der die Schrift sagt: ‚Sie kam und diente ihrem Herrn.'

> „Dienen lerne bei Zeiten das Weib nach ihrer Bestimmung,
> Denn durch Dienen allein gelangt sie endlich zum Herrschen,
> Zu der verdienten Gewalt, die doch ihr im Hause gehöret!
> Dienet die Schwester dem Bruder doch früh, sie dienet den Eltern,
> Und ihr Leben ist immer ein ewiges Gehen und Kommen,
> Oder ein Heben und Tragen, Bereiten und Schaffen für Andre!
> Wohl ihr, wenn sie daran sich gewöhnt, daß kein Weg ihr zu sauer
> Wird, und die Stunden der Nacht ihr sind wie die Stunden des Tages,
> Daß ihr niemals die Arbeit zu klein und die Nadel zu fein dünkt,
> Daß sie sich ganz vergißt und leben mag nur in Andern:
> Denn als Mutter fürwahr bedarf sie der Tugenden alle,
> Wenn der Säugling die Krankende weckt und Nahrung begehret
> Von der Schwachen, und so zu Schmerzen Sorgen sich häufen!
> Zwanzig Männer verbunden ertrügen nicht diese Beschwerde,
> Und sie sollen es nicht, doch sollen sie dankbar es einsehn!"

Was hatte seine Frau ihm davon gehalten? »Und — welches Bild von Margarethe!« flüsterte der Förster mit hochrothen Wangen, indem er den Band seines Lieblingsdichters wieder auf den Büchertisch stellte und in den Garten hinausguckte.

»Da geht sie nun frisch und fröhlich, gleich einem Sonnenstrahl, mit Wangen wie Äpfel und Rosen. Oder nein — sie bückt sich. Sie hat geweint! Sie wischt sich die Augen. Wer hat ihr Etwas gethan? Sie schnürt ihr Bündel! Mein Gott, sie will fort aus meinem Hause?«

Es durchfährt ihn mit einem Schauder: daß sie ein freies Weib ist, daß sie sein Haus verlassen kann, wann sie will, wenn er sie rauh behandelt. Und er hat sie rauh behandelt! Was hilft es, daß er in sich geht und sagt: »Wie? Ich sollte nicht mehr ihr frommes Antlitz sehen, — wie oft, wenn ich in diesem Winter meinem Kinde von fernen Ländern und Menschen vorlas und sie so geistig theilnahm, daß ich mich entzückte an ihren verständnißklaren Bemerkungen, an ihrer Phantasie! Wie war mir wohl im Schlafpelz meiner wilden Katze, die Biebermütze auf dem Ohr, wenn draußen der Schnee trieb, drinnen die Lampe brannte, und Alles durch ein Weib! — nur eine Magd, doch Vorbild jeder Frau!

»Und habe ich selbst durch mein rauhes, bittres Wesen von heute Morgen sie verscheucht? O Männer, Männer! wir glauben, wenn wir in uns Bravheit fühlen, können wir recht täppisch nach außen sein!«

Zum zweiten Male sah er jetzt das Mädchen durch Hof und Garten gehen. Sie war sichtlich betrübt, und es schien ihm, als ob sie Abschied von Allem nehme. Seine Brust war voll, doch war er sich genau Dessen bewußt, was er ihr bei ihrem Eintritt sagen wollte. Aber wenn — — Wie, wenn sein Wunsch, eine eitle Selbstverliebtheit ihn betrogen? wenn sie Nichts für ihn fühlen konnte und es ihre ernste Absicht war, sein Haus zu verlassen?

Kein beredender Vormund, keine flehende Mutter, kein gebietender Vater, noch sonst ein drängender Verwandter standen hinter ihr und stürmten auf sie ein, eine passende »Versorgung« sich zu erringen. Sie stand selbständig da, frei auf das Recht ihrer Arbeit gestützt, und konnte wählen, wie ihr Herz es verlangte. Wie Das plötzlich seine Achtung für das Mädchen erhöhte, wie es ihn besorglich, ja verlegen machte!

Der leichtfertige Übermuth, die Gewißheit, jedes Weib zu beglücken, dem er seine Hand reicht, flieht in dem Augenblicke, wo der Mann weiß, daß nur die Neigung, und kein anderes Motiv, das Weib veranlassen kann, ihm zu gehören!

Könnte man daher nicht sagen: Sehet Dies, und gebt die Frauen frei, d. h. öffnet ihnen Felder für eine freie, unabhängige Thätigkeit! Ehre dem Jahrhundert, welches das Weib wieder zu einem selbständigen Geschöpfe macht; es wird ein besseres Menschengeschlecht erziehen! Wie, wenn nun gerade die Verschiedenheit ihres Standes die kluge Magd zurückhielt? Brot und Achtung erwarben ihre Fähigkeiten ihr allerwärts — was konnte er ihr mehr denn bieten, als die Gnade eines vornehmeren

Namens? War Das so Viel werth für sie, um dafür die Geringschätzung
der sich besser dünkenden Klassen der Gesellschaft auf die arme Magd
herabzuwinken? — Wohin war der Förster gekommen? Nicht mehr der
Gesellschaft, nein, dem Mädchen gegenüber glaubte er seine Neigung rechtfertigen zu müssen! In der That hatte er damit einen Schritt vorwärts gethan.

In einer Gesellschaft, die sich umformt wie die unsrige, steigen die
edlen Kräfte des Volks im Werthe.

Die weiter folgenden Reflexionen des Försters dürften daher auch
hier an ihrem Platze sein.

»Wir Menschen sind wunderlich«, sagte er; »wir suchen unsere Gefährten meist nur nach den äußeren gleichartigen Verhältnissen, und glauben
damit des Treffers gewiß zu sein; — als ob das Leben etwas Anderes
wäre, als eine Urne voll Nieten! — Doch, abgesehen von diesem Gedanken, was berechtigt uns denn, die Menschen gar so sehr nach ihren
Kleidern und ihrem Aussehn zu bemessen?«

Der Förster dachte Dies, indem er im tiefen Gedankengange fast die
Augen schloß und vor sich hinstarrte, und gar nicht bemerkte, daß die
Thür sich öffnete.

»Du hast so Viel gesehn von der Welt«, sprachen seine Gedanken zu
ihm; »Fürsten und Könige, Damen und Herrn, die Gebietenden und die
Beglückenden, die Schweigenden und die laut Redenden ... Wodurch
unterscheiden sie sich von dieser Magd? Durch Erziehung, Bildung! —
O, wie Wenig bedarf's bei einem gutangelegten Gemüth, um den nämlichen
Effekt hervorzubringen, und wie sind alle Gaben der Kultur bei üblen
Eigenschaften verfehlt! Was ist das gesammte Kastenwesen?

»Was sind die Unterschiede der Menschen — wenn wir daliegen wie
blasse Teigmännchen, die ein ungeschickter Bäcker knetet, dem der Ofen
fehlt, sie zum Aufgehen zu bringen? O, dies letzte Ende ist für Alle
gleich lächerlich, und wir halten so Viel auf Kaste!

»Das Leben des Menschen sind seine Werke!

»Wer Gedichte macht, ist ein Dichter, und wer Schuhe macht, ein
Schuh=Macher, — gleichviel, in welchem Lebenskreise er geboren ist!

»So ist dies Mädchen eine Heldin; denn sie ringt dem Drachen
Armuth ihr Dasein ab.

»Sie ist eine Heilige, denn sie thut es, ohne zu freveln.

»Sie ist reich, denn sie hat für Andere gesorgt!

»Wer bezahlt ihr die Werke der Aufopferung und Treue, die sie an
ihrer kranken alten Herrschaft verübte? Sollen solche Wunder unbelohnt
bleiben? Wahrlich, wir bedürfen eines neuen Adels für die Menschheit!

»Der größte und sicherste Fortschritt ist der zu dem Punkte, wo es
heißt: ‚Des Menschen Werke sind sein Stand!' Oder soll dieses Mädchen
ewig eine dienende Magd bleiben, da sie doch eine vollkommene Haus-
regentin ist?

»Wie umsichtig weiß sie Alles zu beherrschen, wie oft habe ich sie mit bewunderungswerther Energie schwere Dinge vollbringen, mit kluger Feinheit rohe Kräfte bewältigen, thörichte Menschen in das Joch des Gehorsams spannen sehn! Was machte ihr dabei den Purpur einer Königin streitig? Wie sonderbar ist der Lauf unsrer Bildung! Wir fangen mit der Roheit an, und steigen aufwärts durch alle Künsteleien und Zerrbilder der Kultur, bis wir im glücklichsten Falle zur Einfachheit zurückkehren. Was wir gewonnen, ist Erfahrung, und Das ist Bildung. Sie unterscheidet sich von der rohen Natureinfalt wie das Wissen vom Instinkt.

»Die Erfahrung ist Jedem zugänglich, der sie machen will. Darum halte man die Kluft zwischen gebildeten und niedrigen Ständen nicht für so tief, wie sie scheint. Darum glaube der Hochmuth nie, daß das Volk ihn nicht erreichen könne. Des Menschen Werke sind sein Stand.«

Er schlug die Augen auf und sah Margarethe an der Thür stehen. Sie hatte ihn in Gedanken versunken bemerkt, und bescheiden gewartet, bis er sie anreden würde. Ihre Augenlider waren leis geröthet; sie blickte ernst, aber nicht traurig.

»Herr«, sagte sie, »ich möchte wissen, worin ich es bei Euch versehen hab'?«

»Warum, Margareth?«

»Ihr sagt mir nicht mehr guten Tag.«

Es ist eine einfache, schlichte Sitte unter allem Volke, daß sich die Leute »guten Tag« sagen. Es ist wie der Wunsch eines Freundes, daß der Tag, den man wandelt, gut sei. Und wie leicht verletzt sind die offenen Gemüther des Volks, ritzbar durch jeden Dorn des Mißverständnisses!

Aber hierin war Margarethe aktiv, wie jede echte Volksnatur; sie glaubte ihren Herrn unzufrieden — sie wollte den Grund entfernen, oder sich.

»Ihr sagt mir nicht mehr guten Tag!«

Der Förster erröthete. Wirklich, er hatte sich in seinem Unmuth so weit vergessen! Er, der Gebildete, stand an Höflichkeit der Magd hintennach! Wie oft können wir Alle uns solchen Fehler vorwerfen! — Wir ritzen die leichtbeweglichen Herzen des Volks, und wundern uns, daß sie bluten!

»Ich danke dir, Margareth, daß du mich daran erinnerst«, sagte er mit leiser Stimme. Dann nahm er ihre Hand, und sah sie lange bedeutungsvoll an.

Der Magd wurde Dies peinlich; sie erröthete und zog ihre Hand zurück.

Das Kind hatte lange neben seinem schweigenden Vater gesessen und leise mit seinem Püppchen gespielt; dann war es nach Kinderweise entschlafen.

Nun lag es schlafend auf seinem braunen Sophakissen am Boden, wie eine Rose im Moos.

Margareth machte sich, wie alle aktiven Menschen, um einer über sie kommenden unsäglichen Verwirrung zu entgehen, schnell Etwas zu schaffen. Sie hob das Kind vom Boden auf und trug es leise zu seinem Bette.

»Margareth, mir hat geträumt, du seist meine Mutter!« rief das Kind, aus dem Schlafe auffahrend, und schlang dann beruhigt seine Arme um des Mädchens Hals.

Der Förster war ihnen nachgegangen. Sie standen Beide vor des Kindes Bett.

»Hörst du, was das Kind sagt, Margareth?« fragte milde der Mann; »möchtest du seine Mutter werden?«

Das Mädchen verstand ihn.

»Lieber Herr Förster!« sagte sie. »Lieber Herr Kuno!«

Es war, als ob die Vertraulichkeit der letzteren Benennung den Ernst der ersteren mildern sollte, und doch wagte sich das süße Wort kaum über die Zunge. Sie standen Beide von hoher Gluth bedeckt. Der Mann verstand sie ebenso schnell.

»Liebes Mädchen!« sagte er und suchte sie näher an sich heran zu ziehen. Seine Lippen sehnten sich nach den ihren.

Margarethe wehrte ihn leise, doch mit starker Hand, von sich ab.

Da erwachte das Kind.

»Küsse ihn doch!« sagte es mit seiner silbernen Stimme. »Er weinte vorhin; jetzt lacht er, da er dich sieht!«

Es sagte Dies laut aufjubelnd und klatschte in seine Händchen.

»Herr!« sprach nun Margarethe mit ehrbar niedergeschlagenen Augen, aber die schöne Röthe blieb auf ihrem Antlitz. »Ich habe mir vorgenommen, nur in meinem Stande zu heirathen.«

»Das sollst du auch, Margareth,« entgegnete sanft der Förster, indem er sie jetzt wirklich an sein Herz schloß. »Du bist in deinem Stande, du bist unter Menschen! — des Menschen Werke sind sein Stand.«

Peter von Cornelius.

Von Andreas Oppermann.

Es ist schön, wenn ein Volk das Andenken an seine großen Männer pflegt, und die Tage, an welchen sie vor hundert Jahren das Licht dieser Sonne erblickten, als Gedenk- und Festtage begeht. Es ehrt damit sich selbst und erfüllt eine Pflicht der Verehrung, die es im Leben der Gefeierten nur allzuhäufig versäumt hat. Schöner aber ist es noch, wenn es lebendig sich erfreut der großen Geister, die noch unter ihm weilen, und seinem Leben Schmuck verleihen. Achtzig Jahre sind seit dem Tage verflossen, an welchem Cornelius das Licht der Welt erblickte, welche er mehr als irgend ein Anderer in ihren Höhen und Tiefen erkannt, deren ewigen Gehalt mitten im Wogen und Fluthen flüchtiger Erscheinungen er im edlen Gebilde festgehalten hat. An solchem Tage ziemt sich's wohl, daß überallher — aus allen deutschen Gauen — sich die Stimmen der tiefsten Verehrung und des freudigen Dankgefühls, inniger Wünsche zu dem Meister drängen und ihm zu Zeichen werden, daß sein Volk ihn würdigt, daß es stolz darauf im Herzen ist, ihn zu besitzen, beglückt, sein theures Haupt noch unter den Lebendigen zu wissen. Dieser Pflicht nicht zu vergessen im Getriebe des Tages — daran wollen wir erinnern.

Nicht eine kritische Würdigung und Darlegung des Meisters und seiner Werke, noch weniger eine auch nur einigermaßen erschöpfende Darstellung seines Lebens sollen oder können die nachfolgenden Zeilen geben, auch kein Preis des Künstlers sollen sie sein, — nur in flüchtigen Umrissen sollen sie das Bild des großen Mannes dem leider oft untreuen Gedächtnisse des Volkes vor die Augen führen und darauf hinweisen, was der Meister — der, immer Er selbst, unablässig mit den höchsten Dingen sich beschäftigt, nach dem Höchsten gerungen — in diesem irdischen Leben bisher erreicht hat Daß uns der theure, verehrte Künstler noch lange in solcher Lebensfrische, wie bisher, erhalten bleibe, diesen Wunsch des Herzens endlich sollen diese Zeilen aussprechen.

Wenn irgend einer unserer großen Männer der Gefahr einer durch den augenblicklichen Zeitgeschmack getrübten und leidenschaftlich erregten Beurtheilung entrückt ist, so ist Dies Cornelius. Seine Jugend gehört längst der Geschichte an, der laute Kampf der Parteien, der sie einst umdrängt hat, ist verstummt. Sein jetziges Schaffen — unverwelkt und ungeschwächt, wie am ersten Tage seiner vollen Manneskraft — ist nicht berührt von dem Geschrei der Gegensätze heutiger Tage, ja fast schon der tummelvollen Welt entrückt in edler, stiller Einsamkeit. Wir überschauen

3*

bereits, was die dem Cornelius feindlichen Kunstrichtungen geleistet, welche Wege sie gegangen, wie sie zum Theil schon sich zum Ausleben gebracht haben. Dagegen überblicken wir von Markstein zu Markstein die Spuren seines eigenen großen Daseins. Was er selbst geschaffen in sechzigjähriger Thätigkeit liegt in zusammenhängenden Werken klar vor unsern Augen. Die Anfänge, die Übergänge und die Vollendung treten deutlich hervor. Mehrfach — bei der großen Ausstellung seiner Kartons in Berlin, und auch sonst auf den Ausstellungen zu München und Köln — war uns Gelegenheit geboten, den Meister kennen zu lernen. Die Betrachtung war da im Zusammenhange möglich, und es bedurfte nicht erst eines mühsamen Zusammensuchens und Anschauens zerstreuter einzelner Werke.

Der Kreis der Gedanken, in denen sich der Künstler bewegt, ist aber an sich schon so gewaltig und ernst, dass der Sinn des Beschauers weit über die gewöhnlichen Strömungen des Lebens hinaus gehoben wird. Des Meisters Streben ist weit davon entfernt, dem Tagesgeschmack gefallen zu wollen, von ihm gilt mehr, als von irgend einem Andern, das von ihm selbst oft ausgesprochene Wort:

»Den lauten Markt mag Momus unterhalten,
Ein edler Geist liebt edlere Gestalten.«

Alle diese Umstände haben dazu beigetragen, daß der entnervte Luxusgeschmack diesen Künstler zu erheben am wenigsten bereit ist, daß ihm keine Koterien zur Seite stehen. Gerade deßhalb aber steht sein Bild hell und klar vor unsern Augen.

Peter Joseph Cornelius ist am 24. September 1783 in Düsseldorf geboren. *)

Schon war in Düsseldorf in früherer Zeit durch die Kurfürsten von der Pfalz Johann Wilhelm und Karl Theodor, von denen der Erstere im Jahre 1690 die berühmte, später nach München übergesiedelte Gemäldegalerie gegründet hatte, der Kunst eine Stätte bereitet worden. Im Jahre 1767 hatte Karl Theodor eine Kunstakademie hinzugefügt, welche sich bald eines großen Rufes erfreute, jedoch im Sinne der damaligen

---

*) Wie bei einer bereits ferner Vergangenheit angehörigen Gestalt, existiren über Cornelius' Geburtstag die verschiedensten Angaben. Brockhaus' Konversationslexikon bezeichnet den 23. September 1787; — Ernst Förster, Geschichte der deutschen Kunst, Bd. IV.: den 24. September 1786; — Hermann Grimm, Die Kartons von Peter von Cornelius: 1783; — das Konversationslexikon für bildende Kunst: den 3. September 1787; — Hagen, Deutsche Kunst: den 27. September 1787; — Anton Springer, Geschichte der bildenden Künste: 1787; — Wilhelm Schadow, Der moderne Vasari: den 27. September 1783; — der Katalog der Kölner allgemeinen deutschen Kunstausstellung: 1782 als Geburtsjahr, beziehentlich Geburtstag. Die „Illustrirte Zeitung", No. 1004, hat nachgewiesen, dass der 27. September 1783 in dem Taufbuche der Parochie St. Lamberti zu Düsseldorf als Tauftag bezeichnet ist. Unsere Angabe stützt sich auf sichere Privatmittheilung.

Zeit nichts Anderes war, als eine zum Hofstaat des Fürsten, dessen Eitelkeit sie befriedigen sollte, gehörige Anstalt.

Aloysius Cornelius, Peter's Vater, war Inspektor an dieser Akademie. Förster erzählt, daß man schon in den ersten Monaten das Kind, wenn es — was sehr häufig geschah — heftig schrie und lärmte, nur mit einem angefangenen Bildnis seiner Mutter habe beschwichtigen können, daß es dann mit beiden Ärmchen hoch emporgehalten habe, und auch später noch habe sich die Mutter nicht anders zu helfen gewußt, als daß sie den Schreihals — und wenn es mitten in der Nacht gewesen — in den Antikensaal getragen. Hier hätten denn die alten Götter ihre beruhigende Kraft an ihm erwiesen. Schon seit frühester Jugend wurde er vom Vater zur Thätigkeit angehalten; er mußte vom fünften Jahre an allerlei Dienste bei der Staffelei verrichten, Pinsel und Palette putzen und Dergleichen. So wuchs der Knabe, von Kunstübung und Anschauung umgeben, auf. Frühzeitig schon beschäftigte er sich unter Anleitung seines Vaters mit der Ausübung der Kunst selbst. Die ersten Anfänge, in denen sich der ihm innewohnende Gestaltungssinn zeigte, waren kleine Silhouetten, welche er als siebenjähriger Knabe fein und geschmackvoll aus freier Hand ausschnitt. Bald begann er auch auf der Tafel nach den Stichen des Marc Anton und des Volpato unter seines Vaters Aufsicht zu zeichnen. Wenn in diesen Übungen zunächst die ersten Anfänge jener stilvollen Formenschönheit und Einfachheit, jener staunenerregenden Fähigkeit, Alles auf das Bestimmteste auszusprechen, welche dem Meister eigen ist, gesucht werden müssen, so ist es doch unverkennbar, daß des feurigen Knaben Phantasie mehr noch durch den Anblick der damals in der Düsseldorfer Galerie befindlichen großen Gemälde des Rubens angeregt wurde. Selbstverständlich meinen wir Das nur im Allgemeinen. Der feurige Geist des Flamänders mußte auf die Seele wirken und sie mit Vorstellungen des Großen und Mächtigen erfüllen, und wir haben uns den Knaben oft vor den Werken dieses Malers in Betrachtung verloren zu denken, vor dem kolossalen jüngsten Gericht, der Löwenjagd und andern Bildern, »deren nie alterndes, in üppiger Pracht loderndes Jugendfeuer noch heute immer wieder jedes empfängliche Gemüth durchglüht.«

Nicht ohne tiefe Nachwirkung in der Seele des Knaben zu hinterlassen, gingen die Zeiteindrücke an ihm vorüber. »Jenes schreckliche Jahr«, wie es Goethe nennt, »das wie ein Gewitter daherzieht«, verheerte die goldenen Ufer des Rheins. Das wilde Geschick des allverderblichen Krieges sah des Knaben Auge im Sturmwinde vorüberrauschen. Er hörte erzählen, wie herrliche Männer von hoher Geburt im Elend streiften, Fürsten vermummt flohen, und Könige in der Verbannung lebten. Alles schien sich auf Erden zu bewegen, Alles sich zu trennen. In dieser schwankenden Zeit begann der Knabe mit beharrlichem Sinne sich seine eigene

Welt zu bilden, und nicht kann man sich des Gedankens erwehren, als
seien schon im Kindestraume jene Gestalten vor seiner Seele vorübergezogen,
wie sie später in den »Apokalyptischen Reitern« der Mann in ergreifender
Klarheit und gleichsam mit der dämonischen Gewalt des Sehers hingezeichnet hat. Später dann erlebte der Jüngling die Zeiten, in denen alle
erdenkliche Schande und Schmach auf Deutschland sich ergoß, er schaute
das späte, aber energische Zusammenraffen seines Volkes, er selbst kämpfte mit
seinen Waffen an der Befreiung des deutschen Geistes. Diese Zeiten hatten
ein abgehärtetes Geschlecht erzeugt, »einen Geist, dessen eiserne Natur sich
in einzelnen Charakteren, wie Stein, Blücher, Scharnhorst, Gneisenau,
ausprägte.« Auch Cornelius trägt den Zug jener Heldenhaftigkeit unverkennbar in seinem Bilde.

Die wissenschaftliche Bildung des Knaben war eine sehr einfache, von
der Zersplitterung in tausend Wissenszweigen, wie sie hie und da heute
die Kinderseele belastet, jedenfalls sehr ferne. Es läßt sich überdies denken,
daß sein Sinn, der schon in frühester Jugend zum Gestalten drängte,
sich von dem gewöhnlichen mechanischen Lernen nicht angezogen fühlen
konnte. Doch an dem Großen nährte sich sein Geist mit Lust. Die Bibel
war lange Zeit sein einziges Buch. Obwohl die Mutter katholisch war,
ließ sie den Sohn viel darin lesen. Später gab er sich mit dem ihm
eigenen feurigen Wesen den Eindrücken hin, welche das Nibelungenlied,
Goethe's und Shakspeare's Dichtungen in ihm hervorriefen. Diese einfache,
aber jedenfalls sehr intensive Nahrung legte den Grund zu dem scharfen,
geistigen Schnitt, welcher heute jedes Werk des großen Meisters durch
Bedeutung und Tiefsinnigkeit des Ausdrucks, Gewiegtheit und Mark der
Bilder kennzeichnet, und welcher das allereigenste Widerspiel seines großen
künstlerischen Schaffens ist.

Frühzeitig wurde von Einzelnen des Knaben Begabung erkannt. Als
er einst mit fester Hand auf die Schiefertafel einen Schlachtenzug hin-
zeichnete, rief ein alter Freund seines Vaters, der nach Düsseldorf gekommen
war und dem Knaben zugeschaut hatte, aus: »Nehmt mir das Kind in
Acht! Das wird ein Überflieger!« Es ist dies eines jener Worte, die,
anfänglich unverstanden, dennoch unbewußt und still auf die Seele eines
jeden nach dem Höchsten sich entwickelnden Menschen wirken und oft da,
wo der Muth erlahmen will, leuchtend zur Mahnung und zum Weiser werden.

In späteren Jahren besuchte der junge Cornelius die Akademie seiner
Vaterstadt. Der frühere — wie es scheint, der Familie befreundete — Direktor
Krahe, Cornelius' Taufpathe, war im Jahre 1790 verstorben. An seine
Stelle war Johann Peter Langer getreten. Dessen Sohn, Robert Langer,
war mit Cornelius gleichen Alters, widmete sich, wie Dieser, der Kunst.
Es war — namentlich in kleinstädtischen Verhältnissen — erklärlich, daß
der Sohn des Direktors mit dem des Inspektors in eine gewisse natürliche

Nebenbuhlerschaft gerieth. Man braucht nicht einmal anzunehmen, daß es bloße Eifersucht gewesen, welche den Direktor Langer nur mit Mißgunst auf die Fortschritte des jungen Cornelius, die den eigenen Sohn in Schatten stellten, blicken ließ. Es war eben das Alte, das Gewöhnliche, das sich hier von einem mehr geahnten, als klar durchschauten neuen Streben und Leben abgestoßen fühlte. Dazu kam, daß dem Jüngling mit raschem Geiste, voll Eigenthümlichkeit, das akademische Studium in Gemeinschaft mit einer Menge gewöhnlicher Gesellen manchmal überlästig wurde. Er zeichnete am liebsten erst zu Hause und für sich allein Dasjenige, was er gesehen und was er sich genau gemerkt hatte, aus dem Gedächtnisse nach. In dieser frühen Übung ist der Grund zu jener Ausdrucksfähigkeit und der immer, unbeirrt vom Nebenwerk, auf das Ziel losgehenden Charakteristik zu suchen. Auch Carstens hatte seinen Bildnergeist auf solche Weise zum Denken und Bilden erzogen.

Im Jahre 1799 starb Cornelius' Vater. Derselbe hinterließ fünf Töchter und zwei Söhne. Ein älterer Bruder und Peter mußten — wie er selbst erzählt — nun die Geschäfte und Obliegenheiten einer zahlreichen Familie übernehmen.

Damals wurde der Mutter von ängstlichen Freunden, denen das Streben des Jünglings unverstanden blieb, und von dem Direktor Langer, der ihm das Talent zum Maler absprach, gerathen, sie möge ihn statt der Malerei das Gewerbe der Goldschmiede ergreifen lassen, »weil erstens jene Kunst zu erlernen so viel Geld koste, andererseits es so viele Maler schon gebe.« Die wackere Mutter lehnte aber dies Alles entschieden ab. Den Jüngling selbst erfüllte das Zutrauen Derselben und der Gedanke, daß es möglich wäre, der geliebten Kunst abgewendet werden zu können, mit einer ungewöhnlichen Begeisterung, spornte alle seine Kräfte an und ließ ihn außerordentliche Fortschritte machen. So bietet auch dieses Leben wieder das schöne Beispiel, daß ein einfältig liebevolles Mutterauge tiefer blickt, als alle Weisheit der Männer, daß es zuerst mit seiner geheimnisvollen, ahnenden Kraft den Genius erkennt.

Der junge Cornelius mußte sich nun mühen, auch seine Familie zu unterstützen. Er erzählt selbst, daß er Alles gemacht habe, was ihm aufgetragen wurde. Oft waren es nur ganz geringfügige Bestellungen, Kalenderzeichnungen, Kirchenfahnen, Bildnisse und Dergleichen mehr, auch Kaufmanns- und Handwerkerschilder malte er, so für einen Schuster ein Schild mit einem Paar Stiefel. Allem aber, auch dem Geringsten, suchte er doch eine gewisse Kunstweihe zu geben, wie er selbst erzählt, »theils aus angeborenem Triebe, theils durch des Vaters Lehre, welcher immer sagte, daß, wenn man sich bemühe, Alles, was man mache, aufs beste zu machen, man auch bei Allem Etwas lernen könne.«

In seinem neunzehnten Lebensjahre erhielt er den ersten Auftrag, der ihm Gelegenheit gab, sich öffentlich als Künstler zu zeigen. Auf Veranlassung des um die Kunst hochverdienten Domkapitulars Wallraf in Köln, wurde in dem Dome der nahen Stadt Neuß der Chor von ihm ausgemalt. Die Gestalten von Evangelisten und Aposteln, sowie von den Kardinaltugenden waren es, welche er in Leimfarben Grau in Grau ausmalte. Nach dem Urtheile Derer, welche diese Malereien noch gesehen, sollen dieselben den Stempel des Großartigen an sich getragen und würden auch einem reifen Künstler alle Ehre gemacht haben. Leider konnten bei einer neuerlichst vorgenommenen Restauration des Domes diese Gemälde nicht erhalten werden, und ist demnach dieses Jugendwerk verloren gegangen.

Um das Ende des achtzehnten Jahrhunderts übte die Romantik, jene nothwendige Bildungsphase in dem Leben des deutschen Volkes, ihre Wirkung auch auf die Kunst aus. Hatte Winkelmann, auf Jahrtausende zurückschauend, uns für die Schönheit der alten Götterwelt der Griechen wieder die Augen aufgeschlossen, so konnte doch diese Schönheit die deutsche Produktionskraft nicht völlig befriedigen. Der im innersten Wesen des deutschen Volkes ruhende Genius der bildenden Kunst regte sich und rang nach ihm angemesseneren Ausdrucksweisen. Dazu erwachte überall die Erkenntnis der deutschen Kunstvergangenheit und die Liebe für dieselbe. Durch die Säkularisierung der geistlichen Güter kam eine große Anzahl deutscher Bilder aus dem fünfzehnten und sechzehnten Jahrhundert an das Tageslicht. In Kirchen und Klöstern, oft an entlegenen Orten fand, wie sich Kestner treffend ausdrückt, die in verjüngter Lebenslust aufkeimende Jugend die wahre Kunst in den verlassenen und verschmähten Werken der gediegenen alten Meister, ihrer Vorfahren. Der frische Charakter solcher Werke in trauernder Andacht, Unschuld und Liebe begeisterte die jungen Künstler zu dem Wunsche, solche Eigenschaften des innersten Wesens der Kunst zu erwerben. Vor Allem in Köln entdeckte Friedrich Schlegel die Schätze der alten Kunst und rief, durch die Lebendigkeit seines Zeugnisses, weithin im Vaterlande Jung und Alt herbei, den Kölner Dom, Maria im Kapitol, St. Gereon zu schauen. Damals war es, wo eine strebsame Jugend vom Oberrhein nach der alten Wunderstadt zog, und ihre Herrlichkeiten schaute, wo das edle Brüderpaar Boisserée sammelte, schützte, erhielt, was sonst in Klöstern und Kirchen dem Ruin entgegengegangen wäre. Freilich — das Vaterland war noch in tiefster Erniedrigung überall und auch hier. Auf den Straßen Köln's wuchs das Gras, und der Dom, der heute sich wieder verjüngt, verfiel — aber in der Kunst und in der Literatur regte sich's, und schon damals konnte die edle Staël ausrufen: »Ein Volk wie das deutsche, das eine solche Wissenschaft, eine solche Literatur hat, ist nicht für die Knechtschaft geboren, es wird die Fesseln des Tyrannen noch brechen.«

Goethe selbst, »als sein Genie im Morgen der Jugend noch mit den Augen der Natur sah«, hatte in seinen herrlichen Worten über den Straßburger Münster den Gedanken, daß nur aus dem ureigensten Geiste des deutschen Volkes heraus die Kunst wahrhaft gefördert werden könne, ausgesprochen, er zuerst hatte die Künstler vor der Nachahmung hellenischer Werke gewarnt, indem er meinte, sie schadeten dem Genius, der auf keinen fremden Flügeln emporgehoben und fortgerückt werden wolle. Er wies darauf hin, daß es die ureigenen Kräfte seien, die sich schon im Kindestraume entfalteten, im Jünglingsleben bearbeiteten.

Was Goethe zunächst vom Einzelnen gesagt hatte, Das wendeten folgerecht die Romantiker auf die Entwickelung des ganzen Volks an, indem sie meinten, nur durch die Wiedererwerbung des verlorengegangenen alten Eigenthums, durch das Abstoßen alles Fremdartigen, könne der deutsche Genius wieder verjüngt werden und zu neuen Schöpfungen erstarken.

Bald gingen aber Goethen, dessen harmonische Natur vor jeder Übertreibung als einer krankhaften Erscheinung zurückschreckte, zum Theil auch durch seinen selbstübenden Dilettantismus in der Kunst und die ihn umgebenden höchst mittelmäßigen Künstler voll Selbstüberhebung mehr als billig beeinflußt, die Bestrebungen der Neuerer zu weit, er besorgte, es möchte durch dieselben die Liebe und Pflege der hellenischen Kunst völlig bedroht werden. Gegründet war diese Besorgnis allerdings. Die Romantiker gelangten in ihren Konsequenzen dahin, die Werke der alten deutschen Kunst über Rafael und Michel Angelo, »von denen aller Kunstverderb ausgegangen« sei, zu erheben, es wurde geradezu vor der griechischen Dichtkunst gewarnt und überhaupt nur noch Dasjenige als lebensfähig anerkannt, was in entschiedener Beziehung zu mittelalterlich andächtiger Begeisterung stand. Jetzt trat Goethe, als ein echter Geisteswart, gegen die ganze Bewegung auf, indem er nachdrücklich darauf hinwies, daß, wer alle die Eroberungen geringschätze, welche mächtiger Geister unsägliches Forschen und denkender Fleiß für das Gebiet der Kunst gemacht, wer bloß aus einem verworren gefühlten Bedürfnis nach Einfalt und Naivetät, in mehr oder minder rohen Anfängen der Kunst, die ganze Kunst schon vollendet erblicken wolle und durch Annäherung an die alten Maler das Rechte zu erfassen glaube, ihren wahren Geist, ihr besseres, weiter gestecktes Ziel nicht erkannt habe.

Aber es blieb nicht bei der vereinzelten Aussprache. Im Jahre 1799 wurden die »Propyläen« ins Leben gerufen für Vertretung der aus der klassischen Kunst geschöpften Ansichten. Damit stand ein Verein von Kunstfreunden in Verbindung, welcher von Zeit zu Zeit bestimmte aus der antiken Stoffwelt entnommene Aufgaben stellte und die Künstler Deutschlands aufforderte, sich an der Konkurrenz bei diesen Aufgaben zu betheiligen. Der Sieger wurde mit einem Preise beschenkt. So vortrefflich und

gefund die Gesichtspunkte, welche, dem Ausschreiben dieses Unternehmens
(Propyläen II. 1. S. 169) zufolge, als die bei der Beurtheilung der ein=
gesendeten Werke maßgebenden bezeichnet wurden, so wurden sie in Wirk=
lichkeit offenbar nicht angenommen, denn es fand sich, wie Ernst Förster
in seiner »Geschichte der deutschen Kunst« sehr richtig bemerkt, unter den in
Weimar gekrönten Künstlern »kaum ein Einziger, der einen hervorragenden
Namen gewonnen. Die mehrsten sind im Dunkel geblieben; der wirkliche
Genius aber, der an den geheiligten Kreis heranzutreten gewagt, war nicht
erkannt worden — Cornelius.«

Er hatte eine Zeichnung in Sepia, »Theseus und Peirithoos in der
Unterwelt«, eingesendet, war aber von Heinrich Kolbe, dessen Name kaum
mehr gekannt ist, besiegt worden. Nach Förster soll diese Zeichnung bereits
den Genius sofort verrathen und einige Stellen darin Anwendung bei
dem herrlichen Bilde der »Unterwelt« in dem Göttersaale der Glyptothek
gefunden haben.

Aus früherer Zeit — wohl nicht erst aus dem Jahre 1809, wie
mehrere Kunstschriftsteller angeben — stammt auch ein Ölbild, welches die
Göttin Minerva als Erfinderin der Webekunst darstellt und von einem
Euxener Tuchfabrikanten bestellt worden war (jetzt im Besitze des Professors
aus'm Weerth in Kessenich). Dies Jugendwerk ist insofern interessant,
als darin ein Zwiespalt alter und neuer Richtung deutlich erkennbar ist.
Auch im Sinne damaliger akademischer Anforderungen ist es tüchtig gemalt,
in Erfindung und Auffassung ist der Einfluss der herrschenden Kunstweise
noch unverkennbar, wenn auch geringe Spuren späterer Eigenthümlichkeit
sich schon geltend machen. Fast erscheint es, als habe Cornelius hiemit
noch der alten Zeit seinen Zoll abzahlen müssen, um aus den Schlagbäumen
hinaus in die freie urwüchsige Natur gelangen zu können; denn unmittelbar
nach diesem Werke finden wir ihn auf ganz anderen Wegen einherschreiten;
und es erschiene der Sprung, wäre er nicht schon lange innerlich vorbereitet
gewesen, fast kaum glaublich.

Schon in früherer Zeit hatte der junge Cornelius in dem nahen
Köln mancherlei Anregung empfangen. Wie bereits erwähnt, hatten
mehrere Kunstfreunde dort, den Werth altkölnischer und altniederländischer
Bilder erkennend, zu sammeln begonnen. Wallraf, der letzte Rektor der
Universität Köln, legte ebenfalls gerade seine Sammlung an. Die Ein=
wirkungen der in Köln gewonnenen Anschauungen sind in dem Ölbilde
»Eine heilige Familie« erkennbar, welches, nach Förster's Angabe verschollen,
von ausnehmender Schönheit gewesen sein soll. »Die Scene spielt in
einer Vorhalle des Vaterhauses Christi. Links sitzt die jungfräuliche Mutter
und hält das Kind, das ganz unbekleidet auf ihrem Schoße steht.
Am Boden zu ihren Füßen kniet, in ein gelbweißes Schaffell gekleidet, der
Johannesknabe und reicht seinem Gespielen eine große schöne Traube dar.

Der aber weist mit seiner Linken — die Rechte hat er der Mutter um den Hals gelegt — nach einem harfespielenden Engel, als sagte er: ‚Dem gieb die Traube! er hat uns so schöne Musik gemacht.‘ Rechts im Bilde sitzt in Großmutterlust die heilige Anna, in welcher der Künstler die Züge seiner Mutter verewigt hat. In diesem Bilde wirkt jene unüberlegte Natürlichkeit, durch welche die altdeutsche Kunst sich auszeichnet. Keine Linie ist aus einem alten Werke entlehnt, und dennoch reiht sich das Bild den guten alten unmittelbar an.« *)

Im Jahre 1809 beabsichtigte Cornelius seine Wanderung nach Italien anzutreten. Auf der Reise dahin kam er nach Frankfurt a. M. Der kleine unansehnliche Mann erregte bald die Aufmerksamkeit der Besten. Mit Männern wie Zeller, Mosler, Barth und Andern war er wohl bereits schon früher theilweise in Berührung gekommen. Er verkehrte auch im Bethmann'schen Hause und in dem des Fürsten Primas, des Freiherrn von Dalberg. Bald erkannte man, daß Dies kein Maler von gewöhnlichem Schnitt, daß er wenig geeignet und geneigt war, wie sich v. Bethmann-Hollweg einst ausdrückte, der frivolen Welt mit Sinnenreiz zu dienen, bald erweckte er Achtung, Aufmerksamkeit und Begeisterung. Theils befreundete Männer, theils einige ihm ertheilte Aufträge veranlaßten den jungen Künstler, längere Zeit in Frankfurt zu bleiben und hier das Werk zu fördern, mit dem er sich schon in Gedanken getragen: die Zeichnungen zum Faust.

Wenn auch ein Genius, wie Cornelius, bis zu einem gewissen Grade von äußern Lebensumständen unabhängig ist, so erscheint es doch gerade in dieser Zeit als ein glücklicher Umstand, daß die Reise nach Italien verschoben wurde, und der Künstler erst in deutschem Sein, und mitten in deutschem Leben, und an einer Arbeit, die einen durchaus deutschen Stoff enthielt, erstarkte, und bereits eine in der Kunstwelt scharf bestimmte Stellung einnahm, als er Rom betrat.

Es ist nicht zu leugnen, daß die bisherigen Nachrichten über das Leben des Malers von der Zeit der Fresken in Neuß an bis hieher eine gewisse Lücke empfinden lassen. Wir haben uns diese Jahre theilweise wohl vorzustellen als die Zeit des »Pegasus im Joche«. Der junge Künstler war genöthigt, angestrengt zu arbeiten, um seine Familie zu unterstützen und sich selbst die nöthigen Mittel zur Reise nach Italien zu sammeln. Diese Zeit der Arbeit war aber auch gerade die, in welcher dem Genius durch selbstdenkendes Studium die Flügel in einer Weise erstarkten, daß er sie dann auch um so kräftiger schwingen konnte. Wenn man in das Antlitz des Künstlers schaut, wie er selbst es auf einem seiner Faustbilder, »Gretchen in der Kirche«, hingezeichnet hat, hinter einer Säule

---

*) So berichtet Förster in seiner „Geschichte der deutschen Kunst“, Bd. IV. S. 202.

hervorblickend, so erkennt man in diesen feinen, geistig durcharbeiteten Zügen, in diesen feurigen Augen, auf dieser klaren, denkenden Stirn den bereits innerlich erstarkten Genius, der schon manche Kämpfe des Denkens und Fühlens, des Zweifels und des Glückes hinter sich weiß. Als einen solchen, in sich selbst völlig klaren Künstler haben wir uns den Frankfurter Cornelius vorzustellen.

Er hatte mit der ihm eigenthümlichen starken Empfindung gefühlt, daß die Kunst, soll sie nicht bloß die flüchtigen Augen ergötzen, sondern auf die Herzen lebendig wirken, in der Seele verwandte Accorde anschlagen, »aus dem Geiste der Gegenwart geboren sein müsse.« Ihm waren, wie einst Goethen, die geschminkten Puppenmaler verhaßt. Er konnte mit ihm aus vollster Seele ausrufen: »Sie haben durch theatralische Stellungen, erlogene Teints und bunte Kleider die Augen der Weiber gefangen. Männlicher Albrecht Dürer, den die Neulinge anspötteln, deine holzge= schnitzte Gestalt ist mir willkommner!« Ihm galt es, eine zu geistiger Freiheit und sittlicher Kraft heranwachsende Jugend zu bewegen, das eigene volle und reine Herz auszusprechen, und damit den Weg zum Herzen seines von ihm bis heute geliebten Volkes zu finden. Er hat diesen Weg gefunden, ist ihn gegangen durch ein langes Leben, hat ihn mit immer herrlicheren Gestalten, mit immer tieferen Gedanken geschmückt.

Er betrat diesen Weg zuerst in einigen Kompositionen zu Shakspeare (»Romeo's Tod bei der Scheinleiche Julia's« — bis heute unübertroffen in dem großen Dichter verwandten Geiste [*]) —) und in der Zeichnung »Das unterbrochene Hochzeitsfest«, welche jedoch nicht vollendet wurde. Julia liegt todt auf dem Lager, von der einen Seite kommen die Eltern und Graf Paris, von der andern der Mönch und die Musikanten. Der Künstler hatte, wie er selbst geäußert, sogleich empfunden: welch ein gewaltiger Moment es sei, so zwischen Hochzeit und Tod, Schmerz und Musikanten, und hatte in seiner denkenden Weise sich dieses Augenblicks in der Dar= stellung bemächtigt.

Bald darauf aber machte er Goethe's »Faust« zu seinem Gegenstande. Mit dieser Wahl und der Weise ihrer Ausführung hat Cornelius, wie Förster treffend bemerkt, seinen Charakter und seinen künstlerischen Lebens= weg gezeichnet, aber auch seine hohe vor Allen hervorragende künstlerische Begabung dargethan. Es nimmt der »Faust«, natürlich ganz in seiner Weise, in der bildenden Kunst dieselbe Stellung ein, wie in der Poesie etwa das Jugendwerk Goethe's, »Götz von Berlichingen«, und das deutsche Volk hat alle Ursache, diese Darstellungen als eins seiner köstlichsten Be= sitzthümer hochzuhalten. Sie sind bis jetzt nicht übertroffen worden.

In nothwendiger Konsequenz hatte Cornelius zur Darstellung dieser Gebilde nicht die Farbe, sondern die Feder gewählt, mit der er die festen

---

[*]) Gestochen von E. Schäffer 1838. Quer-Royal-Folio.

Konturen sorgfältig ausführte. Es drängte eben überall von der malerischen Verkommenheit, von der Verwaschung, Verbildung und Verflachung der Gedanken nach charaktervoller Bestimmtheit, von der Flauheit der Form nach dem einzig richtigen Umriß, und man kann das ganze bildnerische Streben der großen Kunstverjüngung kurz und sachlich als den Drang nach dem scharfen, das geistige Wesen der Dinge treffenden Kontur bezeichnen, der, in dem treuinnig die Natur anschau= enden Auge sich spiegelnd, mit männlich ernstem Geiste erfaßt, durch die anspruchslose und bescheidene Hand wiedergegeben werden sollte.

Man darf wohl sagen, daß Cornelius mehr, als irgend Einer seiner Zeit, von Goethe inspiriert war. Das beweisen die Zeichnungen zum »Faust«,[*]) die, weit davon entfernt, Illustrationen zu sein, dem Gedichte einen neuen vollen Ton entlocken und gleichsam nur wie bildnerische In= spirationen erscheinen. Mit der feinsten Empfindung hat Cornelius nur die Scenen des Gedichts ausgewählt, die sich für die Darstellung eignen, darum hat er den Abschluß des Vertrages zwischen Mephistopheles und Faust nicht aufgenommen, und überhaupt den Faust, der gegen den Teufel hirscht, in dessen Schicksal Gretchen nur wie eine Episode verflochten ist, nicht betont, vielmehr Faust und Gretchen in Parallele gestellt, zeigend, wie beim Manne Geistesstolz und das unbefriedigte Sehnen nach Er= kenntnis, beim Weibe Eitelkeit und Liebe — wenn auch in ihren Anfängen voll reizender Unschuld — wenn sie sich berühren, in tragischer Verwickelung zum Abgrunde führen müssen und hier den Mann sein unseliges Geschick weiter fortreißt, während dem Weibe eben wieder die Liebe zur Rettung wird.

Obwohl einzelne Faustblätter, wie das Titelblatt und die Zueignung, der Spaziergang, Valentin's Tod, und Gretchen im Kerker erst später, im Jahre 1815, in Rom entstanden sind, und ein wesentlicher Unterschied in Auffassung und entwickelter Formenschönheit zwischen den ersten und späteren Blättern sichtlich ist, so seien hier doch alle in ihrem Zusammen= hange erwähnt.

Das Titelblatt stellt in einer Vignette den ganzen Zusammenhang des Gedichtes dar. Auf der linken Seite des Blattes erblicken wir den Erdgeist, eine nackte gewaltige Mannesgestalt mit feuerstrahlendem Haupte, zu seinen Füßen sprossende Blumen, Delphine und Schlangen, die sich an seinen Beinen emporrichten; in der ausgestreckten Linken hält er ein aufrechtstehendes Einhorn, in der Rechten einen Hirsch, die Zeichen der Kraft und der Schnelligkeit, auf seinem Haupte sitzt mit ausgebreiteten Flügeln ein Adler. Mit dem Haupte trägt er auch die Weltkugel. Auf derselben sitzt ein Genius, das Recht darstellend. In der sich darüber entwickelnden, phantastisch

---

[*]) Faust, gestochen von Ruscheweyh, groß Quer=Folio. — Umrisse zu Faust, 12 Blätter in lithographierten Umrissen. München, 1839. Quer=Folio.

blumenreichen Arabeske werden die Genien der Medicin und der Philosophie
sichtbar, den Abschluß aber bildet oben der Genius der Theologie, die
Tafel hoch emporhaltend. Die gegenüber befindliche Vignette stellt in
ihrem Grunde und ihrer Wurzel den Kopf eines wüsten Ungethüms dar, dessen
Rachen den Schlund und Eingang zur Hölle bildet, boshafte Geister
glotzen daraus hervor. Auf dem Kopfe steht der Kessel der Hexe. Das
Feuer wird von einem Affen angefacht, während die Hexe emsig mit einem
Stabe das Gebräu umrührt. Aus den aufsteigenden Dünsten entwickeln
sich die Gestalten zweier Teufel, welche so eben den Mephistopheles vor den
Thron des Herrn getragen haben. Der Herr im Himmel bildet den obern
Theil des Blattes zwischen den Seitenvignetten. Zur Rechten knien in
Ehrfurcht, und das Weihrauchfaß schwingend, zwei Engel, während zur
Linken in tiefstem Ernst der Erzengel Michael mit voller Rüstung steht.
Mephistopheles naht sich in schalkhaft heuchlerischer Demuth dem Throne
Gottes. In dem untern Raume des Blattes ist auf der einen Seite, nach
dem Erdgeiste und den guten Kräften zu, Faust zwischen altem Geräth,
von Büchern und Papieren umgeben, in sein Studium vertieft, zu schauen.
Knurrend kommt der Pudel unterm Tisch hervor. Auf der andern Seite,
mehr nach den finstern Kräften zu, zeigt Gretchen der Martha in trunknem
Staunen das Schmuckkästchen. Während sich auf der Seite des Faust der
Zusammenhang der Vignette von selbst ergiebt, ist er auf Gretchens Seite
dadurch hergestellt, daß eine Meerkatze, von dem höllischen Braukessel sich
herabbeugend, mit einem Rohre der Martha bösen Rath ins Ohr bläst.

　　Das zweite Blatt enthält die Widmung an Goethe. Darüber die
Bühne. Vor derselben die Zuschauer, »sie sitzen schon, mit hohen Augen-
brauen, gelassen da.« Hinter dem Vorhange lugt Mephistopheles hervor.
Einige Gruppen sind auf der Bühne selbst mit den Vorbereitungen zur
Aufführung beschäftigt. Gretchen kämmt sich das Haar, während ihr
Martha den Spiegel hält. Faust geht mit großen Schritten auf und ab,
und prägt sich noch einmal seine Rolle ein. Aus dem untern Bühnenraume
drängen sich durch die Fallthüre, welche von oben ein Engel aufzieht, die
Köpfe von Studenten und Teufeln hervor. Hinter der Bühne aber befinden
sich in eifrigem Gespräche der Theaterdirektor und die lustige Person mit
dem Dichter, hinter welchem der Maler steht, der, das Haupt überbeugend,
Jenem das geschriebene Wort ablauscht.

　　Der »Spaziergang« führt uns vor das Thor einer alten Stadt, aus
dem über die herabgelassene Zugbrücke das Volk hervorquillt. Die brallen
Mägde, denen die Knaben folgen, die Bürger, die sich in ehrbarem Gespräch
über Krieg und Kriegsgeschrei unterhalten, die Lanzknechte in frohem
Gesange und rüstigem Schritt, welche zwei stolzen herrlichen Mädchen-
gestalten folgen, an die sich die Kupplerin heimlich flüsternd herangeschlichen
hat. Etwas seitab geht Faust mit dem »trockenen Schleicher« Wagner.

Im Hintergrunde erblickt man einen Ritter auf hohem Rosse, der mit seiner Dame, die einen Falken trägt, dahinreitet, in der Ferne den Strom, auf dessen jenseitigem Ufer der volle Kahn sich der Menschen entladet. Es wird in der deutschen Kunst nicht viele Blätter geben, die ein so reiches Leben in so wunderbarer Frische vorführen!

Das darauf folgende vierte Blatt stellt die Scene in Auerbach's Keller dar, wo die berauschten Studenten in ihrer bestialischen Tollheit sich die Nasen abschneiden wollen, während Faust und Mephistopheles dem Gewölbe zauberhaft entschweben.

Dann stehen wir vor dem ernsten Portale eines gothischen Domes. Aus einer fernen Seitengasse zwischen den alterthümlichen Häusern hervor sieht man ein Paar mit einem Kinde und einem Hunde wandeln, sonst ist der Platz still und unbelebt. Neben dem Dome im Hintergrunde steht, die Straße überschattend, ein Lindenbaum. Im Vordergrunde, gerade so, daß ihr halb zurückgewendeter Kopf von dem Laubwerk des Baumes dahinter gleichsam umrahmt erscheint, enteilt Gretchen in züchtiger und fast zitternder Verschämtheit mit leichtbeschwingtem Tritt dem ihr nach= eilenden Faust, der ihr in ritterlicher, schmachtender Bewegung den Arm bietet. Diese Gruppe ist von großer Wahrheit, und auch, wenn man nicht in der Entfernung gerade vor der Eingangspforte des Domes den lauernd lauschenden Mephistopheles erblickte, würde man empfinden, daß hier ein Frauenschicksal auf die Bahn der Gefahr zu lenken versucht wird.

Das sechste Blatt öffnet dem Blicke den an der alten Stadtmauer gelegenen Hausgarten Marthens. Im Hintergrunde ragt über der Wein= laube der Thurm einer romanischen Kirche herein. Eine Treppe führt aus dem Garten ins Haus. Auf der einen Seite des Bildes zwischen Blumen steht Faust. Sein linker Arm hat den schlanken jungfräulichen Leib Gretchens umfangen, während er mit seiner Rechten ihre Hand an seine Brust zieht, süß athmende Hingebung läßt das holde Mädchen den Kopf auf seine Schulter niederneigen, während sie mit der Linken in mild abwehrender Bewegung von Faust's Arm sich zu befreien sucht. Im Ge= gensatze zu diesem Paar, ahnungsvollen Zaubers der Liebe voll, stehen die zwei im Hintergrunde einherschreitenden Gestalten der Martha und des Mephistopheles. Die eitle Kupplerin, welche der geistvolle Renommist neben ihr ganz bethört hat, schaut mit lüsternem Blicke nach dem Jugend= paare sich um. So ist das Widerspiel des Lebens in höchster Poesie und gemeiner Trivialität auf dem kleinen Raum in einfachster Weise ausge= sprochen, und diese Gestalten haben einen unbezwinglichen Typus festgestellt.

In den stillen, von Gras überwucherten Hof eines Klosters führt uns hierauf der Künstler. Weinend und das Haupt sich halb verhüllend ist Gretchen vor dem steinernen Bilde einer Mater dolorosa hingesunken, sie hat so eben die frischen Blumen, die sie am frühen Morgen gebrochen und mit ihren Thränen bethaut hat, in bie Gefäße vor demselben gesteckt. noch ordnet zitternd ihre Hand daran. »Das Schwert im Herzen, mit tausend Schmerzen« blickt das Steinbild nach oben, weinend bittet das lebendige Frauenbild darunter, nur scheu den Blick erhebend, um Rettung vor Schmach und Tod. Im Hintergrunde schreitet durch den Bogengang in beschaulichem Frieden der Seele ein Mönch dahin, und ein Storch trinkt gierig aus dem Eimer am Brunnen.

Ein Blatt voll wahrsten Lebens und ergreifender dramatischer Kraft ist »Valentin's Tod«. An dem Treppenvorsprung eines von Weinlaub umrankten Hauses ist der wackere Kriegsmann hingesunken, das Schwert noch in der Rechten haltend. Auf das Getöse der Waffen sind Nachbarn und Wächter herbeigeeilt und umstehen den Unglücklichen. Ein Wächter hält die Blendlaterne ihm vor das sterbende Antlitz. Martha ermahnt ihn mit erhobenem Finger, seiner Schwester zu schonen. Diese selbst aber ist ganz im Innern in sich zusammengeknickt, während hinter ihr schadenfroh die Bärbel steht. Männer mit dem Ausdrucke des Schrecks und des Mitleids drängen sich heran. Über dem Sterbenden ist an der Brüstung der Treppe ein Mädchen erschienen, das sich in egoistischer Verschlafenheit mehr voll Neugierde, als Theilnahme, nach der nächtlichen Schreckensscene herniederbeugt. In dem Dunkel des Hintergrundes verschwinden Faust und Mephistopheles. Ruhig aber blinken in tausendfältigem Strahle die Sterne vom Himmel hernieder auf die stillen Straßen, auf den hoch- ragenden Dom, dessen Fenster vom Scheine der ewigen Lampe mild erhellt sind.

»Gretchen in der Kirche« sinkt knieend auf ihren Sitz zurück, hinter ihr der böse Geist, vor ihr in heuchlerischer Frömmigkeit Martha, Betende um sie ringsum. Eine arme Büßerin kniet neben dem Altare. Die Sünde ist längst vollbracht, und »der Apfel, den in der Ecke ein Knabe auf dem Schoße der Mutter aus der Hand eines Andern empfängt, ist ein verbotener.«

Auf dem folgenden Blatte erblicken wir Faust und Mephistopheles mitten im höllischen Spuk der Walpurgisnacht. Der Sturm hat die Ge- wänder des zwischen steilen Felswänden aufsteigenden Paares erfaßt. In tiefem Schmerz und sinnend folgt Faust dem vor dem Abgrund warnenden Mephisto.

Auf schnaubenden Rossen eilen Faust und Mephistopheles auf dem Blatte »Was weben die dort um den Rabenstein?« dahin. Faust blickt schaudernd zurück, während sein Roß hochbäumend ausgreift. Wild flattert des Mephistopheles Mantel in der Nacht dahin, er blickt sich um: »Weiß nicht, was sie kochen und schaffen.« Aber er weiß es wohl, es sagt's sein Blick. Im dunkeln Gewölk und unter dem Rade, auf dem der Leichnam eines Verbrechers aufgesteckt, auf dessen Spitze der Schädel in die Nacht hinausgrinst, treiben die bösen Geister ein grauenvolles Spiel, sie führen

eine arme Sünderin zur Hinrichtung. Aber es sind nur wesenlose
Schatten. Vorbei! Vorbei!

Das Geschick hat sich erfüllt. Wir erblicken »Gretchen im Kerker«.
Die gefesselten Arme zum Gebet erhebend, das Haar in Schmerz aufgelöst,
kniet sie auf einer Strohmatte, vor ihr der Todtenkopf, mit dem Kreuze
des Erlösers und das Gebetbuch. In dem Antlitz, in dem sich voll innigsten
Glaubens zu Gott erhebenden Blicke ist keine Spur von Wahnsinn. Sie
hat der Lockung — der letzten — widerstanden, sie will ihren Fehl durch
den Tod sühnen, dem Gerichte Gottes hat sie sich ergeben. Er wird ihr
ein milder Richter sein. Es verkündigt's der Engel, der im Strahlenkranze,
schützend die Arme über ihr ausbreitend, herniederschwebt. In der Rechten
hält er das Schwert, in der Linken den Ölzweig des Friedens nach so
schmerzlichem Kampfe. Sein von langem Haupthaar umwehtes Antlitz
ist von einem unsagbar tiefen Ausdrucke des Mitleids und des Ernstes
übergossen. Vor Gretchen, den Engel nicht schauend, steht Faust, in Entsetzen und friedloser Leidenschaft sich nach ihr umwendend, aber schon von
dem eisernen Arme des Mephistopheles, der hier gleichsam nur der Begriff
einer gewaltigen Übermacht in Menschengestalt zu sein scheint, zur offenen
Kerkerthüre gezerrt. Draußen aber dämmert schon der Morgen auf, und
schaudernd wittern ihn die geisterhaften Rosse mit schnaubenden Nüstern.
Fürwahr! schöner und würdiger konnte das »Sie ist gerettet!«, und das
»Her zu mir!« wohl kaum im Bilde dargestellt werden.

Das ganze Werk hat Cornelius nach seiner Vollendung Goethen mit
folgenden schönen Worten gewidmet: »Wenn auch jede wahre Kunst nie
ihre Wirkung auf unverdorbene Gemüther verliert und die Werke einer
großen Vergangenheit uns mächtig in die damalige Denk- und Empfin-
dungsweise hineinziehen, so sind doch die Wirkungen einer gleichzeitigen
Kunst noch ungleich größer und lebendiger, und ganze Völker, ja ganze
Zeitalter sind oft von den Werken eines einzelnen großen Menschen begeistert worden. Wie Ihre Excellenz auf Ihre Zeit und besonders auf
Ihre Nation gewirkt haben, ist davon der sprechendste Beweis. Möchten
Sie unter jenen tausend Stimmen der Liebe und Bewunderung, die sich
dankbar zu Ihnen drängen, die meinige nicht ganz überhören, und diesem
geringen Werke, als einem schwachen Widerscheine Ihrer lebendigen
Schöpfungen, eine kleine Stelle in Ihrem Andenken so lange gönnen,
bis ein Würdigerer kommt, der mit größerer Kunst und reichbegabterem
Geiste Das wirklich vollführt, wonach ich so sehnlich, aber mit geringem
Erfolge, gestrebt habe.«

Bereits früher war Sulpiz Boisserée mit Baurissen, architektonischen
Zeichnungen gothischer Denkmäler, unter Anderm auch mit den ersten Zeichnungen zum »Faust« nach Weimar gekommen, um den dortigen Kunstkreis
für die rheinische Bewegung zu gewinnen. »Wir bewunderten« — schreibt

Goethe — »in jenen Federzeichnungen den alterthümlich tapfern Sinn
und die unglaublich technische Fertigkeit, mit welcher er ausgesprochen
wurde.« Allein so nahe Goethe in seiner bedeutenden Weise mit dem
Ausdrucke »tapfer« das innerste Wesen der Cornelius'schen Kunst eigentlich
traf, wie sehr er empfand, daß hier ein Künstler ihm entgegentrat, der,
von männlichem Geiste beseelt, selbständig und kühn seine Aufgabe mitten
im Herzen packte: zur vollsten Würdigung des Genius konnte er doch
nicht gelangen. Zu tief und festgewurzelt waren seine Ansichten über
Kunst, und fast philiströs klingt das Urtheil, wenn er diese Arbeiten nach
anderer Seite hin »schätzenswerthe, gutes Talent und redliches Streben
verrathende Beiträge« nennt. Eine klarere Würdigung tritt allerdings in
dem schönen Briefe an Cornelius vom 8. Mai 1811 hervor, in welchem
ihm Goethe seine Anerkennung ausspricht und daran die Mahnung knüpft,
er möge, neben Dürer's Gebetbuch, ja auch die gleichzeitigen Italiäner
studieren. Die Art, wie er es thut, zeigt allerdings, daß er den eigenthümlichen Kunstcharakter der Faustbilder nicht völlig zu schätzen vermochte,
denn es war ja nicht Unkenntniß, welche Cornelius folgerecht in den
Bildern zum »Faust« nach der Weise der deutschen Kunstwelt des 16. Jahrhunderts, wenn auch ganz frei und selbständig, greifen ließ, sondern die
aus dem Stoffe selbst sich ergebende Totalempfindung im innigsten Zusammenhange mit dem eigenen künstlerischen Selbst, das eben ganz im
Stoffe aufging. Die Formen italiänischer Renaissance hätten doch wahrlich zu dem deutschen Faust, den wir uns nur in der oft wunderlichen
Umgebung alter Häuser mit speienden Drachen und spitzen Giebeln, in
den graßbewachsenen Straßen einer deutschen Reichsstadt, in den hochge-
wölbten Räumen eines klösterlichen Hauses zu denken vermögen, an
dessen Seite wir nur ein durch und durch deutsches Gretchen in züchtiger
Einfachheit erblicken wollen, am wenigsten gepaßt, — so wenig, wie Goethe's
künstlerisches Gesammtgefühl beim »Götz von Berlichingen« nach griechischer
Formenschönheit sich hindrängen ließ.

Goethe würde überdies bei seinem großen Sinne Cornelius wohl
noch anders beurtheilt haben, wenn er nicht befürchtet hätte, daß die von
Demselben eingeschlagene Richtung, wenn sie von Andern befolgt würde,
zur Manier werden würde. Er hätte wahrscheinlich die Zuversicht gehegt,
daß ein Genius, wie Cornelius, seinen Weg schon finden würde, und er wäre
diesem Geiste auch später mit mehr Interesse gefolgt, wenn ihm nicht die
ringsum sich erhebende Begeisterung für den Wiederbeginn der Kunst
irre gemacht hätte. Er hatte vergessen, daß die geheimnißvolle Macht
genialer Jugendwerke leicht Überstürzungen der Geister hervorruft, er hätte
nur an seinen eigenen »Werther«, oder an Schiller's »Räuber« zu denken
brauchen, und er würde dann wohl die Nachahmer, welche dem Zauber-
lehrling gleichen, der die Geister beschwören aber nicht mehr bannen kann,

von dem Meister, der das Zauberwort innehat, unterschieden haben. Dies Zauberwort aber ist — Wahrheit, wie sie aus der Sache selbst und der tiefeigensten Art, in der sie ein ursprünglicher Geist denkt, entsprungen ist. Nach Cornelius' Vorgehen hatte sich bald die deutsche Richtung geltend gemacht, aber auch, sich überstürzend, die Deutschthümelei begonnen. Es musste jetzt Alles knackerich und knatterich in Falten und Gelenken sein, wenn es »deutsch« heißen wollte. Cornelius selbst war bald nicht deutsch genug. So erzählt man sich die scherzhafte Geschichte, dass, als der Künstler seinen »Spaziergang vor dem Thore«, den er im Jahre 1815 in Rom gezeichnet und auf dem sich allerdings die unabweisbaren Eindrücke römischer Natur in größerer Freiheit der Behandlung zeigen, an den Verleger gesendet hatte, von Diesem das Blatt abgelehnt worden sei, weil — es nicht deutsch wäre. Cornelius ward aufgefordert, eine andere Zeichnung zu machen, doch er that es nicht und gab die saubere Federzeichnung in die Kunsthandlung am Spanischen Platz. Eines Tages kommt Cornelius dahin, und es streitet sich eben ein Kreis von Künstlern darum, von welchem alten Meister die Handzeichnung sei, die Meinung schwankt, man bleibt aber zumeist bei Mantegna. Da weist der Händler auf den eintretenden Cornelius zum Erstaunen Aller als auf den Urheber der Zeichnung hin. So wird eben jede Erhebung von mittelmäßigen Köpfen heruntergezerrt, und Nachahmende bemächtigen sich immer nur der Äußerlichkeiten. Zu beklagen aber ist, dass sich Goethe durch die Nachahmer des Cornelius hat abhalten lassen, mit höherem Interesse des Letzteren Entwickelung zu folgen. Er wäre dann über diese Erscheinung nicht so im Unklaren geblieben, dass er noch im Jahre 1825 auf das lebhafteste erstaunte, als er hörte, in der Schule des Cornelius werde Rafael über Alle hochgehalten und mit Eifer studiert.

Gegen Ende des Jahres 1811 brach Cornelius nach Rom auf, bereits achtundzwanzig Jahre alt.

Dort hatte das Kunstleben seit der Zeit des Carstens einen bedeutenden Umschwung erlitten. Die Herrschaft des französischen Geschmacks unter David war gebrochen. Thorwaldsen's Größe, auch von Canova anerkannt, strahlte unbestritten, und war seine Thätigkeit auch eine in sich abgeschlossene, meist im Kreise der Antike sich bewegende, derart, dass sie zunächst keinen unmittelbaren Einfluss auf das Gebiet der neu erwachenden Kunst ausübte, so war sie doch schon um deßwillen von Bedeutung, als sie eine große Anzahl von Männern, deren Auge und Geschmack der antiken Welt erschlossen war, nach Rom zog und so ein heilsames Gegengewicht in dem dortigen geistigen Leben gegen allzu übertrieben puristische Richtung der Neudeutschen herstellte. Koch war vor andern Künstlern Derjenige, welcher eine gewisse Vermittlung zwischen der nun neu entstehenden Richtung und den Anschauungen des Carstens bildete. Koch's Persönlichkeit in ihrer derben

4*

Ursprünglichkeit, mit dem künstlerischen und menschlichen Wohlwollen
für jedes aufstrebende Talent, mit der heftigen nnd wilden Verachtung
des Schlechten, mit dem angebornen Humor des Naturmenschen, war für
die deutsche Künstlerjugend, welche im Anfang des Jahrhunderts zu Rom
erwuchs, von großer Bedeutung. »Wer« — ruft Overbeck in einem
Briefe in die Heimat aus — »von uns wäre nach Rom gekommen, und
hätte nicht aus seinem geistreichen Umgange wesentliche Belehrung geschöpft,
wem wäre er nicht sogar durch seine ganz neidlose Anerkennung förderlich
gewesen?«

Mit dem Wiedererwachen der Liebe für die deutsche Vergangenheit
hatte auch Rom von Neuem seinen alten Zauber auf die germanische
Natur gewonnen. Aufs Neue hatte sich das Wort bewährt, daß der
Weltstadt ein ewig reges Element beiwohne — voll frischer, Leben erweckender
Kräfte! Bedeutende Männer hatten sich gerade um jene Zeit in Rom
vereinigt, theils weil sie der Fremdherrschaft und deren widerwärtigen Eindrücken daheim aus dem Wege gehen wollten, theils weil in Italien gerade
damals die reichen Schätze der Kunst und des Wissens zu gelehrter Forschung
und Anschauung in liberalerer Weise, als vordem, geöffnet waren.

Dazu kam, daß die beiden Schlegel und Tieck insbesondere für die
romantische Richtung der neuern Kunst in Rom den Boden vorbereitet
hatten. In Rom war nach ihrer Meinung der Schlüssel zu dem großen
Geheimnisse zu finden: »die in weltlichem Hochmuth und Verflachtheit
versunkene Welt wieder in die Angeln zu bringen.« Vom Sitze St. Peter's
aus, erfüllt von den höchsten religiösen Dingen, sollte die Kunst der Welt
die Wahrheit predigen. Aber damit solch strahlendes Licht ausströme, damit
die gebrochene Kraft des Volks sich wieder erheben könne an der Herrlichkeit der Vergangenheit, an den Wundern des ewigen Gottes, dazu bedurfte
es Werke — frommen Glaubens voll, welche, entfernt vom grellen Lichte
des Tages, entfernt von dem Getümmel einer ehrgeizigen, nach dem Scheine
ringenden Welt, in reinem Sinne voll Gebet, in der tiefen Ruhe des
Gemüthes, in der zaubervollen Stille einer umfriedeten Dämmerung geschaffen wurden.

So hatte sich Overbeck, welcher im Jahre 1810 mit mehreren Freunden
nach Rom gekommen war, das verlassene Kloster St. Isidoro gewählt,
um hier in den stillen Zellen mit ihnen seine Werkstätte aufzuschlagen.
Es waren keine großen hellen Räume, auch zum Malen wenig geeignet,
aber es reizte der Zauber der Einsamkeit und Stille und das beglückende
Bewusstsein, gemeinsam mit Gleichgesinnten nach den höchsten Idealen
zu ringen.

Als Cornelius nach Rom kam, zog er bald den reinen und frommen
Overbeck in Freundschaft an sich, welche bis heute, trotz aller Verschiedenheit
der Naturen, die beiden Männer verknüpft. »Damals sah« — wie Ernst

Förster treffend in seiner »Geschichte der deutschen Kunst« bemerkt — »Jeder im Andern die Ergänzung seines Wesens; der innigste Gedankenaustausch verband die Freunde, man theilte sich gegenseitig und regelmäßig alle Arbeiten mit, und gab und erhielt das offenherzigste, allein von der gemeinsamen Liebe zur Kunst eingegebene Urtheil.«

Zu dem deutschen Künstlerkreise damaliger Zeit gehörten von Anfang an der leider schon im Jahre 1812 zu Albano verstorbene Pforr, Ludwig Vogel, Wilhelm und sein Bruder Rudolf Schadow, sowie später Philipp Veit, der Stiefsohn Friedrich Schlegel's Fohr, und endlich der im Januar 1818 nach Rom gekommene Julius Schnorr, neben Overbeck und Cornelius der bedeutendste Träger der neuen deutschen Kunst.

Von Nichtkünstlern waren vor Allen Wilhelm von Humboldt, der preußische Minister, und sein Nachfolger Niebuhr, der bekannte Geschichts-schreiber, Bunsen, Brandis, der damals Legationssekretair bei Niebuhr war, Platner, zugleich auch kunstübend, Kestner und der zwar meist in Florenz, jedoch von Zeit zu Zeit auch in Rom lebende Rumohr hervorragend. Alle diese Männer, vor Allen der mit Cornelius bald befreundete Niebuhr, waren von einer edlen Auffassung der Zeit und ihrer Ziele getragen, meist bedeutend in ihrem Wissen und ihrem Streben. Rechnet man nun noch hinzu, daß gerade in jene Jahre die Erhebung des Vaterlandes aus den Banden der Knechtschaft fällt, und daß der geistige Frohmuth alle Nerven des Denkens und Fühlens höher spannte, so kann man wohl die Wahrheit der Worte des Cornelius nachempfinden, wenn er in einem Briefe an den Grafen Raczinsky über dies Zusammenleben sagt: »Es ist mir unmöglich, den Kreis geistiger Entwickelung während meines Aufenthaltes in Rom in kurzen und dürftigen Notizen darzustellen. Aber ich darf sagen: es wurden die Bahnen von Jahrhunderten durchkreist; ich spreche hier nicht bloß von mir, sondern von jenem Vereine von Talenten und Charakteren, die, getragen von Allem, was das Vaterland und Italien Heiliges, Großes und Schönes, was der begeisternde Kampf gegen französische Tyrannei und Frivolität in allen bessern Gemüthern so tief aufregte, damals in so reichem Maße darbot.«

Auch darin zeigt sich die dem Deutschen eigenthümliche ritterliche Gesinnung der Künstler, daß nicht die Aussicht auf Gewinn oder rein äußerliche Erfolge, sondern das rege und reine Feuer der Begeisterung für die Kunst es war, welches alle ihre Kräfte und ihre ganze Thätigkeit in Bewegung setzte, denn sie lebten, einzig auf ihre Ausbildung bedacht, oft in bedrängten Umständen und in Noth, doch freudig und stark durch ihr Zusammenhalten und das gemeinschaftliche Bestreben nach einem hohen Ziel, wodurch sie freilich auch den Neid und die Missgunst bei Andern erregten. Passavant schildert dies Zusammenleben theils aus eigener An-schauung nach allen Seiten hin, wenn er in seinen Ansichten über die

bildenden Künste sagt: »Bei den Nachrichten über die Ereignisse, welche
die Befreiung unsers Vaterlandes herbeiführten, erhob sich auch ihre Seele,
wenn selbst öfters in sehr drückenden äußern Verhältnissen. Künstler, welche
selbst in den Reihen gegen den Feind des gemeinschaftlichen Vaterlandes
gefochten, schlossen sich ihnen an. Wie nun in Deutschland ein großes
volksthümliches Interesse im Volke erweckt worden, so ist auch bei vielen
Jüngern der Kunst diese Gesinnung herrschend geworden. Nicht nur zum
bloßen Spielzeug und Kitzel für die Sinne soll die Kunst mehr angewendet werden, nicht bloß zur Ergötzung und Prachtliebe, sondern hauptsächlich zur Verherrlichung eines öffentlichen Lebens. Soll Dieses würdig
geschehen, so muß ein ernster, hoher Sinn aus den Kunstwerken sprechen,
auf daß er den bessern Theil des Volks ergreife, und ihn bestärke in den
Gesinnungen, welche außer dem Kreise des Privatlebens ein allgemeines
volksthümliches Interesse erregen.« »Entscheidend wirkte auf die Künstler-
ausbildung das genauere Studium der altitaliänischen Meister, und es ist
sehr begreiflich, wie bei der einmal gefaßten Richtung der Maler, welche
den im Kunstwerke sich aussprechenden Gedanken höher schätzten, als die
Erfüllung konventioneller Regeln, oder selbst die Vollkommenheit in der
Nachbildung der Äußerlichkeiten, sie auch die älteren Werke von Giotto
bis Fiesole eben so sehr ansprachen, als die der blühendsten Epoche. Auch
fühlten sie bald die Gefahr für noch nicht sehr gebildete Künstler, sich
ausschließlich oder auch nur hauptsächlich dem Studium der vollendetsten
Meister zu ergeben. Denn es lassen ihre Werke keine weitere Ausbildung
mehr zu und ihre Vollkommenheit in der Darstellung der Äußerlichkeiten
verleitet den Studierenden zu sehr zum bloßen ängstlichen Nachahmen, ohne
daß er auch veranlaßt wird, in die Tiefe des im Werke enthaltenen Gedankens zu bringen. Zeigte sich doch schon bei den Schülern der größten
Meister der Verfall in der Kunst durch die zu große Nachahmung. Wie
sollten unsre Künstler auf demselben Wege einen bessern Erfolg hoffen
dürfen? Das Studium nach den Werken der Caracci aber schien ihnen
um so weniger rathsam, da Diese nicht einmal in den Äußerlichkeiten einen
der Vorzüge der Meister erreichten, welche sie in der Gesammtheit zu vereinigen hofften. Jene richteten sich daher zur Ausbildung ihrer Ansichten
und Berichtigung ihrer Ideen vorzugsweise an die alten Meister. Das
Studium Dieser wendeten sie an bei der Ausübung ihrer Kunst, ohne sich
zu sehr mit dem Kopieren zu befassen, welches einen fähigen Künstler zu
sehr im Gängelbande verweilen läßt, ihn zu sehr zum Nachahmen verleitet
und ihm am Ende den Muth und die Kraft benimmt, sich zur Selbständigkeit zu erheben. Auch die nähere Kenntnis der Geschichte und Poesie
der Zeit, worin die Kunst ihren Aufschwung erhielt, war ihnen von großem
Nutzen. Das öffentliche Leben bei dem Volke, besonders in Florenz, machte
ihnen den großen allgemeinen Charakter in der Kunst jener Zeiten begreiflich.«

So sehr nun Cornelius im Ganzen und Großen das Streben seiner Kunstgenossen in Rom theilte, so fern hielt er sich von den Übertreibungen und Verirrungen. Es kann zum Verständnis jener Zeit und des Künstlers nicht genug betont werden, daß er mit den überkatholischen Bestrebungen der sogenannten Nazarener nie Etwas zu schaffen gehabt hat, ja denselben entschieden entgegentrat. Zum Belege wollen wir nur die eine Thatsache anführen, daß, als in dem Vereine, welchen die Besten gegründet hatten, und der etwas überkatholische Mitglieder zählte, der jugendliche, von echt protestantischem Geiste und Anhänglichkeit an sein Bekenntnis beseelte Julius Schnorr, welcher damals in Rom erst erwartet wurde, brieflich aufgenommen werden sollte, und Veit und Andere gegen die Aufnahme des Protestantischgesinnten waren, Cornelius mit Energie auf Verwerfung solcher Gründe und Aufnahme Schnorr's bestand. Alle falsche Frömmelei in Leben und Kunst war ihm vermöge seiner Universalität zuwider und fremd, und er gab stets kräftigen und heiteren Aussichten Raum. Er stand schon damals auf den Stufen höchster Anschauungen in Kunst und Leben, kraft seines Genies. Er bewegte sich in den höchsten Kreisen als Einer, der dahin gehört, frei, stolz, liebenswürdig. Wie er über Engherzigkeit und Mönchsthum weit erhaben war, so konnte er, obwohl gut katholisch, gelegentlich kräftig mit den Freien protestieren, und er hielt deßhalb auch den freundschaftlichsten Umgang mit den protestantischen Niebuhr, Bunsen und Andern aufrecht, während einzelne der überkatholischen Maler sich von dem gastlichen Hause des freisinnigen Gesandten fernhalten zu müssen glaubten. Auch billigte er keineswegs unbedingt den Übertritt einiger Kunstgenossen zur katholischen Kirche, von dessen innerster Nothwendigkeit er nicht, wie bei Overbeck, überzeugt war, und er mochte sein ernstes Haupt wohl leise schütteln und insbesondere bei Einem derselben nicht begreifen, wie man heute in süßer Eitelkeit, mit phantastischem Sammtrock angethan, neben einer sehr weltlichen Gräfin in zierlicher Unterhaltung einherschreiten und morgen das Ansehen eines frommen Klosterbruders haben könne.

Auch die Liebe zu seiner Heimat büßte der gesunde Rheinländer unter den bezaubernden Eindrücken Italiens nicht, wie so mancher Andere, ein, und mehr als einmal sprach er seine Sehnsucht nach dem Vaterlande aus. So schrieb er einem Freunde Veit's im Jahre 1816 ins Stammbuch:

„Kommt Ihr ins Vaterland zurück, so grüßet, Freund,
Die Guten alle, die noch mein gedenken!
Auf freien Höhn, im dunkeln, heil'gen Wald,
Beim Rauschen deutscher Ströme denkt an mich;
Und kommt Ihr an den schönen, stolzen Rhein,
So grüßt den Alten, rufet meinen Namen
Mit lauter Stimme in die dunkle Fluth,

Sprecht ihm von meiner Sehnsucht nach der Heimat;
— Doch tretet Ihr zu Köllen in den Dom,
O so gedenket meiner vor dem Herrn,
Auf daß ich heimgelang' ins Land der Väter."

In seinem künstlerischen Schaffen aber bewährte er am deutlichsten seine ureigenste Unabhängigkeit von aller Nachahmung, von allen unvermittelten Einflüssen. Nach der deutschen Dichtung, nach dem deutschen Heldenliede der Nibelungen griff er zunächst und stellte dasselbe in seinen Hauptmomenten in einer Reihe von Zeichnungen dar, welche, bei weitem mächtiger und freier als die zum »Faust«, in wahrhaft Siegfried'schem Jugendgefühl gemacht sind, strotzend von Fülle und deutscher Art, und die ganze Größe seiner Gestaltungskraft, die Tiefe seiner Empfindung und die Gewalt seines Ausdrucks zuerst vollständig offenbaren, und allein genügen würden, Cornelius an die Spitze aller deutschen Künstler neuerer Zeit zu stellen.

Die einzelnen Darstellungen sind folgende: Siegfried hat einen Bären eingefangen, und läßt ihn scherzhaft im Hofe los, um das Hausgesinde damit zu erschrecken. Das zweite Blatt stellt die Ankunft Siegfried's und seiner Gemahlin Chriemhild in Worms dar. Chriemhild wird von der Brunhilde begrüßt, ein Blatt das sich durch schöne Anordnung besonders auszeichnet. »Chriemhild und Hagen« führt uns die Scene vor, in welcher Erstere den Hagen auf das ins Gewand Siegfried's gestickte Zeichen von der einzigen Stelle, an welcher er verwundbar ist und welche Hagen besonders zu schützen verspricht, aufmerksam macht. Der Katastrophe des Todes sind drei Blätter gewidmet. Siegfried zieht zur Jagd und nimmt von Chriemhild Abschied; sodann die Ermordung, wo Siegfried dem Verräther Hagen, der ihm das Todesgeschoß durch den Rücken gejagt hat, mit den letzten aufgerafften Zorneskräften seinen Schild nachschleudert, während Dieser — das leibhaftige Bild des hinterlistigen Mordes — entflieht, und die Könige im Hintergrunde trauernd auf die Scene des Grauens blicken; endlich, wie Chriemhild bei ihrem Frühgang zur Messe den Leichnam des erschlagenen Gatten vor ihrer Thüre findet. Die letzten beiden Darstellungen sind die großartigsten des ganzen Cyklus.*) Noch zwei Blätter, der Auszug zum Sachsenkrieg und die Donaufahrt der Nibelungen, sind als Zeichnungen vorhanden, aber nicht veröffentlicht. Endlich hat Cornelius, gleichsam wie ein großer Tonmeister, der in der Ouvertüre das Gesammtbild seiner Schöpfung in den kräftigsten und anmuthigsten Weisen erklingen läßt, und uns so in wenigen Zügen mitten in das Verständnis des Gegenstandes in seinem ganzen Zusammenhange zu versetzen weiß, zu den Nibelungen ein Titelblatt gezeichnet, welches in

*) Sämmtliche Blätter im Besitze der Reimer'schen Buchhandlung in Berlin. Gestochen von Lipsius.

bewundernswerther einfacher Weise uns mit dem Geiste des großen Helden-
liebs vertraut macht, und die bedeutendsten Momente desselben dem Gedächtnisse tief einprägt. Dieses herrliche Blatt*) hat Cornelius seinem
Freunde Niebuhr gewidmet, und damit, wie einst durch die Widmung
des »Faust« an Goethe, sehr schön ausgesprochen, daß, wenn außer der eigenen
freien Kraft des Genius und der Gemeinschaft mit den großen Männern
der Vergangenheit ein Mensch während seines Aufenthaltes in Rom dazu
beigetragen habe, seinen Geist vor Einseitigkeit zu bewahren, Dies Niebuhr
vor Andern vorzugsweise gewesen sei.

Mehr, als in diesen mit der Feder gezeichneten Blättern, macht sich
der Einfluß Italiens bei mehreren Ölgemälden des Cornelius aus jener
Zeit geltend. Hier waren es vor Allen die Florentiner Masaccio und
Ghirlandajo, welche sich durch die Macht einer gewissen geistigen Verwandtschaft seinem Auge aufdrängten und auf seine Vorstellungen wirkten, ohne
daß in seinen Bildern auch nur eine Linie bloße Nachahmung jener
älteren Meister wäre. Das im Thorwaldsen-Museum zu Kopenhagen befindliche Bild, die »Grablegung Christi«,**) und die — wenn wir nicht
ganz irren — vom Leipziger Museum acquirierten »klugen und thörichten
Jungfrauen« legen hievon Zeugniß ab. Das letztere von diesen beiden
Bildern ist nicht vollendet, bei sehr gedrängter Zusammenstellung der
Figuren erfreut es durch eine klare und schöne Anordnung der verschiedenen Gruppen, wobei insbesondere die Gestalt des aus Himmelshelle
durch das Thor hervortretenden Christus eine durchaus eigenthümliche
Wirkung hervorbringt. Im Übrigen ist dies Bild ein sprechender Beweis
dafür, daß, wenn Cornelius' Sinnesart zur Ölmalerei sich überhaupt
geneigt hätte, er hierin es bestimmt zu einer nicht gewöhnlichen Bedeutung
und originellen Vollendung gebracht haben würde, allein Dies war nicht
der Fall, seine Gedanken bedurften eines andern Ausdrucks. Die Kunst
sollte ja eine Zierde des öffentlichen Lebens, dessen höchster Ausdruck sein.
Die großen Florentiner und der herrliche Urbinate hatten das Höchste in
ihrer Kunst al fresco gemalt, und nach Jahrhunderten leuchten diese
Denkmale noch von den durch ihre Hand geweihten Wänden herab.

Cornelius wußte den preußischen Generalkonsul Bartholdy zu bewegen,
statt der beabsichtigten Arabesken historische Bilder in seinem in der
Via sistina gelegenen, einst von dem Maler Federico Zuccaro bewohnten
Hause al fresco malen zu lassen. Bartholdy räumte zu dem Unternehmen
ein Zimmer ein, und Cornelius, Veit, Overbeck und Schadow kamen
dahin überein, in einer Reihe von Gemälden die Geschichte Joseph's mit
seinen Brüdern darzustellen. So groß war die Begeisterung für das

---

*) Gestochen von Amsler und Barth.
**) Von Schreiner lithographiert. Groß Quer-Folio.

Wiederaufleben dieses allein der großen historischen Kunst völlig entsprechenden Kunstzweiges, daß die Maler die Arbeit ohne Aussicht auf Gewinn übernahmen. Gleichsam wiedererfunden aber mußte die Freskomalerei werden, kein bedeutenderer Künstler seit einem Zeitraume von hundert Jahren hatte sie mehr geübt, wenn auch noch hie und da in Tyrol, Bayern und Östreich katholische Kirchen mit jenen flattrigen Gestalten von mittelmäßigen Künstlern bedeckt wurden. Mit einer Staunen erweckenden Kraft versenkt sich Cornelius in dies Studium, so daß sein erster Versuch in der Freskomalerei von einem erprobten Meister herzurühren scheint. Cornelius übernahm in der Casa Bartholdy zwei Wandbilder, deren Gegenstand »Die Traumdeutung vor Pharao« und »Die Wiedererkennung Joseph's und seiner Brüder« war.*) Der Karton zu letzterem Bilde befindet sich im Besitze der Berliner Kunstakademie.

Bei der »Traumdeutung« hat Cornelius gezeigt, wie es zu durchaus klarer Darstellung eines bedeutsamen historischen Moments nicht immer einer sich sehr bestimmt und in gewisser Leidenschaft aussprechenden Handlung bedarf, wie die Wirkung eines ruhig gesprochenen Wortes sich sehr wohl in ihrem ganzen Hergang und Zusammenhang darstellen lasse. Noch bekümmerten Geistes über die Bedeutung des Traumes von den sieben fetten und den sieben mageren Kühen, der in Bildern über ihm angedeutet, sitzt Pharao, das Haupt auf die Hand geneigt, im Thronsessel; tiefsinnend lauscht er den Worten des vor ihm in erhabener Jugendpracht und bescheidener Unschuld stehenden Joseph. Diese Gestalt ist das Bild geistiger Klarheit. Die Strahlen derselben fängt die zur Rechten des Königs befindliche Gruppe mit dem verschiedensten Ausdruck der Seele gleichsam in sich auf. In gläubiger Hingebung schreibt der Jüngling auf dem Sessel die Auslegung nieder; in haftiger Thatkraft kommt der Geist des Dahinterstehenden den Worten entgegen; nicht ohne prüfenden Zweifel, in sinnender Anmuth nimmt sie der auf einen Alten gestützte Jüngling, nur mit Widerstreben der Letztere auf, während der überwundene Traumdeuter mit seiner Buchweisheit vor dem gottbegnadeten Geiste Joseph's in finsterem Grolle flieht.

Noch mehr Bewunderung erregt »Das Wiedersehen Joseph's und seiner Brüder«. Man meinte, seit Rafael's Apostelgeschichte sei kein Bild von so ergreifender Wahrheit gemalt worden. Es ist wahr, es kann kaum etwas Rührenderes und Ergreifenderes im Ausdrucke gedacht werden, als die Umarmung Benjamin's und Joseph's, der unschuldvolle Jubel des Knaben, die edle Wehmuthsfreude Joseph's, und im Gegensatz zu dieser das Herz mit Entzücken füllenden Gruppe die Gestalten der Brüder, auf

---

*) Die „Traumdeutung", gestochen nach dem Karton (jetzt dem Buchhändler Wilmanns in Frankfurt gehörig) von Amsler.

deren Gesichtern das Bewusstsein der Schuld in der verschiedensten Weise sich ausspricht, die sich nur mit Bangen in einem Gemisch von Scheu und Freude, Argwohn und Reue dem von ihnen verachteten, nun über ihnen im Glanze strahlenden Bruder nahen.*) Dazu kommt eine gradezu hinreißende Liebenswürdigkeit und Innigkeit der Vollendung, der feinsten Charakteristik; und was auch hier wieder die Schöpfung des großen Meisters auszeichnet, Das ist jenes unsagbare und nicht zu bezeichnende Feingefühl für die dem Stoffe angemessene Formengebung. Wie wir dem Nibelungenliede die allgemeine Empfindung von wildbewegter Leidenschaft und von geheimnisvoller poetischer Blüthenpracht entgegentragen, dieser Empfindung aber Cornelius in unübertroffener Weise entgegenkommt, so hat sich andererseits bei den Geschichten des alten Testaments schon seit unserer frühesten Kinderzeit der nicht zu verlöschende Eindruck von einfachster Natürlichkeit, klarster, menschlichster Anschaulichkeit und Offenheit, gepaart mit phantasievollem Schwunge, eingegraben. Bei dem Anschauen des Cornelius'schen Werkes geht das verwandte Bild, das bisher vor unserer Phantasie gebunden und fast unbewusst seit der Kindheit geschwebt hat, auf einmal in voller Klarheit auf, es ist der reine Spiegel unserer eigenen Gestaltungen, überströmt uns mit dem langentbehrten Glücke kindlicher Gefühle — mit einem Worte, ist ein Werk, das seine jugendliche Kraft in keiner Zeit verlieren kann. Nach Grimm's Angabe beabsichtigte man die Fresken auf Leinwand zu übertragen und nach Berlin zu schaffen, allein wegen der vielen Temperaretouchen, die sich losgelöst hätten, habe man es aufgeben müssen.

Das Haus in der Via sistina gehört heute zu den ausgezeichnetsten Sehenswürdigkeiten Rom's. Damals erregte die Kühnheit der jungen deutschen Meister erst spöttelndes Kopfschütteln, dann ungetheilte Bewunderung. Die Italiäner nannten die rüstigen Wiedereroberer der historischen Kunst die maestri della maniera secca, und wie einst Mengs, beherrschten jetzt, freilich in anderer Weise, Cornelius und seine Freunde das Kunstleben in Rom. Cornelius erhielt Anerbieten, Wandgemälde im vatikanischen Museum und in der Villa des Marchese Massimi zu übernehmen. Der Marchese wünschte, daß die italiänischen Dichter Dante, Ariost und Tasso den Inhalt für die Decken- und Wandgemälde in drei Sälen seiner Villa bilden sollten. Overbeck übernahm den Tasso, Schnorr den Ariost, Cornelius den Dante. Letzterer entwarf sofort für die Decke Zeichnungen zum Paradies. Er dachte sich ein Rundbild, in der Mitte die Madonna von Cherubim umgeben, im Anschauen der göttlichen Dreieinigkeit versunken, vor ihr Dante und der heilige Bernhard knieend; um dieses Bild sollten dann, den Planetenzeichen entsprechend, die Wohnungen des Paradieses, getrennt durch

*) Gestochen von L. Hoffmann.

Festons von Blumen und Früchten, in auf Wolken sitzenden Gestalten
dargestellt werden. Beatrice führt den verklärten Dichter an der Hand in
die Wohnung der Seligen. Piccarda, Donati und Konstanze, des Königs
Roger Tochter und Gemahlin Heinrich's VI., sitzen hier ruhig auf den
Wolken. Dann folgen die Bewohner des Merkur, die um der Glorie
willen der Sünde entsagten, und der Venus, welche die irdische Liebe mit
der himmlischen vertauschten, Kaiser Justinian, Bischof Folko von Marseille
und Rahab; hierauf die Bewohner der Sonne, die Lichter der scholastischen
Theologie, Thomas von Aquina, Albertus Magnus und Bonaventura.
Als die Seligen des Mars stellen sich die Krieger Karl der Große, Gottfried
von Bouillon, Josua, Judas Maccabäus und Konstantinus dar; neben ihnen
die Streiter der Kirche: Benedikt von Nursia, Romuald, Franz von Assisi
und Dominikus. In der Himmelssphäre der Zwillinge tritt Dante, von
Beatrice geleitet, zu Petrus, Jakobus, Johannes, während im nächsten
Rahmen Adam und Stephanus, Moses und Paulus — Sünde, Sühne,
Gesetz und Glaube, — als letzte Gruppe aber die Gründer der Kirchen-
ordnung: Johannes der Täufer, Augustin und Gregor der Große erscheinen.*)

Der Entwurf des Ganzen, eine kolorierte Zeichnung, ist im Besitze
des Königs von Sachsen, die zwei aus dem Cyklus vorhandenen Doppel-
kartons, welche überhaupt noch vorhanden sind, nachdem ein dritter verschwunden, im Besitze des Dr. Wolters in Düsseldorf und des Geheimraths
Brüggemann in Berlin, eines Schwagers von Cornelius. In diesen
Kartons tritt uns eine neue Seite des Meisters vor Augen, die wir die
vorwiegend philosophische nennen möchten, und die in den bisherigen Darstellungen sich auf diese Weise nicht geltend machen konnte. Hier zum ersten
Male bringt der Künstler in tiefer Intuition die Bezüge der Menschen-
geschichte mit den göttlichen Ideen in innigsten Zusammenhang. In diesen
Gestaltungen ist mehr noch als in den früheren die Reinheit und Größe
seines Geistes und Herzens zu erkennen, hier zum ersten Male in so
zwingender Klarheit zu fühlen, daß wir es mit einem Künstler zu thun
haben von universellem Tiefblick, dem das Buch der Welt und der letzten
Dinge offen aufgeschlagen vorliegt, der durch die Kunst hindurch Alles auf
das höchste Sein der Menschen, auf das Göttliche, Ewige bezieht. Man
kann, wenn man einmal diese mit unwiderstehlicher Sicherheit hingezeichneten
Seelentypen geschaut hat, nur mit Bedauern und Schmerz Bemerkungen
deutscher Kunstgelehrter lesen, wie die, daß der Karton traurig stimme,
weil die Gestalten alle säßen, auch ihr Lächeln nicht erheitere. Wer freilich
solche Maßstäbe an diese Gestalten bringt, mag sich seine »Stimmungen«
wo anders herholen. Cornelius denkt Alles in Einem, so hat er

---

*) Umrisse zu Dante's Paradies. Lithographie mit Text von J. Döllinger.
Leipzig 1850. — Dant'es Himmel, nach einem Karton gestochen, von E. Schäffer.

sich auch die Decke des Dantesaales in Zusammenhang mit den Wand-
bildern vorgestellt, und man kann in dieser Beziehung nur ahnen, wie
erfreulich gerade diese ruhig lächelnden Gestalten nach den Eindrücken der
Wandbilder auf die Seele des Beschauers wirkend sich erwiesen haben
würden. — Wir werden sehen, wie Cornelius leider von der Ausführung
des Dante abgehalten wurde.

Im Jahre 1818 war Kronprinz Ludwig von Baiern in Begleitung
mehrerer hervorragender Männer nach Rom gekommen, und hatte, von
verwandter Begeisterung getragen, sehr bald Cornelius' Bedeutung vollkommen erkannt, auch im Stillen beschlossen, diesen schöpferischen Genius
für sich zu gewinnen. Bald knüpfte sich zwischen dem Künstler und dem
Fürsten ein schönes geistiges Band. Auch sonst verkehrte Ludwig gern
mit Künstlern, insbesondere schätzte und verehrte er vor Andern Overbeck
und Schnorr. Die Zuneigung, welche dagegen die deutsch-römische Künstlerschaft für ihren geistvollen Beschützer hegte, gab sich am deutlichsten in
dem herrlichen Feste kund, welches dieselbe dem Kronprinzen im Jahre
1819 bei seiner Heimreise in der Villa Schultheiß gab. Es wurde ein
Saal in derselben eingerichtet, und eilfertig in wenigen Tagen auf das
herrlichste geschmückt. Alles vereinigte sich zu gemeinsamem Thun, zu ge-
meinsamer Kraftanstrengung. Am Eingange des Saales war St. Lukas,
der Patron der Maler, angebracht. Die den Saal schmückenden Trans-
parente waren nach Art der Festons in der Farnesina mit wirklichem Laub,
Blumen und·Fruchtgewinden umrahmt. Cornelius hatte das eine Hauptbild, »Die fünf Künste«, in allegorischen Figuren, Philipp Veit ein anderes,
»Die größten Künstler aller Zeiten«, ein drittes Overbeck, »Die Beschützer
der Künste«, übernommen. Die vier Gesetzgeber schmückten die Seitenwände,
und unter den großen Transparents liefen basreliefartig kleine dahin, welche
in zur neueren Kunst beziehungsreicher Weise darstellten, wie die Israeliten
die Mauern von Jericho stürzen, Simson die Philister erschlägt, Herkules
den Augiasstall reinigt, und welche von Julius Schnorr und Wilhelm
Schadow gemalt waren.

Selbstverständlich erregten diese Bilder wegen ihrer, wie man
meinte, anmaßenden Intention mancherlei Anfechtungen kleinerer Leute.
Die Großen ließen sich darum nicht irre machen. Der Größte unter ihnen,
Cornelius, verließ überdies, nachdem er sich vorher mit einer Italiänerin
verehlicht hatte, Rom im Jahre 1819, einem Rufe des Kronprinzen Ludwig
von Baiern, und zugleich einem andern in seine Heimat folgend.

(Schluß folgt.)

Die internationale Kunstausstellung in München.

I.

Seit dem 5. Juli ist in München die diesjährige »internationale Kunstausstellung« eröffnet und nimmt durch die Reichhaltigkeit und Mannigfaltigkeit Dessen, was sie bietet, in hohem Grade das Interesse einheimischer und fremder Kunstfreunde für sich in Anspruch. Indem ich daran gehe, den Lesern dieser Zeitschrift über dieselbe zu berichten, möge es mir erlaubt sein, zuvor einige kurze Andeutungen über die allgemeinen Principien zu geben, die mich dabei leiten werden.

Wie jede Wissenschaft, so läßt sich auch jede Kunst einerseits vom esoterischen, besonderen, andererseits vom exoterischen, allgemeinen Standpunkte aus betrachten. Wer sie von jenem Standpunkte aus betrachtet, wird vorzugsweise Dasjenige an ihr ins Auge fassen, wodurch sie sich von allen übrigen Künsten und Geistesthätigkeiten unterscheidet und gerade die ihr eigenthümlichen Erzeugnisse und Wirkungen hervorbringt, z. B. in der Musik die Anwendung der Regeln des Generalbasses, des Kontrapunktes, der Harmonielehre, der Instrumentation u. s. w., in der Baukunst die Art und Weise der struktiven und dekorativen Gliederung, die Behandlung der Proportionen, die Innehaltung der Stilgesetze u. Dgl., in der Malerei die Ziehung und Verschlingung der Linien, die Handhabung der Perspektive, die Vertheilung von Licht und Schatten, die Mischung und Zusammenstellung der Farben ꝛc., kurz in jeder Kunst Dasjenige, was man unter dem Inbegriff ihrer technischen Mittel versteht. Wer sie dagegen vom exoterischen, allgemeinen Standpunkte auffaßt, wird sein Augenmerk hauptsächlich auf Dasjenige richten, was an den Kunstwerken unmittelbar in die Erscheinung fällt, was man bei ihrem Genuß empfindet und denkt, was sie Ursprüngliches, Neuanregendes bieten, was der Künstler mit ihnen hat sagen und ausdrücken wollen, was sie für die Fortbildung ihrer Kunst insbesondere und für die Weiterführung der Kultur überhaupt leisten, worin und wodurch sie mit der allgemeinen Zeitströmung in Beziehung stehen, kurz was an ihnen, wenn nicht für jeden Menschen, doch für jeden allgemein Gebildeten von Bedeutung ist, und nicht bloß vom Künstler als solchem oder dem specifischen Kunstkenner, sondern auch vom kunstliebenden Publikum aufgefaßt, genossen und besprochen zu werden vermag.

Beide Arten der Betrachtung sind, wenn die Kunst gedeihen und fortschreiten soll, gleich nothwendig. Nur durch die erstere gelangt man zu einer gründlichen Kenntnis der Mittel, durch welche eine Kunst ihre Zwecke am vollkommensten zu erreichen vermag, und nur von einer solchen Kenntnis aus ist eine Vervollkommnung der Kunsttechnik und Kunstfertigkeit möglich. Aber nur durch die letztere erfährt man, ob oder in wie weit die Kunst auf irgend einer Stufe ihrer Entwicklung wirklich Das leistet, was sie leisten will und leisten soll, ob sie sich mit dem allgemeinen Fortschritt im Einklang oder Widerspruch befindet, ob sie auf dem rechten oder einem verkehrten Wege begriffen ist.

Daß Wissenschaften und Künste nicht bloß um ihrer selbst willen da sind und sich mithin nicht bloß nach den in i h r e r Sphäre herrschenden Begriffen und Vorstellungen zu entwickeln haben, ist jetzt eine allgemein anerkannte Wahrheit, und daher macht sich in ihnen allen mehr oder minder das Streben nach Volksthümlichkeit und Gemeinverständlichkeit, sowie Hingebung an die Forderungen der Zeit und des Nationalcharakters geltend. Trotzdem ist gerade auf dem Gebiet der bildenden Künste, und besonders auf dem der Malerei, unter den Künstlern jetzt mehr als sonst die Meinung verbreitet, als ob eigentlich nur sie im Stande wären, über Werke ihrer Kunst ein gründliches und berücksichtigungswerthes Urtheil zu fällen. Sie glauben sich daher der großen Mehrzahl nach berechtigt, von den Ergebnissen der Kunstwissenschaft und den Forderungen der Kunstkritik so wenig als möglich Notiz zu nehmen, ja es werden von ihnen auch Anstrengungen gemacht, die öffentliche Beurtheilung der Kunsterzeugnisse möglichst allein in die Hände zu bekommen und jede Kritik zu diskreditieren, welche an den Kunstwerken noch etwas Anderes, als das bloß Technische, zum Kunsthandwerk Gehörige, in Betracht zieht. Daß die Meinung, nur der Künstler habe ein Recht über Kunstwerke zu urtheilen, eine verkehrte und lächerliche ist, bedarf keiner Begründung; denn mit eben so viel Grund ließe sich behaupten, nur dem Bäcker gebühre über die Qualität des Brotes, nur dem Brauer über die Güte des Bieres, nur dem Schuster über die Brauchbarkeit der Schuhe rc. ein Urtheil zu fällen. So lange die Künstler ihre Arbeiten an Nichtkünstler verkaufen, werden sie sich auch eine Beurtheilung durch Nichtkünstler gefallen lassen müssen. Aber abgesehen hievon würde auch den Künstlern und der Kunst selbst mit einer nur von Fachgenossen geübten Kritik sehr schlecht gedient sein — den Künstlern, weil der selbst producierende Künstler über die Arbeiten anderer Künstler höchst selten ein unbefangenes, gerechtes Urtheil fällt; der Kunst, weil er nur ausnahmsweise eine so allgemeine Bildung besitzt, um die Kunst in ihrem Zusammenhange mit der allgemeinen Kulturentwicklung aufzufassen, und über den technischen Eigenschaften eines Kunstwerks nur allzu leicht dessen innerliche Bedeutung und idealen Gehalt übersieht. Weit entfernt also, daß durch nur einseitig esoterische Kritik die Kunstbetrachtung zu einer größeren Tiefe und Gründlichkeit gelangte, würde sie Gefahr laufen, immer mehr der Äußerlichkeit und Oberflächlichkeit zu verfallen, und zwar um so mehr, als sich gerade unter den technischen Eigenthümlichkeiten der Kunstwerke sehr Vieles befindet, was sich mit den Mitteln der Sprache nur sehr mangelhaft oder auch gar nicht bezeichnen läßt. Wie schwer oder unmöglich ist es schon, Jemandem durch Worte die besondere Schwingung einer einfachen Linie oder die eigenthümliche Nüance eines Farbentons begreiflich zu machen; und wie rath- und mittellos erweist sich erst die Sprache, wenn sie den Versuch macht, sich über die Verschlingung und das gegenseitige Verhältnis verschiedener Linien oder über die Zusammenstellung und Verschmelzung mehrerer Farbentöne auszudrücken! Sie kommt hier fast niemals über ganz allgemeine, ungefähre Andeutungen hinaus und verfällt nur allzu leicht der Gefahr, sich in bloße Phrasen und Redensarten zu verlieren, etwa wie es dem musikalischen Dilettanten begegnet, der wer weiß was gesagt zu haben glaubt, wenn er von der unaussprechlichen Volubilität einer Kehle oder dem unvergleichlichen timbre einer Stimme gesprochen hat. Steht man mit einem Künstler vor einem Gemälde, so wird man von ihm selten etwas Anderes zu hören bekommen, als Ausdrücke des Wohlgefallens oder Mißfallens über solche Dinge und Anschauungen, die nur für die unmittelbare Anschauung verständlich sind, und über die er sich daher auch nur dadurch verständlich zu machen vermag, daß er seine an sich wenig sagenden Worte mit erläuternden Fingerzeigen, Handbewegungen, Stimm-Modulationen u. Dgl. begleitet. Diese Erläuterungsmittel stehen dem Kritiker, der sein Urtheil schriftlich auszusprechen und auch fernen Lesern verständlich zu machen hat, bekanntlich nicht zu Gebote; bei ihm also müßte, wenn er lediglich oder hauptsächlich die technischen, zumeist den Künstler selbst interessierenden Eigenschaften der Bilder in Betracht ziehen wollte, das Urtheil noch dürftiger und unzulänglicher ausfallen, als bei dem sich mündlich und gestikulativ ausdrückenden Künstler, und daher wird eine gründliche Kritik und Kunstgeschichte neben Dem, worüber sie jederzeit nur in unzureichender Weise zu reden vermag, vor Allem ihr Augenmerk auf diejenigen Seiten der Kunstwerke richten müssen, welche dem Begriffs- und Denkvermögen zugänglich sind, namentlich auf die dem Kunstwerk zu Grunde liegende Idee und auf die Art und Weise, in welcher die Künstler diese Idee gefaßt, gestaltet, ausgeführt und mit oder ohne Erfolg zur Erscheinung gebracht hat.

Nach diesem Grundsatze soll auch in den hier folgenden Berichten verfahren werden. So groß auch das Gewicht ist, das wir der technischen Handhabung der künstlerischen Darstellungsmittel beilegen, so vermögen wir doch nach ihnen allein den Werth oder Unwerth eines Kunstwerks nicht zu bestimmen, so wenig wie uns umgekehrt ein Werk bloß dadurch zu Lob oder Tadel veranlassen wird, weil die Idee desselben an sich von größerer oder geringerer Bedeutung ist. Gedanke und Erscheinung, Motiv und Ausführung gelten uns als gleich wesentlich und wichtig. Geben wir auf der einen Seite zu, daß die erhabenste Idee künstlerisch unwirksam bleibt, wenn sie nicht in würdiger Weise ausgeführt wird, und daß selbst eine scheinbar geringfügige Idee durch die technische Behandlung zu einem werthvollen Kunstwerk verarbeitet werden kann, so müssen wir doch andererseits auch daran festhalten, dass auch die vortrefflichste Technik nicht genügt, eine wirklich verfehlte oder falsch aufgefasste Idee zu einem echten Kunstwerk zu gestalten, und dass überall da, wo die technische Behandlung gerechten und billigen Anforderungen entspricht, dennoch der Gedanke und die zwischen dem Gedanken und der Ausführung bestehende Harmonie eines Kunstwerks es ist, welche zuletzt über den Grad des Interesses, das wir an ihm nehmen, und über die ästhetische und kunsthistorische Bedeutung desselben entscheidet.

Nun zur Sache. Das Lokal der Ausstellung ist diesmal nicht, wie im Jahre 1858, der Glaspalast, sondern das der Glyptothek gegenüberliegende Kunstausstellungsgebäude. Die eingesandten Gemälde sind hier in sieben größere und in sechs kleinere Säle vertheilt, unter denen jene das Licht von oben, diese durch Seitenfenster erhalten. Die Größe der Räumlichkeiten und die Anzahl der Kunstwerke stehen zu einander in entsprechendem Verhältnis, so dass man weder den Eindruck der Überfüllung, noch den der Leere empfängt. Die Zahl der ausgestellten Werke beträgt nach dem bis jetzt ausgegebenen Katalog in Summa 412; inzwischen hat sich dieselbe seit der Eröffnung bereits nicht unbeträchtlich vermehrt und man sieht noch weiteren Zusendungen entgegen. Die Hauptmasse der Gesammtsumme bilden die Ölgemälde; ihre Zahl beläuft sich auf 279. Außerdem sind 21 Aquarellbilder, 13 Porzellangemälde, 24 Kartons, 33 Kupferstiche und Lithographien, 37 Arbeiten der Plastik und 5 Entwürfe zu architektonischen Kunstwerken vorhanden.

Die Künstler, welche zur Ausstellung beigesteuert haben, gehören natürlich der weit überwiegenden Mehrzahl nach der deutschen Nation an; inzwischen haben sich auch von ausländischen Künstlern genug betheiligt, um ihr den Charakter einer internationalen Ausstellung zu verleihen. Nach ungefährem Überschlag dürfte ihre Anzahl etwa den achten Theil sämmtlicher Kontribuenten und die Anzahl der von ihnen herrührenden Werke ungefähr den fünften Theil sämmtlicher Ausstellungsartikel ausmachen. Sie bieten also jedenfalls ein nicht unbedeutendes Material für alle Diejenigen, welche sich auch von dem Standpunkte der nichtdeutschen Kunst eine Kenntnis zu verschaffen wünschen oder das Bedürfnis haben, sich die charakteristischen Unterschiede in der Kunstthätigkeit der verschiedenen Nationen zum Bewusstsein zu bringen. Die Unternehmer der Ausstellung haben jedoch weniger diesen Zweck, als den eines »freien internationalen Ideenaustausches«, im Auge gehabt, und demgemäß haben sie die von da und dort her zusammengekommenen Werke nicht nach Nationen und Schulen gesondert, sondern es vorgezogen, sie in »brüderlich gemischten Reihen« vorzuführen. Auch von einer Gliederung nach Kunstgattungen hat man abgesehen und sich bei der Anordnung nur durch »die rein künstlerische

Rücksicht einer wohlthätigen Wechselwirkung der Nachbarn- bestimmen lassen.
Für Solche, welche die Ausstellung mit vorherrschend scientifischen Zwecken
besuchen, erwächst hieraus allerdings eine kleine Unbequemlichkeit; aber dem
größeren Publikum ist jedenfalls mit dieser zwanglosen Anordnung gedient,
denn sie gewährt ihm fort und fort eine ansprechende Abwechselung und
wirkt zugleich unmittelbar wohlthuend auf das Auge, da man bei der
Anhängung der Bilder nach Möglichkeit auch dem Gesetz der Symmetrie
Rechnung getragen hat.

Den in der Mitte der übrigen Säle gelegenen Hauptsaal hat man
gebührendermaßen dem Vorkämpfer und Oberpriester der deutschen Kunst
Peter von Cornelius eingeräumt, und demgemäß wollen auch wir
unsere Musterung der vorzugsweise beachtungswerthen Einzelwerke mit den
Schöpfungen dieses Meisters beginnen. Dieselben bestehen aus vier großen
Kartons zu monumentalen, für das Campo santo zu Berlin bestimmten,
aber bis jetzt, soviel wir wissen, noch unausgeführten Gemälden, von
denen die beiden ersten zwei Visionen aus der »Apokalypse«, nämlich die
»Ausgießung der sieben Zornschalen« nach Kap. 16 und den »Fall des
großen Babylon« nach Kap. 17 und 18, die beiden andern dagegen zwei
von den Werken der Barmherzigkeit (»Bekleidung der Armen« und »Er-
quickung der Wanderer«) und eine der sieben Seligkeiten (»Selig sind,
die um der Gerechtigkeit willen verfolgt werden«) darstellen. Im ersten
Augenblick, wo man auf diese von vergilbtem Papier fast traurig auf uns
herabschauenden Kreidezeichnungen einen Blick wirft, bieten dieselben fast
Nichts, was Aug' und Herz zu reizen vermöchte. Von Seiten des Stoffs
sind sie uns theils zu fremdartig und mystisch, theils zu bethanisch und
rauhhäuslerisch, als daß sie uns in eine dem Kunstgenuss entsprechende
Stimmung zu versetzen vermöchten, und wenn sie auch durch die Großartigkeit der sich auf ihnen durch einander bewegenden Gestalten und
Formen sofort einen imponierenden Eindruck auf uns machen, so wirkt
doch derselbe Anfangs mehr erdrückend und beängstigend, als anziehend
und wohlthuend. Aber wie anders gestaltet sich Dies, wenn man ihnen
eine genauere Betrachtung schenkt. Mit jedem neuen Moment gewinnen
die beiden ersten Kompositionen an Erhabenheit und Kühnheit, die beiden
andern an Anmuth und Tröstlichkeit, mit jedem Moment übt die Genialität
und Begeisterung, mit welcher der Künstler seinen Stoff koncipiert, in sich
ausgestaltet und mit sicherer Meisterhand auf das Papier geworfen hat,
eine unwiderstehlichere Gewalt auf uns aus, mit jedem Momente kommt
uns klarer und packender der unvergleichlich schöne und bedeutungsvolle
Schwung der Linien und die dem Gedanken und dem Auge gleich sehr
genugthuende Anordnung und Zusammenstellung des Einzelnen zum Bewusstsein, und mit jedem Moment endlich tritt uns auch der Stoff näher
und näher, bis uns endlich Alles, was uns zuerst als ein allzu Fernlie-
gendes und Hypertranscendentales berührte, als ein echt Menschliches, die

allgemeinste Sympathie in Anspruch Nehmendes erscheint. Allerdings stellt sich bei längerer Betrachtung gleichzeitig mit dem sich steigernden Enthusiasmus auch eine Verschärfung der Kritik ein. Man sagt sich z. B., daß die »Ausgießung der Zornschalen« ein vom Maler nicht vollständig klar zu machender und namentlich für charakteristische Einzelgestaltung wenig günstiger Stoff ist, daß auf dem »Fall Babylon's« die Zerlegung der Handlung in eine obere und untere Gruppe den einheitlichen Eindruck des Bildes mehr als wünschenswerth beeinträchtigt, und daß überhaupt diese beiden Kompositionen trotz ihrer Großartigkeit doch nicht denselben gewaltigen Eindruck machen, welchen auf der Ausstellung von 1858 desselben Meisters »Apokalyptische Reiter« und »die Zerstörung Troja's« gemacht haben; aber gleichwohl ist die Wirkung derselben auf Geist und Gemüth eine solche, daß man sich nicht von ihnen zu anderen Kunstwerken wenden kann, ohne sich merklich herabgestimmt und wie aus höheren in niedere Regionen versetzt zu fühlen.

Als echte Erdenkinder wollen wir uns jedoch hierüber nicht weiter härmen. Hat man sich auf der mühsam erkämpften Höhe eines hoch in den Himmel hineinragenden Gipfelpunktes an der Bewunderung des Erhabenen und Unendlichen genug gethan, dann ist's auch lustig, wieder in die uns trauteren Thäler hinabzusteigen, besonders wenn's nicht allzu schroff und steil dabei hergeht. Um uns diesen Weg soviel als möglich zu erleichtern, wollen wir uns von den Cornelius'schen Schöpfungen zunächst zu denjenigen Werken der Ausstellung wenden, die ihnen nach Stoff und Behandlung am verwandtesten sind, also zu den Arbeiten im Fach der biblischen und religiösen Malerei.

Im Ganzen ist dieselbe nicht zahlreich vertreten. Abgesehen von Cornelius, fallen in diese Kategorie nur etwa 16 Kompositionen, von denen nur einige durch ihren artistischen Werth oder wegen des Namens ihres Schöpfers von Bedeutung sind. Drei derselben rühren von Hübner in Dresden her. Unter diesen ist das größte und bedeutendste »Maria bei dem Leichnam Christi«. Hier hat der Künstler, mehr als wir sonst bei ihm bemerkt haben, einem dieser Kunstgattung am wenigsten anstehenden Naturalismus gehuldigt. Sein Christus hat einerseits einen ziemlich stark ausgeprägten jüdischen Typus, andererseits ist die Leichenfarbe bis zu einem Grade treu wiedergegeben, daß man sich dadurch unangenehm berührt fühlt. So weit sollte die Kunst überhaupt nicht gehen, am wenigsten aber bei Christus, da sich an diesen Vorstellungen knüpfen, die mit einer solchen Entgeistigung des Leibes geradezu unverträglich sind. Etwas naturalistisch in dem Sinne, als sie stark an die moderne Art und Weise der Gefühlsäußerung erinnert, ist auch die Figur der leidtragenden Maria; doch abgesehen hiervon macht sie einen sehr befriedigenden Eindruck, besonders wenn man annimmt, daß sie die Maria von Magdala sein soll. — Desselben

5*

Künstlers »Christus als Knabe im Tempel« ist ein sehr klug und sinnvoll,
aber ebenfalls sehr modern aussehendes Kind, was mit der sehr feierlichen,
dem jetzigen Geschmack fernliegenden Gesammtanlage des Bildes nicht recht
zusammenstimmen will. Am meisten Harmonie und Innehaltung des
rechten Verhältnisses zwischen Anmuth und Stil haben wir an dem kleinsten
Bilde Hübner's: »Maria mit dem Kinde, in einem altarähnlichen Schreine«
gefunden. — Ein in seinem Totaleindruck recht günstig wirkendes, obschon
Nichts weniger als effektvolles Bild ist »Christi Klage in Gethsemane« von
A. Wichmann in Dresden. Die Figur Christi, der landschaftliche Hintergrund und die Art der Beleuchtung stehen mit einander in guter Wechselwirkung, und selbst den schlafenden Jüngern fehlt es nicht an charakteristischen
Zügen. Umfangreicher, stilvoller angelegt und imposanter in seiner Wirkung
ist eine »Pietà« von A. Feuerbach in Rom. In der Zeichnung und
Gruppierung der Figuren herrscht eine plastische Ruhe, die Farbenzusammen-
stellung wirkt wohlthuend, und in der Behandlung des Ausdrucks hat der
Künstler mit Takt die moderne Sentimentalität zu vermeiden gewusst.
Auch der Farbenton, in welchem der Leichnam Christi behandelt ist, hält
sich in den rechten Grenzen; nur beim Kopf hat der Künstler allzu sehr
das Schwarz und Braun dominieren lassen, so dass er sich, aus einiger
Entfernung gesehen, fast wie der Kopf eines Barrabas ausnimmt. An
der Figur der Maria macht die Gewandung den Eindruck der Monotonie. —
Noch strenger im kirchlichen Stil behandelt ist ein »Votivgemälde« von
Guffens in Antwerpen, welches im Mittelstück die von zwei Heiligen
umstandene Madonna mit dem Kinde, auf den beiden Seitenflügeln die
Familie des Donators in knieender Situation darstellt. Es macht im
Ganzen einen guten Eindruck, jedoch erscheint es in seiner Anlage und
Komposition allzu sehr als eine bloße Nachbildung ähnlicher Gemälde aus
der byzantinischen oder altdeutschen Schule, womit sich die unmittelbar
der Natur nachgebildeten Gesichter der Donatorenfamilie nicht recht im
Einklange befinden. Am besten ist dem Künstler die Vereinigung des
Heiligen und Frommen mit dem unmittelbar Ansprechenden bei den Figuren
der Maria und der jungen Frau auf dem rechten Seitenflügel gelungen. —
Ein Werk berühmten Namens ist die »Kreuzigung Christi« von Delaroche
in Paris; wir müssen jedoch gestehen, dass wir demselben keinen Geschmack
haben abgewinnen können. Die Kreuzigung Christi bloß als Motiv zu
einem Erdbeben, Donnerwetter und ägyptische Finsternis darstellenden
Effektbilde auszubeuten, erscheint uns als eine ungenießbare Konfusion des
Hauptsächlichen und Nebensächlichen; und auch als Darstellung einer solchen
Naturscene vermag das Bild bei seinem geringen Umfange und der skizzen-
haften Behandlung des Gegenstandes nicht so zu wirken, wie es soll. Die
Arbeit eines leicht und genial gestaltenden Künstlers lässt sich allerdings
nicht darin verkennen; aber das wirkliche Kunstwerk soll doch mehr als
bloße Andeutung sein. Jedenfalls ist ein so bedeutender Künstler, wie

Delaroche, durch dieses Bildchen sehr schwach vertreten. — Am umgekehrten Fehler leidet in gewissem Betracht »Hiob, von seinen Freunden getröstet« von J. Muhr. Dieses Bild macht im Verhältnis zu seinem Motiv und seiner höchst verzweiflungsvoll die Arme zum Himmel emporstreckenden Hauptfigur durch die Farbenpracht der Gewänder und den lichtvollen Himmel einen viel zu freundlichen und sinnlich blendenden Eindruck; es versetzt daher durchaus nicht in die Stimmung, die den Leiden eines Hiob gegenüber am Platze ist. Inzwischen schaut man es doch nicht ungern an und zollt insbesondere der Gruppe der Freunde gern seine Anerkennung. — Die Arbeiten von Leimgrub, Kurella, Bode, Zink und C. Schmidt bieten Nichts, weshalb sie besonders erwähnt zu werden verdienten. Zwei Bilder von Bodenmüller und Fleischmann sind als anerkennungswerthe Leistungen in der Aquarellmalerei anzuführen.

Steigen wir nun zu den Gemälden aus der Profangeschichte hinab. Die Zahl der hieher gehörigen Kompositionen beläuft sich etwa auf 24, von denen 9 nur als Kartons ausgeführt sind. Zehn derselben fallen in die Kategorie der Schlachtbilder. Unter diesen nennen wir vorweg die »Schlacht bei Zorndorf« von dem verstorbenen Altmeister der Schlachtenmaler, Albrecht Adam; eine lebensvoll und mit sorgfältiger Behandlung des Details ausgeführte Original=Farbenskizze zu seinem für das Nationalmuseum angefertigten großen Gemälde. Das Bild behandelt den Moment, wie Seidlitz' Dragoner ein russisches Quarré sprengen, und bringt das Gegeneinanderwirken der Massen klar zur Anschauung. Nächst ihm sind zuvörderst vier Kartons von F. Dietz in Karlsruhe hervorzuheben, welche von der rühmenswerthen Begabung und Gesinnungstüchtigkeit, womit dieser Künstler die Thaten deutscher Tapferkeit zu verherrlichen bemüht ist, abermals ein ehrendes Zeugnis ablegen. Die beiden bedeutendsten derselben sind die »Schlacht bei Centa« und »Kurfürst Emanuel von Baiern begnadigt den bei der Erstürmung von Ofen am 2. September 1686 gefangenen Janitscharen=Aga«, indem das erstere besonders durch die eigenthümliche kecke Haltung der gegeneinander anstürmenden Anführer, das letztere durch trefflich charakterisierende Zeichnung der Einzelfiguren und der kulturhistorischen Äußerlichkeiten effektuiert. Am wenigsten hat uns die »Schlacht bei Belgrad« befriedigt; hier vermisst man sehr empfindlich die Hervorhebung einzelner Persönlichkeiten; Prinz Eugen ist aus dem allgemeinen Gewühl kaum herauszufinden. — Um so wirkungsvoller hat O. Heyden zu Berlin in seinem Ölbilde: »Schwerin in der Schlacht bei Prag« den Helden desselben als kühn mit der Fahne voranstürmend in den Vordergrund gestellt, wie sich überhaupt dies Schlachtbild durch kräftige Veranschaulichung der Bewegung und unmittelbare Verständlichkeit empfiehlt. Daneben leidet es freilich an dem Fehler, dass sich die Bravour sehr theatralisch ausnimmt und das Detail ziemlich schematisch behandelt zu sein scheint. Es erinnert an die Scherenberg'sche Poesie. — Das größte,

reichhaltigste, durchgearbeitetste und durch Stoff wie Behandlung interessanteste
der Schlachtbilder ist eine »Schlußscene der Schlacht bei Leipzig« von
Nikutowsky in Karlsruhe. Es zeigt, wie die Preußen unter Blücher's
Anführung die bereits in wilder Flucht begriffenen Franzosen verfolgen
und in die Pleiße drängen, während Diese theils bereits mit dem Untergang
kämpfen, theils mit vorgestreckten Armen um Erbarmen flehen, theils mit
schreckensbleichen Gesichtern noch einen letzten, vergeblichen Widerstand
wagen. Der furor teutonicus und die unwiderstehliche Wucht, womit die
Preußen anstürmen, ist trefflich zum Ausdruck gebracht, daneben aber auch
den Gefühlen der Menschlichkeit Rechnung getragen, indem der »Marschall
Vorwärts« hier eine mehr hemmende, als vorwärts drängende Bewegung
macht, und ein anderer Officier einen mit erhobenem Beil gegen die
Franzosen andrängenden Sappeur zurückreißt. Außerdem ist das Bild
durch ein in Flammen stehendes, halb abgedecktes Haus, von welchem die
Franzosen gegen die Preußen schießen, durch einen eben in den Fluß
stürzen wollenden Marketenderwagen, durch zahlreiche Gruppen Verwundeter,
Sterbender, Fliehender ꝛc. belebt, ja fast überreich ausgestattet. Die linke
Partie desselben, zumal sie nur Auftritte von wüstem Charakter bietet,
hätte mehr zusammengedrängt werden sollen; das Bild würde dadurch einen
entschieden einheitlicheren Charakter erhalten haben. Von Seiten des Kolorits
erscheint es etwas matt und reizlos; jedoch scheint uns Dies die Wirkung
der dargestellten Handlung als solcher mehr zu steigern, als zu beeinträchtigen. — Ein Karton von Geiger in Wien mit einer »Episode aus der
Schlacht am Kahlenberge« ist durch sich selbst nicht recht verständlich, und
daher nicht von unmittelbar packendem Interesse. Zum Theil leidet hieran
auch ein sonst lebendiges Ölbild von Artaria in Mannheim mit einer »Scene
aus dem spanischen Kriege«, während ein zweites Bild desselben Künstlers
(»Eine Marketenderin rettet ihr Kind bei dem Übergange über die Beresina«)
nicht nur vollkommen klar, sondern auch charakteristisch und theilnahm-
erweckend ist.

Unter den Geschichtsbildern, welche nicht auf dem Schlachtfelde spielen,
zieht vor allen die »Aufhebung des Klosters Alpirsbach im würtember-
gischen Schwarzwalde« von C. Häberlin in München, einem Schüler
Piloty's, die Aufmerksamkeit auf sich. Es zeigt uns den Vorplatz eines
Klosters, aus welchem eben in schwarzen Gewändern und mit trauernden
Gesichtern die Mönche mit ihren Heiligthümern und sonstigen Habselig-
keiten, ein Marienbild an der Spitze, abziehen, während ihnen auf der
einen Seite Gruppen von Kriegern in Schwedentracht mit theils feind-
seligen und höhnischen, theils mitleidigen Gesichtern, auf der andern Seite
Gruppen von Frauen und Mädchen mit erschreckten oder theilnehmenden
Mienen zuschauen. Die Anordnung des die Stufen herabkommenden
Zuges der Mönche, so wie auch die zwanglose Situierung der übrigen
Personen ist in hohem Grade malerisch, die Charakteristik der einzelnen
Figuren, wenn nicht originell und tief, doch klar und lebendig, besonders
aber die Haltung und Zusammenstellung der Farben vortrefflich. Geschwächt

wird die günstige Gesammtwirkung des Bildes jedoch dadurch, daß der auf ihm dargestellte Akt nur von genreartigem Interesse ist, und daß sich die nicht gewöhnliche Technik des Künstlers mehr an den Nebendingen, namentlich am architektonischen Hintergrunde, als am Gesichtsausdruck der Persönlichkeiten bewährt hat. Im Vergleich mit der Feinheit und Sauberkeit, die sich in der Behandlung des Mauerwerks offenbart, erscheint die Modellierung der Gesichter fast als eine schematische. — Das nächst ihm zumeist ins Gewicht fallende Geschichtsbild ist »Calvin's letzte Unterredung mit Servet im Kerker zu Genf« von Th. Pixis in München. Der Stoff bot dem Künstler den Vortheil, daß er es bei ihm nur mit zwei Personen zu thun hatte, und er hat denselben zu einer scharf individualisierenden Ausprägung des verschiedenen Charakters beider Figuren zu benutzen verstanden. In Calvin's Gesicht und Ausdruck offenbart sich auf der Stelle der an Fanatismus grenzende Glaubenseifer, der, wenn es sein muß, selbst vor dem Äußersten nicht zurückschreckt, doch ist derselbe insoweit gemildert, daß er klar erkennen läßt, wie Viel ihm daran liegt, Servet für seine Anschauung zu gewinnen, um die Milde gegen ihn walten lassen zu dürfen. Servet dagegen zeigt in Haar, Stirn, Blick, Mund, Handbewegung ꝛc., daß ihn weder Überredung noch Drohung zu bestimmen vermag, von seiner Überzeugung auch nur ein Jota zu opfern; man sieht ihm an, daß er nicht bloß fest, sondern auch hartnäckig ist. Im Kolorit erscheint das Bild, gegenüber der Leuchtkraft einiger in seiner Nähe befindlichen transrhenanischen Kompositionen ein wenig trist und trocken; doch lassen wir uns Dies lieber gefallen, als ein unmotiviertes Herbeiziehen augenblendender Beleuchtungseffekte, welche den Gedanken eines Bildes, statt ihn durch Farben zu versinnlichen, in Farben förmlich ersäufen. — Als ein ihm stofflich verwandtes Bild möge hier auch ein »Luther, wie er um Genesung seines todtkranken Freundes Melanchthon betet,« von Teschendorf in München genannt sein, das charakteristisch und der Situation entsprechend aufgefaßt ist, aber eine weit bedeutendere Wirkung machen würde, wenn nicht die Reflexe des bleichen Mondenlichts auf seinem Gesicht allzu sehr nach Kreide schmeckten und den Reformator empfindsamer erscheinen ließen, als wir uns diesen Kernmenschen zu denken vermögen. — Der Belgier Guffens ist im historischen Fach durch einen Karton zu einem stereochromisch von ihm ausgeführten, aber durch Brand bereits wieder zerstörten Wandgemälde der Handelskammer zu Brüssel vertreten. Das Bild zeigt uns, wie »die Kaufleute der hanseatischen Städte dem Abte des Klosters St. Michael ihre Urkunden und Privilegien zur Aufbewahrung übergeben.« Die Behandlung dieses nicht besonders ausbeutungsfähigen Stoffes legt entschieden von der Begabung des Künstlers für monumentale Darstellung Zeugnis ab, man merkt dem Bilde sofort an, daß es für einen architektonischen Zweck bestimmt ist. Aber fast scheint uns hierin die rechte Linie überschritten zu sein. Man glaubt in ihm, wenn man die wie in Sandstein gemeißelten und vom Regen bereits rundlich gewaschenen Gesichter und den wie unverrückbar aussehenden Faltenwurf der Gewänder ansieht, nicht den

zu einem Gemälde, sondern die Zeichnung nach einem Basrelief vor sich zu
haben; es bringt also jedenfalls Das, was es sein soll, nicht vollkommen
rein und klar zur Erscheinung. — Außer Guffens haben noch Barth in
München und Lindenschmidt in Frankfurt Kartons zu historischen Ge=
mälden ausgestellt, denen man eine gewisse Anerkennung nicht versagen kann,
die aber gleichwohl zu wenig interessante Stoffe in zu wenig hervorragender
Weise behandeln, als daß sie dauernd zu fesseln vermöchten. Schenkenhofer
hat sich in der »Agnes Bernauer« zwar einen allgemein beliebten Stoff
ausgesucht, aber auch aus diesem Nichts zu machen verstanden, obschon er
für Darstellung der Dehors technisches Geschick bekundet. — Die übrigen
Geschichtsbilder sind von mehr genreartigem, als historischem Charakter; so
namentlich: »Gaston, genannt der Engel des Glaubens, verläßt seine Mutter«
von C. Jacquand in Paris, — »Die Mutter Boabdil's, letzten Königs der
Mauren, macht ihrem Sohne heftige Vorwürfe, daß er durch seine Sorg=
losigkeit und Feigheit Cordova verbrennen lassen und sein Reich verloren
habe,« von de Pinelli in Paris, — »Die Jugend des Jakob Callot« von
van Severdonk in Brüssel, — und »Die letzten Augenblicke der Tochter des
Komponisten Gretry«, sowie »Die letzten Augenblicke des Heinrich Percy,
Grafen von Northumberland« von Houzé in Brüssel. Von diesen Bildern
sind besonders das erste und die beiden letzten mit technischer Virtuosität
ausgeführt, jenes mit mehr fleißigem und sorgfältigem, dieses mit mehr
keckem und leichtgestaltendem Pinsel. Das Jacquand'sche Bild regt das
Interesse in sehr lebhafter Weise an, vermag es aber durch sich selbst nicht
zu befriedigen, und auch die lange, 15 Zeilen füllende historische Erklärung
desselben kommt ihm dabei wenig oder gar nicht zu Hilfe. Das Bild
erscheint vielmehr dürftig neben der Erklärung, wie die Erklärung unzu=
reichend für das Bild. Weit befriedigender sind in' diesem Betracht die
Houzé'schen Bilder, besonders das zuerstgenannte. In diesem ist das
historische Faktum in dem Grade verallgemeinert, daß man eine Hinweisung
auf dasselbe nicht mehr nöthig hat. Was es hiedurch an geschichtlicher Be=
stimmtheit verloren hat, ersetzt es reichlich durch seinen unmittelbaren, theilnahm=
erweckenden Ausdruck; und Das scheint mir bei Behandlung minder bekannter
und mehr privater, als öffentlicher Geschichtsakte sehr am Platze zu sein. Das de
Pinelli'sche Bild ist stilvoller und nicht ohne Ausdruck, besonders in der Figur der
Mutter, aber es vermag uns trotzdem nicht für den Stoff zu erwärmen. Die Arbeit
von Severdonk macht durch allzuviel' Einzelheiten einen zerstreuenden Eindruck.

    Indem wir uns von den historischen zu den mythologischen Bildern
wenden, betreten wir den schlüpfrigen Boden der Nuditäten, denn zu etwas
Anderem, als zur Bloßlegung sonst verhüllter Reize, scheinen die heutigen
Maler die Mythologie kaum noch zu benutzen. Auch unter den derartigen
Kompositionen unserer Ausstellung befindet sich nur eine einzige, der eine
höhere Idee zu Grunde liegt. Dies ist ein Karton des Dresdners
R. v. Deutsch, auf welchem die »Fesselung des Prometheus« dargestellt ist.
In dieser Arbeit spricht sich ein nicht gewöhnliches Talent für Behandlung
idealer Stoffe im großen Stil aus. Die Gesammtanlage der Gruppe, in

welcher Prometheus von der Kraft und Gewalt zu Boden geworfen und
gefesselt wird, ist klar und ausdrucksvoll, die einzelnen Figuren sind imposant
und charakteristisch, und die Behandlung der Formen zeichnet sich noch besonders in der Modellierung von Rumpf und Gliedern aus, während die
Köpfe noch stärker individualisiert sein könnten.   Alle übrigen unter irgend-
welchen mythologischen Namen eingeschmuggelten Bilder, im Ganzen elf,
sind Nichts weiter, als Studien des Nackten, und zwar insbesondere des
weiblichen Körpers, sei es daß sie uns bloße Situationen oder wirkliche
Handlungen vorführen.   Als Darstellung einer Handlung läßt sich aber
eigentlich nur ein einziges, von Gustav Müller in Rom, welches »Die
Überraschung der Antiope durch den in Gestalt eines Fauns erscheinenden
Jupiter« darstellt, betrachten.   Dies ist denn auch dasjenige, das nicht bloß
in technischer, sondern auch in kompositioneller und poetischer Beziehung
am meisten Anspruch auf den Namen eines Kunstwerks hat.   Auf ihm ist
nicht nur die jugendliche Schönheit und Unschuld der schlafenden Antiope,
sondern auch die sie umgebende Landschaft mit ungemeinem Schönheitssinn
und Zartgefühl behandelt und dadurch erreicht, daß der ästhetische Genuß
desselben nicht zu einem vorherrschend sinnlichen umschlägt.   Der Künstler
scheint sich Correggio zum Vorbild genommen zu haben, und die Art und
Weise, wie er Licht und Schatten, Waldesdämmerung und Fleischtöne zu-
sammenwirken läßt, erweckt wirklich eine Erinnerung an Correggio's Jo-Bild.
Am wenigsten hat uns der Amor in Antiope's Schoß befriedigt; er wäre
vielleicht besser ganz weggeblieben.   Außerdem liegt für unser Gefühl in
der Haltung des Oberkörpers etwas Störendes.   Die Linie von den Hüften
bis zum Kopf krümmt sich allzu konsequent in derselben Richtung und läßt
uns mehr als räthlich den Zauber der Wellenlinie vermissen. — Nächst diesem
Bilde verdienen besonders eine »Venus, aus dem Bade steigend« und eine
»Bacchantin« von J. Berdelle in München als meisterhafte Darstellung
des Nackten rühmlichst genannt zu werden.   Allerdings tritt uns in ihnen
das sinnliche Element schon weit entschiedener und dominierender entgegen;
aber die gesunde Frische, mit der es erfaßt, und die vorzügliche Technik,
mit der es wiedergegeben ist, hebt sie durchaus über das Niveau lüsterner und
sinnkitzelnder Kompositionen hinaus.   Nur die Gesichter vermögen uns nicht
zu befriedigen.   Die Bacchantin ist keine Bacchantin, und die Venus keine
Venus.   Dort fehlt die dionysische Begeisterung, hier der aphroditische Liebreiz.
Der Ausdruck der Letztern läßt uns die Liebesgöttin sogar ein wenig blasiert
oder fatiguiert erscheinen, und Das ist für eine aus dem Bade steigende
Venus doppelt auffallend. — Verwandten Charakters, jedoch mehr in den
Grenzen traditioneller Darstellung sich haltend und weniger effektvoll in
der Behandlung des Fleisches ist »Venus und Amor« von Ant. Deibl
in München; durchgeistigter dagegen, freilich auch fühlbar ärmer an unmittelbarem Zauber, ja in Blick und Haltung fast an das Zimperliche gränzend
eine »Psyche, wie sie die verhängnisvolle Büchse öffnet«, von C. Willich
in München; und reizend im Kolorit, jedoch inkorrekt in der Zeichnung
»Acis und Galathea,« von Bouterwek in Paris.   Schließlich haben wir

noch zwei Nuditäten zu erwähnen, die bereits — nicht ohne Grund — bedeutende Zornausbrüche hervorgerufen haben: eine »Venus« von Gegenbauer in Stuttgart und eine »Waldnymphe« von Victor Müller in Frankfurt. Ich fühle mich nicht im Mindesten zum Ritter derselben berufen, nur finde ich, daß die erstere mehr vom ästhetischen, als vom sittlichen Standpunkt so hart mitgenommen zu werden verdient. Daß sie lüsterner oder schamloser sei, als ihre bisher besprochenen Genossinnen, läßt sich doch nicht wohl mit Grund behaupten, und noch weniger ist anzunehmen, daß der Künstler mit ihr einen sinnekitzelnden Effekt habe erreichen wollen. Das Schlimme bei ihr besteht nur darin, daß sie nicht hübsch ist, sondern mit ihren langen und obenein seltsam gereckten und gestreckten Gliedmaßen einen Eindruck macht, daß man sie lieber in jedem andern, als diesem Naturzustande sehen möchte. Hinc lacrimae! Merklich anders verhält es sich mit der Müller'schen Waldnymphe. Für den veredelten und reinen Geschmack zwar hat auch diese weit eher etwas Abschreckendes, als Anlockendes und Verführerisches; aber da bei ihr die Unschönheit nicht in einem Zuwenig, sondern einem Zuviel des Fleisches besteht, und die Art und Weise, wie sie sich im Grünen wälzt, ein gewisses urwäldliches, wenn auch kannibalisches Wohlbehagen verräth, so fehlt es ihr doch nicht an Momenten, womit sie die von der Kultur unbeleckte Seite im Menschen zu packen vermag, und da es der Künstler offenbar mit sehr hervorragendem Talent und Geschick darauf angelegt hat, diese mit Geschmack und Sitte in Feindschaft lebende Macht im Menschen aus dem Schlafe zu rütteln, so müssen wir uns trotz dem Widerspruch Derer, die sich von der Kunst des Künstlers haben fangen lassen, Denen anschließen, die in ihr mehr als einen bloß ästhetischen Fehlgriff erblicken. So weit indeß, wie die Entrüstung Derer, die über sie außer sich die Hände über dem Kopf zusammenschlagen und sie aus den Hallen der Kunst hinausgeworfen sehen möchten, geht unsere Indignation nicht. In der Kunst müssen sich auch die äußersten Gegensätze entfalten dürfen, und so schadet es nicht, wenn sich den Produkten der Hyperkultur gegenüber auch einmal ein Erzeugnis der Urwildnis geltend macht. Gerade wenn sie selbander vorhanden sind, kann man sie Beide gewähren lassen, denn in diesem Fall frißt Eins das Andere auf, und Das ist der Humor davon. Und wer weiß, ob nicht am Ende der Künstler selbst diesen humoristischen Endeffekt im Auge gehabt hat! Wir unsererseits können das Bild nicht ansehen, ohne dabei an Uhland's »Metzelsuppenlied« zu denken und uns vorzustellen, der Künstler habe damit ein Seitenstück zu den Worten liefern wollen: »Wenn so ein Fleischchen, weiß und mild,

Im Kraute liegt, Das ist ein Bild

Wie Venus in den Rosen!«

Mit diesem lustigen Spruch wollen wir uns von der Ärgernis erweckenden Heidenwirthschaft mythologischer Nuditäten dem heitern Gebiet der Genremalerei zuwenden, müssen aber dafür, sowie für alles Übrige, was noch zu erledigen ist, einen zweiten Artikel in Anspruch nehmen.

———————————

—s—

Ungedruckte Briefe von Heinrich Heine
an Karl Immermann.

4.

Berlin, den 10. April 1823.

Lieber Immermann!

Ihren Brief vom 3. Februar würde ich schon längst beantwortet haben, wenn ich nicht beabsichtigt hätte, Ihnen zu gleicher Zeit meine »Tragödien« zu schicken. Ich war unterdessen öfters gesonnen, Ihnen die fünf ersten Bogen derselben, nämlich den »Ratcliff«, zuzusenden; aber ich bezwang mich, und ich bin Dessen auch froh, weil sich doch unter dem Rubriknamen »Empfindungsaustausch« auch ein kleinliches Gefühlchen, nämlich die gewöhnliche Poeteneitelkeit, mitschleichen konnte. Auf der andern Seite ist es mir wieder leid, daß ich es nicht that; das eigentliche Leben ist meistens kurz, und wenn es lang wird, ist es wiederum kein eigentliches Leben mehr, und man soll den Augenblick ergreifen, wenn man einem Freunde, einem Gleichgesinnten, sein Herz erschließen oder einem schönen Mädchen das Busentuch lüften kann. Es hat lange gedauert, bis ich den Meistervers: »Willst du ewig ferne schweifen« 2c. begreifen konnte. — Ja, ich versprech' es, das kleinliche Gefühl, kleinlich zu erscheinen, soll mich nie mehr befangen, wenn ich Ihnen Konfessionen machen möchte. Eben eine solche Hauptkonfession liegt im »Ratcliff«, und ich habe die Marotte, zu glauben, daß Sie zu der kleinen Zahl Menschen gehören, die ihn verstehn. Darum thun Sie mir auch den einzigen Gefallen und lesen ihn zu einer guten Stunde und ohne die Lektüre zu unterbrechen. Ich bin von dem Werthe dieses Gedichtes überzeugt (hark! hark!), denn es (das Gedicht) ist wahr, oder ich selbst bin eine Lüge; alles Andere, was ich geschrieben und noch schreibe, mag untergehn und wird untergehn. Ich würde über diesen Punkt mehr sagen, und ich bin auch konfuse genug dazu, aber zum Glück habe ich keine Zeit, der Buchbinder bringt eben neue Exemplare meiner »Tragödien«, und ich muß deren nach Hause schicken und muß Briefe schreiben, und die Post geht schon um 6 Uhr ab, und es ist mir zu Muthe wie einer Frau, die eben in Wochen gekommen. Ob mir der kleine neugeborene Balg Freude machen wird? Schwerlich wird diese so groß sein wie das Herzleid, das ich schon voraussehe. Die hiesigen Kröten- und Ungeziefer-Koterien haben mir jetzt schon ihre schmutzigen Zeichen der Aufmerksamkeit geschenkt, man hat sich schon mein Buch zu verschaffen gewußt, ehe es ganz aus der Presse war, und, wie ich höre, will man dem »Almansor« eine Tendenz unterschieben, die mein ganzes Wesen empört und mit souveränem Ekel erfüllt.

Dieses mag, mir selbst unbewusst, Manches dazu beizetragen haben, dass ich in vierzehn Tagen von hier abreise... Von hier reise ich nach Lüneburg, wo ich im Schoße meiner Familie einige Monate zubringe; von da reise ich durch Westfalen, und, wie Sie wohl denken können, über Münster, nach dem Rhein, und diesen Herbst bin ich in Paris. Dort will ich noch einige Zeit studieren und mich in die diplomatische Karrière lancieren. Ich habe letztere schon längst ins Auge gefasst, und ich stimme daher ganz damit überein, was Sie mir darüber schreiben. Dieser Punkt bietet so vielen Stoff zu Betrachtungen, dass ich mich nicht so ganz in der Kürze darüber aussprechen könnte. Ihnen würde es nicht so schwer werden, wenn Sie sich ins diplomatische Fach werfen wollen, und das beste und effektivste Mittel, das ich Ihnen dazu rathen und vorschlagen könnte, wäre, dass Sie bei einer guten Gelegenheit eine Broschüre schrieben, welche die Aufmerksamkeit der Diplomaten reizen muss. Entre nous, Das ist auch das Hauptmittel, was mir zu Gebote steht. Wenn wir uns mündlich über diesen Punkt näher besprechen und sobald ich mal in Paris, im Foyer der Diplomatie, sein werde, mag sich Manches finden, was ein solches Vorhaben am besten fördert, und es wird mir eine süße Freude gewähren, wenn ich dazu behilflich sein kann, dass der Mann, von dessen Kraft ich so große Erwartungen hege, einen größeren Wirkungskreis gewinnt. Ihr Büchlein übers Duell*) hat mir gezeigt, was man von Ihnen in dem großen Kampfe gegen legitimen Unsinn zu erwarten hat. Mir fehlt die Kourage zu solchen Handlungen, und ich beschwichtige und entschuldige meine Feigheit gegen mich selbst mit den feinen Betrachtungen, dass bei mir so Vieles missdeutet werden kann u. s. w.

Ich habe diesen Winter den Junker Dunst de la Motte Fouqué gesprochen und aus Malice (besser gesagt: Neckerei, denn ich liebe das Gemüth dieses Mannes) ihn über den Werth Ihrer Tragödien befragt. Er hat Ihnen freilich kein Talent absprechen können, aber ich musste eine lange, breite Geschichte anhören, die darauf hinauslief, dass ein unbekannter Herr v. List einst sich bei ihm melden ließ, ihm Ihre Duellschrift vorgezeigt und ihn gefragt, wie er, der ritterliche Baron, mit Ihnen, wie er höre, in Verbindung stehen könne? diese habe er also brechen müssen, wie sich von selbst versteht. Ich erzähle Ihnen die Geschichte, weil Sie sie vielleicht selbst nicht wissen, vielleicht auch nicht wissen, dass Sie hier wegen dieser alten Universitätsgeschichte noch klatschende Feinde haben. Unser Freund B., dem ich die Geschichte erzählte, rief ärgerlich aus: »Der ritterliche Baron ist ein Narr!« — Doch ich schweife zu sehr ab, ich traue Ihnen viel Talent zu in politischer Schriftstellerei, und ich denke: das Messer, das einen Pustkuchen so hübsch tranchiert hat,**) kann auch einen

---

*) Letztes Wort über die Streitigkeiten der Studierenden zu Halle ꝛc. Leipzig, Klein, 1817.

**) Brief an einen Freund über die falschen Wanderjahre ꝛc. Hamm, Schulz, 1823.

diplomatischen Hasen zerlegen. Jener Brief über die »Wanderjahre«, worin ein so freudiges Talent der Darstellung, des kritischen Zersetzens und der scharfsinnigsten Kombination gezeigt, hat hier vielen Beifall gefunden. Die von Frankfurt datierte Korrespondenz darüber im »Morgenblatte« ist hier geschrieben, und zwar von dem Bruder der Frau v. Varnhagen. Es ist merkwürdig, daß aus Westfalen, wo die falschen »Wanderjahre« geschrieben sind, auch eine Schrift wie die Ihrige hervorgegangen. Ich äußerte jüngst darüber in Gesellschaft das amerikanische Sprichwort: »In den Ländern, wo viele Schlangen sind, wachsen auch viele Kräuter, die ihren Biß heilen.« — Mein von Schmerzen zerdrückter Kopf verbietet mir leider so wie Sie, wackerer Immermann, den Feldzug gegen die Lemgoer Glaubensarmee mitzumachen; aber früh oder spät werden Sie doch meine Stimme hören, und in Paris, wo jetzt Liebe für deutsche Literatur, besonders für Goethe auftaucht, gedenke ich das Meinige zu thun. Ich sehe mit der größten Spannung dem Erscheinen Ihres »Periander's« entgegen, ich hege die größten Erwartungen davon und zweifle nicht, daß das einzige Mißfällige, was ich an Ihren Tragödien auszusetzen hatte, darin vermieden sein wird. Dieses besteht darin, daß die Reden der Personen darin oft zu lang sind, und daß sich die Poesie darin oft breit macht. Noch ist kein junger Dichter dieser Klippe entgangen bei seinen Erstlingen. Meinen »Almansor« trifft derselbe Vorwurf, nur daß solcher leider nicht der einzige ist; im »Ratcliff« ist er ganz vermieden, vielleicht etwas zu sehr. Die vermaledeite Bildersprache, in welcher ich den Almansor und seine orientalischen Konsorten sprechen lassen mußte, zog mich ins Breite. Außerdem, fürchte ich, werden die Frommen im Lande an diesem Stücke Viel auszusetzen haben. Herr v. Varnhagen sagt mir gestern, daß ich Sie auffordern soll Etwas für mich zu thun, nämlich eine Beurtheilung meiner »Tragödien« zu schreiben. Ich will nicht mehr kleinlich sein und will Ihnen gestehen, daß ich auch ohne diese Anregung Sie ersucht hätte, meine »Tragödien« im »Westfälischen Anzeiger« zu recensieren. In keinem Falle darf es Ihnen, vielleicht bei zu großer Beschäftigung, eine unbequeme Last sein, sonst bitte ich Sie: thun Sie es nicht; auch müßte ich Sie recht herzlich bitten, recht ernstlich streng zu sein, bei Leibe nicht an den Verfasser zu denken, wenn Sie das Werk recensieren. Wenn Sie ein Exemplar Ihrer Beurtheilung an Varnhagen schicken wollen, wäre es mir sehr lieb.... Ihre Elegien haben mir sehr gefallen. An der Behandlung des Versmaßes habe ich sehr Viel auszusetzen, recht sehr Viel. Ich gestehe es ihnen frei, aber ich gestehe auch, daß ich in meinem ganzen Leben nicht sechs Zeilen in dieser antiken Versart zu Stande bringen könnte, theils weil das Nachahmen des Antiken meinem inneren Wesen widerstrebt, theils weil ich zu strenge Forderungen an den deutschen Hexameter und Pentameter mache, und theils weil ich zur Verfertigung derselben zu unbeholfen bin. — Ich habe längst eine Frage auf dem Herzen: welche von Ihren drei Tragödien haben Sie zuerst geschrieben? Ich habe bisher immer »Das Thal von Ronceval« dafür gehalten. Die Stelle, wo Zoraide den Roland zur Flucht bewegt, rührt mich immer bis zu Thränen. Es kommt mir vor, als hätte ich selbst diese Stelle mal schreiben wollen, und könnte es nicht vor übergroßem Schmerze. Im »Almansor« habe ich es irgends wieder versucht, aber vergebens. Sie werden die Stelle schon finden. Wunderbar, wie manche Ähnlichkeit diese Stücke haben; sogar im Stoff und Lokal.   H. Heine.

5.

Lüneburg, den 10. Juni 1823.

...Ich lebe jetzt seit einigen Wochen hier in Lüneburg, im Schoße meiner Familie, wo ich so lange bleiben will, bis mein kranker Kopf wieder gesund wird. Dieses scheint sehr langsam von Statten gehn zu wollen, und die Götter mögen sich meines armen Reiseplanes erbarmen. Ich sehe voraus, lieber Immermann, daß es sich noch sehr lange herum- ziehen wird, bis ich nach der Knipperdollingstadt komme und dem Dichter, mit dem ich hoffe alt zu werden, die Hand schüttele. Sie haben selbst einen ähnlichen Ausdruck gebraucht, und Sie können es kaum glauben, wie mich dieses, aus großartigem Selbstgefühle natürlich hervorgegangene Wort bis in tiefster Seele bewegt hat. Die ewigen Götter wissen's, daß ich gleich in der ersten Stunde, wo ich in Ihren Tragödien las, Sie für Das erkannte, was Sie sind; und ich bin eben so sicher in dem Urtheile, das ich über mich selbst fälle. Jene Sicherheit entspringt nicht aus träumerischer Selbsttäuschung, sie entspringt vielmehr aus dem klaren Be- wußtsein, aus der genauen Kenntnis des Poetischen und seines natürlichen Gegensatzes, des Gemeinen. Alle Dinge sind uns ja nur durch ihren Gegensatz erkennbar, es gäbe für uns gar keine Poesie, wenn wir nicht überall auch das Gemeine und Triviale sehen könnten, wir selber erkennen unser eigenes Wesen nur dadurch, daß uns das fremdartige Wesen eines andern Menschen bemerkbar wird und zur Vergleichung dient; — jene hirntolle, verschrobene, schwülstige Schlingel, die sich von oben herein für Shakspeare und Ariost halten, lassen uns ihre, ihnen selbst oft nicht be- merkbare Unsicherheit zuweilen erkennen durch ihr ängstliches Haschen nach fremdem Urtheil und durch ihr polterndes Feldgeschrei: daß sie durch und durch poetisch wären, daß sie gar nicht einmal aus der Poesie heraus könnten, und daß beim Verseschreiben der göttliche Wahnsinn immer ihre Stirn umspiele.

Es fällt mir ein, daß diese letzten Zeilen wirklich die eigenen Worte sind, die ich einst in Gesellschaft von einem Berliner Elegant aussprechen hörte, und ich glaube, ich erzähle dieses Alles und habe auch obige Äuße- rungen freimüthig hingestellt, um Ihnen, lieber Immermann, den Glauben einzuflößen, daß es mehr als eine gewöhnliche Phrase ist, wenn ich sage: ich kenne meine Fehler und ich gestehe sie gerne ein.

Mit Vergnügen ersah ich aus Ihrem Briefe, daß Sie eine Beurtheilung meiner »Tragödien« schreiben werden, und ich muß Ihnen wiederholen, daß Sie mich Nichts weniger als verletzen werden, wenn Sie auch das Allerbitterste in derselben aussprechen. Ich will Ihnen gern eingestehn den Hauptfehler meiner Poesien, durch dessen Vorwurf Sie mich wahrscheinlich zu verletzen glauben: — es ist die große Einseitigkeit, die sich in meinen Dichtungen zeigt, indem sie alle nur Variationen desselben kleinen Themas sind. Niemanden kann Dies leichter auffallen als Ihnen, dessen Poesie die ganze große Welt mit ihren unzähligen Mannigfaltigkeiten zum Thema hat. Ich habe Dies noch kürzlich gegen Herrn von Varnhagen geäußert. Sie haben Das mit Shakspeare gemein, daß Sie die ganze Welt in sich aufgenommen, und wenn Ihre Poesien einen Fehler haben, so besteht er darin, daß Sie Ihren großen Reichthum nicht zu koncentrieren wissen; Shakspeare versteht Das besser und deßhalb ist er Shakspeare; auch Sie werden diese Kunst des Koncentrierens immer mehr und mehr erlernen, und jede Ihrer Tragödien wird besser als die vorhergegangene sein. In dieser Hinsicht behagt mir auch der »Petrarcha« besser als der »Erwin«, obschon Dieser reicher ist. (Hier liegen die Gründe, weßhalb Sie so fruchtbar sind, warum Sie oft bei der Masse des Angeschauten nicht wissen, wohin damit, und zu zusammengedrängten Reflexionen Ihre Zuflucht nehmen müssen, wo Shakspeare Gestalten angewendet hätte; hier liegen die Gründe, warum die Winkelpoeten und Pfennigskritiker Sie oft für einen Nachahmer Shakspeare's ausgeben möchten, Andere für einen Nachahmer Goethe's, mit welchem Letzteren Sie wirklich mehr Ähnlichkeit zeigen als mit Shakspeare, weil Dieser nur in e i n e r Form, in der dramatischen, Jener in allen möglichen Formen, im Drama, im Roman, im Lied, im Epos, ja sogar im nackten Begriffe, seine große Weltanschauung künstlerisch darstellen konnte.)

Es ist wahr, nur weil Sie Ihren unermeßlichen Reichthum nicht zu koncentrieren wußten, kann nicht Jeder denselben überschauen, und Ihre Tragödien wirken nicht phalanxartig, wie die mancher unserer heutigen Tragiker, die alle ihre vorräthige Runkelrübenpoesie in fünf Akten mühsam zusammenquetschen. Bei mir war die Kunst des Koncentrierens leichter auszuüben, eben weil ich nur ein Stückchen Welt, nur ein einziges Thema, darzustellen hatte. Ich habe seitdem, besonders diesen Winter, im Zustand der Krankheit, mehr in mich aufgenommen, und in der Tragödie, die ich vielleicht in einigen Jahren liefere, mag es sich zeigen, ob ich, der ich bisher nur die Historie von Amor und Psyche in allerlei Gruppierungen gemalt habe, ebenso gut den trojanischen Krieg malen kann. — Das ist das traurige Geheimnis meiner poetischen Kraft; mein Unwohlsein mag

meinen letzten Dichtungen auch etwas Krankhaftes mitgetheilt haben —
ach Gott! es giebt so Vieles in meinem neuen Buche, das vor der echten
Kritik nicht Stich hält, und es würde mich gewiß nicht schmerzen, wenn
man auch Das aufdeckt, was ich selbst noch nicht erkenne. Nur Etwas
kann mich aufs schmerzlichste verletzen: wenn man den Geist meiner Dichtungen aus der Geschichte (Sie wissen, was dieses Wort bedeutet), aus
der Geschichte des Verfassers erklären will. Es kränkte mich tief und
bitter, als ich gestern im Briefe eines Bekannten ersah, wie er sich mein
ganzes poetisches Wesen aus zusammengerafften Histörchen konstruieren
wollte und unerquickliche Außerungen fallen ließ über Lebenseindrücke,
politische Stellung, Religion, u. s. w. Ähnliches, öffentlich ausgesprochen, würde mich ganz empört haben, und ich bin herzlich froh, daß
nie Dergleichen geschehen. Wie leicht auch die Geschichte eines Dichters
Aufschluß geben könnte über sein Gedicht, wie leicht sich wirklich nachweisen ließe, daß oft politische Stellung, Religion, Privathaß, Vorurtheil
und Rücksichten auf sein Gedicht eingewirkt, so muß man Dieses dennoch
nie erwähnen, besonders nicht bei Lebzeiten des Dichters. Man entjungfert
gleichsam das Gedicht, man zerreißt den geheimnisvollen Schleier desselben,
wenn jener Einfluß der Geschichte, die man nachweist, wirklich vorhanden
ist; man verunstaltet das Gedicht, wenn man ihn fälschlich hineingegrübelt
hat. Und wie wenig ist oft das äußere Gerüste unserer Geschichte mit
unserer wirklichen, inneren Geschichte zusammenpassend! Bei mir wenigstens
paßte es nie.
     Aus dem vielen Schwatzen in diesem Briefe ersehen Sie, lieber
Immermann, daß ich hier in Lüneburg ganz isolirt lebe. Aber ich muß
auch in meinem vorigen Briefe aus Zerstreuung Viel geschwatzt haben.
Aus Ihrem Briefe ersehe ich, daß ich über den Baron Fouqué gekohlt.
Dieser hat sich mir vor meiner Abreise von Berlin und jetzt in einem
Briefe von einer schönen Seite gezeigt, und ich muß ihm das beste und
edelste Herz zuerkennen. Möglich ist es freilich, daß ich in der Folge
anders urtheile. Auf jeden Fall aber, gestehe ich, geschieht ihm kein Unrecht,
wenn er seines Ultrawesens halber gehechelt wird. Wenn ich ihn auch
noch so sehr liebe als Mensch, so sehe ich es dennoch für ein verdienstliches
Werk an, daß man mit der Geißel jene trübseligen Ideen bekämpft, die
er durch sein schönes Talent ins Volk zu pflanzen sucht. Mir blutet das
Herz, wenn ich Fouqué gekränkt finde, und dennoch bin ich froh, wenn
andre Leute durch keine solche Weichheit abgehalten werden, das Dunstthum
zu persiffliren. In tiefster Seele empören mich die Anmaßungen und
Jämmerlichkeiten jener Klike, zu deren Grundsätzen sich Fouqué bekennt
und Sie können es auch wohl mir zutrauen, daß auch ich darnach lechze,
sie bis aufs Blut zu geißeln, jene edeln Recken, die unseres Gleichen zu
ihren Hundejungen, ja mich vielleicht zu noch etwas Wenigerem, zum
Hunde selbst, machen möchten.....
     Ich wünsche, daß dieser Sommer recht viel' herrliche poetische Früchte
bei Ihnen hervorbringe, vor Allem aber wünsche ich, daß er Ihnen viele
Freuden (diese stehen selten mit der Literatur in Verbindung) bescheren möge.
     Ich ehre Sie und liebe Sie von ganzer Seele.

                                                           H. Heine.

Druck von Pontt & v. Döhren in Hamburg.

Heitere Geschichten

aus den Lehr- und Wanderjahren eines Sängers.

---

1. Das Lorgnon.

Ich bin ein geborner Rheinländer und war früher Handwerker. Als Knabe mußte ich das Geschäft meines, mir leider zu früh gestorbenen Vaters erlernen, doch hatte ich nie und nimmer Lust dazu. Ich spürte von jeher eine gewaltige Sehnsucht nach anderer Thätigkeit und somit auch nach anderer Umgebung. Ich wollte fort über Flüsse und Berge, hinaus in die weite, weite und schöne Welt! Und das eigentliche Ziel aller derartigen Wünsche des Knaben und des Jünglings war — Paris!

Als ich endlich siebzehn Jahre alt geworden, packte ich eines Tages mein Ränzchen, steckte einen wohlvisierten königlich preußischen Paß zu mir, und in ein Beutelein, so mir meine älteste Schwester gemacht, das spärliche Reisegeld — in Allem, was mir Mutter, Verwandte und Tanten gegeben, etwa zwanzig Thaler! — und den derben Steck des seligen Vaters in der Hand, ging es am frühen Morgen, von den heißen Thränen und Segenswünschen meiner lieben Mutter begleitet, hinaus zur Stadt in die weite Welt hinein, die mich aber am selben Morgen durchaus nicht golden und schön anlachte, denn es war ein ganz abscheuliches Regenwetter. Doch Solches vermochte nicht meine Reiselust zu mindern, und fort wanderte ich auf der großen Heerstraße, lustig und vergnügt, Belgien und Frankreich, der Stadt Paris zu.

Nach einer Wanderung von etwa zwölf Tagen langte ich denn auch endlich am Ziel meiner Reise, meiner Sehnsucht und Wünsche, in der gewaltigen Riesen- und Weltstadt, dem neuen Babel, an. Nicht will ich die Eindrücke zu schildern versuchen, die Paris auf mich, den siebzehnjährigen Burschen machte, nicht was ich alles Sonderbares und Merkwürdiges anfänglich erlebte. Genug, ich war da, und fand glücklicherweise auch gleich Arbeit, und grade in demjenigen Theil meines Geschäftes, dem ich bisher mit ziemlicher Vorliebe obgelegen hatte, und der in Etwas in das Fach des Modelleurs, des Bildners schlug. Ich verdiente täglich vier Franken und lebte herrlich und in Freuden, mich ohne Rückhalt den Eindrücken, dem bunten und lustigen Leben der herrlichen Stadt hingebend.

Meine Beschäftigung behagte mir indessen auf die Dauer durchaus nicht, und ich sehnte mich lebhaft nach anderer Thätigkeit. Ich hatte in der Chaumière, einem lustigen Vergnügungsort des Faubourg St. Jacques, einen jungen Franzosen, etwa in meinem Alter, kennen gelernt, welcher sich „artiste“ nannte und Bildhauer war — oder vielmehr noch erst werden wollte, denn er war seit etwa zwei Jahren, und noch immer, Schüler der école des beaux arts. Ich sah seine Arbeiten und war so kühn, zu glauben, daß ich, ohne mich „artiste“ zu nennen, Derartiges und noch weit Besseres zu Stande bringen könne. Es kam auf eine Probe an. Thon lag in Menge in dem Atelier des Künstlers — einer Dachkammer im achten Stockwerk — und rasch hatte ich mit dem ersten, besten Modellierholze geformt und fertig gebracht, worüber mein neuer Freund, der „artiste sculpteur“, etwelche lange Tage gesessen und modelliert. Das machte mich kühn und ich beschloß, mein Handwerk, mein Geschäft, an den Nagel zu hängen und auch unter die „artistes“ zu gehen.

Gedacht, gethan! — Ich präsentierte mich in der école des beaux arts; machte im Beisein eines Lehrers eine kleine Zeichnung, eine Probe-arbeit in Thon, welches Beides zur Zufriedenheit ausfiel, und wurde augenblicklich als élève auf- und angenommen. Ich erhielt eine gedruckte Karte, mit den Unterschriften der Herren „Professeurs“ und meinem eigenen Namen geziert, als Legitimation und war von Stund' an „artiste“, wie mein junger Freund und Tausende von andern jungen Leuten.

So weit war Alles gut, doch woven nun leben? Das war hier die Frage. — Mein Geschäft mußte ich natürlich aufgeben, denn ich konnte nicht in der Klasse sitzen und modellieren, und zugleich handwerksmäßig von Morgens acht bis Abends acht arbeiten. Auch sträubte sich mein Gefühl als nunmehriger „artiste“ ganz gewaltig gegen meine bisherige — recht unschuldige — Beschäftigung. Von Hause hatte ich Nichts zu erwarten. Es blieb mir also nichts Anderes übrig, als es wie so viele andere junge Leute in gleicher Lage zu machen, Das heißt eben gar Nichts zu treiben, noch zu thun, als in den Tag hinein und wo möglich von der Luft zu leben.

Und also that ich. — Es mag Dies sehr unglaublich klingen, und doch ist es buchstäblich wahr. — Ich vollbrachte fast vier Jahre dies Kunst-stück. Wie es geschah, könnte ich auch ausführlich erzählen, und es wäre sicher nicht uninteressant mit anzuhören. Doch für jetzt will ich nur einige kleine Episoden aus diesem lustigen und luftigen Leben, wo der Ernst noch keine Macht hatte über den Humor, die Heiterkeit, und wo die Hoffnung Alles, selbst die entmuthigendste Lage, rosig verklärte — aus den vier tollsten — schönsten! — Jahren meines Lebens, mittheilen.

Ich hatte gleich nach meiner Ankunft in Paris mehrere Deutsche und engere Landsleute kennen gelernt, die sich ebenfalls „des artistes“ nannten. Es waren junge Musiker, Klavierspieler, Geiger und Cellisten. Die Einen hatten bescheidene Anstellungen bei verschiedenen öffentlichen Koncerten, gaben etwelche Stunden — wenn sie gerade Lust dazu hatten, und da Dies sehr selten der Fall war, so verloren die Schüler die Lust, und sie wieder die Stunden. Die Andern waren Schüler des Konservatoires, welches zu jener Zeit wieder angefangen, auch Ausländer in seine Klassen aufzunehmen. Alle aber studierten fleißig drauf los, hatten die besten Aussichten für die Zukunft, dafür aber vor der Hand meistens keinen Sou. Sie lebten eben Alle fast nur von Hoffnungen und von — der Luft, worauf ich ebenfalls als neugebackener artiste angewiesen war.

Was war natürlicher, als daß ich mich dieser lustigen Bande armer Teufel und großer Künstler anschloß? Ich that es auch, wurde förmlich und feierlichst in den Bund aufgenommen, und war bald mit der ganzen tollen Gesellschaft ein Herz und eine Seele. — Diese neuen, musikalischen Bekanntschaften waren denn auch die Ursache, daß ich nach einiger Zeit abermals meinen Stand wechselte, aus einem angehenden Bildhauer ein — Sänger wurde, welcher heitern, gar blendenden Kunst ich fortan auch treu blieb — bis sie, die Muse des Gesanges, mir untreu wurde und mich verließ. Ich besaß nämlich eine frische und gar nicht üble Stimme, und daß diese Gabe der Natur in einem Kreise von jungen Musikern größte Beachtung fand, war ganz natürlich. Aufgemuntert durch allerlei Erfolge, durch persönliches Zureden von nicht unbedeutenden Komponisten, in der sichern Hoffnung auf eine mir in Aussicht gestellte Laufbahn, hatte ich mich rasch und gerne zu diesem neuen Wechsel entschlossen. Die école des beaux arts, Zeichenstifte, Thon und Modellierhölzer bei Seite lassend, trat ich nun ebenfalls als Schüler in das Konservatorium der Musik, und wie meine übrigen Freunde studierte ich nunmehr frisch und lustig drauf los. Dies vermochte nur die Bande zwischen mir und meinen lieben muntern und lebenslustigen Genossen fester zu ziehen. Ich war nunmehr auch ein Musiker, Sänger, gehörte vollständig zu den Ihrigen!

Da wo die rue du faubourg poissonnière in die rue des martyrs übergeht, wohnte ein Fabrikant, der auf dem Hofe eine ganze Reihe prachtvoller Dachwohnungen hatte, die er, passabel möbliert, an einzelne Herren vermiethete. Nun, diese Reihe Prachtgemächer hatten wir inne und lebten dort herrlich und in Freuden. Das heißt, so lange die Kolonie Geld besaß, und schwitzten mehr oder weniger Trübsal, wenn eben keins vorhanden, was in der Regel an neunundzwanzig Tagen im Monat statthatte. Noch muß ich bemerken, daß wir brüderlich theilten, sobald irgend Einer etwas Stundengeld bezogen, oder die kargen Koncertgehalte eingegangen; oder wenn Einer oder der Andere ein paar Mutterpfennige von Haus bekam, oder ich, aus Noth zu meiner früheren Beschäftigung zurückkehrend, irgend ein verrücktes Modell einer Thee- oder Kaffekanne an eine Porzellanfabrik verkauft hatte, welches dann bald darauf, in feinem Fayence ausgeführt, zierlich bemalt und vergoldet, in irgend einem eleganten Laden der Boulevards als „Haute nouveauté" prangte — natürlich zu meinem größten Gaudium. Doch leider liefen derartige Gelder nur selten

ein, und waren sie da, so wurden sie — ebenfalls leider! — wieder gar zu
schnell verputzt und verthan. Auch waren stets etwelche allzu bringende
Gläubiger zu bezahlen, und so kam es denn, daß wir zu unserm eigentlichen laufenden Lebensunterhalt etwas gar zu sehr auf die Luft angewiesen waren.

Das schadete aber Alles Nichts; wir aßen und tranken doch — hun-
gerten auch hie und da ein weniges — doch Alle waren wir fast immer
lustig und guter Dinge, denn wir — hofften! — hofften! —

Eines Tages — endlich komme ich zu meiner eigentlichen Geschichte! —
wir hatten fast die halbe Woche schlimme Zeit gehabt und gefastet, waren
deßhalb ziemlich niedergeschlagen — beschlossen wir mit dem Muthe, dem
Humor der Verzweiflung, just diesen Abend an der deutschen Barriére
recht flott und echt vaterländisch zu Nacht zu speisen, uns recht bene zu
thun bei deutschem Sauerkraut und Leberknödeln und dem dort üblichen
Rothwein. Es sollte, es mußte geschehen, um uns für lange Entbehrungen
zu entschädigen, zu belohnen. Doch bedurften wir dazu natürlich und vor
allen Dingen Geld. Es mußte um jeden Preis, und koste es, was es
immer wolle, welches aufgetrieben werden, und wir beschlossen deßhalb,
allesammt — wir waren der Freuden= und Leidensgefährten acht — wenn
auch nicht gerade auf Raub, doch auf Pump, was indessen ebenso Viel
bedeuten konnte, auszugehen. Zwei von uns schlugen die Richtung gen
Westen, zwei gen Osten und so fort nach allen vier Himmelsgegenden ein.
Ich richtete mit einem lustigen Geiger, einem Hamburger, mit Namen
R...ck, der solch Leben schon etwa sechs Jahre mitgemacht und doch noch
nicht dabei zu Grunde gegangen war, meine Schritte nach Süden, nach
dem Faubourg St. Jacques, allwo wir Beide Bekannte hatten und eine
erfolgreiche Thätigkeit erhoffen durften. Am Ende des Pont-neuf trennten
wir uns; der Geiger ging links, ich nach rechts, doch zuvor verabredeten
wir noch, an selber Stelle wieder zusammen zu treffen, auf einander zu
warten. Zugleich machten wir aus, daß Derjenige, der so glücklich gewesen,
einen oder mehrere Fünffrankenthaler erwischt zu haben, sein Schnupftuch
als Siegeszeichen in der Hand halten, im entgegengesetzten Falle aber als
Trauerkunde die beiden Hände in die Hosentaschen stecken solle. Also
besprachen wir uns und schieden, und ein Jeder ging seinen eigenen
Weg, seinem Glücks= oder Unglücksterne nach.

Mir leuchtete am selben Nachmittag in Wahrheit ein Unstern, denn
wo ich auch anklopfte, es ward mir theils nicht aufgethan — weil die
Bewohner eben nicht daheim — oder ich fand gleiches Bedürfnis nach
dem edlen geprägten Metall mit dem würdigen Profil des armen, guten
Louis Philipp's und der holden Bezeichnung »5 Francs« auf der
andern Seite.

Das Register meiner Freunde war in kürzester Zeit zu Ende gegangen, und ich stand vor der Mansardenthüre des Letzten, so reich — Das heißt so arm — wie vorher, dafür aber mit noch größerer Sehnsucht nach den Fleisch- und Sauerkrauttöpfen der Barrière.

Recht ärgerlich und ziemlich herabgestimmt trat ich den Rückweg an, doch immer noch hoffend, meinen Geiger mit dem wedelnden Schnupftuch daher kommen zu sehen, während ich jetzt schon die Hände in die weiten Säcke — die indessen so leer waren, wie mein armer Magen — meiner Hosen steckte.

Mein Weg führte mich über den Quai, allwo die vielen Händler mit alten Büchern, Karten und Bildern sitzen und ihre Waaren theils auf dem breiten Steingeländer der Seine, theils in großen, in hölzernen Gestellen aufrechtstehenden Mappen feilhalten. Ich konnte an den vielen Mappen, die oft so Schönes bargen, nicht vorübergehen, ohne einen Blick in die eine oder die andere zu werfen. Ich näherte mich demnach einer solchen aufrechtstehenden dickleibigen Mappe, die wohl etliche tausend Blätter, groß und klein, gut und schlecht, bunt durch einander bergen mochte, und fing in Ermangelung besserer Beschäftigung an, darinnen zu wühlen. Ich mochte etwa ein Halbhundert der Blätter umgeschlagen, angeschaut — oder auch nicht angeschaut haben, als ich plötzlich einen Gegenstand erblickte, der durchaus nicht in die alte Bildermappe, auch sicherlich nicht dem Händler gehörte, der mir aber im Augenblick schöner und begehrenswerther dünkte, als der beste, herrlichste Stich.

Besagter Gegenstand war nichts Anderes, als ein großes altmodisches Doppellorgnon in Scherenform. Es schien von Gold zu sein, und wahrscheinlich hatte es Jemand beim Beschauen der alten Kupferstiche verloren, in die Mappe fallen lassen. Eiskalt lief es mir den Rücken herab und ich fühlte, wie mir das Blut fast stockte. Da lag Etwas, gerade vor mir und greifbar, was mich, ja all' meine Freunde, für heute, vielleicht auch für morgen, aus aller Verlegenheit hätte reißen können. Aber — durfte ich es nehmen? — Der Gegenstand gehörte freilich nicht dem Antiquar, denn ein goldnes Lorgnon legt man nicht in eine so große, mit Tausenden von Blättern angefüllte Mappe. Ein Fremder hatte es verloren, Das stand sicher und fest. Und dennoch wagte ich nicht, es zu nehmen; es kam mir vor, als beginge ich dadurch einen Diebstahl. Ich konnte mich indessen nicht von der Mappe trennen, und, um kein Aufsehen zu erregen, blätterte ich weiter. Doch hatte ich das Bild, vor welchem der Schatz lag genau gemerkt, und immer wieder kam ich auf den alten miserabeln Stich zurück, und immer wieder schaute ich ihn an — nicht den Stich — wohl aber den goldenen Fund, ohne den Muth zu haben, ihn zu heben. Ich glaubte in der That und in allem Ernste, Unrecht zu begehen. Endlich, ich mochte wohl ein halbes Stündlein also vertröddelt haben, schlug ich, um aller weiteren Versuchung zu entgehen, die Mappe zu und den Rückweg ein nach dem Pont-neuf, wobei ich natürlich nicht vergaß, als trauriges Zeichen meiner leeren Tasche, meines leeren Magens, die Hände so tief als nur möglich in die beiden weiten Hosentaschen zu stecken.

Schon von ferne erblickte ich meinen Unglücksgefährten, den Geiger. Auch er stand an der Ecke der Brücke mit jämmerlich komischer Miene, und die Hände, wo möglich, bis an die Ellenbogen in den Beinkleidern.

»Nichts?«

»Nichts!« —

Also hallte es von beiden Seiten, und schon machte mein älterer Freund Kehrt, um der ziemlich fernen Heimat wieder zuzuschreiten, auf ein besseres Glück Derer, so nach Norden, Westen und Osten ausgezogen, hoffend.

Da hielt ich ihn zurück und erzählte ihm flüchtig, was ich gesehen, gefunden.

Mit offenem Munde, glänzenden Augen, als spiele er eben seine neue große Kadenz zu dem gewaltigen Beethoven'schen Koncerte, hörte er mir zu, schaute er mich an. Dann aber veränderte er den Ausdruck seines Gesichtes und indem er fast mitleidig auf mich herabblickte, sprach er mit Pathos: »Du bist sehr — naiv, jugendlicher Sänger und ehrlicher Deutscher. Das ist ein verlorener Gegenstand; wenn wir ihn nicht holen, findet und holt ihn ein Anderer, aber nimmer der Eigenthümer, und deßhalb wollen wir keine Zeit verlieren. En avant!«

Die Ruhe und Sicherheit des ältern, erfahrenern Gefährten hatten mir imponiert, Muth gemacht, und ich sah die Richtigkeit seiner Bemerkung, die — Naivetät meines Thuns ein. Scheinbar vollständig davon überzeugt, daß ich durchaus nichts Unrechtes zu thun im Begriff stand, brannte ich nunmehr selbst vor Begierde, den begangenen Fehler wieder gut zu machen, und rasch schritt ich mit dem Geiger den Quai entlang und der inhaltreichen Mappe zu.

Diese war denn auch bald gefunden, und recht unbefangen fingen wir Beide jetzt an, darinnen zu blättern. Jetzt hatte ich das verhängnisvolle Blatt, den miserabeln Stich gefunden. Noch immer lag das alte Lorgnon da, und während mein Gefährte unwillkürlich nach dem Händler sah, der mit einem feilschenden Kunden beschäftigt war, nahm ich mit kühnem Griff den goldnen Fund, und ruhig, als ob Nichts weiter vorgefallen, verließen wir die Mappe, den Stand des Antiquars.

Das Herz hatte mir während der Operation doch gewaltig geklopft — indeß glaubte ich sicher, daß Dies von meinem hungrigen Magen hergerührt, und nimmer von meinem Gewissen — wegen der vollbrachten That, die am Ende doch nicht so ganz nach dem Gesetz gewesen.

Aber, wir hatten den Schatz glücklich gehoben und in Händen, und es fehlte Wenig, so hätten wir auf dem Quai vor Freuden ein lustiges Lied angestimmt, oder einen Galopp „infernal" getanzt. Doch es galt nun vor allen Dingen, den Fund zu verwerthen, den goldnen Schatz zu versilbern, und — Herr Gott! wenn es nun Kupfer wäre?!

Wir betrachteten das Lorgnon von allen Seiten. Es war ein altes abgenutztes Ding, das aber recht bedeutsam blinkte und glänzte. Auf dem Blatt des vordern Scherengriffes befand sich ein ciseliertes Wappen, das drei Flügel und in einem Querbalken eine bourbonische Lilie, überragt von einer Fürstenkrone, zeigte. Wir zerbrachen uns nicht lange den Kopf über die Echtheit oder Unechtheit des Fundes, noch über das Wappen, sondern traten frisch und keck in einen der vielen Optikerläden ein, womit der Quai d'horloge, auf dem wir uns just befanden, so reich garniert ist.

Der Besitzer des Ladens, ein alter Graukopf, schaute das Lorgnon, das wir ihm zum Kauf anboten, lange und dann uns Beide nicht minder lange und ernst an. Als Kenner hatte er die Echtheit, den Werth des Stückes alsogleich erkannt und wahrscheinlich auch schon festgestellt. Doch als gewiegter, vorsichtiger Mann musste er vor allen Dingen wissen, wo das Lorgnon her sei. Er mochte wohl allerlei sonderbare Gedanken haben, als er uns Beide bei einer derartigen Frage sehr scharf fixierte.

Solches merkte ich gar bald und nahm deſshalb das Wort, noch bevor mein schlauer Gefährte irgend eine Lüge zusammengestoppelt hatte. Ich erzählte dem Alten haarklein, wie und wo wir das Lorgnon gefunden, wer wir seien und wie der Elös des Fundes uns und unsere Freunde aus großer Verlegenheit reißen würde.

Der Optikus hatte mir aufmerksam zugehört. Dann aber — er mochte von der Wahrheit Deſsen, was ich ihm mit offenen Mienen und treuherzigem Wort gesagt, vollständig überzeugt sein — lächelte er und meinte, daſs die Sache in Richtigkeit und Ordnung sei. Der Fund sei unser und wir dürften ihn schon verkaufen, denn wer könne wissen, wie lange das alte Lorgnon schon in der Mappe gelegen, und wer es eigentlich verloren. Er wolle gleich das Gold abwiegen und uns, da wir „des artistes" seien und das Geld sicher wohl gebrauchen könnten, den vollen Werth, so viel er könne, dafür geben.

Wer war froher als wir! Doch unsere Freude gestaltete sich zu einem wahren Jubel, als wir erfuhren, daſs der Goldwerth — vierzig Franken betrüge. Der Geiger, mein Gefährte, ergriff Feuerzange und Haken und fing an, eine Fantasie excentrique zu geigen, die glücklicherweise nur er allein hörte. Ich erfaſste die Frau des alten Graukopfs, die nicht minder alt und grauköpfig war, als ihr Herr und Gemahl und in der Ecke des Ladens saß, und wollte vor Freude zu des fast verrückt gewordenen Geigers stiller Musik tanzen. Doch der Alte hinderte mich lachend an solchem Thun und meinte, wir sollten erst ans Speisen und dann ans Tanzen denken.

Diese Bemerkung fanden wir, und besonders unsere Magen, zu richtig und treffend, um sie nicht augenblicklich zu befolgen. Nachdem der Alte uns acht dicke Fünffrankenthaler eingehändigt, uns auch die Hand zum Abschied recht herzlich geschüttelt und viel Vergnügen gewünscht, verließen wir ihn und den Laden, und kehrten in ganz anderer, glücklicherer Stimmung, als vor einer halben Stunde, und die Hände keineswegs in den Hosentaschen, sondern sogar stolz und per Omnibus, nach unsern Appartements in der rue des martyrs und zu unsern Freunden zurück.

Was nun erfolgte, ist leicht zu denken. Die Andern, die auch nicht Viel erobert hatten, warteten auf uns, die Letzten, mit wahrer Sehnsucht, und der Jubel war ungeheuer, als wir per Omnibus vor das Haus und mit unsern blanken und schönen vierzig Franken einrückten. Doch nicht viel wurde geplaudert und erklärt; spornstreichs ging es zur Barrière, allwo uns die so heiß begehrten Gerichte, Sauerkraut und gebratene Leberklöße, winkten, und Das noch dazu in wohl- und hochgefüllten Schüsseln, wogegen unsere verschiedenen Hungerorgane zur Zeit durchaus Nichts einzuwenden hatten.

Wir hielten in dem bescheidenen Lokale eine herrliche, erquickende Mahlzeit, und der petit vin de la barrière hatte uns köstlich gemundet. Endlich saßen wir denn da, vollständig gesättigt und befriedigt, vor uns die braunen Töpfe mit dem rothen, leichten französischen Rebenblut, die dampfenden erzschlechten Regie-Cigarren im Munde, und plauderten gemüthlich von Allerlei. Jetzt kamen auch unsere heutigen Abenteuer des Nähern zur Sprache, und wir Beide, der Geiger und ich, erzählten nunmehr auch ausführlich, wo und wie wir so plötzlich und überglücklich zu den vierzig Franken gekommen, zu welcher Mittheilung wir bis zur Stunde weder Zeit noch Gelegenheit hatten finden können.

Wie ich so mitten in der Erzählung meines Fundes war und das kleine Wappen des goldnen Lorgnons beschrieb, springt urplötzlich einer der Bande, ein Cellist und hoffnungsvoller Schüler des Konservatoriums, empor und auf mich zu. Er faßt mich wie wahnsinnig an der Krawatte und schreit: »Kerl! — Glückspilz! — Was giebst du mir, wenn ich dir die vierzig Franken verdopple?!«

Ein allgemeiner Tumult erhob sich, und ich war keiner Derjenigen, die am wenigsten schrieen, denn der tolle Gambist hielt meinen Hals umklammert, als ob es der seines Cellos gewesen wäre.

»Heraus damit! — Der Fund gehört uns Allen! — Sprich, auf daß die Fortsetzung der Leberklöße morgen folgen kann! — Heraus mit der Sprache! Schieß los!« — Also und ähnlich ertönte es wild und lustig durcheinander, und als ich meinen Würger endlich abgeschüttelt, er sich von seinem Anfall etwas erholt hatte, begann er denn folgende, höchst merkwürdige Mittheilung.

Vor mehreren Tagen habe er die Zeit zwischen den Stunden des Konservatoriums in einem kleinen Kaffehause verbracht und allbort etwa zwei volle Stunden bei einem miserabeln Glase Zuckerwasser gesessen. Ein Beefsteak nebst einer Flasche Bordeaux wäre ihm freilich lieber gewesen. In seiner Verzweiflung habe er den »Siècle« durchblättert und gedankenlos in die Annoncen hineingestarrt. Da habe er denn ebenso gedankenlos eine ziemlich auffallend gedruckte Anzeige gefunden, die sich auf ein ver= lorenes altes — Lorgnon mit einem Wappen bezogen, für dessen Wieder= bringen der Eigenthümer, weil es ein altes Familienstück sei, gerne den doppelten Werth als Belohnung zahlen wolle. Er habe schon geseufzt, daß er der glückliche Finder nicht sei, noch sein könne, auch in den ersten Tagen auf der Gasse unwillkürlich stets vor sich hingesehen, in der Hoffnung, das fragliche Ding zu finden. Doch er habe natürlich Nichts gefunden, und endlich die Annonce, wie so manches Andere, vergessen. Jetzt aber, durch meine Erzählung, wäre ihm wieder Alles lebhaft vor den Geist getreten, und es walte kein Zweifel, daß das von mir gefundene Lorgnon dasselbe sei, welches der gewiß reiche Eigenthümer suche und mit doppeltem Werth wieder einlösen wolle.

Das war eine drollige und gar famose Geschichte, und Wasser auf unsere so gern lustig klappernde Mühle. Wir waren Alle außer uns vor Vergnügen wegen der Möglichkeit, morgen die Fortsetzung des herr= lichen Mahls feiern zu können. Doch hatte die Sache ihren Haken. Solches erkannten wir gleich, als wir ruhiger geworden und zu überlegen anfingen, was nun zu thun sei. Das Lorgnon war verkauft, vielleicht jetzt schon eingeschmolzen, und dann: wer hatte die Belohnung ausgesetzt? wo und wie war die Annonce zu finden?

Ich, obgleich der Jüngste der Bande, hatte doch gleich den vielver= sprechenden Zwischenfall mit Macht erfaßt und erbat mir nun das Wort, um meine Weisheit auskramen zu dürfen. Nach und nach wurden die sieben lustigen und aufgeregten Gefährten ruhiger, und ich deutete ihnen an, daß wir zu allererst die Blätter des Siècle zu durchsuchen hätten, um die Annonce wieder aufzufinden. Sodann müßten wir unsere sämmt= lichen Fonds zusammenschießen, das Kapital von vierzig Franken wieder voll zu machen suchen, um das einmal verkaufte Lorgnon — wenn es überhaupt noch am Leben — wieder einlösen zu können, — wenn der Optikus es überhaupt für diesen Preis wieder herauszugeben Willens sein würde.

Die Richtigkeit meiner großen Rede und meiner »Wenn's« leuchtete Allen ein, und die Gemüther wurden dadurch nicht wenig herabgestimmt. Doch ich hatte die beste Hoffnung und sagte, daß es noch immer Zeit sein

würde, sich zu ärgern, wenn erst in Wahrheit Alles mißlungen wäre.
Vor der Hand handle es sich um die Annonce, das Andere würde sich
morgen schon von selbst finden.   Ich schlug deßhalb vor, alsogleich in
corpore in das erste, beste Lesekabinet zu gehen, wo der »Siècle« gehalten
würde, und dort nach der Annonce zu suchen.

Alle waren damit zufrieden, und nachdem wir unsere braunen Töpfe
bis auf die letzten Tropfen geleert, brachen wir rasch auf und waren auch
wirklich so glücklich, dicht an der Barrière ein noch geöffnetes Cabinet
de lecture zu finden.   Alle Acht stürmten wir hinein, und die alte Bücher-
mutter bekam keinen kleinen Schrecken, als sie diese zahlreiche Leserschaft
erblickte.   Doch wir beruhigten sie schnell und verlangten den »Siècle« der
vergangenen Woche.   Derselbe war bereits abgethan und in den Maku-
laturwinkel geworfen worden.   Doch unsern Bitten und der Aussicht auf
die acht Sous — pro Leser und per Sitzung kostete es in dem nobeln
Etablissement einen Sou! — vermochte die Alte nicht lange zu widerstehen; sie fing an, in ihrem Winkel zu kramen und zu wühlen, und
brachte denn auch bald und glücklich die letzte Woche der gewünschten Zeitung
zum Vorschein. — Aber in welchem Zustande! — — Doch wir durften
uns daran nicht kehren, sondern mussten froh sein, die Blätter überhaupt
erwischt zu haben.   Vorsichtig und systematisch musste zu Werke gegangen
werden, um diese fast in Fettflecken untergegangene Annoncensündfluth von
acht Tagen zu bewältigen; und rasch musste es noch dazu geschehen, denn
Schlag Zwölf war die Alte genöthigt, die Boutique zu schließen.   Ein
Jeder nahm ein Blatt, einen Fetzen und kauerte sich nieder, auf den
Ladentisch, auf einen Schemel, auf die Erde — wo eben Platz und Raum
war — und nun begann ein eifriges Studieren, ein Suchen.   Grabesstille
herrschte in dem eben noch von so mannigfaltigem Getös erfüllt gewesenen
Raume, und die Alte schaute uns ganz erstaunt zu.   Sie mochte gewiß
denken, daß wir sammt und sonders nicht recht bei Troste seien; und
allerdings lag für den Uneingeweihten etwas Verrücktes in unserm Thun, um
Mitternacht die alten Annoncen eines abgethanen Journals so eifrig
durchzulesen und zu studieren.

Endlich, es mochte just Zwölf sein, schrie einer der Unsern mit nieder-
trächtig kreischendem Tone — wodurch die Alte beinahe von ihrem
Komptoirstuhle herabgesunken wäre: »Ich hab's! — Hier steht's!«

Hui! wie flogen die alten Blätter bei Seite, und wir auf den glücklichen Annoncenfinder zu.

Da stand denn auch richtig und wirklich und großmächtig die
Annonce des Inhalts, wie der Cellist es verkündet.   Sie war breit und
faßlich redigiert und lautete im Deutschen etwa also:

»Vor einigen Tagen wurde ein altmodisches Doppellorgnon mit
Goldeinfassung verloren; dasselbe hatte auf dem Griff ein Wappen: im

obern Felde zwei und im untern einen Flügel, dazwischen ein Querbalken mit einer Lilie; über dem Wappen eine Fürstenkrone. Da das Lorgnon „une pièce d'affection" sei, so wäre man bereit, dem Finder gerne den doppelten Werth als Entschädigung zu zahlen. Sich zu melden Faubourg St. Germain, Nummer so und so.« —

Das hatten wir also glücklich heraus. Doch die Alte drängte uns nun auch zum Tempel hinaus, und da wir durchaus keine Lust mehr hatten, noch länger in ihrem papiernen fettbefleckten Heiligthum zu verweilen, so bezahlten wir unsere acht Sous, nahmen aber dafür das inhaltreiche Zeitungsblatt mit, und trollten uns seelenvergnügt von dannen und nach Hause.

Alldort angekommen, wurde die Barschaft gezählt. Wir hatten Alle zusammen noch gerade einundzwanzig Franken, der Rest war davongeflogen; immerhin ein anerkennenswerthes Zeichen unserer Mäßigkeit und vor allen Dingen der Billigkeit der deutschen pariser Barrière-Wirthe von Anno 1839.

Ich war die Hauptperson des ganzen Unternehmens geworden und versprach nun nachzusinnen, was morgen zu thun, wie zu rathen, zu helfen sein würde. Dann legten wir uns Alle aufs Ohr und schliefen glücklich und zufrieden, bis der kommende Morgen hell und freundlich in unsere Dachkammer schien.

Die einundzwanzig Franken hatte ich in Beschlag genommen. Ich rückte nunmehr mit nur einem einzigen Franken für das Frühstück heraus und gab nicht mehr her, trotz allem Keifen und Schelten der ältern Genossen. Ich dachte, gewiß ganz richtig, daß ich dem alten Optikus mindestens zwanzig Franken, die Hälfte der Summe, geben müsse, wenn überhaupt Etwas zu erreichen sein dürfte. Endlich gab man sich zufrieden, und nachdem das allerdings sehr magere Frühstück vertilgt war, zogen wir alle Acht — zu gebende und zu nehmende Stunden mit Verachtung und ohne die geringsten Gewissensbisse im Stiche lassend — hinab zum Strand der Seine, zum Quai d'horloge.

Endlich hatten wir den Laden erreicht. Ein Blick durch das Fenster überzeugte uns, daß das kostbare Stück noch glücklich vorhanden war, und während nun die Kameraden draußen harrten, trat ich in den Laden, doch mit der Absicht, wenn auch, wie gestern, offen mit dem alten Optikus zu reden, ihm doch nicht die ganze Wahrheit zu sagen.

Ich brachte frischweg mein Anliegen vor, das Lorgnon wieder zurückkaufen zu wollen. Etwas überrascht schaute mich anfänglich der gute und freundliche, doch nicht minder vorsichtige Mann an. Endlich lächelte der alte Praktikus und meinte, ich hätte wohl den Eigenthümer ausgekundschaftet, der einige Franken mehr für das alte Lorgnon biete.

Diese Rede kam mir gelegen und ich sagte frei und offen ja. Derselbe wolle Etwas mehr geben, wenn er das alte Stück zurückerhalten könne, was uns, mir und meinen Freunden, sehr zu Statten kommen dürfte. Auf sein Fragen und Forschen nach unsern Verhältnissen, schilderte ich ihm denn unsere kleine Kolonie, unser Leben, recht frisch und lebendig und zeigte ihm auch die Freunde, die draußen alle Sieben, wie die sieben Raben, vor dem Fenster der kleinen Boutique Posto gefasst hatten.

Der Alte lachte recht herzlich; dann nahm er das Lorgnon aus dem Fensterkasten.

»Meinethalb!« sagte er, »Da, nehmen Sie es zurück und lassen Sie sich zehn, auch zwanzig Franken mehr dafür geben. Es soll mich recht für Sie freuen.«

Dabei hielt er mir das Stück hin, jedoch auch zugleich die andere Hand, um die bewussten vierzig Franken wieder in Empfang zu nehmen.

Das aber war der kitzliche Punkt. Den ersten Theil meines Geschäftes hatte ich glücklich zu gutem Ende gebracht; vor dem zweiten aber wurde mir angst und bange.

Unwillkürlich zog ich meine Hand zurück, die sich schon nach dem kostbaren Objekte ausstrecken wollte und wurde roth im Gesichte bis hinter die Ohren.

Er mochte den Haken merken, den die Sache hatte, denn gar schnell zog auch er die Hand mit dem Lorgnon wieder ein, indem er ein langgedehntes, mir gar nicht tröstlich klingendes »Ah!« hören ließ.

Jetzt galt's! — Ich fasste mir nun ein Herz, und indem ich die zwanzig Franken vor ihm hin auf den Tisch legte, erzählte ich ihm, wie wir gestern uns einmal nach langer Zeit recht erlabt und somit just zwanzig Franken verzehrt. Erst nachdem Dies geschehen, hätten wir erfahren, daß der Eigenthümer größern Werth auf das Objekt lege, und deßhalb beschlossen, ihm dasselbe wieder einzuhändigen. Somit könne ich für jetzt nur die Hälfte der Summe zurückerstatten, gebe dem Herrn aber das Versprechen, mein Ehrenwort, alsogleich, wie wir das Geld empfangen, ihm den Rest mit unserm besten Dank zu bringen.

Der Graukopf drehte und wandte sich hin und her und machte allerlei Ausflüchte. Doch da ich sah und fühlte, daß ich ihn für mich eingenommen hatte, ließ ich nicht nach und versuchte noch einige Bitten und Betheuerungen. Endlich blieb er wieder vor mir stehen, schaute mich lange an und sagte:

»Gut, ich will Ihnen vertrauen. Sie sind noch nicht lange in Paris, Das sehe, Das weiß ich. Sie haben mir auch schon gestern den Eindruck eines braven jungen Mannes gemacht. Nehmen Sie das Ding, und sobald Sie es an den Mann gebracht haben, sehe ich Sie wieder; nicht wahr?«

Ich drückte ihm kräftig und herzlich die Hand und sagte einfach ja, und daß er sich darauf fest verlassen könne, so fest und sicher, als ich den

Willen hätte, ein tüchtiger Künstler zu werden. Dann nahm er seine zwanzig Franken, ich mein Lorgnon, und eilte hinaus zu den Freunden.

Die Hauptsache war glücklich überstanden. Was jetzt folgte, war eine Kleinigkeit; so bald sollte es indessen nicht abgemacht sein.

Bald waren wir im Faubourg St. Germain. Vor dem grade offenen Thore eines großen altehrwürdigen Hôtels hielten wir still, denn dort hatten wir nach etwelchem Suchen die in der Annonce angegebene Nummer entdeckt.

Wir traten ohne Scheu sammt und sonders in den Hof und auf eine offene Thüre in einem der Seitenflügel zu, vor welcher ein kleines elegantes Koupé hielt. Hier hofften wir einen dienstbaren Geist, einen Wegweiser zu finden. Am offenen Schlage des Wagens stand ein Bedienter in einfacher Livrée, und ein alter Herr trat just aus der Thür, um einzusteigen, und kam uns grade auf der Schwelle entgegen. Er war fein, doch nach alter Sitte, gekleidet; er trug Kniehosen, Stiefel mit gelben Stulpen, und sein Haar war weiß — ob gepudert oder von Natur, konnte ich nicht gleich unterscheiden.

Wie der alte Herr uns acht anrückende junge Leute, theils mit langen Haaren, Bärten und durchaus nicht allzufein gekleidet, erblickte, wich er erschrocken einige Schritte zurück. Er mochte wohl an einen Überfall des Volkes denken, wie er deren vielleicht Anno 30, oder gar zur Zeit der großen Revolution, erlebt hatte, denn er winkte heftig abwehrend mit der Hand und verschwand bald gänzlich im Hause. Zugleich stellte sich der Bediente drohend vor uns hin. Ein Wort aber belehrte den tapfern, treuen Mann eines Andern und er eilte sofort in das Gebäude, um dem alten Herrn Bericht zu erstatten. Bald kam er zurück und sagte, daß Monseigneur uns mit dem bewußten Objekte empfangen wolle; jedoch nur Einer von uns solle eintreten. Dieser Eine konnte natürlich kein Anderer sein als ich, der ich die Sache bis jetzt so glücklich durchgeführt.

Ich folgte also dem Bedienten mit nicht wenig klopfendem Herzen, denn ich hatte es ja nunmehr mit einem »Monseigneur«, mit einem Prinzen des alten Regime zu thun; vielleicht mit dem Träger eines jener berühmten Namen, die ein unleugbar romantischer Nimbus umgibt. Das Alles machte mir nicht wenig Eindruck. Doch ich hatte nicht lange Zeit, nachzudenken und mich zu sammeln, denn schon hatte der Bediente die Thür des Zimmers geöffnet, in das der alte Herr eingetreten, und ich stand nun vor Monseigneur selbst, dem ich mit einer geziemenden Verbeugung und einigen Worten das Lorgnon überreichte.

»O wie danke ich Ihnen, mein Herr!« rief er aus, indem er zugleich auf einen Stuhl deutete — welcher Aufforderung ich aber aus einer leicht erklärlichen Scheu nicht alsogleich nachzukommen wagte. Dann führte er

2*

das alte Lorgnon an die Lippen und küßte es, indem Thränen seinen Augen entquollen und es benetzten.

Ich stand noch immer neben meinem Stuhle und war sichtlich ergriffen von dem Gefühlsausbruch des alten Herrn. — »Wer sind Sie, mein Herr? — Wo haben Sie diese mir so theure Reliquie gefunden? — Erzählen Sie — doch nehmen Sie Platz.« Also redete er auf mich ein, und, seiner freundlichen Aufforderung folgend, setzte ich mich auf das herrliche Seidenmöbel und begann meinen Bericht. Wie und wo ich gestern das Lorgnon gefunden; wie ich es dann schon verkauft gehabt — für meine Freunde und für mich, die wir in bedrängter Lage. Wie wir dann durch Zufall noch gestern Abend Kenntnis von der Annonce erhalten, und ich heute hingegangen, um das Stück wieder zurückzukaufen, es dem Eigenthümer, Monseigneur, einzuhändigen. Also erzählte ich ihm und so ausführlich wie möglich.

Er hörte mir mit rechter Theilnahme zu. Dann erhob er sich und sprach, noch immer aufgeregt, doch äußerst freundlich: »Ich danke Ihnen vielmals, mein Herr, daß Sie Das für mich gethan. Das Lorgnon ist mir eine unschätzbare Reliquie, ein theures Andenken an meinen armen, edlen Vater. Er trug es bei sich, als er — zur Guillotine geschleppt wurde. — Nach Jahren war ich durch Zufall so glücklich, es wieder mein Eigen nennen zu dürfen. Ich verlor es vor einiger Zeit, und just da, wo Sie es fanden, denn als Liebhaber von alten Radierungen blätterte ich auf meinen einsamen Spaziergängen manchmal in den Mappen jener Antiquare, und Sie führen mir dies theure, liebe Kleinod aufs Neue zurück! Dank! nochmals tausend Dank dafür!«

Dann ging er an ein reiches Pult, öffnete es, und indem er suchte, sprach er leise, fast zögernd: »Ihre Verhältnisse und die Ihrer Freunde sind — wie Sie mir so offen mitgetheilt haben — augenblicklich nicht allzu glänzend. Haben Sie Muth, junger Mann! Es wird schon besser gehen. Mit Fleiß und Beharrlichkeit werden Sie es sicher bald zu einem schönen Ziele bringen. Und hier,« fuhr er fort, indem er mir ein Papier mit freundlichstem Lächeln in die Hand drückte. »Hier nehmen Sie! — Sie müssen sie nehmen, die ausgesetzte Belohnung, sie wird Ihre augenblickliche schlechte Laune in Etwas verbessern.«

Dabei verbeugte er sich leicht und war mit seinem Lorgnon in einer Seitenthüre verschwunden, während ich, recht verblüfft und, ich gestehe es, angegriffen, auch ein Weniges beschämt, noch immer an meinem Stuhle, von dem ich mich längst erhoben, stand.

Bald jedoch kam ich wieder zu mir und eilte hinaus zu den ungeduldig harrenden Freunden, die mich mit allerlei Fragen zu bestürmen begannen. Ich konnte, mochte sie nicht beantworten, denn ich schämte mich faſt, daß Derartiges mir begegnet war, begegnen konnte, und zog sie ſammt und ſonders fort, die Straße entlang. Endlich nahm ich das Papier aus meiner Bruſttaſche, wohinein ich es in meiner Verlegenheit geſteckt, und betrachtete es. Schier wäre ich — nein — wären wir alle Acht umgeſunken vor Schrecken, denn es war eine Banknote von — fünfhundert Franken.

In demſelben Augenblick fuhr ein kleines Koupé vorbei, und ein alter Herr mit weißem Kopfe ſchaute heraus und auf die Gruppe der glücklichen, vor Freude faſt der Erde entrückten Künſtler. Ich erblickte ihn, verbeugte mich dankend, indem ich unwillkürlich die Hand aufs Herz legte, und ſah, wie er noch recht freundlich winkte. Dann flog der Wagen davon.

Doch auch wir konnten nicht mehr zu Fuß nach Hauſe laufen. Wir waren vor freudigem Schreck ſammt und ſonders faſt wie gelähmt. An der Ecke der Straße ſtanden Fiaker. Raſch wurden deren zwei genommen. Die Hälfte von uns ſetzte ſich in den einen und fuhr nach Hauſe; ich aber beſtieg mit den übrigen und unſerm Fünfhundertfranken-Billett den andern und fuhr nach dem Quai d'horloge. Vor dem Hauſe des Optikus angekommen, hörten wir ein ziemliches Gekeife, ſo von den beiden Grauköpfen, dem Herrn und der Herrin der Boutique, herrührte und ganz ſicher meine Wenigkeit oder die zwanzig Franken zum Gegenſtand hatte, denn kaum war ich aus dem Wagen geſprungen und ſichtbar, als es plötzlich verſtummte. Ich trat in den Laden und ging freudeſtrahlend auf den alten Optikus zu, der nunmehr mit triumphierender Miene auf ſeine erzürnte Hälfte ſchaute, als ob er ſagen wollte: »Ich wußte wohl, daß es ein ehrlicher Deutſcher war.«

Ich käme, um dankend meine Schuld abzutragen, ſagte ich. Doch vorher müſſe ich den Herrn noch bitten, mir ein Billett von fünfhundert Franken zu wechſeln. Was machte der Optikus da für ein Paar Augen! — Das war freilich eine andere Summe, als er mir für das alte Lorgnon gezahlt hatte. Flüchtig erzählte ich ihm den Hergang, und der alte Mann war brav und ehrlich genug, ſich nicht allzuſehr und allzulaut darüber zu ärgern. Er gratulierte mir ſogar noch zu dem brillanten Geſchäft, wie er den Vorfall nannte, wenn auch mit einem ganz kleinen Anflug von Neid.

Ich hatte meine vierhundertachtzig Franken erhalten, drückte dem würdigen Manne nochmals die Hand, empfahl mich ſeiner Dame mit zierlichem Wort und gleicher Verbeugung, und fort ging es nach der rue des martyrs, die indeſſen diesmal in uns keine Märtyrer beherbergen ſollte! —

Was ſoll ich nun noch erzählen?

Die vierhundertachtzig Franken wurden — nachdem die beiden Fiaker bezahlt worden waren — redlich und brüderlich unter uns Acht getheilt, und wir hatten eine Zeitlang ein recht gutes, angenehmes und sorgenfreies Leben, was besonders unsern verschiedenen Studien sehr zu Statten kam.

Doch Nichts ist von Dauer auf dieser armen Welt. Auch unsere Franken schmolzen nach und nach zusammen, es wurden ihrer immer weniger, bis sie zuletzt ein Ende mit Schrecken nahmen und gänzlich alle wurden.

Aber wenn sie auch verschwanden, uns blieb doch das Beste: frischer, kecker Lebensmuth, Humor, und vor allen Dingen — die Hoffnung!

Der „biographische" Roman.

Von Adolf Stern.

II.

Wir haben im ersten Artikel über den »biographischen« Roman, den wir als eine der kunstwidrigsten und geschmacklosesten Literaturerscheinungen der Gegenwart ansehen müssen, eine allgemeine Charakteristik dieses wunderlichen Genres zu geben versucht. Wir sahen dabei von den zahlreichen einzelnen Erscheinungen, die den Namen des biographischen Romans tragen und ihm angehören, zunächst um so lieber ab, als es in der That unmöglich sein würde, dieselben auch nur aufzuzählen, geschweige bei allen ihr Verhältnis, oder vielmehr ihr Mißverhältnis zu den Anforderungen der Kunst und denen der populären Wissenschaft nachzuweisen. Im Ganzen würde die speciellste Untersuchung, der detaillierteste Bericht über die größere Anzahl dieser Bücher doch keine andern Resultate zu ergeben vermögen, als die bereits dargelegten. Der biographische Roman ist weder vom künstlerischen, noch vom Belehrungsstandpunkte aus zu rechtfertigen. Er ist Nichts, absolut Nichts, als eine Unterhaltungslektüre, welche dem oberflächlichen Bildungsbedürfnis unserer Zeit mit einem Aufputz von Kenntnissen schmeichelt. Ja, er ist, vom rein künstlerischen Standpunkt aus, noch viel verwerflicher, als die unbedeutendste und oberflächlichste belletristische Erfindung, indem er in den allermeisten Fällen jede Ausführung, jede Gestaltung aufgiebt, und das Rohmaterial selbst, welches zur Grundlage eines Romans allenfalls dienen könnte, seinen Lesern unverarbeitet vorlegt. Fassen wir die unglaubliche Leichtigkeit der Buchmacherei, welche sich in dieser Weise ergiebt, und die Gewöhnung des Publikums an die massenhafte

Häufung »interessanten Stoffes« ins Auge, erinnern wir uns, daß der
biographische Roman ebensowohl auf das Haupterfordernis einer stetig
verlaufenden, zum Ziel schreitenden Handlung, wie auf jeden innern Gehalt,
auf tiefere Charakteristik und auf Stimmung verzichtet, so möchte es wohl
kaum als Ungerechtigkeit erscheinen, wenn der gesammte biographische Roman
als ebenso geschmacksverderblich bezeichnet wird, wie er der Poesie gegenüber nichtig ist.

Es ist indessen mißlich, seit langer Zeit hergebrachte und überschätzte
Übelstände nur im Allgemeinen darzulegen und zu bekämpfen. Das
Publikum hat sich an eine so unbefangene Hinnahme gröblicher, kaum
glaublicher Geschmacklosigkeiten und literarischer Oberflächlichkeiten gewöhnt,
daß nur zu wünschen übrig bleibt, es möchte ein kleinster Theil dieser
Unbefangenheit wahren Kunstwerken und erfreulichen Produktionen gegenüber obwalten. Aber während sie für diese in den meisten Fällen abhanden
gekommen ist, und es oft gar nicht einmal der gehässigen Angriffe negie-
render Kritik bedarf, um das Publikum gegen bedeutende Leistungen zu
stimmen, scheint sie für den biographischen, kriminalistischen und andern
Romanunfug im überreichsten Maße vorhanden. Sie erstreckt sich dann
bis zur stillschweigenden oder laut ausgesprochenen Überzeugung, daß die
Anklagen der Kritik gegen die neue und beliebte Gattung entweder »unwahr«
oder doch »übertrieben« sind. Und darum ist es nothwendig, bei allen
theoretischen Auseinandersetzungen einen praktischen Beleg anzuführen, darum
müssen wir uns wohl oder übel entschließen, irgend einen der gangbarsten
biographischen Romane des Breiteren zu besprechen, an ihm den Nachweis
zu liefern, daß Alles, was über die Gattung gesagt ward, auf ihn an-
wendbar ist, und auf diese Weise zahlreichen »Gebildeten« klar und einfach
darzulegen — was sie eigentlich gelesen haben. Der Schreck des Käthchens
von Heilbronn bei der Entdeckung, in welchem Verhältnis die Schönheit
der stolzen Kunigunde zur Natur und Wahrheit stehe, könnte sich bei
Einigen wiederholen, welche die biographische Romanliteratur gläubig als
eine wahre und echte Erscheinung der Kunst hingenommen haben.

Wir waren lange in Zweifel, zu welchem der vielverbreiteten Bücher
dieses Schlags wir zunächst greifen sollten. Nach dem Sprichwort hat der
Wählende auch die Qual, und sie würde in diesem Falle den Hunderten
vielverbreiteter, vielbändiger Romane gegenüber eine langdauernde sein,
wenn nicht durch einen gewandten Schriftsteller die ganze Zwittergattung
mit besonderer Vorliebe gehegt und gepflegt worden wäre. Wir betrachten
aber den »kulturhistorischen Roman« »Mozart« von Heribert Rau
(Frankfurt, 1858) um so lieber, als er zwar charakteristisch für die ganze
Gattung ist, sein Verfasser jedoch, wie wir mit Vergnügen vorausschicken
wollen, sich neuerlich vom biographischen ab und dem wirklichen Roman

wieder zugewendet hat, was vielleicht auf Erkenntnis des Kunstwidrigen der früheren Richtung schließen läßt.

Insofern es sich beim biographischen Roman zunächst gar nicht um ein Zusammentreffen gewisser äußerer Lebensumstände des Helden mit der Idee des Dichters, sondern um einen großen und klangvollen Namen handelt, war die Wahl des Stoffs sicher eine vorzügliche. Der Name Mozart übt mit Recht eine Zaubergewalt über die deutsche Nation, über die ganze gebildete Welt aus. Auch abgesehen von diesem Vortheil scheint Mozart's Biographie dem Romanschriftsteller manchen trefflichen Anhalt zu bieten. Die Gefahr liegt nur darin, daß das Leben des Meisters von seiner frühesten Jugend, von jenen Tagen an, in denen er als musikalisches »Wunderkind« Europa durchreiste, bereits Vieles aufweist, was für den Roman wohl verwendbar erscheinen mag. Dadurch geht der Vortheil, welcher für eine einheitliche Komposition aus dem Umstand erwächst, daß Mozart's menschliche Selbständigkeit und große schöpferische Wirksamkeit sich nur über eine kleine Reihe von Jahren erstreckte, schon wieder verloren. Und wenn wir das spätere Wiener Leben Mozart's, die Zeit, in welcher seine bedeutendsten und unsterblichsten Schöpfungen entstanden, genauer betrachten, so ergiebt sich sofort, daß keine äußere Thatsache, Katastrophe, Wendung dieses Lebens vorhanden ist, die den Mittelpunkt eines Romans zu bilden vermöchte. Dies kann nun wiederum für den phantasiereichen, wirklich schöpferischen Romandichter ein großer Vortheil sein. Wir erinnern uns einer kleinen Novelle Mörike's: »Mozart auf der Reise nach Prag«, welche an ein erfundenes Abenteuer des Meisters in liebenswürdiger Weise die Charakteristik Mozart's anzuschließen versteht. Natürlich werden an einen Roman ganz andere Anforderungen gestellt, und die bloße Anekdote kann hier in keiner Weise ausreichen. Wenn Mozart durchaus zum Helden eines solchen erhoben werden soll,' so können wir uns zwei Möglichkeiten dazu denken. Entweder, der Schriftsteller will sich streng an die überlieferten Thatsachen halten. Dann vermag er den Sieg des Genius über Gemeinheit und Vorurtheile der Welt in einer Lebensepoche Mozart's besonders glücklich darzustellen. Wir meinen jene Epoche, die sich vom Scheitern seiner Pariser Hoffnungen, vom Eintritt in fürstlich salzburgische Dienste bis zu seinem Bruch mit dem Erzbischof und seiner Heirath mit Konstanze Weber erstreckt. Dies ist die an äußerlicher Bewegung, an äußerlichen Ereignissen, ebenso wie an innerlichen Kämpfen, reichste Zeit Mozart's. Es ist die Zeit, in welcher sein Leben für den oben angedeuteten, sich von selbst ergebenden Grundgedanken eine glückliche Verwirklichung bietet. Es ist aber auch diejenige, in welcher »Idomeneo« und »Die Entführung aus dem Serail« entstanden, Mozart's Sendung bereits klar dargelegt, seine Unsterblichkeit schon gesichert war. In dieser Zeit kann aus der Biographie des Künstlerfürsten sehr wohl

ein biographischer Roman resultieren, der einen nicht unbedeutenden dichte-
rischen Vorwurf, der Entwicklung, Steigerung, Spannung und Lösung
enthält, durch den sich eine reizende Liebesepisode hindurchzieht, und bei
dem es möglich sein würde, alle Scenen auf den Grundgedanken des
ganzen Romans zu beziehen. Natürlich bleibt dabei die Voraussetzung,
daß das ganze überlieferte thatsächliche Material auch wirklich poetisch
umgestaltet, in Fleisch und Blut verwandelt wird, zu Recht bestehen.

Oder der Autor, welcher Mozart zum Mittelpunkt eines Romans zu
machen gedenkt, hält es für ersprießlicher, ihn auf dem Höhepunkte seiner
Kunst, seines irdischen Daseins zu zeichnen. Er würde dann die Zeit der
Entstehung des »Don Juan« zu schildern, vielleicht mit dem größten und
glänzendsten Sieg, welchen der Meister bei der Aufführung dieses Werkes
in Prag errang, zu schließen haben. In diesem Falle bietet Mozart's
Biographie wenig äußeren Anhalt, die Erfindung müßte größtentheils vom
Autor selbst ausgehen und auf ihrem Hintergrunde sich das Bild des
Herrlichen in aller Treue abheben.

Dies sind nur zwei Fälle, die sich im Augenblick darstellen. Da
aber die dichtende Phantasie tausend Wege und Möglichkeiten hat, so
würde es einem Dichter, der sich einmal für den Stoff begeistert hat,
nicht eben schwer fallen, den Beweis zu führen, daß unsere zwei Möglichkeiten von einer dritten, vierten, fünften überboten werden können. Warum
auch nicht? Wer mag bei Lesung einer Künstlerbiographie immer genau
die Stelle bestimmen, die vom schöpferischen Gedanken erfaßt wird oder
einen solchen anregt? Was wir sagen wollen, ist lediglich: insoweit
Mozart's Biographie Anlaß zu einem Roman zu bieten vermag, wird es
auch möglich sein, denselben mit den existierenden Gesetzen der Kunstgattung
in Einklang zu bringen. Nicht möglich aber ist es, wenn der Autor
sich keines der Vortheile bedient, die ihm aus der epischen Kunst selbst,
aus ihrem Vorwärts- und Zurückschreiten erwachsen, wenn er mit einem
Worte versucht, ohne Weiteres die ganze Lebensgeschichte Mozart's in Scene
zu setzen. In diesem Falle haben wir keinen »kulturhistorischen Roman«,
sondern eine bunte Scenenreihe sehr ungleichen Werthes, eine dialogisierte
und mit wenigen Genrebildern verbrämte Biographie Mozart's vor uns.
Heribert Rau's »Mozart« ist Nichts mehr und Nichts weniger, als die
mit Gesprächen, kleineren Bildern und überflüssigen Einschaltungen durch-
flochtene Lebensgeschichte des großen Heroen der Tonkunst. Im Wesentlichen ist der Gang des Buches, ist der Hauptinhalt desselben im ersten
Bande des berühmten und in der That vorzüglichen Werkes von Oulibicheff enthalten. Jahn und Nissen finden sich zwar gleichfalls öfter
citiert, offenbar aber hat Oulibicheff dem Verfasser am meisten zur »Quelle«
gedient, ist auch am stärksten mit wörtlicher Aufnahme gewisser Phrasen
und Aussprüche berücksichtigt worden. Es braucht nun nicht erst wiederholt

zu werden, daß bei einer bloßen Inscenierung und Dialogisierung irgend
einer Biographie, und wäre sie die allerromantischste, niemals ein wirklicher Roman entstehen kann. Von vornherein ist nicht der entfernteste
Versuch gemacht, einen Mittelpunkt der Handlung, einen Zielpunkt des
Ganzen zu gewinnen. Zusammenhangslos reiht sich Scene an Scene,
Episode an Episode. Daß Mozart's Gestalt hindurchgeht, soll den Mangel
jeder äußern und innern Einheit ersetzen. Was in dem Buche nicht
historisch, nicht mit Citaten belegt, also frei erfunden ist, zeichnet sich zum
Theil durch eine erschreckende Trivialität aus, wie die Einzelbetrachtung
erweisen wird. Die Hinzufügungen, welche keinen Bezug zur eigentlichen
Lebensgeschichte Mozart's haben, stehen gewöhnlich vollkommen unvermittelt,
und wenn der Verfasser damit Zeit und Verhältnisse, in denen sich der
Meister bewegte, geschildert zu haben meint, so liegt die Frage nahe, in
wiefern er Mozart in mehr als äußerliche, zufällige Berührung mit dieser
Zeit und diesen Verhältnissen gesetzt hat? Auch hier wird die Entscheidung unbedingt gegen die rein äußerliche und flüchtige Art, in der Dies
geschehen ist, ausfallen. Berücksichtigen wir endlich, in welchem Verhältnis
zur Geschichte, zur reinen historischen Wahrheit, (auf welche bei all diesen
biographischen, kultur- und literarhistorischen Romanen so großes Gewicht
gelegt wird,) Rau's »Mozart« steht, so werden wir zwar im Großen und
Ganzen keine Verzerrungen derselben bemerken, wohl aber finden, daß
Licenzen vorhanden sind, die bei einer Dichtung gar nicht erwähnens-
werth sein würden, aber in einem Werke auffallen müssen, welches
mit ganzen Reihen von Büchercitaten und aktenmäßigen Belegen prunkt.
Wir kommen also zur Überzeugung, daß vom Belehrungsstandpunkt aus
die Oulibicheff'sche Biographie ihren Zweck weit besser erfüllt, daß aber
Rau's »Mozart« den Anforderungen eines Kunstwerks gegenüber noch
noch viel weniger gelten kann. Er besteht aus unzusammenhängender
Nebeneinanderstellung wissenschaftlicher und poetischer Elemente, er hat die
ersteren nicht aufgelöst, die letzteren zu keiner Einheit verbunden. Er ist
eine lockere, mannigfaltige Kompilation mit einigen Genrebildern und führt
den Namen eines Romans mit ebenso viel Recht, wie die Fledermaus den
eines Vogels.

Es würde uns zu weit führen, wollten wir den ganzen umfangreichen
Roman im Einzelnen Kapitel für Kapitel betrachten. Wir beschränken
uns, um den Nachweis zu geben, daß wir nicht ungerecht zu solchen
Folgerungen gelangt sind, auf Darlegung des Inhalts einiger Bände.
Wir wählen dazu den dritten und vierten Band, welcher gerade jene
Periode von Mozart's Leben behandelt, die, wie schon oben erwähnt, im
Verlauf der Biographie selbst dem Romanschriftsteller die größten Vortheile
bietet. Wir können dieselben bequem allein charakterisieren, da sie mit
den früheren Theilen des Romans, einige flüchtige Erinnerungen und Er-

wähnungen abgerechnet, in gar keiner Verbindung stehen. Und wir
wiederholen, dass weder in den vorhergehenden Scenen, noch in den folgenden
der Versuch zu einer größeren Einheit der Komposition wahrzunehmen ist.

Der dritte Theil von Heribert Rau's »Mozart« beginnt im Augen-
blick, wo der junge Tonmeister im Geleit seiner Mutter jene größere
Reise antrat, die ihn nach München, Mannheim und Paris führte und
ihm zu irgend einer seinem Talent entsprechenden Stellung verhelfen sollte.
Der Verfasser beginnt diesen Theil mit einem Kapitel: »Im Volk«, welches
zunächst eine Charakteristik der bairischen Staatszustände unter Kurfürst
Max Joseph enthält. Eine Episode, welche die vom Oberstlieutenant
Thürriegel geleistete bairische Emigration nach der Sierra Morena behandelt,
und eine andere, in der des Schicksals des Pater Nonnos gedacht wird,
sollen die tiefe Verkommenheit und das ganze Elend des Baierlandes veranschaulichen. In ähnlicher Weise werden im nächstfolgenden Kapitel
»Am Hofe« der Prunk, die üppige Verschwendung des bairischen Hofes
bis zu ausführlichen Anmerkungen über die in Europa vorhandenen
goldenen Tafelservice geschildert. — Mozart tritt nun in diese Hofwelt
ein, nachdem er zuvor auf einer Hochzeit beim Seewirth Geige gespielt
(um dem Pater Nonnos zu begegnen,) und erhält, nachdem er an einem
splendiden Frühstück verschiedener Hofkünstler Theil genommen, und viel'
vergebliche Aufwartungen gemacht hat, in München keine Stelle. Daneben
finden sich Belehrungen über die Günstlinge Max Joseph's, die Grafen
Berchem und Seeau, über das deutsche Schauspiel in München und vor-
geschlagene Gelderpressungen, — dies Alles ohne den entferntesten Bezug
auf Mozart, der, wie gesagt, hier nur als vergeblicher Bittsteller vorgeführt
wird. Im Kapitel »Zwei Schwestern« geht der Roman nach Mannheim
über, und beginnt auch hier wieder mit einer Menge anekdotischer Angaben
über Karl Theodor's Maitressen, natürliche Kinder und Hofstaat, lenkt
aber in diesem und dem folgenden Abschnitt »Ein schöner Abend« wenigstens
einigermaßen in den Ton einer Erzählung, wenn schon in den herge-
brachtesten der Schilderung und Charakteristik, der denkbar und möglich
ist, ein. Das Kapitel »Ein musikalischer Charlatan« schildert den Abt
Vogler als solchen, und es kann diese Schilderung als Gegensatz zu Mozart's
echtem Künstlerthum nicht für überflüssig gelten, wennschon ihre Benutzung zu Seitenhieben auf die »Zukunftsmusik« sich wunderlich genug
ausnimmt. Während die folgenden Abschnitte »Die Weihnachtsbescherung«,
»Wieder Nichts«, »Auch ein Genie«, »Misstöne«, sich theilweis zu einer
Inscenierung und Dialogisierung der Mozart'schen Erlebnisse (immer nach
Jahn und Oulibicheff) verstehen, wohl auch einige kleine Genrebilder als
freie Zuthat des Autors bringen, ist das ganze Kapitel »Der Ruf zur
Heimat« reine, vollkommen unverarbeitete biographische Erzählung, größtentheils mit Oulibicheff's Worten, auch wo Oulibicheff nicht citiert ist. Wir

haben Dessen »Mozart« im Augenblick nicht zur Hand, erinnern uns aber
auf das Bestimmteste, daß Seite 243 und 244, wie noch öfter, ganze
Perioden wörtlich oder doch mit sehr geringen Veränderungen daraus entnommen sind. Auch wo ihn der Verfasser des Romans citiert, spricht
Dies zwar für seine literarische Ehrlichkeit, aber nicht zu Gunsten des
Buches, denn was ist ein Roman, der seitenlange Auseinandersetzungen
aus einem wissenschaftlichen Werke entnimmt! Die Schlußkapitel
des dritten Bandes, welche Mozart's Bruch mit Aloysia und seine Verlobung mit Konstanze Weber erzählen und dialogisieren, belasten sich
nebenher mit einer Darlegung der bairischen Erbfolgefrage. Der vierte
Band, der den Titel »König und Knecht« führt, beginnt mit den beiden
Kapiteln »Idomeneus« und »Der König der Töne«. Dieselben sind be-
sonders charakteristisch, ebensowohl für Heribert Rau's »Mozart«, wie für
den biographischen Roman überhaupt. Man kann sagen, daß in diesen
Abschnitten der Verfasser beinahe auf jeder Seite mit dem Tone bald einer
Novelle, bald einer kunstgeschichtlichen Abhandlung wechselt, in die zum
Überfluß noch moralische Sentenzen und Betrachtungen verflochten sind.
Einigemal ist die Durcheinanderwürflung geradezu unerträglich, so z. B.
Seite 26 und 27, wo dem Baron Lehrbach im Gespräch statistische Tabellen,
wie sie Vehse in seiner Geschichte der deutschen Höfe giebt, in den Mund
gelegt werden. Der Versuch, das Material wirklich zum Roman umzugestalten, wird immer nach wenigen Seiten schon aufgegeben, und das fortwährend Zurückfallen in die Citate und Stellen aus Oulibicheff macht
einen unglaublich armseligen Eindruck. Das Kapitel »König und Knecht«
schildert den Bruch Mozart's mit dem Erzbischof von Salzburg, der bekanntlich in Wien erfolgte. In demselben ist in der Hauptsache wenigstens
der ganze Vorgang so dargestellt, wie es einem Romane geziemt, das heißt
durch lebendige Ein- und Vorführung der handelnden Personen. Daß
sich aber der Autor dadurch um die beste Wirkung auch dieses Moments
bringt, daß derselbe wiederum nur als eine zusammenhangslose Episode, ohne
Vorbereitung, ohne vorausgegangene Darstellung des Verhältnisses zwischen
dem Erzbischof und dem Künstler in Salzburg selbst, ohne Verlebendigung
der innern Kämpfe Mozart's, erscheint, — das müssen wir in des Verfassers
eigenem Interesse aufrichtig beklagen. Der weitere Verlauf des vierten
Bandes zeigt stärker, als zuvor, alle Übelstände einer so kunstwidrigen
Misch- und Zwittergattung, wie es der biographische Roman zwar nicht
unbedingt sein muß, aber doch in diesem Falle, wie in den meisten andern,
ist. Im Kapitel »Wiener Leben« nimmt der Verfasser einen Anlauf zu
eigentlicher Gestaltung, in »Kaiser Joseph II.« erfolgt schon wieder der
Rückfall zu wörtlichen Mittheilungen nach Oulibicheff, statistischen Notizen,
trocknen Bemerkungen; das ganze Kapitel »Ein Blick in die Zeit« (von
Seite 132—145 des vierten Bandes) ist eine historische Mittheilung, die

entweder wörtlich aus »Schlosser's Geschichte des achtzehnten Jahrhunderts« entnommen ist, oder, wenn sie Dies nicht sein sollte, ganz gewiß eher in eine Weltgeschichte, als in einen Roman, gehört. Die Abschnitte »Ein Frühstück« und »Die Schlange« sind wenigstens wieder Scenen, im nächsten Kapitel »Joseph Haydn« dagegen wird dem großen Tonmeister seine ganze Lebensgeschichte mit Citaten und vielfachen »Haydn's eigne Worte« in den Mund gelegt. Das Kapitel »Das letzte Licht« ist eine der verhältnismäßig besten Partien des Buches, dafür verrathen die Abschnitte »Die Entführung aus dem Serail« und »Die Entführung aus dem Auge Gottes« deutlich eine gewisse Ermüdung des Verfassers. Es muß in der That eine Sisyphusarbeit sein, ohne eigne Erfindung, ohne selbständigen tief aus der Seele quellenden Drang, eine ganze unendlich mannigfaltige Biographie mit einer Menge rein zufälliger und unwesentlicher Ereignisse auch nur ganz oberflächlich und flüchtig in Scene setzen zu sollen. Aber der Ausweg besteht jedenfalls nicht darin, von Zeit zu Zeit die eigentliche Umschmelzung und Bearbeitung des Stoffes ganz aufzugeben und dem Leser den Stoff selbst zu bieten.

Die zahllosen Citate aus allen möglichen Büchern, die wir in Rau's »Mozart« finden, müssen natürlich jeden Leser auf den Glauben bringen, daß er reine Geschichte und alle Personen in ihrer historischen Rolle vor sich habe. Dies ist keineswegs überall der Fall. Im vierten Bande tritt als eine Hauptperson der Dichter Bretzner, der Poet der »Entführung«, auf, der in Rau's Roman ein lebenslustiges Wiener Genie, ein Zech- und Frühstücksbruder Mozart's und über Dessen Komposition seiner »Entführung aus dem Serail« außerordentlich entzückt ist. In Wahrheit war bekanntlich Bretzner ein Leipziger Kauf- und Handelsherr, der zu seiner Erholung Lustspiele schrieb, nach deren einem der Wiener Librettist Stephani den Text zur Entführung bearbeitete, worüber der Leipziger Patricier zunächst überaus unzufrieden und beleidigt war. Doch Dies wäre vollkommen unwesentlich, und gegenüber einer wirklichen Dichtung, die ohne Citatprätensionen aufträte, gar nicht zu erwähnen. Schlimmer ist es mit jenen Willkürlichkeiten, in denen der Autor, der doch einen kulturhistorischen Roman schreibt, gänzlich aus dem Geiste der Zeit fällt. Dahin rechnen wir Mozart's Schlußrede an den Erzbischof von Salzburg (vierter Band, Seite 78), in welcher der junge Künstler zu dem mächtigen Reichsfürsten in einer Weise spricht, wie im achtzehnten Jahrhundert Niemand zu sprechen wagte. Phrasen wie: »Da seufzt der Tropf im Purpur unter der unabwälzbaren Last seiner armseligen Individualität«, lassen Mozart gänzlich aus der Rolle fallen, und geben ein falsches Bild der Zeit, in der sich auch die tiefste sittliche Entrüstung und der männlichste Freimuth gegen die Großen der Erde in andre Worte zu kleiden pflegte.

Wir schweigen davon, daß diese und ähnliche Einfälle noch obenein Geschmacklosigkeiten sind, an denen es im ganzen Buche leider nicht fehlt. So ist es eine wirklich lächerliche Eigenheit, von Zeit zu Zeit die Schlußsentenzen durch gesperrte Schrift hervorzuheben, als ob dieselben einen besonders erhabenen, welterschütternden Gedanken enthielten, auch wenn sie z. B. lauten: »Wahres Glück will, fern der Außenwelt, nur im engsten Kreise geliebter Menschen gekostet werden.«

Wir könnten diese Inhaltsanzeige auf alle übrigen Bände des Romans erstrecken und würden überall zu gleichen Resultaten gelangen. Aber wir lassen es dabei bewenden, da wir befürchten müßten, die Geduld der Leser zu ermüden. Wer in ästhetischen Dingen überhaupt zu überzeugen ist, Dem muß nach dem Gesagten hinreichend einleuchten, welche Bewandtnis es mit Rau's »Mozart«, und, setzen wir gleich hinzu: mit neunundneunzig Hundertsteln aller übrigen biographischen, kultur-, literar- und kunsthistorischen Romane hat. Ein Gemengsel von Thatsachen, Anekdoten, Seiten aus beliebigen Geschichtschreibern, Dialogen, Genrescenen, Brief- und Büchercitaten — Dies ist der Totaleffekt des besprochenen, so vielgelesenen Werkes, und beinahe aller Bücher dieser Gattung! Und daß dieselbe auch nur ein Lustrum hindurch »beliebt« gewesen ist, daß sie sich breit in den Vordergrund der belletristischen Literatur drängen konnte, Dies spricht für eine Verwöhnung und Verwilderung des Geschmacks, die einerseits ebenso komisch, wie andrerseits betrübend ist. Sie hängt überdies mit einer in Deutschland viel vorhandenen Überschätzung »positiver« oder »realer Kenntnisse« zusammen. Daß mit denselben in der Dichtung so gut wie Nichts erreicht wird, scheint auch beim »gebildeten« Publikum in Vergessenheit zu gerathen. Aber, abgesehen davon, bedarf es nicht einmal wirklicher Kenntnisse, um derartige biographische Romane in Scene zu setzen, da ja die konsequente Benutzung weniger Werke von Autor und Publikum als ausreichend betrachtet ward. Hoffentlich macht sich nunmehr die Überzeugung allgemein geltend, daß der biographische Roman eine vorübergehende Modegattung war, und daß zur einfachsten wirklichen Novelle — wäre es selbst nur eine »Familiengeschichte« — immer noch mehr Phantasie, Darstellungskraft und Kunst verwendet werden muß, als man zur »poetischen« Vorführung unsterblicher Geistesheroen und andrer Helden für nothwendig gehalten hat.

Die Umdeutschung fremder Wörter,

von Wilhelm Wackernagel.

Zweite verbesserte Ausgabe. Basel, Bahnmaier's Verlag.

Besprochen von Reinhold Bechstein.

———

Eine der Hauptaufgaben auf geistigem Gebiete, an deren Lösung die Gegenwart arbeitet, besteht in dem dankenswerthen Streben, die Ergebnisse wissenschaftlicher Forschung auch der allgemeinen Bildung zu Gute kommen zu lassen. Wenn sich im Vergleiche mit den historischen und naturwissenschaftlichen Disciplinen die Sprachforschung nur geringer Gunst bei dem größeren Publikum zu erfreuen hat, so kann die Ursache keineswegs in der Theilnahmlosigkeit desselben allein gesucht werden. Sie liegt vielmehr vorzugsweise theils im Charakter dieser Wissenschaft selbst, theils in deren noch kurzem Bestande. Erst mußte eine feste Grundlage gewonnen werden, ehe die Vertreter jenes Gebietes, deren Zahl auch heute noch eine geringe ist, dem allgemeinen Wissensdrange entgegenkommen konnten. Überblicken wir die Geschichte der deutschen Philologie, wie sie aus kleinen Anfängen, aus dilettantischer Beschäftigung, welcher sich dann der Patriotismus vereinte, zu einer wirklichen, anerkannten und achtunggebietenden Wissenschaft emporwuchs, wie sie nach und nach sich den Eingang in Universität und Schule eroberte, so dürfen wir die freudige Hoffnung hegen, daß mit der Zeit der deutschen Sprachkunde auch außerhalb des Kreises der eigentlichen Fachgenossen und der speciellen Freunde eine allseitige Beachtung geschenkt, daß sie in gutem Sinne populär werde.

Hat sich der »Orion« zur hauptsächlichen Aufgabe gemacht, der Literatur und Kunst zu dienen, so fällt nach den eigenen Worten des Herausgebers die Fachwissenschaft doch insofern auch in den Bereich dieser Zeitschrift, als sie zu Fragen der Kunst und Literatur in wesentlicher Beziehung steht. Wer wollte leugnen, daß die Sprache auf das innigste mit dem ganzen Kulturleben verbunden sei? In diesem Sinne mag es gestattet sein, bisweilen auch der Sprache, und vornehmlich unserer deutschen Muttersprache, die Aufmerksamkeit der Leser zuzulenken, und Dies namentlich mit Zugrundlegung neuerer hervorragender Literaturerzeugnisse, sobald ihr Inhalt dem allgemeinen Interesse wie dem Verständnisse nahe liegt. Ist vor allen Dingen warme Theilnahme vorhanden, dann werden auch die Einzelheiten, die unerläßlichen Citate von Beispielen, nicht trocken und gedankenleer, sondern als lebendige und beredte Äußerungen unseres Sprachgeistes erscheinen. — —

Der Wortvorrath einer jeden Sprache besteht aus zwei Gattungen von Wörtern, aus einheimischen und fremden. »Jeder Sprache, welche sie auch sei,« sagt Jakob Grimm in seiner Geschichte der deutschen Sprache, »stehen außer ihren heimischen Wörtern auch fremde zu, die der Verkehr mit den Nachbarn unausbleiblich einführte und denen sie Gastrecht widerfahren ließ. Sie nach langer Niederlassung auszutreiben, ist ebenso unmöglich, als es die Reinheit der Sprachsitte gefährdet, wenn ihr Zudrang leichtsinnig gestattet wird.« Die fremden Wörter an sich theilen sich wieder in zwei Klassen; die einen haben schon in früherer Zeit Aufnahme gefunden und sind durch die einstige Naturwüchsigkeit des Sprachgeistes so umgestaltet worden, daß sie als einheimische gelten, — die andern haben erst später Gastrecht genossen, nachdem die volksthümliche Entwicklung schon beendet war, so daß sie, wenigstens den Gebildeten, in ihrer Form die fremde Abkunft verrathen. Neuerdings hat man begonnen, für beide Arten der Fremdwörter besondere Bezeichnungen zu besserer Unterscheidung zu gebrauchen, und hat jene völlig eingebürgerten Lehnwörter, diese aber Fremdwörter (in engerem Sinne) genannt. Die Lehnwörter haben in den allgemeinen Wörterbüchern ihren Platz, während die Fremdwörter ihre Zusammenstellung in den Fremdwörterbüchern finden. Mitunter begegnet es, daß ein Fremdwort zwischen beiden Gattungen die Mitte hält. Die Fremdwörter überhaupt haben in der deutschen Grammatik verhältnismäßig nur geringe Beachtung erfahren, und doch bietet sich hier gerade ein weites und ergiebiges Feld zur Bebauung dar. Es leuchtet ein, daß die genannten Lehnwörter sprachlich werthvoller und interessanter sind, als die eigentlichen Fremdwörter. Über alle Entlehnungen sind die Akten noch keineswegs geschlossen, es können sich in unserem Sprachschatze noch gar manche Wörter finden, die nicht deutsch, sondern entlehnt sind, und manche umgekehrt wieder gut deutsch, die man jetzt noch von ausländischen herleiten will. Die Untersuchung solcher Fragen ist deßhalb mit großen Schwierigkeiten verknüpft, weil es so oft an literarischen Nachweisen fehlt. Am sichersten können wir bei einer Gattung von Lehnwörtern die Entscheidung treffen: bei denen, welche uns durch das Christenthum zugeführt wurden.

Wilhelm Wackernagel, bekanntlich auf dem Gebiete der deutschen Literaturgeschichte, Grammatik und Lexikographie einer der thätigsten, sorgfältigsten und geistvollsten Arbeiter, hat vor Kurzem einer Seite des fremden Sprachschatzes, der »Umdeutschung fremder Wörter«, eine eingehende Untersuchung gewidmet. Die Schrift liegt uns in »zweiter verbesserter« Ausgabe vor, eine Erscheinung, die bei Werken solcher Art zu den Seltenheiten gehört. Der Name »Umdeutschung« ist ein von Wackernagel eingeführter grammatischterminologischer Ausdruck, welchen er schon im Glossar zu seinem altdeutschen Lehrbuche anwandte, und welcher seiner Kürze und Deutlichkeit wegen in der deutschen Philologie allgemein ange nommen wurde. In der vorliegenden Abhandlung erklärt sich Wackernagel ausdrücklich über jenen Terminus: »Vom Gothischen an, das Mittelalter hindurch und noch jetzt in der halbmittelalterlichen Sprache des gemeinen Mannes gilt gegenüber den fremden Worten jenes Verhalten, das ich mir erlaube Umdeutschung zu nennen: Das heißt, es werden die fremden Worte in Vokalen und Konsonanten eben den Gesetzen fortschreitender Entwickelung unterworfen, die für deutsche bestehen; sie werden betont wie deutsche, werden mit deutscher Flexion, deutscher Ableitung bekleidet, werden durch Zusammensetzung mit deutschen Synonymen verständlicher gemacht, werden endlich durch bald leisere, bald stärkere Änderung ihrer Gestalt in den Anklang an wirklich deutsche Wurzeln und in deutsche Begriffsanschaulichkeit hereingezogen.« Die Umdeutschung ist es, welche das Lehnwort charakterisiert, doch haben auch die eigentlichen Fremdwörter mehr oder weniger sich dem Geiste unserer Sprache fügen müssen. Aus diesem Grunde lag es außerhalb der Aufgabe Wackernagel's, jene sprachgeschichtliche Trennung der beiden Fremdwörterarten vorzunehmen, die in andern Fällen geboten ist. Seine Betrachtung knüpft an die einzelnen grammatischen Processe an, durch welche sich die Umdeutschung vollzieht; in der von uns angeführten Definition hat sie Wackernagel in der Hauptsache namhaft gemacht. — Wie es einem Übersetzer oft ergeht, daß er das Originalwerk, welches er einer Übertragung werth erachtet und dem er seine Arbeit widmet, zu überschätzen geneigt ist, so hat auch Wackernagel, nachdem er sich einmal auf das Gebiet der Fremdwörter begeben, bei gar manchen Vorkommnissen die fremde Abstammung als feststehend angenommen, während sie in Wahrheit zweifelhaft, ja sogar die Urverwandtschaft mit dem angesetzten Stammworte und die deutsche Heimat zweifellos ist. Es kann hier nicht unsere Absicht sein, auf derartige Einzelheiten des Näheren einzugehn, wir wollen vielmehr Wackernagel's Abhandlung in ihren Hauptzügen verfolgen und die interessantesten und bezeichnendsten Wirkungen der Umdeutschung in einzelnen Beispielen hervorheben.

Während die Darstellung des Einzelnen einen lexikographischen Charakter trägt, legt der Verfasser in der Einleitung die sprachgeschichtliche wie kulturgeschichtliche Bedeutsamkeit der Umdeutschung dar. Die Ursache, welche der Umdeutschung eine so nachhaltige Wirkung verlieh, sucht Wackernagel mit Recht aus dem deutschen Volksgeiste herzuleiten. »Die germanischen Völker sind in Zeit und Raum Nachfolger der Römer, Nachbarn der Romanen. Ihre Neigung aber, sich allem Fremden zu erschließen, und noch mehr die Art, in welcher sie all das Fremde sich aneignen, hat sie aus Nachfolgern zu Erben werden lassen und sie, die zudem in den äußersten Umkreisen gestanden, hoch auf den Mittelpunkt der neueren Geschichte hingestellt... Die Einflüsse, die von Rom, dann

von der romanischen Welt aus, den Germanen berührten, und die er nicht
zurückweisen konnte, ohne zugleich jegliche Bildung stumpf zurückzuweisen
(denn auf ihrer Strömung kam ihm der christliche Glaube, kamen Wissenschaft und Kunst und Ritterthum und sonst noch wie viele und reiche
Veredlung und Ausschmückung des Lebens), sie hätten doch nicht so befruchtend und erhebend zu wirken vermocht, wenn nicht bis tief in das
Mittelalter herab der deutsche Geist es verstanden hätte, das von außen
ihm Gebotene alsobald selbständig fortzubilden, zu entwickeln, zu rollenden,
das Undeutsche allmählig in ein Deutsches umzugestalten.«

Naiv und ungezwungen geschah in der früheren Zeit die Aufnahme
fremder Wörter, mit der Wiedergeburt der Antike aber trat die Gelehrsamkeit und die Pedanterie ein, welche bestrebt war, die Überlieferung des
Vorzeitlichen und Fremden zu schonen. Es ist diese Erscheinung der
allgemeinen Entwicklung des Volksgeistes gemäß, sie bekundet die Anfänge
der historischen Anschauung, und deßhalb vermögen wir nicht, ihr im
Großen und Ganzen einen nachtheiligen Einfluß zuzuschreiben. Daß
im Einzelnen Thorheiten vorgekommen sind und noch heute vorkommen,
wollen wir freilich ebenso wenig in Abrede stellen. Es ist erklärlich, daß
Wackernagel, dessen Beschäftigung mit den deutsch gewordenen Fremdwörtern
ihm von der Kraft und Frische unserer Muttersprache das lebendigste
Bild geben mußte, am Schlusse der Einleitung sich gedrungen fühlt, den
Sprachpedanten ihre Unfertigkeit vorzuwerfen. »Wie es indeß jenen
Pedanten geht, die mit halb angeflogener Kenntnis des Altdeutschen unser
Neudeutsch meistern, die uns wieder eine Sindfluth (anstatt des allgemein
üblichen, wenn auch mißverstandenen Sündfluth) aufdrängen wollen
und dabei übersehen, daß auch Dieses noch nicht die echte, rechte Form ist,
sondern Sinfluth (sin s. v. a. überall oder immer): nicht anders den
gelehrten Gegnern der Umdeutschung — es ist meistens doch nur Stückwerk,
was sie uns liefern und geliefert haben. Allerdings stehen Dom und
Grieche und Märtyrer und Papst in Laut oder Buchstaben wieder
näher bei domus und Graecus und μιερνε und papa oder πάπας, als die älteren
Formen Thum und Kriech und Märterer und die andere Schreibung Pabst
denselben stehen, aber immer noch ist Dom ein Maskulinum und hat Grieche
ein unlateinisches iech, hat Papst einen ungriechischen Ausgang, und
Märtyrer außerdem noch einen Umlaut, der ungriechisch ist. Es dünkt
dem Pedanten ein Großes, wenn er ausfindig macht, man dürfe nicht
Aráber betonen, weil es ja auf Lateinisch A´rabs, A´rabis heiße; von
Hunderten ganz gleichartiger Fälle und neben all den andern, welche
diesem zunächst liegen, sticht er sich den einen allein heraus und betont
A´raber, und betont dennoch arábisch und nennt sich selbst auch nicht
Philóloge.« —

Die durchgreifendste Wandlung, welche unsere Muttersprache durchzumachen hatte, ist die unter dem Namen Lautverschiebung veränderte Stellung der stummen Konsonanten. Durch sie trennte sich
der hochdeutsche Stamm von dem ganzen Komplexe der übrigen germanischen Sprachen, von den sächsischen oder niederdeutschen und den skandinavischen. Inmitten unseres Vaterlandes haben wir also zwei Sprach-
familien: das heutige, immer noch lebendige Plattdeutsch hat den alten
Sprachzustand bewahrt, das Hochdeutsche ist eine Stufe weiter gegangen.
Jene Wandlung war im achten Jahrhundert schon vollendet. Berührt
die Lautverschiebung zunächst die einheimischen Worte, welche unsere
Sprache durch Verwandtschaft mit den andern Sprachen, namentlich mit
der griechischen und lateinischen, gemein hat, so erstreckt sie sich doch auch
auf die entlehnten, und Dies eben ist die erste Lebensthätigkeit der Umdeutschung. Wackernagel bespricht die einzelnen Vorkommnisse in einer
Fülle von Beispielen durch alle Stufen und Arten der Konsonanten,
betrachtet nach einander die Lippen-, Zungen- und Kehllaute und richtet
hier namentlich auch auf die Ausnahmen in der Lautverschiebung sein
Augenmerk. Wenn wir einzelne wenige Beispiele anführen, so wählen
wir am geeignetsten die heutigen Formen und gehen nur, wenn es geboten
erscheint, auf die früheren zurück.

In den Lippenlauten zeigt sich die Umdeutschung vorzugsweise im
Anlaut, d. h. im Anfange des Wortes. Aus pipa wird Pfeife, früher
pfīfe, noch heute im niederdeutschen Dialekt Pipe, aus pontus wird
Pfund, aus parochia Pfarre. Die Zungenlaute sind namentlich im
Inlaute verschoben worden. Kessel stammt von catillus, catinus,
Straße von strata, hinzugedacht via, d. h. der geebnete Weg. Es heißt
Zürich aus Turicum, während der Flussname Thur den alten Laut
bewahrt hat. Unsere echt deutsch gewordenen Verba dichten und trachten
entstanden aus dictare und tractare, ob aber sicher und Frucht von
securus und fructus abgeleitet sind, scheint uns fraglich, sie mögen vielmehr mit diesen lateinischen Worten urverwandt sein.

»Die Vokale sind von Natur flüssiger und flüchtiger, als die Konsonanten; deßhalb auch unterliegt bei ihnen, wo die Worte nicht selbst
aus einheimischer Wurzel gewachsen sind, weder Bestand noch Änderung
so durchgreifenden Gesetzen, als bei den Konsonanten Das der Fall ist.«
Sie werden aber ebenfalls nach dem Geiste unserer heimischen Sprache
umgewandelt. Wie im Deutschen selbst durch die sogenannte Brechung
die ursprünglichen i und u in e und o übergehen, so auch in den entlehnten Worten. Aus missa, piper, simila wird Messe, Pfeffer,
Semmel, aus cuppa Kopf. Ob unser stolz aus stultus genommen
ist, dürfte ungewiss sein. Umgekehrt wandeln sich e zu i und o zu u.
So wird aus census Zins, aus copulare kuppeln, aus monasterium

3*

zuerst munster, dann mit Umlaut Münster. Unser Nonne steht dem alten nonna wieder näher, das Mittelhochdeutsche bietet nunne.

Die lateinischen und griechisch-lateinischen Wörter sind nicht alle auf direktem Wege in unsern Sprachschatz aufgenommen worden. »Das Latein, das die ersten Glaubensboten und noch manches Geschlecht hindurch die Priester und Mönche zu sprechen pflegten, es war nicht das klassische des Alterthums; es war, wie zumal der Süden und Westen sie gesendet, jenes verworren zertrümmerte, aus dem sich durch eines der größten Wunder der Geschichte die romanischen Sprachen herausgebildet haben, oder es war so versetzt mit Worten und Wortformen des sich entwickelnden oder auch des schon entwickelten Romanischen, daß man noch heut von mancher Rechtsurkunde und mehr als einem Vokabular, die sie aufzeichnet, kaum sicher zu sagen wüßte, ob es Denkmäler nur noch des verderbenen Lateins oder schon des Romanischen seien, ob in ihnen ein romanisch aufgefaßtes Lateinisch oder ein lateinisch aufgefaßtes Romanisch vorliege. Und in solcher halben oder vollen Romanisierung trat denn ein großer Theil des lateinischen Wörterschatzes an unser Althochdeutsch heran und beschränkte die Wirksamkeit des Gesetzes, das nur für die echten, rechten Formen galt; ja bereits die vorhochdeutsche, bereits die gothische Sprache ward von den Anfängen und Grundlegungen des Romanischen berührt. Mit der Ritterdichtung sodann, seit dem zwölften Jahrhundert, floß ein Romanisch, das sich gar nicht mehr für Latein ausgab, vollströmend in die Sprache Deutschlands ein.«

Die »romanische Lautgebung« bespricht der Verfasser in der vorhergehenden Weise, indem er die Konsonanten, Halbkonsonanten und Vokale nacheinander durchgeht. Aus jeder dieser Klassen nur ein charakteristisches Beispiel: In unserer Zeit ist die italiänische Form Kavalier, welche den alten k-Laut bewahrt hat, gebräuchlicher, als die französische Chevalier mit dem Zischlaute. Das Wort war früher schon in unserer Sprache heimisch, das Mittelhochdeutsche hat die Formen zevalier, schevalier, tschevalier, woraus hervorgeht, daß das französische chevalier zu Grunde liegt. Cheval ist bekanntlich entstanden aus dem lateinischen caballus. Die romanische Vermittelung zeigt sich in noch höherem Grade in unserem Verbum kosten, werth sein, zu stehen kommen, verschieden von dem andern kosten, versuchen, stammverwandt mit gustare. Das Stammwort von jenem kosten ist constare und müßte konsten lauten, aber das altfranzösische couster, jetzt couter, bildet zwischen beiden Formen die Brücke. Unser Abenteuer, früher aventiure, gesprochen aventiüre, dann aventüre, ist zunächst dem französischen aventure entlehnt, welches in jener Zeit gewiß schon aventüre gesprochen wurde, und dessen Stammwort ist das mittellateinische adventura, die Begebenheit.

Nicht die Qualität allein, fondern auch die Quantität der Vokale wird von der Umdeutfchung berührt. Wackernagel behandelt im folgenden Kapitel die »Verlängerung betonter, Kürzung unbetonter Vokale.« Wer mit den griechifchen und lateinifchen Quantitätsverhält- niffen bekannt ift, Dem werden die mannigfachen Unterfchiede, welche zwifchen der alten und der deutfchen Betonung herrfchen, aufgefallen fein. Um fich die Wandlungen recht zu verdeutlichen, gehört freilich die Kenntnis der altdeutfchen Quantität dazu, welche felbft fo fehr von der neuhoch- deutfchen abweicht. Das griechifch=lateinifche schōla wird zu scuōla, schuole, unfer Schule, dŏmus zu tuom, unfer Dom, spĕculum zu spiegel, unfer Spiegel, aber Spīgel gefprochen.

Ein fehr intereffantes Thema ift die Umdeutfchung, welche fich in der Accentuierung offenbart. Wackernagel hat den Gegenftand fchon in jener volemifchen Außerung in der Einleitung berührt, in der Abhandlung felbft befpricht er die »Verrückung des Accents« ausführlich. — Es ift bekannt, dafs im Lateinifchen die entlehnten griechifchen Wörter in vielen Fällen nicht fo accentuiert werden, wie die Griechen fprachen, fondern der lateinifchen Betonung angemeffen, und diefer lateinifche Ge- brauch hat fich auch im Deutfchen erhalten. Wir fprechen nicht Αἰσχύλος, fondern Aischylos, und in diefer Weife betonen wir auch die drittletzte Silbe z. B. in Macedónien, Evangélium, Individuum. Auf der vorletzten betont theátrum, Theáter, Charákter, Charaktére, Autor, Autóren. Auf der letzten, weil ebenfalls eine flektierende, vielleicht auch noch eine Ableitungsfilbe dahinter abgeworfen, Idól, Diadém, Luciún, Mandát u. f. w. »Dies die Regel; aber noch häufiger beinah, als man ihr folgt, wird von ihr abgewichen, und nach zwei gerade entgegengefetzten Richtungen hin. Nach der einen im Neu- hochdeutfchen, doch fo, dafs die Anfänge dazu bereits dem Mittelalter, die Anläffe wiederum dem Romanifchen zugehören.« Namentlich betonen und behandeln wir viele Zeitwörter nach franzöfifchem Vorgange, wie z. B. regieren von régere. Solcher Art find ferner Subftantiva und Adjektiva wie Sermón, Docént, vakánt, das erfte nicht vom latei- nifchen sérmo, fondern vom franzöfifchen sermón u. f. w. Hier erwähnt Wackernagel auch als Kehrfeite der »Umdeutfchungen« verfchiedener »Um- wälfchungen« des Deutfchen, in welchen die geläufigen franzöfifch=latei- nifchen Wortausgänge auch auf deutfche Stämme übertragen werden. Schon das dreizehnte Jahrhundert zeigt uns Bildungen auf le, jetzt ie oder ei, nach dem Vorbilde der Subftantiva, denen antike Worte mit unbetontem īa zu Grunde liegen, wie zouberīe; jüngeren Urfprungs find narry, füllery, büebery u. f. f.; in dergleichen Wörtern führt das Neu- hochdeutfche ausnahmslos fein diphthongifches ei durch. Die fremde

Verbalendung ier in deutschen Stämmen ist überaus häufig, z. B. halbieren, hofieren, in der Kanzleisprache inhaftieren. (Neuerdings schreibt man außer in regieren nicht mehr ieren, sondern iren, aber nach unsrer persönlichen Anschauung aus doppeltem Grunde mit Unrecht.) Mißbildungen sind ferner: Schnurrant, Schwulität, Glasur, Blumist, Lappalien. — Nachdem der Verfasser auf die schwankende Art, eine Silbe bald französisch, bald deutsch zu accentuieren — Katholik, Chrónik, Musik, Músiker — aufmerksam gemacht hat, führt er die Hauptregel unserer Accentuierung fremder Worte an: »Wenn das lateinische Wort den Ton auf der drittletzten Silbe und in der vorletzten einen volleren, nicht so leicht verklingenden Laut hat, betonen wir im Deutschen eben diese vorletzte oder für uns nun letzte«, d. h. letzte dann, wenn keine Flexionssilbe vorhanden ist. Also z. B. Araber, Maxime, Organ, Satire, konkáv.

Die eigentliche umdeutschende Accentuierung, welche von der ursprünglichen Aussprache abweicht, gehört wesentlich der althochdeutschen Zeit an, auf den späteren Sprachstufen begegnet und durchkreuzt sie sich mit der französischen Betonungsweise. Namentlich sind fremde Eigennamen durch den deutschen Accent zu heimisch klingenden Wörtern umgewandelt. Chólonne, Kölm aus Colónia, Chónstanza, Konstanz aus Constántia, Mérlin, jetzt wieder Martin, aber im Volksmund Merten aus Martínus u. a. m. Aus Maria wird gewöhnlich Marie, man hört auch französisch Mari, mundartlich ist Mári; im Gothischen, Althochdeutschen heißt es auch Marja, mittelhochdeutsch Marje, mit Umlaut Merje, Merge. Diese umdeutschenden Betonungen bewahrt die neuere Sprache nur dann, wenn sich dieselben bereits vom Alt- und Mittelhochdeutschen her und in solcher Umbildung vererbt haben, daß der fremde Ursprung verwischt ist; wo sich aber das Sprachbewusstsein geltend macht, wird lieber zu dem ursprünglichen Accent zurückgekehrt: wir sprechen Kapélle, aber Käppel im Ortsnamen. Der Volksmund verfährt auch hier konservativer, als die Sprache der Bildung. Wie es Andres (neben Andréas), Élsbeth (aus Elisabeth) heißt, so hört man auch in Süddeutschland Hómer, Hóraz, Virgil sprechen. Anton ist der gewöhnliche Name, Antón die frische Abkürzung von Antónius, ebenso sind August und Augúst — jener der Name, dieses der Monat — durch den Accent im Sinne verschieden. Schwankende Betonungen finden sich, ohne Einfluß auf die Wortfunktion auszuüben, mehrere. Barbár wurde noch vor hundert Jahren Bárbar, in der Flexion Bárbarn gesprochen, ebenso wie unser Decemvirn, marmorn, Konsuln.

Nicht allein die Laute nach Qualität und Quantität und die körperlose Betonung geben die Umdeutschung kund, sondern auch die Verbindung der Laute, die Wörter, zunächst die Silben. Alle neueren Sprachen streben nach Flüchtigkeit und Kürze des Ausdrucks, welche die vollen Formen des früheren Sprachzustandes hinschwinden läßt. So haben auch die Fremdwörter sich die Vereinfachung gefallen lassen müssen. Aus beryllus, corona wird Brille, Krone, ja selbst ganze Silben, nicht bloß Vokale zwischen zwei Konsonanten, fallen der Umdeutschung zum Opfer. Daß unter andern Bischof aus episcopus, Spital, Spittel aus hospitale entstanden, ferner Spargel, Pflaster aus asparagus, emplastrum, dürfte allgemein bekannt sein. So ist auch Stiefel eine Kürzung des mittellateinischen aestivale. Für das Neuhochdeutsche haben solche Aphäresen in den Koseformen und alltäglichen Umbildungen der fremden Taufnamen ihren Hauptplatz: Hans aus Johannes, Guste aus Auguste, Klaus aus Nikolaus u. a. m. — Umgekehrt haben die Schlußsilben öfters Wegfall erlitten: Vizthum aus vicedominus, Mainz, früher Maginza, aus Moguntia, Moguntiacum; die stärkste Kürzung ist aber die von Max aus Maximilianus.

Die Lehre vom Genus beschäftigt sich auch mit dem Geschlecht der Lehnwörter. Wie sich auf diesem Gebiete innerhalb unserer eigenen Sprache geschichtliche Wandlungen vollziehen, wie manches Substantivum ein anderes Geschlecht besitzt, als das entsprechende stammverwandte Wort im Griechischen und Lateinischen, so haben auch die eingebürgerten Wörter, wenn sie auch in der Mehrzahl ihr ursprüngliches Geschlecht bewahren, die Umdeutschung zum Theil durchmachen müssen. »Nicht einmal das Neuhochdeutsche selbst nimmt es mit dem Geschlechte der Fremdwörter so genau, wie es sollte und wollte, geschweige denn das ältere Hochdeutsch und das Gothische.« Aus der großen Fülle der Vorkommnisse seien nur wenige Beispiele angeführt, und zwar nur aus der heutigen Sprache: Hymnus, Mythus, beide auch mit dem Artikel der als eigentliche Fremdwörter gebraucht, wurden als Lehnwörter Feminina: die Hymne, die Mythe. Umgekehrt der Dom aus domus (Femininum), das Fenster aus fenestra (Femininum), der Altar aus altare (Neutrum).

Die »Umdeutschung durch Flexion und Ableitung« bietet in specifisch-grammatikalischer Beziehung vieles Interessante. Auf ein Verbum sei hier nur aufmerksam gemacht, welches durch die Konjugation den fremden Charakter völlig einbüßte, indem es unter die Zahl der stark flektierten Zeitwörter aufgenommen wurde, nämlich das Verbum schreiben, schriben, aus scribere. Es heißt nicht nach Art der andern entlehnten Verba: ich schreibte, geschreibt, sondern schrieb, geschrieben.

Das fremde Wort wird oft mit einem deutschen zusammengesetzt, um es deutlicher erscheinen zu lassen; wir finden diese Art Umdeutschung am häufigsten in mundartlicher Redeweise, aber auch in der Schriftsprache hat sie Geltung erlangt. Beispiele sind unter vielen andern: Bibelbuch, Grenzmark, Domkirche, Pestseuche, Eau-de-Cologne-Wasser,

Plaisiervergnügen; das deutsche Wort steht z. B. voran in: Blumenflor, Frühmette, Schutzpatron, Siegestrophäe, Überrest, Waschlavoir.

Das Schlußkapitel »Umdeutschung durch Veränderung der Worte selbst« bespricht einen der interessantesten Vorgänge des Sprachlebens, welcher darin besteht, daß ein unverstandenes und aus dem Sprachbewußtsein entschwundenes Wort zu einem Mißverständnisse wird, daß jenem ein Sinn untergelegt wird, welchen es etymologisch keineswegs besitzt. Man nennt diese unrichtige und naturwüchsige Deutung recht schicklich »Volksetymologie«. Vielleicht bietet sich Gelegenheit, die Volksetymologie einmal in diesen Blättern im Zusammenhange zu betrachten. Wackernagel hat es systemgemäß nur mit den fremden Wörtern zu thun, welche durch Mißdeutung zu völlig heimischen geworden sind. Aus unserer Zeit — das naivere Mittelalter hat volksetymologische Deutungen in größerer Fülle aufzuweisen, und die Mundarten sind heute noch reicher, als die Schriftsprache — seien folgende schriftgemäße Beispiele namhaft gemacht: Murmelthier, mittelhochdeutsch murmendin, althochdeutsch murmunto, aus lateinisch mus montanus, Bergmaus, Muselmann aus Moslem, Mailand (Gedanke an Land) aus Mediolanum.

Unserm gedrängten und nur andeutenden Auszug können wir nur den Wunsch hinzufügen, daß sich manche Leser angeregt fühlen möchten, Wackernagel's treffliche Monographie näher kennen zu lernen. Wenn ihnen auch nicht alle und jede Einzelheiten völlig klar sein mögen, so bietet die Schrift doch des Belehrenden so Viel, daß jeder Gebildete sie mit Interesse verfolgen und aus ihr seine Kenntnis der Muttersprache wesentlich bereichern kann, um so mehr, als er durch des Verfassers klare und bündige Einleitungen zu jedem Kapitel vorbereitet und zu richtiger Auffassung hingeleitet wird.

Peter von Cornelius.

Von Andreas Oppermann.

(Schluß.)

Nicht, wie andere seiner Kunstgenossen, betrachtete Cornelius Rom als seine zweite Heimat. Sein Ziel war das Vaterland, war Deutschland. Hoher Pläne voll, hielt er es für seine Mission, die Kunst von Rom nach Deutschland zu tragen. Bereits früher schon hatte Niebuhr versucht, diese

Pläne zu fördern, und seiner Regierung den Vorschlag gemacht, eine Kirche im Rheinlande von den hervorragendsten der neuern Künstler in Rom ausmalen zu lassen. Allein Friedrich Wilhelm III. war der Freskomalerei nicht sehr zugethan, überhaupt in seiner reglementmäßigen Ideenlosigkeit wenig geeignet, der Schußherr der neuen Kunst zu werden. Dagegen hatte, wie bereits erwähnt, Kronprinz Ludwig von Baiern, ein feuriger Herr, dessen Jugendanschauungen auf ähnlichem Geistesboden aufgewachsen waren, in Cornelius bald den Mann erkannt, der ihn bei seinen weit= gehenden Plänen der Verherrlichung des Vaterlandes in der erwachenden Kunst zu unterstützen vermochte. Er hatte beschlossen, für die nach und nach gesammelten Schätze der griechischen und römischen Kunst eine Glypto= thek zu errichten. Nach Leo von Klenze's, des Baumeisters, Plan sollten die Decken nur leichten Schmuck durch einzelne Figuren erhalten. Cor= nelius wurde beauftragt, solche zu entwerfen. Allein hier zeigte sich zum ersten Male in ihrer ganzen Größe dessen denkende und neuschöpferische Kraft in Erfassung solcher Aufgaben. Er gestaltete den ursprünglichen Plan völlig um, schuf alsbald ein von wahrstem und poetisch großartigstem Leben durchhauchtes Gesammtbild der griechischen Götter= und Heroenwelt, und während er uns gleichsam mit e i n e m Schlage das goldne Buch des Hellenenthums vor unsern Blicken aufzuschlagen scheint, giebt er uns zu= gleich die tiefsten, auch heute noch gültigen Bezüge des Menschlichen zum Göttlichen, die vollste Christenpoesie, in die Hand.

Cornelius' Entwurf hatte den ganzen Beifall des Kronprinzen, und bereits 1818 konnte der Künstler für das Unternehmen als gewonnen betrachtet werden. Doch sollte seine Kraft Preußen nicht gänzlich verloren sein. Die Bemühungen Niebuhr's, dem Freunde dort einen großen Wir= kungskreis zu schaffen, hatten inzwischen günstigen Erfolg gehabt. Das Schreiben, in welchem der gelehrte römische Gesandte den Künstler für das Direktorat der Akademie zu Düsseldorf empfahl, und welches von Ernst Förster zuerst der Öffentlichkeit übergeben worden ist,*) legt ein schönes Zeugnis von dem tiefen Verständnis des Künstlers ab, und ist ein bedeutsamer Beitrag zur Charakteristik desselben. Hier sei nur eine Stelle wegen ihres hervorragenden Gewichtes aufgeführt: »Einen Aus= spruch,« — so schreibt Niebuhr — »von dem man wie von seinem Dasein gewiß sein kann, daß wenigstens das nächste Geschlecht ihn allgemein bekennen wird, darf man getrost äußern, ehe er noch die allgemeine Stimme sein kann: C o r n e l i u s ist unter unsern Malern, was G o e t h e unter unsern Dichtern ist. Sein Verstand ist ebenso vor= züglich, wie sein Genie und Talent; er zeichnet sich aus durch die seltenste Richtigkeit der Beurtheilung über Alles, was ihm so vor den Geist tritt,

---

*) E. Förster, Geschichte der deutschen Kunst. Bd. V., S. 2.

daß es möglich ist, ohne Gelehrsamkeit es zu durchschauen, und ich glaube, daß sein Urtheil nie falsch sein wird, wenn eine auch ganz fremde Sache klar dargestellt ihm vorliegt; er ist in keinen Vorurtheilen befangen, und durch und durch von lebendiger Wahrheitsliebe beseelt.«

Im Anfange des Jahres 1820 traf Cornelius in Berlin ein, er brachte Einiges von den Kompositionen der Glyptothek bereits mit und versetzte dadurch Alles in Erstaunen und Bewunderung. Er ordnete nun seine Verhältnisse derart, daß er in Düsseldorf während der Winterszeit die Akademie leitete und an den Kartons arbeitete, während des Sommers die Malereien in München ausführte. Erst im Jahre 1821 trat er jedoch seine Stellung in Düsseldorf wirklich an.

Wilhelm Schadow äußerte in seinem »modernen Vasari« irgendwo, Cornelius hätte das seltene Glück gehabt, zwei königliche Mäcene in seinem Leben zu finden, welche seinen Geist zu würdigen verstanden, denn ohne Diese hätte er vielleicht das Schicksal von Carstens gehabt, durch sie aber habe er vermocht, auf seine Zeit zu wirken. Allein Schadow vergaß hierbei erstlich, daß Carstens erst spät zur Kunst gelangte, und bereits mit gebrochener Körperkraft seine ersten hervorragenden Schöpfungen der Welt vorführen konnte, während Cornelius ohne äußere Hilfe sich durch seine Jugendwerke an die Spitze der deutschen Kunst gestellt, daß er in Rom bereits die Freskomalerei wieder ins Leben gerufen hatte und als ein Meister ersten Ranges nach Deutschland zurückkehrte; er vergaß sodann, daß ein Genius allerersten Ranges sich immer bis zur möglichst erreichbaren Höhe emporschwingt und bei ihm die Frage, was ohne diese oder jene äußere Unterstützung wohl aus ihm geworden sein möchte, immer eine müßige und etwas triviale ist, daß der wahrhafte Genius vermöge einer geheimnisvollen Kraft über die Welt und die äußern Dinge herrscht. Auch ist Schadow der Ansicht, daß es für die Ausbildung des Cornelius von größerem Vortheile gewesen sein würde, wenn er erst einige Jahre später nach München gekommen wäre. Allein auch hierin ist ihm nicht ganz beizupflichten, denn wenn auch der Künstler dadurch wirklich in der Freskomalerei vor einem gewissen, unleugbar vorhandenen Schwanken bewahrt geblieben wäre, so war doch gerade dieser Augenblick für die Entwickelung der freien Vielseitigkeit und für die wunderbare Frische der Auffassung neuer Aufgaben der günstigste.

Wenn aber endlich derselbe Schadow, der Kunstgenosse Cornelius' in Rom, sagt, es sei Demselben ein doppeltes Lebensalter zu wünschen, denn als er sich schon halb müde gelaufen, habe er erst den Weg zu seinem wahren Ziele zu erkennen vermocht, so müssen wir — abgesehen davon, daß den Wunsch so langer Lebensdauer auch wir für den Künstler hegen — doch mit Bedauern bekennen, daß der sonst höchst verdienstvolle Direktor der Düsseldorfer Akademie (dessen eigene Werke Liebe und Fleiß, sowie Kenntnis

der Ölmalerei zwar nicht vermissen laſſen, doch die Höhe urſprünglichſter
Eingebung nicht erreichen) von dem Lebensgange ſeines großen Zeitgenoſſen
keine zureichende und deſſelben würdige Anſchauung zu haben vermochte, denn weder zeigt das Leben des jetzt achtzigjährigen Cornelius
bis zu dieſem Augenblicke nur eine Spur von Ermüdung, noch war deſſen
Kunſtſtreben ſelbſt für den oberflächlichen Beobachter einem eiligen Laufe
vergleichbar. Es glich vielmehr einem beſonnenen, feſten, Ehrfurcht gebietenden Schritte, und wir werden ſehen, wie er ſowohl bei der nun
zunächſt ihm ertheilten Aufgabe in München, als auch ſpäter, die Ziele, die er
vermöge ſeiner Natur ſich zu ſtellen vermochte, und die allerdings anderer
Art, als die Schadow's waren, ſcharf im Auge behalten hat.

Bisher waren in weiteren Kreiſen von Cornelius nur die Zeichnungen
zum Fauſt, zu den Nibelungen, und was man etwa von der casa Bartholdy geſehen hatte, bekannt. Allein Dies genügte, um bald um ihn
eine Anzahl begeiſterter Schüler zu ſammeln. Jetzt begann ein neues
Leben in der alten Akademie zu Düſſeldorf. Alles war von dem höchſten
Eifer beſeelt, von früh bis Abends in Thätigkeit. Cornelius überwachte
alle Arbeiten mit unermüdlicher Fürſorge, drang auf gründliches Natur-
ſtudium im Aktſaale, regte aber mehr noch die aufmerkſame Beobachtung
des Lebens und ſeiner charakteriſtiſchen Äußerungen an, ſuchte überall den
Geiſt ſeiner Schüler auf das Höchſte, auf das Große zu richten. Dieſelben
erhielten bald ſelbſtändige Aufträge. Stürmer und Stilke hatten ein
jüngſtes Gericht für den Aſſiſenſaal in Koblenz zu malen, das ſpäter, wie
man ſich erzählt, auf Antrieb der katholiſchen Geiſtlichkeit wieder herunter-
geſchlagen worden iſt, weil Dr. Martin Luther unter den Seligen aufgenommen war. C. Herrmann und Götzenberger übernahmen die Ausmalung
der Aula der Univerſität Bonn, auf dem Schloſſe des Baron von Pleſſen
bei Düſſeldorf ſchmückten Röckel und App einen Saal mit heitern mytho-
logiſchen Freskobildern, das Schloß Kappenberg des Freiherrn vom Stein,
Schloß Hellorf des Grafen Spee ſollten mit Bildern aus der deutſchen
Geſchichte verziert werden. Auch die Ölmalerei wurde gepflegt, für eine
Kirche in Weſtfalen wurden drei Altarbilder von Ruben, Kaulbach und
Eberle ausgeführt.

Allein das Leben am Rhein dauerte nicht lange. Cornelius Berufung
an die Akademie nach München, machte ihm ein Ende, ſeine Schüler folgten
ihm meiſt, und erſt nach einigen Jahren ſollte durch Schadow und
ſeine Schüler das Kunſtleben, freilich in einer ganz andern Richtung, in
Düſſeldorf wieder erblühen.

Mit den Wandgemälden, welche Cornelius im Auftrage Ludwig's
von Baiern ausführte, beginnt — Dies iſt oft ſchon geſagt worden —
die gegenwärtige Epoche der deutſchen Kunſt, ſie ſind der Anfang der
großen hiſtoriſchen Kunſt, ſie haben auf Alles, was ſeitdem geſchaffen

wurde, selbst auf das Gegensätzliche, einen unberechenbaren Einfluss ausgeübt. Cornelius hat darin — und das ist Das Bedeutsame für sein
Leben — zum ersten Male im höchsten Grade die Selbsteigenheit seiner
Formen, die Freiheit von allen bisherigen Kunstformen, und doch die
innigste Verwandtschaft mit den besten derselben, gezeigt. Mehr noch als
in seinen früheren Werken bekundete sich in den Fresken der Glyptothek
sein poetisch-philosophischer Geist. Er ließ sich nicht genügen, Scenen aus
dem Homer, — wenn auch vielleicht mit noch so großer dramatischer Gewalt — vorzuführen, er schuf Denselben gleichsam von Neuem, goss in die
alten Formen einen ganz neuen Geist, und stellte so überall die lebendigsten
Bezüge mit unserm Denken und Empfinden her, ähnlich — wenn auch
nicht völlig vergleichbar — wie es Goethe in seiner Iphigenie gethan.

Der Raum dieser Blätter versagt es uns leider, den Gedankengang
des großen plastischen Poeten in den einzelnen Gestaltungen zu verfolgen,
die einzelnen Bilder zu beschreiben; so verlockend eine solche Darstellung
ist, wir müssen auf sie verzichten. · Wenn wir beim Faust auf eine nähere
Besprechung eingingen, so geschah es, weil in der That keine Beschreibung
dieses Cyklus existiert. Hier liegt uns eine treffliche Schilderung bereits
vor. Hermann Grimm hat in seiner Schrift »Die Kartons von Peter
von Cornelius« den ganzen Cyklus der Glyptothek-Kompositionen eingehend
besprochen und mit den feinsinnigsten Bemerkungen begleitet, und wir
verweisen unsere Leser angelegentlich auf diese schöne Arbeit.

Die Kartons zur Glyptothek sind im Besitze des Königs von Preußen,
durch Friedrich Wilhelm IV. erworben. Sie waren im Jahre 1859 einige
Zeit lang in Berlin ausgestellt. Jetzt liegen sie wohl wieder zusammen-
gerollt da, wie sie neunzehn Jahre vorher ungesehen geruht hatten. Es
ist Dies für Deutschland eine Schmach. Einer der größten Schätze unserer
Tage und aller Zeiten geht so seinem Verderben entgegen. Es hat bereits
Grimm dazu aufgefordert, ein Haus zu würdiger Aufstellung der Kartons
zu bauen, und es kann der Ruf nicht oft genug wiederholt werden, damit
endlich Etwas geschehe zur Erhaltung und Zugänglichkeit des großen Werkes.
Einzelne der Kompositionen sind von Schreiner lithographiert, von Schäffer
und Merz gestochen, aber es ist bis jetzt noch Nichts geschehen, um die
ganze Bilderreihe dem deutschen Publikum anschaulich zu machen. Danach
gefertigte Photographien, welche die hohe Schönheit in deutlichster Weise
wiedergeben sollen, sind nur in wenigen Exemplaren vorhanden. Möchte
der heute ausgesprochene Wunsch recht bald in Erfüllung gehen und wir
endlich Etwas mehr dazu thun, unsern größten Künstler allgemeiner erkannt
und verstanden zu machen! Frankreich und England sehen in dieser Beziehung lächelnd auf uns hernieder, sie würden längst eine vollständige
Vervielfältigung aller Werke eines Cornelius besitzen.

Die Bilder in der Glyptothek wurden im Jahre 1830 vollendet. Bereits vorher war der Künstler durch den König Ludwig in den Adelsstand erhoben worden. Seine Stellung in München war eine glänzende, keine Unternehmung fast auf dem Gebiete der Kunst gab es, bei der er nicht befragt wurde, die er nicht geleitet oder auf die er nicht Einfluß gehabt hätte. Und welches Leben entwickelte sich nun in München, überhaupt in Baiern! Es schien, wie sich der Bildhauer Rauch einmal ausdrückte, König Ludwig Alles nachholen zu wollen, was unbegreiflicherweise alle andern Fürsten versäumt hatten. Man kann wohl sagen, daß seit Rafael und Michel Angelo von keinem Künstler eine so ausgebreitete Herrschaft ausgeübt worden sei. Seine nächste Umgebung bildete der Kreis begeisterter Schüler, welche ihm von Düsseldorf nach München gefolgt waren. Wir verweisen hier auf die lebendige Schilderung Ernst Förster's in seiner deutschen Kunst, Band V., der als ein Schüler des Cornelius das Selbsterlebte erzählt. Vor Allem ist hier hervorzuheben, daß der Meister seine Schüler — ganz im Gegensatze zu der von den Düsseldorfern eine Zeitlang eingeschlagenen Richtung — warnte, den Dichtern nachzubilden. Sage und Geschichte, das Testament böten reichen Stoff zur Entwicklung selbständiger Ideen, und selbst wo es gälte, den Dichter aufzufassen, dürfe er niemals kopiert werden. Vor Allem wies er auf die Alten hin, und er that in dieser Beziehung die für seine damals bereits gewonnene Stellung charakteristische Äußerung: »Das ist das einzige Heilmittel gegen die magere Sentimentalität unserer Zeit, gegen die Madonnensucht und Undinenschwärmerei. Da ist die ganze Welt in jenen großen Schöpfungen, selbst Christenthum und Christenpoesie. Denken wir immer daran, daß uns Einheit komme in die Geschichte, daß wir die Wurzel, die uns nährt, vom Stamme nicht trennen!

Überall drang er auf Wahrheit, wie er selbst im Leben und vor Allem in der Kunst die Wahrheit anstrebte. Von Eitelkeit und Schein, von Sucht nach Glanz der Darstellung war er von jeher frei. Er warnte jederzeit vor der Gier nach Gewinn. »Unser Glück ist« — meinte er — »die Ausübung unsers Berufs, und damit sind wir reicher und bevorzugter, als die Reichsten.« Dazu kam seine durchaus deutsch männliche Gesinnung, die er durch Fernhaltung aller fremden, dem deutschen Wesen nicht zusagenden Elemente bei jeder Gelegenheit bekundete. Als — um nur ein recht schlagendes Beispiel zu erwähnen — Begas zum Gegenstande eines Bildes Heinrich IV. in Canossa gewählt hatte und Cornelius hievon hörte, äußerte er: »Diesen Gegenstand würde ich nie zur Bearbeitung wählen, und ich fasse es nicht, wie Begas es über sein deutsches Herz bringen konnte, es zu thun.« Er war jederzeit frei von leisestem Neide, Das folgt bei einer schönen Seele unmittelbar aus dem stillen Bewußtsein, welches er von Dem, was er ist, haben muß. Er war voll Liebe und

Eifer, den jüngern Künstlern mit Rath und That zu helfen, klar und eindringend in Belehrung, schonend mild bei Beurtheilung von Schwächen. Überdies wurde sein Einfluß auf die Jugend von jeher durch die Lebendigkeit seines Geistes, durch sein Jugendfeuer erhöht, das er sich bis zum heutigen Tage bewahrt hat, wenn auch andererseits sein Wesen so voll hohen Ernstes ist, daß er dem Ernstesten Ehrfurcht einflößt. »In jedem Worte« — so schreibt ein jüngerer Künstler von dem Eindrucke, den der Meister in spätern Jahren auf ihn gemacht hat, — »in jeder Erzählung oder in jedem Urtheil ist er ganz so, wie seine Werke; sein Urtheil ist immer ein Stück Weltgericht, und schneidet jedes »Aber« weg; nirgend ein Urtheil in Heftigkeit, nur ruhige, weltüberschauende Gerechtigkeit.«

Wenn Cornelius, trotz aller Begabung des Lehrers, dennoch keine Schule in dem Sinne um sich zu bilden vermochte, wie Dies Schadow in Düsseldorf möglich war, so lag Dies theilweise in der Art seiner Kunstthätigkeit, theils in seinen ganz bestimmten Idealen von der Kunst, in seinem eigenen, sein ganzes Leben in Anspruch nehmenden Streben. Die Kunstdarstellung sollte nach seiner Ansicht nicht ergötzen, es war ganz nebensächlich, ob sie durch harmonische Farbengebung das Auge angenehm berühre. Es war zunächst nothwendig, daß der Geist durch sie wahrhaft erhoben, das öffentliche Leben geweiht, die Anschauungen des Volks durch sie geklärt und geadelt würden. Er hatte die Überzeugung gewonnen, daß auf das bloß fertige technische Können Wenig ankomme, daß es eine Lüge, ja im wahrsten Sinne eine Sünde gegen den Geist sei, wenn die Hand mehr könne, als das Herz zu empfinden, der Geist zu denken vermöge. Eben weil er nie nachgeahmt, weil bei ihm selbst die Härten sich durch die aus der Sache entspringende frische Ursprünglichkeit erklären und so gerade das untrüglichste Zeugniß von der innern Wahrheit seines Schaffens ablegen, war er mehr, als irgend ein anderer Meister davon durchdrungen, daß bei dem Deutschen alles Streben, es in der Farbe den Italiänern gleich zu thun, ein Caracci'scher Eklekticismus und auf diesem Wege nichts Großes, nichts in sich Ganzes zu erreichen sei. Hierin konnte er nicht zu weit gehen; was man will, muß man ganz wollen, und sich auch vor Konsequenzen nicht scheuen; ob er aber die ja doch echt deutsche Malerkunst der van Eyk's, Memling und des späteren Holbein nicht zu wenig in die Wagschale seiner Betrachtungen legte, mag für jetzt dahingestellt bleiben. So Viel ist gewiß, daß es ihm nicht darauf ankam, eine Anzahl tüchtiger Genre- und Porträtmaler zu erziehen, mittelmäßige und nicht von ursprünglichem Feuer beseelte Kräfte mühevoll so heranzubilden, daß man ihnen wenigstens das tüchtige Können nicht abzusprechen vermöchte. Was er nicht für berufen hielt, darum gab er sich nicht viel Mühe, Das mochte untergehen. Gesellen konnte er wohl benutzen, aber sie zu bilden verstand er nicht, wenn er auch gewollt hätte. Der französische Maler David, dessen Sinn, wenn auch von einem theatralischen Zuge nicht ganz frei, doch auf das Große gerichtet war, hat — so erzählte man unter seinen Schülern — alles Ernstes in der französischen Revolution den Antrag gestellt, es möchten alle Genremaler geköpft werden, und wenn Robespierre — der unerbittliche Reiniger der französischen Gesellschaft — noch einige Tage gelebt hätte, würde er dem Antrage vielleicht willfahrt haben. So tief war der sonst gutmüthige David von dem verderblichen Einfluß der bloß dem Vergnügen dienenden Kunst überzeugt. Wenn auch der Alt- und Hochmeister der deutschen Kunst so radikale Reinigungsgelüste gewiß niemals hegte, so ist er doch jeder Zeit überzeugt gewesen, daß das endlose Malen von guten und schlechten Genrestücken, Landschaften, Porträts, mit denen alle Kunstvereine und Ausstellungen ohne irgend eine andere Nothwendigkeit, als daß sich die Künstler ihr Brot verdienen wollen, übersäet werden, unser deutsches Volksleben nicht bereichere, daß unsere Kunst auf solche Weise wieder zu versickern drohe, daß es den religiösen Sinn des Volkes nicht erhöhen könne, wenn auch noch so viele Madonnen mit hübschen blondhaarigen Porträtköpfen und süßen blau und rothen Gewändern gemacht würden. Ob derartige sogenannte Kunstwerke schön oder schlecht gemalt sind, darauf kam es ihm niemals an, und in der That ist Dies auch völlig gleichgültig. Seine Abneigung gegen die belgische Malerei ist bekannt, er erkennt zwar deren naturalistische Tüchtigkeit an, sie entspricht aber unserm deutschen Wesen und unserm ernstern, auf den Gedanken gerichteten Sinne nicht. Er äußerte einmal sehr treffend, daß die sogenannte historische Kunst in Belgien sich zur Geschichte verhalte, wie die Memoiren, welche moderne Romanschriftsteller ausbeuten, um damit zu amüsieren. Bei solcher Gesinnung mußte ihm die Freskomalerei schon mit ihrer, so zu sagen, sehr ernsten, fortwährend das Liniengefühl im Großen in Anspruch nehmenden Technik als das geeignetste Darstellungs- mittel der historischen Kunst erscheinen, ja ihm war sogar ohne dieselbe eine große Kunst überaupt nicht als möglich denkbar. Es ist dem Cornelius häufig der Vorwurf gemacht worden, daß er auf seine Schüler mehr nachtheilig als gut gewirkt habe, indem Diese, weniger begabt, doch Ähn- liches hätten schaffen wollen. Er habe junge Künstler in seiner Schule gehabt, welche mit frechster Naivetät falsche Konturen figurenreicher Kom- positionen gezeichnet und Dasjenige Stil genannt hätten, was schlechte Manier gewesen sei. Allein damit ist eben nicht Viel gesagt, es ist das Eigenthümliche aller großen Erscheinungen, daß sie in ihrem Gefolge Karikaturen haben. Die unmittelbare Nachahmung ist der Tod der Kunst, denn sie darf ihre Quelle nirgend anders haben, als in dem eigenen Denken. Es kann übrigens zugestanden werden, daß die Art und Weise, wie in München geschaffen wurde, nicht immer für die Aus- bildung selbst vorhandener Talente günstig war. Viele der dortigen Künstler gingen in einer rastlosen Gehilfenthätigkeit bei den großen Werken auf, versäumten dadurch, daß sie meist fremde Gedanken ausführten, ihre eigene selbstständige Entwickelung. Von Kunstschöpfungen, die sie selbst erdacht und dann in stiller Muße und mit Liebe ausgeführt hätten, davon war meist nicht die Rede. Viele der Anhänger des Cornelius wurden Arbeiter und waren — wie Förster richtig bemerkt — nach beendigter Arbeit fertig. Überdies mag auch nicht geleugnet werden, daß Cornelius in einer gewissen geistigen Schroffheit sich von Denen, welche er seiner Meinung nach irrige, seiner eigenen Weise entgegengesetzte Wege gehen sah, abwendete, und hierin leider, namentlich in einem Falle, nicht das richtige Maß traf, dadurch aber manchmal den günstigen Einfluß, den er auch fürderhin auf Solche noch hätte ausüben können, nicht mehr auszu= üben vermochte.

Darin liegt aber das Hauptverdienst Cornelius' nicht, daß er eine Anzahl tüchtiger Schüler gebildet, sein Verdienst, oder — besser gesagt — die Macht seines Einflusses liegt darin, daß er auf die Kunst seiner ganzen Zeit gewirkt hat. Wo wir in Deutschland, ja selbst darüber hinaus, noch einem wahrhaften Kunststreben begegnen, empfindet man sogleich, daß das Gute daran der geistigen Anregung des Meisters vor Allem zu verdanken ist. Man hat Das erkannt und hat seit einigen Jahren seinen Namen auf das Banner geschrieben, welches die deutsche Künstlerschaft — leider zu oft und alljährlich — in ihren den Versammlungen der Sänger, Turner ꝛc. nachgebildeten Künstlertagen flattern läßt. Das ist schön, doch genügt es nicht, heute den Cornelius mit »Hochs« ehren und ihn erheben und morgen mit der Kunst Geschäftchen machen, wie es so Viele thun, welche diesen Namen auf der Zunge, aber nicht im Herzen tragen; damit ist's nicht gethan. Aber noch weniger damit, daß dieser Name gemiß= braucht werde als ein Bannspruch für alles neue Leben und Schaffen, als ein Fluch für Bestrebungen, die sein Vorgang zufällig nicht sanktioniert hat, als ein Hemmnis für eine in anderer Weise volksthümliche, mehr der altdeutschen Kunst sich nähernde Auffassung der Geschichte, als ein bequemer Schild für das eigene Unvermögen in der Kunst. Auch ihm kleben Mängel an, und wenn einer genannt werden soll, so ist es der, daß er — obwohl in seinen eigenen Schöpfungen vollkommen eigenartig — doch die Anschauungen seiner Zeit allzusehr nach den großen Italiänern hingedrängt hat, derart daß man beinahe außer Acht ließ, wie die Haupt= nahrungsquelle deutscher Kunst für die Zukunft immer und immer wieder bei den deutschen Meistern zu suchen, und der Blick nach Italien, so bildend er sein mag, doch auch gefahrvoll ist. Aber trotzdem, — was ein trefflicher Schriftsteller an irgend einer Stelle von Goethe sagt, Das kann man auch auf den Zeitgenossen Cornelius anwenden und ausrufen: »Cornelius und kein Ende!« aller Kraftlosigkeit, aller Einseitigkeit, allem großen Naturalismus und verschwebenden Idealismus gegenüber. »Cornelius und kein Ende!« entgegen aller falschen Popularitätssucht, allen Bestrebungen, welche der Kunst und Dichtung Etwas von ihrer alten Würde und Heiligkeit rauben wollen. Es bedarf solchen Gegenübers! Nie ist die Zahl der Künstler größer gewesen, die ohne irgendwelche innere Nöthigung, ohne irgendwelche Veranlassung an die Stoffe, die Fragen herangehen. Jene Cornelius'sche Wahrheit, die sich an Nichts betheiligt, was ihr nicht angemessen, jene Ursprünglichkeit seiner Natur, nach welcher er Nichts darzustellen vermochte, was er nicht innerlich durchlebt und wahrhaft erfaßt hatte, droht uns mehr und mehr abhanden zu kommen. Wir haben gleichzeitig eine Tendenzlosigkeit und eine Tendenzsucht, von denen beiderseits nicht viel Heil zu erwarten ist. Tendenzlos ist ein großer Theil unserer Kunst, weil ihr der Bezug auf Seele und Leben fehlt, tendenzsüchtig, weil sie mit Raffinerie oft nach Gegenständen zu haschen bestrebt ist, welche zufällig Kredit haben. Das ist das Streben nach sogenannter nationaler Kunst, als ob Das, was ein deutscher Künstler aus seiner Seele herausschafft, nicht den schönsten Stempel der Nationalität bereits an sich trüge! Darum sprechen wir heute am achtzigsten Geburtstage des größten Meisters deutscher Kunst für dieselbe den Wunsch aus: möchte sie mehr und mehr von aller falschen Vergötterung und von todter Nachahmung des Meisters loskommen, aber in wahrer, schöner Nachfolge in der Wahrheit der Gesinnung und im Geiste treu verbleiben!

Noch während der Ausführung der Fresken in der Glyptothek trug sich Cornelius bereits mit dem Gedanken eines christlich-religiösen Epos. Derselbe wurde vom Könige Ludwig rasch ergriffen und gab Veranlassung zu dem später von der Stadt München unternommenen Bau der Ludwigskirche. Dieselbe ist im Rundbogenstile erbaut, und gestattete sonach durch ihre Mauerflächen der Malerei den leichtesten Zutritt. In einer Reihe kolossaler Darstellungen führt uns der Künstler die Mythe des Christenthums vor, als ein in sich abgeschlossenes Ganzes. Gott Vater erscheint mitten im Moment des Schaffens, umgeben von der Herrlichkeit seines Himmels und den heilbringenden Kräften des Geistes. Keiner vor Cornelius hat den Gedanken der Weltschöpfung in so ergreifender Gestaltung wiedergegeben! Dieses Bild nimmt die Wölbung über dem Choraltar ein. Die Geburt Christi, die Fleischwerdung Gottes, und die Kreuzigung schmücken die Wände des Seitenschiffes, während die Rückwand des Chors dem Weltgericht, die Kreuzgewölbe des Kreuzschiffes aber dem heiligen Geist mit den Repräsentanten der Kirche gewidmet sind.

Es muß hier bemerkt werden, daß Cornelius das Weltgericht ganz allein in Fresko ausgeführt hat, während ihm bei den andern Arbeiten Hilfe geleistet wurde. Die Zeichnung zu dem Gemälde hat Cornelius im Jahre 1834 bis 1835 in Rom gefertigt, das Gemälde selbst 1836 begonnen und 1840 vollendet. *) Man hatte die höchsten Erwartungen von dem Gesammteindrucke des Werkes gehegt, sie erschienen damals der Kritik nicht ganz erfüllt zu sein. Nach unserer Ansicht hat dieselbe dem Werke des Cornelius nicht den ganz richtigen Standpunkt entgegengetragen. Es liegt Dies in der Zertheiltheit und zum Theil Zerfahrenheit unsers kirchlichen Wesens, und namentlich darin, daß man in den Bildern sein eigenes positives Glaubensbekenntnis finden wollte. Es läßt sich von vornherein nicht recht verstehen, daß ein Protestant dies Werk nicht so, wie ein Katholik, zu schätzen im Stande sein solle. Es ist entweder ein Kunstwerk, dann schätzt es der Protestant so gut, wie der Katholik, oder es ist keins, dann ist es auch nicht werth, überhaupt — weder von Katholik noch Protestant — geschätzt zu werden. Wenn Hermann Grimm trefflich und klar in der Beurtheilung des Griechenthums und der daraus entnommenen Darstellungen ist: wie kommt es auf einmal, daß er dem Weltgerichte gegenüber ausruft, Das, was ein Katholik hier erblicke, könne er nicht erblicken; warum erklärt er sich hier für nicht kompetent? Ist er denn ein Grieche, um dort so richtig und einlebig sprechen zu können, und kennt er die alte Kirche und die Kirchengeschichte so wenig, daß er auf einmal vor den, wie er selbst zugestehen muß, in sich klaren und schönen Gestaltungen Nichts empfindet, Nichts versteht? Sollte denn das große christliche Epos für den modernen Protestanten gar kein Interesse haben, ist das Blut der Heiligen, welches für den Glauben geflossen, denn minder roth, als das Blut der Helden im trojanischen Kriege, ist es nicht glänzender, strahlender, wenn auch nicht von so wilder Leidenschaft bewegt? Haben wir in unserer Opposition gegen den Katholicismus uns denn gänzlich um den herrlichen Reichthum unserer ältesten Kirchengeschichte gebracht, sollte Luther wirklich die Brücke zu jenen beseligenden Erscheinungen in der ersten Entwickelung des Christenthums abgebrochen haben? Wahrlich, Das wäre nicht gut! Wir sind fern von allem beschränkten Konfessionswesen, darum verlangen wir aber von der Kritik, daß sie den Darstellungen aus der christlichen Mythe den frischen historischen Sinn entgegenbringe und ebenso wenig, wie sie sich vor einer Darstellung des Olymps, an den sie doch auch nicht glaubt, für inkompetent erklären würde, sich vor dem Bilde eines Weltgerichts für standpunktlos proklamiere. Sehen wir doch, was denn gar so unverständlich ist.

Die Anordnung des jüngsten Gerichts ist bis zu einem gewissen Grade immer eine hergebrachte, und in sofern war natürlich Cornelius in Etwas gebunden.

Mit ausgebreiteten Armen thront Christus auf einer Wolke, ihm zur einen Seite kniet fürbittend Maria, zur andern Johannes der Täufer;

*) Gestochen von H. Merz. Der Karton befindet sich im Besitz des Königs von Preußen.

umgeben ist er von den auf Wolken sitzenden Heiligen des alten und neuen Bundes, über ihm schweben die Passionsengel mit den Werkzeugen seines Leidens am Kreuze, unter ihm schaut der Engel mit dem aufgeschlagenen Buche des Lebens erwartungsvoll zu ihm auf, während die Posaunenengel mit schmetterndem Schall die Todten erwecken. Zur Rechten Christi steigen, von beschwingten Engeln umfasst, die Seligen zum Himmel empor — Gruppen von zum Theil rührendster Schönheit, während auf der Linken die Verdammten vor den Fürsten der Hölle geschleppt, von den Engeln mit Schwertern von der Höhe des Himmels hinab zur Hölle gestoßen werden. Unten auf der Erde steht, die beiden großen Gruppen gleichsam theilend, der Erzengel Michael mit Schild und Schwert, und während auf der einen Seite hier die Verdammten mit namenlosem Schmerzensausdruck in das tiefe Dunkel der Nacht gerissen werden, erwachen aus der Tiefe des Grabes die seligen Geister, und es erkennt sich die Liebe in unbeschreiblichem Glückseligkeitsausdruck. Weil aber unserer Empfindung die strenge Scheidung in Gute und Schlechte widerstrebt, so hat der Künstler eine Gestalt im unmittelbarsten Vordergrunde angebracht, welche kniend den richtenden Engel umfangen hält, während aus dem Dunkel hervor ein böser Geist dieselbe an sich zu ziehen versucht. Aber der Engel deckt sie mit dem Schilde, er hält prüfend, aber in mildem Ausdruck, das schneidige Schwert über ihr, und wir haben die Zuversicht, daß diese Seele, obwohl von Sünde nicht frei, dennoch durch die Gnade aller Sünde ledig werde. *)

Neben diesen gewaltigen Schöpfungen fand Cornelius noch Zeit, die Entwürfe zu den Arabesken und Bildern der Loggien der Pinakothek zu zeichnen, welche, durchsprüht von überraschender geistreicher Heiterkeit, die Phantasie zu immer neuen Wendungen anregen, indem sie die Entwickelung der Kunst in Bezug zur Geschichte, die Eigenthümlichkeit des einzelnen Künstlers, in vielfältigem schönheitsvollen Spiel der Arabeske, in den Lünetten und Kuppelbildern darstellen. Wenn Cornelius es nicht schon in den Bildern des »Göttersaals« gezeigt hätte, daß er auch der Maler der Anmuth und der Heiterkeit zu sein vermöge, so würden wir diese Erfahrung im reichsten Maße bei diesen Entwürfen, welche durch Cl. Zimmermann zur Ausführung kamen, machen.

Die Handzeichnungen selbst besitzt das Kupferstichkabinett in München. Auch hier muß darauf hingewiesen werden, daß der Stich dieser Entwürfe bisher in Deutschland nicht hat möglich gemacht werden können! Gerade diese Kompositionen würden uns den Meister von einer ganz neuen

---

*) Von den Bildern in der Ludwigskirche ist die „Schöpfung" lithographiert von F. Hohe; die „Kreuzigung" und die „Anbetung der Könige" von Merz gestochen, ebenso das „Weltgericht". Einzelne Figuren, wie St. Johannes und St. Lukas, sind von Thäter und Schäffer gestochen. Mehrere von den Kartons sind in Basel.

Seite kennen lernen lassen; trotzdem ist bis jetzt Nichts geschehen, um die Anschauung derselben allgemein zugänglich zu machen. *)

Man erzählt, daß König Ludwig mit dem jüngsten Gerichte von Cornelius nicht einverstanden gewesen sei und sich darüber in seiner hie und da an Rücksichtslosigkeit grenzenden Weise ausgesprochen habe; Dies sei die erste Veranlassung zu Cornelius' Fortgang von München gewesen. Wir können darüber keine genaue Angabe machen, bezweifeln aber die Thatsache. Uns scheint es eher wahrscheinlich, als sei König Ludwig der Meinung gewesen, er habe nun die Kräfte des Künstlers für seine Zwecke, soweit Dies möglich gewesen, ausgenutzt. Auch war des Meisters Größe den nachkommenden Künstlern unbequem, und es mag da Mancherlei intrigiert worden sein. Kurz — König Ludwig versicherte dem Künstler zwar beim Abschied, er sei doch der Größte — aber er ließ ihn gehen, wie er später Schnorr gehen ließ. Der königliche Herr dachte damals wohl kaum, daß der Meister noch berufen sei, fern von München — der Stätte eines zwanzigjährigen Wirkens — das Beste und die Krone seiner Werke zu schaffen. Cornelius zog von München, der frohen Zuversicht voll, daß er nun der Welt erst zeigen werde, »daß er noch eine höhere Kunst vermöge«, — und diese Zuversicht hat sich im reichsten Maße erfüllt!

Im April 1841 folgte, sich einer bereits früher an ihn ergangenen Einladung erinnernd, der Künstler dem Rufe nach Berlin. Er sollte hier keine bestimmte Stellung einnehmen, nur daselbst wohnen, und dem Könige bei seinen Kunstunternehmungen rathend zur Seite stehen. Kaum dort angekommen, stellte er ein für den Grafen Raczinsky noch in München mit größter Liebe gemaltes Ölbild »Die Befreiung der Vorchristen aus der Vorhölle durch Christus« aus, ein durch Gedankenkraft und tiefe Charakteristik ausgezeichnetes Werk — aber von einer dem Auge sich nicht einschmeichelnden Farbengebung. Dies war Veranlassung, daß die Berliner Kritik den Meister zu verkleinern, seine Berufung als einen Missgriff des Königs darzustellen suchte. Es ist immer ein Zeichen einer gewissen Schwächlichkeit, wenn die Kritik eine Erscheinung nicht in ihrer Ganzheit erfasst, und die etwaigen Mängel, insoweit man solche überhaupt bei der Kontinuität und Wechselwirkung der Kräfte auf einander als absolute anzunehmen hat, ohne das Widerspiel der sich daran schließenden Vorzüge zu betrachten vermag. Es ist daher der Unmuth eines hoher Ziele sich bewussten Meisters wohl erklärlich, wenn er seine Thätigkeit, wie Dies bei Cornelius früher häufiger der Fall gewesen, solch einer verzettelnden Betrachtung und Beurtheilung unterworfen sieht. In solcher Stimmung mag er wohl einst die von ihm herrührenden Worte ausgerufen haben:

---

*) Allein der Tod Rafael's ist von J. Rigal lithographiert.

Ungestraft bleibt nie ein Deutscher, der nach männlich Hohem ringt,
Und die große Schar der Grauen aus bequemem Trabe bringt,
Die an helle Geistesflammen setzen Koch-, Schmor-, Bratpfannen
Und die Hippokrene leiten in die Wasch-, Scheu'r-, Badewannen;
Hinter Dante's weißer Fahne taumelt wirbelnd dies Geschlecht,
Von der Hölle ausgestoßen, für die Hölle noch zu schlecht.

Sein erstes Werk in Berlin war der sogenannte »Glaubensschild«,[*] der als Pathengeschenk des Königs von Preußen für den Prinzen von Wales bestimmt war. Er beaufsichtigte ferner die Arbeiten der Künstler — unter denen der treffliche C. Herrmann — in der Säulenhalle des Berliner Museums nach den Schinkel'schen Entwürfen; komponierte ein Wandgemälde für das königliche Mausoleum in Charlottenburg, und Darstellungen aus Tasso's befreitem Jerusalem u. s. w.[**])

Den Auftrag zu dem großartigsten Werke seines Lebens erhielt Cornelius im Jahre 1843. Friedrich Wilhelm IV. wollte an den neuen Dom, der, auf der Stelle des jetzigen sich erhebend, der Länge nach von Westen nach Osten sich erstrecken sollte, und zwar an dessen Nordseite, einen für die königliche Familie bestimmten Friedhof sich anschließen lassen, etwa in der Art, wie die Kreuzgänge an manchen alten Kirchen; — eine nach außen geschlossene, nach innen offene Säulenhalle, die in der Form eines vollkommenen Quadrats einen freien Platz einschließt. Cornelius erhielt die Aufgabe, für die Wände dieser Hallen einen Cyklus von Fresken zu entwerfen. Vermöge der architektonischen Anordnung boten sich dem Maler hier 180 Fuß lange, rechtwinkelig an einander schließende, etwa 40 Fuß hohe Wände dar; auf der östlichen Wand wird jedoch der mit Freskobildern zu schmückende Raum durch den in der Mitte befindlichen Eingang zur Königsgruft um etwa 20 Fuß verengt, während auf der südlichen und nördlichen Seite der Eingang in die Halle so angebracht ist, daß darüber noch ein Mittelbild Raum findet.

An der Stätte des Todes sollte der Seele des Beschauers in ernsten Bildern das erhebende Bewußtsein des Ewigen zur Gestaltung werden — Das ist der Grundgedanke, den der Meister festhielt, als er — schon sechzig Jahre alt — die Aufgabe mit dem höchsten Feuer und mit jugendlicher Schaffenslust in Angriff nahm. Jetzt war er wieder einmal in der glücklichen Lage, ganz frei aus seiner Seele heraus, auch im Geringsten nicht gebunden durch bestimmte kirchliche Anordnung und Anforderungen, alle Schmerzen der Erde, die an seinem Geiste vorübergezogen, und alle Glorie

[*] Entwürfe zu den Bildern, einzelnen Figuren und Arabesken des „Glaubensschildes", 6 Blätter, gestochen von Hoffmann, die architektonischen Verzierungen gestochen von Schubert. Berlin, 1847.
[**] Sechs Entwürfe zu Tasso's befreitem Jerusalem. In Umrissen gestochen von C. Eichens. Berlin, 1843.

der Seligkeit, die dies reiche Künstlerleben empfunden, im Gebilde festzuhalten und zu offenbaren. Die Eintheilung dieser Wände konnte Cornelius ganz frei bestimmen. Er theilte die von Renaissance-Architektur um-
faßten Hauptbilderräume in drei Felder, derart, daß über einem Mittelbilde
von cirka 20 Fuß Breite und 14 Fuß Höhe (nur auf der westlichen
Wand strecken sich die Bilder länger) eine Lünette von 8 Fuß Höhe und
darunter eine die Länge der Mittelbilder einnehmende Predelle von etwas
über 5 Fuß Höhe Platz findet. Die Bilder in den Haupträumen sind
durch kolossale Gruppen auf reichverzierten Postamenten in statuarischem
Stile unterbrochen, und lassen jedes Gemälde als ein Werk für sich
erscheinen.

Die Eintheilung des Ganzen, bedingt durch die architektonische Form,
erfolgt in der Weise, daß die östliche und westliche Wand die Erscheinung
Christi auf Erden, die durch ihn vollbrachte Erlösung der Menschheit und
die Errichtung des neuen Bundes vergegenwärtigen, während die Gemälde
der südlichen Wand die Ausbreitung des Christenthums durch die Apostel,
die nördliche aber das Ende aller Dinge veranschaulichen. Die Gemälde
jeder Wand bilden jedesmal wieder einen in sich selber zusammenhängenden
Theil, dergestalt, daß Lünetten und Predellen in nächster Beziehung zum
Mittelbilde stehen. Nur bei den Predellen der vierten Wand ist Dies
anders, sie stehen nicht mit den großen Mittelbildern, sondern mehr unter
sich selbst in unmittelbarem Zusammenhange, indem sie einer Darstellung
des in der Liebe thätigen Lebens gewidmet sind. Wie ein goldner Faden
zieht sich aber durch die christlichen Anschauungen die Seligpreisung der
mit Gott vereinigten Menschen, sie ist das geistige Band, welches alle
religiösen Hoffnungen umschließt; so wird auch hier der Bilderschmuck der
Begräbnißhalle wie von einem sichtbaren Ring durchzogen, mittelst der
durch alle vier Wände fortlaufenden Darstellungen der acht Seligkeiten
der Bergpredigt, sie fügen sich in den statuarischen Gruppen in dies Epos
in Bildern ein, »wie der Gesang des Chors zu der griechischen Tragödie.«
Cornelius ging alsbald nach ertheiltem Auftrag nach Italien, um die erste
Skizze sämmtlicher Malereien zu zeichnen. 1846 kam er zurück und begann
die Kartons der einzelnen Theile. Die Predelle des ersten Bildes der
östlichen Wand stellt den Sündenfall und die Austreibung des ersten
Menschenpaares aus dem Paradiese dar, das Hauptbild die Anbetung der
drei Könige, während die Lünette Gott Vater, von Engeln umschwebt, in
glorienhafter Freude zeigt. Die mühevolle Arbeit der ersten Menschen im
Schweiße ihres Angesichts, das erste Verbrechen im Brudermorde ist der
Gegenstand der folgenden Predelle. Darüber das Hauptbild, die Grablegung Christi, eine Komposition von erhabenster Wahrheit und Tiefe des
Ausdrucks, welche uns den unzähligemal behandelten Gegenstand ganz
neu erscheinen läßt. Gewaltig und groß ist der Schmerzensausdruck der

Engel in der Lünette. Zwischen den beiden Bildern ist die Seligkeit der Armen im Geiste in der statuarischen Gruppe dargestellt.

In dem folgenden Bilde nimmt Christus Krankheit und Noth von dem Gichtbrüchigen hinweg. Die Lünette darüber zeigt ihn im Himmel, wie er die reuigen Sünder Adam, Eva, Magdalena, David und Salomon, den Schächer und Petrus zu sich aufnimmt; die Predelle, wie er in der Bergpredigt die Selbstgerechtigkeit verdammt.

»Christus vergiebt die Sünde« ist in der Ehebrecherin vor Christo (einer vorzüglich schönen Komposition) dargestellt, die Predelle darunter zeigt den Bund Noah's mit Gott, und deutet darauf hin, daß der Gott des alten Testaments die Sünder strafend vertilgt und nur die Gerechten schont, die Lünette aber führt uns Christus von Engeln umgeben vor, wie er den von Schlangen verfolgten Sünder, der, weinend und reumüthig hingesunken, seine Füße umfaßt hält, in seine Arme aufnimmt. Zwischen diesen Bildern ist die Seligpreisung der Traurigen in einer weiblichen Gestalt mit zwei Kindern dargestellt. Von ergreifender Macht ist der Ausdruck der Traurigen, welche der Engel an den Schläfen berührt und nach Oben hinweist.

Die Göttlichkeit Christi und seine Macht über den Tod durch seine Lehre von der Liebe ist der Gegenstand der westlichen Wand.

Im Mittelbilde ist Christus nach seiner Auferstehung in die Mitte der elf Apostel getreten. Das Unbegreifliche, das Wunder der Erscheinung, das zwischen Jubel und Schmerz getheilte Erstaunen der Apostel, die fast wilde Begeisterung des früher ungläubigen Thomas tritt uns lebendig nahe. Die Lünette zeigt die Auferstehung Christi, die Predelle das Schicksal des Propheten Jonas. Neben diesem Mittelbilde rechts und links sind die Seligpreisungen der Barmherzigkeit und Friedfertigkeit zu schauen; Erstere eine weibliche Gestalt, welche mit einer Hand einem Kinde aus einem Füllhorn Früchte in den Schoß schüttet, während sie mit der andern einem gierig trinkenden Mädchen die Schale reicht; Letztere eine Greisengestalt, welche zwei streitende Kinder auseinander hält.

Links folgt hierauf die Auferweckung des Jünglings von Nain im Hauptbilde. Die Predelle darunter zeigt die Demuth David's vor Gott, die Lünette den barmherzigen Samariter. Rechts dagegen erblicken wir die Auferweckung des Lazarus im Hauptbilde — eine der hervorragendsten Kompositionen des ganzen Cyklus, in der Lünette die Fußwaschung als ein Zeichen der Demuth Christi; in der Predelle die Bestrafung des Hochmuths in Goliath durch David.

Das Mittelbild der dritten Wand versetzt uns in seiner feierlichen Weise in das erste Pfingstfest, während die Bilder zur Rechten das Leben und Wirken der Apostel Petrus und Paulus zum Gegenstande haben. Die Predelle unter dem ersten Bilde zeigt uns die Schwäche des verzagenden, den Herrn verleugnenden Petrus, das Hauptbild seine Kraft, die Kranken zu heilen, und die herrliche Komposition in der Lünette, die Auferweckung der Tapitha, in der das Wunder des Vorgangs mit der überzeugendsten Wahrheit dargestellt ist.

In der Predelle des folgenden Bildes überantwortet Paulus die verfolgten Christen dem Richter, seine eigene Bekehrung ist der Gegenstand des Hauptbildes. Christus zieht hier mit Macht die Seele des vom Rosse Gestürzten an sich, in der Lünette darüber verkündet Paulus, mächtigen Glaubens voll, die Lehre Christi. Zwischen beiden Bildern ist die Seligpreisung der Sanftmüthigen in der Gestalt eines guten Hirten bezeichnet; ihm zur Seite spielt ein unschuldiges Mädchen mit einer Taube, während ein Knabe die Flöte des Hirten bläst.

Die Bilder zur Linken des Mittelbildes der dritten Wand eröffnen den Blick in das fernere Schicksal der Kirche.

Die Steinigung des Stephanus, des ersten Märtyrers, ist der Gegenstand des Hauptbildes; während in der Lünette die Märtyrer ihre Palmen zu Füßen des Thrones Christi niederlegen, schildert die Predelle den Untergang der sündhaften Stadt Sodom und Gomorrha. Aber der Sieg der Kirche ist trotz des Widerstandes, der in der Predelle des nächsten Bildraumes in dem Aufruhr der Goldschmiede von Ephesus gezeigt wird, gewiß. Das Hauptbild stellt die Bekehrung des Kämmerers Philippus, die Lünette die Erscheinung des Engels, welcher den Hauptmann Cornelius zu Petrus weist, dar. Dazwischen ist die Seligkeit des reinen Herzens in einer unvergleichlich anmuthigen Jungfrauengestalt dargestellt, mit Knabe und Engel, von denen Ersterer die Lilie trägt, während der Letztere der Jungfrau das Gewand vom Kopfe zurückschlägt, um ihr so gleichsam das Schauen Gottes zu erleichtern.

Das Mittelbild der letzten Wand zeigt Christus als Weltenrichter. Im Strahlenglanz erscheint er als Bräutigam, ihm zur Rechten lobpreisende Engel, ihm zur Linken der Richtengel und der Engel mit dem Buche des Lebens. Bekränzt und in dem verschiedensten Ausdrucke der Bräutlichkeit — ein Bild höchster Anmuth voll — sind die klugen Jungfrauen mit ihren Leuchten bereit, ihn zu empfangen, während die thörichten Jungfrauen — großartige Bilder von Erschlaffung und Versunkensein in tiefem Jammer über die Versäumnis — zur Linken, von Schlaf und Traum noch halb befangen, lagern. Im Hauptbilde zur Linken ist, in dem Falle der babylonischen Hure, der Sieg über das Böse ausgesprochen; darüber in der Lünette Christus auf einer Wolke mit der Sichel, ihm zur Seite die Engel, welche zur Rache aufrufen. Hermann Grimm hat sehr treffend bei Besprechung dieser schönen Komposition darauf hingewiesen, daß, wenn auch Manches in dem großen Werke des Meisters sich für unser Verständnis in das Gewand der Mystik zu kleiden scheine, wir

dabei zu erwägen haben, wie diese Gebilde von einem Manne her-
rühren, in dessen Alter nur wenige hochbegabte und begnadete Menschen
noch schöpferisch zu gestalten im Stande sind, und daß wir daher von
den Anschauungen eines solchen Geistes nicht immer die rechte Vorstellung
zu haben vermögen, deßhalb eher gläubig daran hinaufzuschauen, als
kritisch uns darüber zu erheben hätten. Nach dem Sturze Babylon's folgen
die apokalyptischen Reiter — die Vernichtung des Menschengeschlechts.
Die Pest, der Hunger, der Krieg und der Tod sausen wie eine dunkle
Wetterwolke über das dem Verderben geweihte Geschlecht dahin. Mit
tiefsten Schauern hat diese Darstellung noch jede Menschenbrust erfüllt,
es ist darin eine grausenhafte Wahrheit, und wir stimmen mit unserer
ganzen Seele in den Aufschrei des Entsetzens ein, den die der Vernichtung
Geweihten auf dem Bilde ausstoßen — wir werden aber auch mit Ehrfurcht vor dem Genius, der solche Bilder zu schauen vermochte, erfüllt. *)
In der Lünette darüber gießen die Engel die Schalen des Zornes auf die
der Vernichtung preisgegebene Erde aus. Zwischen diesen Bildern ist die
Seligkeit der um der Gerechtigkeit willen Leidenden in einer Greisengestalt
dargestellt, dem ein Engel die Kette von den Füßen löst, während ein
anderer ihm die Palme des Sieges reicht.

Links von dem Mittelbilde stellt das äußerste Hauptbild die Aufer-
stehung des Fleisches dar. Darüber — in der Lünette — eröffnet sich der
Himmel; feierlich groß, in höchster Bewegung, wie eine Windsbraut kommt
Gott daher. Mit Posaunenschall rufen die Engel die Todten aus den
Gräbern. Während die Einen den Augenblick des Erwachens in tiefer
Verzweiflung noch hinausschieben möchten, erkennt sich die Liebe und das
reine Seelenglück in den rührendsten Gruppen. In der Lünette des dem
Mittelbilde zunächstliegenden Bilderraumes zeigt ein Engel von der
Wolke herab dem Johannes das neue Jerusalem, Satan wird von einem
andern Engel in den Abgrund gestürzt. In dem Hauptbilde ist die
Herabkunft des neuen Jerusalem geschildert. Sie wird herniedergetragen
von zwölf Engeln zu den noch in Trauer versunkenen Menschen, und es
wird von nun an keine Trauer mehr unter ihnen sein, Gott wird
abwaschen alle Thränen von ihren Augen. Zwischen diesen beiden Bildern
ist die Seligkeit Derer, die da hungert und dürstet nach der Gerechtigkeit,
dargestellt, ein Bild von ungemeiner Tiefe des reinsten und bewegten
Seelenausdrucks. Unter den vier Hauptbildern der letzten Wand zeigen
die Predellen den Weg zur Seligkeit in der thätigen Liebe, und zwar die
Pflege der Kranken und das Begraben der Todten unter der Auferstehung
des Fleisches; das Speisen der Hungrigen und Tränken der Durstigen, in einer
herrlich lebensfrischen Komposition voll heiterer Motive, unter dem zweiten

---

*) Gestochen von J. Thäter.

Hauptbilde; hierauf das Bekleiden der Nackten und Beherbergen der Fremd-
linge unter der Wiederkunft des neuen Jerusalem; endlich unter dem Bilde
der apokalyptischen Reiter das Besuchen der Gefangenen, das Beweinen
der Todten und das Zurechtweisen der Verirrten, und wem der Eindruck
des gewaltigen Hauptbildes die Seele allzusehr erschüttert, Den weist die
Gestalt in der letzten Predelle, welche die Verirrten aus dem Dickicht des
Waldes führt, zugleich hin auf die sich hier anschließenden Bilder der ersten
Wand — die Vergebung aller Sünde durch die Liebe Christi in dem
Bilde der Ehebrecherin, und auf das rührende Bild der Freude im Himmel
über den Sünder, der Buße thut.

Hermann Grimm weist in seiner Schrift »Die Kartons von
P. v. Cornelius« darauf hin, daß die Stille der Einsamkeit, welche Cor-
nelius in Berlin umgab, seinem Schaffen nicht ungünstig war. In
München war Cornelius zuletzt Der gewesen, welcher neben dem Könige
Ludwig als die bedeutendste Person der Stadt galt, in Berlin war er ein
Privatmann, der in glänzender Einsamkeit weiter arbeitete. Er hatte
wieder seine Zeit und seine Gedanken für sich allein und gab sich ihnen
hin. Allein ganz genügte ihm Dies denn doch nicht, er bedurfte der steten
Anschauung eines edler gestalteten Lebens, Das wurde ihm in Rom in
reicherem Maße zu Theil, dort hatte er in der Kunst ihm befreundeter
Geister der Vergangenheit immer Erhebung und beglückenden Anblick.
Darum ging er im Jahre 1853 wieder nach Rom. Er arbeitete rüstig
fort an dem großen Werke. Daneben entstanden auch andere Zeichnungen,
früher schon Entwürfe zu Glasmalereien für die Dome zu Aachen und
Schwerin, dann eine Zeichnung zu den Nibelungen: Hagen, welcher den
Schatz der Nibelungen versenkt*); ferner, veranlaßt durch Kaulbach's Zeich-
nungen zum Shakspeare, welche seinen Beifall nicht hatten, eine »Lady
Macbeth« **); der Abschied des Apostels Paulus von Ephesus für das
Stiftsalbum ***); endlich seine schöne Grablegung aus dem Campo santo
in Temperafarben auf einer kleineren Tafel, welche nach England gekommen ist.

Neben Alledem hatte er den Auftrag erhalten, für die Apsis des
neuen Domes zu Berlin ein großes Freskogemälde zu entwerfen. Er
wählte dazu »Die Erwartung des jüngsten Gerichts«, und wollte damit
die Seele in die Stimmung ruhiger Sammlung und feierlicher Stille,
welche bei Betrachtung der letzten Dinge nothwendig ist, versetzen. Auch
diesen Entwurf begann er in Rom und vollendete dort den ausgeführten
farbigen kleinen Karton.

Wie ein heller Morgenstern tritt die sitzende Gestalt Jesu in weißem
Gewande aus dem Goldgrunde hervor, umkränzt von Engelsköpfen; er

---

*) Ist photographiert.
**) Gestochen von W. Burger.
***) Herausgegeben in Heidelberg, 1860.

erhebt ernst, aber doch zugleich mild, seine Hände. Der neben ihm stehende
Johannes verkündet ihn, Maria zur Linken bittet ihn mit zur Erde ge-
senktem Blicke um Gnade für die Sünder. Über der Erscheinung Jesu
knien die Engel — Gestalten von höchster Anmuth — mit den Marter-
werkzeugen; in der Mitte hält einer das Kreuz. Die Könige legen
in hinreißender Begeisterung, Verehrung und Demuth ihre Kronen nieder —
die Märtyrer zu beiden Seiten Christi halten ihm ihre wehenden Palmen
entgegen, darunter die Reihe der Apostel, welche von dem individuellsten
Gefühlsausdruck bei der Wiederkunft des Meisters durchdrungen sind.
Unter der Gestalt Christi lagern die Engel-des Gerichts mit den Posaunen,
und der Engel mit dem Buche des Lebens. Es weht in diesem oberen
Theile des Bildes, welcher die triumphierende christliche Kirche vollständig
und klar ausspricht, ein Zug von hoher Weihe, der nicht zu beschreiben ist.
Jede Gestalt ist von höchster Individualität, und wir wüßten den Eindruck, den auf uns gerade diese Gruppen gemacht haben, nur etwa mit
dem zu vergleichen, welchen wir vor den Köpfen der Apostel des Leonardo'schen
Abendmahls hatten. Unter den Engeln des Gerichts, und losgelöst von
der strengeren Gebundenheit der Komposition, welche schon durch die
Rundung des Bildes in der Apsis bedingt war, erscheinen die Vertreter
der ersten christlichen Kirche in sechzehn Gestalten. In der Mitte sind in
stummem Sehnen und Sinnen die Anachoreten hingelagert. Cornelius
hat in diesen wenigen Figuren mit einer fast unbegreiflichen Fähigkeit des
Ausdrucks den tiefen Seufzer der Menschheit, der durch das erste Mittelalter ging, zur Darstellung gebracht, wie er nicht minder die philosophische
Klarheit in der Erfassung christlicher Ideen in den Gestalten Augustin's
und Anderer entfaltete. Er schließt die Erscheinung der Kirche mit
Gregor I. ab. Mit ihm beginnt Das, was wir katholische Kirche nennen.
Bis dahin ist die christliche Kirchenentwickelung auch Grundlage der protestantischen Kirche. Die Reformation ist keine neue Gründung, sie wollte
nur die alte christliche Lehre wieder herstellen. Die Aufnahme Luther's in
diesem Bilde, welche manche Kritiker wünschten, wäre eine historische
Taktlosigkeit gewesen. Die unterste Abtheilung des großen Bildes bilden
der König und sein Haus, welche, knieend zu beiden Seiten eines Altars,
sich im frommen Gebet vor Gott beugen. Eine Mutter, die auch am
Altare kniet, lehrt den stehend an sie angelehnten Knaben beten, indem sie
ihn auf das Beispiel des Königs verweist — ein Bild voll höchster Anmuth, wie es Rafael nicht schöner komponiert hätte. Zu beiden Seiten
der im Gebet hingesunkenen Menschen steigen auf und nieder, wie auf
goldnen Leitern, die Träger der göttlichen Gaben, und schützen und segnen
der Menschen Geschlecht, und wenn auf der einen Seite der zum Herrn
erwartungsvoll aufschauende Michael in voller Rüstung, die wir schon im
nächsten Augenblicke in Bewegung erklirren zu hören vermeinen, uns an

den Ernst des nahenden Gerichts erinnert, steigt auf den Stufen der andern Seite ein verloren gewesener Jüngling, umschlungen von dem Arme des rettenden Engels, zum Himmel aufwärts. Beide Gestalten sieht man nur im Rücken, der Ausdruck ist aber von ergreifendster Gewalt. Nicht die Schrecken des Gerichtes sind es, die uns in dieser »Erwartung« entgegentreten, sondern die Gewißheit, daß Jesus ein milder Richter sein wird.

Das Ganze müssen wir als das weihevollste und schönste aller Kunst= werke des Cornelius bezeichnen, in welchem ein in der Darstellung der entgegengesetztesten Leidenschaften mächtiger Geist gleichsam seine Ruhe und seinen Abschluß gefunden hat. Wir stehen zwar hier mit der allgemeinen Kritik in Widerspruch, hegen aber die feste Zuversicht, daß das Herz der Beschauer sich nicht durch kritische Feststellungen dem zwingenden Eindrucke verschließen wird.

Cornelius' Leben in Rom war ein sehr glückliches. Seine treffliche zweite Gattin, mit welcher er sich nach dem Tode der ersten Gemahlin bei seinem zweiten Aufenthalte in Rom verehelicht hatte — ihrer Geburt, ihrem heitern Naturell, ihrer hohen Schönheit nach eine Italiänerin, in ihrer treuen aufopfernden Liebe der besten deutschen Frau vergleichbar, belebte seine angenehme und theilweis großartige Häuslichkeit, schmückte — nur ihn im Auge und in Gedanken — seine Tage mit Freude und Liebe.

Er bewohnte den Palast Poli, an welchen die berühmte Fontana Trevi mit ihrem Neptun und Tritonen angebaut ist. Wie ein Strom rauscht das Wasser daran hervor in das breite Riesenbecken. Schon von Weitem hört man das Strömen der mächtigen Wasser, und der Wanderer, dem man sagte: »Da drüber wohnt Cornelius«, mochte wohl mit Recht denken: »Schöner kann er nicht wohnen, er ist dem quellenden Strome vergleichbar, dessen Brausen das Geschwätz der Tagesmenschen übertönt«; und wie es ein heiterer Glaube des Wanderers ist, daß Der, welcher aus der Fontana beim Scheiden trinkt, die herrliche Roma wieder erblickt, so ist es eine beglückende Wahrheit, daß, wer aus der Geistesquelle des Künstlers getrunken, unwiderstehlich immer und immer wieder dahin zu= rückkehren muß.

In Rom hatte Cornelius die Freude, mit Overbeck zusammen zu treffen, Beide am Abend eines thätigen Lebens voll hingebender Treue für die Kunst. Overbeck hatte damals eben eine Bilderreihe begonnen, deren Gegenstand die Sakramente sind. Wenn irgendwie der Unterschied zwischen diesen beiden Künstlern klar werden könnte, so war es bei Vergleichung dieser Werke mit den von Cornelius am späten Abend seines Lebens unternommenen. Overbeck hatte sich in seinen Darstellungen an die italiä= nischen Meister des fünfzehnten Jahrhunderts innig angeschlossen — vor Allen an Fiesole; über sie hinauszugehen war ihm unmöglich, weil er von

dem Glauben beseelt war, daß innerhalb dieses Gedankens- und Dar-
stellungskreises allein das wahre Heil christlicher Kunst zu finden sei, wie
er ja auch in dem unabänderlichen Festhalten an den katholischen Lehren
und dem kirchlichen Ritus das Glück der Menschheit findet. In sofern
war Overbeck bei den Bestrebungen seiner Jugend stehen geblieben. Weit
darüber hinaus war der männliche Geist des Cornelius fortgeschritten.
Er hatte sich in steter Entwickelung neu entfaltet, nirgend Stillstand,
noch weniger ein Rückschritt. Welche Marksteine liegen hinter ihm in
seinem eigenen Schaffen! Er war, als er in das große Bereich christlicher
Kunstdarstellung eintrat, jederzeit von dem Gedanken beseelt, wie die
christliche Kunst selbst in ihren besten Werken noch nicht in dem Verhältnis zur Religion stehe, wie die altgriechische zu der ihrigen, daß sie
ihr höchstes Ziel noch nicht erreicht habe, und daß sie darum, obwohl
mit den Wurzeln in der Vergangenheit, doch in der Gegenwart immer
neue Zweige treiben, mit einer neuen Krone sich schmücken müsse. Hierin
schon liegt der Grund, warum er niemals auch nur in die leiseste Nachahmung der großen Meister verfallen konnte. Es ist ein modernes Bewußtsein, aus dem heraus er schafft. Man hat häufig den Cornelius
mit Michel Angelo, hie und da mit Rafael, öfter mit Dürer verglichen.
Allein es muß hier auf das schärfste betont werden, daß alle solche
Vergleiche hinken, daß sie nur geeignet sind, das Verständnis für den
Meister irre zu führen. Er war von vornherein eine ganz eigenartig gestaltete Kraft, die in manchen ihrer Äußerungen dem Kunstvermögen
dieses oder jenes der genannten Meister nachsteht, ihrem Wachsthum nach
aber gleich groß erscheint, ihnen allen an Kraft des Denkens und Durch-
denkens der Aufgaben gleichsteht. Cornelius hat von ihnen mit vollem
Bewußtsein die Gesetze der Kunst studiert und erlernt, aber niemals versucht, ihnen zu gleichen oder nur zu ähneln.

Das Leben des Meisters in Rom ist durch das weise Maßhalten
des Alters selbstverständlich bedingt gewesen. Es ist schön und erhebend,
zu sehen, wie sich dieser schöpferische Genius — gleich Goethe — auch durch
die ungemeinste Begabung und Bethätigung geistigen Schaffens nie von
der Bahn echter Lebenskunst ablenken ließ, und es so erreicht hat, in seiner
Geisteskraft und Klarheit bis zum achtzigsten Jahre sich nicht bloß zu erhalten, sondern stetig zu wachsen. Auch bei ihm — wie bei Goethe —
hat der große künstlerische Genius für das Leben nichts Aufreibendes oder
Vernichtendes gehabt, vielmehr kräftigend auf den gesammten Organismus
gewirkt. In früheren Jahren, namentlich in München, sah er oft um
sich eine glänzende Geselligkeit. Jetzt in Rom lebte er mehr eingezogen.
Er arbeitete des Morgens mehrere Stunden an seinen Kartons, dann war
er meist auf dem spanischen Platz oder auf dem nahen Monte Pincio zu
sehen, langsam schreitend, das Leben um sich her mit großen Augen be-

trachtend. Häufig sah man ihn in Gesellschaft jüngerer Künstler. Auch
Nachmittags arbeitete er regelmäßig nahezu drei Stunden. Dann machte
er meist eine Spazierfahrt in eine Vigne vor der Porta Pia oder Porta
San Giovanni, oft in heiterer, anmuthiger Gesellschaft. Von den Römern
kannten ihn sehr Viele. Abends sah er häufig in den Stunden von 7—9
Uhr jüngere Künstler um sich, wo er denn, zwar wenig sprechend, doch
von bedeutsamster Anregung für Dieselben wurde. Gegen Ernststrebende,
wenn auch Schwache, konnte er da sehr mild erscheinen, Allen helfend,
wenn es noth that — mit Rath und Empfehlung. Gegen Dünkelhafte
war er scharf und schneidig, fest wie Eisen; gegen Platte und Weitschweifige
kurz und trennend.

Sein Atelier, welches alle Fürsten und was von Bedeutung nach
Rom kam, besuchten, war ganz anspruchslos, Nichts von Bequemlichkeit,
keine Hilfsapparate, deren sonst in Maler=Ateliers die Hülle und Fülle an
Puppen, Stühlen, Gewändern, keine Schaustellung von andern Arbeiten.
Jetzt — in Berlin — mag Das anders sein, da er in dem ihm gehörigen
Hause, dem sogenannten Cornelianeum, umgeben von den großen Kartons
seines Campo santo wohnt.

Im Sommer lebte er in dem herrlichen baumreichen Ariccia. Wir
können uns nicht versagen, den schlichten Brief eines Freundes über einen
Besuch in diesem seinem Sommeraufenthalte hier wiederzugeben: »Ein
Festtag für uns war der 29. Juni, Peter und Paul, also Cornelius' Na=
menstag, an dem Einige von uns zu ihm eingeladen waren. Wir nahmen
einen Wagen und fuhren früh sechs Uhr durch die morgenglänzende
Campagna hinaus nach dem Albanergebirge, nach Ariccia, um dem Meister
früh zu gratulieren. Gegen halb neun Uhr kamen wir über Albano in
das kleine Städtchen, wo er den Palast am Markte von Ariccia mit
herrlicher Aussicht über das Land und das Meer bewohnt. Wir fuhren
vor und gingen hinauf. Die breiten Treppen und Flur, das ganze Zimmer —
Alles war dicht mit Blumen und Lorber bestreut, es war wie ein herr=
licher Frühling, beim Eintritt in das große, bekränzte Zimmer, in
welchem der alte Held mit seiner Frau im Blumendufte saß, mit heiterm
Geiste beim Frühstück. Wir begrüßten ihn herzlich, und es wurde von
Allerhand gesprochen in wahrhaft freudiger Erregung — waren wir doch
Alle von so großer Verehrung für den Mann erfüllt! Da ließ sich Overbeck
melden und kam, noch immer nicht ganz erholt von seiner Krankheit, ihn
zu beglückwünschen. Auch wir begrüßten diesen Meister. Höchst herrlich
war für uns die kurze Viertelstunde, diese beiden Männer, die in der
Jugend Freundschaft geschlossen, im Alter Hand in Hand neben einander
sitzen zu sehen, Beide fühlend, daß sie treu dem Auftrage, der ihnen ge=
worden, geblieben und immer nach einem Ziele, wenn auch mit verschie=
denen Kräften und Weisen — nach dem Ewigen in der erscheinungsreichen

Welt — gestrebt und Viel errungen hatten. Da saßen sie — Cornelius fast jugendkräftig heiter, den durch vielmonatliches Leiden noch gebeugten Overbeck unterstützend und ihm herzlich zusprechend, es waren der Worte wenige, aber ein' tiefster Ausdruck. Dann waren wir wieder allein, und wir fühlten, daß es ein seltenes Glück war — dieser Anblick, und daß uns Späterlebende darum beneiden werden, wenn es die Lebenden jetzt nicht thun. Wir verließen ihn dann, weil er in die Messe und wir in die grünen Berggründe und nach Genzano und dem stillen Nemisee wollten, der nur dreiviertel Stunden entfernt liegt. Vor ein Uhr waren wir wieder im Hause. Das Mittagmahl ist bei ihm immer reich und ausgezeichnet, und es hat ein blumenbestreuter Saal, der uns durch den Geruch in den vollsten Frühling versetzt, etwas festlich Aufregendes. Vorzüglich ist Das schön, wenn die Menschen im Geiste einig sind. Wir gingen zu Tisch, und Cornelius wies uns unsre Plätze an, ich mußte neben ihm sitzen, und es hat mich Dies wahrhaft beglückt. Wir saßen, und er meinte, nun wolle er uns auch den Text des heutigen Tages mittheilen, es sei die große und schöne Stelle, wo Christus seine Jünger um sich versammelt, und er spricht zu Petro: »Weide meine Schafe 2c.« Er sprach noch mit Weihe über die Stelle, und er fühlte wohl, daß er in einem andern Felde solchen Auftrag auch empfangen habe. Das Essen war sehr heiter, doch war es im Anfange, wie ja überall, etwas gehalten, und man fühlte, daß zu solcher Feier doch ein Wort gesagt werden müsse. Ich gab unsern Gedanken Worte, und wir ließen ihn leben. Nun brach erst die Freude heraus, nun wurde viel und heiter gesprochen und viel getrunken, so daß die individuellen Naturen recht zum Vorschein kamen, aber diese Heiterkeit geradeaus hat der Alte sehr gern und viel Freude daran. Nach einer heitern Kaffestunde in einer nach dem zwei Stunden entfernten Meere hinaus gelegenen Loggia, begleitete uns der alte Meister gegen halb sechs Uhr nach Albano. Wir gingen, ihn umringend, durch das bunte Volk in Albano, von dem alle Straßen wimmelten. Wir fröhlich, er immer mit beschaulichem Auge, und abwechselnd im Gespräch mit uns. Auf unser Bitten ging Cornelius doch noch mit in eine Osteria, obgleich er lächelnd meinte, wir hätten genug. Aber wir wollten noch einmal mit ihm anstoßen, und Das geschah auch — noch ein freudiges Hoch, dann schieden wir, er ging das kleine halbe Stündchen von Albano nach Ariccia zurück, und wir fuhren bergab dem alten Rom zu, das, durch Erleuchtung und Feuerwerk am Peter-Paultage von einem glänzenden Lichtkreis umgeben, in der weiten Campagna umhüllt von ambrosischer Nacht lag.«

Zu Pfingsten des Jahres 1859 starb ihm die treffliche Gattin; einige Zeit vorher war seine einzige Tochter, welche an den Conte Marcelli verehelicht war und zwei Kinder, ein Mädchen und einen Knaben, Rafaello, hinterlassen hatte, verstorben. Es muß als eine für das Leben des greisen

Meisters höchst glückliche Fügung gepriesen werden, daß er in der jetzt ihm zur Seite stehenden jugendlichen Gattin eine anmuthige Gefährtin des Lebens gefunden hat, welche, seine Tage verschönernd und erheiternd, ihn der Welt erhalten hilft.

Im Jahre 1861 kehrte er — gegen Erwarten — mit seiner Gattin nach Deutschland zurück. Wir glauben das Richtige zu treffen, wenn wir den Beweggrund zur Rückkehr in der dem Künstler eigenen Liebe zum Vaterland suchen. Als er den deutschen Boden betrat, wurde er aufs festlichste empfangen; seine Reise über München, Nürnberg, Dresden nach Berlin glich einem Trimuphzuge.

Nun lebt er, fern von dem Getriebe des Tages, in Berlin; er findet das Glück seines Lebens heute, wie in seiner ersten Jugend, in seinem Schaffen. — Bedeutungsvoll ist es, daß er gerade jetzt die eine Wand des Campo santo — das Ende des Irdischen und der Übergang zum Ewigen, die letzten Dinge — (Hauptbilder, Lünetten, Predellen und Seligkeiten) in den großen Kartons beendet hat. Er selbst glaubte, als er noch in Rom weilte, daß damit sein Tagewerk abschließen werde, und er sprach es als eine schöne Hoffnung aus, daß ihm die Vollendung dieser Wand in den Kartons noch möglich sein möchte. »Die Vollendung der für diese Wand noch fehlenden Kartons« — so schreibt er bedeutsam und selbstbewußt in einem Briefe aus Rom — »ist nun die Aufgabe meiner letzten Tage, die — ich fühle es — gezählt sind, es wird mein Schwanengesang sein. Wenn die göttliche Vorsehung mir noch diese Gnade gewährt, so werde ich in Ruhe scheiden, denn ich habe den Menschen unserer Zeit, durch göttlichen Beistand, vom Glauben getragen, die erhabensten Weissagungen in einem Werke von guter Kunst, nicht ohne Weihe vor Augen gestellt, ein Werk, das in die Zukunft hineinwachsen wird.«

Möchte dies Werk sein Schwanengesang nicht sein, möchte er noch — so gewiß, als seine auf edelster Selbstschätzung ruhende Voraussetzung in Erfüllung gehen wird — rüstig an seine herrliche »Grablegung« gehen, und auch Anderes noch vollenden!

Dies unser Wunsch am heutigen Tage!

Als Cornelius bei seiner letzten Rückkehr nach Deutschland in Dresden festlich von der Künstlerschaft begrüßt wurde, äußerte er zu seinem großen Zeitgenossen Schnorr, daß der innerste Wunsch seines Lebens immer gewesen sei, einmal seinem Volke Etwas zu sein, und er das beglückende Gefühl bei seiner Rückkehr nach Deutschland gehabt habe, nicht vergebens gewirkt zu haben!

Möchte der theure Meister heute, an seinem achtzigsten Geburtstage, dies beglückende Gefühl in tausend Stimmen der Liebe und Verehrung, die sich zu ihm drängen, voll und lebendig empfinden!

Zittau, am 24. September 1863.

Die internationale Kunstausstellung in München.

II.

Die fortschreitende Richtung unserer Zeit ist zugleich eine hinab-
steigende; — hinabsteigend aber nur, um das bisher in die Tiefe Gebannte
zu höheren Standpunkten emporzuheben. In diesem Sinne hat man sich
den demokratischen Zug im Bereich der Politik, den Drang nach Association
und Gewerbefreiheit auf dem Felde der Industrie, das Streben nach Popularität im Gebiet der Wissenschaft, die Bevorzugung des Lustspiels und
Volksschauspiels auf dem Theater, und so auch die immer weiter um sich
greifende und die Historienmalerei immer mehr in den Hintergrund drängende Vorliebe für Genremalerei und Landschaft in der Sphäre der Kunst
zu erklären. Man wendet sich von dem Großen, Gewaltigen, historisch
Epochemachenden ab, um zu zeigen, daß dieselben Kräfte und Triebe,
welche Dieses emporgetragen haben, auch in dem scheinbar Gewöhnlichen,
allgemein Verbreiteten, tagtäglich uns Begegnenden liegen, und daß die
früher übersehenen oder mißachteten Elemente des Lebens dieselben Keime
des Herz- und Sinnerfreuenden in sich tragen und mithin auch ebenso viel
Anspruch auf künstlerische Verherrlichung haben, wie die Groß- und Heldenthaten der Geschichte, die Hof- und Staatsaktionen der Kaiser und Könige,
oder gar die Kämpfe und Spiele der Götter- und Heroenwelt. Mag in
dieser Bewegung auch etwas Bedenkenerregendes liegen, zumal wenn sie
sich überstürzt und ins Maßlose ausartet — sie ist nothwendig und unter
den dermaligen Verhältnissen allein weiterführend. Darum beherrscht sie
mit unwiderstehlicher Gewalt unsere ganze Zeit und sie dokumentiert sich
in Allem, was auch unternommen und ins Werk gesetzt wird.

Bringt man sich Dies zum Bewusstsein, so kann man sich nicht
wundern, daß auch unsre Kunstausstellung keine Ausnahme davon macht,
sondern ebenfalls Genre und Landschaft so sehr als die dominierenden Kunstrichtungen erscheinen läßt, daß, abgesehen von den Werken des wie ein
Meteor aus früherer Zeit in sie hineinleuchtenden Cornelius, alle Arbeiten
von höherer Richtung fast spurlos dazwischen verschwinden. Wir können
dies Mißverhältnis nicht absolut billigen, nehmen aber auch keinen besonderen Anstoß daran, zumal beide Gattungen nicht bloß der Zahl nach,
sondern auch in qualitativer Beziehung durch eine ansehnliche Reihe trefflicher und erfreulicher Kunstwerke vertreten sind.

Die Anzahl der Künstler, welche sich mit Genrebildern produciert
haben, beträgt mehr als sechzig, und die der Bilder selbst nahezu das
Doppelte. Natürlich können wir hievon nur das Bedeutendere hervorheben;
doch läßt sich die Grenze schwer ziehen. Auch in diesem Betracht ist es

jetzt anders, als sonst. Eigentliche Riesen, neben welchen alle übrigen als
Pygmäen erscheinen, giebt es jetzt nicht mehr; und auch entschiedenen
Zwergen begegnet man nur noch selten. Es bewegt sich vielmehr Alles
in nicht allzu auffälligen Abweichungen um ein gewisses Normalmaß.
Da aber dieses nicht so festgestellt ist, wie das Maß, nach welchem der
Korporal die Rekruten mißt, so hat die Entscheidung darüber, ob Etwas
demselben entspricht oder nicht, in sehr vielen Fällen ihr Mißliches, und
wir müssen daher ausdrücklich darum bitten, aus der Berücksichtigung oder
Nichtberücksichtigung gewisser Werke nur cum grano salis auf deren
Werth oder Unwerth schließen zu wollen. Wenn man einer großen Masse
gegenüber steht und in seiner Beurtheilung ein gewisses Maß innehalten
muß, ist es schlechterdings unmöglich, nach allen Seiten hin in gleichem
Maße gerecht zu werden.

Betrachten wir als die vorzüglichsten Arbeiten Diejenigen, welche etwa
eben so sehr durch ihre Idee und die innere Ausgestaltung derselben,
wie durch ihre technische Ausführung und unmittelbare Wirkung auf das
Auge befriedigen, so haben wir als solche in erster Linie Gaben von
Enhuber, von Hagn und J. Muhr in München, Böttcher in
Düsseldorf, C. Becker in Berlin, Diaz, Meissonier, Steinheil und
Horace Vernet in Paris, Meunier und Portaels in Belgien, Ten
Kate in Holland und Vanutelli in Rom, und in zweiter Linie Arbeiten
von Fr. Schön, A. Seitz und R. S. Zimmermann in München,
Stryowski in Danzig, Meyerheim in Berlin, van Schendel in
Brüssel und Hollander in Amsterdam zu nennen.

Diejenigen zwei Genrebilder, welche sich entschieden des unmittelbarsten
und allgemeinsten Beifalls zu erfreuen haben, sind »Die Sommernacht am
Rhein« von Böttcher und das »Regenwetter im Gebirge« von Enhuber.
Bei beiden liegt das eigentlich Anziehende und Ergötzende im Stoff und
dessen eben so reicher wie glücklicher Ausbeutung, doch ist auch ihre Ausführung vortrefflich, besonders in sofern, als sie die dem Stoff angemessenste ist und sich nicht in kokettierender Weise dergestalt vordrängt,
daß man über dem Mittel den Zweck aus dem Auge verlöre. Die Wirkung beider ist eine erheiternde, aber Böttcher erzielt dieselbe auf direktem,
Enhuber auf indirektem Wege; das eine Bild ist selbst der Ausdruck der
reinsten Heiterkeit und Fröhlichkeit, das andre dagegen Darstellung einer
verwünscht trübseligen und fatalen Situation, aber einer solchen, die nicht
bösartig ist und daher im unbetheiligten Zuschauer nur die Lachlust erweckt.
Dort nämlich sitzt in einer mondhellen Sommernacht eine Gesellschaft von
lauter lustigen Gesellen und anmuthigen Jungfrauen um eine Bowle
Maiweins herum und giebt uns, mitsammt den umhersitzenden Gruppen,
ein Bild des ungetrübtesten und glücklichsten Lebensgenusses; hier dagegen
sitzt unter dem Dach eines bairischen Dorfwirthshauses ein durch den Zufall
zusammengeführtes Ensemble von lauter verdrießlichen und gelangweilten
Gebirgsreisenden, einem zu ihren Füßen sich bildenden Ententeich gegenüber,

und verzweifelt an Himmel und Erde, weil ihnen eine geträumte Lustpartie zu Wasser geworden ist. Beide Künstler habe ihre verschiedene Aufgabe gleich gut gelöst. Böttcher's Gestalten drücken sämmtlich eine Lust und ein Behagen aus, daß sie uns anlachen, Enhuber's Figuren dagegen geben sich einem Mißmuth und Unbehagen hin, daß wir sie auslachen. Beide also haben die Lacher auf ihrer Seite, und von wem Das gesagt werden kann, Der hat gewonnen Spiel. — Dem Böttcher'schen Bilde stofflich verwandt ist das »Sonntagsvergnügen Münchner Bürgersleute im 18. Jahrhundert« von L. von Hagn. In Betreff der Farbenbehandlung und Pinselführung ist es jedenfalls feiner und gewandter, als jenes; dagegen weniger durchgebildet im Gedanken, und lange nicht so gemüth- und herzerquickend. Der Totaleindruck ist fast mehr ein landschaftlicher; das Interesse, welches die Figuren erwecken, geht nicht allzuweit über das von gut ausgeführten Staffagefiguren hinaus. — Liegt schon bei diesem Bilde die Bedeutung mehr in der Ausführung als im Gedanken, so ist Dies noch weit mehr bei den »Würfelnden Landsknechten« von Meissonier und den »Mädchen im Walde« von Diaz in Paris der Fall, zumal jener Stoff von den Niederländern schon oft genug behandelt ist und dieser wenigstens Nichts von außerordentlichem Interesse bietet. Um so mehr aber verdient die ungemein feine und zarte Behandlung der an sich geringfügigen Motive Bewunderung. Bei Meissonier gebührt dieselbe hauptsächlich der höchst genauen und detaillierten Zeichnung nicht nur der Gesichter, sondern auch aller Kostümstücke und der äußerst wohlgewählten Zusammenstellung der Farben und trefflichen Darstellung der Wechselwirkung von Licht und Schatten, z. B. auf den blanken Harnischen und beim Faltenwurf der Gewänder. Diaz dagegen erfreut uns besonders durch die Milde und Süßigkeit seiner Farbentöne, zumal dieselben zugleich in hohem Grade intensiv wirken und sich in eigenthümlich lebhafter Weise von einander abheben, wenn man das Bild von einer bestimmten Entfernung aus betrachtet, während sie allzu nah gesehen matter erscheinen und der festen Konturen zu ermangeln scheinen. Außerdem zeichnen sich beide Bilder auch durch die ungezwungne graciöse Haltung und Gruppierung der Figuren aus, und all' diese Vorzüge wirken so unwiderstehlich auf uns, daß wir nun auch an den Gegenständen der Darstellung selbst ein warmes Interesse nehmen. Dies ist es, was wir unter allen Umständen von der Technik verlangen, wenn wir sie als wirkliche Kunstleistung betrachten sollen. Weiß sie uns den Gegenstand durch ihre Mittel interessant zu machen, dann haben wir ihn als interessant anzuerkennen, auch wenn er an und für sich weder neu, noch sonst von Bedeutung ist. Erreicht sie aber Dies nicht, sondern bringt uns im Gegentheil zum Bewußtsein, daß eine an sich ehrenwerthe Fertigkeit an einen ordinären Stoff erfolglos verschwendet ist, dann genügt dafür diejenige Anerkennung, auf welche auch die Handarbeit Anspruch hat. — Unmittelbarer auf das Gemüth wirkend ist »Mutterliebe« von Steinheil in Paris, und »Trauer einer Araberin am

5*

Grabe ihres Kindes« von Horace Vernet. Auf beiden ist die Wahrheit
und Stärke des Seelenausdrucks das eigentlich Wirkende. Das erste derselben
rechnen wir wegen der Innigkeit, mit welcher das zärtliche Wechselver-
hältnis einer schon nicht mehr ganz jungen Mutter und ihres zum Mor-
gengruß sie liebkosend umhalsenden kleinen Kindes zum Ausdruck gebracht
ist, trotz dem fast zu sehr im Zustande der Nachlässigkeit behandelten
Morgenanzuge der Dame, zu den vorzüglichsten Gaben der Ausstellung.
Ganz in demselben Grade hat uns das Vernet'sche Bild nicht befriedigt.
Der leidenschaftliche Schmerz der Mutter ist höchst drastisch und naturalistisch, aber nicht schön ausgedrückt; außerdem ist uns die ganze Anlage
des Bildes, namentlich die allzu schroffe Nebeneinanderstellung einer unglücklichen und einer glücklichen Mutter etwas berechnet und theatralisch erschienen.
Dafür entschädigt aber das Bild durch die meisterhafte Behandlung der
orientalischen Körperformen und Fleischtöne und andre Eigenschaften, welche
den Künstler vorzugsweise als Maler des Beduinenthums berühmt gemacht
haben. — Gleichfalls in den Orient werden wir durch die »Vom Samum
überfallene Wüstenkarawane« von dem Belgier Portaels geführt.
Während die so eben besprochenen Bilder der französischen Meister nur
von kleinem oder mittlerem Umfange sind, ist dieses Gemälde in großen
Dimensionen ausgeführt, und da seine Qualität hinter der Quantität nicht
zurückbleibt, so macht es einen wahrhaft großartigen, ja schauererregenden
Eindruck. Die Angst und Verwirrung der mit dem Unwetter theils
kämpfenden, theils vor ihm flüchtenden, theils bereits erliegenden Karawane
ist in verschiedenen Gestalten und Gruppen höchst lebendig und effektvoll
vor unser Auge gestellt; in noch höherem Grade aber hat der Künstler
seine Beobachtungs- und Darstellungsgabe in der Behandlung der vom
Sturm aufgewühlten und inmitten grausenerregender Finsternis von grellen
Lichtern durchblitzten Wüste selbst an den Tag gelegt, so daß sich das
Bild auch als eine der mächtigst wirkenden Landschaften betrachten läßt. —
Gleichfalls düsteren Charakters ist das »Trappisten-Begräbnis« von
Meunier in Brüssel; doch während es dort Kampf und Aufruhr ist,
was uns tragisch stimmt, ist es hier die Ruhe und Grabesstille des Todes.
Die Kunst, mit welcher hier der Maler aus Schwarz, Braun und Weiß
die malerischsten Farbenwirkungen zu erzeugen verstanden hat, ist bewunderungswürdig; aber nicht minder bedeutend hat er sich in der Komposition
und Zeichnung erwiesen. Diese ist von stilvoller Einfachheit und Größe
und ruft uns in den ganzen wie in den einzelnen lautlos und feierlich
dahinschreitenden Gestalten tief eindringend das „Memento mori!" der
Trappisten in die Seele. — Auch Vanutelli in Rom hat sich einen
Stoff traurigen Charakters gewählt. Er führt uns »Gabrielle d'Estrées«,
die Geliebte Heinrich's IV., vor, wie sie, so eben durch einen Brief von
dem ihr bevorstehenden Geschick in Kenntnis gesetzt, vor dem Bildnis des
Königs steht und sich, als fürchte sie im Übermaß des Schmerzes die Besinnung zu verlieren, das rückwärtssinkende Haupt hält. Es ist dem

Künstler gelungen, diese Gestalt so anmuthig und zugleich so ausdrucksvoll vor uns hinzustellen, daß sie unser tiefstes Mitgefühl erweckt. Fast überflüssig erscheint es daher, daß uns der Künstler außerdem auch noch durch das hinter ihr auf dem Boden harmlos spielende Kind zu rühren sucht; und abziehend wirkt es, daß er bei diesem Stoff allzu viel Sorgfalt auf die elegante Ausmalung des eleganten Anzugs der jungen Dame und sonstiger Nebendinge gewandt hat. — Belustigender ist das von Ten Kate in Amsterdam behandelte Sujet. Es ist ein echt holländisches, nämlich eine Prügelscene »Während des Spiels«; und nicht minder im Geist und mit der Meisterschaft ruhmgekrönter Niederländer ausgeführt ist die Darstellung desselben. — Noch heiterer und gleichfalls von trefflicher Ausführung ist die »Aufforderung zur Tafel« von Carl Becker in Berlin, und durch poetische Anlage und Wirkung sich auszeichnend »Italiänisches Leben« von Muhr in München. Jenes Bild behandelt die Figuren im Rokokogeschmack und zeichnet uns die verschiedenen Ausdrucksformen der Kourtoisie an drei verschiedenen Paaren in sehr charakteristischer und mit feinem Blick dem Leben abgelauschten Zügen. Dieses erinnert an Vorbilder aus der italiänischen Schule und führt uns eine mit Mann und Kind wahrscheinlich auf der Wallfahrt begriffene junge Mutter von blühender Schönheit vor, wie sie unterhalb einer Wallfahrtskirche sitzt und an der Seite ihres zärtlich zuschauenden Mannes ihr Kind tränkt, während ein Pilger von den Stufen, welche zur Kirche emporführen, herabsteigt und auf den im Hintergrunde sichtbaren Meeresspiegel niederschaut. Der Gesammteindruck dieses Bildes ist ein sehr wohlthuender.

Von den übrigen Künstlern, die wir oben hervorgehoben haben, bietet van Schendel in Brüssel eine Familienscene: »Steven van den Berghen und seine Tochter«, und ein figurenreiches Bild: »Der ertappte Wilddieb«, welche beide die bekannte Kunstfertigkeit des Künstlers in Behandlung der Kerzenflammen und der durch sie beleuchteten Gegenstände in fast blendender Weise bethätigen und auch Spannung erweckende Situationen behandeln, in der Durchbildung der letzteren aber eine tiefere Auffassung vermissen lassen. Hollander aus Amsterdam zeigt uns in seinem »Genrebild« eine junge, in die Lektüre eines Buchs vertiefte Dame, an welcher der sinnige Ausdruck des Gesichts zwar nicht mit gleicher Sorgfalt wie die Äußerlichkeiten, aber doch mit recht glücklichem Erfolg behandelt ist. R. S. Zimmermann in München führt uns in eine »Leihbibliothek« und läßt uns hier eine beträchtliche Anzahl von Menschen, wie sie uns dort wohl sonst schon vor Augen gekommen sind, wiederfinden, und zwar mit so treffenden und charakteristischen Zügen ausgestattet, daß wir über dem Interesse am Einzelnen den die Aufmerksamkeit mehr zersplitternden als sammelnden Charakter des Ganzen weniger empfinden. Fr. Schön malt uns mit lebensgetreuer Darstellung eine Scene »Aus der Schulstube«, an der wir neben der kunstfertigen Reproduktion des grünen Kachelofens und anderer Nebendinge hauptsächlich den zwischen Trotz und Reue

kämpfenden Gesichtsausdruck des vom Schulmeister zum Nachsitzen ver-
urtheilten Buben bewundern müssen. Es läßt sich aus Dem, was diese
Züge verrathen, in nuce eine ganze, vielleicht traurig endigende Lebensgeschichte herauslesen. Gleich charakteristisch sind die Figuren zweier Juden-
jungen, die sich unter den »Polnischen Juden in der Synagoge« von
Stryowski in Danzig finden. In der Art und Weise, wie sie über die
»zehn Gebote« hinausschauen, glaubt man bereits das »Nichts zu schachern?«
zu hören, mit dem sie später von Haus zu Haus gehen. Auch die übrigen
Gestalten dieses Bildes sind echte Typen des jüdischen Wesens, mit denen
sich die Figuren der Oppenheim'schen »Synagogen-Scene aus dem
18. Jahrhundert« nur theilweise messen können. — Eine treffliche Figur
ist ferner der »Ziegenhändler« von Meyerheim in Berlin. Er erinnert
uns mit seinem Ziegenbart und Bocksgesicht lebhaft an den Schafzüchter
in Tieck's »Gesellschaft auf dem Lande«, der von sich rühmt, mit jedem
Jahre seiner Beschäftigung sei ihm der Hammelausdruck mehr in Stirn
und Nase hineingewachsen. Überhaupt ist dieses Bild recht lebendig gedacht
und ausgeführt; außer der Hauptfigur, ist namentlich die junge Frau mit
einem Zicklein im Arm und einer widerspenstigen alten Ziege an der
Leine durch natürliche Anmuth ansprechend. Nur von Seiten des Kolorits
macht es einen etwas trocknen Eindruck. — Desto mehr leistet in dieser
Beziehung ein kleines Bild von Anton Seitz in München, welches sich
in Stoff und Behandlung die Niederländer zum Muster genommen hat.
Es zeigt uns »Würfelspieler in einer Winkelkneipe« und giebt in der
Charakteristik seinen Vorbildern Nichts nach, deutet uns aber zugleich
deutlicher, als diese zu thun pflegen, eine bestimmte Handlung an. We-
nigstens läßt uns eine der spielenden Figuren vermuthen, daß sie nicht
Spielens halber hier ist, sondern um den falschen Spielern in dieser
Spelunke das Handwerk zu legen.

Halten sich in den bisher besprochenen Genrebildern Idee und Gestaltung, Stoff und Ausführung wenigstens in soweit das Gleichgewicht,
daß eins der beiden Moment stark genug ist, uns auch das schwächere
in ausreichend befriedigendem Lichte erscheinen zu lassen und auf diese
Weise eine mehr oder minder harmonische Totalwirkung zu erzeugen, so
giebt es daneben auch solche, in denen zwar eine der beiden Seiten in
sehr anerkennungswerther Weise ausgebildet ist, die andre aber so merklich
dahinter zurückbleibt, daß sie jene nicht zu ihrer vollen Wirkung ge-
gelangen läßt.

Unter den Bildern, welche vorzugsweise durch Neuheit oder Bedeutsamkeit des Grundgedankens und Vielseitigkeit seiner inneren Ausgestaltung
auf ein höheres Interesse Anspruch haben, aber in der Ausführung den
eben hiedurch angeregten höheren Anforderungen nicht vollständig genügen,
sind vor allen der »Reiseprediger« von Robert Heck in Stuttgart und
»Eine Spielbank« von H. Rustige ebendaselbst hervorzuheben. Beide
Arbeiten bewegen sich um Stoffe, die in ihrer Art ebenso interessant und

ausbeutungsfähig sind, wie z. B. die zum Enhuber'schen oder Böttcher'schen Gemälde, und anerkannt muß werden, daß beide Künstler bei der Ausbildung ihrer Sujets einen hohen Grad von Phantasie, Beobachtungsgabe und Talent für charakteristische Gestaltung und übersichtliche Anordnung größerer Massen an den Tag gelegt haben. Sie sind in diesem Betracht merklich höher anzuschlagen, als mehrere der oben angeführten Künstler, und außerdem verdient auch der Liebe und Sorgfalt, mit der sie sich der Lösung ihrer Aufgabe hingegeben haben, rühmlich gedacht zu werden. Aber gleichwohl ist es ihnen nicht gelungen, die Masse der trefflichen Einzelheiten, welche ihre Bilder enthalten, zu einem energischen Gesammteindruck zu koncentrieren. Man kommt ihnen gegenüber über der Analyse nicht zur Synthese. Bei dem Heck'schen Bilde ist zwar die Figur des Predigers von entschieden centraler Bedeutung, aber der Eindruck, den dieselbe macht, entspricht derselben nicht ganz. Man merkt zwar an den Zuhörern, daß er auf sie eine ungewöhnliche Wirkung übt; aber wodurch, davon bekommt man keine Ahnung. Weder der Ausdruck seines Gesichts, noch der verschiedenartige Ausdruck der Zuhörer deutet uns an, was in diesem Augenblick zwischen ihnen die lebendige Wechselbeziehung ist. Auf dem Gemälde von Rustige ist zwar im Vordergrund eine Gruppe, welche zunächst die Aufmerksamkeit auf sich lenkt, jedoch ist sie nicht klar und mächtig genug ausgebildet, daß sie uns dauernd zu fesseln wüßte; es sind neben ihr noch gar viele, die uns nicht minder für sich in Anspruch nehmen, für die man sich aber nicht interessieren kann, ohne die erste zu vergessen. Statt sich gegenseitig zu heben und zu ergänzen, macht immer eine Gruppe die andre todt, und als Ganzes bleibt uns zuletzt Nichts übrig, als die allgemeine Vorstellung von dem wüsten Treiben einer Spielhölle. Auch rücksichtlich der Farbenwirkung lassen beide Bilder zu wünschen übrig. Dem ersteren wünscht man einen etwas dunkleren, einheitlicheren Grundton, dem zweiten weniger Firnis und Glätte. Auch die Beleuchtung durch Lampenlicht wirkt an dem letzteren störend. — Ungefähr Dasselbe gilt von der »Rückkehr vom Fest der goldnen Hochzeit« des Belgiers Navez. Diese »italiänische Scene« ist höchst lebensvoll und farbenprächtig, aber so bunt und kraus, daß Aug' und Gedanke nirgends Ruhe finden. Besser ist in dieser Beziehung desselben Künstlers zweite »italiänische Volksscene«, worin ein eifersüchtiger Liebhaber seinem Mädchen wahrsagen läßt; aber in der Figur der Wahrsagerin liegt etwas so Abstoßendes, daß dadurch die Theilnahme an den übrigen Personen nahezu wieder aufgehoben wird. — Mehr Einheit und unmittelbar Ansprechendes liegt in Riedmann's »Toast auf ein Brautpaar«, aber dieser Arbeit gebricht es an einer artistischen und technischen Durcharbeitung. Lieblich gedacht ist der »Kindergottesdienst« von Schütz, aber zu hell und kreidig in seinem Kolorit.

Umgekehrt fehlt es auch nicht an solchen Bildern, die von mehr oder minder trefflicher Ausführung sind, aber dennoch nur halb befriedigen, weil es

ihnen an einem hinlänglich interessanten Motiv fehlt, oder weil sich der
Künstler in der Konception des Motivs vergriffen hat. Dahin gehört
z. B. ein technisch reizendes Bildchen von Papety in Paris, welches
darstellt, wie »griechische Mönche ihre Klosterräume mit Malereien aus-
schmücken«, ein Bild ähnlichen Stoffs von Mayer in Nürnberg, und
alle diejenigen, welche alltägliche, verbrauchte Motive aus dem Familien-
oder Volksleben ohne eine wesentlich neue Auffassung behandeln. In
gewissem Sinne müssen wir in diese Kategorie auch den »Anachoreten«
von A. Böcklin in Rom rechnen, obschon wir auch von seiner bizarren
Technik nicht so erbaut sind, wie Manche, welche dahinter Genialität
wittern. Wir verkennen das Ursprüngliche an diesem Künstler nicht,
aber ein wenig von der Kultur beleckt zu werden kann ihm nicht schaden.

　　Über die Studien- und Charakterfiguren, obgleich G. Müller in
Rom, Gaul in Wien, Willich und Graf v. Holnstein in München ꝛc.
Vorzügliches darin geleistet haben, gehen wir hier hinweg; und auch bezüglich der Porträtmalerei müssen wir uns begnügen, auf die Arbeiten
von Carl Piloty, Correns und Seebach in München, F. Kaulbach
in Hannover und Grahl in Dresden als Werke von ungewöhnlicher
Meisterschaft hinzuweisen. Bemerkt sei jedoch noch, daß nach zwei verschiedenen Richtungen hin die rechte Grenze überschritten wird. Einige
Derselben behandeln auch die Nebendinge, wie Bekleidung und Umgebung,
mit so minutiöser Sorgfalt und statten sie in der Regel mit solchem
Glanz aus, daß man darüber die Person selbst fast vergißt; Andre dagegen scheinen anzunehmen, daß der Mensch bloß aus dem Gesicht besteht,
und glauben daher, auch wirkliche Körpertheile, z. B. die Hände, mit
Nachlässigkeit behandeln zu dürfen.

　　Fast unübersehlich ist die Masse der Landschaften, und es befindet
sich darunter des Trefflichen so Viel, daß es unmöglich ist, Alles
auch nur namentlich anzuführen. Wir müssen uns daher begnügen, nur
auf die Hauptrichtungen und die Hauptleistungen in denselben hinzudeuten.
Im Fach der idealen, stilisierenden Richtung findet sich im Ganzen nur
Wenig. Außer den Arbeiten von zwei verstorbenen Meistern (Marco
und Rottmann) und mehreren Kartons von Winkler, wüßten wir
dahin nur eine durch intensive Farbentöne und schön geschwungene Linien
bedeutend wirkende Landschaft von Schirmer in Karlsruhe (»Aus der
römischen Campagna«) und »Athen, vom Haine von Kolonos aus gesehen«
von Löffler in München zu nennen. Die große Masse folgt durchaus
der naturalistischen Richtung, legt im Allgemeinen das Hauptgewicht auf
Farbenwirkung und Stimmung und liebt es daher besonders, uns die
festen Gestaltungen der Mutter Erde weniger in ihrer plastischen Bestimmtheit, als unter dem wechselnden Einfluß von Wind und Wetter,
Regen und Sonnenschein, Tag und Nacht, Sommer und Winter ꝛc. zu

reprobucieren. Innerhalb dieser gemeinsamen Tendenz fehlt es jedoch nicht an sehr bedeutenden Divergenzen. Am auffälligsten unterscheiden sich hier, wie in der Genremalerei, einerseits solche Künstler, welche das Hauptgewicht auf die möglichst naturgetreue technische Nachbildung erster, bester Motive legen, ja sich für ihre Arbeiten mit besonderer Vorliebe unscheinbare, reizlose, ja häßliche Naturerscheinungen aussuchen, um an ihnen ihre Kunst zu beweisen; andererseits solche, denen der Gegenstand selbst als die Hauptsache gilt, und welche daher die Erhabenheiten und Schönheiten der Natur selbst zu Darstellungsobjekten wählen und oft, auf deren Wirkung sich verlassend, eine sorgfältigere technische Behandlung derselben nicht weiter für nöthig halten.

Unter den Künstlern der ersten Gattung machen sich besonders durch wirkliche Einseitigkeit und Abirrung ins Extreme Burniß, Scherres und Bennewiß, und durch Wahl von mehr absonderlichen, als landschaftlich wirksamen Motiven auch de Meester, Keller und Genß bemerklich. Der Erstgenannte bietet uns z. B. ein Bild, welches nur aus einer fahl-olivengrünen unteren und einer grauen oberen Hälfte besteht, ein Stück Land und ein Stückchen Himmel, ganz ebenso traurig und langweilig auf der Leinwand, wie in der Natur; der Letztgenannte dagegen malt uns einen nubischen See, selbst eintönig und von ebenso eintönigen gradlinigen Felswänden umgeben, nur belebt durch Tausende und aber Tausende von Kropfgänsen. Müssen wir gegen solche Kuriositäten, auch wenn sie eine noch so bewundernswürdige Technik bekunden, im Namen der Schönheit, als dem höchsten Kunstideal, ernstlich protestieren, so müssen wir doch anerkennen, daß sich in gewissem Betracht dieser Richtung auch Künstler anschließen, die zu den hervorragendsten Vertretern der Landschaft gehören, namentlich Morgenstern und Richard Zimmermann. Auch Diese wählen sich gern Motive, welche vom Auge des Laien leicht übersehen werden, weil sie nicht gerade irgend etwas Außerordentliches bieten. Doch verirren sie sich nicht zu dem wirklich Langweiligen und Unschönen, und sie besitzen die den Künstler vor Allen ehrende Gabe, durch ihre Kunst über das Unscheinbare und Verkannte den Zauber der Schönheit auszugießen. In dieser Hinsicht verdient besonders Morgenstern's Arbeit: »Auf der Höhe von St. Hippolyt im Elsaß« und Richard Zimmermann's zwei kleine »Waldlandschaften mit Thierstaffage« die rühmendste Hervorhebung. Auch eine zauberisch duftige Dämmerungslandschaft, nur Himmel, Moos und seichtes Gewässer zeigend, von Lichterfeld, eine arabische Landschaft von Marilhac, ein Seestück von Schelfhout u. A. gehören hieher.

Weit größer ist natürlich die Zahl der Künstler, welche der andern Richtung folgen. Sie können durchschnittlich weniger leicht auf Abwege gerathen und vermögen mit ihren Arbeiten, selbst bei weniger sich aus-

zeichnender Darstellungsgabe, nicht unbedeutende Wirkungen zu erzielen.
Gleichwohl sind auch sie manchen Gefahren ausgesetzt. Bei der Reproduktion
des Erhabenen und Gewaltigen können sie sich leicht, wie es z. B. Wer
begegnet ist, ins Ungeheuerliche und Bombastische, und bei der Behandlung
des Rein=Schönen und Reizenden in das Kokettierende und Süßliche
verlieren; und noch häufiger kommt es vor, daß sie mit allem Aufgebot
ihrer Kunstmittel dennoch die Größe und Anmuth der Natur nicht zu
erreichen vermögen. Die Innehaltung der rechten Mitte hat daher auch
hier ihre großen Schwierigkeiten, und noch schwieriger ist es, dabei zugleich
etwas wirklich Hervorragendes, Ausgezeichnetes zu leisten. Als Arbeiten,
welche entweder durch ihre Größe und Bedeutung, oder durch Schönheit
und Eigenthümlichkeit der Behandlung am entschiedensten und unmittel=
barsten den Eindruck hervorragender Erscheinungen machen, haben wir
daher nicht allzu viele zu nennen. Wir rechnen dahin den »Chinesen«
von Schleich, die »Erinnerung aus Südtyrol« von J. Lampe, den
»Zeller See« von Heinlein, das »Kaisergebirg in Tyrol« von August
Becker, die »Blaue Gumpe« von Haushofer, und die »Straße von Torre
del'Annunciata bei Neapel« von Oswald Achenbach; auch haben noch der
»Fall des Flusses Glommen in Norwegen« von Jacobs und zwei andere nor=
dische Landschaften von Morten=Müller hierauf Anspruch. Neben diesen
giebt es aber des Schönen und Beachtungswerthen noch gar Manches, z. B.
von Albert Zimmermann, Millner, Steffan, Bückel, Scheuchzer
in der Gebirgslandschaft, von Dibay, Lindlar, Kotsch, Luge in Dar=
stellungen von Wasserfällen, von Ebert, Duval, Koken, Fischbach,
Max Zimmermann, Lier in Wald und Feld, von Eschke, Ekel,
Lindemann=Frommel in der südlichen, und von Baade in der nordischen
Landschaft, von Schotel, Gruyten, Hilverdiek, Vollmer, Hünten
in See= und Hafenstücken, von Schleich, Morgenstern, Baade,
Zwengauer in Mondschein= und Dämmerungslandschaften, und von
Neher, Gerhardt, Klenze, Gail, Gemmel, Knab ꝛc. in Architek=
turbildern.

Schließlich haben wir unter den Gaben der Ölmalerei noch der Thier=
stücke zu gedenken. Während sich auf den andern Gebieten ein verherr=
schender Zug vom Geistigen auf das Sinnliche und Materielle bemerkbar
macht, zeigt sich hier eine prävalierende Tendenz, das Natürliche und
Physische in die Sphäre des Seelischen und Geistigen zu erheben. Man
wählt mit Vorliebe Stoffe aus dem Seelenleben der Thiere oder bringt
sie in solche Beziehung mit dem Natur= und Menschenleben, daß dadurch
irgend ein poetischer Eindruck auf das Gemüth des Beschauers ausgeübt
wird. Mit dem größten Erfolg ist in dieser Beziehung die Thieridylle
von Friedrich Volz in München und Rudolf Koller in Zürich
ausgebildet worden, und diese beiden Künstler haben denn auch die beiden

werthvollsten Arbeiten dieser Art zur Ausstellung beigesteuert, Jener die
»Heimkehr einer Herde am Herbstabend«, und Dieser eine »Idylle aus
dem Berner Oberlande«. Beide Bilder nehmen auch als Landschaften
einen hohen Rang ein und gehören, nach einstimmigem Urtheil, zu den
Hauptzierden der Ausstellung. Außer ihnen haben sich noch Benno und
Emil Adam, Habenschaden, Klein, Hartmann u. A. mit sehr
anerkennungswerthen und interessanten Leistungen betheiligt.

Von einer Besprechung der Aquarell- und Porzellangemälde, der
Kupferstiche und Lithographien, so wie der architektonischen Entwürfe und
Zeichnungen müssen wir aus Mangel an Raum hier absehen; und bezüglich der plastischen Arbeiten müssen wir uns darauf beschränken,
eine »Faunenfamilie« und »Pan, wie er Psyche tröstet« von R. Begas
in Berlin, einen »Ikarus und Dädalus« von Brugger in München
und eine »Liegende schlafende Frauengestalt« von Kiß in Berlin als die
bedeutendsten hervorzuheben. Brugger weicht nicht wesentlich von der
antiken Richtung ab, obschon der Seelenausdruck des emporverlangenden
Ikarus doch ein wenig modern aufgefaßt ist. Begas dagegen behandelt
die dem Alterthum entlehnten Stoffe mehr im Geiste der Renaissance, er
sucht mehr Schwung und Leben hineinzubringen und sie für den heutigen
Geschmack pikant zu machen. In der »Faunenfamilie« hat er dabei mit
feinem Takt die rechten Grenzen innegehalten; bei der andern Gruppe
scheint er mir darin zu weit gegangen zu sein. Die Art und Weise, wie
der mächtige Pan das kleine zimperliche Ding von Seelchen zwischen
seinen Bocksfüßen hält, scheint ein Scherz auf die heutige Überlegenheit
des Pantheismus und Naturalismus über den Idealismus und Spiri-
tualismus sein zu sollen, und als solcher ist er in der That wohl ausgedacht und ausgeführt. Aber einen derartigen Scherz durch die Kunst der
Plastik und noch dazu in so großem Maßstabe zu versinnlichen, will uns
doch als eine etwas kecke Hinwegsetzung über das rechte Verhältnis zwischen
Mittel und Zweck bedünken. Immerhin ist diese Gruppe gerade in der
gegenwärtigen Ausstellung nicht übel am Platze. Spielt doch in ihr der
Idealismus dem Realismus gegenüber etwa die nämliche Rolle, wie
Psyche in den Armen Pan's. Er muß sich, wenn er nicht verzagen will,
von dem ihr über den Kopf gewachsenen Gegner trösten lassen! Und er
kann sich trösten. Zuletzt kommt doch Alles dem Geiste zu Gute.

—s—

Ungedruckte Briefe von Heinrich Heine
an Karl Immermann.

6.

Göttingen, den 24. Februar 1825.

..... Ich machte verflossenen Herbst eine Fußreise durch den Harz, und wenn ich da so eine von den Höhen erklommen, wo man den Magdeburger Thurm erkennen kann — dann blieb ich manchmal lange stehen und dachte an Immermann, und es war mir, als sähe ich Immermann's Genius hoch sich erhebend, viel höher als der Thurm. Vielleicht, in jenen Momenten, saßen Sie zu Hause am Schreibtische, gedichtesinnend. Als ich nach Göttingen zurückkam, fand ich Ihr »Auge der Liebe«. Ich las es mit dem Auge der Liebe. Zeit und Stimmung waren günstig zum vollen Genießen des Gedichtes. Wirklich, ich habe dasselbe mehr genossen, als kritisch betrachtet. Dennoch, um es nicht vorurtheilsvoll und blindlings zu verehren, habe ich es die strengstmögliche Probe bestehen lassen — nämlich gleich hernach las ich Shakspeare's »Sommernachtstraum«. Und ich kann es bestimmt aussprechen: Ihr Gedicht hat Nichts dadurch gelitten, d. h. sein Eindruck wurde nicht dadurch geschwächt. Von Vergleichung kann hier nicht die Rede sein.

Das dritte Buch, das ich in dieser Folge las, war »Graf Platen's Lustspiele.« Diese sind in Form und Gestaltung den Ihrigen sehr verwandt. Nur daß der Witz dem armen Platen, trotz seines Danachhaschens, durchaus abgeht, und daß die Poesie in ihm zwar echt, aber nicht reichlich fließt. Hingegen aus dem »Auge der Liebe« ergießen sich in freudiger Fülle die Blitzstrahlen des Witzes und die Wunderquellen der Poesie. Ich erwähnte Platen's Buch nur um Sie darauf aufmerksam zu machen.

Ihren »Neuen Pygmalion« habe ich ebenfalls gelesen. Ich möchte ungefähr dasselbe darüber aussprechen, was der tolle Engländer dem Goethe in Neapel auf der Treppe über den »Werther« gesagt hat, nämlich: »Das Buch gefällt mir nicht, aber ich begreife nicht, wie es möglich war, es zu schreiben.« Wirklich, diese Erzählung gefällt mir nicht, ich bin sogar ein Feind dieser Gattung, aber ich staune über Ihre meisterhafte Darstellung, und noch mehr über Ihre vollendete Prosa.....

7.

Lüneburg, den 14. Oktober 1826.

Lieber Immermann!

Soll ich wegen meines langen Stillschweigens Ihnen lange Entschuldigungen schreiben? Ich überlasse Ihnen selbst dies Geschäft. Sie wissen ja, wie so einem armen Subjektirling zu Muthe ist, und man braucht es Ihnen nicht erst weitläuftig auseinander zu setzen. Äußere Begebenheiten drängten sich bei mir allzu sehr, als daß zum Mittheilen Zeit übrig blieb. Ich verließ Göttingen, suchte in Hamburg ein Unterkommen, fand aber Nichts als Feinde, Verklatschung und Ärger, gab aus Gegentrotz den ersten Theil der »Reisebilder« heraus (ich habe sie Ihnen geschickt; haben Sie sie erhalten?), reiste zum zweiten Male nach dem Norderneyer See= bad, schwamm und kreuzte verdrießlich auf der Nordsee herum, und bin vor drei Wochen hier im Schoße meiner Familie zurückgekehrt, bedeutend gesunder, aber noch immer krank, kirchhofruhig und in der Absicht, einige Monate oder so lange hier zu bleiben, bis die Langeweile mich forttreibt. Aber was kein Mensch weiß und was ich bloß Ihnen sage — und was Sie keinem Menschen wiedersagen dürfen — Das ist mein Plan, mein wieder= gefaßter Plan, Deutschland auf immer zu verlassen, nachdem ich diesen Winter noch einige Zeit in Hamburg verweilt, wo ich den zweiten Theil der »Reise= bilder« alsdann drucken lasse. Von da soll es zur See nach Amsterdam gehen, und von da nach Paris. O wie lieb' ich das Meer! Ich bin mit diesem wilden Element so ganz herzinnig vertraut worden, und es ist mir wohl, indem es tobt. An Varnhagens habe ich, seit ich ihm die »Reisebilder« geschickt und die liebevollste Antwort erhielt, noch nicht wieder geschrieben, aber diesen Freunden werde ich jenen Reiseplan nicht verhehlen; hat ja Varn= hagen selbst ihn veranlaßt durch seinen Rath. Sonst heißt es noch immer unter meinen Freunden, ich käme nach Berlin, um dort zu lesen. Wahr= lich, ich habe viel zu schwache Nerven, um in Deutschland bleiben zu kön= nen. Ja, hätte ich die Kraft meines Immermann, diese täglich wachsende Kraft!

Ich habe unterdessen Ihren »Cardenio« gelesen. Ich bin begeistert für dieses Buch. Es ist das beste Buch, das ich schreiben wollte. Und doch ist es ein Glück für dieses Buch, daß ich es nicht geschrieben habe. Dieser Cardenio hat alle phantastischen Krankheiten Heine's, und doch zu= gleich alle unverwüstliche Gesundheit Immermann's. In diesem Buche haben sich unsre Seelen ein Rendezvous gegeben; und es ist noch außer= dem ein allerhöchst vortreffliches Buch, bis jetzt mein Lieblingsbuch. — Verzeih mir Immermann, die Eitelkeit, daß ich mir auf dieses Buch Etwas einbilde.....

Wollen Sie Etwas in den zweiten Band meiner »Reisebilder« hin= eingeben, so steht Ihnen darin der beste Platz offen,*) und ich berechne

---

*) Die von Immermann in Folge dieser Aufforderung eingesandten Xenien siehe in H. Heine's sämmtl. Werken, Bd. l., S. 185—192.

Ihnen 2 Louisd'or Honorar, die mir Campe für den Druckbogen giebt.
Es wäre gar hübsch. Die »Reisebilder« sind vor der Hand der Platz,
wo ich dem Publikum Alles vorbringe, was ich will. Sie haben enormen
Absatz gefunden und werden wohl bald eine zweite Auflage erleben. Ich
denke indessen, der zweite und dritte Band soll noch besser ausfallen.

Leben Sie wohl und behalten Sie recht lieb Ihren Freund

H. Heine.

8.

Hamburg, den 3. Februar 1830.

Liebster Immermann!

Ihr »Tulifäntchen« liegt seit 10 Tagen auf meinem Tische (ich
glaube nicht, daß Sie Dieses ungern hören, obgleich Sie mich nicht
besonders dazu berechtigt, es zu lesen), und ich würde Ihnen schon
vor acht Tagen darüber geschrieben haben, wenn ich nicht so halb
und halb Brief von Ihnen erwarten könnte oder erwarten wollte.
Aber jetzt drängt mich Campe, Ihnen zu schreiben; ich sprach ihm
gestern von der Freude, womit ich Ihr Gedicht gelesen, und daß ich nur
einige Kleinigkeiten daran auszusetzen hätte. Dies, wollte er nun, sollte
ich Ihnen schreiben, und in der That, lieber Immermann, ich habe zu
sehr die innere Verpflichtung, Ihnen die Wahrheit zu sagen, als daß ich
Ihnen Etwas verschweigen dürfte, was Ihnen vielleicht missfallen könnte.
Ich will den bitteren Tadel vorausschicken; ich table an »Tulifäntchen«
einige Longeurs, und dann hie und da das Metrische. Beides ließe sich
leicht verbessern, Ersteres durch Streichen, das Andre durch einige Wort-
versetzungen und Vertauschung einiger Worte. Die metrischen Mängel
bestehen nämlich darin, daß die Worte und die Versfüße immer zusam-
menklappen, welches bei vierfüßigen Trochäen immer unerträglich ist,
nämlich wenn nicht just das Metrum sich selbst parodieren soll, was
im »Tulifäntchen« oft Ihre Absicht ist. Sie verstehen; ich meine, daß
da, wo das Wort sich endet, auch immer der Versfuß ($-\smile$) sich bei
Ihnen endigt. Wie leicht lässt sich Dem meistens abhelfen! mit einer
einzigen Partikelveränderung wird der metrischen Einförmigkeit einer ganzen
Strophe abgeholfen. Wollen Sie nun das Gedicht, was Sie gewiß schnell
genug geschrieben, nochmals in solcher Hinsicht durchsehen? Die zweite
Durchsicht wäre gewiß Gewinn. Oder wollen Sie, daß ich es für Sie
in solcher Hinsicht durchgehe und Ihnen dann einige Veränderungen vor-
schlage, die Sie dann nach Wohlgefallen annehmen oder abweisen können?
....Ich habe Campe ersucht, das Gedicht noch zur Ostermesse zu bringen,
....und um jenem Wunsch zu entsprechen, verlangte Campe, daß ich Ihnen
gleich schreibe. Ich erwarte daher umgehend Antwort von Ihnen. Lassen
Sie sich nicht davon abhalten, im Fall Sie mir Ihre Meinung in Betreff

meines letzten Buches noch vorenthalten möchten und deshalb nicht schreiben. Ach, lieber Immermann, ich würde es Ihnen sogar nicht verdenken, wenn Sie jetzt nur die Schattenseite jenes Buches sähen und es Ihnen mißfiele. Dazu kommt noch das Schweinekoncert der Angestochenen, die jetzt grunzen, quieken und quirren; Das könnte Einen leicht verwirren, wenn man nicht seiner Sache sicher wäre. Lieber, trauen Sie mir diesmal und meiner Ruhe. Vertrauen Sie diesmal nur meiner Einsicht, ich habe drei Monate nachgedacht über Das, was ich thun wollte, und ich that nur, was die eiserne Nothwendigkeit verlangte. Man klagt mich an der leidenschaftlichen Übereilung. Gottlob! es heißt jetzt nicht mehr: »Der arme Heine, der arme Immermann!« — das Mitleiden war nicht zu ertragen. — Noch Eins (ich will Sie bestechen!); als ich in München zuerst hörte, daß der Graf Platen gegen Sie ein Pasquill schreibe, sagte ich zu Schenk (vielleicht auch zu Beer, ich weiß nicht mehr genau), daß ich ihn dafür züchtigen werde selbst wenn er mich darin verschont. — Ich habe nie gegen Angriffe, die nur mich selbst betrafen, Etwas gethan, und wenn ich diesmal das Stärkste that, so geschah es, weil Dieses oder gänzliches Schweigen nothwendig war. Doch, ich bin froh, meine Freunde in Berlin, besonders Varnhagen, der besonnene Varnhagen, giebt mir Recht, und obgleich hier ein Nest platonischer Liebenden und alle Sottisen gegen mich von hier ausgehen, so hat mein Buch hier die enthusiastischsten Zustimmer, darunter auch, ganz unbedingt, unsern Freund Zimmermann. Doch, ich verließ ein liebres Thema, nämlich unser liebes »Tulifäntchen«, den kleinen Helden, den epischen Kolibri. Er ist durch und durch poetisch, besonders das vorletzte Kapitel gehört zu den hängenden Blumengärten der Feendichtung. Einheit des Tones, Drolligkeit der Beiwörter und Wortbeugungen überall, süße Drolligkeit und Anmuth überall durchlauernd. Es ist ein Epos, worin die Formen des Heldengedichtes zum Spaß angewendet werden und sich allerliebst mit den Elementen des Kindermärchens vermischen, die mit naivem Ernste darin laut werden.

9.

Wandsbeck, den 25. April 1830.

Ich denke, lieber Immermann, Sie werden die Andeutungen, die ich auf die vorhergehenden Blätter gekritzelt, *) leicht begreifen und in keiner Hinsicht mißverstehen; da Sie gewiß noch ein Brouillon des Gedichtes besitzen, werden Sie mit dessen Hilfe bestimmen können, was in Ihrem Manuskript etwa zu ändern wäre..... Ich hätte Ihnen schon früher diese

---

*) Es waren Änderungs- und Verbesserungsvorschläge zum „Tulifäntchen", die von Immermann fast ausnahmslos acceptiert wurden.

nebenstehenden Blätter geschickt, wenn es mir weniger Mühe gekostet hätte, ein Gedicht, dessen Lektüre mich poetisch bewegte und manchmal berauschte, auch zugleich mit nüchternen Metrikeraugen durchzuschnüffeln. Ich muß Ihnen jetzt noch stärker als vorher meinen Beifall aussprechen; ja, ja, das Gedicht ist vorzüglich, voll echten Humors, bestimmte, überraschend bestimmte Gestaltungen enthaltend, und, wie ich jetzt glaube, auch metrisch gut genug. Wenigstens, neben den metrischen Mängeln enthält es auch metrische Vortrefflichkeiten, die aus der Seele, dem Ursitz der Metrik, hervorgegangen sind, und die kein Graf Platen mit all seinem Sitzfleisch (dem Aftersitz der der Metrik) hervordrechseln könnte. Überhaupt möchte ich diesem Letzteren seine metrischen Verdienste nicht allzu hoch anrechnen; aus Perfidie ließ ich sie gelten, der scheinbaren Gerechtigkeitsliebe wegen. Auch die Metrik hat ihre Ursprünglichkeiten, die nur aus wahrhaft poetischer Stimmung hervortreten, und die man nicht nachahmen kann. Sie, lieber Immermann, sündigen oft genug gegen die äußern Regeln der Metrik, die man allenfalls auswendig lernen kann; selten aber gegen die innere Metrik, deren Norm der Schlag des Herzens. Besonders zeigt sich Das in Ihren Cäsuren; diese, das geheime Athemholen der Muse, dessen kürzeres oder längeres Anhalten nur Derjenige kennt, der in ihren Armen träumte — Das ist Ihre metrische Force, wie sie sich besonders in Ihren Sonetten gegen Platen zeigt. Gott weiß, in wessen pedantischen Armen Dieser sich die Metrik abklaviert, die er nur im Wiegen der Silben ergriffen hat. — Gestern schickte mir Campe das neueste Blatt des »Kometen«, worin von Herloßsohn (den ich gar nicht kenne) mein Buch vertreten wird. Ein toller Druckfehler, der mit rother Kreide in dem Blatt, das ich erhalten — wahrscheinlich von dem Verfasser selbst — verbessert ist, injuriiert Sie; Das verdarb mir die halbe Lust. In einem ähnlichen Aufsatz des »Freimüthigen« glaube ich Häring's Feder zu erkennen. Allmählich werden die Leute vernünftig, aber nur allmählich. — Campe reist Ende dieses Monats nach Leipzig. Ich lebe isoliert auf dem Lande, unter französischen Revolutionsmemoiren und großen Bäumen, die allmählich grün werden. — Behalten Sie mich lieb!

Ihr Freund   H. Heine.

Druckfehler.

Heft VI., S. 471, Zeile 3, statt Reser lies Reber.
Heft VII., S. 529, Zeile 6 v. u., statt libellum lies libellus.
Heft VIII., S. 613, Zeile 7 und 16, statt Natur lies Statue.
Heft X., S. 752, Zeile 2 v. u., statt Lehrbuche lies Lesebuche.

Druck von Pontt & v. Döhren in Hamburg.

Gedichte von Cajus Möller.

1. Die Schlacht bei Idstedt.

Sieben Stunden rangen sie,
Setzten Blut für Freiheit ein;
Sieben Stunden schlangen sie
Blut'gen Kriegesreihn.
Sieben Stunden ward gezielt,
Um Sieg zu werben,
Mit dem Tod gespielt
Auf Leben und Sterben.

Da ritt der Tod auf heißem Blei
Einher in Saus und Braus,
Und wem gebraust der Tod vorbei,
Der sandt' ihn wieder aus.
Sie standen stumm und unverwandt
Und schossen um den Preis,
Die Stirne roth und roth die Hand,
Die Flintenläufe heiß.

Durch die Dänen ging ein Wanken,
Ein Zagen, ein Weichen,
Da zur Erde sanken
Ihre Besten als Leichen;
Ihre Herzen durchfuhr ein Zittern,
Da mit Kugeln sie schauten
Die Zwingburg zersplittern,
Die feige Listen bauten.

Was zerbrachst du, o Schwert,
Geschwungen zum Streich
Auf den Feind an der Erd',
Verwundet und bleich?
Was fielst du, o Kranz,
Blutig belaubt,
Von des Vaterlands
Siegprangendem Haupt?

Durch jubelnde Scharen
Ging ein Erblassen;
Herüber, hinüber
Wogten die Massen;
Dann wichen sie langsam
Auf blut'gem Pfade,
Da die furchtbare Göttin
„Entscheidung" nahte.

Nicht wie gejagtes Wild
Athemlos flieht; —
Wie der wunde Leu
Zurück sich zieht:
Fest in der Faust
Die blutige Wehr,
So wich vom Feld
Das besiegte Heer.

Wo war die Wage,
Die Recht und Unrecht wägt und mißt,
An jenem Tage,
Den nie ein deutsches Herz vergißt?
Wo war an jenem Tag
Der Stärke Richterspruch,
Da des Starken Schwert zerbrach,
Und der Feige den Lorber trug?

Des Landes Frauen wanden
Die Hände im Gebete,
Des Landes Männer standen
Auf blut'ger Stätte;
Erlösung von Schmach
Ersehnt, erkämpft, erbeten —
Doch Gott im Himmel sprach:
„Zertreten, zertreten!"

Da füllten das Feld
Mit blitzenden Waffen,
Die im Hohn das Geschick
Zu Helden geschaffen;
„Tragt fürder den Sieg!"
Ward geboten,
Und die Heide blieb
Allein mit den Todten.

Die lagen da,
Erstorbnen Zorn
Auf geborstner Lippe,
Blutig vorn
Die Wunde, durch die
Der Tod gebraust,
Und ums Schwert geballt
Die erstarrte Faust.

Um diese Todten klagt kein Lied,
Wie es ein Mensch ersinnt;
Sie klagt, der über die Gräber zieht,
Der nächtliche Heidewind.
Keine Blume auf der Lagerstatt,
Nur Heide und Moor umher:
Wo Gott ein heilig Recht zertrat,
Blüht keine Blume mehr.

2. Schwüle.

Die Stunden sind trüb und leer,
Und es senken sich erdenwärts
Meiner Seele Schwingen so schwer;
Nach den Lüften schmachtet mein Herz.

„Fahr hin mit den Wolken," so ruft's,
„Deine alten Gespielen ja sind's!"
Sie steigt nicht in schlummernder Luft,
Sie steigt nur auf Fitt'gen des Winds.

„In den Lüften wird lieblicher Klang
In verdämmernder Ferne mir kund;
O, erhasche den süßen Gesang,
Träuft' ihn auf den lechzenden Mund!"

Vergebens! es schlummert der Wind,
Vergebens! die Schwingen sind müd.
In dämmriger Ferne zerrinnt
In den Lüften das lindernde Lied.

3. Sirenenstimme.

Schlag die Gedanken dir aus dem Sinn!
Was spähst du nach rollenden Wolken so bang?
Kommt der Abendwind, flattern sie alle dahin,
Und der Tag ist kurz, und die Nacht ist lang!

Horch nicht der Thatlust lockendem Lied!
Ob leuchtend empor die Sonne sich schwang:
Wann der Abend kam, ist ihr Strahl verglüht —
Ach, der Tag ist kurz, und die Nacht ist lang!

Ich küsse dir von der Stirn den Harm,
Der leis sich um deine Seele schlang;
Komm, Wonne zu trinken in meinem Arm —
Sieh, der Tag ist kurz, und die Nacht ist lang!

4. Wem kein Schwert durch die Seele ging.

Wem kein Schwert durch die Seele ging,
Der hat keine Tiefen erschlossen.
Verlacht und verweint, verweint und verlacht
Hab' ich meines Lebens edelste Macht,
Bis sie in Nebel zerflossen!

Mein flügelschneller Geist sank todt
Aus seinem Lustgehege,
Wie vom Blei getroffen der Adler sinkt;
Auch hatt' ich einmal ein Herz, wie mich dünkt —
Nun liegt es verblutend am Wege!

Drüber hin rollen die Räder der Welt,
Mein Herzblut muß sie röthen.
Fort, du Rabe, krächze nicht so!
Sei ruhig, Herz, und ächze nicht so —
Bald bist du zermalmt und zertreten!

5. Einem Freunde.

Singt die lust'ge Lerche doch nicht mehr,
Wo der Lenz das Reich verloren —
O, wie stürbe nicht die Melodie,
Wo das Herz zu Eis gefroren!

Nicht geschaffen ward der Erde Sohn,
Seinen Bruder zu lieben herzlich;
Und wir haben thöricht die Seelen getauscht,
Von der Sonne Feuerkuß berauscht —
Sie zerreißen die Bande schmerzlich.

Fahr wohl! Unsre Seelen grüßen sich
Auf Nimmerwiedervereinen;
Denn in Nebel zerrinnt der Herzensbund,
Dem nicht himmlische Sterne scheinen.

Du steigst den leuchtenden Pfad empor,
Von des Frühroths Strahl umschimmert;
Wer sich selbst auf der Thoren Weg verlor,
Den führt er hinab in das schwanke Moor,
Wo das Irrlicht verscheidend flimmert.

Du bist der Letzte, den ich geliebt;
Meine Gluth ist am Versinken.
Deine Flammen lodern hell und rein
In die weite Himmelsluft hinein,
Bei der Morgensterne Blinken.

Doch zu theuer ist meine letzte Gluth,
Dass langsam sie verschwehle —
Fahr wohl, fahr wohl, du letztes Grab
Auf dem Friedhof meiner Seele!

6. Nachtlied.

Wenn die Jugend verweht,
Wenn erloschen der feurige Muth,
Wenn zu Asche ward
Des Lebens lodernde Gluth;

Wenn die Seele, die einst
Wie der Adler die Fittige hub,
Zu Boden sank
Und mit Thränen die Hoffnung begrub:

O, was sendet der Tod
In die Brust nicht den stillenden Pfeil,
Wo die Seele verwaist,
Und der Kummer ihr Erbe und Theil!

Einem Schatten gleich,
Schwebt auf Gräbern sie nächtlich im
Gram,
Und ruft hinab,
Doch es schweigt, was der Tod ihr
nahm.

Aus der Gruft hervor
Bricht ein Laut nur, ein wilder Schrei:
„Leg dich hin und stirb,
Deine Hoffnung ist todt und vorbei!"

7. Wären die Todten nicht!

Wären die Todten nicht,
Um die meine Seele trauert:
Von Bangen undurchschauert
Schaut' ich dem Strafgericht
Der Vernichtung ins Angesicht.

Das Ziel der müden Glieder wird verrückt,
Die Hoffnung wunder Seelen wird erdrückt.
Wohl Mancher, der zu Boden sank,
Den Schlaftrunk haltend in erschöpfter Hand,
Ward im Beginnen festgebannt:
„Ein Etwas gähnt noch hinter Grabes Rand?"
Und auf die Erde rann des Todes Trank.

Wie Schatten durch die Dämmrung schleichen,
Bis ihr Umarmen jedes Licht verdrängt,
Bricht aus der Phantasie endlosen Reichen
Wolfsgleich das Schrecken, das den bleichen,
Marklosen Seelen an der Ferse hängt.
Die Felsenwände hallen wieder,
Geheul verscheucht den Schlaf der Brüder,
Die aus dem finstern Dickicht schießen,
Stets engre Kreise um die Beute schließen.

Armsel'ge Seelen, die ins Ungewisse
Hinstarren wider Willen,
Und jene Welten, die sie schaun durch Risse,
Mit selbstgeschaffnen Schreckensbildern füllen!

Die denken klein von ihren eignen Seelen,
Die sich mit Zukunftsträumereien quälen,
Und glauben, dass in andre Kreise,
Als die sie selbst sich durfte wählen,
Die abgeschiedne Seele reise.
Zu meinem Leibe spreche die Erde: „Zerstieb!"
Doch nicht in einer Ewigkeit erlischt,
Was ich gewollt; kein Gott verwischt,
Was sich ein Mensch in seine Seele schrieb.
Ein Andres ist, vor dem ich beben werde,
Wann hinter mir in Dämmrung sinkt die Erde.

Das ist's, wovor die Wangen mir erbleichen,
Und jenes Eine ist mir fürchterlich:
In einer Ewigkeit zu schleichen
Den Weg, den man auf Erden schlich;
Wie er sich grau und träge windet,
Und nie in einen andern mündet,
In fernste Weiten hinzusehn
Den Weg, den, mit dem Stolz verbündet,
Die Thorheit sich gewählt zum Gehn.

Und jenen fürchterlichen Reichen,
Der Phantasieen selbstgeschaffnen Banden,
Die stärkste Seelen zauberhaft umschlingen,
Mit einem Sprunge zu entspringen;
Am Strand der Glaubenslosigkeit zu landen,

Nicht in Unendlichkeiten mehr zu sehn,
Dem Todesgrausen zu entgehn,
Das nächtlich sich auf Sünderherzen kauert,
Als Wärterin an Sterbebetten lauert;
Aus widrigster Verzweiflung Ketten
In eine Nacht mich ohne Tag zu retten:
Schaut' ich dir längst, Vernichtung, ins Gesicht,
Von Bangen unburchschauert, —
Wären die Todten nicht,
Um die meine Seele trauert!

Neueste Ballade von Barbarossa.
Von Robert Hamerling.

Mich auch trieb es, hinzuwandern in den finsteren Kyffhäuser,
Barbarossa zu besuchen, den erlauchten Schwabenkaiser.
Sah ihn, sah den Tisch durchwachsend den berühmten rothen Bart,
Ringsherum die Tafelrunde, stahlbewehrt und dicht geschart.

„Auf!" so rief ich, „großer Kaiser, sammt der stolzen Tafelrunde!
Auf, erheb dich, denn geschlagen hat, so dünkt es mich, die Stunde!
Wisse, matt und matter kreisen beine Raben um den Berg,
Und am Thor ist eingeschlummert, der den Eingang wehrt, der Zwerg."

„Laß die Raben," sprach der Kaiser, „laß die Raben und die Zwerge!
Andre Dinge muß ich hören, soll ich wandern aus dem Berge.
Sprich mir erst von meinem Volke: steht es ba bewußt und groß?
Steht es endlich ba, gerüstet, als ein einziger Koloß?"

„Turner," rief ich, „großer Kaiser, Turner wohl so manches Tausend
Und auch Sänger stehn geschaaret. Deutsches Lied ergießt sich brausend
Von den grauen Nordseebünen bis zum Alpenfelsengrat:
Feste haben wir und Lieder, und so kommt wohl auch die That!"

Da bedenklich, o bedenklich seufzte der erlauchte Kaiser
Und sein Seufzer widerhallte rings im finsteren Kyffhäuser.
„Wehe!" rief die Tafelrunde, stahlbewehrt und dicht geschart,
Krümmte sich auf ihren Stühlen und zerraufte sich den Bart.

„Sage," frug der Kaiser, „sage, denkt ihr kühn voranzugehen
Oder kläglich nachzuhinken den bewegenden Ideen?
Ist das Denkervolk der Freiheit, ist's des Rechtes edler Hort?
Sage mir, was gilt den Völkern deutscher Name, deutsches Wort?"

„Fluch den Deutschen!" (gab ich Antwort) „schallt's, wo immer wir erscheinen,
Und sie hetzen uns mit Hunden und sie werfen uns mit Steinen,
Aber noch in einem Punkte stillzufrieden siegen wir:
Sie verbannen unsre Sprache, doch sie trinken unser Bier!"

Da bedenklich, o bedenklich seufzte der erlauchte Kaiser
Und sein Seufzer widerhallte rings im finsteren Kyffhäuser.
„Wehe!" rief die Tafelrunde, stahlbewehrt und dichtgeschart,
Krümmte sich auf ihren Stühlen und zerraufte sich den Bart.

„Sage," sprach sodann der Kaiser, „sage, sät auf fremde Felder
Stets der Deutsche noch sein Herzblut, seinen Schweiß und seine Gelder?
Will er stets noch alles Andre lieber, als er selber, sein?
Sprich, wie steht es um die Brüder an der Eider, an dem Rhein?"

„Fremder Fuß," gab ich zur Antwort, „steht auf deutscher Brüder Nacken,
Doch wir wissen uns zu trösten mit Slowaken und Polacken;
Wer daheim an Rhein und Eider herrschen möge, gilt uns gleich,
Stiften wir nur bei den Türken noch ein deutsches Donaureich!"

Da bedenklich, o bedenklich seufzte der erlauchte Kaiser
Und sein Seufzer widerhallte rings im finsteren Kyffhäuser.
„Wehe!" rief die Tafelrunde, stahlbewehrt und dichtgeschart,
Krümmte sich auf ihren Stühlen und zerraufte sich den Bart.

Stand und wußte Nichts zu sagen, wußte nicht, wie mir geschehen.
Sprach der Kaiser: „Zieh in Frieden, Freund! und im Vorrübergehen
Melde draußen meinen Raben, fortzureisen um den Berg,
Und, daß er des Amtes walte, weck am Thore mir den Zwerg!"

Heitere Geschichten

aus den Lehr- und Wanderjahren eines Sängers.

---

2. Ein Pariser Musiknarr.

Es giebt in Paris allerlei Sorten von Menschen, und jede einzelne
Gattung findet sich wohl in den verschiedenartigsten Abstufungen und
Schattierungen vor; unter Andern auch Narren, von den gefährlichsten
bis zu den allerunschuldigsten. Zu Letztern gehören auch zum Exempel
die Musiknarren und zu dieser Gattung zählte — mit Verlaub zu sagen —
ein gewisser Graf von B. Derselbe glaubte nämlich steif und fest, ein
großer Musiker, ein Komponist zu sein, und zwar zum mindesten — ein
Beethoven. Damals (1840) waren die Heroen der Zukunftsmusik
noch anderweitig beschäftigt: Robert Schumann schrieb meistens noch
Zeitungsartikel, Richard Wagner noch Operntexte, die andere Musiker
komponierten, Franz Liszt feierte als Meister des Klavierspiels die größten
Triumphe und dachte wohl kaum an seine spätern symphonischen Dichtungen, und Henry Littolf ließ sich just erst die Haare lang
wachsen, um sie später, bei Änderung seines musikalischen Glaubensbekennt-
nisses, wieder abschneiden zu lassen. Nur Hektor Berlioz hatte schon
mehrere seiner außergewöhnlichen Kompositionen geschrieben und aufgeführt,
doch mit zweifelhaftem, sehr getheiltem Erfolge. Diese Herren zählten
deßhalb bei unserm Grafen nicht mit. Wäre dieses Alles anders gewesen,
hätte es damals also gestanden wie heute: man hätte Zehn gegen Eins
wetten können, daß Graf von B. einen Schritt weiter gegangen wäre
und sich von vornherein auch für einen Komponisten der Zukunft gehalten
haben würde. Doch Anno Dazumal gab's, wie schon gesagt, noch keine
solche Wahl, und der Herr Graf mußte sich schon mit unserm Beethoven
begnügen.

In einer musikalischen Abendunterhaltung bei einem reichen Bankier
deutscher, oder vielmehr israelitischer Abstammung hatte einer unserer
Freunde, der tüchtige Geiger B. (er leitete in den letzten Jahren eine
Kapelle in einer bedeutenden Fabrikstadt am Niederrhein) besagten Grafen
kennen gelernt. B. war dem reichen, vornehmen Herrn nach der Exekution
einer Beethoven'schen Sonate vorgestellt worden, mit der erläuternden Bemerkung, daß der Herr Graf nicht allein ein großer Kenner, sondern selbst
Komponist sei, welche Belehrung Freund B. mit einer tiefen, respektvollen
Verbeugung vor der Hand als Wahrheit hingenommen. Der Herr Graf,
welcher entzückt über B.'s Leistung gewesen, hatte sich dann angelegentlich
mit ihm unterhalten, das Gespräch auf B.'s tägliche Beschäftigung, seine

Verhältnisse, seine Umgebung gelenkt, und so bald Kenntnis erlangt von
der kleinen Künstlerkolonie in der Straße der Märtyrer, der B. angehörte.
Solche Mittheilungen schienen dem Herrn Grafen gar wohl zu behagen.
Er ließ sich unsere Persönlichkeiten und Talente sammt und sonders
auf das genaueste beschreiben und versprach dann, uns in den nächsten
Tagen zu besuchen. B. glaubte, einen Beschützer, bedeutend an Einfluss
und Kenntnissen, gefunden zu haben, und sprach im Verlaufe des Abends,
recht froh angeregt, mit einem ältern französischen Künstler über diese
neue, sicher folgenwichtige Bekanntschaft. Doch der Kollege zuckte lächelnd
die Achseln und meinte, der Herr Graf sei einfach -- ein Narr. Freund
B. war über solchen Bescheid anfänglich zwar ein Weniges verblüfft, doch
nach kurzer Überlegung meinte er, daß es sich bei versprochener näherer
Bekanntschaft gar bald zeigen würde, ob der Herr Graf ein tüchtiger
Musiker oder ein Narr wäre. Somit beruhigte er sich und beschloß, das
Weitere abzuwarten. Also thaten auch wir Übrigen, als B. uns von der
neuen Bekanntschaft erzählte und deren demnächstigen Besuch ankündigte.

Einige Tage nach jener Soirée, an einem Sonntage, hielt denn auch
gegen elf Uhr Morgens ein elegantes Koupé mit Kutscher und Bedienten in reicher, doch etwas bunter Livrée vor dem Thore des Hofes,
in welchem das Gebäude lag, in dessen Dachräumen sich unsere verschiedenen Wohnungen befanden. Der Graf B. in feinster Morgentoilette
entstieg, von seinem Bedienten unterstützt, dem Wagen und betrat den
nicht allzu schönen Hofraum, während der Diener, auf ein Zeichen
von ihm, wieder zurück zu dem Wagen ging. Der feine, vornehme Herr
schaute sich etwas verwundert an besagtem Orte um, der durchaus nichts
Künstlerisches zu bergen schien, und erregte billigermaßen die Aufmerksamkeit der alten Thor- und Haushüterin, die schon längst die Nase zu
der Thüre ihrer Loge herausgesteckt hatte und den eleganten Fremden
neugierig betrachtete. Auch wir hatten ihn bemerkt, doch Keiner von uns
machte Miene, dem vornehmen Besuch entgegen zu gehen, ihn etwa am
Fuße der schmalen Treppe, die vom Hofe direkt und schnurgrade nach dem
Gange führte, an den die Thüren unserer Wohnungen stießen, zu empfangen.
Vier von unserer Kolonie wollten sich just zusammensetzen, um ein Beethoven'sches Quartett, von welchem am selben Abend ein Theil in einem
öffentlichen Koncerte gespielt werden sollte, zu probieren. Die Ankunft
des fremden Herrn beschleunigte den Beginn des Musikstückes, und unge-
säumt, mit kräftigen Bogenstrichen, wurde der erste Theil begonnen. Sicher
der würdigste Empfang für einen Mann, der sich einen bedeutenden Musiker
dünkte und sich als solcher gebärdete.

Der Herr Graf hatte das lange einstöckige Gebäude, das unten Werk-
stätten enthielt, mit seinen ärmlichen Mansardenfenstern ziemlich staunend
und zweifelnd betrachtet, als plötzlich die Töne der vier Saiteninstrumente

an sein Ohr schlugen und eine zauberhafte Wirkung hervorzubringen schienen. Denn ohne sich lange um die, bereits den zahnlosen Mund zur gewöhnlichen Frage öffnende Portiere zu bekümmern, schritt er mit höchst zufriedener, lächelnder Miene auf die Öffnung zu, die den Eingang in das Gebäude, zur Treppe, vermuthen ließ. Bald hatte er das bescheidene Zimmer gefunden, in welchem die Vier musicierten und wir Andern plaudernd auf Stühlen, Bänken und andern Möbeln saßen. Die Thür leise öffnend, trat der vornehme Musikfreund ein und bedeutete uns, die wir ihm begrüßend entgegentraten, so wie die Spieler, die anstandshalber ihr Spiel unterbrechen wollten, aufs bestimmteste, keine Notiz von ihm zu nehmen, sondern nur fortzufahren. Dann blieb er wider die Thüre gelehnt stehen, anscheinend ganz versunken in die herrlichen Harmonien und melodischen Gänge des Werkes des unsterblichen deutschen Meisters. Sein Gesicht, das etwas recht Gutmüthiges — fast möchte ich jetzt schon sagen: Simples — hatte, strahlte vor Vergnügen und Entzücken, und als endlich der erste Theil des Quartetts vorüber war, konnte er nicht mehr an sich halten und brach in lauten Beifall aus, indem er zugleich den Spielern aufs herzlichste die Hände drückte und sie mit gewählten Komplimenten überhäufte. Doch war es uns auffallend, daß er sich fast in einem Athem erkundigte, von wem denn eigentlich das herrliche Quartett gewesen. Als ihm Freund B., darüber etwas erstaunt, den Namen Beethoven und die Opuszahl des Musikstücks genannt, schlug er sich lachend vor die Stirn und meinte, er sei manchmal so zerstreut; das Werk könne ja nur von Beethoven sein; ein Anderer wäre ja nimmer im Stande, also zu schreiben, und er erkenne es nunmehr, nachdem ihm die Opuszahl genannt, auch vollständig wieder.

Wir waren rasch vertraut mit einander geworden, denn der reiche und vornehme Herr benahm sich so liebenswürdig, daß bald alle Scheu verschwunden war und wir sammt und sonders mit ihm plauderten, wie mit einem der Unsern, einem alten Bekannten. In seinen Gesprächen bekundete er eine ziemlich genaue Kenntnis der Werke Beethoven's, die er alle, fast ohne Ausnahme und in mehreren Ausgaben, soviel er deren nur habe auftreiben können, zu besitzen vorgab und natürlich göttlich fand. Er sprach so geläufig von den »Ruinen von Athen«, wie von des Meisters »Fidelio«, den er in Paris von der göttlichen Schröder-Devrient gehört hatte. Die verschiedenen Sonaten und Koncerte, die Symphonien und die »Schlacht von Vittoria« kannte er nebst ihren Entstehungen. Auch von der neunten Symphonie mit Chören und den letzten Quartetten wußte er zu reden, und das Alles fast immer in gewählter, geistreicher Weise.

Wir horchten bei solchen Reden allerdings etwas erstaunt auf, und, uns zusammennehmend, versuchten wir solch Gespräch weiter fort- und auszuführen. Doch hatte er einmal sich über Etwas ausgesprochen, so lenkte unser

Besuch, sich gleichsam auf keine weitere Diskussion über einen und denselben Gegenstand einlassend, von dem Thema ab und das Gespräch auf ein anderes Werk Beethoven's hin, seine Urtheile darüber mit allerlei überraschenden geistreichen Bemerkungen illustrierend. Daß er uns durch solche anscheinend umfassende und tiefe Kenntnis der Werke unseres Meisters überraschte, stellenweis sogar verblüffte, war ganz natürlich. Es wurde dadurch auch vor der Hand ganz unmöglich, uns ein festes Urtheil über unsern Besuch zu bilden, ob der neue Freund und Gönner in Wahrheit ein tüchtiger Musiker, oder nur ein vielbelesener oberflächlicher Dilettant, oder gar, wie jener Franzose gesagt — ein Narr sei. Doch gar bald, noch am selben Tage, sollten wir darüber vollständigste Gewißheit erhalten, und zwar auf die ergötzlichste Weise.

Nachdem der Herr Graf von B. sich eine Weile also und wahrhaft liebenswürdig mit uns unterhalten, auch auf sein bringendes Bitten das Quartett in allen seinen Theilen zu Ende gespielt worden war, worauf natürlich neue Freudenausbrüche und enthusiastische Beifallsbezeugungen erfolgten, lud er uns sammt und sonders ein, am selbigen Abende, nach dem Koncerte — welches er natürlich nicht versäumen würde — bei ihm zu Nacht zu speisen. Hierauf drückte er Jedem herzlich und freundlich die Hand, sagte nochmals genau seine Adresse und daß er uns spätestens und bestimmt gegen elf Uhr erwarte, und sich jede Begleitung verbittend enteilte er der Stube, verschwand, wie er gekommen, und bald trug ihn sein Koupé in raschem Fluge die Straße entlang, dem Boulevard zu.

Der Besuch hatte uns im Ganzen keinen übeln Eindruck gemacht, und wenn wir auch über ihn selbst durchaus noch nicht im Klaren waren, so versprachen wir uns doch von ihm auf alle Fälle rechte Unterhaltung und angenehme Stunden. Der Graf war — so Viel stand fest — ein reicher, feiner Mann, Enthusiast und glühender Verehrer der Musik, und demnach ein natürlicher Beschützer der Künstler, und seine Gönnerschaft konnte für uns nur gute Folgen haben. So beschlossen wir natürlich einstimmig, seiner freundlich und liebenswürdig vorgebrachten Einladung Folge zu leisten.

Am Abende, nachdem das Koncert, in welchem die meisten Glieder unserer kleinen Kolonie mitzuwirken hatten, vorüber war, setzten wir uns allesammt in Marsch und zogen der Wohnung unseres neuen Gönners zu. Dieselbe lag in einer der elegantesten Straßen des Opernviertels und im ersten Stockwerk eines großen, prachtvollen Hauses. Wie alte, gute Bekannte wurden wir empfangen und saßen bald in dem reich möblierten Salon behaglich auf den weichen sammtnen Fauteuils, plaudernd und feine Cigarren rauchend, die der Hausherr uns in Erwartung des Soupers, das alsbald servirt sein würde, dargereicht. Alles athmete Reichthum und Komfort, und zwei herrliche Erard'sche Flügel, so wie eine prachtvolle musikalische Bibliothek, die bei näherer Besichtigung fast nur Beethoven'sche Werke in den kostbarsten Einbänden zeigte, deuteten die Hauptliebhaberei — oder vielleicht auch nur die Manie — des Besitzers an.

Das Souper war vortrefflich, ausgesucht. Von den Austern aus Ostende, die es einleiteten, bis zum Dessert, aus den delikatesten und seltensten Südfrüchten, feinsten Konfitüren und Süßigkeiten bestehend, enthielt es wohl das Beste und Seltenste an Fleisch und Fisch, was im Augenblick in Paris zu haben gewesen. Ebenso verhielt es sich mit den Weinen. Jeder Gang brachte neue Sorten und neue Gläser, und unserm deutschen Vaterlande zu Ehren ließ der galante und freundliche Franzose einen Rheinwein servieren, wie ich bis dahin noch nimmer, und sogar bis heute nicht oft, gekostet. Wir waren lustig und munter und freuten uns der herrlichen Gottesgaben so recht von Herzen. Das heißt, wir ließen es uns ganz vortrefflich schmecken. Daß unsere Gespräche sich nur um Musik, um Beethoven drehten, verstand sich natürlich von selbst. Von den verschiedenen kostbaren und feurigen Weinen an- und aufgeregt, ließen wir uns nach Herzenslust gehen, und plauderten, schwatzten, gleich dem Wirthe, Allerlei bunt durcheinander. Dieser — mochte er von unserer Seite nicht mehr den richtigen und nöthigen Halt für seine musikalischen Gespräche finden, oder sich überhaupt ausgeplaudert haben — fing endlich an, gar barockes, ja tolles, unsinniges Zeug zu reden. Nachdem wir Dies einmal erkannt, ließen wir unserer Laune ohne Rückhalt die Zügel schießen und brachten den guten Grafen bald dahin, daß er uns sein musikalisches, oder vielmehr höchst unmusikalisches Innere vollständig enthüllte. Unsere entsetzten Ohren hörten unter Anderm Folgendes: Frei müsse der Geist schaffen und wirken, sich an keine beengenden Formen, an keine starren Regeln binden; also habe Beethoven gedacht und gethan, und er, der Graf, denke deßgleichen. Und da er nun bis jetzt der Einzige sei, der die Kühnheit habe, auf solchen Wegen zu wandeln, so betrachte er sich auch als den einzigen — und bescheiden fügte er hinzu — hoffentlich als den würdigsten Erben und Nachfolger Beethoven's, worüber seine Freunde alsbald des Nähern urtheilen sollten.

Wie schauten wir uns bei solcher Rede an! Keiner von uns zweifelte nunmehr daran, es mit einem kompleten Narren zu thun zu haben. Es sollte aber bald noch ärger kommen.

Der Salon war während des Soupers glänzend erleuchtet worden; die Pianos standen beide geöffnet da, und ein Quartett anscheinend vortrefflicher Instrumente wurde von den Bedienten aus kostbaren Futteralen hervorgeholt. Wir hatten unsern Mokka genossen und Cigarren rauchend saßen wir lachend und plaudernd wieder in dem behaglichen, superben Raume. Der Hausherr bat nun recht freundlich um eine Sonate seines

Lieblingskomponisten, worauf er uns dann auch eine freie Fantasie im großen Beethoven'schen Stile von seiner Komposition versprach. Solches wurde mit allgemeinem Jubel auf- und angenommen, denn wir waren nunmehr aufs äußerste gespannt auf ein Opus unseres Wirthes, der sich selbst Beethoven's Erben und Nachfolger genannt hatte. Freund B. sprach leise einige Worte mit einem der Unsern, Namens M., der, ein trefflicher Musiker und Komponist, eine Menge Instrumente ziemlich gut, das Piano aber ganz vorzüglich spielte. Derselbe (M. war ein geborner Bonner und weilt und wirkt gegenwärtig in bedeutender Stellung am spanischen Hofe) unterdrückte gewaltsam ein Lächeln, doch nickte er bejahend, und Beide bereiteten sich vor, die vom Hausherrn gewünschte Sonate zu spielen.

B. stimmte die Geige, die trotz der Teppiche und Draperien einen vollen und schönen Ton von sich gab, und M. legte die bekannte »Kreuzersonate« auf. Nachdem er noch Einiges mit seinem geigenspielenden Kollegen leise flüsternd besprochen — wohl Verständigungen über Nüancen und Wiederholungen — begannen Beide das herrliche Musikstück, das wir Übrigen, behaglich in den weichen Fauteuils ruhend und rauchend, mit wahrer Lust anzuhören uns anschickten.

Plötzlich — der große Todte mag es ihnen verzeihen! — veränderte das Tonstück seinen Charakter vollständig. Wir staunten und schauten einander verdutzt an, trauten endlich unsern Ohren kaum, als der Geiger immer wilder und wilder drauflos strich und die allermodernsten Gänge und Passagen hören ließ, während der Pianist durchaus nicht mehr streng auf die Beethoven'schen Noten, sondern verstohlen auf den Geiger schaute, um dessen bizarre Einfälle entsprechend zu begleiten. Langsam gingen die wilden, wirren Gänge und Harmonien in einen sanften elegischen Gesang über, der sich immer weicher und gefälliger entwickelte. Jetzt hatten wir die Weise erkannt. Es war kein Zweifel mehr. Die beiden Vortragenden, vom Teufel des Muthwillens geplagt, aufgeregt durch das kostbare Souper und den herrlichen Wein, doch wohl hauptsächlich veranlaßt durch den sonderbaren Beethoven=Kenner, spielten die bekannte »Melancholie« von Prüme, an Stelle der begonnenen Beethoven'schen Sonate, und der Hausherr saß da — so unglaublich es klingen mag — mit leuchtenden Augen und andächtig gefalteten Händen, schwelgend im Genusse der vermeintlichen Schöpfung seines Lieblingskomponisten.

Wir mußten uns Gewalt anthun, um bei dieser Scene nicht laut aufzulachen, und es war ein Glück, daß die beiden Spieler so bald wie nur möglich endeten. Das Musikstück war übrigens vortrefflich gespielt worden, und der Herr Graf war entzückt, außer sich. Er umarmte die Vortragenden mehrere Male, und auch wir vermochten uns nur durch ähnliche Beifallsbezeugungen hinlänglich Luft zu machen.

Nachdem sich der Sturm der Lust etwas gelegt, ging der Herr des Hauses daran, sein Versprechen zu erfüllen und uns Etwas von seinen Kompositionen zum Besten zu geben. Er öffnete einen der großen Musikschränke, der mit überaus prachtvoll eingebundenen Bänden und Heften von den verschiedensten Formaten angefüllt war, und die er mit selig lächelnder Miene und freudig stolzer Selbstzufriedenheit uns bescheiden als seine eigenen »sämmtlichen Werke« — die jedoch theils nur entworfen, theils vollendet — präsentierte. Wie gern wären wir über die dick- und dünnleibigen Bände und Hefte hergefallen, um zu schauen, was sie denn eigentlich unter ihren sammtnen und ledernen, reich vergoldeten Gewändern bargen. Doch nachdem der Graf rasch ein Heft in blauem Sammtbande, mit Silberspangen verziert, hervorgeholt, schloß er den Schrank wieder sorgfältig zu, und wir mußten uns vor der Hand mit dem einen vielversprechenden Hefte begnügen. Und also thaten wir auch, recht begierig darauf, was uns sein Inhalt bescheren würde.

Der Graf setzte sich ans Piano, legte sein prächtiges Heft auf und begann seine freie Fantasie im großen Beethoven'schen Stile, wie er einleitend sich abermals ausdrückte.

Was wir da zu hören bekamen! — Ich scheue mich fast, es niederzuschreiben, und würde es nicht thun, wenn ich nicht die vollste Wahrheit zu berichten hätte. Es war die einfachste, schülerhafteste Klavierpiece; schülerhaft — nein, stümperhaft vorgetragen, und mit unmöglichen, ohrenzerreißenden Harmonien und unabsichtlichen falschen Accorden durchweg illustriert. Es war richtig! der Herr Graf von B. war, was Musik anbelangte, ein vollständiger Narr und reif fürs Irrenhaus. Anfänglich erregte der reiche arme Mann unser Mitleiden, doch bald siegte der Humor — wer hätte auch in unsern Jahren in gleicher Lage ernsthaft bleiben können? — und wir überließen uns ohne Rückhalt der ungebundensten, tollsten Lust. Wir benutzten die erste größere Pause seines Vortrags und fingen an, laut jubelnd zu applaudieren, den Spieler derart zu beglückwünschen, daß er natürlich — und glücklicherweise! — am Weiterspielen vollständig verhindert war. Der Pianist M. umarmte ihn als würdigen Kollegen, und drückte ihm, in Ermanglung eines Lorberkranzes, ein mit Blumen gesticktes Sophakissen auf das ehrwürdige Siegerhaupt. Der gute Graf ließ Alles mit sich machen; er schien überglücklich und bedauerte nur, daß er kein fertiger Klavierspieler sei, um seine große Komposition mit der nöthigen Bravour und passendem Ausdruck vortragen zu können. M. erbot sich alsogleich, das Stück nach vorheriger Einübung bei späterer Gelegenheit zu spielen, und nahm auch sofort das blausammtne Heft mit den Silberspangen und seinem köstlichen Inhalt in Beschlag. Der gräfliche Komponist sträubte sich zwar ein We-

niges, doch endlich schien er entzückt von der Idee und begann sogar, noch
weitere Kompositionen hervorzuholen. Darunter befand sich, wie er sagte,
die Partitur eines Quartetts, und dann — ach, sein liebstes Kindlein! —
eine große Oper in fünf Akten. Wir prallten, von den verschiedensten
Gefühlen bewegt, fast entsetzt zurück, doch zum Glück erwiesen sich von
den fünf äußerst dickleibigen und prachtvoll eingebundenen Bänden vier
als vollständig entblößt von allen Schriftzügen, und nur der erste Band
war theilweise mit Notenköpfen beschrieben. Er wollte uns vorerst den
Text der Oper, für welchen er einem glücklichen Pariser Poeten und
Journalisten mehrere tausend Franken bezahlt hatte, vortragen und sodann
zur Komposition selber übergehen. Doch Das war mehr, als wir zu ertragen
vermochten. Wir protestierten feierlichst und erboten uns, das Quartett,
wie auch einige Nummern der Oper, selbst aufzuführen.

Unser Graf war glücklich, selig bei diesem Gedanken. Er hatte seine
Werke öfters französischen Künstlern angeboten, sie aufgefordert, solche bei
ihm in seinen Salons zu exekutieren. Doch stets war sein Verlangen
abgewiesen worden, weil die Sachen als zu schwierig nicht aufführbar
wären. Hier aber fand er Deutsche, die er als Künstler schätzen gelernt,
die sich freiwillig erboten, seine Meisterwerke aufzuführen. Sein Vergnügen,
seine Freude kannte keine Grenzen, und er arrangierte schon im Geiste
eine große musikalische Soirée, bei welcher nur die feinste, ausgewählteste
Gesellschaft zugegen sein sollte, um der endlichen Aufführung eines kleinen
Theiles seiner Werke beizuwohnen.

Voller Lust und Muthwillen gingen wir auf seine Ideen ein, und
um weiterer ähnlicher musikalischer Genüsse überhoben zu sein, welche
uns sicher das kostbare Souper vollständig verdorben haben würden,
nähmen wir rasch die bewußten Partituren in Beschlag und machten, die
späte oder vielmehr frühe Stunde vorschützend, Anstalt, nach Hause zu gehen.
Erschöpft vor Lachen und ausgelassener Lust, kamen wir in unserer Be-
hausung an. Doch am andern Tage ging der Spaß erst recht los. Die
Musiker wollten sich ob des Inhalts der Hefte fast vor Lachen auf der
Erde kugeln. In den Partituren standen zwar Notenköpfe, lange und
kurze, gebundene und ungebundene, neben, über und unter einander, in
der Form des Klavierstücks, des Quartetts und sogar auch der vollständigen Partitur; da standen auch Worte und Singnoten, doch das Alles
hatte keinen Zusammenhang, keinen Sinn. Es war grade, als ob ein
klavierspielendes Kind, ohne die allergewöhnlichsten Kenntnisse der Harmonie, die Notenlinien vollgeschrieben hätte. Es waren Partituren, die
werth waren, in etlichen hundert Jahren einen Abbé Domenech, den
großen, unübertrefflichen Kenner der »Sprache der Wilden«, als
Ausleger zu finden.

Unsere ausgelassene Lust hatte sich noch nicht gelegt, wir waren noch zu keinem Entschluß gekommen, was wir thun und nicht thun sollten, als schon der Herr Graf von B. wieder angefahren kam und uns mit freundlichster Miene, die sich noch bedeutend steigerte, als er seine Partituren auf Tischen und Kommoden aufgeschlagen liegen sah, einlud, mit ihm der heutigen italiänischen Opern-Vorstellung beizuwohnen. Er theilte uns mit, daß er für sich und seine deutschen Freunde eine ganze Loge ge- miethet habe und sich freue, mit uns Rossini's herrliche »Semiramis«, in welcher die Grisi, die Garcia und Tamburini singen würden, anhören zu können.

Wir waren gefangen, vor der Hand verloren; denn welcher Musiker und Sänger in unserer Lage hätte solchem Anerbieten widerstehen können? Waren uns doch die berühmten Vorstellungen der Italiäner mit ihren Zwanzig-Franken-Preisen verbotene Genüsse. Wir nahmen deßhalb wahr- haft entzückt und dankbar den Vorschlag an und beschlossen stillschweigend, uns in das Unvermeidliche, was später noch kommen würde, zu fügen.

Nach der Oper führte uns unser reicher Gönner natürlich wiederum zum Souper, und zwar diesmal in das Palais Royal zu einem der vor- nehmen Restaurateurs. Auch Dies abzuschlagen, waren wir wieder zu schwach — wer wird uns deßhalb verdammen? — und wir mußten uns fügen. Wir konnten auch nicht wohl anders. Wir hatten A gesagt und mußten vorwärts, unserm Schicksal entgegen. Bei diesem Souper wurden schon die Grundzüge der großen musikalischen Soirée besprochen. Das Quartett sollte in zwei Abtheilungen, zu Anfang und zu Ende des Koncertes, gebracht werden. Nach den zwei ersten Theilen desselben sollte ein Gesangstück folgen, dann die große Fantasie für Piano, und hierauf abermals eine Nummer aus dem ersten unvollendeten Akte der großen unsterblichen fünfaktigen Oper. Die Sitzung und Be- sprechung dauerte ziemlich lange und war, wo möglich, noch lustiger, als die frühere. Wir kannten ja nunmehr den »Erben und Nachfolger Beethoven's« vollständig, und es wäre, wie schon gesagt, zu Viel von unsern Jahren, unserer frischen kecken Lebenslust und unserm, gottlob! gesunden Humor verlangt gewesen, die Sache ernsthaft zu betreiben, den armen reichen Mann mit seiner närrischen Einbildung schon jetzt, oder vielmehr grade jetzt, achselzuckend abzuweisen. Das vermochten wir eben nicht und überließen uns deßhalb ohne Rückhalt unsrer Lust, uns, weil es denn doch nicht mehr anders ginge, noch viele ergötzliche Stunden von den gräflichen Kompositionen und — wenn es eben durchaus sein müßte — auch von seinen Soupers versprechend.

Und also kam es auch. Es verging fast kein Tag, an welchem der Graf von B. sich nicht in unserer Dachwohnung einfand, sich nach dem Fortgang des Studiums seiner Meisterwerke erkundigte und uns zu

feinen Diners oder Soupers einlud. Auch erschien oftmals sein reich-
betreßter Diener und brachte uns entweder einen Korb Champagner oder
andere Weine, oder eine Loge für die große Oper — Alles bisher für
uns verbotene, weil unerschwingliche Genüsse. Endlich, es mochten etwa
zwei Wochen seit unserm ersten Zusammentreffen mit dem gräflichen
Musiknarren vergangen sein, erhielten wir von Demselben in aller
Form die Einladung zu der bewußten großen musikalischen Soirée,
und zwar für jeden der Unsern ein besonderes Billett in äußerst eleganter
und kostbarer Ausstattung, welches zugleich das vollständige Programm
des Koncertes enthielt. Das meinige bewahre ich heute noch als Andenken
an jene sonderbare, glücklicherweise nur flüchtige Bekanntschaft. Der wichtige Abend war in etwelchen Tagen angesetzt, und nun konnten, durften
wir nicht mehr zurück. Wir mußten die Sache, in die wir uns etwas
leichtfertig eingelassen, durchführen. Und also beschlossen wir denn auch
zu thun. Lustig, wie der Anfang des Abenteuers, sollte auch das Ende
desselben sein.

An einem Abend saßen wir Alle beisammen und hielten großen
Rath, was nunmehr zu thun sei. Die Kompositionen des Herrn
von B. aufzuführen, war natürlich ein Ding der Unmöglichkeit; es wäre
ein wahres Charivari, wohl die gräßlichste instrumentale Katzenmusik geworden. Was war zu thun, um uns aus der Affaire zu ziehen und dem
sonst in Wahrheit guten Manne eine kleine Freude und keine Schande
zu bereiten?

Unsere Berathung dauerte nicht lange, denn die Lösung der Frage
war nicht allzu schwer. Da der Herr Graf sich selbst für den Erben, den
würdigsten Nachfolger Beethoven's hielt, gab es ja kein anderes, besseres
Mittel, als ihm echte, wirkliche Beethoven'sche Kompositionen vorzuführen.
Und da er die Prume'sche »Melancholie« in allem Ernste für die »Kreuzersonate« hingenommen, so konnten wir auch wohl als bestimmt annehmen,
daß er Beethoven'sche Musik als seine eigne hinnehmen und anhören
würde. Er konnte ja seine eignen sogenannten Kompositionen unmöglich
selber kennen, weil sie eben überhaupt nicht zu erkennen waren. Über das
Urtheil der ausgewählten Zuhörerschaft waren wir ebenfalls vollständig
beruhigt, denn wir kannten die vornehme Pariser musikhörende Gesellschaft
zur Genüge, und wußten wohl, daß wir derselben zehn Beethoven'sche
Quartette hätten vorführen können, ohne daß sie solche als von jenem
Meister herrührend erkannt haben würde. Wir versprachen uns mit Recht
den größten Spaß von einer solchen Mystifikation des Grafen sowohl, wie
einer gewissen Klasse der vornehmen Pariser Welt.

Rasch gingen wir ans Werk. Ein Beethoven'sches Quartett, welches
unsern Freunden sehr geläufig war, sollte auswendig gespielt werden und
wurde definitiv zur Aufführung festgesetzt. Der Pianist M. übernahm

die gräfliche Fantasie im großen Stil und nahm sich vor, dafür ganz kecklich ebenfalls eine Sonate von Beethoven zu spielen. Nun blieben noch die zwei Opern-Nummern übrig. Es war Dieses schon etwas schwieriger, da hier wohl der Text wiedergegeben werden mußte. Mir, dem angehenden Sänger, fiel natürlich diese Aufgabe zu. Nachdem wir die would-be Partitur durchblättert, das heißt den Text durchgelesen, fanden wir endlich ein Lied und eine Rache-Arie, die wir festzuhalten beschlossen. Bald entdeckte ich, daß beide Texte sich wohl mit einigen wenigen Abänderungen unter das Lied Rocco's und die Arie des Pizarro aus »Fidelio« legen ließen, und, mit der französischen Sprache vollständig vertraut, ging ich rasch an die Arbeit. Es gelang — Beethoven wird es mir vergeben! — und bald prangte der französische Text unter der Musik unseres Meisters, und das Ganze sang sich nicht allein ganz leiblich, sondern sogar recht gut und viel besser, als die vorhandene steife Übersetzung des »Fidelio« von Castel-Blaze.

Am Morgen des wichtigen Tages erschien der Herr Graf abermals bei uns und zeigte sich wahrhaft selig, als er hörte, daß Alles vollständig einstudiert und zur Aufführung reif sei und wir uns Alle den größten Erfolg von seinen Kompositionen im großen Beethoven'schen Stil versprächen. Punkt neun Uhr Abends wollte er uns seine Equipagen schicken, und um zehn sollte die ewig denkwürdige Soirée beginnen. Hierauf empfahl sich der Glückliche, weil er noch Vielerlei zu besorgen und zu überwachen habe.

Zur verabredeten Stunde nahmen uns zwei prächtige Wagen auf und führten uns alle Acht nach der Wohnung des Grafen. Einfahrt, Treppen und Korridors waren auf das brillanteste erleuchtet und mit den seltensten Gewächsen ausgeschmückt, und in den Salons herrschte eine wahrhaft fürstliche Pracht. Der Hausherr empfing uns mit freudestrahlendem Gesichte und stellte uns den schon zahlreich versammelten Gästen vor. Da hörten wir volltönende aristokratische Namen und solche aus der Finanzwelt, aus dem Advokaten- und Richterstande. Auch mehrere Schriftsteller und Gelehrte waren anwesend, unter Andern auch der glückliche Dichter der fünfaktigen Oper des Herrn Grafen, ein wohlbekannter Journalist, doch glücklicherweise kein Künstler, kein Musiker. Uns fiel darob eine Centnerlast vom Herzen, während der Graf lebhaft bedauerte, daß alle Künstler, die er eingeladen, grade heute abgehalten seien, was ihn anfänglich ganz untröstlich gemacht. Jedoch begnüge er sich nunmehr gerne, so meinte er weiter, mit seiner brillanten Zuhörerschaft, und auch wir waren wohl zufrieden damit.

Doch Schicksalstücke! — Während die Bedienten die Vorbereitungen zu dem kleinen Koncert trafen, die Pulte und Lichter zurechtstellten, wurde unter andern neuen Gästen auch ein bekannter französischer Violin-Virtuose, eine damalige Berühmtheit der Hauptstadt, gemeldet. Wir kannten Denselben Alle dem Namen und seinen Leistungen nach, doch waren wir selbst ihm wohl vollständig unbekannt. Er wusste wahrscheinlich, wes Geistes Kind der Graf von B. sei, welcher Natur seine sogenannten Kompositionen im großen Beethoven'schen Stil wären, und war ganz sicher hieher gekommen, um zu erfahren, was denn eigentlich zur Aufführung gebracht werden sollte.

Kaum hatte der Hausherr den Namen der geigenspielenden Berühmtheit gehört und den Virtuosen selbst erblickt, als er einen lauten Freudenschrei ausstieß und auf den Eintretenden losstürzte, ihn aufs wärmste und zuvorkommendste begrüßend. Auch der Virtuose wurde den vielen bedeutenden und unbedeutenden, reichen und gelehrten Gästen vorgestellt, und endlich auch seinen deutschen Kollegen. Doch so tief der gewandte Franzose sich auch vor den Baronen, Marquisen und Grafen, sowie vor den Männern der Finanzen bückte: so stolz, ja geringschätzend schaute er auf uns herab, die wir uns dazu hergegeben, die unmöglichen Kompositionen des Herrn Grafen aufzuführen. Spöttisch und fast verächtlich lächelte er bei der Frage, ob uns das Einstudieren der Meisterwerke desselben große Mühe verursacht. Rasch und keck erwiederte M. dem großen Künstler, dass wir allerdings ganz gehörig probiert und studiert hätten, die Kompositionen aber auch solches Probieren vollständig verdienten, indem sie ganz herrlich wären, wie er sich alsogleich selbst überzeugen würde.

Der Franzose war über solche Antwort anfänglich nicht wenig verblüfft; dann aber schaute er uns mitleidig an, zuckte nochmals die Achseln und wandte sich ohne weitere Ceremonie an andere Gäste.

Die Vorbereitungen zu dem Koncerte waren beendet. Die Noten in den herrlichen Einbänden lagen auf den Pulten, und die Gäste placierten sich geräuschvoll und plaudernd auf die verschiedenen zum Sitzen und Liegen eingerichteten Möbel. Unsere vier Quartettspieler stimmten die Instrumente und setzten sich an ihre Pulte, während wir Andern, bei jedem Pult Einer, stehen blieben, um die Blätter umzuwenden, Das heißt im Grunde nur, um der Aufführung einen Anstrich von Wahrscheinlichkeit zu geben und zugleich jeden Neugierigen so fern wie möglich von den Noten zu halten.

Wir waren bereit. Der Hausherr wurde ungeduldig, weil das Plaudern durchaus nicht aufhören wollte. Endlich ermannte er sich und deutete mit einigen Worten den Beginn des Koncertes an, worauf eine lautlose Stille entstand, aus der sich ernst und majestätisch die Anfänge eines herrlichen Beethoven'schen Quartetts entwickelten.

Alles horchte gespannt und wohlgefällig den wunderbar schönen Gängen und Harmonien, vortrefflich, ja mit Begeisterung vorgetragen. Der Hausherr saß in der Mitte des Salons, und schwelgte

2*

beim Anhören seiner vermeintlichen Komposition in einem Meere von Seligkeit. Doch am überraschtesten, verblüfftesten war der berühmte französische
Virtuose. Nach den ersten Takten hatte er sich, wie von einem elektrischen
Schlage berührt, erhoben und schaute nun mit vorgestrecktem Halse starr
auf die vier Spieler. Das konnte doch unmöglich eine Komposition des
närrischen Grafen sein, mochte er wohl denken. Und doch sah er, wie
die Spieler ernst und andächtig in die herrlich gebundenen Notenhefte
schauten, wie die Blätter regelmäßig von Zeit zu Zeit umgewendet wurden.
Das war dem Künstler denn doch zu rund; es ging über seinen Horizont,
und sich aus seiner entfernten Ecke, in die er sich gedrückt, losschälend,
arbeitete er sich langsam und behutsam auf die Spieler zu, natürlich
um sich mit eigenen Augen zu überzeugen, ob Das, was er da hörte,
wirklich in den prachtvollen Heften des Herrn Grafen stände.

Wir sahen dieses Manöver, und uns, so wie den Spielern, ward dabei
nicht ganz wohl zu Muthe. B., der an der ersten Geige saß, schaute die
Übrigen vielsagend an, andeutend, daß bei endlich erfolgter Annäherung
des gefährlichen Virtuosen der Theil des Quartetts rasch zu schließen sei.
Doch Dies war glücklicherweise nicht nothwendig, denn der immer näher
anrückende Feind hielt plötzlich, einen Aufschrei unterdrückend, inne, und
sein Gesicht, bis dahin erstaunt, verlegen und sogar ärgerlich, nahm zugleich
eine lachende Miene an, worauf er sich gemüthlich an das Gesims des
Kamins, allwo er just bei seinem Vordringen angelangt war, lehnte und
ruhig weiter zuhörte.

Er hatte also endlich die Komposition, den Meister erkannt — auffallend bleibt es, daß Dies nicht schon früher geschehen war — und sein
nunmehriges Verhalten kündete deutlich an, daß er die etwas kecke, doch
immerhin köstliche Mystifikation nicht allein billige, sondern sich auch
herrlich darüber amüsire. Uns Allen entging Dieses nicht, und die verschiedenen Blicke, die deßhalb gewechselt wurden, deuteten die Freude darüber hinlänglich an. Mit neuer Lust und Begeisterung wurde weiter
gespielt und unter allgemeinem Lauschen der erste, endlich auch der zweite
Theil des prächtigen Quartetts zu Ende geführt.

Ein allgemeiner Beifall brach los, und der überglückliche, selige Graf
war augenblicklich umringt von seinen vielen reichen und vornehmen
Gästen und Freuden, die ihm, über das Gehörte wahrhaft erstaunt, mit
Herzlichkeit und Überschwänglichkeit ihre Komplimente darbrachten, ihm ihre
Bewunderung ausdrückten. Während dieser Zeit war der Franzose rasch
auf uns zugekommen und hatte nicht minder herzlich den vier Spielern
die Hände gedrückt und ihnen leise sein Kompliment über die vortreffliche
Ausführung, ohne Stimmen, des Beethoven'schen Quartetts gemacht. Rasch
hatten wir uns verständigt, und der Franzose war natürlich so liebenswürdig, uns die Versicherung zu geben, daß er, was er auch immer noch

hören würde, uns nicht zu verrathen, noch dem armen Hausherrn die Freude
zu verderben gedenke. Jetzt hatte sich auch der Graf von seinen vielen
Bewunderern losgemacht und eilte auf uns zu, und hinter ihm her tönte
es noch von den verschiedensten Seiten: »Bewunderungswürdig! — Ganz
im Beethoven'schen Stil! — Prachtvoll! Göttlich! — Es klang genau
so, wie ich im letzten Koncert des Konservatoriums gehört! — Sicher ist
der Graf ein bedeutendes musikalisches Talent! — Was sagen Sie? Er
ist ein zweiter Beethoven!« —

Also und ähnlich ging es fort, bunt und wirr, kopf= und sinnlos
durcheinander, während der glückliche Erbe und Nachfolger Beethoven's
uns entzückt, Einen nach dem Andern, alle Acht umarmte.

Wir konnten uns fast des Lachens nicht erwehren, und um diese
peinliche, gefährliche Situation zu beendigen, machten wir Miene, in unsern
Produktionen fortzufahren. Bei den ersten Accorden, die M. auf dem
Klaviere angab, war Alles wieder stille, ganz Ohr, und nun begann ich
das Lied Rocco's mit dem untergelegten französischen Text.

Der Hausherr gerieth in wahre Verzückung über diese seine herrliche
Komposition, und die ganze Gesellschaft, der die Form des Gesangstückes
näher lag, besser begreiflich und verständlich war, gebärdete sich nicht minder
enthusiastisch. Man meinte allgemein, daß diese prächtige, kernige »Ro-
manze« bald in allen Pariser Salons gesungen werden würde. Auf
allgemeines Verlangen wurde das Lied wiederholt und erregte, wo möglich,
noch größern Beifall. Jetzt kam auch der Dichter der Oper, der bekannte
Journalist, herbei und ließ sich herab, dem Komponisten, vorzüglich aber
dem Sänger, seine Komplimente zu machen, wobei er nicht unterließ, mit
vielsagendem Blick anzudeuten, daß die Werke, sowie deren Ausführung
in seinem nächsten Feuilleton gebührend besprochen werden sollten.

Ich kann meinen fernern Bericht über diese, gewiß denkwürdige
Pariser musikalische Soirée kurz fassen. Der Verlauf, das Ende derselben
war wie ihr Anfang. Nach einer Beethoven'schen Sonate folgte die Arie
Pizarro's mit den französischen Versen, die zwei letzten Theile des
Quartetts beschlossen das Koncert, und das gewählte feine Publikum
erschöpfte sich fast in erstaunenden und bewundernden Komplimenten.

Der Herr Graf kam aus seiner Seligkeit während des Soupers,
welches nun folgte, gar nicht mehr heraus. Er hielt sich in allem Ernste
für den Schöpfer all der Musik, die man so eben gehört, und betrachtete,
sprach und gebärdete sich als unbestreitbaren Nachfolger und Erben Beethoven's.
Im Verlaufe des Abends versprach er natürlich seinen enthusiastischen
Bewunderern, seine fernere kostbare Zeit nur zu weitern derartigen Kompositionen zu verwenden und die vollendeten so bald, als nur möglich, durch
den Stich zu vervielfältigen, um solche Schätze nicht länger der ganzen
europäischen musikalischen Welt vorzuenthalten.

Uns wurde denn doch, trotz allem jugendlichem Übermuth und Muthwillen, ein wenig unheimlich bei der Sache, und wir beschlossen, der Soirée,
so wie der neuen Bekanntschaft, die doch auf die Dauer nicht durchzu-
führen war, ein Ende zu machen. Jedoch wollten wir noch zu guter
Letzt uns recht gütlich thun, und so verbrachten wir den Rest des
Abends, oder vielmehr der Nacht, in heiterer Lust, und genossen das Gute
und Kostbare, was der Hausherr auftischen ließ, ohne weitere Reuegedanken.

Erst gegen Morgen langten wir in den beiden Karossen wieder
zu Hause an, und ergötzten uns noch längere Zeit, denn an Schlaf konnten
wir kaum denken, an der köstlichen Beethoven'schen Soirée, die wahrlich
ihres Gleichen nicht gehabt hatte, noch jemals haben dürfte.

Etliche Tage darauf stand in der That schwarz auf weiß in dem
Feuilleton eines vielverbreiteten Journals zu lesen, wie in den höhern Kreisen
der Pariser Welt ein musikalisches Genie sich endlich kundgegeben, welches
bereits eine Menge Werke vollendet habe, die sich dreist den besten Beethoven'schen Kompositionen an die Seite stellen dürften. Unter Anderm befinde sich auch unter den vollendeten Werken eine große Oper in fünf
Akten, die Schönheiten ersten Ranges enthielte, und die, nach den in den
Salons des Komponisten vorgeführten Proben, die französische Oper auf
einen ganz neuen Weg zu führen bestimmt sei. Diesen und ähnlichen
köstlichen Unsinn verkündete das Journal durch die Feder des großen Text-
dichters, und das Pariser Publikum las, erstaunte und freute sich baß, daß
aus seiner Mitte ein neuer Messias der Kunst hervorgegangen! —

Was der Herr Graf von B., Beethoven der Zweite, weiter getrieben,
ob er seine Kompositionen spekulativen Verlegern angeboten, und was
Diese dazu gesagt, vermag ich nicht anzugeben, denn, wie wir beschlossen,
also thaten wir auch. Der Herr Graf fand uns bald nicht mehr zu
Hause, oder die Thüren unserer bescheidenen Wohnungen fest verschlossen.
Ebenso unberücksichtigt blieben die Einladungen zu Diners und Soupers —
was wohl am sichersten für unsere Reue und Besserung sprechen mag —
und endlich waren wir ihn los.

Auch weiß ich nicht, ob der französische Virtuose sein Versprechen des
Stillschweigens gehalten, oder ob er dennoch plauderte. Letzteres ist mir
aber ziemlich wahrscheinlich, denn eines der Pariser musikalischen Journale
berichtete bald darauf von einer köstlichen Mystifikation, die einem vornehmen Melomanen und seinen Gästen, worunter auch ein namhafter
Schriftsteller und Journalist, gespielt worden sei. Der Artikel war ziemlich dunkel gehalten, doch versprach er mit Nächstem weitere und genauere
Aufklärung über die Angelegenheit. Indeß, Solches unterblieb. Der Betreffende hatte wahrscheinlich Wind von der Sache bekommen und Mittel
und Wege gefunden, die feindselige Journalstimme zum Schweigen zu
bringen, was ihm wohl, bei seinem Reichthum an »klingenden, metall-

reichen- Kompoſitionen und bei der Empfänglichkeit der Pariſer muſikaliſchen
Kritik für derlei Muſik, auch nicht allzu ſchwer geworden ſein dürfte.

So viel glaube ich doch noch verrathen zu dürfen, daß der Herr
Graf von B. in der Folge ſich ſehr über den Undank ſeiner Mitwelt
beklagte, ſeine vielen Kompoſitionen ſorgfältig in dem prachtvollen
Schranke und vor allen profanen Augen verborgen hielt. Nur
der Nachwelt wolle er ſolche überliefern, von der er natürlich Gerechtigkeit, Lohn und Erſatz für erlittene Kränkung, Unbill und Verleumdung erwartete. Für ſein eigenes Leben begnügte er ſich mit dem
einen gehabten Erfolge und hörte dadurch ſicher nicht auf, ſich ſteif und
feſt für den einzigen und würdigſten Nachfolger Beethoven's zu halten.
Solches Denken entſchädigte ihn gewiß reichlich für alles Andere und
mußte natürlich nicht wenig zu ſeinem zeitigen Glücke beitragen, und
ſomit dürfte unſer wohl etwas zu muthwillige Streich auch eine gute
Seite gehabt haben.

Das Stilgeſetz in den bildenden Künſten.

Von Adolf Helfferich.

In der Idee giebt es nur eine einzige Kunſt: jede künſtleriſche Thätigkeit, ſie mag beſchaffen ſein, wie ſie will, ſoll zum Gegenſtande haben
die Darſtellung lebendiger Typen.

Demnach iſt das Typiſche das entſcheidende Merkmal jeder echten
Kunſtſchöpfung, und wenn Dem ſo iſt, kann es nicht fehlen, daß das
Gewicht, welches bei den Werken der Kunſt den Ausſchlag giebt, zugleich
über alle äſthetiſchen Streitfragen entſcheidet.

Derſelbe Antheil, den der Künſtler aus ſeinem Eignen, ja Eigenſten, bei
der Bildung ſchöner Typen nimmt, enthält die Berechtigung nicht bloß, ſondern die Forderung einer idealen Behandlungsweiſe. Es kann ſich demnach
nicht darum handeln, ob der Idealismus überhaupt in der Kunſt berechtigt
ſei oder nicht — Man würde dem Kunſtwerk das Beſte nehmen, was es
giebt und geben ſoll, wollte man ihm ſeinen idealen Gehalt entziehen; von
der andern Seite jedoch liegt es ſchon in der Bezeichnung des Typiſchen
als eines Lebendigen ausgeſprochen, daß die Natur in der unerſchöpflichen
Fülle ihrer organiſchen Bildungen dem Kunſtbefliſſenen, wie er ſich auch
anſtellen mag, als Muſter dienen muß. Selbſt der begabteſte Menſch
vermag kein Lebendiges zu ſchaffen, ſondern eben nur nachzubilden, und

obschon es ihm unbenommen bleibt, in ·die nachbildende Thätigkeit die
ganze Gewalt seiner individuellen Begabung hineinzulegen, so ist es doch
immer nur Nachahmung.

Das aber ist der Realismus, von dem kein echtes Kunstvermögen
Umgang nehmen kann, weil die Idee der Kunst selbst in der Forderung
lebendiger Bildungen es ausspricht. Man könnte sagen, der Inhalt in
der Kunst quelle aus der sich selbst bestimmenden Vernunft, die Form
dagegen müsse dem nie rastenden Bildungstriebe der Natur abgelauscht
werden. An sich ist jedes Lebendige etwas Individuelles, und es kommt
darum zunächst und vorzugsweise auf eine möglichst genaue Begrenzung
dieses Hauptbegriffs an. Von Seiten ihrer realistischen Voraussetzung
hat die Kunst mit der Natur das Individualitäts=Princip selbst in ihren
idealsten Schöpfungen gemein, aber sie darf, will sie ihren eigenen
Schwerpunkt nicht aufgeben, unter keinerlei Umständen bei der natür=
lichen Individualität stehen bleiben. Die Natur individualisiert in keiner
andern Absicht, als Behufs der Erhaltung der vorhandenen Arten und
Gattungen, und wenn in der Gesetzmäßigkeit der organischen Formen und
Bildungen der Gattungsbegriff selbst auch zur Erscheinung kommt, so
findet er seine objektive Darstellung doch nur in der Summe aller vor=
handenen, gewesenen und zukünftigen Individuen, die, um mich eines
Ausdrucks von Goethe zu bedienen, nach denselben Lebensgesetzen »antraten«.
Das Individuelle ist demgemäß wohl ein Abbild des Generellen, aber
keineswegs das Generelle selbst, daher die Gattung auch in den natür=
lichen Individuen nicht enthalten sein kann, vielmehr als deren bindende
und zusammenhaltende Macht über ihnen schwebt, um in der Fort=
pflanzung dem Zwecke der Erhaltung zu genügen. Insofern ist der Tod
dieses Individuellen das Leben der Gattung, die in der Ausbreitung des
Raumes und in der Aufeinanderfolge der Zeit niemals einen ganz
adäquaten Ausdruck zu gewinnen vermag. Darin liegt zugleich die
Möglichkeit, daß durch die Ungunst der Verhältnisse natürliche Arten, selbst
Gattungen, zu Grunde gehen.

Der Individualismus in der Natur weist wohl auf ein Typisches
hin, stellt aber kein solches dar. Das ist jene Ohnmacht, in welche die
schaffende Natur immer wieder zurücksinkt, auch wenn sie einen energischen
Anlauf zu generellen, d. h. idealen, Bildungen genommen hat, und nicht
selten um so mehr, je bedeutsamer dieser Anlauf war; die Natur vermag
die Schranke zwischen dem Einzelnen und dem Allgemeinen ein= für alle=
mal nicht aufzuheben, und genau bei diesem Unvermögen ist es, wo die
Kunst den lebendigen Faden der Natur aufzunehmen und weiter zu
spinnen hat.

Die Kunst soll den Gattungsbegriff selbst darstellen, und
je mehr sie sich diesem Ziele nähert, desto gewaltiger ist die Wirkung ihrer

Schöpfungen. Zwar indem sie Lebendiges darzustellen hat, ist sie an das natürliche Individualitätsgesetz gebunden, aber sie darf schlechterdings bei dem bloß Individuellen, über welchem die Gattung als die höhere Macht der Vernunft schwebt, nicht stehen bleiben, hat vielmehr das Generelle unmittelbar in das Individuelle selbst hineinzulegen und durch dieses zur Erscheinung zu bringen. Das aber und nichts Anderes ist das Typische an dem Kunstwerk. Das Kunstindividuum muß einen normativen Sinn und Charakter haben, im andern Falle sinkt es zum Naturalismus herab, der nicht anders als flach sein kann, so gewaltig er sich auch aufbläht, weil er über die einfache Nachahmung nicht hinausgelangt. Der Künstler hat insofern das Individuelle der Naturbildungen zusammen zu fassen in ein Urindividuum oder Gattungsindividuum, ein scheinbarer Widerspruch, der durch das Bisherige sich von selbst löst.

Was in der Kunst Ideal oder Musteridee heißt, ist eben dieses Typische lebendiger Bildungen. Schon Augustin hat die Einheit Form des Schönen genannt, und Herder, gegen Kant polemisierend, bestimmt das Schöne vortrefflich als einen Typus der lebendigen Bildungen der Natur. Nur mit dieser Einschränkung ist es wahr, was Schiller sagt, die lebendige Gestalt sei das Schöne. Beherzigt man Dies, so kann der unfruchtbare Streit unter den Ästhetikern, ob es in der Kunst auf den Inhalt oder die Form ankomme, als beseitigt angesehen werden. Im Allgemeinen läßt sich sagen, daß die der Schule Hegel's zugethanen Kunstphilosophen durch die überwiegende Betonung des Ideals ein unverhältnismäßiges Gewicht auf den Inhalt legen, wogegen Herbart und seine Schule, ihrer durchgängigen Abhängigkeit von Kant sich bewußt, die Form als das allein Entscheidende zu ausschließlicher Geltung bringen wollen. In solcher schroffen Ausschließlichkeit ist der eine Standpunkt ebenso wenig zu billigen, wie der andere; es entsprach darum auch ganz der Natur der Sache selbst, daß die Hegelianer ermäßigende Bewilligungen an das Formprincip machten, wozu sich F. Vischer (Über das Verhältnis von Inhalt und Form in der Kunst, 1858) und in noch weit höherem Maße Köstlin in seiner unlängst erschienenen Ästhetik herbeigelassen haben. Gegen die Herbart'sche Auffassung wird man entschieden darauf zu bestehen haben, daß in der Kunst die Form zwar den Inhalt bedingt, daß aber andererseits ein unmittelbar aus der Natur und dem Leben gegriffenes Stoffliches an der Idee des Schönen, als der obersten Forderung der Kunst, nur in so weit Theil hat, als das künstlerische Denkvermögen das Individuelle in ein Generelles, das Natürliche somit in ein Ideales verwandelt. Eine Beschränkung in der Wahl der Gegenstände liegt darin so wenig, daß sogar das Häßliche dabei seine Berechtigung behält, in so weit es generalisiert werden kann. Oder sollte es nicht wahr sein, daß das niederländische Genrebild sich ebenbürtig neben die

erhabensten Darstellungsweisen der geschichtlichen Kunst stellt, wenn es nur
die scheinbaren Trivialitäten als Gattungsbegriffe zur Anschauung zu
bringen vermag?

Indem ich mich darauf beschränke, diese bloß angedeuteten Grundsätze hinsichtlich der bildenden Kunst genauer zu erläutern, möge die
vorläufige Bemerkung genügen, daß die bildenden Künste insgesammt
den Bedingungen zu entsprechen haben, unter welchen der sinnliche Eindruck durch das Auge für die Seele vermittelt wird. Es sind die Erfor-
dernisse der räumlichen Sichtbarkeit, denen die künstlerisch behandelte
Lebensidee angepaßt werden soll, daher das Zeitmoment, in welchem das
Leben verläuft, allein oder doch vorzugsweise als die subjektive Zuthat
des Beschauenden in Betracht kommt. Was Baukunst, Bildhauerei,
Malerei mit allen Mitteln ausgesuchter Technik zu schaffen im Stande
sind, fällt ohne Unterschied den Gesetzen anheim, durch welche der Raum
vermöge des Lichts dem Gesichtssinne erschlossen wird, daher der
ästhetische Werth eines der bildenden Kunst zugehörenden Werkes wesentlich davon abhängt, daß das dargestellte Leben eben diesen Voraussetzungen
möglichst entspricht. Von den Malern zwar läßt sich annehmen, daß
sie sich der Lichtwirkung als Mittel der Darstellung nicht nur, sondern
auch hinsichtlich der natürlichen Beleuchtung des Gemäldes vollständig
bewußt sind; von den Bildhauern wird die Wirkung des Lichtes bei der
Aufstellung von Skulpturen keineswegs immer als maßgebend anerkannt,
und die Baukunst vollends weist alle dergleichen Erwägungen als unstatt-
haft zurück. Gewiß mit Unrecht! Durch einen wunderbaren Instinkt
haben die bildenden Künstler des klassischen Alterthums den Einwirkungen
Rechnung getragen, welche die umgebende Luft und das einfallende Licht
bei der Beschauung auf die betreffenden Kunstwerke ausüben, und so
wenig unser einheimisches Klima dazu angethan ist, unwandelbare Normen
aufkommen zu lassen, so gewiß verräth ein gänzliches Verleugnen solcher
Rücksichten einen stumpfen Sinn.

Am ungünstigsten ist unbestreitbar die Architektur gestellt. Nicht nur
daß sie von allen bildenden Künsten am hartnäckigsten mit der Sprödigkeit
des Stoffes zu kämpfen hat: die größere Schwierigkeit liegt für sie
darin, daß sie sich praktischen Zwecken dienstbar machen muß, und zwar
nicht bloß nebenbei, vielmehr in der Weise einer mitberechtigten Forderung.
Fügt sie sich letzterer so unbedingt, daß die künstlerischen Darstellungsmittel mehr nicht als einen dekorativen Werth haben, so erhebt sie sich
nicht über das Handwerk, weil sie sich nur dienend verhält. Vor dieser
drohenden und von der neuern Baukunst keineswegs regelmäßig ver-
miedenen Gefahr schützt allein die rechte Verwendung des Typischen. An
sich hat es die Baukunst mit Flächen zu thun und mit einfachen geome-
trischen Figuren, durch welche sie die Flächen begrenzt; allein in der

bloßen Regelmäßigkeit der Form regt sich noch keine Lebensidee, weßhalb
die noch so massenhafte Verwerthung einfacher Linien so wenig, wie der
schwellende Reichthum geometrischer Figuren, einen künstlerischen Werth
hat. Ist das Typische in dem regelmäßigen Schematismus, der unter
allen Umständen die Grundlage der architektonischen Gliederung ausmacht,
wahrhaft und auf die Dauer wirksam, so wird es sich nur in solchen
Formen offenbaren, deren sich die Natur bedient, um ihre organischen
Gebilde durch äußere Umkleidung zu schützen. Einen Typus der geome-
trischen Figur giebt es nicht, weil diese nichts Individuelles ist; wohl aber
läßt sich das Schematische dem Organischen nähern, indem man es lebendig
motiviert. Der harte Widerspruch eines schematisch eingekleideten Lebendigen muß gelöst werden können, wenn die Architektur als Kunst zu
Recht bestehen soll. Bestreiten läßt sich nicht, daß dieses, so zu sagen,
erst im Werden begriffene Leben eine schwierige Kategorie ist, aber doch
nur, weil die Natur dem Künstler verhältnismäßig wenige Analogien
entgegenbringt, während Bildhauerei und Malerei deren im Überfluß auf
Schritt und Tritt vorfinden. Dessen ungeachtet fehlt es auch der Baukunst
nicht an natürlichen Anknüpfungspunkten, an solchen schematischen Figuren
nämlich, in welche der lebendige Individualismus sich kleidet. Nicht allein
die Thierwelt, auch die Pflanzenwelt kann auf das mannigfaltigste als
Vorbild dienen, und durch glückliche Kombinationen der beiderseitigen
Formverhältnisse läßt sich ein unendlicher Reichthum architektonischer
Gliederungen schaffen.

Von ihrer geschickten Verwerthung hängt es ab, ob und in wie weit
das Architektonische den Eindruck des Lebendigen macht. Ihren unmittelbaren Voraussetzungen gemäß, hat die Baukunst es nur mit dem Raume
zu thun, aber das Räumliche kann so abgegrenzt erscheinen, daß das
Simultane für den Beschauer sich in ein Successives auflöst, das allgemeine Lebensgesetz demnach als ein raumzeitliches zur Erscheinung gelangt.
Die Zeit ist allerdings hiebei nur etwas Subjektives: folgt das Auge
aufmerksam den kunstvoll fortlaufenden Linien, so empfindet die Seele
die Wirkung organischer Regungen und die Zeit fängt in den Massen zu
pulsieren an. So entsteht ein Funktionelles, wie es jedem Kunstwerk
eigenthümlich ist, und die Empfindung wird um so durchgreifender sein,
je frischer und unmittelbarer die schematischen Gliederungen sich zu einem
harmonischen Ganzen verknüpfen. Der griechische Tempel bleibt darum
für alle Zeiten mustergültig, weil an ihm die einfachsten Mittel zur lebendigsten Wirkung sich vereinigen; es wäre aber Thorheit, wenn, wie es
lange Zeit in England geschah, die griechische Tempelform ohne Auswahl
angewendet und zu praktischen Zwecken mißbraucht würde, die auch nicht
in der entferntesten Beziehung zum religiösen Kultus stehen. Darin
gerade wird die Baukunst ihre Gesundheit zu zeigen haben, daß sie den

ihr geläufigen Typus den verſchiedenen Lebenszuſtänden, an denen unſer
Kulturleben im Vergleich zu dem der Alten unendlich reich iſt, anzupaſſen
verſteht.   Um einen eigenthümlichen Kunſtſtil braucht kein Zeitalter
verlegen zu ſein, wenn es nur den innern Drang darnach empfindet und
ſich der Grenzen bewuſst bleibt, die den einzelnen Künſten durch die Idee
des Schönen ſelbſt geſteckt ſind.

Wie es ſich aber auch damit verhalten mag, und ſo zahlreich die
Hilfsmittel ſind, welche der Baukunſt wie jeder andern Kunſt zu Gebote
ſtehen, ſo hat ſie dennoch, und zwar in höherem Grade, als eine ihrer
Genoſſinnen, mit einem Miſsverhältnis zu kämpfen, in deſſen glücklicher
Beſeitigung, wenn auch nicht vollſtändiger Überwindung, die höchſten
architektoniſchen Triumphe beſtehen.   Es iſt Dies das Miſsverhältnis
zwiſchen der idealen Lebensidee einestheils, nach welcher ſich jedes künſt=
liche Schaffen zu richten hat, und den praktiſchen Zwecken anderntheils
die von jedem Architekturgebilde gefordert werden, ſoll daſſelbe nicht den
Eindruck des Müßigen und Nichtsſagenden machen.   Sodann aber fehlt
es an einer Vermittelung zwiſchen den ſchematiſierten Typen, die ſich
architektoniſch darſtellen laſſen, und der Wirkung einer lebendigen An=
ſchauung, die eben nur mittelbar und durch glückliche Andeutungen bewirkt
werden kann.   In das Bereich der organiſchen Funktionen läſst ſich die
unorganiſche Maſſe nur dadurch erheben, daſs die Geſetzmäßigkeit harmo=
niſcher Gliederung ununterbrochen in dem Beſchauer zur Geltung gelangt;
paſst irgend ein Glied nicht in den Zuſammenhang des Ganzen, ſo findet
ſich der äſthetiſche Sinn widerwillig aufgehalten und die beginnende
Lebensregung ſinkt zur gleichgültigen Betrachtung der todten Maſſe herab.
Dergleichen Störungen ſind ganz unvermeidlich da, wo der Baumeiſter
nicht über ein vollſtändig beherrſchtes Formgeſetz verfügt und häufig genug,
zur Verdeckung einer mangelnden Erfindungsgabe, ſich zur Herbeiziehung
fremdartiger Motive, folglich zur Vermiſchung ſpecifiſcher Formgeſetze,
verleiten läſst.

Zur Überwindung dieſes Unausgeglichenen und Unvermittelten, wie
es der Äußerlichkeit des Raumes und darum der unentwickelſten Dar=
ſtellungsweiſe im Raume unvermeidlich anhaftet, thut die Bildhauerei
den nächſten und weſentlichſten Schritt, indem ſie die ſubjektive Wirkung
typiſchen Lebens, die der Baukunſt allein erreichbar iſt, in eine objektive
verwandelt.   Die Bildhauerei iſt die vorzugsweiſe ſogenannte bildende
Kunſt, der adäquateſte Ausdruck des Plaſtiſchen, (πλασσειν = bilden),
das, gleich dem deutſchen Worte »Bildung«, nicht mehr bloß eine Andeutung,
vielmehr eine wirkliche Darſtellung des Organiſchen ausdrückt.   Zwar iſt
es auch der Baukunſt nicht verwehrt, Motive aus dem Reiche der orga=
niſchen Natur ſich anzueignen und für ihre beſonderen Zwecke zu verwenden;
aber einmal darf es nur unter gehöriger Einſchränkung geſchehen, und

außerdem kann eine in sich abgeschlossene individuelle Lebenserscheinung
niemals als solche in der Gesammtheit ihrer Organe architektonisch benutzt
werden. Umgekehrt nimmt die Bildhauerei das lebendige Individuum
als solches zum Vorbild, mit der ausgesprochenen Absicht, diesem Individuellen die Bedeutung und die Würde eines Typischen zu verleihen.
Ob es sich dabei um Thierbildungen oder Menschenbildungen handelt, ist
an sich unerheblich, wie denn in der Kunst überhaupt die ideale Schwere
des Gedankens nicht den Ausschlag giebt und nicht geben darf, will man
der künstlerischen Begabung nicht Einschränkungen aufnöthigen, die im
Widerspruch stehen mit dem Wesen der Kunst selbst. Man kann es
darum nicht oft und nicht nachdrücklich genug wiederholen, daß es in der
Kunst keine Rangunterschiede giebt, sondern allein mehr oder weniger gelungene Darstellungen eines Typischen, insofern sie in den Bereich einer
gewissen Kunstthätigkeit fallen. Die Frage aber, auf die es bei der
Plastik insbesondere ankommt, ist die, wie sie die organischen Lebensformen,
welche sie aus der Hand der Natur empfängt, typisch darzustellen hat.
Definierten wir die Baukunst als eine harmonische Begrenzung des
Raumes, so zieht sich für die Bildhauerei die Aufgabe in die konkretere
Forderung zusammen, mittelst harmonischer Raumbegrenzung organisch
gegliedertes Leben selbst oder unmittelbar darzustellen, nicht als ein erst
im ästhetischen Gefühle sich regendes und rührendes, halbverschlossenes
Leben, sondern als ein aus allen Poren der Oberfläche Hervorquellendes
und Hervorleuchtendes. Für den Bildhauer giebt es weder Räthsel noch
Zweideutigkeiten, nur was er unmittelbar zur Anschauung bringt, hat
künstlerischen Werth, so daß der aus Barbarische streifende Unverstand der
Bernini'schen Schule dazu gehörte, durch kokette und lüsterne Verhüllung
der allein in Betracht kommenden organischen Formen die Neugierde zu
reizen, anstatt den ästhetischen Sinn zu befriedigen.

So einfach und natürlich aber auch dieses Axiom klingt, so dringend
geboten ist es für den Bildhauer, sich immer und überall der stofflichen
Mittel bewusst zu bleiben, denen er sein Lebensideal einbildet. Seitdem
man angefangen hat, in der Baukunst auch Eisen zu verwenden, findet
zwischen ihr und der Plastik hinsichtlich des Materials kein wesentlicher
Unterschied statt; nur das Eine muß man dem Bildhauer zur Erwägung
geben, daß er sein Werk nicht auf eine massenhafte Lichtwirkung, vielmehr
für eine feinere und zartere Abstufung der Lichttöne zu berechnen hat.
Aus dem Grunde scheint es durchaus verwerflich, wie es neuerdings vielfach recht im Geiste unseres auf den oberflächlichsten Schein spekulierenden
Zeitalters geschehen ist, Zinkstatuen mit weißer Ölfarbe zu übertünchen,
um ihnen das Ansehen von Marmorarbeiten zu geben, während sie in
Wahrheit weder den Vortheil eines bescheidenen Metallgusses, noch das
Anziehende eines glänzenden Gesteins zur Geltung zu bringen vermögen.

Von welcher Beschaffenheit jedoch der Stoff auch sein mag: was sich plastisch in ihm und durch ihn darstellen läßt, Das kann sich der aller Materie als solcher innewohnenden Schwere nicht entschlagen, aus seinem gebundenen Zustand sich nicht zur vollen Freiheit geistiger Bewegung herausarbeiten. Zwar sind es nicht mehr einfache Flächen und Linien, so wenig wie massenhafte Lichtwirkungen, womit es der Bildhauer zu thun hat; aber wenn er auch die organische Form in ihrer unmittelbaren Beziehung zum Leben zu idealisieren übernimmt, so bleibt er Dessen ungeachtet abhängig von der Ausbreitung des Stofflichen im Raume, und deßhalb vorerst demselben Gesetze unterworfen, mit dessen Wucht der Architekt zu ringen hat. Was der Festigkeit und Ruhe zuwiderläuft, welche in der gegebenen Raumerfüllung liegt, ist plastisch nicht darstellbar. Der Berghesi'sche Fechter in der gewaltig hervortretenden Bewegung und Anspannung seiner muskulösen Gliedmaßen geht bereits an die äußersten Grenzen des Zulässigen; aber wie vortrefflich hat es der Künstler verstanden, selbst in der gespanntesten Anstrengung jene in sich gesammelte Ruhe auszudrücken, die dem Augenblicke vorangeht, da der Kämpfer entweder einen gewaltigen Schlag auf seinen Gegner führt, oder einen solchen abzuwehren hat! Dasselbe Maßhalten ist hier auch das unschätzbare Verdienst der Laokoons-Gruppe, so wie der besten in tanzender Stellung dargestellten Figuren, in Übereinstimmung mit der als allgemeine Lebensregel geltenden Eurhythmie, welche bei den Alten zu gleicher Zeit die Musik und die gymnastischen Körperbewegungen beherrschte. Das Leidenschaftliche im Affekte drückt ein reines Zeitverhältnis aus, eine Succession innerer Erregungen ohne alle Beimischung des Räumlichen, woraus nach dem Bisherigen von selbst folgt, daß der Bildhauer den Affekt nur in der Form einer festen, räumlich gebundenen Lebensäußerung, als eine dauernde Zuständlichkeit des Organismus darstellen darf. Trotz dieses architektonischen Nachklanges in der Plastik, wie weit steht der Bildhauer von dem Baumeister ab, indem er die lineare Gliederung in unmittelbare Lebensregungen verwandelt und den schönen Schein hervorruft, sein im Raume festgewurzeltes Werk sei jeden Augenblick bereit, die Schwere der anorganischen Materie abzuwerfen, frei und ungehindert in das lebendige Dasein hineinzuschreiten!

Wer sich alle diese Rücksichten klargemacht hat, Der kann nicht in Zweifel darüber sein, was er sich unter dem Typischen in der Plastik zu denken hat. Es ist die Darstellung des Charakteristischen.

»Charakter« nennen wir das dauernde Gepräge, welches ein lebendiger Organismus unter allen Wandlungen, in allen Lagen seines Daseins als die eigenste Gesetzmäßigkeit seiner Naturbestimmung beibehält.

»So mußt du sein, dir kannst du nicht entfliehn!«

So weit es organische Bildungen giebt, so weit reicht die Macht des Charakters, von dem durch den Instinkt befestigten Habitus an, der das Thier durch sein ganzes Leben begleitet und in den Momenten stärkster Erregung ebenso wenig ganz verschwindet, wie in den Augenblicken vollkommenster Ruhe, bis hinauf zu dem Charakterbilde eines vollendeten Kulturmenschen, mag er Leonardo da Vinci oder Goethe heißen. Im Thierreiche, wo die Selbstbestimmung sich kaum erst zu regen beginnt, kleidet sich das Charakteristische in das Gewand einer einzelnen Seelenthätigkeit, wie List, Klugheit, Kraftgefühl, und es verdient wohl beherzigt zu werden, daß gerade die Charakterseite, die hinsichtlich ihrer natürlichen Voraussetzungen in Tschudi und Brehm neuerdings so ausgezeichnete Schilderer gefunden hat, in den plastischen Künsten weithin und auf das wirksamste nachklingt. Sind es doch sogar urweltliche Pflanzen- und Thierformen, die durch Zuthun eines bekannten Geognosten mit Glück plastische Verwendung gefunden haben.

Es ist keiner der geringsten Vorzüge der griechischen Skulptur, diese Naturcharakteristik mit bewundernswürdiger Auffassungsgabe wiedergegeben zu haben. Die antike Pflanzen- und Thierwelt, wie sie in zahlreichen Abbildungen meist in dem spröden Material des Marmors uns erhalten wurde, athmet die ganze Fülle, die vollendete Feinheit des bis in seine innersten Falten verarbeiteten Naturinstinktes; und wenn es sich gar um Gruppendarstellungen handelt, offenbaren dergleichen Werke einen Reichthum, manchmal eine Großartigkeit charakteristischer Motive, deren sich die neuere Kunst im besten Falle nur annähernd zu erfreuen hat.

Die Frage gewinnt aber ein ganz besonderes Interesse dadurch, daß der frische und unmittelbare Sinn für natürliche Charakterzüge ein erwünschtes, wenn auch nicht immer erfreuliches, Licht wirft auf den eigenthümlichen Zusammenhang gewisser mythologischer Vorstellungen mit der Bildhauerei. Daß es dem religiösen Bewußtsein eines bereits künstlerisch empfindenden Volkes je einfallen sollte, die Gegenstände seiner göttlichen Verehrung in der Thierwelt zu suchen, ist kaum glaublich, so reich an bizarren Widersprüchen die Phänomenologie des geschichtlichen Geistes auch sein mag; wohl aber findet sich für die auffallende Erscheinung, die keineswegs bloß in Ägypten, sondern in allen Kulturstaaten Asiens wiederkehrt, eine befriedigende Erklärung in dem Umstande, daß die rohen Vorstellungen von den göttlichen Eigenschaften gewisser Thiere aus den Anfängen des nach Symbolen des Göttlichen suchenden Bewußtseins herübergenommen wurden in das vielleicht durch Jahrhunderte, wo nicht gar durch Jahrtausende, fortgeschrittene Kulturleben, und um so zäher in der Einbildungskraft haften blieben, als die Kunstthätigkeit ihren Vortheil dabei fand, die allbereits nach dem Vorbild der menschlichen Vernunft entworfenen Eigenschaften der einzelnen Götterbildungen in den charakteristischen Merkmalen der aus grauer Vorzeit überlieferten Thiergestalten festzuhalten. In Übereinstimmung mit den priesterlichen Traditionen, trug die Kunst kein Bedenken, einen Thierkopf auf einen Menschenleib zu setzen, weil sie sich wohl bewußt war, den individuellen Charakter des Gottes, den sie darzustellen hatte, auf die Weise mit prägnanterer Anschaulichkeit auszudrücken, als wenn sie der Menschenwelt ein Vorbild für dieses Charakteristische entnahm.

Trug eine üppige Einbildungskraft den Sieg davon über den ordnenden Verstand, so mußten dergleichen gewaltsame Verbindungen vollends ins Maßlose ausarten: so ist es geschehen, daß im schneidendsten Widerspruch mit der Idee der Kunst, die auf eine Idealisierung, aber keineswegs gewaltsame Verschiebung der organischen Naturformen angewiesen ist, der Künstler die charakteristischen Merkmale durch widersinnige Vervielfältigung einzelner Gliedformen — des Kopfes, der Brust, der Arme und Beine — anschaulich zu machen suchte. Das Mißverhältnis, das übrigens selbst aus der klassischen Kunst nie ganz gewichen ist, glich sich erst dann aus, als man anfing, die Attribute des thierischen Lebens von den Göttergestalten als solchen abzulösen und als eigene Symbole beizugeben.

Es hat der bildenden Kunst einen ihrer schwersten Kämpfe gekostet, bis sie, frei von allen Nothbehelfen, das Charakteristische in der Menschengestalt selbst nach freier Stimmung und Wahl auszudrücken lernte. Bei Wesen, die mit Intelligenz und Freiheit begabt sind, liegt der Charakter nicht in dem Naturinstinkte, den der Mensch allerdings so gut wie jedes Thier mit auf die Welt bringt, vielmehr in den Errungenschaften seiner geistigen und sittlichen Eigenthümlichkeit. Eine schöne, bedeutend angelegte Gesichtsbildung ist zwar eine ausgezeichnete Gabe der Natur, allein ein idealer Ausdruck, auf den es bei Vernunftwesen doch allein ankommen kann, liegt in der noch so vortheilhaft gewölbten Stirne, in dem feinsten Schnitte des Auges, in der zartesten Modellierung des Mundes noch keineswegs, er will errungen sein durch intellektuelle Anstrengung und die gesunde Energie eines gesteigerten Willensvermögens. Der Herrscherblick Friedrich's des Großen lag nicht als ein von den Eltern ausgestelltes Patent in seiner Wiege, er mußte die ganze Wucht seines gewaltigen Geistes dransetzen, um seiner an sich Nichts weniger als bedeutenden Körperbildung den charakteristischen Ausdruck des Helden und des Herrschers zu verleihen. Hut, Stock und Tabacksdose sind ärmliche Nothbehelfe einer künstlerischen Charakterisierung, für die es keinen Ersatz giebt, wenn der schaffende Sinn nicht bis zur Tiefe einer reich angelegten Gemüthswelt vorzudringen im Stande ist. An diesem charakteristischen Ausdruck arbeitet ein gediegener Mensch sein ganzes Leben lang, und der Bildhauer ist darauf angewiesen, solche Arbeit eines ganzen Menschenlebens in einen einzigen Zeitpunkt zusammen zu drängen. Das Bildwerk muß bedeutsam sein, weil es Charakterdarstellung erfordert, was natürlich in demselben Maße von allen Idealgestalten gilt, die gar keine Berechtigung zur Existenz haben, wenn ihnen die Weihe göttlicher Selbstbestimmung abgeht. Es wird wohl noch für geraume Zeit eine dankbare Aufgabe für den Kunsthistoriker, der sich durch den Kleinkram einer übelberathenen Archäologie nicht beirren lässt, bleiben, der griechischen Plastik von Seiten ihrer typischen Auffassung bei Kopf- und Körperbildung tiefer auf den Grund zu sehen und namentlich zu untersuchen, wie eine eigenthümliche Behandlung der Augen und des Mundes darauf berechnet war, die charakteristischen Kennzeichen einer Göttergestalt in der zugleich sprechendsten und anmuthigsten Weise zur Geltung zu bringen.

Aus dem hier Besprochenen ergiebt sich von selbst, wie die Bildhauerei ihre durch die räumliche Ausdehnung bedingte Aufgabe zu lösen hat. Die Perspektive, die es mit dem Verhältnis des Gegenständlichen im Raume zu der Organisation des menschlichen Auges zu thun hat, beschränkt sich in der Baukunst auf die Linien — ist Linearperspektive. Ihre Gesetze sind, soweit es auf Linien ankommt, auch in der Skulptur maßgebend; da ihr jedoch die Pflicht obliegt, das Lineare der Raumausdehnung in das freigeschwungene organische Formgesetz hinüber zu leiten, so genügt ihr das schöne Verhältnis der Linien allein nicht, sie hat weiter und hauptsächlich darauf zu achten, dass durch richtige Abwägung des relativen Werthes, den die Einzelheiten der organischen Bildung für sich haben, das Wesentliche von dem Unwesentlichen geschieden und die Formen, je nach ihrer charakteristischen Bedeutsamkeit, hervorgehoben oder mehr in den Hintergrund gestellt werden. Darin besteht das Wesen der Formperspektive, deren Zweck die richtige Modellierung ist. Ohne entsprechende Modellierung kein Charakteristisches, ohne schöne Gliederung der Linien nichts Harmonisches. Ein und dasselbe Gesetz geht durch alle Äußerungen der menschlichen Vernunft: die Methode bedingt den Werth des Inhalts, und so frei sich der Künstler auch in methodischer Beziehung verhält, also keineswegs allein bei der Wahl der Gegenstände, so vermag er sich unter keinerlei Umständen jenen ewigen Gesetzen zu entziehen, die einer richtigen Darstellung unabänderlich zu Grunde liegen.

Kaum bedarf es noch der ausdrücklichen Bemerkung, wie es in der Idee der Kunst selbst begründet liegt, dass die Bildhauerei eine fortgeschrittene Entwickelung der Baukunst voraussetzt, in deren Fußtapfen sie tritt, um tiefer in die idealen Lebensgedanken einzudringen. Der Tempel oder das Gotteshaus ist überall das erste Bauwerk nicht bloß, sondern das erste bildende Kunstwerk überhaupt. Für religiös muss man daher auch den Ursprung der Plastik halten. Das Tempelgebäude setzt die Gegenwart des Gottes voraus. Anfangs begnügt der Glaube sich mit Steinen und roh aus Holz gearbeiteten Bildern, bis der Gott zuletzt in charakteristischer Menschengestalt auftritt. Es kann die religiöse Baukunst bereits einen hohen Grad von Vollkommenheit erreicht haben, und noch immer werden

3

in den Tempeln die durch das Herkommen geheiligten Mißgestalten verehrt;
noch mehr, in solcher, man könnte sagen gewaltsamen, Zurückhaltung der freien
Entfaltung plastischer Charakteristik liegt ein wohlthätiger Zügel für das
Kunstvermögen, das, wenn es sich ungebunden seinen eigenen Eingebungen
überlassen kann, gar zu leicht auf den Abweg geräth, die festen Formen
der Überlieferung fallen zu lassen, an Willkürlichkeiten und Liebhabereien
Geschmack zu finden. Darin liegt die Wichtigkeit der Kunsttypen, die
sich von Geschlecht zu Geschlecht vererben und ein wohlthätiges Gegengewicht bilden für subjektive Überhebung. Das sich allzu sehr über-
nehmende Subjektivitäts=Princip ist mehr als jeder andere Versuch der
Gefahr ausgesetzt, die nothwendig gebotene Ruhe in der Bewegung außer
Acht zu lassen und mit gewaltsamen Erregungen zu spielen, denen in der
Plastik jede Berechtigung abgeht. In der Wiege der Bildhauerei verhält
es sich umgekehrt: ist es ihr auch gelungen, in die Kopfbildung einen
menschlichen, unter Umständen sogar charakteristischen Ausdruck zu bringen,
so vergeht in der Regel noch immer eine geraume Zeit, bevor sich die
ganze Gestalt in dem harmonischen Ebenmaß der Glieder abrundet. Aber
auch dann noch haftet ihr eine ans Leblose streifende Unbeweglichkeit und
Unbehilflichkeit an: die Gestalten sitzen oder stehen, als ob sie weder sich
aufrichten noch fortschreiten könnten. Und doch muß in diese Gebundenheit
Bewegung kommen, sollen die lebendigen Typen unter Bedingungen zur
Erscheinung gelangen, die ihnen den Zug des Bedeutsamen und darum
Charakteristischen verleihen. Die ägyptischen Bildwerke, in der überwiegenden Mehrzahl nach einen ganz richtigen Kanon entworfen, ermangeln
fast durchweg dieses nothwendigen Momentes der Bewegung in der Ruhe,
und auch der sogenannte archäische Stil der Hellenen gelangt nur an-
·nähernd und ausnahmsweise über solche Befangenheit hinaus. Die
äginetischen Skulpturen, die von einem gewissenhaften, fast ängstlichen
Naturstudium zeugen und einer idealen Charakteristik wenig Rechnung
tragen, haben trotzdem einen ganz unschätzbaren Werth darum, weil in
ihnen zum ersten Male das richtige Gleichgewicht zwischen Ruhe und Bewegung, und damit die Grundbedingung jeder charakteristischen Darstellung,
ans Licht tritt. Um bis zur Glorie vollendeter Kunstschöpfung zu gelangen,
kam es darauf an, das Moment bedeutungsvoller Bewegung durch ideale
Motive zu verherrlichen und die charakteristische Typik zur vollwichtigen
Reife zu bringen. Einmal im Besitze des Geheimnisses der sich aus sich
selbst, aus ihrem eigenen Lebensgrunde, bewegenden Ruhe, hatte die Kunst
die noch edlere Aufgabe: das frei bewegte Leben durch den in sich ruhenden
Gedanken geistig zu binden und mit dem Strahlenglanze olympischer
Würde zu umgeben. Das klassische Zeitalter der griechischen Plastik
ist dadurch am größten, daß es niemals, selbst nicht in den kleinsten Bei-
werken, gegen das ideale Gesetz der Ruhe verstößt, und in Folge Dessen

in das Gemüth des Betrachters eine stille und herrliche Beruhigung
bringt, wie sie in dem Maße keine andere Kunst zu schaffen vermag.
In technischer Beziehung bleibt die Hauptsache immer die, jedes kleinliche
Detail, als im Widerspruch mit der gebotenen Charakteristik, vom Bildwerk ferne zu halten und eine sichere Grundlage für die bedeutsam sich
selbst begrenzende Lebensbewegung in der strengsten Naturmäßigkeit derjenigen festen Körpertheile zu erstreben, ohne welche das namhafteste
Gestaltungsvermögen Nichts auszurichten im Stande ist.

Indem die Plastik die an sich leblose Materie zu einem unmittelbaren Ausdruck organischen Lebens verarbeitet und auf dem Wege das in
der Baukunst allein erreichbare subjektive Zeitmoment objektiv darstellt,
stehen bei ihr zwar Licht, Raumausdehnung, Bewegung nicht mehr so
äußerlich neben einander, wie im Architekturwerke; zu einer vollständig
ausgeglichenen Vermittelung unter ihnen kommt es auch beim Bildwerke
nicht. Sie bedingen sich wechselseitig, aber ohne sich vollständig zu durchdringen. Solches Mißverhältnis ganz und gar aufzuheben, die Faktoren,
auf deren Verwendung und Bewältigung die bildenden Künste ohne
Unterschied angewiesen sind, unter sich in eine unzertrennliche Einheit zu
verknüpfen, Das ist Zweck und Aufgabe der Malerei. Als der Lobredner
seiner eigenen Kunst hat Benvenuto Cellini die Malerei gegen die Skulptur
damit heruntersetzen zu können geglaubt, daß er jene mit einem Baume
oder Menschen vergleicht, die sich in einem Brunnen abspiegeln; allein
dieser vermeintliche Tadel verkündet aufs vernehmlichste die hervorragenden
Vorzüge der Malerkunst, die sich aus dem Stofflichen, welches sie von
der Natur empfängt, Licht und Raum selbst schafft. Das Mittel dazu
liefert die Farbe, dieses hypostasierte Licht, mittelst dessen der Maler die
hylische Natur des Stofflichen und die reale Raumausdehnung zu bloßen
Potenzen herabsetzt. Die Malerei stellt typisches Leben dar als einen
Lichtproceß, der einen imaginären Raum für das Auge erschließt: in der
Lichtnatur der Farbe ist Alles Schein — Erscheinung der Idee, die sich
unmittelbar, in durchschlagender Präsenz, mit der idealen Erregung unseres
Gemüthes vermählt. Der reine Strahl der Schönheit, der aus der Farbe
hervorleuchtet, entzündet urplötzlich das innere Licht des Geistes: materielle
Farbe und geistiges Licht fließen in einander und erzeugen jene Befriedigung des ästhetischen Sinnes, der zugleich außer sich im Raume und
bei sich in heimlicher Abgezogenheit zu sein wähnt. So erklärt ein kunst-
sinniger Physiologe das Sehen durch einen dem elektrischen ähnlichen
Lichtproceß in der Krystalllinse, hervorgebracht durch die Lichtspannung
zwischen einem erleuchteten Äußern und dem selbst leuchtenden Augenorgan.

Um jedoch die Farbe für ihre Zwecke verwerthen zu können, hat die
Malerei sich fest auf die Schultern der ihr vorangehenden bildenden Künste
zu stellen. Sie theilt mit der Architektur die Linear-, mit der Skulptur

3*

die Form=Perspektive, d. h. sie hat die graden Linien richtig zu verkürzen
und in der schönen Zeichnung durch den Gegensatz von Licht und Schatten
reine Formverhältnisse in ihre Figuren zu bringen. Unter unsern Malern
hört man häufig nur von Linien reden; man gefällt sich darin, die Farbe
als Nebensache, als ein buntes Kleid zu betrachten, das die Natur an-
oder ablegen könne, ohne darum weniger Natur zu sein. Dies heißt aber
doch nur etwas manierlicher sich ausdrücken, als die Chinesen, die in
ihrer prosaischen Verständigkeit behaupten, der Schatten sei etwas Zufälliges
und brauche darum nicht wiedergegeben zu werden, um so weniger, als
er das Kolorit verunstalte; auch sei es ganz zweckwidrig, die Gegenstände
in der Ferne so klein zu malen, wie sie zu sein scheinen, weil Dies ein
Augenbetrug sei, den der Verstand nicht unberichtigt lassen dürfe. So
lange Malen etwas Anderes ist als Zeichnen, genügt hier weder Linear-
noch Form=Perspektive, so wesentlich beim Farbenbilde auch richtige Zeichnung und feine Modellierung sind: ihre unerläßliche Ergänzung finden
beide erst in der Luft=Perspektive, die theils den Grad des Lichtes
anzeigt, welchen die Gegenstände, nach dem Verhältnis ihrer Entfernung
von dem Sehenden, zurückwerfen, theils die Farbentöne nach dem Verhältnis der Zwischenluft, die sie vom Auge des Beschauers sondert, abstuft.
Darin sind die Venetianer so groß, namentlich aber hat Paolo Veronese,
nicht selten auch Tintorette, die Luft=Perspektive so meisterlich zu behandeln
gewußt, daß man darüber selbst den blendenden Reiz der Farben vergißt.
Indessen darf man nicht vergessen, daß es hauptsächlich Correggio und
Rembrandt waren, welche durch den belangreichsten Gebrauch des Hell-
dunkels die tiefsten Geheimnisse der Farbenwelt zuerst aufschlossen und die
Lichtnatur der Farbe zu so gewaltiger Geltung brachten, daß Zeichnung
und Modellierung in den wunderbaren Farbenspielen ganz und gar getilgt
scheinen. Das Verdienst der toskanischen Schule ist darum nicht geringer:
durch seelenvolle Behandlung der Linien= und Formgesetze haben die
Florentiner Maler den allein standhaltigen Grund der Malerei für alle
Zeiten gelegt und eine nicht geringer anzuschlagende Überlegenheit darin
bewiesen, daß sie den künstlerischen Gedanken festzuhalten wußten und
nicht, was den Venetianern oft genug begegnete, in einen bestechenden
Augenkitzel verflüchtigten.

Der Irrthum, daß in der Malerei Alles auf die Färbung ankomme,
ist ebenso beklagenswerth, wie der andere, der auf die Zeichnung ausschließlich Gewicht legt. Gleichwie nun aber perspektivisch nur ein
Segment des Horizontes in den Sehwinkel fällt, so auch nur ein Moment
der Handlung, sofern diese malerisch darstellbar ist. Die Typen, welche
die Malerei darzustellen hat, athmen ihr eigenthümliches Leben. Wenn
die Skulptur, namentlich im Relief, auch ganze Gruppen in Zusammenhang
bringt, so vermag sie doch nur für die Reflexion den Eindruck einer mit

sich selbst vermittelten Zusammengehörigkeit oder Einheit hervorzubringen. In ihrer charakteristischen Auffassung stehen, kleinere Gruppendarstellungen abgerechnet, die einzelnen Figuren neben oder nach einander, daher ihre Beziehung zur Idee des Ganzen mehr äußerlich angedeutet, als innerlich vermittelt erscheint. Die einzelne Figur kann ihren Schwerpunkt nur in sich selbst haben, und wenn die handelnden Bewegungen auch auf einen gemeinschaftlichen Mittelpunkt sich beziehen, so ist dieses Verhältnis wenigstens kein unmittelbares, immanentes, indem eine Menge Mittelglieder, die zwischen der Handlung des Einzelnen und der Idee des Ganzen liegen, im besten Falle nur angedeutet werden können, und darum errathen werden müssen. Die Mittel, über welche die Skulptur zu verfügen hat, sind demnach derartig, daß sie ein eigentliches Handeln, ein solches nämlich, welches das freie Bestimmungsvermögen Mehrerer in einem idealen Zwecke zusammenfließen läßt und die einzelnen Handlungen zu der Einheit eines allgemeinen Handelns verknüpft, schlechterdings nicht zuläßt.

Ganz im Gegentheil hat die Malerei überall ein Handeln auszudrücken, das in seiner Gemeinschaftlichkeit keine Grenze zwischen den Aktionen der handelnden Personen duldet. Dies ist das Gesetz der malerischen Einheit, geboten gleicherweise durch die Aufgabe, wie durch die Mittel dieser bildenden Kunst, und soviel seit dem Erscheinen von Lessing's »Laokoon« darüber geschrieben worden ist, so kann die Frage weder in der Wissenschaft noch in der Praxis als erledigt angesehen werden. Der Maler hat die typischen Lebensäußerungen, die er der Natur und der Geschichte entnimmt, in die Breite figurenreicher Kompositionen auseinander zu legen, indem er der Einheit seines künstlerischen Gedankens durch zweckmäßige Beziehung einer Menge an sich selbstständiger, in ihrer Bedeutung jedoch ungleichartiger Erscheinungen den Ausdruck eines zusammengehörigen Ganzen verleiht. Bei solchem Geschäfte kommt Alles auf die gehörige Unterordnung und passende Vertheilung an: der Geschichtsmaler, im wahren Sinne des Wortes und soweit er die höchsten Aufgaben seiner Kunst zu lösen hat, ist zu betrachten als der Dialektiker unter den bildenden Künstlern, während der Architekt sich mit der schematisierenden Thätigkeit, der Bildhauer mit dem einfachen Begriffe begnügt. Die Schwierigkeit, die Jener zu überwinden hat, sind allerdings nicht gering, und schon die kurze Abwägung derselben entschuldigt auf einen gewissen Grad das seltene Gelingen geschichtlicher Malereien. Sobald der Maler das einheitliche Band, welches das Einzelne und Einzelnste verknüpfen kann und soll, ganz unbeachtet läßt, oder auch nur nicht gehörig betont, fällt er aus seiner Rolle und läßt sich vom Stoffe beherrschen, anstatt frei über ihn zu gebieten.

Man hat zwar neuerdings wieder sich mit der Versicherung vorgewagt: an die Malerei die Forderung einer einheitlichen Handlung stellen,

heiße sie zur bloßen Kopistin erniedrigen, heiße die Darstellung der Weltgeschichte von ihr ausschließen und das Recht der freien Gestaltenschöpfung
zur Verkörperung der Gedanken dem künstlerischen Genius versagen. Daß
er es sich nicht versagen läßt, ist ebenso ausgemacht, als daß Niemand,
der die Natur und die Bedingungen der Malerei nur halbwegs versteht,
sich bei einer solchen Enge der Anschauung ertappen läßt. Man muß
nur nicht Alles zugleich und unmittelbar darstellen wollen; denn darauf
wird die Malerei nie und nimmer verzichten dürfen, daß das zur Erscheinung gebrachte Handeln mit der versinnlichten oder veranschaulichten
Ursache der Wirkung in einem nothwendigen Zusammenhang stehe. Die
Todsünde des Allegorisierens rächt sich in der Malerei jederzeit dadurch,
daß das Charakteristische, auf welches die Plastik angewiesen ist, in ein
Konventionelles entartet und denselben Eindruck des Flachen und
Nichtssagenden macht, auf den der Bildhauer sicher zu rechnen hat, so oft
er den schlüpfrigen Boden des Individualisierens betritt. Soll Haltung
und Stimmung in ein Gemälde kommen, so ist Dies nur dann möglich,
wenn der unmittelbare Strom des Lebens sich frei in die vom Künstler
zurecht gemachten Formen ergießt. Die Farbe ist ja nichts Anderes, als
das offenbarende, aufschließende und lösende Princip in der räumlichen
Ausdehnung: wo sie erscheint, da individualisiert und specificiert sie, das
Einzelne von dem Besonderen abhebend und jene wunderbare Welt einer
allgemeinen Gedankenbestimmung erzeugend, in der auch das Individuellste
nur abgestuftes Licht und doch zugleich das Ganze eine unendliche Mannigfaltigkeit der verschiedensten Farbenwirkungen ist.

Der malerische Ausdruck kann deßwegen immer nur ein individueller
sein, und damit kehrt die Aufgabe der bildenden Kunst zu ihrem Aus-
gangspunkte zurück, von wo aus das Typische, im engsten Anschluß an
den natürlichen Individualismus, sich bis zur durchsichtigen Unmittelbarkeit des Generellen durchzuarbeiten hatte. In der Farbe zieht sich das
Leben in seinen momentanen Äußerungen zusammen, und es entsteht der
beglückende Schein des von der Schwere der Materie befreiten, zeitlich an
uns herantretenden Ideals. Das Höchste leistet die Kunst dann, wenn
sie das seinem Wesen nach Allgemeine in der ihm entsprechenden Begrenzung ohne weitere Umschweife durch das Organ der Sinne vor den
Spiegel der Seele stellt; aber wie selten, wie wenigen Glücklichen ver-
liehen ist die Begabung, den typischen Wiederschein des Individuellen bis
in die verborgensten Falten seines Wesens zu verfolgen und den Meister
solcher Leistungen nach Gebühr zu würdigen! Je entschiedener das Individuelle der Darstellung als ein Generelles des Gedankens auf uns wirkt,
und umgekehrt, je greifbarer das Typische individueller Gestalt an uns
herantritt, desto reiner ist die ästhetische Wirkung.

Die menschliche Gesichtsbildung muß schon darum in der Malerei vom höchsten Belange sein; der Ausdruck aber, den das Gesicht empfängt, schwebt in der Mitte zwischen der Gebärde, als dem augenblicklichen Reflex der in dem Innern vor sich gehenden Gefühlserregungen, und zwischen dem Zuge, oder der dauernden Gemüthsrichtung, welche sich den weichen Theilen des Gesichtes als deren höhere und freigeschaffene Natur- bestimmung einprägt. Die Gebärden als flüchtige Erregungen der Naturseite des Menschen, sind künstlerisch nicht darstellbar, die Züge dagegen, die dem Gesichte einen bleibenden und darum charakteristischen Ausdruck verleihen, fallen vorzugsweise der Plastik anheim. Inmitten beider steht die Miene, als der Ausdruck einer affektvollen Stimmung, und gerade sie in ihrer Unmittelbarkeit, die darum an die Gebärde grenzt und doch zugleich die Bedeutung eines werdenden Charakteristischen hat, wie dieses in den Ge- sichtszügen zur Erscheinung kommt, soll malerisch dargestellt werden. Man sagt wohl von dem Frauengesichte: es soll keine Züge, sondern nur Mienen haben, und Dies ist allerdings in dem Sinne wahr, daß der Beruf der Frau — mehr der Innenwelt, als der Außenwelt, und letzterer vorzugsweise in den stilleren Bezügen des häuslichen Lebens angehörig — in Widerspruch steht mit den tiefen Furchen, welche das leidenschaftliche Handeln des Mannes in seinen charakteristischen Zügen ausprägt. Daraus erklärt es sich, warum die Frauenbüste stets etwas Mißliches, weil Hartes, hat, während das weibliche Porträt dem Begriffe der Frau vollkommen ent- spricht, ja in noch höherem Grade, als selbst das ausgezeichnetste männliche Porträt dem Begriff und Beruf des Mannes. Stellt die Bildhauerei mit ihren Mitteln und ohne Überschreitung der ihr gesteckten Grenzen einen weiblichen Kopf dar, so setzt sie sich jederzeit der Gefahr aus, ent- weder durch ängstliche Nachahmung der Natur ins Unbedeutende zu fallen, oder durch starkes Charakterisieren den Reiz der Weiblichkeit zu verdunkeln, einen männlichen und darum herben Ausdruck an seine Stelle zu setzen.

Man kann ohne Übertreibung sagen, daß die Malerei einen be- strickenden Reiz gerade in dem Umstande hat, durch den der Bildhauerei Gefahr droht: sie ist recht eigentlich auf das Weibliche und dessen affekt- vollen Ausdruck in dem unmittelbar ansprechenden Mienenspiele angewiesen, und wird auch bei der Darstellung männlicher Gesichtsbildungen um so mehr gefallen, je unzweideutiger sie, ohne Abschwächung des natürlichen Ausdrucks, die Strenge der charakteristischen Züge auf einen gewissen Grad ermäßigt und in jene weichere Gemüthsweise hinüber leitet, welche affekt- volle Stimmungen in den lebensvollen Mienen des Gesichtes ausdrücken. Das Seelenvolle, Innige, Zarte, Holde, in merklichem Abstand von den fest und scharf ausgeprägten Charakteren plastischer Darstellungsweise, eröffnet dem Maler ein ebenso reiches wie erfreuliches Gebiet, und selbst in dem Falle, daß er, z. B. bei Schlachtenbildern, männliche Leidenschaften sturmartig auf einander stoßen läßt, wird er wohl daran thun, durch den Gegensatz weiblicher, und darum zarterer, Affekte die Härte des männlichen Pathos zu mildern, wobei es sich von selbst versteht, daß das Kindliche, selbst Jünglingsmäßige, der Hauptsache nach dem weiblichen Typus angehört. Die christliche Kunst besaß von Anfang an in der lieblichsten aller Beziehungen, in der Beziehung der Mutter zum Kinde, eine unerschöpfliche Fundgrube der wirksamsten Motive, die niemals altern können, weil die Kunst selbst nicht alt wird, und hier zumal liegt der Schlüssel zum wahren Verständnis der Malerei, wenn es von ihr hieß, sie habe ihre Typen zu individualisieren.

Ausgesprochen ist damit keineswegs, daß die Malerei sich der Allegorien unter allen Umständen zu enthalten habe. Eine gebührende Stelle bleibt ihnen, wenn sie keine selbständige Bedeutung behaupten wollen, vielmehr mit einer vermittelnden, andeutenden, selbst dekorativen Rolle sich genügen lassen. Jedenfalls aber hat der Maler, der seinen Allegorien eine selbständige Bedeutung zu verleihen trachtet, sich jeder Vermischung des Allegorischen mit dem Natürlichen und Geschichtlichen zu enthalten, weil auf dem Wege nur Ungeheuerliches entsteht, wie es freilich in unserer Zeit nicht zu den Seltenheiten gehört. In gewissem Betracht verhält sich jede Kunstthätigkeit allegorisch, und muß es — die sämmtlichen Mittel, über welche die Kunst zu verfügen hat, gestatten nur Andeutungen eben jenes Allgemeinen, dem wir den Namen des Typischen beilegen, und was hinter der individuellen Erscheinung als deren idealer Gehalt ruht, Das vermag der empfangende Sinn sich doch nur durch ein selbstthätiges imaginatives Verhalten anzueignen. Sehr richtig bemerkt darum Lessing: »Kann der Künstler in der immer veränderlichen Natur nie mehr als einen einzigen Augenblick, und der Maler diesen einzigen Augenblick auch nur aus einem Gesichtspunkte brauchen, sind aber ihre Werke gemacht, nicht bloß erblickt, sondern betrachtet zu werden, so ist gewiß, daß jeder einzige Augenblick und einzige Gesichtspunkt dieses einzigen Augenblicks nicht fruchtbar genug gewählt werden kann. Dasjenige aber nur allein ist fruchtbar, was der Einbildungskraft freies Spiel läßt. Je mehr wir sehen, desto mehr müssen wir hinzudenken können. Je mehr wir dazu denken, desto mehr müssen wir zu sehen glauben.«

In sofern ist Alles in der Kunst allegorisch, weil ein unendlicher Inhalt in endlicher Form unter allen Umständen etwas Unausgeglichenes enthält, worin gerade der nie verlöschende Zauber des Kunstgenusses besteht. Selbst die Porträtbildung, die sich doch unmittelbar an die natürliche Erscheinung hält, allegorisiert das unendlich Persönliche im Menschen, indem sie durch Das, was sich unmittelbar den Sinnen darbietet, zur freien Vertiefung in den idealen Hintergrund gelangt; und so läßt sich das im Typischen liegende Gemeinsame auch an sich zur Darstellung bringen, aber immer nur, in wie weit es in seiner sinnlichen Einkleidung verständlich bleibt und nicht erst mühsam errathen werden muß. Nichts Lebendiges, das in der Kunst sich nicht darstellen ließe, von der obersten Idee des Göttlichen an, herab durch die wunderbaren Gestalten, welche in der menschlichen Seele wallen, bis zum niedrigsten Naturgeschöpfe. Künstlerische Wahrheit haben alle dergleichen Bildungen nur dann, wenn sie für sich und durch sich selbst sprechen. In der Abtheilung Contarini enthält die Kunst- akademie zu Venedig einige kleine Allegorien von G. Bellini, die, obschon vortrefflich gemalt, schlechterdings Nichts besagen, weil Niemand wissen kann, was sie bedeuten sollen; derselben Gefahr aber, das Unendliche, weil an sich Allgemeine, dem Verstande als ein zu lösendes Räthsel aufzugeben, anstatt durch die Darstellung selbst unmittelbar dasselbe in der Imagination wachzurufen, durch die sinnlichen Mittel der Darstellung ein Übersinn- liches fortwährend anklingen zu lassen — solcher Gefahr ist jegliches Alle- gorisieren ausgesetzt, und zwar um so mehr, je zahlreicher die symbolischen Attribute sind, mittelst deren die Kunsttypen zur Erscheinung gelangen. In der Kunst geht einmal der Weg nicht vom Allgemeinen zum Einzelnen, sondern umgekehrt vom Sinnlichen ins Übersinnliche.

Auch die Architektur- und Landschaftsmalerei darf den Individualismus nicht verleugnen, der den Gehalt der Malerei bedingt. Es muß eine menschliche Saite anklingen, selbst da, wo von Menschen, wohl gar von menschlicher Arbeit, nicht das Mindeste zu sehen ist. Das beste Architek- turbild, das die schematischen Formen mit vollendeter Naturwahrheit wiedergiebt, läßt kalt, wenn es lediglich die technischen Schwierigkeiten überwindet und mehr nicht zu sagen vermag, als was die architektonische Darstellung selbst und weit vernehmlicher ausdrückt. Von den Natur- Scenerien gilt genau Dasselbe: die glänzendsten Effekte, welche die natürlich wirksamen Kräfte hervorrufen, haben an sich keine Gewalt über das Ge- müth, wofern nicht Etwas hinzu kommt, was nur die eigenste That des Künstlers sein kann. An ihm liegt es, Stimmung in sein Werk zu bringen, die äußeren Formen geistig so zu beleben, daß der Betrachter einen menschlichen Hauch zu empfinden glaubt, der das Ganze beseelt. Auf die Modalität solcher Stimmungen kommt es nicht an: die Stimmung ist jedesmal gut, wenn sie innig ist, mag sie mehr im elegischen oder im heroischen Sinne wirken. Wie wäre es anders möglich, daß Landschafts- bilder eines Salvator Rosa oder Hobbema einen so ergreifenden Eindruck hervorbringen, wenn die in ihnen herrschende Stimmung nicht in die Tiefe der Seele ginge!

Auf einen kurzen Ausdruck gebracht, lautet das Ergebnis der voran- stehenden Untersuchungen folgendermaßen. Eine jede Abzweigung der bildenden Kunst hat ihr eigenes Stilgesetz, mit dessen Überschreitung die Wirkung aufhört, eine gesunde und nachhaltige zu sein. Will die

Architektur mehr als schematisieren, greift sie hinüber in das Gebiet der Plastik, um von ihr charakteristische Motive des organischen Lebens zu entnehmen, so ist ihre Wirkung keine reine mehr, noch weniger, wenn sie die individuellen Bildungen der Malerei für ihre Zwecke nutzbar zu machen sucht. Nicht als ob das Bauwerk jeden Antheil an plastischen und malerischen Darstellungen schlechthin abzulehnen hätte: nur Das meine ich, daß bei den architektonischen Konstruktionen das Plastische und Malerische als solches nicht verwendet werden darf. Der Architektur bleibt immerhin die schöne und dankbare Aufgabe zu lösen, schicklichen und anmuthenden Raum zu schaffen für die wirksamste Aufstellung von Bildwerken und Gemälden; auch Das ist ihr unverwehrt, die leeren Räume ihrer schematischen Gliederungen mit Werken der beiden Schwesterkünste auszufüllen, niemals aber soll sie sich soweit versteigen, daß sie für ihre konstruktiven Formen plastische und malerische Motive unmittelbar benutzt. Nicht der Gott allein findet im Tempelgebäude seinen Platz: Fries und Giebelfeld werden aufs angemessenste mit Bildwerken gefüllt, die Wände mit Malereien geschmückt. Allein alle diese Werke der bildenden Kunst behalten ihre besondere Berechtigung, bewahren ihr specifisches Gepräge, indem sie ja keineswegs sklavisch in den Dienst der Architektur treten, vielmehr nur deren ästhetische Wirkung erhöhen. Dagegen haben ägyptische und indische Baukunst solche nothwendige Scheidung und Sonderung in bedenklichster Weise hintangesetzt; selbst die hellenische Baukunst hat in ihren Karyatiden und ähnlichen Bildungen das architektonische Stilgesetz gefährdet; die Bildhauerschule von Pisa ging darin noch einen sehr erheblichen Schritt weiter, und so reizend die Kopfbildungen sein mögen, wodurch sie die architektonischen Linien belebte, so war es doch bereits eine Vermischung, bei der beide Künste am Ende nur verlieren konnten. Darin liegt auch die schwache Seite der gothischen Baukunst, als sie anfing, das Plastische als bloßes Mittel für ihre hochstrebenden Gedanken zu gebrauchen, anstatt sich streng diesseits der Grenzscheide des wirklich Organischen zu halten. Es verräth keinen richtigen Geschmack, solches Emporwachsen der schematischen Gliederung in organische Bildungen preiswürdig zu finden; mag der architektonische Gedanke immerhin bis zur äußersten Grenze des wirklichen Lebens gehen, überschreiten darf er sie nicht.

Eine ähnliche Enthaltsamkeit hat die Plastik zu üben. Weder soll sie zurückgreifen auf den schematischen Standpunkt der Baukunst, wozu selbst Michel Angelo mehr, als recht, geneigt war, um dem Ideale monumentaler Erhabenheit näher zu rücken; noch auch ist es ihr gestattet, sich auf das Gebiet der malerischen Motivierung zu verirren, wobei über dem nur scheinbaren Gewinn lebendiger Individualisierung die in sich gesammelte und ruhende Charakteristik unfehlbar verloren geht. Auf dieser abschüssigen Bahn bewegt sich fast ausnahmslos die neuere französische

Bildhauerei, die nicht selten durch die widerlichste Effekthascherei, gleichsam in gewaltsamen Sprüngen, auf der einen Seite die Anläufe zu einer idealen Charakteristik gänzlich unwirksam macht, auf der andern das Steife und Unbedeutende der Uniformkleidung mit Hilfe drastischer Mittel beseitigen zu können sich schmeichelt.

Ihrerseits hat die Malerei ihre Stärke ganz und gar in der idealen Individualisirung, die als Stimmung selbst das an sich Leblose vergeistigt. Das bloß Charakteristische wird in der Malerei immer niederdrücken, weil es mit Dem, was die Farbe vermag, nicht in Einklang steht. Doch nicht nur hinter ihr, auch vor ihr liegt eine Gefahr, die für die Malerkunst schon oft höchst bedrohlich geworden ist, hier aber nur angedeutet werden kann, weil eine ausführliche Erörterung über das uns gesteckte Ziel hinausführen würde. Die Malerei darf nicht musikalisch werden, d. h. sie darf nicht unter Verleugnung ihres räumlichen Schwerpunktes in das Pathetische sich verirren, bei welchem die räumliche Ausdehnung aufgehoben erscheint in das Successive der Zeit. Wer nur pathetische Erregungen des Gefühls, des Affekts, der Leidenschaft malen will (und Das ist bei der Vorliebe für die Musik gegenwärtig nichts Seltenes), Der verkennt, daß die Malerei eine anschauliche Kunst ist und nicht auf das Gehör zu wirken vermag. Dergleichen musikalische Bilder machen wohl Eindruck auf weibliche Gemüther, bei denen das Pathetische überall vorschlägt; der unverderbene und reife ästhetische Sinn vermag Früchte nicht zu genießen, deren bestechende Schalen mit Wohlgerüchen, anstatt mit festen Stoffen, gefüllt sind.

Die moderne Erziehung und Brachvogel's „Theatralische Studien".

Von Eduard Kulke.

Richard Wagner sagt in den Mittheilungen an seine Freunde: »In unserer erziehungssüchtigen Zeit ist es ein Glück, nicht erzogen zu werden.« Das ist scheinbar paradox. Wer aber etwas tiefer nachdenkt, Dem wird das Körnchen Wahrheit, das in dem Ausspruche liegt, gar bald zur bedeutsamen Saat emporschießen. Es kann keinem vernünftigen Menschen einfallen, den heilsamen Einfluß der Erziehung zu leugnen, doch braucht man deßhalb nicht blind zu sein für die Schäden, welche sich gar bald zeigen, wenn die Sphäre der Erziehung nicht weise beschränkt, sondern im Gegentheile so sehr erweitert wird, daß sie alles Mögliche in ihren Kreis hineinzieht, und dadurch das ganze Leben in allen seinen Zweigen

zur Schablone macht. Seitdem Knigge über den Umgang mit Menschen
geschrieben und ein kulinarischer Virtuose zum ersten Male den Versuch
gemacht, ein vollständiges Recept zu einer untadelhaften Mandeltorte dem
gebildeten Publikum wohlstilisiert vorzulegen, ist eine Unmasse von Schriften
erschienen, welche sämmtlich den löblichen Zweck haben, uns das Leben so
angenehm wie möglich zu machen und uns in der kürzesten Zeit Dinge
zu lehren, zu denen unsere Vorfahren noch viele Jahre brauchten. Diesem
edlen Drange der pädagogisch-didaktischen Menschheit verdanken wir in
der That Aeußerungen und Offenbarungen des Menschengeistes, wie »die
Kunst, in der Ehe sein Glück zu machen,« — »die Kunst, sich die Liebe
des schönen Geschlechts zu erwerben,« oder wie »die Kunst, in zehn Stunden
Englisch lesen, schreiben und sprechen zu lernen« u. s. w. Unsere Altvordern
glaubten in ihrer schlichten Herzenseinfalt, daß man die Kunst, in der
Ehe glücklich zu sein, von Niemanden erlernen könne, sondern daß hierin ein
Jeder sein eigener Lehrmeister sein müsse; — ebenso glaubten sie wahrscheinlich
in ihrer Beschränktheit, daß zur Erlernung einer fremden Sprache ein
Zeitraum von einigen Jahren erforderlich sei; — aber was hatten sie
auch für bornirte Anschauungen! — wir wissen Das heute viel besser.
Sie wußten eben Nichts vom Fortschritt! Die Triumphe, welche die
Glückseligkeitstheorien und die literarischen Erzeugnisse der Kochkunst
männiglich feierten, brachten einige sonst ernst aussehende Männer um
den Schlaf und erfüllten ihre Gemüther mit Neid und Missgunst. Wie? —
sollte sich denn nicht auch eine Anweisung anfertigen lassen: »Die Kunst, in
zwanzig Lektionen ein dramatischer Dichter zu werden« ? — Dies war die
Frage, die ihnen Nachts auf ihrer Lagerstätte den Schweiß auf die
Stirne trieb. Hat doch einmal schon ein gewisser Aristoteles, und später
ein gewisser Lessing, einige Fingerzeige in dieser Richtung gegeben.
Nun, was Die konnten, Das werden wir auch. Potuerunt hi et hae,
cur non et ego? —

So entstanden die letzten Erzeugnisse der pädagogischen Literatur für
Dramatiker und Solche, die es werden wollen. Das eine dieser beiden
Produkte heißt: »Die Technik des Dramas« und hat zum Verfasser
Herrn Gustav Freytag; das andere rührt von A. E. Brachvogel her
und führt den bescheideneren Titel: »Theatralische Studien«, (Leipzig,
H. Costenoble, 1863). Ersteres ist im »Orion« bereits von kundiger Feder
beurtheilt worden, das zweite sei Gegenstand der folgenden Betrachtung.

Die »Theatralischen Studien« sind gesammelte Aufsätze, welche Herr
Brachvogel früher in mehreren Zeitschriften veröffentlicht hatte. Der Verfasser ist so bescheiden, in der Vorrede zu versichern: »Außergewöhnliches
und Neues enthält das Buch kaum, sondern das Längstbekannte, da und
dort Verstreute, Ungeordnete ist nur in paßlicher Weise und mit vielleicht
erneuter Beleuchtung dargeboten.« — Im ersten Kapitel hingegen (S. 7)

findet man folgende Fragen: »Was ist Idee, was ist Tendenz im Drama? — Was heißt tragische Leidenschaft? — Was ist historisch und unhistorisch im Sinne des Theaters? — Wo ist Überraschung, wo nicht verwerflich? — In wie fern darf der Zufall eine Rolle spielen? — Was ist ein passiver, was ein aktiver Charakter auf der Bühne? — Soll Leidenschaft oder idealer Zweck den Helden zum Unter- oder Ausgang führen, oder Beides, und wieso? — Sind, man antworte offen, diese und tausend andere Fragen in der Dramaturgie gelöst? — Nein! — Ist Das eine in sich klare Wissenschaft, die widersprechende Wahrheiten hat? — Nein!« — Die Stelle in der Vorrede steht mit diesen Fragen in einem bedenklichen Widerspruch. Diese Fragen sind (nach der Meinung des Verfassers) entweder gelöst, oder sie sind es nicht. Im ersten Falle klingen seine Fragen etwas hochtönig, und die Entschiedenheit, mit welcher er: »Nein« antwortet, macht einen komischen Eindruck; im andern Falle ließe sich die übergroße Bescheidenheit in der Vorrede gar nicht erklären. Über diesen Widerspruch hinaus kommt man durch die ersten sechs Kapitel nicht, wo die Beantwortung der aufgestellten Fragen durchgeführt ist. In Wahrheit sind die Fragen alle gelöst, schon vor Brachvogel, und die ernente Be- leuchtung, die der Verfasser für sich in Anspruch nimmt, und worauf er auch ein Recht hat, besteht in der populären, leicht faßlichen Darstellung des Gegenstandes. Neues und Außergewöhnliches findet sich Nichts in dieser Beantwortung, man wollte denn die Gruppierung von Schlesinger's »Mit der Feder« mit »Der Widerspänstigen Zähmung« für neu ansehen, eine Neuheit, die dem Verfasser schwerlich Jemand streitig machen wird. Die Auseinandersetzungen sind sonst klar, aber nicht neu, und wir können, wie schon gesagt, die Entschiedenheit, mit welcher der Verfasser seine aufge- stellten Fragen verneint, nur komisch finden. Allerdings beruft sich Herr Brachvogel auf seinen Umgang mit Kritikern und Recensenten, welche sehr verwirrte und ungebildete Anschauungen über Kunst haben; allein was folgt daraus? Nichts weiter, als daß Herr Brachvogel noch keinen eigentlichen ästhetischen Kritiker, dem sein Beruf Ernst ist, kennen gelernt hat. Freilich muß sich Herr Brachvogel sehr gewundert haben, wenn der von ihm (S. 73) citierte Theaterrecensent ein Lustspiel deshalb schlecht fand, weil die Überraschung fehlt. Es giebt allerdings Unkundige, welche der Meinung sind, es verhalte sich mit einem dramatischen Werke, wie mit einem Räthsel; je schwieriger und überraschender die Auflösung, desto größer der Werth. Diese Leute sehen gar nicht, daß man dann ein Drama nur ein einziges Mal genießen könnte, da ja, sobald die Auflösung (die Überraschung) einmal bekannt ist, aller Reiz verloren geht. Daß aber einzelne schlecht Unterrichtete eine Sache mißverstehen und geradezu auf den Kopf stellen, ist noch lange kein Beweis, daß man sich über diese Fragen nicht schon lange Rechenschaft gegeben hätte. Doch, wie gesagt,

wenn auch Herr Brachvogel in der Beantwortung der von ihm aufgestellten Fragen nichts Neues geleistet, so hat er sie wenigstens klar und
verständlich zu machen gesucht, und sein Buch kann jedenfalls den Nutzen
haben, solchen irrigen Anschauungen, wie der beispielsweise angeführten,
auch in weitern Kreisen zu begegnen. Sein Widerspruch geht uns also
weiter Nichts an; aber ein anderer Punkt ist es, über den wir uns
noch mit ihm auseinandersetzen müssen, es ist der Eingangs schon
angedeutete pädagogisch=didaktische Charakter, der in diesen Studien zwar
keineswegs in so ausgesprochener Weise hervortritt, wie in Freytag's
»Technik des Dramas«, aber dennoch genugsam die Ansicht des Verfassers über
die erlernbare Seite der dramatischen Poesie erkennen läßt. Goethe sagt
allerdings: »Jede Kunst hat etwas Erlernbares.« Bei der Poesie ist dies
Erlernbare ein sehr Geringes. Herr Brachvogel scheint es uns in seinem
Buche viel zu hoch anzuschlagen, und glaubt, man könne, hätte man nur
einen vollständigen Kanon der Dramaturgie in der Hand, gar wohl ein
dramatischer Dichter werden. Er macht sich lustig darüber, daß das Genie
der Regeln spotten dürfe, in sich selber das Gesetz habe. Mit Ironie
frägt er: »Wer nur schon am Anfang seiner Laufbahn immer genau wüßte, ob
er ein Genie sei!« — Das soll Ironie sein, ist aber in Wahrheit sehr
naiv. — Abgesehen davon, ob das Genie in sich fühlt, es traue sich
Etwas zu; abgesehen davon, daß das Genie ganz bestimmt weiß, es sei mehr
oder könne mehr, als Peter und Paul, gleich im Anfange seiner Laufbahn;
abgesehen hievon, sage ich, ist ja gar nicht nöthig, daß es von seinem
Vermögen die genaue Vorstellung, das vollständige Bewußtsein habe,
wenn wir nur sehen, was es leistet. »Selbst der Genius kann Dinge
an sich erleben,« sagt Brachvogel, »die er wohl leicht genug vermieden
hätte, wäre er sich derselben durch das Studium bewußt geworden.«
Brachvogel meint also Folgendes: Hätte Schiller z. B. in seinem 18. Lebensjahre »die Poetik, Rhetorik und Politik des Aristoteles, Lessing's Dramaturgie, Solger's Ästhetik, Rötscher's Charakteristiken, alle Schriften über
allgemeine Kunstgesetze, welche von Kant bis Hegel erschienen, alle Schätze
theatralischer Forschung und Erfahrung, welche von Schlegel und Tieck
bis Adolf Stahr veröffentlicht wurden, sich zu eigen machen können,
hätte er, füge ich hinzu, auch noch »die Technik des Dramas« von Gustav
Freytag und endlich die vorliegenden »theatralischen Studien« von Brachvogel
gelesen und studiert, dann hätte er kein solches Monstrum hervorgebracht,
wie die »Räuber«, sondern hätte vielleicht sogleich seinen »Tell« oder
seinen »Wallenstein« geschrieben, oder das Werk hätte sich vielleicht gar
zur schönen Harmonie des »Narciß« abgerundet. Wenn ich Brachvogel
recht verstanden habe, so ist Dies die logische Konsequenz. Nun frage ich
einen Jeden, der nur eine dunkle Ahnung von dem Schöpfungsproceß hat,
ob er nicht glaubt, er höre einen Irrsinnigen reden, wenn man ihm solche

Dinge vordeklamiert. — Was der Genius an sich erlebt, und sei es noch so monströs, Das schadet ihm nicht; er wird durch sich selber auf den rechten Weg kommen. Mit Solger in der Hand, wird Niemand ein Werk produciren, der nicht dazu die Kraft in sich hat. Sophokles und Shakspeare haben sicher weder Solger noch Kahlert gekannt, und wie sie Alle heißen, die Ästhetiker (Vischer wird in Brachvogel's Buch nicht genannt), und dennoch haben sie einige gute Dramen geschrieben; zum Dichter kann man ebenso wenig herangebildet werden, wie zum Feldherrn. Dieser auf dem Schlachtfelde, Jener auf der Bühne — da muß sich Jeder von ihnen bewähren, aber der Solger und der Hegel nutzen dem Einen gerade so viel, wie dem Andern die Kenntnis der Logarithmen sämmtlicher Zahlen. Hier heißt es Natur, Unmittelbarkeit, u. s. w. Die Anschauung, als könne man Jemanden zum Dichter heranbilden, ist ganz und gar verfehlt.

Muß man nun gegen die pädagogische Tendenz des Buches ernstlich Protest erheben, so kann man dem Verfasser hingegen bezüglich der zwei letzten Kapitel: — »Die heutigen Rechtsverhältnisse der deutschen Bühnen«, und »Über schlechte Repertoire und den theatralischen Kunsthaushalt« — das Geständnis machen, daß er diese rein praktischen und technischen Fragen als ein geistvoller, erfahrener Mann behandelt. In dem ersten Aufsatze zeigt er mit schlagender Kritik, daß die Rechtsverhältnisse nur auf das Patronat zurückzuführen sind, und die in dem letzten Aufsatze aufgestellten Bemerkungen sind derart, daß sie von jedem Bühnenleiter beherzigt zu werden verdienen.

Kunst und Handwerk.

Ein Roman vom Verfasser der „Abenteuer eines Emporkömmlings."

(Frankfurt, Sauerländer, 1861.)

Beurtheilt von Eduard Kulke.

Der Verfasser dieses Werkes hat sich nicht genannt; es ist aber zweifellos, daß er ein Musiker ist, und höchst wahrscheinlich, daß er sich selbst in dem Helden seiner Darstellung, in der Person des Horst, geschildert. Wenn dies Letztere der Fall, so muß man dem Verfasser das Zugeständnis machen, daß er mit sich in schonungsloser Weise umgegangen, und die übrigen Personen der Handlung, von denen die meisten leicht zu erkennen sind, werden sich über die pessimistische Weltanschauung des Verfassers, wodurch sie nicht selten in eine ungünstige Beleuchtung gerückt werden, nicht zu beklagen haben; denn wer von sich selbst mit solchem Cynismus spricht, Der hat sich gewissermaßen das Recht erkauft, auch mit den Andern in etwas derber Weise umzuspringen. Dies ist aber nur die ethische Seite; vom ästhetischen Standpunkte hingegen stellt sich die Sache ganz anders. Wenn das oben genannte Werk wirklich ein Roman sein sollte, so müßte der Verfasser es verstanden haben, mit poetischen Mitteln zu wirken. Was er uns bietet, ist aber keine Dichtung, sondern erschreckend getreue photographische Abbildung der Schattenseiten unserer Kunstzustände, und wo er über die Photographie hinausgeht und wirklich malt, da verzerrt sich ihm das Bild unter der Feder zur Fratze. Wenn ein wahrer Künstler sich von den ihn bewältigenden Eindrücken der Nachtseite unseres Erdenlebens zu befreien strebt und diese Befreiung in einer künstlerischen That sucht, so wird er sich wahrhaft nur dann befreien, wenn seine That eine wirklich künstlerische ist. Besitzt er hiezu nicht das nöthige Gestaltungsvermögen, so wird seine Leistung ihn selbst ebenso wenig sittlich zu befreien im Stande sein, als sie den Leser künstlerisch befriedigt. Es gilt hier vom künstlerischen Menschen Dasselbe, was von dem Sklaven gilt, welcher mit den Fesseln davon läuft. Gefangen bleibt gefangen. Wenn Goethe seinen Faust sagen läßt: »Der Menschheit ganzer Jammer faßt mich an« — so ist in dieser einen Verszeile die Weltanschauung, welche hier in drei Bänden entwickelt wird, auf den kleinsten Raum koncentriert; zugleich aber liegt in dem einen Verse, welcher jeden Leser oder Zuschauer bis ins Innerste erschüttert, für den Dichter selbst mehr sittliche und künstlerische Befreiung, als für den ungenannten Verfasser unseres Romans in seinem ganzen Werke. Dadurch aber unterscheidet sich die echte Kunst vom bloßen Handwerk, und was der Verfasser durch sein Werk in didaktischer Beziehung erreichen will, dagegen sündigt er selbst am allermeisten; denn sein vorliegender Roman ist das Werk eines wohl künstlerisch gebildeten Menschen, aber doch eines Handwerkers auf dem Gebiete der Poesie. Die Poesie ist gerade diejenige Kunst, in welcher das bloße Handwerk am allerwenigsten gilt, weil die Technik einer jeden andern Kunst mit Besiegung größerer Schwierigkeiten verbunden ist. In jeder andern Kunst ist eine strenge Technik zu überwinden (der Musiker muß seinen Kontrapunkt studieren, der Maler muß die Wirkungen des Lichtes kennen lernen, und der Bildhauer kann ohne Meißel keinen Stein behauen). Nachdem die Technik überwunden ist, ist schon sehr Viel gethan. In der Poesie ist aber mit der Kenntnis der Metrik und Prosodie noch gar Nichts gethan. Ich kann diesen Gedankengang hier nicht weiter ausführen, sondern begnüge mich mit diesen wenigen Andeutungen. Der Verfasser unseres Romans aber hätte sich eines solchen unkünstlerischen Handwerks um so weniger schuldig machen sollen, als er es ja ist, welcher Kunst und Handwerk so strenge von einander scheidet.

Die Handlung, welche in den drei Bänden erzählt wird, ist eine
sehr magere, und würde auf einen viel kleineren Raum zusammengedrängt
worden sein, wenn es dem Verfasser nicht beliebt hätte, den Gang derselben häufig zu unterbrechen, um seine Ansichten über unsere Kunstzustände auszusprechen. Diese Besprechungen über die Kunst-, namentlich
Musikzustände in Deutschland, Russland, Frankreich und England nehmen
in der That einen nicht geringen Bruchtheil des Werkes in Anspruch.
Das ganze Werk bekommt dadurch das Ansehen, als ob die Handlung eben
nur so bei den Haaren herbeigezogen worden wäre, um an betreffenden
Stellen zur Kritik der Musiker und Musikzustände Veranlassung zu bieten.
Das Werk macht also weniger den Eindruck eines Romans, als einer
Reihe kritischer Journalartikel, welche ab und zu durch eine dazwischen
erzählte Handlung unterbrochen wird. Das ist der Grundfehler. Die
Charaktere sind, wie schon aus dem Obigen hervorgeht, nicht künstlerisch
idealisiert, und was endlich die Ausdrucksweise (den Stil) anbelangt, so
begegnet man nur zu häufig der allergewöhnlichsten Prosa. Von dieser
mögen nur einige Pröbchen hier Platz finden. Band II., S. 195 heißt es:
»Wer nur je eine Seereise bei schlechtem Wetter oder hochgehender See
unternommen hat, wer je all' die Leiden duldete, deren Grauen selbst der
(oder die) Dichter der Odyssee nicht zu schildern versuchte (oder versuchten),
wer sich 2c.«... Das ist der Stil eines Romans! Der Verfasser ist
hier offenbar bemüht gewesen, ja keinen Augenblick einen Zweifel darüber
aufkommen zu lassen, ob ihm die verschiedenen Meinungen bezüglich der
Autorschaft der Ilias oder Odyssee bekannt seien. Also aus bloßer Eitelkeit verdirbt er den Stil. Band II., S. 191: »Das eigenthümliche
Schicksal, das unsern Horst seit einiger Zeit begleitete — wir vermeiden
den Ausdruck: verfolgte — ließ ihn bei seiner 2c.«... Warum der
Ausdruck vermieden wird, wissen wir nicht; also wieder eine gelehrte Eitelkeit.

Band II., S. 306 ist Evelina geschildert: »Hoch, rein und heiter war
die Stirne, die Nase von römischem Schnitt, die Nasenlöcher waren weit
und fest gespannt und hatten jene Winkelbildung, die 2c.« Diese Unzart-
heit des Ausdruckes hat schon einen Stich ins Gemeine und Niedrige.
Man kann sehr wohl die Blume küssen, die der Geliebten zarter Fuß
betrat, man wird Dies aber nicht auch auf ihren Pantoffel anwenden;
es ist zwar, physikalisch betrachtet, hinsichtlich der Berührung kein Unterschied, aber das Letztere ist unpoetisch. Bd. III., S. 216 — »so war er
doch auch zu sehr gentleman 2c.«... bei gentleman steht ein Sternchen,
man blickt in Folge Dessen hinunter und findet die Anmerkung: »Im
zweiten Bande, Seite 274 und 275, steht jedesmal gentlemens statt
gentlemen. Der Verfasser bittet den Leser, die am Schlusse dieses Bandes
bei den Druckfehlern angebrachte Notiz nicht zu übersehen.« Nun blättert
ein geduldiger Leser S. 274 und 275 im zweiten Bande nach und findet

daselbst richtig gentlemens, und da der Verfasser gar so schön bittet, so
sieht der Leser auch die Berichtigung am Schlusse des dritten Bandes an;
dort liest er: »S. 274 und 275 ist gentlemen statt gentlemens zu
lesen. Der Verfasser bittet den Leser, dieses s weder ihm, noch den Setzern,
noch auch dem Herrn Faktor der Druckerei zuzuschreiben. Ein über-
sorgsamer Revisor (der nur nachzusehen hatte, ob die angezeigten Korrek-
turen wirklich alle im Satz angebracht waren,) vermeinte den Mangel
eines s hinter gentlemen entdeckt zu haben. Der Sinn des Satzes schien
ihm den Plural des Hauptwortes anzuzeigen, den er sich ohne s nicht
denken konnte.« — Das erinnert doch in Wahrheit schon an das Lexikon,
wo man findet: Napoleon siehe Buonaparte, und schlägt man Buonaparte
auf, dann heißt es wieder: Buonaparte siehe Bonaparte. Es steht sicherlich
jedem Autor frei, seinem Werke so viel' Anmerkungen anzuhängen, wie
ihm beliebt; nur müssen sich diese prosaischen Dinge nicht in die
eigentliche Lektüre einmischen. S. 216 bittet der Verfasser aber, der Leser
möge Das ja nur nachsehen und verdirbt wegen lauter gelehrter Eitelkeit
den Eindruck der Schilderung. Das ist aber eben Handwerksmanier.
Ich könnte noch sehr viele Dinge aus den drei Bänden hiehersetzen, wenn
es mir darum zu thun wäre; ich glaube aber, diese wenigen genügen
vollkommen, weil ich sie nicht aufgesucht, sondern aufs Gerathewohl beim
Aufschlagen des Werkes herausgegriffen habe. Ebenso wenig als ich es
für nöthig befunden habe, den Gang der Handlung hier wiederzugeben,
weil sie eben nicht um ihrer selbst willen da und folglich nicht erfunden,
sondern kombiniert und gemacht ist: ebenso wenig ist es nöthig, noch mehr
Stilproben aus einem Werke zu bieten, in dem man derartigen Dingen
begegnet. Am interessantesten in der ganzen Darstellung sind diejenigen
Kapitel des dritten Bandes, in denen uns der Verfasser die Memoiren
der schönen Dorothea mittheilt. In diesen Aufzeichnungen der Prima-
donna ist viel Natur und wenig Gekünsteltes. Die Darstellung ist auch
in ihrem Flusse wenig unterbrochen und entschädigt den Leser zum Theil
für den Mangel einer durchgängig spannenden Handlung. Dem Ganzen
thut Dies natürlich Eintrag, denn eine Episode macht sich geltend auf
Kosten des ganzen Baues; wo aber der Bau an sich schon nicht erfreut,
da mag man sich wenigstens an einer gelungenen Episode ergötzen.

Das absprechende Urtheil, zu dem wir uns dem Werke gegenüber
veranlasst gesehen, entsprang bloß ästhetischen Principien. Wir vermögen
in dem Buche, wie es vorliegt, nun einmal keinen künstlerisch komponierten
Roman zu erkennen, und da sich das Werk als Roman darstellt, so muß
es sich all den Tadel gefallen lassen, den es durch diese Bezeichnung vom
kritischen Standpunkte hervorruft. Sieht man aber von dieser Bezeichnung
ab, — fasst man das Werk als Das, was es eigentlich ist, als eine Reihe
von kritischen Aufsätzen über die Kunst-, namentlich Musikzustände in

Deutschland, Russland, Frankreich und England auf, so kann man dem Verfasser das Zeugnis nicht versagen, daß sein Werk eine Fülle der interessantesten Beobachtungen und der geistvollsten Bemerkungen enthalte. Der Verfasser ist, wie bereits Eingangs erwähnt wurde, ohne Frage ein sehr tüchtiger Musiker, und hat in seiner Laufbahn sicher Gelegenheit gehabt, das Koteriewesen trefflich kennen zu lernen. Seine Bemerkungen treffen häufig den Nagel auf den Kopf, obwohl er auch hier von dem Vorwurfe der Einseitigkeit nicht ganz freigesprochen werden kann. Seine Weltanschauung ist, wie schon gesagt, eine pessimistische, er sieht überall nur das Schlechte; für das Gute, welches sich neben dem Schlechten findet, hat er keinen Blick. Seine Darstellung der Schattenseiten der Musikzustände ist sehr treffend, aber zu subjektiv, um denselben nach allen Seiten hin gerecht zu werden; der Verfasser hat die Lichtseiten ignoriert, oder sie gar nicht wahrgenommen. Daß er aber bei der Gediegenheit seiner Kunstanschauungen, bei seiner strengen Scheidung vom wirklichen und nur gemachten Produkte des Künstlers, von Kunst und Handwerk, im Stande war, diesen Roman zu schreiben, ist scheinbar eine Antinomie; aber sie erklärt sich leicht aus dem Umstande, daß sich der Mensch über Nichts in der Welt leichter täuscht, als über sein Vermögen, zu producieren. Daher giebt es so viele begabte Köpfe, die, weil sie in das Wesen der Kunst hineinzuschauen vermögen, der irrigen Meinung sind, daß sie auch producieren können; allein begreifen und schaffen, — erkennen, was der Genius hervorbringt, und selbst hervorbringen, Das ist und bleibt Zweierlei.

Aus Gleim's Leben und ungedrucktem literarischen Nachlasse.

Von Heinrich Pröhle.

Gleim, der Dichter der preußischen Grenadierlieder, hatte bestimmt, daß sein literarischer Nachlaß in einem eigenen feuerfesten Hause aufbewahrt werden solle. Gegenwärtig hat nun in der That das Kuratorium der Gleim'schen Familienstiftung eins der ehemals Gleim in Halberstadt gehörenden Häuser, das Haus hinter dem Dome Nr. 17, wieder angekauft und die Gleim'sche Bibliothek, seinen nachgelassenen Briefwechsel und die Porträts seiner Freunde, um deren zeitweilige Aufbewahrung

4*

sich früher Herr Direktor Theodor Schmid und das Domgymnasium
Verdienste erworben hatten, darin aufgestellt.   Zugleich ist Herr Jaenecke,
Lehrer am Seminar zu Halberstadt, zum Bibliothekar in diesem Gleim'schen
Hause ernannt.   Die nachfolgenden Mittheilungen sind sämmtlich aus den
erst durch ihn zugänglicher gewordenen Sammlungen geschöpft.

1. Eine hilfsbedürftige Jugend.

Gleim, der nachmals wahrscheinlich viel mehr Dichter unterstützt hat,
als man weiß, und außerdem vielen talentlosen Studierenden wohlthat,
verlebte nach dem Tode seines Vaters eine äußerst hilfsbedürftige Jugend.
Zum Glücke war ein Schwager, Namens Fromme, in der Familie, dem
Friedrich der Große schon als Kronprinz geholfen hatte und dem alle
seine Verwandten in gewisser Hinsicht ihren späteren Wohlstand verdanken.
Da dieser Oekonom war, so ließ es der hungernde Dichter in den Briefen
an seine Schwester, die Frau Amtmännin, nicht an kläglichen Winken
über die hohen Kornpreise fehlen, die ihm das Brot vertheuerten und
den Säckel des Schwagers füllten.   Wie Göckingk noch im Jahre 1775
zu Benzler's Hochzeitstage sang:

> Wir säen, und wir ernten nicht,
> Kein Faden Flachs wird uns gesponnen,
> Aus unserm Garten kein Gericht
> Von Bohnen oder Kohl gewonnen, —

so schrieb Gleim aus Halle 1740 oder 1741: »Bisher hatte mich, Gott
sei Dank, ziemlich befunden, aber nun wird bald eine Hauptsorge angehen,
nachdem in drei Wochen mein Freitisch aus ist, und alsdenn der Beutel
wird herhalten müssen.   Zumahl, da es sich noch nicht anläßt, als ob es
wohlfeiler werden will.   Es ist noch Alles ganz entsetzlich theuer.   Der
Weitzen hat bis 60 gegolten.   Die anderen Preise weiß ich nicht.   Wenn
man vor einen Groschen Brot holen läßt, ist man kapabel, es ganz gemächlich in einer Mahlzeit zu verzehren.   Man meint, da die Soldaten
Kommißbrod kriegen, werde der Preis in Etwas fallen.   Man spricht
überall von der guten Zeit, die jetzo die Pachtleute haben, ich wünsche
sehr, daß dieselbe auch meine werthesten Geschwister möge mitbetreffen
haben.   Ich habe Nichts gesäet, folglich habe ich auch Nichts ernten können.
Bis hieher hat mich (sic) doch der Herr geholfen.«

Wohin man sonst in der Gleim'schen Familie sah, erblickte man
damals Nichts als Elend.   Eine andere Schwester lebte gespannt mit
einem Geliebten, der weder ums Jawort bat, noch sich dessen durch Treue
würdig machte.   Einem Bruder in Aschersleben war die Frau gestorben;
er hatte bei dem kleinsten Kinde eine Amme aus Gleim's Geburtsorte
Ermsleben, konnte aber »nicht gut zurecht kommen« mit ihr.   »Karessieren

thut er sie wenigstens nicht, welches doch sonst denen Animen geschehen soll, wie ich mir habe sagen lassen,« berichtet der Dichter der Frau Amt=männin. Bald darauf verlobte der Bruder sich wieder und zeigte diesen wichtigen Schritt dem armen, aber in Familiensachen sehr verständigen Poeten nicht einmal an. Als er von einem alten Gönner, dem Geheimen Rath von Reinhard, zu einer Unterredung nach Wernigerode bestellt war, wurde er auf der Durchreise in Aschersleben aufgehalten, weil er zufällig zur Hochzeit eintraf. Alsdann vollendete Gleim die Reise nach Werni=gerode. Herr von Reinhard war im Begriffe, nach Dänemark zu gehen. Man glaubte, daß er dort Finanzminister werden solle. Er wollte einen Koch, zwei Heiducken, zwei Lakaien und einen Sekretär mitnehmen und hatte diese letzte Stelle Gleim zugedacht. Dieser sollte eine Kaution herbeischaffen und sein Amt Michaelis 1741 antreten, aber — der hohe Gönner starb durch ein Duell, ehe er nach Dänemark übersiedelte, und Gleim konnte sich nicht entschließen, seine Studien nun noch vollkommen regelrecht zu beenden.

In einer Zeit, da noch Niemand von der Schriftstellerei leben konnte, wurde Gleim in Berlin ein Stellenjäger auf eigene Hand. Aber noch am 19. Mai 1746 that seine Schwester, die Frau Amtmann Fromme zu Lähme, über einen anderen Verwandten den klassischen Ausspruch, es sei nach ihren Erfahrungen doch besser, »daß er was lernet, als daß er studieret.« Hieran schloß sich folgende herzzerschneidende Schilderung des von der Gnade ihres Mannes lebenden Dichters: »Der arme Bruder Wilhelm, der hat nun was Rechtes gelernt, auch schon öfters eine Be=dienung in Händen gehalten, jedoch ist ihm immer ein Querstrich gemacht; denkt mal, was er verzehrt. Er wird meinem Mann wohl einst 500 Thaler schuldig sein, im neuen Jahr kam er mit meinen Kindern als Hannchen und Tugendreichen *) raus, und brachte uns die freudige Post, daß er Kriegesrath in Küstrin werden sollte, wir freuten uns sehr darüber, mein Mann mußte ihm 90 Dukaten geben, da wollte er Alles für richtig machen, wir bekamen einen guten Freund an, der 5000 Thaler Kaution für ihn machen wollte; wie wir aber im Begriff waren, Betten für ihn anzuschaffen, so wurde ihm ein Anderer vorgezogen, nun sind die 90 Dukaten wieder fort und er ist noch Nichts, mich jammert er recht sehr. Er ist öfters ganz niedergeschlagen, Gott erbarme sich über solchen Zustand. Leberechten habe ich schon 1½ Jahr wieder hier gehabt, Der verdient auch Nichts und reißt Alles ab, ich kann dich gewiß versichern, daß ich mich über die Beiden recht grämen muß; wollte Gott, ich könnte dich einen Tag allein sprechen, ich wollte gern eine Meile nach dir hin=gehen, liebster Herr Bruder.«

*) Ein Vorname für Mädchen.

2. Gleim's Jugendfreundschaft mit Uz.

Unter seinen literarischen Freunden betrachtete Gleim den Dichter Uz
vorzugsweise als seinen Jugendfreund. Uz allein von Diesen hatte ihn
schon als armen Studierenden gekannt und empfing von ihm herzlichere
Beweise einer aufrichtigen Ergebenheit, als selbst Ewald von Kleist. Gleim's
schwärmerische Freundschaft und Verehrung für Uz zeigt besonders der
Brief vom 12. März 1745. Über demselben stehen drei Sternchen mit
dem Zusatze: »Dies sind Zeichen, daß ich Sie küsse.« Von diesen
Sternchen wird dann der lange Brief fortwährend unterbrochen. In
einem späteren Briefe vom 22. December 1746 heißt es: »Warum mag
ich Sie mir so gerne mit den schwarzen Locken vorstellen, die Sie nicht
erst vom Perückenmacher borgen müssen, wie ich. Wenn ich Sie meinem
Mädchen beschreibe, so lobe ich immer Ihr starkes schwarzes Haar, und
zeige ihr die Stellen, wo Sie es mit Rosen bekränzen. Möchten wir
doch einmal ein so natürliches Fest feiern, wobei wir wirklich thun könnten,
was wir jetzt singen.«

Gleim und Uz lernten sich zu Halle im Renger'schen Buchladen
kennen. Der Anakreontiker Uz lebte in Halle ziemlich rüde. Einst berichtete er: »Ich wurde von einem Landsmanne, welcher noch niemals
solenniter traktiert hatte, zum Schmause geladen; und da ließ der zornige
Himmel (heu!) geschehen, daß ich mich so stark betrank, als ich noch
niemals gethan. Aber ich wurde gewaltig gezüchtigt: Schnupfen, Husten,
Geschwulst des Halses, Kopfschmerzen, Mattigkeit ꝛc. waren die geringsten
meiner Plagen.«

Die Dichter Gleim und Uz waren bekanntlich mit Götz zusammen
in Halle und bildeten den sogenannten Hallischen Dichterbund. Dieser
übte seine Wirkungen hauptsächlich in der Poesie der Anakreontiker. Der
persönliche Verkehr zwischen Gleim und Uz wurde, als Gleim nach Berlin
gegangen war, durch den mir vorliegenden, nicht unwichtigen Briefwechsel
zwischen Gleim und Uz fortgesetzt. Dieser Briefwechsel, der übrigens erst
mit dem Tode von Uz seinen Abschluß empfing, erhielt auch noch dadurch
eine Bedeutung, daß Gleim den an kleinern Orten lebenden Uz mit
Neuigkeiten aus dem damaligen Berlin unterhielt und sich dabei mitunter,
wenn ich so sagen darf, als der Varnhagen von Ense aus der Zeit
Friedrich's des Großen zeigte. Uz sang deßwegen 1742:

„Mein Gleim, der in beglückter Luft
Mich halben Wilden oft bedauert,
Mich oft aus dieser Wüste ruft,
Wo noch mein Saitenspiel an dürren Sträuchen trauert:

>Wie reizet mich der Musen Ruhm,
>Die um die stolze Spree erwachen,
>Wo ihr verfallnes Heiligthum
>Mit neuem Schmuck entzückt, und alle Künste lachen!"

Die Briefe Gleim's bilden einen ansehnlichen Quartband, und die Briefe von Uz einen Quartband etwa von gleichem Umfange. In dem Briefwechsel erscheint Uz als Derjenige, dem es mit der anakreontischen Poesie am meisten Ernst sein mag. Wo Gleim sich mehr in Worten frivol zeigt, ist Uz wirklich sinnlich. »In diesem Augenblick (schreibt Uz einmal) sagt mir ein galanter Herr, die Hofdamen bei der Königin (in Berlin) wären immer Eine schöner als die Andere. Ist Das wahr? Schicken Sie mir doch einmal eine derselben im Traume oder par couvert: ich will ihr zu Ehren ein Liedchen singen.« — Gleim ist regsamer, Uz fleißiger und fast in allen Dingen gediegener. Während Gleim die fort-laufende Literatur mit der Virtuosität eines Journalisten verfolgt, philo-sophiert Uz und muß sogar Gleim gegenüber den Sprachmeister spielen. So schrieb Uz aus Onolzbach am 16. März 1747 in der schonendsten Weise an Gleim: »Man kann keine Kleinigkeiten an Ihrer Muse zu tadeln finden: ich erfuhr es, als ich neulich nach Ihrem Verlangen die scherzhaften Lieder, in der Absicht, was Tadelnswürdiges zu finden, durchlas. Was glauben Sie, daß ich fand? Etwas weniger, als Kleinigkeiten. Ich fand ein Paar Orte, wo mich däucht, daß Sie der Märkischen Mundart nachschreiben. — P. 9: »»Und indem mich Amor winkt:«« muß wohl »»mir«« heißen. Die Märkische Mundart pflegt insgemein mir und mich zu vermischen; wie ich mich denn erinnere, auch in den freund-schaftlichen Briefen dergleichen Art zu reden gefunden zu haben.« *)

Als Gleim von Halle fortging, entstand zunächst eine Mißhelligkeit zwischen den beiden Freunden dadurch, daß, wie es scheint, die zurückge-lassenen Sachen des armen Gleim auf Befehl des Prorektors versiegelt und hauptsächlich deßhalb mehrere Uz gehörige und an Gleim verlie-hene interessante Schriftstücke ihrem Besitzer unzugänglich geworden waren. Indessen war die Aussöhnung nicht schwer, und der Gedanke an ein Wiedersehen noch vor der Abreise von Uz in die ferne Heimat beschäftigte die Freunde. So schrieb Uz am 6. April 1743 an Gleim: »Ich wünsche Nichts in der Welt herzlicher, als daß wir einander in Potsdam, von

*) Es ist bemerkenswerth für die Geschichte der großen Anfangsbuchstaben in deutschen Wörtern, daß Gleim die Anrede „Sie" noch immer klein schrieb, als Uz sich meist schon bei dem Gebrauche des Pronomen der dritten Person für die Anrede der großen Anfangs-buchstaben bediente. „Wieder" und „wider" werden gewöhnlich in den Briefen noch nicht ge-schieden. In unseren obigen Mittheilungen ist, bis auf wenige charakteristische Andeutungen, die jetzt übliche Orthographie in die Briefstellen aufgenommen.

dessen Schönheit mir so Vieles gerühmt wird, umarmen könnten; und ich bin Ihnen unendlich verbunden für die Gütigkeit, die Sie gehabt haben, Vorschläge hierzu zu thun. Allein, mein allerwerthester Freund! für mich sind alle vorgeschlagenen Mittel unbrauchbar. Die Ursachen sind höchst wichtig, aber ich kann sie hier nicht schreiben. Ich bin schon diesen vergangenen Winter ohne meiner Mutter Einwilligung hier geblieben; und nun werde ich alle Tage ganz gewiß nebst Herrn Luthern, Herrn Schneller und Herrn Stadelmann, welche insgesammt Ihnen ein ergebenstes Kompliment vermelden lassen, in Anspach erwartet, und es fehlet Nichts mehr, als die letzte Ankunft des Besten.« Mit Rücksicht auf die später in diesem Briefe von Uz noch erwähnte Möglichkeit eines Wiedersehens schrieb Gleim am 11. April 1743 aus Potsdam an Uz: »Sie werden hier ein großes Vorspiel zu lesen bekommen von Herrn Dreyer,*) und mehrere schöne Raritäten, schön Spielwerk von Herrn Anakreon's Erfindung. Apropos, was macht der Ihrige? Ich weiß gewiß, daß er nun schon völlig Deutsch gelernt hat; ich beschwöre Sie, nicht bei der Marianne Haller's, **) sondern bei seiner jetzigen Teichmaierin, daß Sie ihn mitbringen, daß er uns bei einem Glas Wein bisweilen was vorsingen kann.« Gleim's Hoffnung auf ein Wiedersehen wurde durch einen Brief daniedergeschlagen, in dem der junge Uz sich selbst mit Günther vergleicht. Er schrieb nämlich am 21. August 1743 aus Leipzig: »Ich ergreife diesmal die Feder in höchster Betrübniß; indem ich von Ihnen Abschied nehmen und die Hoffnung verlassen muß, Sie in Potsdam zu umarmen. Ich habe gemessenen Befehl erhalten, nicht länger in der Irre herumzuschwärmen; und ein strenger Abgesandter entweichet mir nicht von der Seite, bis ich mich morgen auf die Post setzen werde. Ich werde Sie also jetzt, wie ich so sehnlich gewünscht, nicht sprechen. Der Verdruß über dieses Fehlschlagen meiner Hoffnung würde noch weit größer bei mir sein, wenn eine Folge von Unglücksfällen mich nicht in Etwas gesetzt und halb unempfindlich gemacht hätte. Ich dürfte nur noch länger verschoben haben, in meine Heimreise zu willigen, wenn ich so elend hätte sein wollen, als Günther. Allein der Himmel hat mich zu gutem

---

*) J. M. Dreyer, 1716—1760, war der Herausgeber mehrerer Bände der „Bremer Beiträge".

**) Albrecht Haller, der berühmte Naturforscher und Dichter, legte durch seine Verheirathung mit einer Adligen, die ihn aus der Schweiz nach Göttingen begleitete, den Grund zu seinem äußeren Glücke, wie er denn auch erst in den Adelstand erhoben wurde. Er feierte sie zum letzten Male in dem Gedichte: „Soll ich von deinem Tode singen? O Marianne, welch ein Lied!" Es ist mit dem Lehrgedichte auf die Alpen wohl sein bestes, wird von Schiller, wenn auch nicht ganz beifällig, erwähnt, und ward, da es einige lüsterne Erinnerungen enthält, in frivoler Weise travestiert. Haller verheirathete sich nach Mariannens Tode noch zweimal. Eine seiner späteren Frauen war die von Gleim hier erwähnte geborne Teichmaier. Karl Ludwig Haller, der von 1816—1834 die „Restauration der Staatswissenschaft" in sechs Bänden veröffentlichte, war sein Enkel.

Glücke gelenkt. — Die verdrüßlichen Umstände, worinnen ich in Leipzig war, hatten mich ganz wild gemacht, ich war kein Mensch mehr. Was hätte Ihnen ein Mensch, der für Verdruß und Ungeduld nicht bei sich selbst war und keinen Menschen sah, als aus dem Fenster, Angenehmes schreiben können?» Dennoch heißt es auch in diesem Briefe scherzhaft: »Bitten Sie doch Ihre schöne amanuensem, manchmal etwas Zärtliches für mich abzuschreiben: ich erbiete mich, wenn es ihr gefällig ist, sobald ich nach Potsdam kommen werde, ihr für jedwedes abgeschriebene Wort ein vom Rheinwein angefeuchtetes Mäulchen zu bezahlen.»

Als Uz zu seiner Familie nach Anspach zurückgekehrt war, wünschte Gleim eine Heirath mit der Schwester des Freundes, die er nie erblickt hatte. Am 6. Oktober 1745 schrieb er zuerst an Uz: „A propos, Sie haben ja eine Schwester. Ich erinnere es mich. Sie haben neulich ein Lied auf den Kaffe an sie gemacht. Darf ich diesen Engel wohl grüßen lassen? Thun Sie es, wenn Sie Kourage haben. Und wenn Sie wollen, daß ich Lieder auf sie machen soll, so schicken Sie mir ihr Porträt. Es muß ein allerliebster Engel sein!» Auch in einem Briefe vom Jahre 1746 schrieb Gleim: „A propos, was macht der Engel in Anspach, an den Sie einmal an ihrem Namenstage eine Ode über den Kaffe machten? Ich meine Ihre Mademoiselle Schwester. Erinnern Sie sich Ihres Versprechens oder haben Sie versäumt, es zu halten? und sind Sie nun außer Stand gesetzt, es zu thun? Wie werde ich Sie verfluchen, wenn ich ein Mädchen verloren habe, das Ihnen gleicht.» In Gleim's Briefe vom 27. September 1746, aus welchem hervorgeht, daß Gleim schon sehr früh die Bilder seiner Freunde zu sammeln angefangen hatte, heißt es: »Ist die Ode auf den Kaffe in dem Götzeschen Anhange zum Anakreon nicht Ihre Ode, die Sie einmal an Ihre Mademoiselle Schwester machten? Was macht denn dieser Engel? Ist sie noch nicht verheirathet? Ich wiederhole meine inständige Bitte wegen ihres Porträts. Ich werde nicht ablassen, darum zu bitten, bis ich es bekomme, ich kann es nicht länger ertragen, daß Sie nur unter den Bildern meiner Freunde fehlen. Ich mag sie nicht mehr ansehen, weil ich Sie niemals finde.» Die Antwort auf diese Stelle lautet in Uzens Briefe, datiert Onolzbach, den 19. Januar 1747: »Sie stehen bei meinen Freunden allhier in dem besten Angedenken. Meiner Schwester darf ich Ihre Douceurs nicht alle sagen: sie würde zu hochmüthig. Die Ode auf den Kaffe in Götzens Oden ist nicht von mir, aber eine der artigsten.» Am 16. März schrieb Uz dem Freunde, er halte ihn für einen aimable fripon, qui coquette partout et n'aime rien. Gleim beklagte sich darauf bitterlich in dem Briefe vom 25. April 1747, weil Uz unmöglich ihm bei seiner Schwester nutzen könne, wenn er diese Ansicht von ihm habe. Er bat, daß Uz weniger seinen Witz, als die Beständigkeit seines Herzens, loben solle. Sein Vater habe sich

diese Gefälligkeit bei derselben Gelegenheit von einem weniger vollkommenen Freunde auszubeten. Dieser habe ihm so sehr gewillfahrtet, daß ein
80 Meilen von ihm entferntes Mädchen in Amsterdam (Gleim's Mutter)
ihm gewogen geworden sei. In Gleim's Briefe aus Berlin vom
17. September 1747 heißt es ganz keck: »Meine unterthänige Empfehlung
an Ihre artige Schwester. Dürfen Sie Dieselbe auch wohl küssen?« Entweder aber hatte Uz zu einer Verbindung, wie sie aus einem Briefwechsel,
und noch dazu nur nebenher, entstehen konnte, kein Vertrauen; oder er
wußte in der That, daß Gleim einer echten Liebe nicht fähig war. Mög-
licherweise verhinderte die Abwesenheit aller Reize bei seinen Schwestern
selbst die Übersendung eines Bildnisses. Jedenfalls fehlten geistige Vorzüge, denn die jüngere Schwester ließ nach Uzens Tode zwei Briefe an
Gleim von Andern abfassen und selbst ihre eigenhändige Unterschrift unter
denselben ist unbehilflich. Bei der Bescheidenheit seiner Verhältnisse gereicht
Uz aber sicherlich sein Benehmen gegen den wohlhabenden Freund in
diesem Falle zur höchsten Ehre. Als Uzens Stellung sich spät genug
durch seine Ernennung zum Assessor sehr gebessert hatte, mußte er unter
dem 20. Januar 1765 seinen Freunden noch einmal folgenden Bericht
erstatten: »Ich danke Ihnen für das freundschaftliche Nachfragen nach
meiner Schwester. Wir machen zusammen noch eine unverheirathete Familie aus. Wie lange ich noch so sein werde, steht bei den Göttern und
insonderheit Ihrer guten Freundin, der Göttin von Amathunt.« In
Gleim's Briefe vom Juli 1747 heißt es: »Ich reise morgen auf einige
Tage nach Wusterhausen, dahin sollen mich Ihre Musen begleiten, und
ich will sie einem Mädchen vorlesen, das mir für ein Lied schon einmal
einen Kuß gegeben, und gleich darauf einen Finanzier geheirathet hat,
der nicht weiß, was ein Lied ist.« Wohl mit Rücksicht auf die Bewerbung um Uzens Schwester heißt es nach Einschiebung einiger französischen
Verse weiter: »Ich bin nicht so böse, als Chaulieu bei gleicher Gelegenheit
gewesen ist, und böse Exempel sollen mich nie der Tugend ungetreu machen.
Warum mache ich doch diese Ausschweifung, liebster Freund? Ach, wenn
Sie es doch errathen möchten, so würden Sie mir in Ihrem künftigen
Briefe einen gewissen Punkt, der mir einige andere so angenehm gemacht
hat, nicht vermissen lassen. Ich habe Ihnen noch nicht gesagt, daß ich
nach der Flucht des Fiebers so gesund bin, als Sie immer sein können.
Wie gut ist Das nicht, daß wir uns Beide so wohl befinden; aber wie
viel besser wäre es nicht, wenn wir schon in den elysäischen Feldern
schmauseten. Sie irren sich, daß Sie lieber in Anspach Frankenwein
trinken und gesund sein wollen. In den elysäischen Feldern ist man weder
krank noch todt. Sie verrathen Ihre dunkeln Begriffe von der künftigen
Welt je mehr und mehr, und ich habe fast Lust, Ihnen einmal eine Beschreibung davon zu machen, oder vielmehr eine Demonstration, damit Sie

doch in diesem Stück einen so hellen Verstand bekommen, als Sie in Absicht auf alle andere Dinge wirklich haben.«

Uz ertheilt die Antwort wegen seiner Schwester diesmal sehr gelegentlich in seinem Briefe vom 30. Juli 1747. »Wie reizend (schreibt er) singt Chaulieu! Wie sehr liebe ich ihn! Er verknüpft eine feurige Einbildungskraft mit einem so natürlichen Wesen, daß seine Lieder alle den Weg zum Herzen finden, aus welchem sie geflossen. Es ist mir lieb, daß Sie ihm auch gewogen sind, wie ich daraus vermuthe, weil Sie ihn zum öftern anführen. Haben sie vielleicht die neuste Edition? und ist sie vermehrt? Wie könnten Sie aber dem Chaulieu nicht gewogen sein, diesem würdigen Schüler Anakreon's! Doch er hat die alte Einfalt des Griechen nicht erreicht, oder nicht zu erreichen gesucht: denn sein Ausdruck und seine Art zu denken ist vielleicht mehr horazisch. Ich glaube in der That, daß ein heutiger Witz nicht immer so reizend einfältig denken könne, als dieser alte Grieche nach der Beschaffenheit seiner noch nicht so geübten Zeiten natürlicherweise gedacht hat. Vielleicht ist aber auch diese große Einfalt dem anakreontischen Liede nicht eben wesentlich. Sie, mein Allerliebster, haben dieselbe so oft in Ihren Liedern ausgedrückt, daß man wohl sieht, wie sehr Ihr Witz dazu geschickt sei. Denn, Sie haben Recht, ein wenig mehr Kunst gefällt nicht weniger, und kann in eigenen Ausarbeitungen nicht getadelt werden. Nur in Übersetzungen des Anakreon's muß man meiner Meinung nach, so viel möglich, seinen Charakter, wovon diese reizende Einfalt ein Hauptstück ist, beizubehalten suchen. Ich erkenne die Schwierigkeit dieser Unternehmung, und Niemand ist derselben gewachsen, als Sie. Ich habe noch in Halle dem Genie des anakreontischen Liedes sehr nachgedacht und daher, zu meiner Übung, einige solche Lieder zu analysieren und davon Plan und Schönheiten zu entwickeln gesucht. Hieraus sind die Anmerkungen entstanden, deren Herr Götze erwähnt. Es sind also keine Bemerkungen für ein Buch, sonst stünden sie zu Dero Diensten. Wenn möglich ist, daß Anmerkungen des eingewurzelten Vorurtheiles gegen sie ungeachtet gefallen können, so sind es gewiß die Ihrigen. Denn sie sind Nichts weniger, als pedantisch. Ich habe mich aber allezeit gewundert, wie der galante Hagedorn seine Gedichte mit so unnöthiger Schulgelehrsamkeit beladen mag. Sie wissen übrigens, wie Herr Götze und ich die Lieder Anakreon's übersetzt haben, nämlich meistens gemeinschaftlich auf meiner Stube. Einige wenige habe ich allein übersetzt, als die 14, 28, 29, 30, 40, 43, 51.« — — »Ich habe mir wohl eingebildet, daß Herr v. Hagedorn in seinem Liede vom Anakreon Sie, mein Werthester, nicht gemeint habe, wenn er wider die Religionsspötter eifert. Denn wie könnte man Ihnen Dieses aufbürden: man müßte dann Religion und Ceremonien der Kirche, ja Mißbräuche für einerlei halten. Ich halte selbst Nichts davon, wenn sich Einige als Freigeister in Schriften aufführen; sie sind insgemein nicht weit her. Ich zweifle, ob man den Anakreon für einen Spötter mit Grund halten könne.« In diesen Brief ist die Bemerkung eingestreut: »Haben Sie Ihre Doris verlassen, daß Sie einem fränkischen Mädchen so schmeicheln können? Sie dürfen glauben, daß Sie von meinen Schwestern so hoch geachtet werden, als Sie verdienen. Sie sind ihnen nach Ihrem Witz und Ihrer Schalkheit gar wohl bekannt: denn sie haben Ihre Lieder gelesen und hören mich oft von Ihnen reden.« Der Name Doris bezeichnet in Gleim's Liebesgedichten eine lediglich erdichtete Person.

Das deutsche Gespenst in Frankreich.

Historisch-patriotische Phantasien, von Hermann Semmig.

»Hamlet!« — Ihr kennt den dumpfen Geisterruf am Strande von Helsingör; die Mitternacht selbst schauert bang zusammen, wenn er ihr Schweigen unterbricht, und das Meer rauscht auf, wie von wildem Schrecken gepackt. »Hamlet!« — und die königliche Waise vernimmt den Ruf — der Stein vernähme ihn! — und antwortet: »Wer bist du und was willst du?« Aber schon tönt es weiter aus der Ferne, denn es wühlt sich fort wie der Maulwurf: »Hamlet!« Es ist überall, hier und dort, unfaßbar, und wenn es erscheint, so ist es ein Schatten, der beim leisesten Hauch in Luft zerflattert; Niemand greift ihn. Wer will Gespenster fassen?

So stehe ich da und tappe umher. Vor mir steht es, das deutsche Gespenst. Ich suche es zu fassen, suche nach einem Anfang, finde keinen. Es giebt Engherzige und Kurzsichtige, die sich nicht lange besonnen haben; sie schrieben mit raschem Finger und ruhigem Blut, wie gewisse Literaten in den 40er Jahren, die es nicht der Mühe lohnt zu nennen; sie begannen mit den Worten: »An Börne's Grab« oder ähnlichen Titeln, und dann zeichneten sie mit trocknen Federstrichen ein Bild hin von Deutschland, seiner politischen Lage und deren Opfern. Ich habe das Herz nicht dazu. O, wer dem Gespenst tief ins Auge geblickt hat, Dem friert das Blut im Herzen zu Eis. Es wandelt um, riesig groß, geheimnißvoll, und kein Senkblei, keines Sehers Rohr, das doch Siriusweiten mißt, mäße die Tiefe das Elends, das in dem Schrei der Verzweiflung liegt, der seine

Titanenbrust erschüttert. Prometheus, armer Knabe, blicke auf Dies und schäme dich deines Schreis. Was ist dein Schmerz gegen den seinen? Ein gewaltiger Geier, vom Herrn des Olympos selbst gesandt, fraß an deiner Leber, und übergöttlichen Stolz sogst du aus deinem Schmerz. Dies aber (Dies, denn es ist namenlos, wie Alles, was nur ein Schattendasein führt), bestimmt, das Scepter der Welt zu führen und der Richter zu sein auf Erden, es liegt da, und zahllose Raben — nein! nur Krähen, unwürdiges Geziefer, zehrt an seinem Fleisch und Blut, und wenn der Stolz noch deine Brust schwellte, vergiftet seinen Schmerz die Scham.

»Was ist des Deutschen Vaterland?« Eine Frage! Und ihr wundert euch, daß der Fremde es nicht kennt. Er kennt die Donaufürstenthümer und kennt Ungarn, Deutschlands Vasallin; Deutschland selbst kennt er nicht. Daheim, »wo die deutsche Zunge klingt«, berauscht ihr euch wohl mit Liedern und wähnt in schwärmerischer Begeisterung, ein Volk zu sein und ein Vaterland zu haben, der Lärm der vierzig Millionen steigt euch zu Kopf. Aber geht ins Ausland, geht in die Verbannung, und die Nichtigkeit eures Wahns tritt grell und nackt vor den ernüchterten Blick. Wer kennt Deutschland? Niemand. Es giebt in Paris Gesandschaften von Nassau und Hessen-Darmstadt, auch (schimpflich genug!) für Hessen-Kassel; rue de la Madeleine 29 giebt es auch eine Gesandtschaft für Mecklenburg-Strelitz (85,000 Einwohner!), es giebt deren für Nicaragua und Paraguay, für Costa-Rica und Honduras, für San-Salvador und Guatemala, ja es giebt eine Gesandtschaft für den Negerstaat Haiti! für Deutschland keine!! Mohrensklaven, die ihre Ketten zerrissen haben und sich frei gemacht vom Joch der Europäer, Schwarze, die in Negerschiffen aus dem Reiche Dahomeh nach Amerika verkauft wurden, sind jetzt in Paris vertreten, das deutsche Volk nicht! Und das Blut steigt euch nicht zu Kopf? Aber hat denn ein Etwas, das nicht existiert, auch Blut? Wenn aber daheim selbst das Vaterland nur ein Traum war: was sind dann wir, die wir in der Verbannung irren? Der Schatten von einem Traume! das deutsche Gespenst!

Zwar Verbannte, Opfer dieser oder jener Überzeugung, für die in der Heimat kein Raum ist, hat jeder Staat. Schweden verbannt die Träumer, die dreihundert Jahre nach der Reformation in das Mittelalter zurückkehren wollen, und Shelley muß sich selbst verbannen, denn das freie England hat keine Freiheit für ihn. Tausende von französischen Namen zeugen noch heute in Berlin, Frankfurt, Hamburg u. s. w. dafür, daß auch Frankreich seine Réfugiés hatte. Aber Das, wofür sie kämpfen und leiden, sie konnten und können es mit Händen greifen. Wir jedoch, die wir für Deutschland gekämpft haben, wir hatten nicht einmal ein Vaterland, wir hatten nur — Landesväter. Wie immer, der philosophischen Natur getreu, die den Deutschen kennzeichnet, kämpften wir auch auf politischem Gebiete für ein Gedankending.

Wenn aber das Ideale das einzig Reale ist? Sagte nicht Fichte ungefähr so? Und Fichte, er, der größte Idealist der Welt, war doch ein ganzer Mann und ein deutscher Patriot. Es muß wohl so sein; denn das realistische Frankreich selbst fängt an, es zu glauben; tagtäglich fast spricht die „Opinion nationale" von der Einheit Deutschlands als von etwas Unvermeidlichem. Aus unserm Gedanken heraus haben wir unser Vaterland konstruiert, das Wort des Idealisten Fichte ist gerechtfertigt, seine Reden an die deutsche Nation haben Frucht getragen. Erst wenn das e i n e Deutschland sein Auge aufschlägt, wird es Tag werden in der Welt und das Gespenst seine Ruhe finden.

Diese himmelfeste Überzeugung ist von Niemanden stärker bekräftigt worden, als von dem Geistermunde selbst. Ihr mögt daheim in Kleinmuth und Zweifel versunken gewesen sein; für den Verbannten aber, sobald die letzte Scholle deutscher Erde hinter ihm lag, stand diese Nothwendigkeit fest, unerschütterlich wie ein Beschluß des Schicksals. Im Ausland, auf Frankreichs Boden, ist die Einheit und demokratische Zukunft Deutschlands mit jener Energie verkündet worden, vor der die frechste Gewalt erbebt, weil sie fühlt, daß sie dem Willen des Menschen gegenüber ohnmächtig ist. Lest es in Ewerbeck's Buche: „L'Allemagne et les Allemands."

. Ewerbeck's Name war in den 40er Jahren jedem deutschen Gesandten in Paris wohl bekannt, und auf allen Regierungskanzeleien jenseits des Rheins, d. h. auf dem rechten Ufer, mit rother Dinte eingeschrieben. Das deutsche Volk hat indessen wenig von ihm gehört, obgleich sein Einfluß auf einen großen Theil der revolutionären Volksmasse sehr erheblich gewesen ist. Russische Spione, die in Deutschland und Frankreich die demokratische Maske trugen, berichteten über ihn nach St. Petersburg. In den März- tagen 1848, als die von ihm gebildeten deutschen Arbeiter aus Paris heimkehrten, wurde sein Name öfter genannt; er hatte für Die, welche sich mit dem Gedanken der deutschen Revolution noch nicht vertraut ge- macht hatten, einen unheimlichen Klang. Es schwebte etwas Düsteres, Geheimnisvolles darüber. Ihn umgab der schauerliche Nimbus, den damals das romantische deutsche Gemüth noch um Alles wob, was in Paris, auf öffentlichen Plätzen und in Klubs, für die Revolution schwärmte oder handelte. Das ist seitdem anders geworden, man ist in den Krater nieder- gestiegen und hat dem Ungeheuer nüchtern und realistisch kalt ins Auge gesehen. Die Zeit der politischen Schauerromantik ist vorüber.

Um so interessanter wird daher ein Blick in jene der Geschichte ver- fallene Zeit sein. Indem ich dabei besonders bei Ewerbeck verweile, trage ich im Namen seiner Partei, im Namen Deutschlands (nicht dessen, das

ist, sondern dessen, das sein wird) eine Schuld der Anerkennung und Dank-
barkeit ab. Ich selbst las seinen Namen zuerst in den »Rheinischen Jahrbüchern«, die 1845 von Püttmann am Rhein im Dienste der socialen
Frage gegründet wurden; Ewerbeck lieferte für dieselben eine treffliche
Studie über Marat. Aussprechen hörte ich seinen Namen erst 1848 in Leipzig
während der Märzunruhen; es war eben einer jener russischen Spione,
die sich auf ihre Bekanntschaft mit Ewerbeck beriefen, um das Vertrauen
der deutschen Demokraten zu erlangen, wie ich später erst durchschaute; sie
hatten Manchen getäuscht. Gesehen aber habe ich Ewerbeck erst zur Zeit
der Weltausstellung 1855 in Paris.

Derselbe gehörte zu jenen freiwilligen Verbannten, die in Paris das
Centrum der Weltbewegung sehen, was es auch seit Ludwig dem Vier-
zehnten bisher gewesen ist, — zu jenen Deutschen, die, der französischen
Sprache Meister, in derselben für »die Menschenrechte« geschrieben haben.
Die Reihe wird von Baron Holbach eröffnet, dem Mitarbeiter an der
»Encyklopädie«, der im Jahre des neuen Heils 1789 starb. Bis dahin
war die deutsche Nation in Paris nur von jenen Sedezfürsten und Junkern
vertreten gewesen, die hinter dem »großen König« herkrochen und den
Staub von Versailles aufleckten, daheim aber mit um so frecherer Unverschämtheit gegen ihre Unterthanen den Affen des großen Ludwig spielten.

Auf Holbach folgte Anacharsis Cloots, »der Redner des Menschengeschlechts, der Bürger des Erdballs,« wie er sich nannte, und diese Namen
werden ihm bleiben als Ehrennamen, trotz der Seelenkrüppel, die ihn
haben lächerlich machen wollen. Auf Cloots folgte der edle Georg Adam
Forster, gestorben in Paris 1794 am Gram über Deutschland. Diese
und andre deutsche Patrioten, die in Paris die Sache der Revolution ergriffen hatten, überlebte ihr gleichgesinnter Zeitgenosse, Graf von
Schlabrendorf, der, geboren 1749 in Stettin und gestorben 1824 in Paris,
die Anhänglichkeit an die französische Bewegung so schön mit der Liebe
zu Deutschland zu verbinden wusste, dass ihm der preußische König das
eiserne Kreuz nach Paris schickte. Die Aufgabe seines Lebens hat er in
seiner Grabschrift trefflich gezeichnet: Civis civitatem quaerendo obiit
octogenarius. Er war ein Staatsbürger, der einen Bürgerstaat suchte.
Aber was sind sie, was wir anders, die wir seit 50 Jahren in Frankreich
umherirren? Heben wir bei dieser Gelegenheit hervor, dass, wenn der
preußische Adel ein Kreuzjunkerthum hervorgebracht hat, aus ihm auch
Kämpfer für die edelsten Güter der Menschheit hervorgegangen sind, wie
kein Land größere, edlere aufzuweisen hat; und ist ihre Zahl gering, so
ist ihr Verdienst nur um so größer. Was Forster betrifft, so hat neuerdings ein Herr Professor Klein in Mainz behauptet, Derselbe habe aus
eigennützigen Beweggründen, nicht aus Begeisterung für die Freiheit, Mainz

mit der französischen Republik vereinigen wollen. Man muß gegen derlei
Anklagen sehr mißtrauisch sein. Forster war Zeit seines Lebens allgemein
geachtet, und wenn ihm ein Vorwurf gemacht werden konnte, so wäre es
sicherlich damals geschehen. Und jetzt, sechzig Jahre später, will man auf
einmal Flecken entdecken, die keiner der Zeitgenossen gesehen hat?! Nur zu oft,
manchmal unbewußt, stellt sich der deutsche Patriotismus in den Dienst der
Reaktion. So noch 1848, als die Kunde von der Februarrepublik nach
Deutschland kam, riefen verschiedne Blätter: »jetzt sollten alle Mißhellig-
keiten zwischen Regierungen und Völkern vergessen werden, Fürst und Volk
solle zusammenstehn, um einem etwaigen Anprall französischer Eroberungs-
gelüste zu begegnen, nachher könne man wieder an die Reformen denken.«
Nachher! ja wohl, wir haben's gesehn, was nachher für Reformen kamen.
Wie es eine Affenliebe giebt, so giebt es auch einen patriotischen Blödsinn,
richtiger einen blödsinnigen Patriotismus. Was hat ein solcher nicht für
alberne Anklagen und Verdächtigungen gegen Karl Vogt ausgesprengt
oder nachgeschwatzt!

Die Republik ward zwar von Napoleon konfisziert, er war aber nicht
minder ein Werkzeug in der Hand der Geschichte. Seine Kriege rüttelten
das morsche Europa aus dem Schlendrian auf, die Kabinettspolitik mußte
der Völkerpolitik weichen. Ihm hat Deutschland die Verminderung von
Dreihundert und Etlichen auf Dreißig zu verdanken. Es hat die Wohlthat
freilich theuer bezahlt und ist alles Dankes entbunden.

Der Mann, der die deutsche Nation am männlichsten zur Erhebung
aufrief, war Derselbe, der auch am beredtesten die französische Revolution
vertheidigt hatte, zum Zeichen, daß die Unabhängigkeit nach außen nur
die Grundlage für die Freiheit nach innen ist. Sein Name ist Johann
Gottlieb Fichte.

Es war ein hochheiliger Augenblick, als die deutschen Heere auf dem
Montmartre erschienen, feierlich wie der, als die ersten Kreuzfahrer vom
Ölberge aus zuerst Jerusalem erblickten. Paris, das zu ihren Füßen lag,
war wohl die Hauptstadt des Völkerdrängers, es war aber auch die heilige
Stadt, aus der das Heil der neuen Welt gekommen, in der zuerst das
Evangelium der Freiheit gepredigt worden war. Ob dieser Gedanke wohl
dem Einen oder Andern jener deutschen Krieger durch die Seele ging?
Man möchte es fast bezweifeln; nicht der Krater der Revolution, nur die
Drachenhöhle sah man damals in Paris.« Aber nur zu bald wurde es
den deutschen Patrioten ins Gedächtnis gerufen. Als sie nun das Werk
ergänzen wollten, als sie nach vollendeter Befreiung auch Freiheit verlangten, erfuhren sie, daß für Deutschland die patriotische Bewegung von
1813 und 1814 nur in einem — Regentenwechsel bestanden hatte. Wie
jener Minotauros, verschlang das Ungeheuer des deutschen Bundes vor

Allem die blühende Jugend. Sie welkte im Kerker hin, ganz Deutschland war nur ein Kerker, erfüllt von erstickender Polizeiluft und mephitischen Dünsten, die aus der Höllenküche auf der Eschenheimer Gasse aufstiegen. Wer von den patriotischen Jünglingen entfliehen konnte, floh nach Paris. Das Land des »Erbfeindes« gewährte ihm Schutz gegen die deutschen Fürsten, für die er doch gegen diesen Erbfeind die Waffen ergriffen hatte. O blutige Ironie des Schicksals!

Da schlug es 1830 an der Weltuhr. In Kurhessen ward eine Verfassung verkündigt, der, um den äußersten Grad menschenmöglicher Vollkommenheit in politischen Dingen zu erreichen, weiter Nichts fehlte, als die Judenemancipation. So sagten die kurhessischen Juden in ihrer Petition an den Kurfürsten. Fromme Schwärmerei! Sylvester Jordan siechte im Kerker hin, und den unglücklichen Weidig trieb die kurhessische Justiz in ihrem Säuferwahnsinn durch Georgi zum Selbstmord. Ein Frankfurter Jude, Ludwig Börne, machte es sich zur Aufgabe, die Schwärmerei seiner kurhessischen Glaubensgenossen zu zerstreuen und seine deutschen Landsleute über ihren politischen Katzenjammer aufzuklären. Man kann von der deutschen Burschenschaft nicht edel genug sprechen; indessen hat das christlich-burschenschaftliche Deutschland noch zu wenig die Verdienste gewürdigt, die das deutsche Judenthum um seine Bildung hat. Darüber ließe sich und sollte man ein besonderes Buch schreiben. Als Juden, das heißt: durch ihre religiöse und nationale Besonderheit, waren sie von unsern christlich-germanischen Vorurtheilen frei geblieben und sahen die Sachen viel nüchterner und praktischer an. Einen Juden machte Lessing zum Vertreter des einfachen Deismus; zwei Juden, Heine und Börne, heilten uns von der Deutschthümelei. Daß der deutsche Jude darum doch ein »guter Deutscher« war, sahen die preußischen Freiwilligen auf dem Schlachtfelde von Waterloo, und Grabbe hat Dies mit Recht in seine »Hundert Tage« verwebt; von den jüdischen Märtyrern der deutschen Revolution im Jahre 1848 will ich hier nur meinen Freund Hermann Jellinek aus Mähren nennen, den der Baron von Windischgrätz wenige Tage nach Robert Blum's Hinrichtung erschießen ließ.

Beachten wir es also wohl: nicht aus der christlichen Burschenschaft ging die volle politische Aufklärung Deutschlands hervor — zwei Juden sprachen die wahre Wahrheit aus, und zwar in Paris. Sie, die Franzosenfreunde, vertreten den Liberalismus, der christlich-germanische Franzosenfresser Menzel die Reaktion. Ganz natürlich; während der Franzosenherrschaft waren die Juden in Deutschland frei und den andern Staatsbürgern gleich gewesen, durch die Befreiungskriege waren sie in die alte Knechtschaft zurückgefallen. Der heilige Bund war ja ein christlicher, und der deutsche Bund sein Büttel. Selbst die Burschenschaft schloß anfangs die Juden aus. So befruchteten denn zwei Juden das Deutschthum mit den französischen Ideen, und aus dieser Befruchtung ging »das junge Deutschland« hervor, zuerst das literarische; das politische folgt.

Die ersten Opfer dieser politischen, noch immer unvollendeten Wiedergeburt, die Flüchtlinge des Hambacher Festes und des Frankfurter Aufstandes, flohen wieder nach Frankreich, neben welchem von jetzt an die Schweiz das Asyl der deutschen Patrioten wurde. Die Drangsale der Fremdherrschaft waren allmählich über den Drangsalen der heimischen Dränger vergessen worden; die erstere hatte etwas Großartiges, Despotisches, Imposantes gehabt — der heimische Druck aber war so polizeilich gemein, so heuchlerisch grausam, so ekelhaft niedrig, daß man nicht wußte, ob der Zorn der deutschen Patrioten größer war, als ihre Scham. An die Stelle des Hasses gegen den »Erbfeind« war eine ziemlich innige Befreundung mit Letzterem getreten. Die deutschen Flüchtlinge lernten in Paris das politische Leben kennen, dagegen lehrten sie die Franzosen die deutsche Sprache. Unter ihnen sind zu nennen: der Rheinbaier Savoye, der eine deutsche Sprachmethode nach der englischen von Robertson schrieb; der Berliner Adler-Mesnard, jetzt Professor an der Pariser Normalschule, bekannt durch eine Menge Werke über deutsche Grammatik und Literatur; Schuster, Sohn eines General-Superintendenten aus Braunschweig, Dr. juris, und wegen der Hambacher Feier flüchtig, der mit dem Franzosen Regnier das beste deutsch-französische Wörterbuch geschrieben hat, in Paris dann Medicin studierte und jetzt noch als Arzt daselbst lebt; der Kölner Venedey, der ein Taschenwörterbuch herausgegeben hat u. s. w.

Zu den Flüchtlingen gesellten sich die freiwilligen Verbannten, German Mäurer, Ewerbeck u. s. w. Viele Deutsche wurden durch Börne's Persönlichkeit angezogen, unter Andern der Schriftsteller Kolloff aus Mecklenburg, bekannt durch seine Arbeiten über Paris, jetzt an der kaiserlichen Bibliothek angestellt. Wie groß diese Anziehungskraft Börne's war, beweist noch ein Beispiel aus meinen Universitätsjahren. Ich ward 1842 Mitglied der Leipziger Burschenschaft und hatte zum Kommilitonen einen Sachsen, »Härte« mit seinem Kneipnamen. »Was willst du werden?« fragte ich ihn; »Börne«, war seine Antwort. Die »Pariser Briefe« waren sein Corpus juris. Unmittelbar nach der letzten Demagogenuntersuchung, die Deutschland erlebt hat (im Jahre 1843), und in die Derselbe so wie ich verflochten war, wanderte er nach Paris, das Studentenmützchen auf dem Kopfe. Das französische Wesen war ihm so fremd, daß er nach kurzer Zeit Paris wieder verließ, ohne selbst Börne's Grab besucht zu haben; er begrub sich in sächsischer Kleinstädterei.

Sie Alle aber, die ich genannt habe, was suchten sie in Paris? Das deutsche Vaterland, das noch nicht existierte, das nur in ihnen ein gespenstisches Schattendasein führte. Da hieß es zwar 1840, der deutsche Messias sei geboren; aber bald darauf erfuhren wir durch Herwegh, daß der König von Preußen kein Ödipus gewesen, und das Räthsel: »Was ist des deutschen Vaterland?« noch immer nicht gelöst sei. Von wo kam uns die Kunde? Wieder von Paris. Börne war 1837 gestorben und Heine legte sich auf sein Schmerzenslager, als schon ein neues Geschlecht von deutschen Patrioten ihre Stelle einnahm.

Was der Deutsche noch zu lernen hatte, sah man aus Herwegh's Pariser Aufenthalt. Er, der in Deutschland das Staatsleben reformieren wollte, ließ sich in Paris grade von den Verirrungen der französischen Bewegung, von ihren glänzenden Oberflächlichkeiten blenden, die kein verständiger Franzose für Ernst nahm. Zwar, Herwegh war ein Dichter, und noch ebendrein ein Schwabe, also vielleicht zu entschuldigen. Da kam aber, nach der Niederlage der deutschen Jahrbücher, Ruge nach Paris, der doch als Junghegelianer die ganze Romantik überwunden hatte. Wenn ihm der Zopf nur nicht hinten gesessen hätte! Seine zwei Jahre in Paris wimmelten von Illusionen; er sah das französische Leben mit echt deutscher Schwärmerei an. Wieder war es ein deutscher Jude, der, frei von den christlich-germanischen Illusionen, das Werk der Kritik ergänzte, der kühne Marx, Ruge's Mitarbeiter an den deutsch-französischen Jahrbüchern; leider läßt sich nicht ganz Dasselbe von meinem Freunde Moritz Heß sagen, ebenfalls jüdischen Blutes, dem die deutsche Gemüthlichkeit noch oft zu Kopfe steigt und den Sinn befängt.

Die bisher genannten waren fast Alle in den höheren Sphären der Politik geblieben; um aber das Ideal zu verwirklichen, muß man auf den Boden des eigentlichen Volkes heruntersteigen, und der Kern des Volkes ist der Arbeiterstand. Was sahen wir nun z. B. in Deutschland? Der Student schwärmte für Deutschlands Wiedergeburt und — »holzte« sich mit den Handwerkern. Börne sah auch hier zuerst auf den Grund. In dem Arbeiter sah er die Grundlage des Staates und der politischen Rettung Deutschlands, und als er die erste politische Gesellschaft deutscher Arbeiter in Paris gegründet hatte, rief er aus (und Thränen erstickten fast seine von freudiger Begeisterung zitternde Stimme): »Meine Freunde, nun kann ich in Ruhe sterben, Deutschland ist gerettet!« Er hatte Recht; welch ungeheuern Fortschritt die deutsche Bewegung gemacht hatte, sah man, wenn man auf das Handwerksburschenleben hinblickte, das in Deutschland hie und da noch in mittelalterlicher Knotenroheit fortwucherte, fast überall aber, alles Staatsbürgerstolzes bar, in schimpflicher

5*

Polizeiangst und dumpfer Philisterbeschränktheit verkümmerte. Wieder war
es in Paris, wo deutsche Handwerksburschen zum politischen Bewusstsein
erwachten. Die Führer dieser Arbeitervereine waren vor Allen Ewerbeck
und German Mäurer.

Letzterer, der, aus den preußischen Rheinlanden gebürtig, eine Französin
zur Mutter hatte, war 1833 als Hauslehrer nach Paris gekommen
(nicht als Verbannter), und stiftete hier 1834 mit andern Deutschen den
Bund der »Geächteten«; zu demselben gehörten Dr. Schuster und Benedey,
der als Heidelberger Student flüchtig in Nancy lebte, wohin ihm die
Geächteten Geld schickten, damit er nach Paris kommen könne. Ewerbeck
kam, wenn ich nicht irre, erst 1842 nach Paris; geboren 1816 in
Danzig, war er in Berlin Dokter der Medicin geworden und nach Holland
gereist, um von da als Arzt nach Batavia zu gehen. Er hat aber niemals
als Arzt prakticiert; wie er mir sagte, erkannte er später seinen verfehlten
Beruf, er glaubte sich (nicht ohne einen leisen Anflug von Schwärmerei,
die freilich Jedem noth thut, der sich für eine Idee aufopfert) zum Er-
zieher und Lehrer des Volkes im großen Sinne bestimmt, einen Beruf,
den er nach den heutigen Umständen nur noch als Schriftsteller erfüllen
konnte. Er hatte übrigens ein ansehnliches Vermögen und war in
Schweden, Dänemark, England, Holland, der Schweiz, Neapel und Rom
gewesen.

Die Versammlungen der Geächteten, von denen nach den Statuten
nur je neun Mitglieder zusammen kommen durften, hatten nach Pariser
Sitte bei den Weinhändlern statt (dem marchand de vin du coin de la
rue). Die Mehrzahl der Mitglieder bestand aus Arbeitern; wie manchen
Schneidergesellen, später als Meister etabliert, habe ich nicht in Deutschland
gekannt, der damals in Paris mit Benedey über die deutsche Republik
diskutirt hat. Herr Benedey hat Das wohl längst vergessen. Unter
diesen Arbeitern war auch Weitling aus Magdeburg, den Dr. German
Mäurer erst deutsch sprechen und schreiben lehrte und, der 1839, in Paris
seine erste Schrift: »Die Menschheit wie sie ist, und wie sie sein sollte«,
herausgab. Indessen gehörte Derselbe einem andern Vereine an, der aus
den Geächteten hervorgegangen war. Es hatten nämlich 1837 in letzterm
Klub Verhandlungen über den absoluten Gehorsam gegen den Verein und
seine Beschlüsse stattgefunden, und ein Student Bessig soll damals wegen
der Weigerung des unbedingten Gehorsams in der Schweiz ermordet
worden sein. Benedey (wie die Zeiten sich ändern!) war für den unbedingten Gehorsam, Mäurer verwarf ihn und bekämpfte Benedey's Fanatismus, dem auch Schuster beistimmte. Aber Mäurer ward überstimmt,
trat nebst den Gesinnungsgenossen aus und stiftete den Bund der »Ge-

rechten«, der bis 1848 bestanden hat. (Nach einer andern Angabe blieben die Geächteten in der Minderheit, von der sich die Gerechten absonderten.) In diesem neuen Klub walteten nun Weitling, der auf Kosten des Vereins in die Schweiz geschickt wurde, und Ewerbeck; hier war der eigentliche Herd der kommunistischen Bewegung, die damals die deutschen Arbeiter ergriff und durch Weitling nach der Schweiz verpflanzt wurde. Ewerbeck war unermüdlich, er übersetzte unter dem Kriegsnamen Wendel-Hippler die »Ikaria«, jenes idealistische rosenfarbene Gemälde eines kommunistischen Staates von Cabet, der die Ewerbeck'sche Übersetzung 1847 auf seine Kosten drucken ließ; er (Ewerbeck) theilte auch dem Franzosen Proudhon die Statuten und Grundsätze der »Gerechten« mit, nach welchen die Gerechtigkeit die Idee »Gott« ersetzen sollte; Proudhon hat diese Idee vor nicht gar zu langer Zeit entwickelt, ohne anzugeben, daß er sie von Deutschen habe. Der Verein stand in Korrespondenz mit den Schweizer Vereinen; gegen diese ward bekanntlich von Bluntschli in Zürich eine Untersuchung eingeleitet, der Letztere schickte die aufgefundene Korrespondenz nach Paris, und in Folge davon hielt die Louis Philipp'sche Polizei im Winter 1846 Haussuchung bei Ewerbeck, fand aber Nichts. Acht Tage nachher ward Derselbe auf die Polizeipräfektur beschieden, wo man zu ihm sagte: »Es ist Schade, daß wir Nichts gefunden haben, denn Sie haben doch Etwas bei sich.« Es ist wirklich unglaublich, wie weit verzweigt die Thätigkeit jenes Klubs war, wie tief sie in die Schichten des deutschen Volkes eingriff, ohne daß man daheim ahnte, von wo alles Das kam. So ging denn auch die socialistische Bewegung, deren Vertreter unter den deutschen Arbeitern reine Kommunisten waren (Karlsruhe hat 1849 vor ihnen gezittert, als sie unter Willich's Kommando standen), von Paris aus. Von Paris aus, wo damals der Hauptredakteur Karl Grün lebte, wurde die erste socialistische Zeitung redigirt, die »Trier'sche« nämlich, zu deren Mitarbeitern der Verfasser dieses Aufsatzes gehörte. Seitdem hat sich durch Praxis und Erfahrung diese Bewegung von allen überspannten Forderungen und Träumereien gereinigt, aber — Das ist nun einmal das Naturgesetz — ohne diese Übertreibungen wäre die jetzige Bewegung der deutschen Arbeiter nicht möglich gewesen. In der moralischen Entwicklung geht es wie in der kosmischen vor sich; ehe der Funke des Sonnenlichts erblitzte, brütete die Weltmaterie in dumpfem Gaszustande. Und so bietet uns der Hinblick auf jene Zeit der Wühlerei und geheimen Gesellschaften eine erfreuliche Bemerkung dar; wir haben ein neues Zeichen des Fortschritts vor uns. Wer denkt heute noch daran, sich in Klubs zu verkriechen, sich vor dem Tageslichte zu verstecken, von der großen Masse des Volkes abzusondern und Verschwörungen anzuzetteln? Jeder hat so viel

Bürgermuth und Gefühl seiner Würde, daß er es unter dieser Würde
hält, seine Meinung zu verstecken; offen denkt und spricht man, und —
was die blödsinnige Reaktion sehen mußte, um es zu glauben — je offener
man sich über das gemeine Wohl beräth, je verständiger denkt man, je
mehr verschwinden und zerflattern die alten Schwärmereien und Über-
spanntheiten, wie die Nebel der Nacht vor dem Sonnenlichte. Den damaligen Klubbisten darf man freilich ihr Geheimwesen nicht zum Vorwurf
machen, ebenso wenig wie man das Samenkorn der Eiche beschuldigen
darf, sich in den Schoß der Erde zu verkriechen; es bedurfte schon Muth,
zu riskieren, was sie thaten; die Übermacht zwang sie, sich im Geheimen
erst zu stärken.

Es kamen nun die Reformbankette und die Februarrevolution.
Herwegh, der sich im Anfang etwas hoffährtig gegen die Arbeitervereine
gezeigt hatte, stellte sich an die Spitze des bewaffneten Auszuges, von
welchem Mäurer aus Gründen des Verstandes abrieth. Mäurer klagte
damals im Verein einen der Führer des Zuges, den später in Bruchsal
im Wahnsinn gestorbenen Bornstedt an, der provisorischen Regierung die
Eroberung der Rheingrenze als möglich empfohlen zu haben. Mäurer
und Ewerbeck wurden damals französische Staatsbürger; der Erstere ging
zwar nach Deutschland zurück, ward aber 1850 von Frankfurt a. M.
ausgewiesen, ging dann nach Zürich, und lebt jetzt als Lehrer wieder in
Frankreich. Weitling ging nach Amerika und verheirathete sich in New-
York mit einer wohlhabenden Wittwe. Ewerbeck blieb in Paris, wo er
an Proudhon's republikanischer Zeitung „Le Peuple" mitarbeitete und
besonders über die deutsche Revolution berichtete. Der Bund der »Gerechten«
hatte sich natürlich 1848 aufgelöst.

Während nun in Deutschland die Männer der That Hand ans
Werk der Neugestaltung Deutschlands legten und die Nationalversammlung
zu Frankfurt a. M. die Reichsverfassung ausarbeitete — im Augenblicke,
wo ich Dies schreibe, den 28. März, sind es gerade vierzehn Jahre, daß
sie verkündet ward — feierte Ewerbeck nicht. Sein Herz schlug alle
Schlachten mit, die für Deutschlands Freiheit und Größe geschlagen
wurden, und sein Auge folgte den Schritten der Revolution, die durch
die deutschen Gauen zog. Nur vergaß er nicht, er, der in Paris lebte,
daß aus diesem Zauberkessel der Freiheit das neue Europa aufgestiegen
war, daß die Nationalversammlung zu Frankfurt nicht möglich gewesen
ohne die Nationalversammlung von 1789, daß beide Nationen und beide
Bewegungen Schwestern seien. Mit Schmerz sah er aber auch, in
welch tiefer Unwissenheit die französische Nation über Deutschland lebte,
und er faßte daher den Gedanken, in französischer Sprache der Welt

das Gemälde der deutschen Geschichte zu entrollen. Im Jahre 1851 erschien sein Buch „L'Allemagne et les Allemands" (Paris, Garnier frères). Es ist die erste Geschichte Deutschlands, die in französischer Sprache erschienen ist, und diese erste ist vom entschieden demokratischen Standpunkte aus geschrieben; Struve selbst ist in seinem Werke nicht entschiedener. Es verdient daher dies Werk eine nähere Beleuchtung, denn es ist mehr als eine literarische Erscheinung, es ist eine patriotische That. Darum sucht man hier auch vergebens pedantischen Wust oder Notenqualm; statt des Fischblutes der trockenen Gelehrsamkeit pulsiert in diesem Werke die Lava der Leidenschaft, und auf die Gefahr hin, das Ohr des Salonanstands zu verletzen, ergeht sich der Stil zuweilen kräftig und derb, wie die Soldatensprache im Handgemenge der Schlacht, aber bei aller Derbheit persönlicher Ausfälle fühlt man immer, daß über dem Kampfe das heilige Banner der Freiheit rauscht; es ist die Schlacht des Volkes gegen seine Zwingherrn.

Gewidmet ist das Werk „Au Peuple français". »Deine Feinde,« sagt Ewerbeck, »zittern vor einer Verständigung zwischen dir und deinen Nachbarn am Rhein; darum mußt du Deutschland kennen lernen, das du bis jetzt noch nicht kennst... Anstatt egoistisch zu rufen: »Mein Vaterland ist bestimmt, die Welt zu beherrschen«, wird der wahre Demokrat sagen: »Alle Nationen sind gleichmäßig berufen, sich gegenseitig zu helfen, denn jede besitzt ein besonderes Genie, das der Ausbildung der andern dienen kann.« Lest aber den „Siècle", die „Opinion nationale" ꝛc., ob diese Wahrheit in das Bewußtsein dieser demokratischer Blätter gedrungen ist.«

Weiter sagt das Vorwort: »Frankreich repräsentiert die romanische Race, Deutschland die germanische. Europa wird niemals erlöst werden, so lange diese beiden Racen nicht vereinigt oder einig sind... Aber wie soll Europa sich wohl befinden, so lange Kopf und Herz, so lange Frankreich und Deutschland uneinig sind!... Es besteht noch heute, aus alter Zeit her, eine tiefe Abneigung, in Folge deren einige Franzosen Deutschland das Vaterland der Grobheit und Heuchelei nennen, in Folge deren einige Deutsche Frankreich das Vaterland der Lügen und Lüstlinge heißen. Verflucht sei diese doppelte Verdummung! und tausendmal verflucht seien Die, welche diese Verleumdung zu verbreiten suchen, um die beiden Völker unter sich zu spalten!«

Lest dann im französischen Original, wie Ewerbeck die Schuld, die auf Deutschland lastet, von dem deutschen Volke auf »das monarchisch-diplomatische Deutschland« wälzt, mit welchem Stolz er von der geschichtlichen Aufgabe spricht, die das deutsche Volk zu erfüllen hat und erfüllen wird; er schließt mit den Worten: »Franzosen, Deutsche, Italiäner, Ma-

gharen, Polen, versteht und verständigt euch endlich; reicht euch brüderlich
die Hände, und die Zukunft der Menschheit wird sich bald erfüllen. So
sei es!«

Das Werk selbst beginnt mit einem »Wort über das gegenwärtige
Deutschland.« Es läßt sich nicht gut ins Deutsche übersetzen, man muß
es in der Sprache Danton's lesen. Ewerbeck legt feierlich im Namen
des deutschen Volkes Verwahrung gegen die Benennung »Deutscher Bund«
ein. »Deutscher Fürstenbund«, »Bund der deutschen Fürsten«, das mag
gehen. Das deutsche Volk hat Nichts mit ihm zu thun; für Dieses
war das politische Ungeheuer nur ein Generalbüreau der Reaktionspolizei,
eine Höllenküche, und Clemens von Metternich der Oberhof-, Leib- und
Mundkoch. »Einst werden die Völker Judas Ischarioth minder schuldig
finden, als diesen Metternich.«

Ich übergehe die Gemälde vom Mittelalter; vom wissenschaftlichen
Standpunkte ließe sich hie und da manche Einwendung machen. Sonderbar
ist auch, daß bei der Betrachtung des deutschen Reichs im Mittelalter der
sonst so revolutionäre Verfasser zuweilen in romantische Schwärmerei verfällt. Nur gegen den christlichen Fanatismus und den Ehrgeiz der katholischen Geistlichkeit bricht er fortwährend in Zorn aus. So zerstört er
unerbittlich den Heiligenschein der heiligen Elisabeth von Thüringen, deren
krankhafte Frömmigkeit in Bigotterie, die an Irrsinn grenzt, ausartete.
Zum großen und gerechten Verdruß ihres Gemahls sog sie den Eiter
aus den Wunden und Geschwüren der Aussätzigen, trank das Wasser, worin
sich ein Mönch die Füße gewaschen hatte, und dergleichen fromme Kunst-
stücke mehr. Diese Verzückte, die noch immer aus Albernheit von dem
protestantischen Thüringen die heilige Elisabeth genannt wird, schützte
auch den fanatischen Mönch Konrad von Marburg, der die Inquisition
in Deutschland einführen und über unser Vaterland dasselbe Unglück
bringen wollte, dem das gesittete Südfrankreich erlag.

Mit dem dreißigjährigen Kriege beginnt »der Verfall Deutschlands«,
la décadence de l'Allemagne (24ème tableau). »Deutschland kann
und darf kein einheitlicher Organismus sein; seine Ehre besteht in der
künstlichen Neben- und Unterordnung einer Menge Fürstenthümer, deren
jedes eine gewisse Unabhängigkeit besitzt.« Das ist von nun an der
herrschende Grundsatz, die Verwirrung wird zum System erhoben, und so
sang denn Goethe auch hundert Jahre später: »Das liebe heil'ge röm'sche
Reich, wie hält's nur noch zusammen?« Aller politischer Jammer
Deutschlands datiert vom westfälischen Frieden, der auch die Schweiz vom
Reiche riß, und dieser Verfall hatte gerade zu einer Zeit statt, wo England den Grund zu seiner Größe legte und Frankreich durch Ludwig XIV.

den Vorrang über alle europäischen Mächte errang! Ein ungeheurer Ekel kommt Einem bei diesem Bilde an und man empfindet eine gerechte Scham, dasselbe in französischer Sprache vor dem französischen Volke entrollt zu sehen. Aber der Verfasser weiß auszugleichen, und weit entfernt, bei Gelegenheit von Ludwig's XIV. glänzender Regierung Frankreich zu schmeicheln, malt er die greuelvolle Despotie dieses Götzen in gleich grellen Farben. Er sagt seinen Lesern rund heraus, was ihnen kein französischer Historiker gesagt hat, daß der »große« Turenne und seine Soldaten in der Pfalz wie Mongolen gehaust haben, und es gehört ein gewisser Muth dazu, bei Gelegenheit der Wegnahme Straßburg's zu erklären: »Diese Hauptstadt des Oberrheins hatte selbstverständlich niemals zum eigentlichen Frankreich gehört; denn unter Karl dem Großen war der Unterschied zwischen Frankreich und Deutschland unbekannt.«

Mit gerechtem Zorn aber, mit Empörung fällt hier Ewerbeck auf das Haus Habsburg, dem Deutschland alles Unglück von 1618 an zu verdanken hat, das einen zweihundertjährigen Hochverrath an der deutschen Nation auf seinem Gewissen hat, einen Hochverrath, den ihm nur der Blödsinn oder die Verworfenheit verzeihen kann. Das greuelvolle Elend, das der verruchte Habsburger Ferdinand II. über Deutschland brachte, ließ dem Protestanten in Ungarn die Herrschaft der Muselmannen noch milder erscheinen, als die der Jesuiten. Schauderhaft büßten die Ungarn ihren Haß Habsburg's auf der »Schlachtbank von Eperies« 1687, die sich das Haus Habsburg zum Altar erwählte, um sich davor mit dem Blute der edlen Magyaren zum Erbkönig von Ungarn salben zu lassen. Und dennoch opferten sich diese Magyaren im folgenden Jahrhunderte für dasselbe Habsburg auf. Edles, abscheulich betrogenes Volk!

Endlich rollt sich das 25ste Tableau vor uns auf; seine Überschrift ist: Fréderic le Grand sauve la nation. Bei dem bloßen Hinblick auf Friedrich II. muß man erkennen, daß Preußen eine Sendung hatte, und um dieser Sendung willen war es nöthig, daß es auch äußerlich ein würdiges Ansehen erhielt, daß es ein Königreich ward. Achten wir aber darum dies Königthum nicht mehr, als es gekostet hat; Gottes Gnade spürt man bei seiner Entstehung nicht. Gegen Geschenke von der erschreckenden Summe von sechs Millionen Thalern, wovon zwei Millionen für die Gesellschaft Jesu in Wien, erhielt er 1701 vom Kaiser die Erlaubnis, sich selbst als »König« von Preußen unter dem Namen Friedrich I. zu krönen. Dieser König umgab sich mit spanischer Etikette und solchem Luxus, daß seine Minister das kleine Land höchst erfinderisch mit den sinnreichsten Auflagen belasteten; Sauborsten und Perücken wurden besteuert, um Millionen zu erpressen. Friedrich I. war Protestant, aber ohne

sich nur im Geringsten, wie er sagte, über »das Heil seiner königlichen
Seele« zu beunruhigen, da jeder Souverän seiner Meinung nach »vom
lieben Gott dazu berufen war, ins Paradies einzugehen.« Sein Nachfolger, dem Ewerbeck das Beiwort le Probe giebt, war verständiger und
sagte: »Ein König ist nur ein Diener des lieben Gottes und soll ihn
nachahmen, indem er seine Herde gut leitet.« Freilich lässt sich diese
gute Leitung verschieden auffassen, zumal wenn man sich auf den religiösen
Standpunkt stellt; Friedrich der Große verließ den letztern und nannte
sich den ersten Diener des Staates. Die neue Philosophie verdrängte
die Theologie, Friedrich II. und Voltaire waren die Könige der Epoche.
Mit Recht sagt Ewerbeck: »Die Habsburger haben niemals Deutschland
genützt, aber ein Hohenzollern hat es gerettet; wäre Friedrich, und mit
ihm Preußen, den Östreichern erlegen, so wäre Deutschland und die Bildung
zu Grunde gegangen.« Was aber damals Preußens König, Das ist heute
Preußens Volk. Was damals die Philosophie der Aufklärung, Das ist
heute die deutsche Philosophie des neunzehnten Jahrhunderts.

Die letztere wird von manchen Franzosen geringschätzig betrachtet,
sie sei nur eine Wiederholung oder höchstens Fortbildung der französischen
des achtzehnten Jahrhunderts. In der Antwort darauf sagt Ewerbeck den
Franzosen, für die er schreibt: »Der Geist der großen französischen Ency-
klopädisten war der Gährungsstoff, dessen sich Friedrich II. bediente, um
die ungeheure deutsche Masse, reich an unermesslichen, aber noch unentwickelten Kräften, in Bewegung zu bringen. Die Thorheit, Voltaire's,
Rousseau's, Diderot's u. s. w. Einfluss auf die deutsche Nation zu leugnen,
käme der andern Thorheit gleich, diese Nation für unfähig zu erklären,
Meisterwerke von gleichem Werthe hervorzubringen. Übrigens hat sie
schon längst den Beweis davon durch die Schöpfung der neuen deutschen
Philosophie geliefert. Denen, die mir einwerfen, dass diese neue deutsche
Philosophie nicht neu ist, sondern eine etwas veränderte Kopie des französischen Encyklopädismus vom achtzehnten Jahrhundert, erwidere ich
einfach, dass der letztere, weit entfernt, vom Himmel gefallen zu sein, sich
auf die geistige Bewegung der Engländer und vorzüglich auf das von
Luther verkündete Princip der freien Forschung, und somit auf das Princip des
freien Willens gegründet hat. Ich glaube, dass die neue deutsche Philosophie,
von der ich die Ehre gehabt habe, den neulateinischen Nationen in meinen
beiden Werken: „Qu'est-ce que la Réligion?“ und „Qu'est-ce que la
Bible?“ einen Abriss zu geben, zwar nicht sofort einen tiefen Einfluss
ausüben wird, aber ich bin überzeugt, dass sich derselbe eines Tages um
so stärker fühlbar machen wird, je langsamer er war.«

Bei Gelegenheit der Prügelstrafe, die damals noch in der preußischen
Armee bestand und heute noch in der österreichischen besteht, bekennt Ewerbeck
zwar mit Freuden den Fortschritt; »aber,« sagt er, »es bleibt noch Viel
zu thun übrig, um die persönlichen Beziehungen zwischen Officier und
Soldat in Deutschland auf gleiche Höhe mit denen in Frankreich zu bringen.
Die nächste Revolution wird ohne Zweifel in der deutschen Armee diesen
Rest von amtlicher Tyrannei vernichten.« Wir brauchen nicht zu sagen:
die nächste Revolution; der nächste Krieg allein wird Preußen und den
Rest zwingen, endlich einmal das gesittete Frankreich nachzuahmen
und jedem wehrpflichtigen Bürger mit der gleichen Pflicht auch
die gleichen Rechte zu geben; ich kenne mehr als einen »gemeinen«
französischen Soldaten (wie man sich in Deutschland gemeiner
Weise noch ausdrückt), der sich die Epauletten eines Lieutenants und
Hauptmanns, ja den Rang eines Obersten und Generals errungen hat.
In Preußen bringt es der Soldat zum Unterofficier, der Adel hat noch fast
ausschließlich das Anrecht auf die Officiersstellen. Möchte doch das
deutsche Volk sich einmal alles Das aufzählen, was Frankreich trotz des
»Despotismus«, der ihm von den deutschen Liberalen vorgeworfen wird,
noch immer vor ihm voraus hat. Wenn ich z. B. an die Mecklen-
burgischen Zustände denke, an dieses politische Vendeerthum, an diese
Barbarei, die das so bildungsstolze Deutschland aus dem sechzehnten
Jahrhundert noch in das neunzehnte herübergeschleppt hat, so empfinde
ich eine wahre patriotische Freude, daß das französische Volk in Sachen
Deutschlands so unwissend ist, und stimme fast Ewerbeck bei, wenn er
vorschlägt, die Prügelstrafe vor ihrer gänzlichen Abschaffung in Deutschland noch einmal, ein letztes Mal, auf dem Rücken aller der zahlreichen Buben anzuwenden, die ein Volk von vierzig Millionen so verächtlich in den Staub getreten haben.

In dem Augenblick, wo nun in Paris die Stunde der Völker-
freiheit schlägt, geht eine ganze Nation zu Grunde; Polen wird getheilt. Sehr verständig sind Ewerbeck's Worte: »Dieser hohe diplomatische Räuberakt hätte gewissermaßen allein dadurch gerechtfertigt
werden können, daß man die entwendeten Stücke auf eine vernünftige,
solide und billige Weise organisierte. Weit entfernt davon, haben die
drei des Raubes schuldigen Regierungen seither Alles gethan, um die
zerstückelte Nation zu erbittern, so daß dieselbe mehr als einmal sich in
der Hoffnung erhoben hat, ihre alte Unabhängigkeit wieder zu erlangen,
die, man weiß es nur zu wohl, der Entwicklung der polnischen Länder
wenig günstig gewesen war. Die Aristokraten Polens hatten zwar ihren
König sehr wohl in Schach gehalten, aber auch zugleich ihr aus Bauern

bestehendes und fast keine städtisch geordnete Bürgerschaft besitzendes Volk tyrannisiert. Die diplomatische Theilung Polens hat nur dazu gedient, den Haß der Slaven gegen die Deutschen zu mehren und vor Allem die russische Macht zu stärken, die dadurch die unmittelbare Nachbarin Deutschlands geworden ist. Da aber von allen europäischen Staaten der russische der mindest gesittete, d. h. der am meisten despotische und knechtische ist, so ergiebt sich daraus eine fortwährende Gefahr für die liberale Entwicklung Deutschlands. Außerdem geben sich die slavischen Völker (Czechen, Polen, Donauslaven), die seit Jahrhunderten an den passiven Gehorsam gewöhnt sind, fast immer dazu her, die freiheitsmörderischen Maßregeln der österreichischen Regierung auszuführen, welche letztere z. B. 1849 den demokratischen Aufschwung ihrer deutschen und magyarischen Bevölkerung mit slavischen Säbeln niedergehauen hat. Wien, diese deutsche Hauptstadt, ist nur mit Hilfe der kroatischen und gallizischen, d. h. rein slavischen Regimenter wieder unter das Joch der Habsburgischen Dynastie gebracht worden. Eine entsetzliche Strafe für das deutsche Volk, das einst die diplomatische Zerstückelung Böhmens und Polens zugelassen hat. Ob Dies die slavische Race rechtfertigt, sich zum Werkzeug des Habsburgischen Despotismus zu machen, ist eine andere Frage, an welche die französische Presse übrigens nicht denkt. Im Jahre 1850 klagte der „Siècle" Deutschland an, Nichts für Ungarn gethan zu haben, und meinte, das deutsche Volk habe dadurch sein eignes Unglück verdient. Stockblinde Unwissenheit des „Siècle"! Wien, eine deutsche Stadt, die edelste Blüthe der deutschen Jugend, die Wiener Studentenschaft ergreift die Waffen, um sich der Ausführung der Habsburgischen Maßregeln gegen Ungarn zu widersetzen, Blum opfert sich auf, und der „Siècle" klagt Deutschland an! Ungarn allein trägt die Schuld (nach den Slaven, Kroaten und Russen); als die Magyaren bei Schwechat standen, warum vereinigten sie sich nicht mit Wien? Sie wollten auf dem gesetzlichen Boden, auf ungarischem Boden bleiben; sie haben ihren Irrthum gebüßt. Die Interessen der Völker sind solidarisch verknüpft!

In dem 26sten Gemälde (la Révolution de 89 en Allemagne) schildert der Verfasser noch einmal die an Wahnsinn grenzenden Frevel oder Jämmerlichkeiten der Hunderte von deutschen Reichsfürsten, -grafen u. s. w., unter welche das deutsche Reich getheilt war. Aber die Gestalt Friedrich's des Großen überragt alles Dies, und mancher Patriot hätte gern in ihm einen deutschen Kodrus erblickt, nach welchem bekanntlich die Athenienser Niemand mehr würdig genug fanden, die durch sein Märtyrerthum geheiligte Königskrone zu tragen. So be-

richtet Ewerbeck u. A. Folgendes: »Im Jahre 1785 nnd 1786 veröffentlichte die (von Gedike und Biester redigierte) »Berlinische Monats-
schrift« Aufsätze, wie man deren in Frankreich vor 1791 noch nicht
gesehen hatte. Ein Artikel, betitelt: »Neuer Weg zur Unsterblichkeit eines
Königs,« schlägt den Fürsten vor, das Königthum unter dem Vorsitz des
Hauptes der regierenden Dynastie in eine Republik umzuwandeln.
Das, was man gewöhnlich Unsterblichkeit nennt, Friedrich der Große
hat es erschöpft, als er allein erfolgreich gegen das koalisierte Europa
kämpfte. Ein König, der sich heutzutage unsterblich machen will, hat
die Vertretung der Nation zu dekretieren.« Die deutsche Nation ist
heute noch nicht vertreten.

Die zwei folgenden Gemälde heißen l'Allemagne et la Ré-
publique française und l'Allemagne et l'Empire de Napoléon, darauf
folgt das 29ste: l'Allemagne et la Restauration; es beginnt mit
der Gründung des Bundestags, den Ewerbeck le pandémonium
diplomatique nennt. »Man weiß nicht, ob ihn die Bosheit oder
die Unfähigkeit geschaffen hat.« Was soll man noch darüber sagen?
Solchen gewissenlosen Händen ist nun Deutschlands Ehre anvertraut.

Da ergriff Zorn und Entrüstung die Herzen der deutschen Jugend,
und die Brüder Fellen stimmten »Das hohe Lied« vom deutschen Reiche
an. Ewerbeck hat eine Menge Strophen davon übersetzt, ich habe es
nicht im Originale gelesen, aber noch in der französischen Übersetzung
schmettert es mit markerschütternder Gewalt:

»Wir haben unser Blut vergeudet auf den Schlachtfeldern im
Kampfe mit dem Korsen, unser Fleisch trägt die Narben von seinen
Kartätschen, unsere Frauen und Mütter, unsere Töchter und Schwestern
vergossen Thränen der Verzweiflung; wo sind nun heute die Größe und
die Freiheit, die sie Deutschland versprochen hatten?

»Drei Jahre haben genügt, um uns zum Gelächter der ganzen Welt
zu machen.« ...

»Und ihr Deutschen, ihr Schläfer, die ihr schlaft seit Waterloo, als
wenn Alles gesagt und gethan wäre mit unserm letzten Kanonenschuß,
ihr Schläfer, wachet auf! Schon erschüttert die Posaune des Herrn
Himmel und Erde, die Särge brechen auf und senden hinaus ihre
Leichen und Gerippe, wieder zu beginnen den Krieg der Freiheit gegen
die Gewalt. Aber unsere Sache wird siegen! Es lebe Deutschland!«

In dem schimpflichen Elend, in welchem damals das deutsche Volk
versumpfte, kam ihm wieder einmal Hilfe von Frankreich. Ohne die
Julirevolution wären die deutschen Stämme noch lange in ihren ver-
rotteten Zuständen liegen geblieben; sie rüttelte die Mattherzigen auf,
jagte den Dynastien eine heilsame Furcht ein, ohne welche die gekrönten

Häupter Deutschlands Nichts, ich sage: Nichts, gewähren, und wenn auch noch keine konstitutionelle Freiheit, so kam doch etwas Luft und Licht in die Verwaltung, das Städtewesen, die Besteuerung u. Dergl. Man muß sich nur erinnern, daß 1830 in den wendischen Distrikten Sachsens noch die Leibeigenschaft herrschte, um zu fühlen, wie weit man noch hinter Frankreich zurück war. Man muß bedenken, daß es einer neuen französischen (!) Revolution bedurfte, der Februarrevolution, ehe Deutschland das längst verlangte Geschworenengericht mit dem öffentlichen Gerichtsverfahren erhielt, um zu erkennen, was der politische Fortschritt Deutschlands Alles dem französischen Volke schuldig ist. Und dennoch bildet sich das deutsche Volk immer ein, die erste Nation der Welt zu sein, und dennoch blickt es hochmüthig auf Frankreich, ohne dessen Revolution von 1789 und 1830 wir mit ganz Europa verfault wären, ohne dessen Revolution von 1848 wir noch keine Nationalversammlung gehabt und keine Verfassung hätten. Und dennoch immer diese Selbstverblendung, dieser Hochmuth! Ja, ihr habt große Männer hervorgebracht, Männer der That und aufopfernde Patrioten; aber wollt ihr wissen, wie ihr ihnen lohnt? Ich spreche nicht von Schiller, den ihr fast habt verhungern lassen, und den ihr heute würdet wieder verhungern lassen; nicht von Wirth und Siebenpfeifer und den übrigen Enthusiasten der dreißiger Jahre; nicht von den Demokraten von 1848, die euch zu roth waren; ich spreche von einem praktischen Mann, der, aller politischen Wühlerei fremd, euer materielles Wohl beförderte, euch zu einer reichen Nation machen wollte, Friedrich List. Im 30sten Tableau (l'Allemagne et la Révolution de Juillet) sagt Ewerbeck: »Der deutsche Zollverein, an dessen Spitze die preußische Regierung stand, wurde von Friedrich List lebhaft vertheidigt. Dieser hervorragende Mann, gebürtig aus Schwaben, hatte schon 1818 an der Organisierung des Zollverbandes gearbeitet; aber die argwöhnische Polizei setzte ihn 1823, als für die öffentliche Ruhe gefährlich, ins Gefängnis. Er wanderte nach Amerika aus, ward volkswirthschaftlicher Schriftsteller, und die Kammern der Vereinigten Staaten Amerika's ehrten ihn durch den Beschluß: »Friedrich List hat sich um das Vaterland verdient gemacht.« In der That bemühte er sich mit allen Kräften, die Eisenbahnen in Amerika einzuführen. Der Präsident der Republik, Jackson, lud ihn zu einer besondern Konferenz ein. Später, nach 1830, kehrte List nach Deutschland zurück und gründete in seinem Geburtslande dieselben Kommunikationswege, die er in seinem zweiten Vaterlande geschaffen hatte. Seine Thätigkeit als Publicist war unermüdlich. Von unzähligen Ränken gemartert, erschoß er sich im Jahre 1847.«

So ist es. Erst steckt ihn die deutsche Polizei ins Gefängnis, dann schert und quält man ihn, bis er, zu Tode gehetzt, sich die Kugel durch den Kopf jagt. Gellt euch das Ohr nicht ein wenig vom Schusse? Lieber gar! Ihr habt jetzt das größte Eisenbahnnetz von Europa (wobei freilich die Interessen der Nation und ihres Großhandels zuweilen den erbärmlichsten Privatinteressen eines Duodezfürsten aufgeopfert sind), ihr treibt jetzt auch Freihandel nach Herzenslust und werdet reich dabei, daß die Taschen vom Golde platzen; was kümmert euch dabei noch der Träumer, der Schwärmer, der sich für eure Interessen sein Lebenlang abgemüht hat? Was an dem Ende des großen Patrioten noch besonders schmerzt, ist, daß er grade am Vorabende des Jahres der Nationalerhebung starb, daß er das Erwachen Deutschlands nicht gesehen hat, wie Ewerbeck sein 31stes Gemälde nennt: le Réveil de l'Allemagne.

Die Schlußkapitel des Werkes zeichnet der Reichthum an Details aus, namentlich über die demokratische Bewegung, die später noch ein deutscher Historiker benutzen kann; das deutsche Publikum kennt die neuen Ereignisse wohl kaum so genau, wie sie hier dem französischen erzählt sind. Sodann scheint es, als nähme mit der neuen Zeit auch die Leidenschaftlichkeit des Stiles zu; es ist Dies aus der Thätigkeit zu erklären, mit welcher der Verfasser sich selbst an der Bewegung betheiligte. Wenn ihn z. B. der Pietismus des vorigen Königs von Preußen zu einem Resumé der religiösen Bewegung veranlaßt, so sagt er vom dreißigjährigen Kriege, daß er als religiöser Krieg begonnen und dann in ein diplomatisches Gemetzel ausgeartet sei, daß seine Träger Rechtsgelehrte, Schnapphähne, Wegelagerer, Jesuiten, protestantische Deputierhähne, Menschenfresser und gekrönte Häupter gewesen seien.

Vortrefflich ist der psychologische Vergleich zwischen Norddeutschen und Süddeutschen; niemals ist diese Doppelseite unsers Naturells den Franzosen so klar geschildert worden, selbst nicht von Heine. Dabei ist beneidenswerth, daß Ewerbeck, der sonst für den alles Nationale und Individuelle verwischenden Kosmopolitismus schwärmt, der Nationalität ihr besonderes Recht zuerkennt. »Trotz der äußerlichen Nivellierung, die sich über alle Völker des Erdballs verbreiten will und die nationalen Besonderheiten zu verwischen trachtet, bleibt der Engländer Engländer, der Deutsche deutsch u. s. w. In jeder Nationalität giebt es einander entgegengesetzte Eigenschaften, jede dieser Nationalitäten besteht also gewissermaßen aus lebendigen Widersprüchen, aber diese Widersprüche sind im Grunde nur die verschiedenen Seiten einer und derselben Kraft.« Es ist Dies für einen Kosmopoliten sehr verständig gesprochen, die Moral ergiebt sich von selbst daraus. Nur die Dynastien sind dagegen taub. Arbeitet man nicht wieder dahin, die süddeutsche Eigenthümlichkeit gegen Preußen auszubeuten, damit ja kein einiges Deutschland sich bilden kann? Eine andere nationale Volksverschiedenheit ist von noch größerer Bedeutung, die Eigenthümlichkeit des preußischen und die des österreichischen Volkes. Das Wort »kleindeutsch«, wollte man es consequent ernst nehmen, wäre eine Thorheit; kein Patriot wird das österreichische Volk aus Deutschland ausschließen wollen. Seiner Naturanlage nach, steht es den edelsten Stämmen ebenbürtig an der Seite; nur die jesuitische Erziehung, die ihm das Haus Habsburg seit drei Jahrhunderten aufgedrungen, hat die volle Entwicklung seiner Fähigkeiten niedergehalten. In Folge des siebenjährigen Krieges hat sich nun zwischen ihm und dem preußischen Volke eine Eifersucht ausgebildet, die nach Nationalhaß schmeckt. Anstatt sie im Interesse Deutschlands zu verwischen, wird sie aber von oben nur zu oft genährt, und der Unverstand hetzt dann weiter. Nichts hält aber die Neugestaltung Deutschlands mehr auf, als diese Eifersucht; ohne letztere hätte die Nebenbuhlerschaft der Dynastien Habsburg und Hohenzollern weder Grund noch Boden. Und wem kommt dieser Streit zu Statten? Weder dem preußischen noch dem österreichischen, am allerwenigsten dem deutschen Volke. Liebet euch unter einander, dieses ist das erste Gebot; und wenn ihr ja reizbaren Blutes seid, so kehrt euern Haß gegen die Dynastien, die euch gegen einander aufhetzen, und nur durch eure Eifersucht leben.

Das letzte Gemälde ist l'Allemagne de 1848. 1848! Das will so Viel sagen, wie heute; denn unsere ganzen Zustände, unsere ganze Be-

wegung datiert von da. 1848! Blutige Ironie! »All' diese kleinen Regierungen (Ewerbeck drückt sich anders aus) beeilen sich, ihre alten Staatsminister durch neue liberale zu ersetzen und geruhen, in dem Zeitraume
von zwei Stunden Zugeständnisse zu machen, die sie dreißig Jahre
lang verweigert hatten. Da hatte es nun der Mühe gelohnt, Hunderte
der edelsten deutschen Jünglinge in die Festungskerker einzuschließen oder
ins Elend zu jagen, Tausende der bravsten Bürger um ihr Lebensglück zu
bringen, Sylvester Jordan im Gefängnis zu foltern und Weidig zum
Selbstmord zu treiben. Jetzt, wo sie Furcht haben, gewähren sie Alles,
was sie sonst zu gewähren unmöglich nannten: Preßfreiheit, Geschwornen-
gericht, und selbst — o Wunder aller Wunder! — die deutschen Fürsten
geruhen, die deutsche Nation anzuerkennen — Vertretung der deutschen
Nation, ein deutsches Parlament! Es ist so und nicht anders: aus Furcht
gewährten sie es; nicht der Stimme der Gerechtigkeit, nicht dem Gebote
des Gewissens, der Gewalt allein weicht die Reaktion. Sobald sie aber
sich wieder stark fühlt, nimmt sie Alles wieder zurück und beginnt ihr
altes Spiel von Neuem. Und doch, obgleich die Gewalt notorisch allein
Zugeständnisse und zwar Zugeständnisse, die schon die Humanität gewähren
sollte, erzwingt, stellt sich die liberale Partei doch immer wieder auf den
Boden des Gesetzes. Dreißig Jahre lang haben die Liberalen auf dem
Boden des Gesetzes für die Erfüllung der 1815 gemachten Versprechungen
gekämpft und Nichts erlangt, bis die Gewalt erhielt, was die Regierungen
dem gesetzlichen Kämpfer verweigerten; und nun uns die Reaktion all' diese
Errungenschaften wieder genommen hat, treten die Liberalen aber- und
abermals auf den gesetzlichen Boden zurück, auf dem sie von den Macht-
habern dreißig Jahre lang verlacht und verhöhnt worden waren. Schwärmt,
soviel ihr wollt, ich aber sage euch: der Gewalt gab sie nach, als die
Reaktion die Nationalversammlung berufen ließ; die Gewalt allein auch
wird die Reaktion zwingen, die von der Nationalversammlung ausgearbeitete
Reichsverfassung anzuerkennen, die nur dann veraltet sein wird.

Vor Allem aber trägt Preußen die Schuld, daß die Errungenschaften
des Jahres 1848 wieder verloren gingen. Nicht genug, daß es Österreich
damals im Kampfe vorangehen ließ, verstand es seinen Sieg nicht einmal
mit Würde zu benutzen. Denn als nun das Volk triumphiert hatte, als
es seine heiligsten Rechte mit seinem Blute errungen hat, was thut es
da? O blödsinnige Rührung von rührendem Blödsinn! es singt: »Jesus,
meine Zuversicht!« Da steht Einem der Verstand still. Und diese Sentimentalität, die ärger als deutsch ist, über die die Welt in schallendes
Gelächter ausbrach, ist noch nicht gesühnt.

Die Gleichzeitigkeit der Frankfurter Nationalversammlung und der
preußischen Konstituante war für die erstere auch von Nachtheil. Spottete
man doch gar in Berlin über die Frankfurter »Gluckhenne«. Die preußische
Versammlung stützte sich auf einen wirklichen Staat, die Frankfurter sollte
erst einen schaffen; wie die Sachen standen, konnte letztere nicht durchdringen. Heute ist Das anders. Möge aus der preußischen zweiten
Kammer eine deutsche Nationalversammlung hervorgehen. Die Vertreter
des Volkes, das 1813 Deutschlands Unabhängigkeit gerettet hat, haben
wohl die Macht dazu; mögen sie auch die Einsicht und die Entschlossen-
heit dazu finden!

(Schluß folgt.)

Druck von Pontt & v. Döhren in Hamburg.

Ein Wort an die Leser

beim Schlusse des ersten Jahrgangs.

Die Redaktion des »Orion« will das letzte Heft des ersten Jahrgangs nicht an die Leser entsenden, ohne dasselbe mit einem kurzen Überblick Dessen zu begleiten, was die neue Zeitschrift im verflossenen Jahre zu leisten gesucht und ferner zu leisten gedenkt. Inwieweit haben wir unser Programm erfüllt? in welcher Art und mit welchem Erfolg dem Ziele nachgestrebt, das wir in der Ankündigung des »Orion« uns vorgesetzt? Das sind die ernsten Fragen, die sich uns beim Jahresschlusse aufdrängen, und zu deren Beantwortung wir diese Rückschau unternehmen.

Wir hatten es als unsere Aufgabe bezeichnet: der in neuerer Zeit mehr und mehr verwahrlos'ten Kunst- und Literaturkritik wieder eine geachtete, würdige Stellung zu erkämpfen und, indem unsre Zeitschrift einen Vereinigungspunkt für die besseren, von einem ernsten Kunststreben beseelten Schriftsteller böte, eine Brücke der Vermittlung zwischen ihnen und dem gebildeten Theile des Publikums zu schlagen.

Schon ein flüchtiger Blick auf die Liste unsrer seitherigen Mitarbeiter liefert den Beweis, daß die Mehrzahl der hervorragendsten deutschen Schriftsteller der Gegenwart unserm Unternehmen ihre thätige, fortdauernde Mitwirkung lieh. Die von Monat zu Monat steigende Zahl angesehener Autoren, welche uns zum Theil unaufgefordert durch werthvolle Beiträge unterstützten, erhöhte unsern Muth und unser Vertrauen; durften wir hierin doch eine Bürgschaft dafür erblicken, daß unser Streben in der That von Denen, an deren Beistimmung uns zumeist gelegen war, als ein echtes und rechtes erkannt werde! Was sich ihrer Billigung und fördernden Theilnahme erfreut, wird im lärmenden Tagesgetriebe, im Gezänk der Parteien nicht ungehört, wie ein Ruf in der Wüste, verhallen — es wird, in vielleicht langsamer, aber sicher fortschreitender Progression, mehr und mehr auch von Seiten des gebildeten Publikums Beachtung und Anerkennung finden.

Eine bunte Reihe von Aufsätzen hat der erste Jahrgang des »Orion« seinen Lesern geboten. Dennoch zieht sich durch alle verschiedenartigen Beiträge als ein leicht erkennbarer rother Faden der Gedanke unsres

Jahrhunderts, jene humanistische Weltansicht, der die edelsten Geister der Gegenwart huldigen, und deren Sieg auch für die Kunst und Literatur einen neuen Frühling erwecken wird. Möge es unsrer Zeitschrift vergönnt sein, auch ferner mit gläubigem Ruf das Herannahen dieses Frühlings zu verkünden und nach Kräften dafür mitzuwirken, daß allerorten das Wintereis starrer Vorurtheile und eingerosteter falscher Standpunkte dahinschmelze vor dem belebenden Strahl einer echt menschlichen, festen Fußes auf der Erde wurzelnden, aber den Blick unverwandt auf den Himmel des Ideals richtenden Philosophie!

Wir glauben keiner Entschuldigung zu bedürfen, wenn wir im ersten Jahre vorherrschend bestrebt waren, uns zunächst mit den Lesern und Mitarbeitern über die obersten Grundsätze der Kunst= und Literaturkritik zu verständigen. Eine Zeitschrift, welche den Hauptnachdruck auf die Kritik gelegt, mußte naturgemäß mit einer Entwicklung der Standpunkte beginnen, nach welchen dieselbe in ihren Spalten geübt werden soll. Es konnte, so sagten wir uns, mit dem Aussprechen apodiktischer Urtheile über eine möglichst große Anzahl neuer Bücher Niemanden sonderlich gedient sein, wenn das Lob oder der Tadel nicht aus zuvor entwickelten Principien der Beurtheilung resultire. Daher räumten wir für den Anfang den allgemeinen, theoretischen Aufsätzen eine hervorragende Stelle ein, und werden Dies auch in nächster Zeit noch thun. Wir beabsichtigen, in ähnlicher Art, wie Solches bei der Besprechung von Gottschall's Literaturgeschichte geschehen ist, auch die übrigen namhaften kunst= und literaturgeschichtlichen Werke der Neuzeit einer eingehenden Kritik zu unterziehen und dadurch den Standpunkt immer klarer hervortreten zu lassen, welchen der »Orion« den verschiedenen Kunstrichtungen der Zeit gegenüber einhält. Wie unlängst der »biographische« Roman, sollen im folgenden Jahrgang auch die »historische«, die »erotische«, die »kriminalistische« und sonstige Specialitäten des Romans wie anderer Dichtungsarten ihren Grundgesetzen nach untersucht und die Richtigkeit der gewonnenen Resultate durch scharfe Zergliederung einiger besonders beliebten Modewerke geprüft werden. Überhaupt werden wir bei der Auswahl sämmtlicher Aufsätze nach wie vor mehr danach trachten, unsern Lesern einen allgemein gültigen, für alle ähnlichen Fälle anwendbaren Maßstab der Beurtheilung an die Hand zu geben, als ihre Geduld durch ein zusammenhangsloses Konglomerat von Einzelkritiken werthloser Bücher zu ermüden. Nur aus diesem Grunde standen wir vorläufig davon ab, die versprochene kurze Monatsrevue der neuesten Literaturerzeugnisse zu liefern; jedoch sollen die bedeutenderen Erscheinungen zur Orientierung des lesenden Publikums hinfort möglichst rasch übersichtlich zusammengestellt und je nach ihrem Werthe charakterisiert werden.

Wie der erfte Jahrgang biographifche Erinnerungen an Uhland, Lenau, Schumann, Bürck und Kant, fowie intereffante Korrefpondenz-Mittheilungen aus H. Heine's und Gleim's literarifchem Nachlaffe brachte, hoffen wir auch künftig das Andenken an verftorbene Heroen der Kunft und Literatur durch ähnliche Anregungen von Zeit zu Zeit lebhaft wachzurufen. Aber auch den lebenden Künftlern foll vor Allem ihr Recht werden. Die Redaktion wird Sorge dafür tragen, daß der liebenswürdigen autobiographifchen Skizze von Bayard Taylor anziehende Lebensfkizzen hervorragender deutfcher Schriftfteller der Gegenwart folgen, und den Koryphäen der auswärtigen Literatur foll gleichfalls eine verdiente Aufmerffamkeit gezollt werden. Daß wir auch den abfeits der großen Heerftraße liegenden Beftrebungen nicht unfre Beachtung verfagen, wenn es fich um wichtige Erfcheinungen handelt, mögen u. A. die Auffätze über die neuplattdeutfche Literatur und über die Arbeiterdichtung in Frankreich beweifen.

Bei dem ernften Willen, uns von allen Koterie-Einflüffen fern zu halten, war es uns bisher unmöglich, Korrefpondenzen über das Kunft- und Literaturleben, wie aus Dresden und Wien, ebenfalls von den übrigen Hauptftätten deutfcher Kunft zu erlangen. Doch find uns derartige Berichte für das nächfte Jahr bereits aus mehreren andern Städten in Ausficht geftellt.

Eine befondere Freude hat es uns gewährt, auf dem Gebiet der bildenden Künfte namhafte Mitarbeiter zu erwerben. Nur in den feltenften Fällen wagen fich die auf diefen Feldern producierenden Künftler zugleich auf das Gebiet der Kunftfchriftftellerei, und andrerfeits befitzen die wenigften Autoren eine hinreichende Kenntnis von dem technifchen Theil jener Künfte, um ein zuverläffiges, wohlbegründetes Urtheil über Bildwerke oder Gemälde abgeben zu können. Wir dürfen es unter diefen Umftänden faft als einen unerwarteten Glücksfall betrachten, daß es uns gelungen ift, fchon im erften Jahr eine Reihe trefflicher Arbeiten über das Stilgefetz in den bildenden Künften, über Peter von Cornelius, Ernft Rietfchel und über die internationale Kunftausftellung in München zu erhalten, und weiterer Abhandlungen über verwandte Stoffe, fowie einfichtvoller Auffätze über mufikalifche Themata, gewiß zu fein.

Betreffs der felbftändigen literarifchen Produktionen fei uns erlaubt, daran zu erinnern, daß wir uns von vornherein gegen die irrige Annahme verwahrten, als gedächten wir durch diefelben gleichfam eine muftergültige Illuftration der im kritifchen Theil des »Orion« vertretenen Grundfätze zu liefern. Wir verhehlten uns niemals die Schwierigkeit, eine größere Zahl trefflicher kurzer Erzählungen zu erlangen, und wenn uns Dies in einzelnen Fällen geglückt ift, mußten wir uns in andern darauf befchränken, dem Lefer durch negative Vorzüge, durch die Abwefenheit

1*

bizarrer Übertreibung, wenigftens einigen Erfaß für den Mangel an tieferem
poetifchen Gehalte zu bieten. Mit defto größerer Genugthuung weifen
wir auf die lyrifchen Beiträge hin, welche der Mehrzahl nach ein er=
muthigendes Zeugnis dafür liefern, daß es der als hyperrealiftifch ver=
fchrieenen Gegenwart nicht an Dichtern fehlt, deren Lieder das Herz
mächtig zu ergreifen im Stande find. Außer einer ganzen Reihe neuer
Produktionen von Robert Hamerling, Moriß Hartmann, Friedrich Hebbel,
Georg Herwegh, Alfred Meißner, Emil Rittershaus, Karl Simrock und
andern bereits anerkannten Verfaffern, hat der »Orien« im Laufe des
verfloffenen Jahres eine nicht geringe Anzahl junger Poeten dem Publikum
vorgeführt, deren Gedichte wohl geeignet find, eine lebhafte Theilnahme
in weiteften Kreifen zu erwecken. Wir erinnern beifpielsweife an »Die
Schlacht bei Idftedt« von Cajus Möller und an Enno Hekter's Sylvefter=
märchen, — zwei Dichtungen, die fich durch Originalität der Gedanken
und plaftifche Vollendung der Form weit über das Niveau gewöhnlicher
Leiftungen erheben. Daß endlich das Gebiet der literarifchen und poli=
tifchen Satire in den Spalten des »Orien« mit befonderer Vorliebe ge=
pflegt wurde, darf nicht Wunder nehmen in einer Zeit, die mehr, als
irgend eine andere, an das Wort des alten Römers: „Difficile est,
satiram non scribere" gemahnt.

Und fomit rufen wir unfern Lefern, wie uns felber, ein fröhliches
Glückauf und Vorwärts zu. Möge das alte Vertrauen uns in das neue
Jahr geleiten, möge die junge Zeitfchrift fich einer wachfenden Theilnahme bei
Allen erfreuen, denen es Ernft ift um die heilige Sache der Kunft!
Dann wird unfer Wunfch nicht vergebens fein, daß es dem »Orien«
gelinge, unbeirrt von den wechfelnden Strömungen des Augenblicks, fich
fort und fort als ein treuer Hüter und Pfleger der Geiftesfchäße zu
erweifen, deren Befiß den Ruhm und den Stolz unfrer Nation
ausmacht!

Gedichte von Karl Mund.

I. Das deutsche Weh.

Was ist's, das dir am Herzen nagt,
Das immer vor dir steht und klagt?
Das dich verfolgt auf jeder Spur,
Im Heimatland, auf fremder Flur?

Das dich ereifert und ergrimmt,
Das deine Lieder dir verstimmt,
Das deiner Reden Strom verstockt,
Und Thränen dir ins Auge lockt?

Es ist der Schmerz, den still und bang
Ein Volk schon trägt jahrhundertlang,
Es ist der Schmerz, der dumpf und schwer
Von frischen Grüften weht einher.

Es ist der Schmerz um Deutschlands
      Schmach,
Dass man in seine Gauen brach,
Dass man die Marken ihm versetzt,
Und seine Ganzheit ihm zersetzt.

Dass man den Freien macht zum Knecht,
Aufsäugt ein sklavisches Geschlecht,
Dass man der Treusten einen Rest
Das Brot der Fremde zehren lässt. —

Doch, wie verstoßen auch und wund:
Noch liegt nicht Deutschland auf dem
      Grund!

Wohl sprang von manchem harten Stoß
Die Zier aus seinem Schilde los;

Wohl abgethan auf leerem Thron
Liegt Karl des Großen Kaiserkron',
Sein Schwert umzieht wohl blinder
      Glast,
Das Reichspanier ist schier verblasst —

Doch noch ist unzerhaun der Schild,
Und unbefleckt der Freiheit Bild,
Noch blieb vom Liegen unversehrt,
Von Rost befreit, des Reiches Schwert.

Schon kündet uns ein Frühlings-
      wehn
Des Schläfers baldig Auferstehn,
Schon glüht's herauf wie Morgenstrahl
Und leuchtet in dem Völkersaal.

Und sehn wir noch die Sonne nicht:
Wir ahnen schon ihr nahes Licht;
Die Eichenwipfel stehn umsäumt,
Wiewohl's noch in den Tiefen träumt.

Heil dir, du kommendes Geschlecht!
Was wir geträumt, dir wird es recht,
Wofür wir starben, lebst du nun,
Und Heil auch uns: wir werden ruhn!

2. Ballade.

Es sitzt in der Halle der Graf allein,
In alte Träume versunken;
Er sitzt am Kamin, im Flammenschein
Erstehn sie wie knisternde Funken. —
Da tritt sein blühender Sohn heran:
„Lieb Vater, draußen am Graben
Verweilt ein fahrender Sängersmann
Und möchte Herberg' haben.

„Er trägt zwar einen verschliss'nen Rock,
Einen Bettelsack an der Hüfte,
Doch silbern ist seines Hauptes Gelock,
Und rauh sind die nächtlichen Lüfte.
Und wenn du es wünschest, so lass' ich
ihn ein
Und reiche Trank ihm und Speise;
Im Walde fiel Schnee, und mild soll
man sein
Dem Manne auf der Reise."

Noch ehe der Vater willfährig genickt,
Ist schon der Junge entsprungen,
Den Kessel hat er ans Feuer gerückt
Und hat den Becher geschwungen.
Auf dem einsamen Grafenhof wird als
Gast
Geborgen der fahrende Sänger;
Und als er empfunden die köstliche Rast,
Das Schweigen behagt ihm nicht länger.

Er nimmt aus dem schützenden Überzug
Die klingenden, singenden Saiten,
Er tastet darinnen und prüft sie genug,
Zum Spiele sich zu bereiten.
Und hebt drauf an ein Lied von der
Schlacht
Auf weiter, breiter Heide;
Dem blühenden Sohn hat das Herz
gelacht,
Dem Grafen geschah's noch zum Leibe.

Und als der Sänger das Beste singt
Zum weichen Saitenklange,
Dem Grafen die Rinde vom Herzen
springt,
Dem Jungen erglüht die Wange.
Der Harfner singt von der Liebe Lust,
Von des Lebens sonnigsten Tagen;
Dem Knaben jubelt es laut in der Brust,
Das hatte der Graf zu beklagen.

Wohl war's eine Nacht, wie lange nicht
Der einsame Hof sie erlebte; —
Noch däucht sie dem Grafen ein Traum-
gesicht,
Das einstmals ihn umschwebte.
Schon längst ist der singende Meister
hinaus,
Der Schnee geschmolzen im Walde,
Verschwiegen liegt wieder das gräfliche
Haus
In dämmernder grüner Halde.

Doch wie auch lockt der sonnige Tag,
Die Vöglein im Walde pfeifen:
Nicht mag der Graf, wie sonsten er pflag,
Durch Busch und Heide streifen.
Im Winkel lehnt der Speer bestaubt,
Im Schranke rostet das Eisen:
Es hat den blühenden Sohn geraubt
Der Sänger mit seinen Weisen!

Der Knabe verließ das wohnliche Haus,
Es hat ihn nicht länger gehalten;
Er will sich erwerben rühmlichen Strauß,
Will selber schalten und walten.
Nun tobt und wettert der alte Baron
Dem listigen wandernden Greisen,
Der ihm verführt den einzigen Sohn
Durch seine berückenden Weisen.

„Und wer mir lockt einen Spielmann
                                    herein,
Den jag' ich vom Hofe zur Stunde!
Mag fiedeln und streichen in Feld und
                                      Hain
Solch saubrer Vagabunde!
Man hat mir verdorben das blühende Reis
Und hat es vom Stamme gerissen;
Verderben auf dieses Sängergeschmeiß,
Das nur zu verderben beflissen!" —

Die Zeit verflog, es verflog der Zorn,
Des polternden Alten Genosse. —
Da schmettert am Graben lustig ein Horn,
Einlaß begehrend im Schlosse.

Schon sprengt herein der reisige Schwarm
Und schwingt sich von den Rossen: —
Der Vater hält den Sohn im Arm,
Und hält ihn fest umschlossen.

Es bringt der Jüngling die stattliche
                                      Braut
Und führt sie dem Alten entgegen;
Sein gräfliches Haus ist wieder erbaut,
Der Graf wird schier verlegen:
„Nun haltet mir offen Thür und Thor,
Es war nicht ernst genommen,
Und tritt ein Sängersmann davor,
Er sei mir herzlich willkommen!"

Tausch.

Von Marie Westland.

Giebst du hin mit vollen Händen,
So genüge dir dies Glück,
Denn gewiß nur karge Spenden
Giebt man dir dafür zurück.

Sing in jauchzend hellen Liedern,
Was durchs Herz dir schallt und hallt —
Glaube mir: Dir wird erwidern
Nur ein Lächeln, stumm und kalt.

Senken deine Augensterne
Sich in andre leuchtend tief:
Träumend schweift ihr Blick zur Ferne
Und vernimmt nicht, wer ihn rief.

Gieb die unumwölkte Braue
Für verdroßne Mienen hin.
Ob sich Niemand dran erbaue:
Für dich selbst ist's Hochgewinn.

Ja, der Liebe volle Rosen
Zu vergeuden, ist dein Loos —
Segensreich vor andern Loosen,
Denn es macht dich frei und groß!

Lerne drum den Schmerz verwinden,
Den des Lebens Täuschung schuf;
Heiter soll der Tod dich finden,
Lächelnd folgst du seinem Ruf!

Neue Satiren
von einem alten Bekannten.

III.
An einen praktischen jungen Freund.*)

Wir auch, wir wurden trocken,
Wir wurden auch Philister,
Hofräthe und Minister,
Und unsere Säfte stocken,
Wie Wasser in den Röhren,
Als ob wir still erfrören
Am Pult vom langen Hocken.

Allein — Gott sei gepriesen! —
Einst waren wir die Schale
Doch goldner Ideale;
Wir hielten uns für Riesen,
Trotz unsrer Fliegenklappen;
Es deckten unsre Kappen
Ein Hirn voll Paradiesen.

Wie waren wir romantisch!
(Zwar nur ein armes Pärchen
Kurz zugemessner Jährchen),
Auch Fichtisch oder Kantisch;
Und was Vernunft wir nannten:
Gefallen hätt' es Kanten;
Er war nicht zu pedantisch.

Wir träumten und wir dachten,
Wir tranken und wir sangen,
Und unsre Herzen klangen,
So oft wir Verse machten.
Sehr schlechte Verse freilich,
Allein Das war verzeihlich —
Die Kunst lässt sich nicht pachten.

Heut, Knabe, bist du praktisch!
Die Welt, du weißt's, ist Prosa.
Und unser Marquis Posa,
Du weißt es, daß er faktisch
Nie lebte auf der Erde
Und niemals leben werde,
Und lächelst, Männerbackfisch!

O, sei von mir bewundert!
Erst achtzehn Lenze hinter
Dir hast du, nein nur Winter,
Doch alt wie das Jahrhundert;
Von jedem Jugendfehle
Hast du befreit die Seele,
Entpulvert und entzundert.

---

*) An demselben Tage, an welchem wir die in Heft IV., S. 246, mitgetheilten Strophen Georg Herwegh's erhielten, ging uns das obige Gedicht aus einer anderen Stadt und von einem andern Verfasser zu. Trotz der Ähnlichkeit des Themas und zum Theil auch der Behandlung, kann also hier von einer Nachahmung des einen oder andern Gedichts nicht die Rede sein. Auch ist es erklärlich genug, daß die befehdete ungesunde Richtung einer Poetenschule, welche den Schiller'schen Vers: „Mit dem König soll der Dichter gehen!" in trivialster Höflings-Auffassung zu ihrem Sinnspruche macht, mehr als einem Volksdichter in dem gleichen Lichte der Lächerlichkeit erschien und die Spottlust des Satirikers unwiderstehlich reizte.

D. Red.

O, du bist klug, besonnen!
Denn wahr ist's, wenn auch schmerzlich,
Daß Alles, was vormärzlich,
Gleich einem Dunst zerronnen.
Mit Allem, was man „künftig"
Genannt hat und „vernünftig" —
Was war damit gewonnen?

Und du wirst niemals rütteln
Am heiligen Bestehnden,
Nie gleich dem hastig wehnden
Orkan am Stalle schütteln,
Darin du selbst zu schlafen
Gedenkst mit andern Schafen,
Vielleicht mit andern Bütteln.

Der Himmel sei uns gnädig!
Wir waren Philhellenen,
Warschau erpreßt' uns Thränen —
Der Thorheit bist du ledig.
Fürs Patrimonium Petri
Schwärmst du und für Pietri,
Und ach, du „brauchst Venedig."

Wer eine Tochter hätte,
Dir ehlich anzuleimen!
Den Wirklichsten Geheimen
Hätt' sie bereinst im Bette!
Den schönsten von den Träumen,
Die deinen Lenz umsäumen,
Errath' ich ihn? — ich wette!

Schweig still! ich weiß, was sagen
Du willst. Man muß den Zeiten,
Den rauhen Wirklichkeiten
Vor Allem Rechnung tragen.
Der Staat braucht treue Diener,
Und Wiener und Berliner
Sind dumm mit ihren Klagen;

Koburger auch und Schleizer.
Was ist, Das ist vernünftig,
So war's, so ist's, so künftig.
Ich gebe keinen Kreuzer
Für andre Theorieen,
Sie sind nur Utopieen,
Und wir sind keine Schweizer.

Verzeih! — Kannst du verzeihen? —
Mit sanskulottem Zammern,
In deines Herzens Kammern
(Vielmehr in den Kanzleien)
Will ich nicht Aufruhr stiften,
Dein Leben nicht vergiften,
Um Deutschland zu befreien.

Ich bin kein Mancha-Ritter,
Ich bin kein Held der Tugend;
Nur wünsch' ich jung die Jugend,
Und sprech' ich dir zu bitter:
Ist's, weil zu meinem Wehe
In deinem Aug' ich sehe
Auch nicht den kleinsten Splitter.

Leb wohl, mein Urgroßvater
Von noch nicht zwanzig Jahren!
Ich, der ich Viel erfahren,
Ich bitte, sei mein Rather,
Daß ich mein Glück noch mache
In einem Rollenfache
Auf einem Hoftheater.

———————

Heitere Geschichten

aus den Lehr- und Wanderjahren eines Sängers.

Von Ernst Pasqué.

3. Ein Mittag bei den Invaliden.

Unsere kleine Kolonie hatte wieder einmal schlimme Zeiten; weder Stundengelder, noch Gehalte, noch irgend ein Zuschuß aus dem lieben deutschen Vaterlande wollten eingehen. Obschon uns letztere Quelle am allerspärlichsten floß, so waren wir doch zur Stunde ihres Erscheinens, Sprudelns und Zufließens so ziemlich gewiß. Einer der Unsern, ein junger talentvoller Geiger aus einem kleinen Städtchen Norddeutschlands, wurde, weil seine Eltern ganz unbemittelt waren, von der Gemeinde seines Ortes unterstützt und erhielt von dieser halbjährlich eine kleine Summe. Dieses Geld nun sollte täglich, stündlich ankommen; wir hatten fest darauf gerechnet, gehofft; rechneten, hofften noch immer darauf, aber — es kam nicht, wodurch unsere Lage um Nichts besser und angenehmer wurde. Die letzte Einnahme jener Tage waren sechzig und einige Franken gewesen, der monatliche Gehalt, den ich als Orchestergeiger bei dem ersten öffentlichen Koncert-Etablissement der Stadt bezog.

Ich habe mich zwar dem geneigten Leser bis jetzt nur als Sänger vorgeführt, und es wäre durchaus nichts Auffallendes dabei, wenn ich auch zugleich Geiger gewesen. Doch Dem war nicht also; letztere Kunst war mir fremd, und dennoch fungierte ich als Orchesterspieler. Hier dieses Räthsels lustige Lösung. Unser instrumentengewandter M. hatte kurz vor jener Zeit die musikalische Direktion jener öffentlichen Koncerte, bei denen unsere ganze Kolonie mitwirkte, übernommen. Als wir dieses freudige Ereignis gebührend feierten, warf sich fast von selbst die Bemerkung auf, daß ich der Einzige von uns sei, der keine Anstellung bei jenem Etablissement habe. M. meinte, daß er diesem Übelstande schon mit Nächstem abhelfen würde. Bei der ersten Vakanz im Orchester ersetzte er die Mitglieder nun derart, daß eine Stelle bei der zweiten Violine und an einem Pulte, an welchem einer der Unsern saß, frei wurde. Sodann schlug mich M. der Administration vor, und da er als Dirigent über die Annahme eines Mitgliedes zu entscheiden hatte, mich als jungen, doch befähigten Geiger zu kennen vorgab, wurde ich denn auch sogleich und mit einem Gehalte von sechzig und einigen Franken angestellt und figurierte von nun an als Mitglied jener großen Koncerte. Wie Dies möglich gemacht und auf die Dauer durchgeführt wurde, war, obschon etwas gewagt, doch in der That gar lustig, und sicher bei unserer Lage, unsern Jahren auch verzeihlich. Ich hatte als Knabe daheim ein wenig Geigenspielen gelernt, doch es — Dank meinem allzugutmütigen Lehrer und meinem Nichts weniger als rühmlichen Eifer und Fleiß — nie weiter gebracht, als bis zu den leichten Duetten des alten Cramer oder irgend einem unschuldigen Walzer. Dies Wenige hatte ich zur Zeit wieder vollständig und gründlich verlernt. Doch ich wusste die Geige zu halten, den Bogen zu führen, und war vor allen Dingen auch musikalisch genug, um die Noten lesen, die Blätter unserer Stimmen umwenden zu können. Das genügte vollständig, und so saß ich denn mitten in dem starkbesetzten Orchester und geigte lustig, und scheinbar wie die Andern, die vielen Ouvertüren und Fantasien, ja die größten Orchesterpiècen mit, ohne Anstoß, ohne Fehler und irgend welche Störung.

Dies Wunder wurde nun ganz einfach und auf allernatürlichstem Wege vollbracht. Während die übrigen Geiger ihr Kolophonium hervorzogen, um ihre Bogen damit zu bestreichen, nahm ich mit aller Ruhe und größtem Ernste ein sauber mit buntem Papier umwickeltes Stück einer Unschlittkerze zur Hand, bestrich und befettete damit meinen Bogen derart, dass es sicher einem Paganini unmöglich geworden wäre, mit demselben nur einen Ton hervorzubringen, und wenn er solches auch auf seiner besten Geige versucht hätte.

Unter uns hatten wir dies lustige Manöver verabredet, und es war ausgeführt worden. Ja, es wurde zu unserm höchsten Gaudium so lange ausgeführt, bis ich es endlich selbst müde wurde und freiwillig abtrat. —

Wir hatten also schlimme Zeiten, die allerschönsten, doch unfreiwilligen Fasten, kein Geld, und — was am schlimmsten war — keinen Kredit. Selbst die Milchverkäuferin in der benachbarten Straße Taitbout, bei der wir gewöhnlich unser Frühstück einnahmen, bestehend in einer kleinen Schüssel warmer Milch mit einigen Tropfen Kaffe und weißem Brot, machte ein langes und immer längeres Gesicht, weil sie eben so lange kein Geld mehr von uns gesehn hatte, und schien endlich sogar Willens, uns gänzlich den Kredit kündigen, uns unsere letzte unschuldige Kost des alten Testamentes entziehen zu wollen. Das wäre ein fürchterlicher Schlag für uns gewesen, denn die gute Seele war stets unser letzter Nothanker. Wenn alle Stricke rissen, gingen wir noch um fünf Uhr Abends, wenn andere ordentliche, geldbesitzende Leute sich zum Diner verfügten, hin zu ihr, um noch einmal zu frühstücken. Und dann die hübsche, lustige Gesellschaft, die wir dort trafen! Ein kleiner Laden war's, ohne Fenster, direkt mit der Straße in Verbindung stehend und allerlei Gemüse, Salate, Kräuter, Milch und Butter, Eier und Käse im schönsten, appetitlichstem Arrangement bergend. Hinter dem Laden befand sich ein kleines Stübchen, mit einem großen runden Tische und sechs bis acht Stühlen, die den Raum voll-

ständig ausfüllten. Alles war einfach, doch reinlich und einer gewissen
Eleganz nicht entbehrend. Dort versammelte sich denn Morgens von zehn
bis zwölf Uhr eine ganz eigenthümliche Gesellschaft, um zu frühstücken;
Alle wie zu einer Familie gehörend, die dicke Milchverkäuferin als »Mama«
betrachtend und anredend. Es waren Maler, die in jener Gegend höchst
zahlreich vertreten, Musiker, Sänger und auch junge hübsche Damen.
Bunt durcheinander saß man, plauderte und lachte, aß und trank und ver-
abredete Partien und andere Vergnügungen, Letzteres natürlich nur, wenn
Geld die verschiedenen Kassen füllte.

Um uns nun diesen letzten Nothanker für die allerschlimmsten Fälle
und Zeiten zu sichern, mußten wir ihn schonen, weniger gebrauchen, oder
vielmehr mißbrauchen. So saßen wir denn auch eines schönen Tages —
um jene oben berührte Zeit — in unsern stillen Wohnungen, still und
und mißmuthig, des gewohnten Frühstücks entbehrend, dafür aber auch
ohne die mindeste Aussicht auf ein Mittagessen. Die Sonne funkelte hell
in unsere Stube, und das laute Getöse der Straße drang ebenfalls ungehindert zu uns herein, uns gleichsam höhnend ob unserer
Niedergeschlagenheit und zugleich auffordernd, uns keck in das Gewühl
dieser bunten, sonnigen Welt zu werfen und unser Heil zu versuchen. Wohl
hiedurch angeregt, fuhr mir plötzlich ein schnurriger Gedanke durch das
Hirn. Ich sah im Geiste ein einfaches, höchst bescheidenes Mittagessen —
doch immer ein Essen! — bestehend in einer Tasse Bouillon, Fleisch
und Brot, uns winken; es war zu erlangen, doch mußte es kühn
erobert werden mit jugendlichem Übermuth und Keckheit. An solchen
Eigenschaften fehlte es uns indessen durchaus nicht, und so durfte ich
meines Erfolges gewiß sein.

Den Mißmuth gewaltsam abschüttelnd, sprang ich plötzlich auf und
theilte meinen staunenden Freunden mit, daß ich einen Ausweg, ein
Mittagessen für uns alle Acht gefunden, das, wenn es auch durchaus keine
Ähnlichkeit mit einem Diner des Palais-Royal habe, doch immerhin besser
sei, als gar keins. Ich fragte sie weiter, ob sie mir vertrauen, sich unbedingt meinen Anordnungen fügen wollten, und als sie Dies natürlich
freudig bejahten, ertheilte ich meine Instruktionen, den Plan selbst, von
dem ich mir noch dazu vielen Spaß versprach, für mich behaltend. Ich
verlangte vor allen Dingen, daß ein Jeder sich so viel deutschen, fremden
Anstrich geben müsse, wie nur möglich. Die Hemdkragen, die man damals
allgemein umgeschlagen trug, mußten wieder zu Vatermördern umgewandelt,
die langen, mehr oder minder lockigen Haare hinter die Ohren gestrichen
werden. Ferner durfte Keiner, bei schwerer Pön, ein Wort Französisch,
sondern nur Deutsch reden, auch die landesübliche Sprache nicht im mindesten
verstehen. Die Freunde versprachen Alles — der Ertrinkende klammert
sich bekanntlich an einen Strohhalm, und sie waren in ihrer Art in

keiner bessern Lage. Doch intrigierte sie gewaltig, was ich denn eigentlich
vorhabe, und nicht wenig wurde ich mit Fragen gequält. Ich blieb indessen
standhaft, aus mehr als einem Grunde, und vertröstete die Freunde mit
der Bemerkung, daß sie später ja doch Alles erfahren würden, womit sie
sich denn auch endlich zufrieden gaben und geben mußten.

Als unsere Umwandlung vollbracht war, wir uns gegenseitig angeschaut
und tüchtig gelacht hatten, verließen wir unsere Wohnung und beeilten
uns, so rasch wie möglich aus dem bekannten Viertel zu kommen. Wir
hatten in der That das Aussehen von frisch in Paris angelangten Deutschen,
die sich staunend die merkwürdige Hauptstadt besehen wollten. Manche
Vorübergehende betrachteten uns lächelnd. Durch stille abgelegene Straßen
führte ich die Freunde, immer weiter in der Richtung des Laufs der
Seine, und nach etwa einer Stunde Wanderung langten wir in den
Elisäischen Feldern und an den Ufern der Seine an. Die Freunde
murrten zwar ein weniges, doch ich bedeutete sie, da es just von dem
Invaliden-Hôtel, dem wir uns gerade gegenüber befanden, zwei Uhr schlug,
daß es überhaupt noch zu früh sei, um an das Essen denken zu
können. Ich schlug deßhalb vor, theils um die Zeit zu tödten, theils um
unsere Rollen, als des Französischen unkundige Deutsche und Fremde,
gehörig zu studieren und zu probieren, den Invaliden einen Besuch zu
machen, das äußerst interessante Hôtel uns einmal wieder anzusehen. Da
wir eben kein Geld hatten, um die Zeit in einem der Kaffehäuser der
Elisäischen Felder zuzubringen, so war mein Vorschlag der annehmbarste,
besonders da ich den Ort, wo wir das versprochene Mittagessen einnehmen
sollten, als ganz nahe bei den Invaliden gelegen angab. Wir einigten
uns demnach, die Invaliden zu besuchen; jedoch stellte ich schließlich nochmals
ganz bestimmt die Bedingung, daß Keiner die Rolle des Fremden fallen
lassen solle, noch dürfe, widrigenfalls ich die Aussicht auf irgend ein Mahl
ganz in Abrede stellte. Alle waren damit zufrieden und versprachen sich
von dem Besuch des Hôtels als Deutsche recht vielen Spaß.

Damals, lieber Leser, stand es anders in Paris, als heut zu Tage.
Der dem Volke in mancher Hinsicht gefällige König Ludwig Philipp
hatte alle öffentlichen Gebäude ohne Ausnahme, wie die Sammlungen
und Museen, unentgeltlich dem Publikum geöffnet. Reich belivrierte
Diener wiesen den Fremden zurecht und führten ihn sogar überall herum,
ohne dafür eine Gratifikation, die ihnen jedoch meistens freiwillig wurde,
beanspruchen zu dürfen. Also war es auch in dem Invaliden-Hôtel. Die
alten Krieger waren erpicht auf die Fremden, führten sie überall herum,
zeigten, erklärten, was sie zeigen und erklären durften und konnten, und
waren meistens eines kleinen Trinkgelds, das sie von Rechtswegen
nicht verlangen noch beanspruchen durften, von der Freundlichkeit
der Besucher gewiß. Darauf fußten wir natürlich, denn es

wäre uns rein unmöglich gewesen, dem Führer auch nur einen Liard als Dankesgabe darzubringen.

Wir überschritten die Brücke, spazierten durch die breite Avenue, die nach dem kolossalen Gebäude führt, und hielten bald vor letzterm an, uns neugierig als echte und wahrhafte Fremde umschauend. Das prachtvolle Gitterthor, die Gräben, Wälle, die den Vorhof umziehen mit den uns mit ihren schwarzen Mäulern anstarrenden Kanonen, schienen uns gewaltig zu imponieren, und nur schüchtern wagten wir uns hinein in den in Hunderte von kleinen Gärtchen abgetheilten Raum. Der Anblick, der sich uns bot, war, obgleich uns recht wohl bekannt, doch immerhin im Stande, unsere Aufmerksamkeit zu fesseln. All' die unzähligen Gärtchen, nur wenige Schritte im Geviert, bildeten fast ebenso viele schüchterne Versuche, den größten, gewaltigsten Krieger des Jahrhunderts zu verherrlichen, ihm Denkmal und Apotheose zu sein. Da sah man die Büste, die ganze Figur Napoleon's in bekanntem Kleide, wie in idealer Gewandung, von Stein, Gips und Thon, in allen nur möglichen Varianten, auf Postamenten, Säulen, Felsstückchen und in Grotten, ge- und bemalt, weiß, grau, in allen Farben, schlecht und gut in unzähliger Menge, doch stets sinnig eingerahmt und umgeben von Blumen und Gebüschen und allerlei bunter Zierat; und alles Dies wieder gehegt und gepflegt von jedem der alten Braven, als ob's ein Heiligthum sei. Es lag etwas Rührendes in diesem Kultus des großen Kaisers, und trotzdem wir sammt und sonders gute Deutsche waren und wohl wußten, was unser Vaterland dem Gewaltigen zu verdanken, zu vergeben hatte, waren wir doch ergriffen davon.

Wie wir so bastanden und schauten, mußten wir natürlich die Aufmerksamkeit der vielen herum spazierenden und humpelnden Invaliden erwecken. Sie witterten frisch angelangte Fremde in uns, und schon kamen ihrer mehrere auf uns zu, um sich als Führer anzubieten. Ein kleiner alter Bewohner des Hôtels, recht zusammengeschrumpft, doch mit ziemlich geröthetem Gesichte und schlau glänzenden Äuglein, hatte uns zuerst erreicht, und fragte uns, ob wir die Herrlichkeiten des Orts zu sehen wünschten. In stark gebrochenem Französisch nahm ich, nach einer scheinbar ernsten Besprechung mit meinen Gefährten, das Anerbieten an, während zugleich die Übrigen, lustig auf den Scherz eingehend, laute »Ja's« hören ließen, welche der Alte wohl zu verstehen schien. Wir begannen nunmehr unter seiner Leitung unsere Wanderung. Durch die Gärtchen führte er uns in den ersten großen Hof und hinauf auf die Galerie, zu der Statue Napoleon's, und dabei Allerlei erzählend, auch daß er Deutschland gar wohl kenne, indem er fast alle Kampagnen in unserm Vaterlande mitgemacht, bei Jena, Wagram und an der Moskwa, wie auch bei Leipzig, mitge- fochten habe. Doch nicht allein habe er sich in unserm Heimatlande tüchtig geschlagen, sondern dabei auch gut gelebt, gut gegessen, und ver-

allen Dingen vortrefflich getrunken. In Erinnerung an unsere guten
Weine wischte er sich zu mehreren Malen den Mund mit dem Ärmel
seiner alten dunkelblauen Uniform ab. Es war drollig mit anzuhören,
wie der Alte sehr langsam und so laut wie nur möglich sprach, um sich
dadurch den Fremden, wie er wohl glauben mochte, besser verständlich zu
machen; indeß wir bemüht schienen, ihn zu verstehen und mit »Ja!« —
»O!« — »der Teufel!« und andern ähnlichen Ausrufen antworteten.

Unser Führer geleitete uns in den schönen Bibliotheksaal, von wo
aus man die ganze Esplanade, einen Theil der Seine und der Elisäischen
Felder überschaut, ein in der That herrlicher Anblick. Wir wunderten uns
höchlich über Alles, was wir zu sehen bekamen, wodurch der Alte angespornt
wurde, uns immer weiter zu führen, uns immer mehr zu zeigen. In den
Dom ging es, zu der Kapelle St. Jerome, wo die Asche Napoleon's vor
einiger Zeit beigesetzt worden war, dann wieder hinauf in die großen
prächtigen Räume, die just für das Mittagessen hergerichtet wurden, ein
für unsere leeren Mägen sehr empfindsamer Anblick. Wir schenkten deßhalb
den Fresken, die Kriege und Siege jenes vierzehnten Ludwig's darstellend,
aus mehr denn einem Grunde keine Aufmerksamkeit, uns nur an den
Schüsseln und Tellern, die in wenigen Stunden mit allerlei Eßbarem
gefüllt prangen würden, im Geiste erfreuend und labend. Wieder ging
es treppauf, treppab, bis der unermüdliche Invalide uns endlich sogar
in die Mansarden führte, allwo er uns die berühmten Festungsmodelle
zeigte.

Unser Erstaunen, unsere Freude über alles Das, was wir zu sehen bekamen, nahm natürlich immer zu, was den Alten mehr und mehr in
Hitze brachte. Sah er sich doch im Geiste schon im Besitze eines un-
gewöhnlich großartigen, weil achtfachen Trinkgeldes!

Wir mochten an zwei Stunden also herumspaziert sein; der
Alte hatte uns Alles gezeigt, was er nur zeigen konnte, sogar die Wohn-
und Schlafzimmer der Kameraden, und wir traten endlich, wahrhaft ermüdet und erschöpft, den Rückweg an. Da stellte er endlich noch die
Frage, ob wir vielleicht auch die Küche zu sehen wünschten.

Darauf hatte ich mit Schmerzen gewartet, und »Ja! — Ja! — Ja!« —
tönte es ihm von allen Seiten entgegen.

Lustig trippelte der alte Invalide voran, und wir alle Acht erwartungsvoll hinterdrein. Wir traten in die Küche, die mit ihren flackernden
Herdfeuern, gewaltigen dampfenden Kesseln, ihren fast unzähligen, hell-
blinkenden, groß' und kleinen kupfernen und zinnernen Geschirren in Wahrheit einen überraschenden Anblick darbot. Doch was uns am meisten
interessirte und mit Lust erfüllte, war der köstliche Geruch, der den bro-
delnden Riesenkochtöpfen entstieg und unsern armen Nasen wie der aller-
köstlichste, himmlischste Parfüm dünkte. Neugierig umdrängten wir die

Kochanstalten, neugierig und ernst schauten wir in die riesigen Kessel hinein. Der Alte, der unser lebhaftes Interesse an den Töpfen und ihrem Inhalte sah, fragte lachend, ob wir vielleicht versuchen wollten, was denn da eigentlich für die Bewohner des Hôtels gekocht und geschmort würde.

»Ja! — Ja! — Ja!« ertönte es wieder aus Aller Munde, und auf einen Wink des Invaliden wurden von einem der Soldatenköche rasch acht große Obertassen oder vielmehr kleine Schüsseln mit brauner wohlriechender Bouillon gefüllt und uns auf einem großen einfachen, doch reinlichem Plateau dargereicht.

Jetzt ging meinen Freunden ein gewaltiges Licht auf über das in Aussicht gestellte Mittagessen. Lächelnd und vielsagend schauten sie mich an, und ich hatte anfänglich Mühe, sie durch einige flüchtige Worte zu beschwichtigen. Doch bald waren keine weitern Erklärungen, kein verrätherisches Gebahren mehr zu befürchten, denn ein Jeder war mit seiner gewaltigen Tasse Bouillon beschäftigt, die so kräftig und delikat befunden wurde, daß Mehrere sogar mit der unschuldigsten, ernsthaftesten Miene von der Welt, und unter höchst verwundrungsvollen und anerkennenden Gebärden, die Gefäße zu neuer Füllung hinhielten, welchem Verlangen auch von dem gefälligen und sich höchlich geschmeichelt fühlenden Koche augenblicklich entsprochen wurde.

Die Suppe war genossen und, anstatt nun aufzubrechen, unterhielten wir uns mit wahren Schulmeistermienen, als ob es der wichtigsten Analyse gegolten hätte, über die Vortrefflichkeit der genossenen Fleischbrühe. Unser alter Cicerone und sein Kamerad, der Koch, verstanden von unserer deutschen Unterhaltung höchstens nur die bekannten Ausrufungen, die langgedehnten »Ah's!« und »Oh's!« doch dafür sprachen unsere aufgezogenen Brauen, die ernsten Falten, in die wir unsere Physiognomien gelegt, das höchst bedeutsame Senken und Heben der Köpfe, und besonders die wichtigen Blicke, die wir nach den Fleischtöpfen sandten, um so deutlicher. Da wir bei Alledem durchaus keine Anstalten zum Fortgehen machten, so schien Dies dem intelligenten Führer wie dem Koch eine Aufforderung zu sein, uns weiteres Material zu weiterer Untersuchung zu liefern. Die Beiden hatten sich bald verständigt; aus ihrer kurzen Unterhaltung tönte uns nur der Ausdruck »Halb Part!« mehrmals und ziemlich deutlich entgegen. Bald prangte denn auch ein gewaltiges Stück Ochsenfleisch auf dem großen blanken Tranchierbrett, von welchem der Koch mit größter Gewandtheit und in allerkürzester Zeit acht durchaus nicht kleine Theile abtrennte, die er dann mit seiner langen Gabel auf ebenso viele hellblinkende Zinnteller legte. Eine sehr appetitlich aussehende und würzig duftende braune Sauce, mit allerlei Gemüsestückchen untermischt, bedeckte bald die einzelnen Fleischstücke. Die Teller wurden nebst einem langen weißen Brote auf einen der blank gescheuerten Tische gestellt, worauf unser alter schmunzelnder Führer uns durch allerlei Gebärden und Worte einlud, die Kost des Hauses weiter zu versuchen. Anfänglich machten wir einige abwehrende Bewegungen, doch

bald ließen wir uns erbitten, und mit ernster Zustimmung die würdig anzu-
schauenden Häupter neigend, setzten wir uns alle Acht an die Tafel und
genossen in aller Ruhe das tüchtige schmackhafte Stück Ochsenfleisch mit
seiner kräftigen und wohlschmeckenden Sauce. Daß wir dabei das
Weißbrot nicht vergaßen, es nicht im geringsten schonten, verstand sich von
selbst, und bald war Fleisch, Sauce und auch ein ziemlicher Theil des
großen, guten und kräftigen Brotes vertilgt und verschwunden, und —
wir hatten zu Mittag gespeist!

In Wahrheit gestärkt und neubelebt, voller Lust über die gelungene
List, erhoben wir uns, und so unbefangen wie nur möglich grüßten wir
durch Neigen der Häupter den wackern Koch und die übrige zahlreiche
Bevölkerung der Riesenküche, die uns beim Essen nicht wenig neugierig
und lächelnd zugeschaut hatte. Dann schritten wir langsam, ernst und
mit Würde dem Ausgang zu, gefolgt von unserm lustig einhertrippelnden,
hoffnungsvollen alten Führer.

Wir mußten eilen, daß wir hinauskamen, es war die höchste Zeit,
denn lange hätten wir unsere Rollen nicht mehr durchführen, unsere ernsten
Mienen nicht mehr beibehalten können. Wir schritten deßhalb, wenn auch
noch immer gemessen und langsam, doch unaufhaltsam fort durch das
große Thor, durch den mit Gärtchen besäten Vorhof, und schnurstracks auf
das Gitter des äußern Eingangs zu, immer deutsch redend und den, uns
schon etwas unbehaglich folgenden alten Soldaten gleichsam mit in unser
scheinbar ernst lautendes Gespräch ziehend.

An besagtem Gitterthor angelangt, wandte ich mich, plötzlich Halt
machend, zu dem guten Manne, dessen Mienen sich schon wieder erheiterten,
da er nunmehr das gewaltige achtfache Trinkgeld kommen sah. Doch,
anstatt in die Tasche zu greifen und den Geldbeutel zu öffnen — es wäre
Dies, so gern ich es auch gethan hätte, ein ganz unnützes Manöver gewesen — öffnete ich den Mund, und mit allem Ernste, der mir noch zu
Gebote stand, mit allem Pathos, dessen meine liebe deutsche Muttersprache
nur fähig war, hub ich an, also zu ihm zu reden:

»Sehr verehrter Mann, Bürger und Krieger, tapferer Überrest der
großen Armee, der du dem Kaiserreich wie der Restauration gleich treu
gedient hast, dir ist heut große, ungewöhnliche Ehre widerfahren. Es
war dir vergönnt, abermals zu »restauriren«, und zwar acht hart vernach-
lässigte deutsche Künstlermägen. Nimm vor der Hand unsern achtfachen
wohlgemeinten und tiefgefühlten Dank dafür; vergessen werden wir dich
nicht! Zwar hättest du eigentlich mehr verdient, als solche schöne
Worte — ein klingender Dank wäre dir auch sicher lieber gewesen, dir
auch geworden, wenn — unsere Börsen sich zur Stunde nicht in selbem
Zustande befänden, wie unsere Mägen vor deiner Restauration. Doch du
bist schon von der vorigen Restauration her an schöne Worte gewöhnt, und

somit wirst du dich trösten. Doch bedenke dabei vor allen Dingen, daß wir dir heute Gelegenheit gegeben haben, eine alte, heilige Schuld in Etwas zu tilgen. Bedenke, daß du von Jena bis Leipzig dich in unserm lieben Vaterlande, vielleicht gar bei unsern eigenen Vorfahren, Jahre lang satt gegessen und, nach deiner eigenen Aussage, auch satt getrunken hast, und daß dir heute vergönnt war, an uns einen ganz kleinen Theil dieser großen Schuld abzutragen. Dies köstliche Bewusstsein mag dir Trost, Dank und Lohn gewähren, und somit wünsche ich dir vor der Hand ferneres, bestes Wohlergehen und einen — guten Morgen!«

Und »guten Morgen! — guten Morgen! — guten Morgen!« — tönte es aus acht Kehlen und in den verschiedensten Tonarten um den alten, verblüfft und mit langem Gesichte dastehenden Invaliden her, während die Häupter sich neigten, die Hüte sich senkten, und ernst und würdig, wie bisher, schritten wir an ihm vorbei, die Esplanade entlang und der Seine zu.

Der Alte muß vor Staunen und Schrecken keine Sprache mehr gefunden haben, denn kein Laut des Unwillens tönte hinter uns her, und als wir, bei der Brücke angelangt, die zu den Elisäischen Feldern hinüberführt, uns umschauten, stand der arme, so bitter enttäuschte alte Soldat noch immer auf derselben Stelle unter dem großen Gitterthore. Er schien noch immer nicht zu sich gekommen zu sein. Wir aber eilten in die Elisäischen Felder und lachten herzlich über das so glücklich eroberte Mittagessen, auch eine Revanche für ehemalige französische Occupation und Einquartierung! —

Doch noch am selben Abend, nachdem der erste Jubel verflogen, der gelungene, wenn auch vielleicht allzu kecke Spaß etwas nüchterner von uns betrachtet wurde, empfanden wir herzliche Reue über unsere Heldenthat, und wahres Mitleid mit dem armen gefoppten alten Invaliden, und einstimmig beschlossen wir, uns bei erster Gelegenheit zu revangieren, das Geschehene wieder gut zu machen.

Es dauerte auch keine zwei Tage mehr, da war uns geholfen. Die erwartete halbjährliche Pension unseres Kameraden aus seinem Heimaterte traf ein, und nachdem die nothwendigsten Schulden berichtigt waren, erhoben wir uns Alle wie ein Mann und verlangten abermals hinauszuziehen nach den Invaliden.

Am andern Morgen, nach der Frühstücksstunde, standen wir denn auch wieder alle Acht, doch diesmal in unserer natürlichen Gestalt und, was die Hauptsache war, mit wohlgefüllter Börse, vor dem großen Gitterthore des Hôtels. Ich hatte mir die Nummer unseres Führers wohlgemerkt und aufs Gerathewohl fragte ich einen der umherhumpelnden Braven, ob er wohl wüßte, wo der Inhaber der Nummer so und so zur Stunde zu finden sein dürfte. Ich hatte Glück. Der Alte bedeutete mir, daß

Nummer so und so, sein Stubenkamerad, vor etwa einer Viertelstunde an
ihm vorbeigegangen sei und das Thor passiert habe und wahrscheinlich
nunmehr, wie gewöhnlich, drüben in einer der kleinen Weinkneipen sitze.

Rasch machten wir Kehrt und steuerten auf die kleinen Baracken
los, allwo ein rother Wein, die Kanone — also hieß das Maß, etwa von
der Größe eines kleinen Wasserglases — für zwei Sous, verabreicht
wurde.   Nachdem wir in mehrere dieser Lokale hineingespäht, ohne
unsern Mann zu finden, vielleicht auch, ohne ihn wieder zu erkennen,
hörten wir plötzlich den lauten Aufschrei: »Ah! die Deutschen! — die
Deutschen!«

Es war unser alter Invalide, er hatte uns erkannt. Lustig traten
wir in das Kabaret. »Ja, die Deutschen sind wieder da, vieux brave,
und suchen Sie!« rief ich ihm auf Französisch zu, während die Freunde
ihn ebenfalls in seiner Muttersprache lustig begrüßten und anredeten.

Es fehlte nicht Viel und der Alte wäre abermals zur Bildsäule erstarrt,
wie vor wenigen Tagen.   Doch lösten wir ihm bald das Räthsel und
dadurch auch die Zunge.   Wir bestellten Wein und Essen, das Beste, was
das kleine Kabaret nur hatte, schenkten ihm ein, tranken ihm zu und
erzählten ihm Alles haarklein.   Der Alte war anfänglich ein wenig erstaunt
und ärgerlich, daß er sich also von »Deutschen« hatte überlisten lassen,
dann aber lachte er herzlich über unsern ihm gespielten lustigen Streich,
und freute sich, daß es uns bei ihm geschmeckt. Unterwegs hatten wir
eine neue irdene Pfeife in einem Holzetui und ein halbes Pfund Taback
gekauft; Pfeife und Kraut verehrten wir ihm, wodurch der Alte wahrhaft
glückselig gemacht wurde, und schließlich gaben wir ihm noch für ihn und
seinen Kameraden, den wackern Koch, einen blanken Fünffrankenthaler.

Wir hatten unsere Schuld redlich und lustig getilgt und durften
fortan des Abenteuers in aller Heiterkeit, und ohne uns Vorwürfe
darüber zu machen, gedenken. Also thaten wir auch, und oft noch
ergötzte uns in der Erinnerung das so glücklich eroberte Mittagessen bei
den Invaliden.

Eine Kunst- und Kulturgeschichte.

Von Rudolf Gottschall.

Die Kunst ist die höchste Blüthe der Kultur; doch die Blüthe wird nur verständlich durch die Wurzel, durch das Blattwerk, durch die ganze Physiognomie der Pflanze. Dennoch nimmt die Kunst in den bisherigen »Kulturgeschichten« eine so beiläufige Stellung ein, wie die allgemeine Kultur in den »Kunstgeschichten«. Es sind getrennte Gebiete, die zu gegenseitiger Ergänzung auf einander verweisen. Ihr Zusammenhang ist aber so innig, daß die Aufgabe, beide mit einander zu verschmelzen, ebenso beachtenswerth wie bedeutsam erscheint. Dieser Aufgabe hat sich Moriz Carrière in dem Werke: »Die Kunst im Zusammenhang der Kulturentwicklung, und die Ideale der Menschheit« (Leipzig, F. A. Brockhaus) unterzogen. Der erste Band behandelt die Anfänge der Kultur und das orientalische Alterthum.

Es ist leicht einzusehen, daß die Hauptschwierigkeit bei der Behandlung eines, bisher in zwei Gebiete gesonderten Stoffes in der Eintheilung und Ökonomie des Ganzen liegt! Wie sind so große Massen zu bezwingen? Welche Grenze ist bei der Aufnahme des Details zu ziehen? Und wo sind die Grenzsteine für die gesonderten Gebiete zu setzen? Behandelt der Autor die Kultur in der ganzen Breite, in der sie ins Kraut schießt — so läuft er Gefahr, daß wir die Kunstblüthe darüber vergessen. Zergliedert er die Blüthe bis auf jedes Kronenblättchen und Fruchtstäubchen — so wird er keine Zeit behalten, die ganze Pflanze sorgsam ins Auge zu fassen. Auf der einen Seite ist die unvermittelte Sonderung, auf der andern die principlose Vermischung der Kunst- und der Kulturgeschichte zu fliehen.

Eine zweite Hauptschwierigkeit liegt in der Behandlungsweise. Der Stoff hat eine philosophische und eine historische Seite. Er gehört theils zur Philosophie der Geschichte, theils umfaßt er eine große Zahl von Specialwissenschaften des streng geschichtlichen Faches. Überwiegt der philosophische Ton der Behandlung, so liegt die Gefahr einer farblosen Verallgemeinerung nahe; — herrscht einseitig der historische vor, so droht die erdrückende Fülle des Materials sich in dürren Notizenkram zu verzetteln. Auch hier ist es schwer, die rechte Mitte zu halten und zwischen der Scylla und Charybdis ungefährdet hindurch zu steuern.

Carrière hat diese Schwierigkeiten im Ganzen glücklich überwunden. Schon die Gleichmäßigkeit einer harmonischen und geschmackvollen Darstellung verschmilzt das reiche Material zu einem Ganzen, so verschieden auch seine ursprüngliche Form sein mag, indem sie ihm ein einheitliches

Gepräge aufdrückt. Die philosophische Auffassung ist nur die belebende Seele des Werkes und drängt sich im Einzelnen nicht unzeitig hervor; am wenigsten trägt sie eine Terminologie zur Schau, die das Werk in den Kreis der philosophischen Fachwissenschaft hereinziehen würde. Was aber das Verhältnis der Kunst- und Kulturgeschichte betrifft, so hat Carrière das kunstgeschichtliche Material mit Maß und Takt gesichtet und nur im Hinblick auf seine Bedeutung für die Kunst und ihre Entwicklung behandelt. Sehr zu Statten kommt ihm dabei in diesem ersten Bande der Stoff selbst, indem die Völker des grauen Alterthums, die hier behandelt werden, sich noch nicht in einer Zersplitterung der Kulturverhältnisse verloren, sondern Religion, Staatsleben und Kunst noch aus einem unverkennbaren Mittelpunkte herauswuchsen. Die Kultur der modernen Völker mit ihren tausend Verzweigungen wird einer einheitlichen Darstellung bei weitem größere Schwierigkeiten entgegensetzen.

Bei aller Anerkennung der Ökonomie des Werkes im Ganzen, wird man doch über vieles Einzelne mit dem Verfasser rechten können. Man wird die Vorliebe, die er für dies oder jenes Volk hegt, in einer zu ausführlichen Detailbehandlung erkennen. Namentlich erscheint das Mythologische oft zu eingehend erörtert. Die Religionsphilosophie macht sich an diesen Stellen in einer die Darstellung mit zu vielem Material beschwerenden Weise geltend.

Ganz abgesehen von der kulturgeschichtlichen Grundlage, welche Carrière der Kunstgeschichte gegeben hat, bietet sein Werk schon dadurch etwas wesentlich Neues, daß hier zum ersten Male die Geschichte der Poesie und die Geschichte der bildenden Künste in Eins verschmolzen sind. Bisher wurden Beide stets getrennt behandelt. Auch die Musik, die sich bis jetzt sogar ganz von den übrigen Künsten isolirte, ist von Carrière mit in den Kreis seines Werkes hereingezogen worden. Wir haben also die erste umfassende »Kunstgeschichte« vor uns — eine große Aufgabe, deren vollständige Lösung die Nationalliteratur mit einem wichtigen Werke bereichern würde.

Seinen allgemeinen Standpunkt spricht der Verfasser am Schlusse der Einleitung aus. Er erkennt einen »Weltplan«, eine sittliche »Weltordnung« an, die »als heiliger Wille der Liebe die irdischen Geschicke durchdringt (?), in Natur und Geschichte eine fortdauernde Erscheinung ewiger Wesenheit, eine allgemeine Lebensmacht, die das Sittengesetz aufrecht hält und vollstreckt, die Wahrheit offenbart und Schönheit vollendet, auch nothwendig Geist ist, Geist, der ebenso nothwendig in sich selbst einen Naturgrund hat, so daß in der That Alles aus ihm und durch ihn entsteht und lebt und zu ihm strebt und kommt.« Diese, etwas stark von der theologischen Phrase angekränkelte Auseinandersetzung ist nur eine Betonung des bekannten »theistisch-pantheistischen« Standpunktes, den der Verfasser als Philosoph einnimmt.

Doch tritt dieser Standpunkt in dem Werke selbst nirgends in auf-
bringlicher Weise hervor, so dass auch Alle, welche denselben nicht theilen,
den Entwicklungen und der Darstellung des Verfassers mit Vergnügen
folgen können. Minder pomphaft, aber wohlthuender lauten die Schluss-
worte der Einleitung: »Die Erde ist überall des Herrn. Darum hat
schon der vorliegende Band keine Scheidung von heiliger und profaner
Geschichte. Auch das Judenthum hat ja seine anthropomorphischen Elemente,
seine nationale Beschränktheit und viel Unheiliges auf seinem Wege, während
auch bei Indiern und Persern gottgesandte, gotterfüllte Männer aufstehen
als Propheten und Gesetzgeber, und ein Aufstreben zur Humanität und
Freiheit auch bei ihnen uns erfreut. Vermag ich das begonnene Werk
auszuführen, wie ich es im Sinne habe, dann soll es ein schönes Wort
Goethe's bewähren: »Der Lobgesang der Menschheit, dem die Gottheit
so gerne zuhören mag, ist niemals verstummt, und wir selbst fühlen ein
göttliches Glück, wenn wir die durch alle Zeiten vertheilten harmonischen
Ausströmungen bald in einzelnen Stimmen, in einzelnen Chören, bald
fugenweise, bald in einem herrlichen Vollgesang vernehmen.««

Der eigentlichen Kunstgeschichte sind die Abhandlungen über »die
Sprache«, »den Mythus« und »die Schrift« vorausgeschickt, welche die
Anfänge der Kultur und die ersten Grundlagen und Mittel der Kunst
von allgemeinen Gesichtspunkten aus beleuchten. Das Kapitel, welches die
Sprache behandelt, ist eine geschmackvoll zusammengestellte Anthologie aus
den Schriften von Wilhelm von Humboldt, Jakob Grimm, Bopp,
Bunsen, Max Müller u. A. Doch wird durch den Faden, an den
der Verfasser diese Aussprüche reiht, und durch die von ihm eingeschobenen
Verbindungsglieder ein selbständiger und einleuchtender Gedankengang
hervorgerufen. Ähnliches gilt von den Abhandlungen über den Mythus
und die Schrift, obwohl sie, trotz zahlreicher Citate aus Schelling,
Humboldt, Welcker, Friedr. Aug. Wolf u. A., weniger musivisch
zusammengesetzt sind, als der die Sprache behandelnde Abschnitt.

Die »Naturvölker« werden von dem Verfasser in kurzer, aber präg-
nanter Weise dargestellt. Bei der Fülle der vorhandenen Reisebeschreibungen und der oft pikanten Mittheilungen aus diesem Gebiete, wo es
sich um das ABC der Kultur und Kunst und um ihre ersten, oft grotesken
Striche handelt, war eine Beschränkung von Seiten des Verfassers doppelt
geboten. Es kam darauf an, die Quintessenz aus dem Werke von Klemm
in sachlicher, für die gewählte Aufgabe charakteristischer Weise zu geben.
»China« ist von Carrière als der Staat des Juste-milieu, als der patri-
archalische Familienstaat, in gewohnter, im Ganzen wohl richtiger Weise
aufgefasst. Doch ist Carrière, wie unsere meisten Philosophen, geneigt,
das chinesische Dichten und Denken zu unterschätzen. Gegenüber der Tiefe,
dem Schwung, der Gefühlszartheit und dem Gedankenreichthum indischer

Dichtung muß die chinesische freilich zurücktreten, doch hielt sich diese
dafür von allen überschwänglichkeiten, Unklarheiten und burlesken Purzel-
bäumen der indischen Phantasie frei, und leistet Treffliches in allen Gattungen der Kunst, welche nicht über eine mittlere Linie hinausliegen.
Wir hätten Dies besonders in Bezug auf das Lustspiel mehr hervorgehoben gewünscht. Denn die vaudevilleartigen Intrigenlustspiele der
Chinesen erinnern, was pikante Erfindung und komische Situationen betrifft,
nicht zu ihren Ungunsten an die neufranzösische Boulevardsbühne. Und
wenn auch in den chinesischen Trauerspielen die marionettenhafte Behandlung im Einzelnen Vieles verdirbt, so ruhn sie doch auf rein menschlicher
Grundlage und sind dem modernen Drama verwandter, als die indischen,
deren mythologischen Ballast und romantischen Bombast sie verschmähen.
Ja, die chinesische Nüchternheit macht die phantastischen Religionssysteme
zum Gegenstande der Satire — und in den Zauberdramen der Ta-osie
findet sich Vieles, was, in Bezug auf die Richtung und Darstellungsweise,
einem auf das Niveau der Mittelmäßigkeit herabgedrückten Aristophanes
seine Entstehung verdanken könnte.

Was Carrière über Ägypten und das Semitenthum mittheilt, beruht
auf sorgfältigen Studien, deren Resultate hier auch dem größeren Lese-
publikum in anziehender Darstellung zugänglich gemacht werden. Noch
gelungener ist der Abschnitt über »Israel«. Er ist mit vieler Wärme
geschrieben, und wir werden, nicht durch Citate, sondern durch den Geist
der Darstellung, an Herder's »Geist der hebräischen Poesie« erinnert.
überhaupt klingt Carrière am meisten an Herder an, von dem er die Begeisterung für die Sache der Humanität, sowie die warme und belebte
Darstellung geerbt hat.

Auf Israel läßt Carrière die Arier, die Inder und Perser folgen.
Die Inder treten bei ihm als das phantasievollste Volk am meisten in
den Vordergrund. Wir begegnen dieser Vorliebe bereits in seinen andern
Werken, in der »Ästhetik«, wie in der Schrift über »das Wesen und die
Formen der Poesie«. Das große Kapitel, in welchem Carrière die »Veden«
bespricht, eröffnet zum ersten Male auch dem Laien den Einblick in diese
Tiefen theosophischer Urweisheit und einer großartig durcheinander taumelnden
Mythologie, aus deren verworrener Gestaltenfülle sich indeß einzelne, den
Mythologien der westlichen Völker verwandte Figuren loslösen. Auch
das Kapitel: »Heldenthum und Volksepos« giebt ein umfassendes Bild
der indischen Heldensage, wie sie sich in den großen Epopöen ausge-
prägt hat. Der Gesammtinhalt derselben ist in anschaulicher Weise wiedergegeben; einzelne Episoden, wie Nal und Damajanti, sind der alten Dichtung anmuthig nacherzählt.

überhaupt ist es die Gabe eleganter Reproduktion, durch welche
Carrière zu einem Werke wie das vorliegende besonders befähigt ist. Auf

das größere Publikum berechnet, hat ein solches Werk die Pflicht, seinen Lesern ein klares Bild der Kunstwerke und Dichtungen zu geben. Es darf dieselben nicht als bekannt voraussetzen, nicht bloß kritische Glossen oder philosophische Betrachtungen an sie knüpfen. Ist es doch überhaupt nur die Manier einer sterilen oder bankerotten Kritik, mit ihren ein für alle Mal fertigen Maßstäben an die Erscheinungen heranzugehen und das pulsierende Leben in eine todte Formel zu fassen. Es sind Das die Todten, die ihre Todten begraben. Echte Kritik ist produktiv, entwickelt das Kunstwerk aus sich selbst, sucht den Geist und die Eigenthümlichkeit des Künstlers zu erfassen. Echte Kritik ist nicht denkbar ohne liebevolles Versenken in das Objekt. Dann aber ist sie der Nachweis innerer Widersprüche, nicht die Handhabung äußerer mechanischer Maßstäbe. Gerade bei den großen Schöpfungen der Genien, welche in die Walhalla einer Kunstgeschichte aufgenommen werden, ist die Reproduktion das geeignetste Verhalten des Darstellers, der dem Leser nie zumuthen darf, mit unbekannten Größen zu rechnen. Nur das Bild haftet in der Seele, das durch eigene Thätigkeit nachgeschaffen worden. Die beliebten Schulcensuren der Kritik sind nur ein testimonium paupertatis, das sie sich selber ausstellt.

Wie in den kulturgeschichtlichen Darlegungen unseres Werkes die Auseinandersetzung der Religionen, so überwiegt in den kunstgeschichtlichen die Besprechung der Dichtungen. Offenbar sind die andern Künste, namentlich Musik und Skulptur, vom Verfasser nicht gleichmäßig bedacht, sondern etwas stiefmütterlich behandelt. Freilich tritt die Dichtkunst bei allen diesen Völkern mehr in den Vordergrund. Doch glauben wir den Verfasser, mit Rücksicht auf die folgenden Bände, darauf aufmerksam machen zu müssen. Auch das Theater der Chinesen und Hindus bedurfte wohl einer breiteren Behandlung, sowohl was seine kulturhistorischen Voraussetzungen wie seine scenischen Einrichtungen betrifft, bei dem Nachdruck, den der Verfasser sonst auf die kulturgeschichtlichen Elemente und das sociale Leben legt.

So stellen wir dem großartigen Unternehmen des Verfassers im Ganzen ein günstiges Horoskop und sehen mit Spannung den folgenden Bänden entgegen, in denen die Schwierigkeit seiner Aufgabe wächst und eine doppelte Energie einheitlicher Darstellung nöthig ist, um sie mit Erfolg zu besiegen.

Alfred Meißner's Roman: „Schwarzgelb".

Beurtheilt von Adolf Zeising.

Keine andere Dichtungsgattung erfreut sich inmitten der poesiefeind-
lichen Atmosphäre der Gegenwart eines gleichen Wohlbefindens, wie der
Roman. Während von der Begeisterung, mit der man in den dreißiger
und vierziger Jahren den Nachtigallenstimmen und Trompetenstößen der
Lyrik lauschte, jetzt kaum noch schwache Reminiscenzen vorhanden sind;
während man für die dramatische Muse, sofern sie sich anmaßt, auf der
Menschheit Höhen wandeln zu wollen, nur noch Spott oder Verachtung
kennt und ihr höchstens noch Beifall klatscht, wenn sie sich als Posse oder
Rührstück in den trivialsten Regionen umhertummelt; während das Epos
schon längst den ewigen Schlaf schläft und alle Geister, die seitdem um
seine Grabstätte weben, nur den Eindruck von Zwergen und Wichtel-
männchen machen, steht der Roman, allen Wandlungen und Widerwärtig-
keiten der Zeit Trotz bietend, nach wie vor in üppigster Blüthe, ja seine
Fruchtbarkeit ist eben jetzt größer als je, und der Appetit, mit welchem
der Ertrag dieser Fruchtbarkeit genossen wird, ist trotz des Krebsganges,
den gewisse Produkte vom Markt in das Waarenlager zurückmachen mögen,
eher im Zunehmen als Abnehmen begriffen. Diese Erscheinung ist sicherlich
kein Zufall; es drückt sich in ihr offenbar die Thatsache aus, daß der
Roman die nicht nur dem augenblicklichen Modegeschmack, sondern dem
modernen Bewußtsein überhaupt angemessenste Dichtungsform ist und
daher mehr als jede andere den Beruf hat, den Konflikt zwischen den
prosaischen und poetischen Bedürfnissen des Lebens zur Aussöhnung
zu bringen.

Jeder Mensch, er sei so prosaisch, wie er wolle, lebt neben dem wirklichen, realen Leben auch noch ein Phantasieleben, und dieses bedarf so gut
seiner Nahrung und Pflege, wie jenes. Ursprünglich, im Kindesalter der
Menschheit, besteht zwischen beiden kein fühlbar hervortretender Unterschied.
In dieser Zeit ist das Leben selbst die Poesie, und die Poesie der unmittelbare Ausdruck des Lebens. Aber dieser Zustand ist nicht von Dauer.
Je mehr sich die äußeren Lebensverhältnisse verwickeln, je mehr umgekehrt
das innere Bewußtsein sich klärt, um so schroffer und weiter thut sich zwischen
beiden eine Kluft auf, und die Folge davon ist, daß man den Mahnungen
der Wirklichkeit nur gerecht zu werden vermag, indem man der Phantasiewelt entsagt, und sich an den Genüssen dieser nur erquicken kann, indem
man sich gewaltsam von der Wirklichkeit losreißt. In dieser Zeit entwickelt
sich aus der natürlichen Poesie, die mit dem Leben eins war, die Kunst-
poesie, die sich dem Leben als etwas Anderes, Höheres gegenüber stellt,

und demzufolge spaltet sich auch die Sprache in eine poetische und prosaische,
eine gebundene und ungebundene Ausdrucksweise. Dieser Zustand ist einer
unendlichen Vermannichfaltigung fähig und kann daher eine lange Reihe
verschiedener Entwicklungsstadien durchlaufen, in denen der Gegensatz von
Poesie und Wirklichkeit bald mehr, bald minder fühlbar in die Erscheinung
tritt. Zuletzt aber macht sich doch wieder das Verlangen geltend, die Kluft
zwischen beiden ausgefüllt zu sehen. Das Bedürfnis, sich von Zeit zu
Zeit aus dem Werkeltagstreiben des realen Lebens in das Reich der
Phantasie zu flüchten, dauert auch in Zeiten des ausgeprägtesten Realismus
fort, ja es steigert sich in gewissem Betracht; aber man will, indem man
ihm nachgiebt, dadurch nicht mehr mit der inzwischen auch liebgewordenen
Wirklichkeit geradezu in Widerspruch gerathen. Man hat daher keine
Neigung mehr, sich von der Poesie in ganz andere, hoch über dem gewöhnlichen Dasein schwebende Regionen entführen zu lassen, sondern will
vielmehr die Wirklichkeit in ihr wiederfinden, freilich nicht ganz so, wie
sie in der Wirklichkeit ist, sondern in möglichst genussfähiger Gestalt, aber
doch auch nicht mit wirklich befremdenden, exotischen Zügen ausgestattet,
sondern nur so weit umgestaltet und in ein neues Licht gerückt, dass man
sich in ihr ebenso heimisch und behaglich, wie gespannt und überrascht
zu fühlen vermag. Mit dem Augenblicke, wo man an die Poesie mit
mehr oder minder Entschiedenheit diesen Anspruch zu machen anfängt,
beginnt die moderne Weltanschauung in der Entwicklung der Dichtkunst,
und in und mit diesem Momente beginnt zugleich die Entstehung und
Geschichte des Romans als derjenigen Dichtungsform, welche dieser Anschauung am gefälligsten entgegen kommt und daher in demselben Maße,
in welchem diese nach und nach um sich greift, auch selbst an Boden,
Umfang und Bedeutung gewinnen muss.

Bringt man sich dies, ebenso sehr den Natur= wie den Denkgesetzen
entsprechende Entwicklungsgesetz zum Bewusstsein, so kann man unmöglich
in der dominierenden Rolle, welche der Roman den übrigen Dichtungsarten gegenüber jetzt spielt, bloß eine Verflachung oder Entartung des
Geschmacks, eine Herabziehung der Poesie ins Niedrige und Gemeine
erblicken. Mag sich immerhin auch der industrielle Geist unserer Zeit
darin kundgeben: dem Tieferblickenden dokumentiert sich darin vor Allem
der Drang, den Dualismus des Realen und Idealen dadurch zu überwinden, dass man zeigt, wie das reale Leben selbst das Ideale in sich birgt,
d. h. treu und geschickt abspiegelt, wie es das menschliche Verlangen nach dem
Schönen, Wahren und Guten ebenso gut und besser zu befriedigen vermag,
als überschwängliche, aus fernliegenden Regionen entlehnte, in fremdartige
Gewandung gekleidete Phantasiebilder. Nur von diesem Standpunkte
erklärt es sich, weshalb sich immer mehr auch solche Dichter und Schriftsteller, welche ursprünglich mehr oder minder entschieden der idealistischen

oder mindestens einer in Stoff und Form sich exklusiver verhaltenden
Poesie huldigten, der Romandichtung zuwenden, ohne mit diesem Übergang
zu einer prosaischeren Form gleichzeitig eine Abnahme ihrer idealen Lebens-
auffassung und poetischen Kraft, ein Herabsinken in die eigentliche Nüchternheit und Trivialität des realen Lebens zu verrathen.

Zu den Dichtern, auf welche Dies Anwendung findet, gehört auch
Alfred Meißner, und er nimmt unter ihnen eine hervorragende Stellung
ein. Wenn von manchen Seiten seine neuere literarische Thätigkeit als
eine Art Abfall von der echten und wahren Poesie beklagt worden ist,
so können wir uns auf Grund des oben Gesagten diesem Urtheil nicht
anschließen; im Gegentheil vermögen wir uns, gerade im Interesse der
Poesie, dieser Wendung nur zu erfreuen. Der echten und wahren Poesie
dient ein begabter Dichter wahrlich nicht dadurch, daß er seine produktive
Kraft in Erzeugnissen verausgabt, für welche augenblicklich keine wirkliche
Empfänglichkeit, kaum ein Verständnis vorhanden ist; vielmehr nützt er
ihr gerade dadurch am meisten, wenn er nach Kräften zum Ausbau derjenigen Dichtungsgattung mitwirkt, welche der eben herrschenden, nicht
durch den Zufall, sondern durch ein allgemeines Entwicklungsgesetz herbei-
geführten Zeitströmung entspricht, theils direkt durch Lieferung von Werken,
welche wirklich auf den Namen von Dichtungen Anspruch haben, theils
indirekt durch Inschattenstellung und Verdrängung solcher Arbeiten, welche
von unberufenen Schriftstellern lediglich Erwerbs halber zu Markt gebracht
werden und die von der Zeit geforderte Dichtungsart, statt zu Ehren und
heilsamer Wirkung, nur in Mißkredit und Verachtung bringen. Je
mehr es noch vor einigen Jahren den Anschein hatte, als sollte der Roman,
diese zeitgemäßeste und wirksamste Dichtungsform, ganz und gar den
Händen fingerfertiger und beutelustiger Faiseurs verfallen, deren Arbeiten
fast Nichts als verflachende Ausschreibungen historischer und kulturgeschicht-
licher Werke oder platte Kopien der alltäglichsten Misère waren: um so
mehr verdient es Anerkennung, daß sich seinem Anbau in jüngster Zeit wieder
eine größere Anzahl wirklich begabter und von höheren Interessen durch-
drungener Autoren zugewandt hat, und Alfred Meißner haben wir unter
ihnen um so mehr willkommen zu heißen, als er nicht nur durch seine
älteren Schöpfungen seinen Beruf zum Dichter überhaupt, sondern auch
durch seine bisherigen Leistungen im Romanfach seine ungewöhnliche Befähigung zum Romandichter insbesondere bereits zweifellos bekundet hat.

Nach Dem, was wir auf diesem Felde von Meißner bis jetzt gelesen
haben, stehen ihm ohne Frage nicht wenige der Eigenschaften, durch die
ein Romandichter seine Aufgabe in höherem Sinne zu lösen vermag, zu
Gebote. Er besitzt von Hause aus eine reiche, leicht fließende, lebendige
Phantasie und eine frische, anschauliche, nach Umständen blühende oder
pikante Darstellungsweise, und hiezu hat sich im Verlauf eines vielbewegten,

wechselvollen Lebens eine umfangreiche Erfahrung, eine von klarer Beob-
achtungsgabe zeugende Menschenkenntnis, Vertrautheit mit der Geschichte,
Bekanntschaft mit fremden und einheimischen Gegenden Sitten und Ge-
bräuchen, und eine für Freiheit und Fortschritt ringende, im Wechsel der
Zeiten sich treu gebliebene, durch Leiden theils geläuterte, theils gestählte
Gesinnung gesellt — sicherlich eine Reihe von Vorzügen, die bei einem
Romanschreiber zu den schwerwiegendsten gehören.   In anderen Beziehungen freilich hat er uns weniger zu befriedigen vermocht, namentlich
ist uns sein Kompositionstalent noch nicht aus= und durchgebildet genug
erschienen.   Zwar besitzt er in nicht geringem Grade die Gabe zur Anlage
einer komplicierten, spannenden und effektvolle Situationen mit sich füh-
renden Verwicklung; aber in der Regel fehlt dem Bilde, das er auf diese
Weise webt, der das Interesse koncentrierende Kern und Mittelpunkt; unter
einer allzu bunten Mannichfaltigkeit geht die Einheit verloren, die verschiedenen Personen und Entwicklungsmomente erhalten gar häufig eine
Bedeutung und Accentuation, auf die sie nach dem Grundplan oder
Ausgang des Ganzen keinen Anspruch haben, während andere Elemente,
die hervorgehoben werden müßten, höchst stiefmütterlich behandelt oder
ganz übergangen werden, und die Folge hiervon ist, daß uns nicht selten
Scenen, die uns beim Lesen lebhaft interessierten, hinterher dennoch zwecklos
erscheinen, oder andere, so bedeutend sie in einem andern Zusammenhange
wirken könnten, gleichwohl uns nicht zu packen vermögen, weil sie zum
Vorangegangenen in einem sachlichen oder formellen Mißverhältnis stehen.
Der Hauptmangel seiner bisherigen Romane besteht daher in einer oft
stark hervortretenden Disproportionalität der Gliederung, einer zu lockeren
und willkürlichen Ausführung der Grundidee und einer zu wenig strengen
Unterordnung des Einzelnen unter das Ganze, und hierin ist jedenfalls
der Grund zu suchen, daß der schließliche Totaleindruck seiner Arbeiten
noch nicht ein so durchschlagender gewesen ist, wie man im Hinblick auf
eine reiche Anzahl einzelner Glanzpartien in denselben hätte erwarten sollen.

　　Wird er nun diese Wirkung durch seinen neuesten, uns hier vorliegenden Roman *) erreichen? — Endgültig läßt sich hierüber noch nicht
entscheiden, denn obschon derselbe bereits sechs Bände umfaßt, haben wir
dennoch dem Ende desselben immer noch entgegen zu sehen, und vermögen
daher gerade über seinen schließlichen Totaleindruck noch kein sicheres Urtheil
abzugeben.   Nichtsdestoweniger ist die Masse und Qualität des bereits
Erschienenen bedeutend genug, um wenigstens den aus ihm empfangenen
Eindruck konstatieren und einige Schlüsse daraus ableiten zu können.   In
diesem Sinne darf ohne Bedenken ausgesprochen werden, daß dieser Roman
zwar im Allgemeinen dieselben Licht= und Schattenseiten besitzt, wie die

---

　　*) Schwarzgelb. Roman aus Österreichs letzten zwölf Jahren. Berlin,
Otto Janke.

ihm vorangegangenen Arbeiten des Verfassers, gleichwohl aber diesen sowohl
an Reichthum, Gewicht und Anziehungskraft des Inhalts, wie durch gewandte und kunstgemäße Handhabung der Form, bedeutend überlegen ist,
und daß daher wahrscheinlich auch seine Gesammtwirkung eine weit be-
friedigendere und nachdrücklichere sein wird, sofern sie nicht durch das
successive Erscheinen des Buchs allzu sehr zersplittert und abgeschwächt
werden sollte.

Diejenigen beiden Eigenschaften, durch welche sich der Roman am
glänzendsten auszeichnet, sind unstreitig die ungemeine Mannichfaltigkeit
und Verschiedenartigkeit der darin durcheinander spielenden, frisch aus dem
Leben gegriffenen und mit geschickter Hand treu nachgezeichneten Persönlichkeiten einerseits, und die nicht gewöhnliche Anzahl spannender Verwicklungen und interessanter Situationen andererseits. Allein in den zwei
Bänden der ersten Abtheilung (»Dulder und Renegaten«) treten uns nicht
weniger als vierundzwanzig verschiedene Personen entgegen, welche alle
möglichen Schattierungen der im Reaktionsjahr 1850 in Böhmen existierenden socialen und politischen Fraktionen repräsentieren; in den beiden
Bänden der in Paris spielenden zweiten Abtheilung (»Aus der Emigration«)
gesellt sich dazu eine beträchtliche Anzahl von italiänischen, deutschen und
ungarischen Flüchtlingen, Pariser Abenteurern und Abenteurerinnen, öffentlichen und geheimen Agenten der französischen und österreichischen Polizei ꝛc.,
und auch in den zwei Bänden der vorzugsweise in Wien spielenden dritten
Abtheilung („Vae victis!") werden wir noch mit mehreren Figuren aus
den aristokratischen, klerikalen und volksthümlichen Kreisen des im Jahre
1853 sich neu zu befestigen suchenden Österreichs bekannt gemacht.
Daß alle diese Personen von gleichem Interesse und gleich gut gezeichnet
wären, läßt sich allerdings nicht behaupten; aber die große Mehrzahl
derselben gehört entschieden zu jenen Naturen, die uns in der Poesie wie
im Leben durch ihre guten oder schlimmen Züge vorzugsweise zu reizen
pflegen, und bei der Charakteristik derselben hat es der Autor in nicht
geringem Grade verstanden, ihnen zugleich das typische Gepräge wieder-
kehrender Gattungen und Klassen und die belebenden Modifikationen wirklicher Einzelfiguren aufzudrücken.

Durchschnittlich ist ihm die Zeichnung der in der ersten Abtheilung
agierenden Personen am besten gelungen. Man merkt ihnen an, daß er
es hier mit Gebilden seiner Heimat zu thun hat, denen er nicht bloß die
stark ausgeprägten und obenauf liegenden, sondern auch die feineren und
versteckteren Charakterzüge abgelauscht hat. Besonders glücklich zeigt sich
hier seine Beobachtungs- und Darstellungsgabe an den mehr durch schlimme
oder zweideutige, als durch gute und unmittelbar gewinnende Eigenschaften
distingierten Persönlichkeiten. Der mit den Mitteln aristokratischer Liebenswürdigkeit für die Reaktion diplomatisierende Graf Thieboldsegg, seine

bigotte und intrigante Schwester, Komtesse Sophie, die durch die gering-
fügigsten Ursachen in überschwängliche Wallungen zu versetzende Frau von
Wallhof, der mit dem polizeilichen Demagogenriechernashornsangesicht aus-
gestattete Bezirkshauptmann Freiherr von Rack, der mit der politischen
Wetterfahne sich drehende Redakteur Dr. Schmey, der Taugenichts und
Schwindler Philipp Stropp, die ästhetische Enthusiastin Sarah Schepples,
der als Musterexemplar eines bornierten alten Schnurrbarts und Haudegens
sich darstellende General von Greifenstein, der durch sein Lakaigewissen
fort und fort mit seinen menschlichen Gefühlen in Konflikt befindliche
Kammerdiener Koß, der fanatische Pater Michael u. A. sind sämmtlich
durch spannende oder ergötzliche Kehrseiten sich auszeichnende, in lebendigen
Zügen und frischen Farben vor uns hingestellte Gestalten.   Merklich matter
erscheinen daneben diejenigen Figuren, für welche der Autor unser positives
Interesse in Anspruch zu nehmen sucht: die Komtesse Cornelia, ihre Freundin
Frau Hassenfeld, der demokratische Bergmüller Dubsky und seine Tochter
Hedwig, des alten Generals junge Frau Leonie, der vom Demokraten zum
Soldaten bekehrte Julius Werner, der Rittmeister Arthur Haldenried und sein
als Flüchtling verfolgter Bruder Bruno.   Fast alle diese Figuren machen
den Eindruck, als ob sie weniger unmittelbar dem Leben nachgezeichnet,
als nach den Vorbildern beliebter Romanfiguren zugeschnitten wären.   Alle
die Züge, die uns für sie interessieren und erwärmen sollen, kommen daher
zu keiner recht lebendigen Entfaltung; sie vermögen uns nicht in die
Illusion zu versetzen, als hätten sie die Kämpfe, Gefahren und Leiden, in
die sie der Dichter verwickelt, wirklich durchzumachen, und unsere Sympathie
ihnen gegenüber bleibt daher merklich kühler, als das Interesse, mit dem
wir die Intrigen und Kabalen der bösen Elemente verfolgen.

Am fühlbarsten tritt das eben Gesagte an dem eigentlichen Helden
des Romans, Bruno Haldenried, hervor, und darin liegt unstreitig die
Achillesferse desselben.   Dieser Bruno ist ein reiner Dulder.   Sind wir
nun auch geneigt, dem alten Satze, daß das Drama seinen Helden mehr
handelnd, der Roman den seinigen mehr leidend zu zeichnen habe, eine
gewisse Berechtigung einzuräumen, so will uns doch scheinen, als ob der
Autor im vorliegenden Fall eine allzu unbeschränkte Anwendung davon
gemacht habe.   Es ist mit der Sympathie eine eigne Sache.   Wir schenken
dem Dulder, besonders wenn er unschuldig oder um einer gerechten Sache
willen zu leiden hat, gar gern unsere Theilnahme und finden sogar einen
Genuß darin, uns mit ihm zu ängstigen und mit ihm zu leiden.   Aber
allzu lange darf es nicht dauern.   Bloß mit Andern zu leiden, ist ab-
spannender und abstumpfender, als selbst zu leiden.   Unwillkürlich knüpft
sich an ein wirklich warmes Mitleiden das Verlangen, helfen zu wollen.
Dem leidenden Romanhelden aber können wir nicht helfen; um so mehr
erwarten und fordern wir von ihm, daß er irgend Etwas thun soll, sich

selbst zu helfen. Entspricht er Dem nicht, tritt er uns immer wieder nur mit der Dulbermiene entgegen, dann wird uns dieselbe bald langweilig, und wir versinken seiner Passivität gegenüber auch selbst in Passivität. So geht es uns mit diesem Bruno, und zwar in den beiden letzteren Abtheilungen des Romans noch mehr, als in der ersten. Schadet es ihm zunächst, daß er sich bloß helfen läßt, so beeinträchtigt es unsere Theilnahme für ihn noch mehr, daß er sich, nachdem ihm geholfen, durch Nichts zu einer geist- und gemüthkräftigenden Thätigkeit aufrafft, sondern seinen Aufenthalt in Paris zu Nichts weiter benutzt, als sich mit deutschen und italiänischen Flüchtlingen in Kaffehäusern umherzutreiben, sich durch diesen Umgang unnützerweise in neue Verdrießlichkeiten zu verwickeln, sich, wie es scheint, aus reiner Langeweile mit Leonie in ein zärtliches Verhältnis einzulassen, und endlich wieder, durch die ihm nachkommende Cornelia und andere von außen kommende Einflüsse veranlaßt, in sein Vaterland zurückzukehren, um hier aufs Neue verhaftet und jeder selbständigen Thätigkeit beraubt zu werden. Dies ist der Passivität jedenfalls allzu Viel. Wäre daher das Interesse, das wir an dem Roman nehmen, lediglich oder hauptsächlich durch den Helden desselben bedingt, so würde es darum mißlich aussehen; glücklicherweise aber ist Dem nicht so; vielmehr finden wir ihn fort und fort in so interessanter Gesellschaft und so spannenden Zeitverhältnissen, daß wir das Unzureichende seiner Erscheinung nicht allzu stark empfinden. Ganz in demselben Maße, wie in der ersten Abtheilung, befriedigen in den beiden folgenden jedoch auch die peripherischen Elemente nicht. Die Figuren aus der italiänischen Emigration, besonders Nagroni, lassen zwar erkennen, daß hier der Autor aus eignen Anschauungen geschöpft hat, aber gleichwohl machen sie den Eindruck, als ob er mehr, als nothwendig gewesen wäre, phantastisch-romanhafte Zuthaten an sie verausgabt hätte. Weit lebenswahrer erscheinen dagegen die Figuren des Fürsten Hugo von Kronenburg, des russischen Grafen Ostrow und der vornehmen Kourtisane Frau von Sesie. Das Spiel, welches sich die beiden Letztern mit dem Erstern erlauben, gehört unstreitig zu den pikantesten Episoden des Buches. Auch die Zeichnung der Pariser Polizei zeugt von scharf beobachtenden Studien, und fein angelegt ist die Rolle, welche der Autor Louis Napoleon selbst in seiner Geschichte spielen läßt.

Eine nicht geringere Gewandtheit, als in der Charakteristik, legt der Verfasser in der Erfindung und Ausspinnung spannender Verwicklungen an den Tag. Auch in dieser Hinsicht zeichnet sich besonders die erste Abtheilung aus. In ihr reißt das Schürzen und Verschlingen neuer Knoten gar nicht ab, und ununterbrochen wird eine interessante Situation durch die andere abgelöst. In den beiden folgenden Abtheilungen wird die eigentliche Geschichte öfter durch Schilderungen allgemeiner Zustände, Betrachtungen über sociale und politische Verhältnisse, Rückblicke und nachträgliche Motivierungen des bereits Geschehenen unterbrochen; im Allgemeinen herrscht daher in ihnen ein minder bewegtes dramatisches Leben. Dagegen muß anerkannt werden, daß die in ihnen erzählten Konflikte durchschnittlich tiefere und bedeutungsvollere sind, daß also die geringere Anzahl und Extensität der spannenden Elemente durch eine größere Intensität ersetzt wird. Von einer sehr sorgfältigen Planentwerfung zeugt die Art und Weise, wie der Autor die in der ersten Abtheilung angeknüpften Fäden in der dritten weiter spinnt, sie noch bunter durcheinander schlingt und dann Vorbereitungen zu ihrer Lösung trifft. Bei dem ungewöhnlichen Erfindungs- und Kompositionstalent, das er in dieser Beziehung bewährt, ist es um so mehr zu verwundern, daß er nicht auch auf eine stärkere Koncentration der verschiedenen durcheinander spielenden Interessen bedacht gewesen ist. Zwar läßt sich nicht leugnen, daß im Allgemeinen das Schicksal Bruno Haldenried's und sein Verhältnis zu Cornelia als der Hauptgegenstand des eigentlichen Romaninteresses festgehalten wird; aber es schadet der Spannung, mit der wir diese Entwicklung verfolgen, doch sehr, daß, wie wir schon oben bei Besprechung der Charakteristik andeuten mußten, im Verlauf der Entwicklung weit mehr die mit-agierenden Nebenpersonen beschäftigt und thätig erscheinen, als die Hauptpersonen, ja theilweis Konflikte durchzumachen haben, die in psychologischer oder dramatischer Beziehung interessanter sind, als diejenigen Kämpfe, zu denen sie in einem dienstbaren Verhältnisse stehen sollen.

Ist es die disproportionale Verarbeitung des Hauptsächlichen und Nebensächlichen, worin unser Roman noch am meisten an die Mängel der frühern Romandichtungen Meißner's erinnert, so ist dagegen die Bedeutsamkeit der ihm zu Grunde liegenden Aufgabe und die allgemeine Wahrheit, Großartigkeit und Reichhaltigkeit des historischen Gemäldes, das uns der Autor darin von den Jahren der schwarzgelben Reaktion entwirft, diejenige Seite desselben, wodurch er sich am weitesten und entschiedensten über alle Vorarbeiten des Dichters erhebt. Sein Hauptwerth besteht also darin, daß er nicht bloß Roman, sondern zugleich ein in ebenso treuen wie lebensvollen Farben ausgemaltes, vom Geist der Freiheit und des Fortschritts abgespiegeltes Zeit- und Geschichtsbild, ja dieses — wie der Autor im Vorwort selbst andeutet — mehr als jenes ist. Mag immerhin von den darin agierenden Personen kaum eine einzige wirklich existiert haben, geschweige eine historische Notabilität gewesen sein; mögen immerhin die Kämpfe und Schicksale, wie sie hier erzählt werden, lediglich Geburten der Phantasie sein: — für den Leser, dem jene Zeit selbst noch im Gedächtnis lebt, gewinnen all' diese Gestalten und ihre Erlebnisse die Bedeutung von wirklich historischen Persönlichkeiten und Begebenheiten, denn sie sind Repräsentanten von Personen und Kämpfen, wie sie in jenen Zeiten und Verhältnissen überall vorkamen und vorkommen mußten, weil

sie die Träger und Werkzeuge der damals gegen einander kämpfenden
Principien waren. Dies verleiht unserm Roman ein Interesse, welches
allerdings kein rein ästhetisches mehr ist, aber gerade beim Roman nicht
so geringschätzig abgefertigt werden darf, wie von manchen Kunsttheoretikern
geschieht. Spricht sich doch, wie wir sogleich im Anfang dieses Aufsatzes
entwickelt haben, in der ganzen Gestaltung und Verbreitung des Romans
das Bedürfnis der Poesie aus, sich von dem exklusiv ästhetischen Standpunkt auf einen höheren und allgemeineren zu stellen; ist es doch die
eigentliche Aufgabe des Romans, die Dichtung mit allen Lebensinteressen,
auch den scheinbar unpoetischen und prosaischen, auszusöhnen, sie zum
Spiegel des gesammten, unmittelbar uns umwogenden Lebens mit all' seinen
industriellen und wissenschaftlichen, häuslichen und öffentlichen, kirchlichen
und politischen Tendenzen zu machen. Daher ist der Werth eines Romans
nicht bloß durch seine artistische Form, sondern auch durch seinen idealen
Gehalt und durch die Kraft und Gesinnungstüchtigkeit, mit der darin für
Wahrheit, Fortschritt und Freiheit gekämpft wird, bedingt, und in diesem
Betracht muss dem neuesten Werk Meißner's wegen der Treue und
Schärfe, mit der darin die innere Fäulnis der das vorige Decennium be-
herrschenden und noch jetzt nicht genügend überwundenen Reaktion bloßgelegt
wird, die wärmste Theilnahme und Anerkennung gezollt werden.

Die neuplattdeutsche Literatur.

Von Friedrich Dörr.

IV.

Fritz Reuter.

Noch voll von dem herzerfreuenden Eindruck, welchen die im Oktober-
monat von Herrn Kräpelin zu Hamburg gehaltenen Vorlesungen Reuter'scher
Dichtungen hervorgerufen, wenden wir uns zum Schlusse unserer übersichtlichen Besprechungen zu den zahlreichen Erzeugnissen dieses Dichters.
Als wir die alten bekannten lieben »Läuschen«, die klassischen Episoden
der »Olle Kamellen« ꝛc. aus dem Munde des talentvollen Vorlesers
wiederhörten, haben wir mit der ganzen Zuhörerschaft aufgejubelt und
weidlich gelacht über die drastisch komischen Figuren, die der Dichter mit
lebendigen Farben gezeichnet, sind wir ergriffen und bewegt dagesessen, wenn
in einfachster Form die Schilderungen ernster, wehmüthig fesselnder Scenen
aus dem Volksleben der Plattdeutschen an unser Ohr schlugen.

Sollte es uns auch so ergangen sein, wenn die Gedichte irgend eines anderen plattdeutschen Schriftstellers vorgelesen worden wären? Wir haben uns danach gefragt — wir müssen es bezweifeln.

In der Einleitung zu diesen Besprechungen haben wir Reuter den Hebel der Plattdeutschen genannt und sind von mehren Seiten missverstanden worden, als herrsche nach unserer Meinung eine große Ähnlichkeit zwischen den Schriften beider Dichter. Man hat uns gesagt, dieselben seien himmelweit verschieden; bei Hebel finde man das fromme, beschauliche Insichgekehrtsein des Gemüths, bei Reuter das Vorwalten des wolkenfreien Geistes mit seinem »Kehrdichannichts«, das kecke, herausfordernde Aussichherausleben des plattdeutschen Verstandes; dort das Vorwiegen eines sentimentalen Glaubens an Gespenster und höhere Mächte, hier das unbenebelte, praktisch klare Bewusstsein, daß der Mensch einzig auf eigenen Füßen zu stehen habe. Wir geben Das zu, wir haben nie daran gezweifelt, und halten dennoch unsere Behauptung fest: Reuter ist der Hebel der Plattdeutschen. Wir wollen damit sagen: Reuter ist für das plattdeutsche Volk, was Hebel dem allemannischen gewesen ist, und wie Dieser den Charakter, die Sitte und Denkweise jenes süddeutschen Stammes auf das getreueste und anschaulichste dargestellt hat, so ist Reuter im eigentlichsten Sinne der Dichter des plattdeutschen Volkes. Seine Schriften erinnern am meisten an das in anderer Sprache unnachahmliche Thierepos »Reineke Voß«, das bedeutendste Werk der älteren niederdeutschen Literatur; seine Gedichte könnten unmöglich in eine andere Sprache übertragen werden, während die meisten übrigen plattdeutschen Schriftsteller ebenso gut hätten hochdeutsch schreiben können. Bei unserer an wahren Dichtern nicht überreichen Zeit ist es in der That bedauerlich, daß nicht auch die Hochdeutschen den vollen Genuß Reuter'scher Dichtkunst haben können, wofür selbstverständlich ein lexikographisches Wissen nicht ausreicht. Es ist daher nicht zu verwundern, daß, während der »Quickborn« und die übrigen plattdeutschen Schriften, so sehr sie Anfangs gefielen, immer mehr in Vergessenheit gerathen, die Gedichte Reuter's immer tiefer Wurzel fassen, und seine »Läuschen un Rimels« ꝛc. ꝛc. die Lieblingslektüre der Plattdeutschen geworden sind.

Was diesen Dichter besonders charakterisiert, ist die Unverwüstlichkeit seines Humors, der sich aber stets innerhalb der Schranken der größten Harmlosigkeit hält und nie über das Maß des gemüthlichen Spaßes hinausgeht. Reuter ist überall ein liebenswürdig anspruchsloser, herzlich ansprechender Schriftsteller, der selbst einem unbedeutenden oder fast allzu verbrauchten Stoffe eine interessante Seite abzugewinnen weiß. So ergeht es z. B. mit den beliebten Geschichtchen der »Läuschen un Rimels«, welche zuerst den Ruf des Dichters begründeten. Es sind gar manche alte bekannte Anekdoten darunter, vielleicht die wenigsten dieser Schnurren sind aus dem sonst so erfindungsreichen Kopfe des Dichters entsprungen; aber ob wir auch schon den Inhalt kennen: der Ton und die Färbung des Ausdrucks, die eingeflochtenen witzigen Ausschmückungen, die derbe und doch naive Entwicklung sind so ansprechend, daß wir immer neues Interesse an den Gedichten haben. Wer könnte, nachdem er sich einmal an dem Schwanke ergötzt, je »Die lustige Wette« vergessen mit dem köstlichen Refrain: »Hier geiht he hen, da geiht he hen«, wer »De niege Paletoh«, »Grugliche Geschicht« und die possierlichen Geschichten vom Köster Sur: »De sokratische Method«, »Moy ingericht« u. s. w., in welchen letzteren noch der Dichter in der Messingsprache excelliert, d. h. in jenem wunderbaren Gemisch von Hoch und Platt, das geborene, nicht sehr gebildete Plattdeutsche reden, wenn sie Hochdeutsch sprechen wollen; eine Sprache, die höchstens in dem Hochdeutsch der Schwaben, freilich dort auch unter Gebildeten, ein Seitenstück hat.

Dieser Sammlung von Gedichten geringeren Umfangs steht an Charakter zunächst »De Reis na Belligen« ein höchst witzreiches Buch, immer interessant, voll sprudelnden Humors. Unmöglich können wir hier die einzelnen Werke von Reuter speciell durchgehen, nur eines der in gebundener Sprache verfaßten müssen wir etwas näher in Augenschein nehmen, weil es unserer Überzeugung nach das Vorzüglichste ist, was Reuter überhaupt geschaffen hat. Wir meinen »Hanne Nüte«. Die Aufgabe, welche sich der Dichter gestellt, war eine besonders schwierige, da das Gedicht eine Vereinigung von Wahrheit und Dichtung, von Thatsache und Märchen vorführt. Das Leben des Landvolkes, welches der Natur so viel näher steht, bringt auch ein weit engeres Zusammenleben, einen innigeren Verkehr zwischen Mensch und Thier zuwege; dem einfachen Naturkinde offenbart sich das Leben und Treiben der Thierwelt in weit kindlicherer Weise und ihm ist Manches verständlich, wofür wir Städter längst den Sinn verloren haben, und das für uns längst schon ein Räthsel mit sieben Siegeln geworden ist. Jenen gemüthlichen Verkehr uns in anschaulicher Weise vorzuführen, war der Zweck des Dichters, und zu dem Ende schildert er uns in einer einfachen, an interessanten Episoden überreichen Erzählung die mannichfaltigen Beziehungen, in welchen besonders die Jugend des Dorfes zu den Hausthieren und der lustigen Bewohnerschaft der Zäune und Hecken steht. Hanne Nüte, ein einfacher Schmiedejunge, und »de lütte Pudel«, ein Bauermädchen aus demselben Dorfe, sind die Hauptpersonen. Beide haben sich von Jugend auf gekannt, sind mit einander aufgewachsen, und aus der Jugendfreundschaft ist ein innigeres Band der Herzen entstanden. Nachdem zuerst in anziehender, lebendiger Weise das Leben im Dorfe geschildert worden, folgen wir dem Schmiedejungen nach seiner Konfirmation in die Werkstatt des

3*

Vaters, der ihn in strenger Schule zu einem tüchtigen Gesellen heranbildet und dann auf Reisen schickt. Die Trennung von der Heimat wird ihm doppelt schwer, denn seine weichherzige Mutter hat ihn beim Abschiede zu innig ans Herz gedrückt, und zugleich soll er ja im Dorfe zurücklassen, was ihm das Liebste ist, seine jetzt gleichfalls erwachsene Jugendfreundin. Wehmüthig legt er sich vor dem Dorfe unter einen Busch, verzehrt unter Thränen sein Butterbrot, das ihm die Mutter mitgegeben, und schlummert ein. Oben im Busche hat Herr Spatz sein Nest, Herr Spatz, der als lustiger Geselle des Abends umherflankiert und seine Frau allein zu Hause sitzen läßt. Nachdem er jedoch heimgekehrt ist und die Gardinenpredigt mit Geduld angehört hat, kommt die Rede auf den unter dem Busche liegenden Schmiedegesellen; das Pärchen faßt den Entschluß, zum Dank dafür, daß »de lütte Pudel« die Frau Spätzin einst aus den Händen ihres Bruders befreit hat, sie und ihren geliebten Hanne Nüte zu bewachen und, wo es nöthig ist, ihnen zu dienen. Von jetzt an tritt der geheimnisvolle Einfluß des Naturlebens auf den Menschen in deutlicherer Weise dem Leser entgegen, und ohne daß der Wahrheit Abbruch geschieht, sehen wir die beiden jungen Leute unter dem beständigen Schutze der Vögel. Wir können die Erzählung im Einzelnen nicht weiter verfolgen, in aller Kürze berichten wir nur: Hanne Nüte geht auf die Reise, geräth unter schlimme Mitgesellen, von denen einer einen Mord begangen hat und durch allerlei Ränke und Schliche den Verdacht der Schuld auf Hanne Nüte zu lenken weiß, der vors Gericht gestellt und fast schon zum Tode geführt wird, als noch rechtzeitig, in ähnlicher Weise, wie die Mörder des Ibykos und die des Menrad, auch hier der wirkliche Mörder durch Hilfe der Vögel, die dem Morde zugesehen, entdeckt wird. — »De lütte Pudel« kommt in den Dienst eines Bäckers, welcher der Tugend des Mädchens nachstellt, von ihr aber auf das entschiedenste zurückgewiesen wird und sie nun zu verderben sucht. Er schuldigt sie des Diebstahls an, sie wird gefänglich eingezogen und betheuert vergebens ihre Unschuld, bis gleichfalls durch Hilfe der Vögel, welche aus einem Winkel des Bäckerhauses alte Lumpen hervorzerren, die als zur Kleidung jenes Ermordeten gehörig erkannt werden, der Bäcker als Mitschuldiger des Schmiedegesellen entlarvt wird. Die beiden jungen Leute kehren in ihr Dorf zurück, wo ihre Eltern, die bei den entsetzlichen Nachrichten von ihren Kindern viel gelitten haben, die schon Verlorengegebenen mit herzlicher Liebe empfangen, und das Buch schließt mit einer lustigen Hochzeit.

Man sieht leicht, daß der eigentliche Inhalt der Geschichte nicht besonders neu ist, aber Das ist bei Reuter auch nicht die Hauptsache; er fesselt und gewinnt durch die Form, die er jedem Gedanken zu geben versteht. Überall harmlos und gemüthlich, weiß er mit dem feinsten Takt

allen Regungen des Menschenherzens zu folgen, er fühlt gleich warm und
wahr mit der jubelnden Kinderschar, wie mit den ernsten Alten; überall
ist er zu Hause, überall hat er sich umgesehen. Er kennt die Schmiede-
kunst, als wäre er selber Schmied, aber auch mit den Sitten und Ge-
bräuchen auf der Wanderschaft und in der Herberge ist er vertraut. Ihm
haben die Vögel des Waldes all' ihre Geheimnisse ausgeplaudert, er weiß
aufs Haar die charakteristischen Eigenthümlichkeiten jedes Thiers zu erkennen
und am rechten Orte und in rechter Weise zu verwenden. Schön und
meisterhaft vor Allem beherrscht er den Wortlaut seiner Sprache, und
diese muß sich nicht nur ungezwungen, leicht und graciös, je wie es
erforderlich, dem Vers und Reim fügen, sondern auch sofort mit dem ge-
eigneten Laute bei der Hand sein, wenn es Reuter, der in sprachlicher
Gewandtheit ein plattdeutscher Rückert ist, gefällt, die Sprache dieses oder
jenes Thieres nachzuahmen. So, wenn die Frösche singen:

> Natt, natt,
> Natt is dat Water.
> Wat trögere Städen!
> Hir sünd wi taufreden, freden, freden.
> Kein Katt un kein Kater
> Hett uns tau befehlen, tau quälen;
> Fri kän' wi quälen, quälen, quälen.

Oder die Unken:

> Duk unner, duk unner! Ein Königskind
> Is hir mal vör Jahren verdrunken;
> An'n Grunn, an'n Grunn, dor sitt s' un spinnt,
> Sei's Königin von uns Unken.
> Sei sitt in Lum'm, sei sitt in Plün'n
> In'n Sump up deipen Grunn;
> Wer unse Königin will win'n,
> Küss briest ehr up den Munn.

Diese Vielseitigkeit, dieser Reichthum des Dichters äußert sich auch
in anderer Weise. Reuter's Schriften ermüden nie, denn sie bieten bei
der strengsten Einheit dennoch die bunteste Abwechslung. Haben wir eben
herzlich gelacht, so wird es uns kurz hinterdrein wehmüthig ums Herz,
aber kaum zeigt sich die Rührung, so kommt wieder der Humorist, der
nicht in sarkastischer Weise den vorausgegangenen Ernst verspottet, sondern
ihn durch irgend eine komische Situation, eine originelle Figur leicht und
rasch wieder verscheucht.

Nur durch diese Mannichfaltigkeit des Dichters war es möglich, daß
er, was bisher noch keinem der übrigen plattdeutschen Schriftsteller recht

gelungen, auch auf dem Gebiet der erzählenden Prosa reichen Beifall erntete. In Folge des Fleißes und der Fruchtbarkeit hat Reuter eine ganze Reihe von prosaischen Schriften in wenigen Jahren erscheinen lassen, und es sieht nicht danach aus, als würde der Quell, aus dem er schöpft, so bald versiegen. Diese Schriften, als »Olle Kamellen«, »Schurr Murr«, »Ut mine Stromtid«, »Ut mine Festungstid« ꝛc., sind zu bekannt und eine eingehende Besprechung der einzelnen Bücher würde zu weit führen, als daß wir uns nicht hier auf eine allgemeine Charakteristik beschränken müßten. Geschöpft ist der Stoff zu sämmtlichen Büchern aus dem an trüben und heiteren Erfahrungen reichen Leben des Dichters selbst; daher ist auch die Form eine mehr subjektive und das Ganze mehr eine Mittheilung von Lebenserinnerungen, als eigentliche Erzählung. Aber gerade dadurch hat Reuter es vermieden, in die langweilige Darstellung zu verfallen, die wir an Groth's »Vertelln« haben rügen müssen. Das plattdeutsche Leben an sich ist eben nicht interessant, nicht abwechselnd genug, als daß eine rein objektive Darstellung desselben auf die Dauer fesseln und unterhalten könnte. Aber indem sich Alles in dem Subjekt des Dichters spiegelt und nun, von seinem Humor angehaucht, reflektiert wird, erhält der Inhalt einen über das ursprüngliche Maß weit hinausgehenden Gehalt. Geleugnet kann zwar nicht werden, daß unsere Freude an dem Dargestellten aus einer gewissen Blasiertheit entspringt, aus dem Bewusstsein, daß solche Zustände weit hinter uns liegen, und daß sie, statt kindlich zu erscheinen, uns zum Theil albern nud kindisch verkommen. Mag diese Form daher vor dem Richterstuhl der Ästhetik Anfangs nicht als eine rein künstlerische gelten: wahr und angemessen, weil für das Plattdeutsche allein möglich, müssen wir sie dennoch nennen.

Aus diesem Grunde ist es denn, so sehr die poetische Form dem Dichter gelingt, bei ihm fast gleichgültig, ob er uns in gebundener Sprache entgegentritt oder nicht, während die übrigen plattdeutschen Schriftsteller der poetischen Form die eigentliche Wirkung verdanken.

Überall ist die Darstellung Reuter's voll sprudelnden Humors, der aber nie verletzend wirkt, voll plastischer Anschaulichkeit der Figuren, und vor Allem ein wahres, getreues Abbild der geschilderten Zustände. Rühmenswerth ist der Takt, mit welchem der Dichter sich genau in den Schranken des plattdeutschen Lebens hält, so dass man bei ihm eigentlich nie sagen kann: Dies oder Jenes wäre besser hochdeutsch ausgedrückt und erzählt worden. Einen bedenklichen Schritt bis an die äußerste Grenze des plattdeutsch Darstellbaren, ja fast schon über dieselbe hinaus, hat er freilich in seinem Buche »Ut mine Festungstid« gethan, aber schon sein letztes Werk: »Ut mine Stromtid« läßt uns hoffen, daß er dauernd wieder einlenken und sich beschränken werde auf das Gebiet, in welchem er

Meister ist, und wo sein erfindungsreicher Humor noch Stoff genug zu fernerer Bearbeitung finden wird.

* * *

Mit dieser kurzen Besprechung der Schriften Fritz Reuter's schließen wir unseren Gang durch die neuplattdeutsche Literatur, obgleich wir nur drei Dichter — Groth, Müller und Reuter — vorgeführt haben. Und doch ist die Zahl Derjenigen, welche während der letzten zwölf Jahre plattdeutsche Gedichte veröffentlicht haben eine ganz enorme. Es wäre ungerecht, zu behaupten, diese Alle hätten kein Anrecht, besprochen zu werden; im Gegentheil sind manche unter ihnen, welche in einer ausführlichen Geschichte der plattdeutschen Literatur einen nicht geringen Raum einzunehmen berechtigt wären. Indeß, eines Theils haben wir eine solche zu schreiben hier nicht beabsichtigt, andern Theils lehnen sich jene in zweiter Reihe stehenden Dichter, ob absichtlich oder nicht, mehr oder minder an obige drei Koryphäen an. So stehen z. B. hinter Groth Johann Meyer und Brinckmann, hinter Reuter Theodor Piening und Schulmann.

Der Bedeutendste unter den Genannten ist unstreitig Johann Meyer, dessen Gedichte denen von Groth ebenbürtig sind und vielleicht dasselbe Glück gemacht haben würden, hätte nicht Groth den Reiz der Neuheit und den Schein der Originalität vorweggenommen. Wenn Meyer in seinen »Ditmarscher Gedichten«, deren Titel schon an die Heimat der Dichtungen seines Landsmanns erinnert, sich auf demselben Gebiete wie Dieser bewegt, und daher die Schöpfungen Beider nach Inhalt und Form große Ähnlichkeit darbieten (eine Ähnlichkeit, die sich leider sogar auf die abenteuerliche und unpraktische Orthographie erstreckt), so darf man dennoch nicht denken, daß Meyer ein bloßer Nachahmer sei. Hingegen bilden seine Gedichte zum Theil eine werthvolle Ergänzung des »Quickborn«. Fehlt es diesem an der echten Naivetät, so finden wir dieselbe in Meyer's Liedern in reichem Maße, und ebenso sind letztere voll des echt plattdeutschen Humors, den wir bei Groth vergebens suchen. Wir empfehlen daher aufrichtig den reichhaltigen Inhalt der aus zwei Bänden bestehenden Gedichte, in welchen namentlich die Verehrer Groth's des Ansprechenden genug finden werden.

Mit Übergehung der Übrigen, die schon genannt sind und noch genannt zu werden verdienten, besonders auch Derer, die, in dem Glauben, die plattdeutsche Sprache dichte für sie, ohne allen Beruf, ohne Bildung, ohne Begriff von einer poetischen Form, Verse in die Welt geschickt haben (ihre Zahl ist Legion!), halten wir es für unsere Pflicht, zum Schlusse auf Bestrebungen hinzuweisen, welche unserm Gegenstande verwandt und im höchsten Grade lobenswerth sind. Wir meinen die Arbeiten Derjenigen,

welche den großen Schatz der plattdeutschen Volkspoesie und Volksweisheit,
wie sie sich in Sprichwörtern offenbart, zu heben bemüht sind, und Derjenigen, welche auf den grammatischen Bau des Niederdeutschen, so wie
auf dessen Wortreichthum, ihr Auge gewendet halten.

An Sprichwörtern ist schwerlich ein Volk so reich, wie das plattdeutsche,
und immer sind dieselben, wenn auch derb, so doch zutreffend und schlagend
und von unverwüstlichem Humor. Sie alle tragen zugleich das echt
plattdeutsche Gepräge, überall herrscht der klare praktische Verstand, nirgends
tritt uns der sonst im Volke so unvermeidliche Aberglaube entgegen. Selbst
der Teufel dient dem Sprichworte nur dazu, sich über seine Dummheit
lustig zu machen, und begegnet uns auch einmal eine Wetterprophezeiung
oder Dergleichen, die an den Kalendermacher erinnert und der auf den
ersten Blick keine Wahrheit zu Grunde liegt, so ist Dies doch eben nur
scheinbar, nur der Form nach, der Fall, oder man erkennt leicht, daß wir
den Ursprung des Sprichwortes anderswo, in katholischem Lande, zu suchen
haben. Der Plattdeutsche ist immer nüchtern, immer rationell. — Sei
es uns gestattet, dem Plattdeutschen zur heiteren Erinnerung, dem hochdeutschen Leser zum Beweise, daß er nichts Ähnliches habe, einige Sprichwörter hier anzuführen, die besonders schlagend den Charakter dieser dem
Plattdeutschen eigenthümlichen Gattung vergegenwärtigen:

»Ick seh Dat kamen, dat ik vör Lachen starben do, sä en kettliche
Mann, da lä em de Scharpricher den Strick um den Hals. — Grad op
as ick! seggt de schewe Danzmeister. — Hier kam ick, sä de Bur, da full
he ut de Luk. — Hett dat Beest grote ruge Lüs, sä de Bur, da danzen
veer Apen op en Kameel. — Aller Anfank is swor! sä en Deef, da stohl
he toers en Ambult. — Wo 't Me is, ritt de Prester op'n Bull to Kark. —
He is so egensinnig as Hans Peter, de schull an'n Galgen un wull nich. —
Dat ward en hitte Dag, sä de Her, da schull se verbrennt warrn. —
All as 't fallt, sä de Jung, as de Fru mit de Näsdrübbel em frog, ob
se em en Pannkok backen schull. — Allens mit Maten, sä de Sniber, da
slog he sin Fru mit de El. — Ik straf min Fru mit gude Wör, sä de
Bur, da smeet he ehr de Bibel an'n Kopp. — Ick bün Herr, sä de Mann,
da seet he unnern Disch. — Nu geit de Reis los, sä de Papagei, da leep
de Katt mit em to Bän. — Irren is minschli, sä de Hahn, da tre he
en Aant. — Wenn ik man eerst leeg, sä de Bur, da seet he int Bett. —
Dat Krut kenn ick, sä de Düwel, da sett he sick inne Brennebbeln.«

Hunderte von diesen Sprichwörtern finden wir in dem »Allgemeinen
plattdeutschen Volksbuche« von Raabe, und nebenher eine gleich reich-
haltige Sammlung der im niedersächsischen Volke umgehenden Märchen,
Schwänke, Volks- und Kinderreime und Räthsel. Fleiß und Sorgfalt
des Herausgebers verdienen volle Anerkennung, zumal da die Sammlung

die erste war. Nach Raabe haben in ähnlicher Weise Karl Eichwald, dessen »Niederdeutsche Sprichwörter und Redensarten« nicht weniger als 2096 Nummern enthalten, und der Herausgeber der »Wiegenlieder, Ammenreime und Kinderstubenscherze«, die mit artigen Illustrationen geschmückt sind, sich um die Sammlung dieser originellen Literatur verdient gemacht. Auch Wander hat in seinem großartig angelegten »Deutschen Sprichwörter=Lexikon« selbstverständlich der plattdeutschen Volksweisheit eine hervorragende Beachtung gewidmet.

Von Wörterbüchern nennen wir das »Ostfriesische« von Stüremberg, und das »Wörterbuch der niederdeutschen Mundart der Fürstenthümer Göttingen und Grubenhagen«, besonders aber das leider nicht einmal halb vollendete »Allgemeine plattdeutsche Wörterbuch« des verstorbenen Kosegarten, welches eine ebenso vollständige wie gediegene Sammlung des plattdeutschen Wortschatzes zu werden versprach.

Über den grammatischen Bau des Niedersächsischen fehlt es uns immer noch an bedeutenden und erschöpfenden Arbeiten, obgleich der große Umfang der Literatur gegenwärtig Material genug dazu an die Hand giebt. Julius Wiggers' »Grammatik der plattdeutschen Sprache« ist, bei manchen Vorzügen, zu specifisch mecklenburgisch und überall zu wenig eingehend, als daß sie genügen könnte, während die Grammatik von Marahrens von Irrthümern, Übertreibungen und Widersprüchen strotzt und sich schon dadurch von vornherein das Urtheil spricht, daß der Verfasser völlig ungebildet, ja nicht einmal des Hochdeutschen mächtig ist.

Fehlt es bis jetzt also an dahin einschlägigen Werken, deren Ausarbeitung den Kennern des Niedersächsischen ein dankbares und fruchtbares Feld darbietet, so wäre, meinen wir, besonders eine Geschichte der plattdeutschen Literatur wünschenswerth, in welcher zunächst das Verhältnis der niedersächsischen Sprache zur hochdeutschen und zu den übrigen indogermanischen Sprachen erläutert, sodann eine klare Darstellung des grammatischen und syntaktischen Baues geboten würde, und endlich, nach einer übersichtlichen Geschichte der älteren niedersächsischen Literatur, eine speciellere, die einzelnen Erscheinungen eingehend besprechende Entwicklung der jüngsten Epoche zu folgen hätte.

Aus Gleim's Leben und ungedrucktem literarischen Nachlasse.

Von Heinrich Pröhle.

3. Gleim als Abenteurer.

In Berlin lebte 1741 mit Gleim zugleich einer seiner Brüder, und zwar war Dieser bei dem Kaufmann Richter auf dem Mühlendamme. In demselben Jahre machte der Dichter eine Reise nach Mecklenburg-Strelitz. Oft hielt er sich bei seinem oben erwähnten Schwager, dem Amtmann Fromme zu Lähme in der Mark, auf.*) Am 20. Oktober 1741 schrieb er von dort: »Ich bin zwar ganz ungeduldig, Berlin wieder zu sehen, aber die Jagdlust hielt mich doch noch wenige Tage ab. Ich wünsche, daß Sie übermorgen dem Dachsgraben beiwohnen könnten. Vor einiger Zeit haben mir schon zwei dieser Thiere mit ihrem Tode eine Lust machen müssen. Sehen Sie, wie grausam mich schon ein bißchen Jagd gemacht hat. Mir däucht nun schon, ein Jäger sei besser, als ein Schäfer, ungeachtet ich noch keine lustige Beschreibung davon gelesen, wie vom Schäferleben.«

Auch im Frühling des folgenden Jahres war Gleim seit Pfingsten in Lähme, wo ihn außer dem schönen Wetter eine Brünette fesselte. Im Jahre 1743 machte er mit Extrapost eine Reise nach Leipzig. In Potsdam war er nun Hauslehrer des Befehlshabers der königl. Leibgarde, Obersten von Schultz. Hierauf wurde er Sekretär des Prinzen Wilhelm. Als Solcher zog er in den zweiten schlesischen Krieg. Nachdem der Prinz gestorben war und Gleim seine Stellung verloren hatte, schrieb er an Uz: »Ich habe bald aufgehört, den König von Ungarn**) zu bekriegen. Das Gedicht, welches ich auf den Tod meines Prinzen habe drucken lassen, verdient nicht, von Ihnen gelesen zu werden.« Ein Brief von Ewald von Kleist an Gleim aus Brieg vom 1. Juni 1745 meldete: »Es ist gestern allhier ein gewisser Kriegsrath Eger gestorben, welcher zwar ein Glied von der Breslauischen Kammer gewesen ist, allhier aber wie Commissarius Loci gestanden hat. Hielten es mein Geliebtester nicht vor gut, im Falle Sie das Sekretariat beim Fürsten von Anhalt noch nicht angenommen haben, bei Ihrer Majestät um diese Stelle anzuhalten? Wenn Sie erwähnten,

---

*) Es war Dies der Vater des Mannes, der Friedrich den Großen auf einer Ackerbau-reise begleitete und belauschte. (Feldgarben, 1859, S. 401—427.)

**) Anspielung auf den Ausruf der begeisterten Magyaren: Moriamur pro rege nostro Maria Theresia.

daß Sie bei dem verblichenen Markgrafen Wilhelm Sekretär gewesen, durch seinen Tod aber außer Bedienung gesetzt wären, und daß Sie sich dem Examen der Kammer unterwerfen wollten; wer weiß, ob es Ihnen nicht glückte, diesen schönen Posten, der 800 Thaler einbringt, davonzutragen.«

Gleim trat jedoch in die Dienste des alten Dessauers, der im zweiten schlesischen Kriege seinen besten Sieg bei Kesselsdorf errang, wirklich ein. Er schrieb an Uz: »Wenn ich ihm vorkommen werde wie eine anakreontische Ode, so werde ich gewiß den Abschied kriegen. Es wird mir hieran wenig gelegen sein, denn es gereut mich fast, daß ich mich habe entschließen können, Berlin zu verlassen, da es mir nicht an Emplois fehlen kann, weil sie der König den Bedienten des Prinzen versprochen hat; aber es war mir gar zu reizend, Sekretär von einem Helden zu sein. Ich werde versuchen, wie es sich mit einem Solchen umgeht, und wenn ich des Umgangs müde bin, adieu sagen.«

Nach diesen Meldungen heißt es in einem Briefe vom 15. September 1745 von Uz an Gleim: »So wenig der Krieg mir gefällt, so wollte ich doch denselben so wenig, als Sie, achten, wenn ich um Sie sein könnte. Ich gestehe Ihnen, es hat, vieler Ursachen wegen, Resolution dazu gehört, die Bedienung anzunehmen, worinnen Sie nunmehr stehen, und wozu ich Ihnen gratuliere. Meine Absicht ist allzeit gewesen, einen Sekretär abzugeben; aber ich glaube kaum, daß ich mich entschließen könnte, bei einem Soldaten, und sollte es auch ein Held sein, Sekretär zu werden. Sie werden es meiner wenigen Kourage zuschreiben. Die wahre Absicht darunter aber ist, daß ich lieber in Affairen mich umsehen und die Welt sehen möchte; hierzu glaub' ich, daß bei Ministern, Gesandten 2c. besser Gelegenheit ist. Wie vielmal ist mir dergleichen Stelle schon versprochen worden, wenn sich die Gelegenheit dazu zeigen würde! Aber sehen Sie hier das Elend der kleinen Städte, wo dergleichen Gelegenheit sich nur alle secula ereignet; in Berlin und dergleichen Orten würde hierzu bald Rath werden. Doch Dieses ist nicht das Verdrießlichste bei meinen Umständen. Es fehlt hier an Freunden, welche Geschmack und eine Kenntnis des feinen Scherzes und des angenehmen Umgangs haben; welche eine Muse beurtheilen und vollkommen machen könnten. Hieraus, glaub' ich, hat sie die Unanständigkeit an sich genommen, welche ihr der Herr von Kleist auf eine verdeckte Art vorwirft, daß sie nämlich sich schmücke ... Dieser schlaue und feine Kenner sagt zwar, mein Werthester, Ihre Muse sei artiger und meine schöner; aber ich merke wohl, wo er hinaus will, und bin auch völlig damit einig. Ihre Muse ist ohne Zweifel so artig und so ungekünstelt schön, als keine in Deutschland, und ich werde niemals Etwas machen, das ihr gleicht. Bei Ihnen fließt Alles aus der Quelle; Sie denken immer artig und dürfen hernach nur simple ausdrücken, was Sie gedenken. Ihre munteren und polierten Gesellschaften geben Ihnen zu den artigsten Einfällen Gelegenheit und gewöhnen Sie zu einer gewissen und ungekünstelten Art zu denken und sich auszudrücken, die eine Muse niemals erreichen wird, wenn sie ihr selbst überlassen ist und keine Criticos zum Umgange hat. Wie weit artiger ist Ihre Muse zu Berlin geworden, als sie zu Halle war! Ihre Gesellschaften in Berlin aber sind auch artiger, als die Sie in Halle hatten. Sehen Sie hieraus, mein Werthester, ob es meiner Muse so sehr zu verdenken sei, wenn es ihr an natürlicher Anmuth fehlt, und sie, um nicht gar zu liederlich zu erscheinen, sich ein wenig schmücket.« Am 6. März 1746 gab Gleim folgenden Bericht über seine Schicksale seit der Abreise zur Armee: »Ich blieb bei dem Fürsten von D. (Dessau) als Staatssekretär von der Armee bis zu der Zeit, da die bei Halle kampierende Armee Ordre bekam, in die Quartiere zu marschieren. Ich ging von Dessau ab nach Magdeburg, theils einiger Geschäfte willen, theils auf dem Wege nach Berlin einige Freunde zu besuchen. In Magdeburg wurde ich, ich weiß nicht zum Glück oder Unglück, krank, denn ich musste da liegen, da unterdeß die Armee von Neuem aufbrach, in Sachsen zu gehen. Meine Stelle als Staatssekretär musste also von einem Andern besetzt werden und ich musste zu Hause bleiben. Ich will Ihnen durch keinen Weiberbericht zu merken geben, ob mir dieser Umstand angenehm gewesen sei oder nicht, ich will Ihnen vielmehr sagen, dass ich nachher eine ziemliche Zeit unstet und flüchtig gewesen, bald in Laubling bei Herrn Langen, bald in Magdeburg, bald in Halberstadt, bald in Stolberg bei dem Grafen, und nachher bald in Lähme, bald in Berlin, bald an andern Orten. Nach der Wiederkunft des Königs setzte ich mein Augenmerk auf eine anderweitige Beförderung, ich hielt um des verstorbenen Kriegs-Rath Winkelmann's Bedienung in Küstrin an, ich erhielt sie, ich machte 5000 Thaler Kaution. *) Das General-Direktorium, welches mich examinierte, hatte Nichts wider mich einzuwenden, und ich wartete drei Wochen auf Abfertigung und Besitznehmung dieses Emploi, aber — (hier lesen Sie die Geschichte eines Menschen, der ein Ball des Glücks außer der Metapher ist) ein Regiments-Quartiermeister erschlich durch die Rekommandation des Grafen von Rothenburg eine Kabinetts-Ordre, und ich erhielt Befehl, abzustehen und mich anderweit zu melden. Dies ist mein Lebenslauf bis hierher. Nun warte ich von Neuem auf den Tod meines künftigen antecessoris. Wie bald er erfolgen wird, oder wie spät, das wird mir nun lieb oder verdrießlich sein. Es ist ein Unglück für mich, dass ich in Absicht auf meine Beförderungen meiner Neigung nicht ungezähmt folgen kann. Sonst würde ich Nichts anders wählen, als was Sie wählen würden, ich meine, wie Sie mir schreiben, die Stelle eines Legations-Sekretärs, der noch Gelegenheit hätte, die Welt zu sehen.

---

*) Vergl. den Brief der Schwester Gleim's im ersten Abschnitte; Heft 11, S. 853.

Wenn Sie hier wären, so könnten Sie dazu eher gelangen, als ich, der ich mich nicht darum bewerbe.« -- In demselben Briefe heißt es: »Ach wie ärgert es mich, daß ich Leipzig nicht mit erobert habe! Sie haben ja eine Doris darinnen, wie hätte ich sie beschützen wollen! Aber Sie haben sie mir nur mit dem poetischen Namen genannt, wie würde ich sie aufgefunden haben? Das Schicksal hätte mich zu ihr führen müssen, so wie es in den Mémoires d'un homme de qualité den Marquis auf dem portugiesischen Schiffe zu seiner niéce führt; ich wäre so lange mit Ihrer Doris bekannt gewesen, als der junge Marquis mit der verkleideten Türkin, bis sich die Doris selbst verrathen hätte, oder Sie durch Eifersucht. Haben Sie ein Mädchen in Leipzig? Ich will künftigen Monat hinreisen; wie heißt es? Wo wohnt es? Darf ich es in Ihrem Namen küssen?«

Ein Brief von Ewald von Kleist an Gleim aus Brieg, den 17. September 1745, setzt, wie der Brief von Uz, irrthümlich voraus, daß Gleim sich mit dem alten Dessauer in Sachsen befinde. Deßhalb heißt es auch darin: »Wie gefallen Ihnen die sächsischen Mädchen? Doch sie sind Ihnen längst bekannt gewesen, Sie haben schon oft Küsse daselbst eingesammelt. Die schlesischen haben mir bisher nicht recht gefallen, nachdem ich aber drei Fräulein Schenkendorf kennen gelernt, bin ich anderes Sinnes geworden. Es sind drei Halbgöttinnen, die mittelste derselben besonders ist ein Muster eines schönen Mädchens.«

Kleist's Brief aus Potsdam, den 27. September 1747, kommt auf Gleim's Versorgung zurück. Es heißt in ihm: »Wird Herr v. Bielefeldt *) einmal ein ehrlicher Mann sein, und Ihnen zukünftigen Monat die Stelle beim Prinzen verschaffen? Er muß es sein, oder ich werde ein Pasquill auf ihn machen. Ich bereite mich schon darauf, es soll anfangen: Herr Katzenpuckel wohlgemuth u. s. w. Hält er aber Wort, so soll ihn Lange verewigen, oder ich einen Panegyrikum auf ihn machen, vor die Ewigkeit sage ich ihm aber nicht gut.«

Wie heiter während dieser ganzen Zeit Gleim und Kleist mit einander verkehrten, zeigt besonders folgende Stelle aus dem Briefe von Kleist an Gleim aus Potsdam, den 5. April 1746: »Zukünftigen Sonnabend geht der König, der Rede nach, von hier nach Pyrmont, und steigt ins Bad. Steigen Sie alsdann doch auf vier Räder und besuchen mich. Dann wollen wir auf den Köpfen tanzen. Ich bin im Frühling und Winter, in allen vier Jahreszeiten, Ihr Kleist.«

Über Kleist's »Frühling« schreibt Gleim an Uz aus Berlin am 2. August 1746, nachdem er eines Spazierganges nach Charlottenburg erwähnt hat: »Habe ich Ihnen schon verrathen, daß Herr von Kleist an einem Gedichte arbeitet unter dem Titel »Das Landleben«? Sein Entwurf ist nach dem

---

*) Siehe über ihn einen der späteren Abschnitte.

Thomson gemacht, der sein Vorgänger sein soll. Ich habe den Anfang gesehen, er ist prächtig, und in einer lateinischen Versart ohne Reime. Folgen Sie doch seinem Exempel; wissen Sie denn gar nicht, wie viel Beifall Ihr Lobgesang des Frühlings hat? Wie viel unvergleichlicher würden Sie schreiben, absonderlich in Oden, wenn Sie den alten Haß wider die Reime erneuerten. Doch ich bin kein so großer Feind von ihnen, als ich ihr Schmied bin. Wenn ich jetzt noch was machen will, so muß es in Reimen sein, sonst kann ich gar nicht. Die Reime helfen mir.«

4. Berlin unter Friedrich dem Großen.

Gleim sprach einst seine Verwunderung darüber aus, daß Kleist bei der »Potsdamer Lebensart noch das Geringste machen« könne. In dem Briefe Gleim's aus Berlin vom 22. December 1746 wird erzählt, daß am vorhergegangenen Dienstage Kleist plötzlich bei Gleim eingetreten sei; dann heißt es weiter: »Der Herr v. Kleist ist gestern schon wieder abgereist, und jetzt bin ich seinetwegen besorgt; denn er ist nebst dem Kapitän Donop (dem satyrisch lächelnden) uns entwischt, in der Absicht, eher wieder zu Hause zu sein, als der Obrist sie vermissen könnte, aber sie konnten nicht zeitig genug wieder wegkommen, und ich bin jetzt übel mit mir zufrieden, daß ich zu ihrer Säumnis Etwas beigetragen habe, weil es ihnen Ungelegenheiten machen kann. Wir sind recht vergnügt gewesen, Ihre Gesundheit ist niemals vergessen; als wir sie auf der Redoute tranken, mußte ich auf den Champagner schimpfen, in dem wir es thaten, weil er Nichts taugte. Ich wünschte Sie mehr bei unserem Tanz, als bei unserm Wein. Wir tanzten μετὰ κούφης ῥαδουκλίνον, aber ich für mein Theil war gar nicht zufrieden, daß ich nicht durch die Larve hindurch sehen konnte, ob ich mit einer Prinzessin oder mit einer . . . . tanzte. Es geht in der That bei dieser Lustbarkeit ein bischen zu unordentlich her, als daß sie mir sehr gefallen sollte. Auf dem adligen Platz ist man zu blöde, und auf dem bürgerlichen findet man kein sprödes Mädchen. Anakreon's Maskeraden sind artiger gewesen. Es sind wenig' Empfindungen, und fast gar keine Scherze bei den hiesigen. Die grobe Wollust hat allenthalben die Oberhand. Die Oper ist für mich ein größeres Vergnügen. Da überlasse ich mich der sanften Gewalt der Musik und vergesse darüber ganz und gar, die mechanischen Fehler wider die Einheit des Ortes und der Zeit zu beobachten.«

In dem Briefe vom 22. November 1746 berichtet Gleim seinem Uz wieder von seinen Aussichten auf eine feste Anstellung. Er schreibt: »Sie würden in der That Ihr Glück weit eher hier machen, als ich. Es ist mir nicht möglich, Das für mich zu thun, was mir für meine Freunde sehr leicht ist. Wenigstens könnte ich Ihnen den Weg zum Glück zeigen, den ich endlich nach vieler Erfahrung und Unkosten ausgespürt habe. Ich

meine den Weg zum Glück im hiesigen Lande. Denn der Weg zur
wahren Glückseligkeit ist Ihnen so gut bekannt, als Ihrem Superintendenten.
Ich habe seit einiger Zeit nach einer Bedienung gestrebt, die mit
1500 Thalern jährlicher Einkünfte meine zeitliche Wohlfahrt befördern
sollte, aber ich habe gestern erfahren, daß alle meine Bemühung, von deren
guten Wirkungen ich schon ganz gewiß war, vergeblich gewesen. Es kam
ein Legations=Sekretär zur Unzeit aus Flandern zurück und trug diesen
guten Bissen zur Belohnung seiner Dienste davon, ich habe mich damit
getröstet, daß er mein Freund ist und eine Frau nöthiger hat, als ich.
Nun muß ich wieder Geduld haben, bis es dem Tode gefällt, mir Platz
zu machen. Ich habe ihn gebeten, es noch vor Ausgang des Herbstes zu
thun.« — »Ich finde Sie glücklich (bemerkt Uz hierzu in einem Briefe
vom 19. Januar 1747), daß Sie sich auf eine Bedienung von 1500 Thalern
Rechnung machen können. Hier, bei uns, würde es Ihnen also schlecht
gefallen, wo man zehn Jahr umsonst dient und alsdann, mit Aller Neid,
50 Gulden erschnappt. Sie sind der größten Vortheile würdig; und das
Glück wird sie Ihnen nicht vorenthalten.

In einem Briefe Gleim's vom 20. December 1746 heißt es: »Ich
wünsche Ihnen ein fröhliches neues Jahr. Das Fest werde ich in Lähme
bei meinem Schwager und Herrn Ramler zubringen. Trinken Sie den
zweiten Festtag des Nachmittags um zwei Uhr unsere Gesundheit — nein,
dann haben Sie meinen Brief noch nicht, thun Sie es den Neujahrstag
um Mitternacht, wir wollen desgleichen thun. — Das »Landleben« des
Herrn von Kleist wächst noch immer fort; denn er ist noch im Frühling
und hat schon einige Bogen. Thomson hat ihm das Beste weggenommen,
aber er hat dennoch so viel' neue Gemälde, daß man ihm deßwegen den
Vorzug geben wird. Ich wollte Ihnen gern eine Probe geben, aber ich
müßte Alles abschreiben. Doch hier haben Sie eins. Nachdem er eine
Herde Ziegen beschrieben hat, beschließt er:

»Ihr bärtiger Ehmann
Besteigt die über den Teich sich neigende Weide, beraubt sie
Der bläulichen Blätter, und schaut von oben ernsthaft herunter.«
Sie sehen, daß Dies die lateinische Versart, ohne den lateinischen Wohlklang, ist. Rathen Sie um des Himmels Willen den Herrn von Kleist
nicht davon ab. Er läßt sonst das ganze Gedicht liegen. Es muß sich
durch die fürtreffliche Malerei der Natur und die untermischte Betrachtung
am meisten empfehlen. Ich bilde mir nicht wenig ein, daß ich Deutschland
einen solchen Poeten gab. Den habe ich ganz allein aufgemuntert und
das in ihm liegende Feuer angezündet.«

In einem Briefe vom 21. Februar 1747 berichtet Gleim über Berlin:
»Von unseren hiesigen Lustbarkeiten hätte ich Ihnen gern noch einen Brief
geschrieben, aber ich zweifle, daß man lebhaft genug davon schreiben kann,

wenn sie schon so lange vorbei sind. An dem letzten Tage der Redoute waren die Ausschweifungen der Lust so groß, daß es schien, als wenn Jedweder die letzten Stunden seines Lebens nach dem übelverstandenen System des Epikur anwenden wolle. Es waren ordentliche Saturnalien. Wenn die wilderen Tänze angingen auf dem bürgerlichen Platze, so machte ich mich allemal gefaßt, am Ende derselben ordentliche Rasende zu sehen, und dann schlich ich mich bei Zeiten aus der tollen Menge. Ich hatte ein besseres Vergnügen mit einer artigen Nonne, die am besten tanzte, die schönste Leibesstellung hatte, und gar Nichts von ihrem Busen sehen ließ. Diese machte mich aufmerksam. Ich verfolgte sie einige Zeit vergebens, aber endlich willigte sie darein, mit mir Chokolade zu trinken. Ich dachte sie da ohne Maske zu sehen, aber nein. Ich war eine ganze Stunde in einem Kabinette, wo man sein kann, ohne daß Jemand die Erlaubnis hat hineinzudringen, wenn man allein sein will. Meine ganze Beredsamkeit war nicht vermögend, ihre Maske von dem Gesichte zu bringen; es gefiel ihr indessen bei mir, und ich mußte zufrieden sein, daß sie mich kannte und mir ihre Hochachtung versicherte, welche, sagte sie, vermehrt werden würde, wenn ich mich nicht bemühte, sie auszuforschen. Ich habe es nicht gethan, und ich weiß bis diese Stunde noch nicht, mit was für einem himmlischen Geschöpfe ich zu thun gehabt habe. Denn ob mir gleich ihr Gesicht verborgen blieb, so zeigte sie mir doch den schönsten Verstand und die liebenswertheste Sittsamkeit. Ach, wie werde ich diese Nonne suchen, wenn wieder Redoute ist! Man sagt, im künftigen Monat werde ein paar Tage welche sein. Bis in künftigen December könnte ich auch unmöglich warten. Was für artige Liebesgeschichten würden Sie haben, wenn Sie hier wären; denn Sie sind ja wohl galanter, als ich.«

In dem Briefe aus Berlin vom 4. Juni 1747 schreibt Gleim sehr sentimental von einem Unwohlsein: »Ich befinde mich in der That seit einiger Zeit krank, so daß ein Fieber thun könnte, was der Löwe nicht gekonnt hat. Sprechen Sie mich von der Mühe frei, Ihnen eine weitläufige Mordgeschichte zu erzählen; ich will Ihnen, ehe ich sterbe, lieber noch was Angenehmes sagen. Aber was weiß ich denn Angenehmes? Wäre es Ihnen wohl angenehm, wenn ich Ihnen sagte, daß ich noch im Grabe Ihr Freund sein will? O, hier sehen Sie die Denkungsart eines Kranken! Erwarten Sie also auch nichts Angenehmes. Ich habe ein Glas voller Rosen vor mich (sic) stehen, o was für ein kräftiger Geruch! Wie eitel sind die scheckigten Blumen um sie herum, und wie bald werden sie verwelken! Sehen Sie, ich habe bei Dingen, die mir sonst genug waren, ein scherzhaftes Lied zu singen, natürlich hervorfallende Todesgedanken.« In demselben Briefe konnte Gleim noch seine Genesung melden.

Im August 1747 hielt er sich einige Wochen beim Herrn von Donep in Potsdam auf, dem er in Abwesenheit seiner Gemahlin Gesellschaft leisten sollte. Am 24. Oktober 1747 schrieb er aus Berlin an Uz: »Wie glücklich wollte ich sein, mein liebster Freund, wenn ich hier, oder es sei wo es wolle, einen Theil meines Lebens mit Ihnen zubringen könnte! Denn ich wollte auch ohne Opern, Komödien und Redouten mit Ihnen vergnügt sein! Ich thue keine Wünsche, ohne Sie mit einzuschließen; ich widersetze mich dem Schicksal, das mich auswärts leicht und in Berlin ungern befördern will, bloß deßhalb so hartnäckig, weil mir an einem andern Orte keine Hoffnung übrig bliebe, mit einigen Freunden und insbesondere mit Ihnen, mein bester Freund, einmal näher verbunden zu werden. Denn, wenn ich nur einmal festen Sitz hier habe, und Sie sind noch so frei, so müssen Sie nach Berlin.«

In demselben Jahre aber wurde Gleim noch substituierter Domsekretär in Halberstadt. Am Weihnachtsheiligenabend schrieb Kleist darüber an Uz: »Herrn Gleim's Glück wird Ihnen außer Zweifel nicht wenig Vergnügen verursacht haben. Ich habe so viel Antheil daran genommen, als ein Mensch in der Welt, indessen wäre es mir lieber gewesen, wenn er es in meiner Nachbarschaft und nicht 20 Meilen von mir gemacht hätte. Seine Entfernung hat mir mehr Schmerz verursacht, als wenn ich eine Doris verloren hätte. Warum sind wir doch nicht lauter Geist, daß wir nicht essen dürften, dann könnten wir immer beisammen sein.«

5. Urtheile über Canitz und das Landleben.

Nachdem bisher die Hauptereignisse aus Gleim's Leben in der Mark Brandenburg und seine Aufzeichnungen über die Hauptstadt Preußens nach seinem literarischen Nachlasse dargelegt sind, stellen wir aus demselben für den bezeichneten Zeitraum noch einige kleine Literaturbilder zusammen, in denen theils Urtheile gegeben, theils interessante biographische Mittheilungen über andere Dichter gemacht werden. Wir beginnen mit einem Urtheile über Herrn von Canitz. Nordöstlich von Berlin liegen nicht weit auseinander die für die Literaturgeschichte nicht uninteressanten Ortschaften Werneuchen, Blumberg oder Blumenberg*), und Lähme oder Löhme. Von hier aus schrieb Gleim schon in dem ersten uns aufbewahrten Briefe an Uz: »Ich bin nicht beständig in dieser Residenz gewesen. Wenn es mir gefällt, reise ich hin und wieder zurück, so daß ich bisher Nichts als Reisen gethan habe. Der Ort meines jetzigen Aufenthalts ist eine halbe Stunde von Blumenberg, wo unser Canitz oft aus dem Gedränge des Hofes müßig ging. Ich lerne bei meinem jetzigen Landleben seine Gedichte,

---

*) Nicht zu verwechseln mit der Eisenbahnstation Blumenberg bei Wanzleben im Magdeburgischen.

welche davon handeln, erst recht verstehn, aber wenn ich die Wahrheit sagen soll, so bin ich nicht recht mit ihm eins. Das Landleben hat viel Annehmliches, aber es fehlt ihm das Lebhafte, welches aus dem Umgange und von den Sitten unserer Bürger entsteht, die mit uns einerlei Reigungen haben.« Uz antwortete aus Halle am 31. September 1741 Folgendes in Bezug auf Caniz: »Was kann man von einem Poeten, der an dem verliebten Anakreon einen Geschmack findet, der selbst die artigsten Liebeslieder macht, leichter vermuthen, als daß er nicht so bald in eine, ihrer schönen Mädchen wegen so berühmte Stadt nur riechen werde, da er nicht gleich eine Gebieterin haben sollte? Vielleicht liegt hierinnen auch die Ursache, warum Sie an dem unschuldigen Landleben nichts Reizendes antreffen. Sie werden es nicht ausstehen können, lange von dem Orte entfernt zu bleiben, wo Ihr Herz ist, es fehlt Ihnen die gemüthsreiche und diejenige Verfassung der Seele, da Ihnen Alles gleichgültig ist; Sie finden in der Gesellschaft und in dem Umgange mit Menschen, insonderheit denen aus dem schönen Geschlechte, noch allzuviel Angenehmes und allzuwenig Unangenehmes, als daß es Ihnen erträglich sein kann, sich davon ausgeschlossen zu sehen. Wie ganz anders sah es in der Seele des Herrn von Caniz aus? Da schliefen die Begierden; die Philosophie und Erfahrung hatten ihm die Welt von innen und außen kennen lernen, und ihm einen Ekel dafür gemacht; er hatte von Natur wenig Ehrgeiz, und noch weniger Geiz, welchen beiden Gemüthsleidenschaften das Geräusche der Gesellschaft nicht zuwider ist, weil sie ihren Vortheil daselbst finden; er liebte eine gemächliche Stille und ungezwungene Lebensart, und Vergnügungen, welche sanfter sind und weniger Mühe kosten. Bei dieser Gemüthsart mußte ihm freilich das Landleben weit angenehmer sein, als das Leben bei Hofe, wo eine Seele, wie die seinige war, außer ihrem Elemente ist. Belieben Sie nur, mein Werthester, noch einige Jahre zu verziehen, bis Sie Ihre Ehrbegierde werden gesättigt sehen, und die Hitze der feurigen Jugend in Etwas verraucht; vielleicht werden Ihnen alsdann die ruhigen Annehmlichkeiten des Landlebens um ein Großes reizender dünken.«

Friedrich Rudolf von Caniz, der Staatsminister und Poet, war 42 Jahre vor diesem für ihn so ehrenvollen Urtheile, in einem Alter von 45 Jahren und mit dem Ausrufe: »Ei, wie schön ist heut der Himmel!« in Blumberg gestorben. Varnhagen schrieb seine Biographie, und Theodor Fontane entwarf in seinen »Wanderungen durch die Mark Brandenburg« ein anziehendes Bild von seinem Aufenthalte in Blumberg. „Was das Leben erhöht und verschönt, Das übte und pflegte er.“

6. Über Herrn von Bielefeld.

Unter den Notizen über weniger bekannte Dichter, die Gleim an Uz sendet, sind besonders diejenigen über Herrn von Bielefeld pikant. Gervinus erwähnt ihn nicht, und Karl Gödeke hat ihn in seiner Geschichte der deutschen Dichtung nicht gekannt. Um so lieber stellen wir Gleim's Äußerungen über ihn aus den Berliner Briefen an Uz hier zusammen.

Gleim schrieb zuerst im Jahre 1743: »Herr Bielefeld aus Hamburg, der am Hofe eine Bedienung hat und geadelt worden, hat die »Beschwerlichkeiten des Hofes« gemacht, welche viel Beifall erhalten. Es ist eben Der, welcher letztens den Montesquieu „de la grandeur des Romains" übersetzt hat.« In dem Briefe vom 6. März 1746 wird wieder erwähnt: »Der Herr von Bielefeld, Gouverneur des Prinzen Ferdinand, der den Montesquieu „de la grandeur des Romains" ins Deutsche und einige politische Schriften ins Französische übersetzt hat, ein Schwager von Herrn von Stüven, der jetzt in Baireuth ist, und eben Der, dessen Übersetzungen allhier die Neuberin den Gottschedischen vorgezogen.« In einem Briefe von Gleim vom 30. Juni 1746 heißt es abermals vom Herrn von Bielefeld: »Sie verlangen seinen Charakter zu wissen, aber ich bin jetzt nicht aufgelegt, ein Theophrast zu sein, ich will Ihnen also nur seinen historischen Charakter bekannt machen. Er ist Legationsrath und jetzt zweiter Gouverneur vom jüngsten Prinzen des hiesigen Hofes. Er ist aus Hamburg gebürtig und Kaufmannssohn, er hat nicht ordentlich studiert, aber durch seinen Umgang und seine Reisen hat er sich eine große Kenntnis der Welt erworben. Weil er Geld hat, so ist ihm der Zutritt bei den Vornehmsten und beim Könige leicht gewesen. Der König hat ihn gleich bei Antritt seiner Regierung baronisiert, und er ist dieses Vorzugs würdig in der Bürgerwelt. Das Französische und Englische spricht er wie Deutsch. Die natürlichen Betrachtungen über das Verhalten des Königs von Preußen, so in England bei Anfang des letzten Krieges herauskamen, hat er ins Französische übersetzt und den Montesquieu „de la grandeur des Romains" ins Deutsche. Vor einigen Jahren ließ er eine deutsche Komödie aufführen: »Die beschwerlichen Seiten des Hoflebens«, welche viel Beifall fand. Er arbeitet jetzt an einer durchgängigen Verbesserung, er wird sie nachher drucken lassen. Aus beikommender Strohkranzrede werden Sie sehen, wie man hier bisweilen scherzt. Der Herr von Bielefeld hat sie in Gegenwart des Königs bei Gelegenheit der Vermählung der Fräulein von Kalkstein verfertigt, und ich habe die Fabul in einem Augenblick dazu gemacht. Das Fräulein ist eine lange Zeit, weil sie eine Blondine ist, das weiße Hühnchen genannt worden, und die Königin hat ein weißes Hühnchen

4*

mit dem Kopfe des Fräuleins machen laſſen. Sie müſſen auch einſehen, daß ein Wortspiel vom erſten Range angebracht iſt. Denn der Hahn iſt Obriſt Willich. — Ich muß Ihnen auch noch vom Herrn von Bielefeld ſagen, daß er Alles lobt, was ich ihm vorleſe, wenn es von Ihnen iſt. Im vorigen Sommer hat er mit Herrn Ramler zur Übung im Lateiniſchen alle Morgen ein ſcherzhaftes Lied ins Lateiniſche überſetzt.«

Über Herrn von Bielefeld wird ſpäter noch berichtet, daß ihm eine Oberaufſicht über die preußiſchen Univerſitäten übertragen ſei.

7. Literariſche Mittheilungen über verſchiedene Zeitgenoſſen Gleim's.

Im Frühling 1742 ſchrieb Gleim zuerſt an Uz, daß der Verfaſſer der »Tänzerin« nicht Lehmann, ſondern Roſt*) heiße. Es ſei Derſelbe, der die Schäfererzählungen verfaßt und die Oper »Rodelinde« überſetzt habe, welche im Winter zu Berlin gegeben ſei. »Ich habe (ſchreibt Gleim aus Berlin) ſeine Bekanntſchaft geſucht, aber mit Gelegenheit nicht dazu kommen können, und vor Kurzem habe ich mir verſichern laſſen, daß er ſchleunig von Berlin weg und nach Dresden gegangen. Er war nirgends als auf einem gewiſſen Billard anzutreffen; weil aber eben daßelbe ein Officier beſuchte, mit dem ich mich erzürnt habe, ſo konnte das Billard dieſes Mal kein Mittel einer Bekanntſchaft ſein. Ich wünſchte indeſſen die Wiederkunft dieſes aufgeräumten Kopfes.« In einem Briefe Gleim's aus Berlin, welcher verſchiedene literariſche Reiſeerinnerungen aus dem zweiten ſchleſiſchen Kriege enthält, heißt es: »Herrn Roſt, den Verfaſſer der Schäfererzählungen, habe ich in Dresden beſucht, als ich zu Pirna die gebrochenen Räder mußte flicken laſſen. Ich erhielt von ihm im Lager vor Prag ein Schreiben, welches den Verluſt ſehr bedauerte, den er in der Perſon des Herrn Pyra **) gelitten. Herr von Liscow †) war eben verreiſt, ſonſt hätte ich das Vergnügen gehabt, dieſen böſen Mann gleichfalls kennen zu lernen.« — »Herr Lamprecht iſt nun auch Sekretär beim Prinz Heinrich (Königs Bruder) geworden und hat 400 Thaler Lohn erhalten. Seine Bedienung als geheimer Sekretär von dem König behält er gleichfalls. Geſtern überſetzte er eine Schrift aus dem Engliſchen, zur Vertheidigung unſeres Königs verfertigt. Wie gefällt Ihnen die neue Unternehmung? Man ſoll im Reich ſehr übel damit zufrieden ſein.«

Auch über eine Reiſe Dreyer's zur Leipziger Meſſe und ſeine Er- fahrungen bei der Gottſched'ſchen Schule berichtet Gleim in einem ſeiner

---

*) Joh. Chriſtoph Roſt war 1717 zu Leipzig geboren, lebte mehrmals in Berlin, ſpäter wieder in Sachſen, und ſtarb 1765.

**) Jakob Immanuel Pyra war 1715 in Cottbus geb. und 1744 in Berlin geſtorben.

†) Chriſt. Ludw. Liscow war geb. 1701 im Mecklenburgiſchen, geſt. 1760 auf dem ſeiner Frau gehörenden Gute Berg bei Eilenburg.

Briefe: »Er hat sich dreimal bei Herrn Gottsched melden lassen, aber sowohl von ihm als von Herrn Schwabe*) abschlägige Antwort bekommen. Er hat daher sich nicht entbrechen können, einen Leberreim zurückzulassen, welcher aber zu grob gewesen ist, als daß Sie ihn bei einer Gelegenheit in Gesellschaft brauchen könnten, doch ich will ihn herausstoßen:

»Die Leber ist vom Hecht und nicht von einem Schimmel,
Viktoria **) ist dumm und Gottsched ist ein L.....«.

Auch Uz schrieb in einem Briefe vom 1. Juni 1743 zunächst noch nachträglich Einiges über Leipziger Literaturverhältnisse. »Mit den Verfassern der »Belustigungen« habe ich in Leipzig keine Bekanntschaft gehabt; ich hielt mich daselbst auf als ein hallischer Pursch, Sie wissen, wie. Die es machen. Mit Herrn M. Gellert speisete ich einige Zeit in einem Gasthofe; er schien mir ein ganz artiger Mensch zu sein, nur daß er zuweilen etwas affektierte.«

8. Allgemeine Urtheile über die deutsche Literatur.

»Haben Sie (heißt es in Gleim's Briefe an Uz vom 6. März 1746) den ersten Theil des Opitz gesehen, so wie ihn Bodmer und Breitinger in Gesellschaft herausgaben? Es wird ein unvergleichliches Werk werden. Herr Gottsched bekommt seinen Theil in den Anmerkungen. Von den Verfassern der Bremischen »Belustigungen« sind mir Einige genannt, z. B. Zachariä †) ist der Verfasser der »Verwandlungen«, Gärtner ††) hat das Schäferstück gemacht, einige Andere fallen mir nicht bei. Die »Belustigungen des Gemüths« haben einen gewissen Herrn Naumann zum Verfasser. Sie sind sehr mittelmäßig und hie und da recht schlecht. Berlin ist jetzt kein Sammelplatz witziger Köpfe mehr, wie Sie es ehemals genannt haben. Einige sind todt, z. B. Lamprecht, Pyra, Einige sind weggegangen, z. B. Dreyer, Voß, Straube, an dem Hofe sind noch einige Kenner, der Herr von Bielefeld, der Herr von Borck, *†) die etwas Deutsches ästimieren. Die französchen Witzlinge, die ich kenne, sind die elendesten Köpfe von der Welt, z. B. Francheville, der eine Pension hat, ist nicht mehr werth, als Stoppe, *†*) und einige Andere sind nicht halb so Viel werth. Indeß überschwemmen sie die Stadt mit

---

*) Joh. Joach. Schwabe, geb. 1714 zu Magdeburg, starb 1765 in Leipzig.

**) Gottsched's Frau, bekanntlich Schriftstellerin.

†) Geb. 1726 zu Frankenhausen, gest. 1777 als Professor am Carolino zu Braunschweig. Verfasser des „Renommisten".

††) Herausgeber der „Bremer Beiträge", war gleichfalls Professor am Carolino, starb 14 Jahre nach Zachariä.

*†) Casp. Wilh. von Borck, Kurator der Berliner Akademie der Wissenschaften.

†) Daniel Stoppe, ein Schlesier, 1697—1747.

ihren Possen. Un sot trouve toujours un plus sot qui l'admire. Den „Panégyrique du Roi" hat der Professor Formei gemacht, der die „Belle Wolfienne" geschrieben hat. Tout ce qu'on a publié à la gloire du Roi ne sert que pour estimer davantage ce qu'il a publié lui même. Ist es nicht Schade, daß Deutschland unter ihm nicht das goldene Alter der belles lettres erleben soll? Meine Freunde allein wären fähig, das Säkulum Augusti und Louis XIV. blühen zu machen, wenn sie aufgemuntert würden. Aber es ist wenig Hoffnung übrig. In der Akademie ist allem Deutsch der Eingang verboten, es wird Alles übersetzt. So sehr ich das Französische ästimiere und so gut ich weiß, daß uns die Franzosen weit voraus sind, so unbillig ist es doch, die Sprache des Vaterlandes und seinen Witz ganz nachzusetzen." In Gleim's Briefe vom 22. November 1746 heißt es: »Wir haben größere Vollkommenheiten, als den Witz. Ich wenigstens bilde mir ein, noch Ihrer Freundschaft werth zu sein, wenn ich gleich nur so witzig wäre als der Fürst, der die Ähnlichkeit zwischen sich und seinem Jagdhunde nicht einsehen konnte. Wie viel ist nicht ein gutes Herz besser, als ein schöner Witz! Ich bin nicht weit mehr von der Feindschaft des Witzes entfernt, wenn ich erwäge, daß so viel' Eigenschaften, die dem Menschen einen größeren Werth geben, durch ihn verdrängt und verhindert werden, empor zu kommen. Der bon sens verliert gar zu Viel, wenn eine ganze Nation an den Kleinigkeiten des Witzes Geschmack findet. Nach meiner Meinung hat nie in Deutschland ein so schlimmer Geschmack geherrscht als jetzt. Der Lohenstein'sche war nicht so schlecht. Man macht Schäferspiele, die man mit Recht Schweinehirten=Spiele nennen kann, man macht Komödien für die Sänftenträger, und singt Lieder für die Heroen auf den Brücken, und diese saubern Witzlinge werden dennoch von der allgemeinen Menge bewundert, gehört und gelesen. Der saubere Bauzner ist noch nicht erschöpft. Herr Dreyer hat in Leipzig erfahren, daß er 18 bis 20 Trauerspiele fertig liegen habe und nur einen Verleger suche.« *)

Am 24. Oktober 1747 schrieb Gleim: »Was für ein erbärmlicher Zug ist wieder aus der Presse gekommen! Bäurische Schäferspiele, jämmerliche Komödien, Oden und Schäferlieder von Dunsen, Philosophien für und Postillen wider die Religion, Übersetzungen von Tagelöhnern, darunter auch „Il congresso di Cithera" ist, und eine Überschwemmung von rasenden Romanen und Mordgeschichten.« Schon am 25. April 1747 hatte er berichtet: »Hier kommt jetzt ein Journal unter dem Titel »Berlinische Bibliothek« heraus, wovon der Herr Ramler sagt, die Verfasser wollen den Auswärtigen die gute Idee, die sie von Berlin haben, völlig benehmen.«

---

*) Nur eine kleinere Stelle aus diesem Briefe war bereits bekannt.

Bei diesen Klagen über die deutsche Literatur wurde die französische Literatur lebhafter ins Auge gefaßt. So schrieb denn Gleim: »Neulich habe ich die „Oeuvres de Grecourt" in vier kleinen Oktavbänden auf ein paar Stunden gehabt. Sie sind sehr rar, weil man sie wegen einiger allzufreien Stücke wider den französischen Hof konfisciert hat. Er übertrifft an Naiveté oft den La Fontaine. Der Vorredner nennt ihn den französischen Anakreonten, aber vermuthlich nur wegen seines natürlichen schönen Ausdrucks, denn er hat wenig' Lieder, und meist sehr freie Erzählungen. „L'origine des puces" war ein Meisterstück. Es waren ihm auch die »Küsse«, die Hagedorn dem Ferrand zuschreibt, ingleichen die schöne Ekloge in St. Mard nebst vielen anderen Stücken, die mir schon bekannt gewesen sind, zugeschrieben. Lassen Sie diesen Freigeist nicht aus den Händen, wenn er Ihnen vorkommen sollte. Haben Sie auch einige Bogen lateinische und französische Gedichte gesehen, unter dem Titel: „Le Voluptueux"? In der Priapeia kommt wenig Tolleres vor. O wie keusch ist mein heidnischer Anakreon gegen solche Christen!«

Da in diesem Briefe Hagedorn erwähnt ist, so schließen wir mit der nachträglichen Anführung folgender Briefstelle von Uz aus dem Jahre 1744: »Wir haben das große Exempel des Herrn von Hagedorn vor uns, und sollten billig alle Wege nehmen, wodurch er zu der Vollkommenheit gelangt ist, die wir an ihm bewundern. Ich weiß wohl, daß Sie, mein Werthester, eines solchen kleinen critici, als ich bin, nicht benöthigt sind, da Sie weit größere und sinnreichere Leute um sich haben, unter deren Feile Sie Ihre, an sich schönen Gedichte geben können. Ich aber brauche Sie, dessen guter Geschmack durch den Umgang mit den Berlinischen beaux esprits so fein als möglich geworden, insonderheit in der neuen Art der Gedichte, worinnen ich angefangen habe mich zu üben. Ich singe von Liebe und Mädchen, da ich doch von der einen so wenig Wissenschaft habe, als von den andern. Sie aber gehen mit Mädchen und galanten Kunstrichtern um, und können daher von solchen Sachen besser urtheilen, als ich oder auch als die sonst guten Kenner, die hier in Anspach sein mögen, die aber zu ernsthaft sind, als daß ich ihnen mit einem, manchmal freien Scherz aufgezogen kommen dürfte. A propos, zeigen Sie doch Ihrer kleinen Brünette, was ich Ihnen hiermit übersende.«

Kant's Ehrengedächtnis in Königsberg.

Aus dem literarischen Nachlasse von Albrecht Pauritius.

Am 15. Oktober 1852 erließ ein Komité die Aufforderung, freiwillige Beiträge zur Errichtung einer Kolossalstatue Kant's in Königsberg zu zeichnen. Die Namen der Komitémitglieder waren vom besten Klange, nicht bloß in der Provinz, sondern weit über deren Grenzen hinaus; auch war der ganze Plan bescheiden genug. An unverdroßner Mühe haben diese Männer es sicher nicht fehlen lassen; und doch verstrich Termin auf Termin, Jahr nach Jahr. Ob zum Schluß des zehnten Jahres das Denkmal aufgestellt sein wird, wissen wir noch nicht. Eine bessere Feder, als die meinige, wird dann die Geschichte der Bildsäule erzählen.

Meine Absicht ist nur, darauf hinzuweisen, daß Königsberg trotz dieser scheinbaren Lauigkeit das Ehrengedächtnis seines größten Bürgers würdig zu bewahren gewußt hat. Obenan steht der Einfluß, welchen, des Urhebers unbewußt, das unbeirrt verständige Kolorit in dem ganzen Sinn und Treiben der Stadt und der Provinz bei jeder Gelegenheit an den Tag legt. Haben sich auch die Geistesstrahlen über die ganze kulturfähige Erde verbreitet, so sind sie doch unmittelbar an ihrem Mittelpunkt dichter und intensiver. Man vergleiche darüber den vortrefflichen Vortrag Schubert's (abgedruckt in den »Preußischen Provinzialblättern« 1854, Heft III.): »Immanuel Kant und sein Verhältnis zur Provinz Preußen.«

Von äußern Erinnerungszeichen ist Wenig mehr sichtbar. Kant's Vater wohnte in der Sattlerstraße. Man kennt nicht einmal die Stelle, wo der große Mann geboren wurde. Der große Brand vom 14. Juni 1811 hat diese ganze Stadtgegend verändert. Von hier aus ging der Knabe täglich nach dem Collegium Fridericianum. Auch hier hat das alte Gebäude einem neuen Prachtbau Platz gemacht. Nur Eins ist noch geblieben, der Weg über den breiten Strom und der Blick auf seinen Mastenwald. Sicherlich hat dieser tägliche Weg den Grund legen helfen zu dem Universalismus des Philosophen, der uns so sehr in Staunen setzt. Da zum Durchlassen der Schiffe die Brücke aufgeklappt werden muß, hat man auch jetzt noch mitunter recht verdrießlicherweise Gelegenheit, das bunte und vielbewegte Treiben anzuschauen.

Seine ersten Vorlesungen hielt Kant in einer Oberstube des damals neu erbauten Löbenicht'schen Rathhauses. Später war hier die Kanter'sche Buchhandlung, jetzt Gräfe und Unzer. Ein Porträt (Brustbild von Becker, vom Jahre 1768) ziert noch heute das Lokal. Jene Oberstube enthält reponierte Bücher. Das Haus gehört dem Verleger der »Hartung'schen Königsberger Zeitung«. Später hat Kant seine Vorlesungen im Albertinum

gehalten, das nun auch von der Universität mit dem neuen Prachtbau auf
Königsgarten vertauscht ist. Möge Kant's Geist mit hinüber gezogen sein!

Kant hat seine Wohnung mehrmals geändert, bis er zuletzt in der
Prinzessinstraße sich für die Dauer ansiedelte. Das Haus kaufte später
der Zahnarzt Döbbelin, der seinem großen Vorgänger zu Ehren eine kleine
Marmortafel über der Hausthüre anbringen ließ, welche mit goldnen
Buchstaben die Worte zeigt: »Hier wohnte und lehrte Kant.« Döbbelin
bot es vergeblich dem Staat und der Universität an. Jetzt ist es zu Läden
eingerichtet, wird aber bei festlichen Umzügen stets noch gegrüßt. Die
innere Einrichtung ist eine andre geworden. Schräg gegenüber soll an
einer wunderschönen Stelle künftig sein Bild stehen.

Von hier aus ging Kant täglich, und zwar allein, spazieren, gewöhnlich
über die grüne Brücke und dann rechts ins Freie. Hippel, der damalige
Stadtpräsident, nannte den Weg, seinem Freunde zu Ehren, den Philo-
sophengang. Seitdem hat sich dort Viel geändert. Im Mai 1850 begann
der Bau des Bahnhofs. Später kam noch der Festungsbau dazu. Früher
war das Ganze eine große morastige Wiese, von Millionen Fröschen be-
völkert, deren Schnarren und Unken so lebhaft zu tönen pflegte, daß es
ein Zwiegespräch hinderte. Nach Kant's Tode wurde aus dem Brandschutt
und dem verkohlten Getreide quer durch die Wiese der sogenannte Thränen-
damm gebildet. Kant promenierte meist dahin, wo jetzt das Hôtel Sanssouci
steht und wo damals ein bescheidenes Etablissement für Hamann, den
»Magus des Nordens«, von Kanter angekauft war. Zweimal, so erzählt
man, kam hier Kant in Lebensgefahr, einmal durch einen Deserteur und
einmal durch einen wahnsinnigen Fleischer. In beiden Fällen rettete ihn
der ehrwürdige Eindruck, den seine Persönlichkeit machte. Diese beiden
Anekdoten kursieren noch jetzt neben der von dem fehlenden Rockknopf, der
ihn im Vortrage gestört haben soll, als der Student ihn durch einen neuen
ersetzte. Das ist so ziemlich Alles, was der Königsberger Bürger von
Kant zu erzählen weiß. Etwas Imponierendes lag in seiner Persönlichkeit
sonst nicht. Sein Körper war schwächlich, was den Knochenbau und mehr
noch was die Muskulatur betraf. Er war kaum fünf Fuß hoch, die Brust
war flach, fast eingebogen, der rechte Schulterknochen hinterwärts etwas
verrenkt. Dagegen zog in dem nicht besonders großen Kopf das sprechende
Augenpaar unwiderstehlich an. Die untere Gesichtspartie drückte grobe
Sinnlichkeit aus, wie man Das am deutlichsten an der Todtenmaske wahr-
nimmt, welche Professor Knorr gleich nach dem Ableben nahm. Der
Schädel ist sehr merkwürdig. Das Kostüm ist von dem Friedrichsbilde
in Berlin her bekannt. Ein Gegenstand für die ästhetische Kunst ist sein
Bild nicht. Eine ältere Büste von Hagemann, Schadow's Schüler, aus
karrarischem Marmor, stand von 1811 bis 1820 in der Halle der Domkirche
und wurde dann in das Auditorium Maximum der Albertina geschafft.

Eben daselbst sah man die Statuette von Bräunlich, welche den armen Kant sitzend im antiken Kostüm darstellt.

Begraben wurde er, als der letzte akademische Lehrer, in dem sogenannten Professorengewölbe der Domkirche, am 28. Februar 1804. Im Jahre 1809 stellte Scheffler ihm einen Marmorstein auf, welcher außer einem goldnen Stern die Stelle bezeichnet, wo er zu Staub geworden ist. Über dem Professorengewölbe wurde 1810 eine Halle gebaut und Stoa Kantiana genannt. Hier haben Lehrer und Schüler manch ein akademisches Viertel in ernsten und heitern Gesprächen gelustwandelt, bis sie baufällig und, da die Mittel der Instandhaltung fehlten, mit Latten vernagelt wurde. Ob man sie jetzt abbrechen wird, weiß ich nicht.

Viel bedeutsamer, als diese dürftigen Merkzeichen, ist die eigenthümliche Feier seines Geburtsfestes und seines Todestages.

Wie Kant überhaupt gern Gäste zu Tisch hatte, so pflegte er namentlich auch an seinen Geburtstagen die nähern Freunde um sich zu versammeln. Das geschah noch am 22. April des Jahres 1803, obgleich der hochbetagte Greis damals schon in jeder Hinsicht sehr geschwächt war. Im Jahre 1805 wurde auf den Vorschlag Motherby's (der Vater, Doktor William Motherby, gehörte zu Kant's genauesten Freunden) die Sitte erneuert. Dreißig Verehrer des Philosophen (ursprünglich war die Zahl auf zwölf festgesetzt) versammeln sich am 22. April im »Deutschen Hause« zu einem Festmahl, bei welchem irgend ein auf Kant oder seine Schriften bezüglicher Vortrag den Mittelpunkt bildet. Auf Bessel's Antrag wurde der Vorsitzende für das nächste Jahr, welcher namentlich auch für den Vortrag zu sorgen hat, durch einen Bohnenkuchen bestimmt, wie er vieler Orten am 6. Januar, dem Tage der drei Könige, in dem engern Familien- oder Freundeskreise verspeist wird. Minister von Schön und Kanzler von Wegnern sind wohl die letzten Theilnehmer dieser Gesellschaft gewesen, welche den großen Todten noch von Angesicht zu Angesicht kannten.

Die eigenthümliche Feier des Todestages verdankt die Universität der Stiftung des Regierungsraths Karl Friedrich Schreiber, vom 21. Februar 1816. Jeder Studierende kann ein beliebiges Thema aus Kant's Schriften wählen und (in einem Jahr deutsch, im nächsten lateinisch) schriftlich behandeln. Die bestgelungene Arbeit wird am 12. Februar öffentlich in der Aula vorgelesen und erhält 35 Thaler Prämie. Kleinere Preise erhalten die nächstbesten Aufsätze. Seitdem Rosenkranz in so anregender Weise seine Schüler zu fördern weiß, hat die Zahl der Konkurrenten sehr zugenommen. Im Jahre 1840 hielt der Studiosus der Theologie Caspary den Vortrag. Er ist jetzt Professor der Botanik und Inspektor des botanischen Gartens in Königsberg, der Nachfolger des rühmlichst bekannten Meyer. Einen Preis erhielt der Studiosus der Theologie Ferdinand Gregorovius, welcher jetzt in Rom uns so schöne Früchte seiner fleißigen Muße bringt. Den zweiten Preis errang ich, vielleicht weil ich — gewiß treffend — die Schreiber'sche Stiftung mit der Sitte der Pelew-Insulaner verglich. Sie legen reife Kokusnüsse rings um das Grab eines lieben Verstorbenen in die Erde, damit auch der Nachgeborne die heilige Stelle gern besuche und schützend ehre.

Das würdigste Denkmal haben wohl Rosenkranz und Schubert ihrem großen Vorgänger gesetzt, indem sie in zwölf Bänden (Leipzig, von 1834 bis 1844) seine sämmtlichen Werke vollständig herausgaben. Schubert schrieb dazu die Geschichte Kant's, Rosenkranz die der Kantischen Philosophie.

Als Kuriosität führe ich noch an, daß 1807 ein Schiff, Namens »Immanuel Kant«, vom Stapel lief, das in Pillau befrachtet, in Aalborg als gute Prise aufgebracht wurde.

Kant's Familie stammte aus Schottland und ist wohl längst ausgestorben. Doch finde ich im Marienwerder Amtsblatt einen Aufruf des Thorner Kreisgerichts vom 23. December 1861 an die Erben des vormaligen Lehrers Johann David Nasilovsky und seiner Ehefrau Beate Wilhelmine, geborne Kant.

Flögel's »Königsberger Jubelchronik« enthält viele interessante Einzelheiten, auch über Kant. Meines Wissens ist das Buch aber noch nicht vollendet.

* Aus Dresden.

II.

Seit Monaten hätte es nicht an kleinen Veranlassungen gefehlt, dem »Orion« über mancherlei Leben und Treiben von hier zu berichten. Aber, die Wahrheit zu sagen, haben wir lange auf irgend ein besonderes, schwerer ins Gewicht fallendes Ereignis gehofft, an welches sich die vielen kleineren Vorkommnisse leicht und ungezwungen anreihen würden. Für Manche hat die Körnerfeier im August, für Andere wiederum der festliche Empfang des Königs bei der Rückkehr vom Frankfurter Fürstentage, als ein solches Ereignis gegolten. In beiden Fällen spielte natürlich der allgemeine Festdrang des Jahres 1863, und zum Theil auch die alte Rivalität zwischen der sächsischen Residenz und Leipzig, eine Hauptrolle. Leipzig hatte sich beim Turnfest prachtvoll geschmückt, es verstand sich von selbst, daß Dresden die erste Gelegenheit zu ähnlicher dekorativer Bethätigung ergreifen mußte, womit wir übrigens weder der einen noch der andern Feier zu nahe zu treten gedenken. Vielleicht sind Diejenigen im Unrecht, welche an dem Festtaumel dieses Jahres nur das Bedenkliche,

das Niederschlagende erblicken, welche den Jubel am Ernst der Zeit messen
und vor dem Mißverhältnis erschrecken. Vielleicht werden durch diese
Feste Kräfte und Empfindungen im deutschen Volke erweckt, die zeither
schlummerten, wenn schon der schneidende Kontrast jener Thränen, welche
der florumwundnen Fahne Schleswig-Holsteins allerorts geweint wurden,
mit den dürftigen Einnahmen des Unterstützungskomités für die vertrie-
benen Schleswiger stark dagegen zu sprechen scheint. Doch im »Orion«
soll weniger die politische und sociale, als die ästhetische Seite dieser
Feste in Frage kommen. Und von dieser Seite bot die Dresdner Körnerfeier Anlaß zu mannichfacher Betrachtung. Gewiß war die Geburtsstadt
des Sängers von »Leyer und Schwert« vor Allen berufen, das Andenken
an ihn zu feiern, und schmählich hätte es heißen müssen, wenn die fünf-
zigjährige Erinnerungsfeier des Jahres 1813 vorübergegangen wäre, ohne
daß man des Dichters gedacht hätte, welcher seine Befreiungslieder mit
seinem Herzblute besiegelte. Daß bei solchen Gelegenheiten die Kritik
schweigt, daß man nur der Vorzüge des Gefeierten gedenkt, versteht sich
am Ende von selbst. Aber es ist widrig und geschmacksverderblich, wenn
darüber hinaus Vorzüge und Verdienste erdichtet werden, wenn man einem
festgestellten Urtheile ins Gesicht schlägt. Körner's Verdienst liegt im
Schwunge seiner Begeisterung, und man darf sich überzeugt halten, daß
er bei längerem Leben auch in großen poetischen Werken die Höhe erreicht
haben würde, auf der er mit den Gedichten des Jahres 1813 steht. Ihn
als den größten Nachfolger Schiller's bezeichnen, seine rhetorischen Jugend-
dramen Meisterwerke taufen, und aus der Popularität Körner's folgern,
daß er schon als zwanzigjähriger Jüngling der Unsterblichkeit durch
»Hedwig« und »Toni« sicher gewesen sei, ist ebenso verkehrt wie unwahr.
Man kann bei einer Veranlassung, wie die Körnerfeier, den »Zriny«
wieder einstudieren, ohne Diejenigen des geistigen Hochmuths, der Pedanterie
und aller möglichen schlimmen Dinge anzuklagen, welche das genannte
Werk für kein vollendetes Trauerspiel halten können. Bei sämmtlichen
Festen der letzten Jahre hat sich die Neigung gezeigt, in dieser Weise
über alles Maß hinaus zu gehen. Körner ist seiner Nation wahrlich
genug gewesen, hat ihr genug geleistet und verheißen, sein Name trägt zu
wohlerworbene Kränze, als daß man ihm noch Lorbern zu spenden
brauchte, die er nicht errungen hat! — — Während die Körnerfeier für
das Hof-Theater Veranlassung ward, den »Zriny« in Scene zu setzen,
suchte man der in Meißen tagenden deutschen Philologenversammlung durch
die Aufführung des »Ödipus in Kolonos« mit Mendelssohn's Musik
einen dramatischen Genuß zu bereiten, welcher zum Ernst dieses gelehrten
Kongresses im Verhältnis stand. Abgesehen hievon, läßt das Repertoir
Novitäten von Bedeutung andauernd vermissen, denn die Mautner'sche
»Eglantine« kann doch unmöglich für Alles, was vermißt wird, Ersatz

leiften. Wenn die Abneigung gegen lebende Dichter, wie es scheint, unüberwindlich ist, so giebt es ja noch »Novitäten« von längst verstorbenen zu spielen, Immermann's »Andreas Hofer« oder »Alexis« würden hoch-willkommen sein, und wenn Emil Devrient's Gastspiel zur Wiederauf-führung des Kleist'schen »Prinzen von Homburg« führte, so würde der Theil des Publikums, der wahrhaftes Interesse am Drama nimmt, dank-barer dafür sein, als für »Die Schule des Lebens« und ähnliche Herr-lichkeiten.

Auf dem Gebiete der Oper erschien mit leidlichem Erfolg ein neues Werk von Gustav Schmidt, dem Komponisten des »Prinz Eugen«, das sich »La Reole« betitelt. Eine neue Oper Ferdinand Hiller's (soviel wir hören: »Der Wahrsager«) steht noch in Aussicht, wird aber vermuthlich das Schicksal theilen müssen, welches, mit Ausnahme der Wagner'schen, alle neueren Opernkompositionen betroffen hat: nach einem Achtungserfolg bei Seite gelegt zu werden. — Die Musik scheint in diesem Winter einen breiten Raum in Anspruch zu nehmen, denn, außer den üblichen Koncerten der königlichen Kapelle, den Quartettsoiréen ein-zelner ihrer Mitglieder, wird Herr Hans von Bronsart einen Cyklus von Abonnementskoncerten, Herr Hans von Bülow drei Klavierkoncerte veranstalten. Die musikalische Richtung beider Herren ist bekannt genug, beide gehören zu Liszt's vorzüglichsten und talentreichsten Schülern und Niemand wird ihnen ihre glänzende Befähigung, sowie den aufrichtigsten und ehrenhaftesten Enthusiasmus für ihre Kunst in Abrede stellen. Der neueren Musik gegenüber (wiederum Wagner's Opern ausgenommen) hat sich aber Dresden so überkonservativ und abweisend gezeigt, daß es nur ersprießlich und genußreich sein kann, in den Koncerten Bülow's und Bronsart's eine nähere Bekanntschaft mit derselben zu gewinnen.

Die öffentlichen Vorlesungen, welche hier fast immer ein theilnehmendes Publikum finden, gehen augenblicklich — mit alleiniger Ausnahme der kunsthistorischen Hettner's — lediglich von pädagogischen Kreisen aus, und tragen größtentheils den Charakter des »Lehrhaften« stärker, als wünschenswerth ist. Jener Welt, welche ihre Rechnung bei der populären »Belehrung« nicht findet, vermuthlich auch bei bedeutenderen und glän-zenderen Vorträgen kaum finden würde, wurde eine treffliche Unterhaltung durch Herrn Vicomte Alfred de Caston bereitet, der eine Reihe von Abenden seine Künste producierte. Da genannter Herr die geistreichen Plaudereien, mit denen er dieselben würzt, lediglich im elegantesten Fran-zösisch vorträgt, wäre es jedenfalls im Unrecht, den Namen eines »Presti-digitateurs«, den er sich beilegt, mit dem eines »Taschenspielers« zu ver-tauschen. Wenn man ihn aber den »Prestidigitateur des zweiten Kaiserreichs« nennt, so ist Das vielleicht insofern bezeichnend, als er in der That mit wohlklingender Suade, und unter regelmäßiger Mitwirkung der Getäuschten und Geblendeten, vortrefflich zu täuschen und blenden versteht.

Einem wahrhaften und in jeder Weise aufstrebenden hiesigen Künstler, dem Bildhauer Johannes Schilling, ist der von der Goethe-Stiftung in Weimar ausgesetzte Preis von tausend Thalern für seine zum Schmuck der Brühl'schen Terasse bestimmten plastischen Gruppen zu Theil geworden. Schilling ist ein Schüler Hähnel's und Rietschel's, der beiden Künstler, welche Dresden zur Hauptstätte der deutschen Skulptur gemacht haben. Aber wenn nicht schon durch frühere Werke, hat sich Schilling durch seine Gruppen den Meistern hinzugesellt und wir dürfen uns freuen, daß der erste Preis der Goethe-Stiftung einem unzweifelhaft Würdigen zu Theil geworden ist.

Von der Kunstausstellung, welche Ende Septembers geschlossen ward, haben wir absichtlich geschwiegen. Den Bedürfnissen der Käufer nach einer Anzahl Landschaften und Genrebildern hat sie ohne Zweifel entsprochen, an den üblichen Verzerrungen, Geschmacklosigkeiten und Jämmerlichkeiten fehlte es selbstverständlich ebenso wenig. Warum die Ausstellungskommission eine gewisse Zahl von »Bildern«, die man nur im Spott Kunstwerke nennen könnte, nicht regelmäßig zurückweist, haben wir uns in diesem Jahre so gut wie in anderen fragen müssen. Es ist aber nutzlos, auf Übelstände zurückzukommen, die tausendfach gerügt und doch anscheinend mit dem Bestand der Kunstausstellungen organisch verwachsen sind. Unter einigen Werken, die im höhern Sinne bedeutsam waren, erregten Führich's Zeichnungen »Der bethlehemitische Weg« bei den Kirchlichgesinnten, Theodor Grosse's Arbeiten aber wohl bei allen für Kunst Empfänglichen besonderes Interesse. So meisterlich auch des Letztern Bild »Abraham« ausgeführt war, so möchten wir doch den von dem jungen Künstler ausgestellten kleinen »Aquarellen« den Vorzug geben, und Dies lediglich, weil uns in denselben die wahre Natur und die Eigenthümlichkeit Grosse's, welche ihn auf poetisch weltliche Darstellung hinweist, besser zum Ausdruck zu kommen scheinen, als in dem großen biblischen Bilde. Je seltner eine wirklich ausgesprochene Begabung ist, um so eifriger sollte dieselbe gepflegt werden, wenn schon es keinem Künstler schaden kann, daß er einen Schritt rechts und links vom eigentlichen Mittelpunkt seines Talents versucht. — Die vielerwartete und zum Voraus besprochene Ausstellung der Preller'schen Odyssee-Kartons ist hier noch nicht erfolgt; München, Kassel und andre Städte sind darin bis jetzt glücklicher gewesen, als Dresden.

Das deutsche Gespenst in Frankreich.

Historisch-patriotische Phantasien, von Hermann Semmig.

(Schluß.)

1848! Noch kann ich den Blick nicht wegwenden von dir, Jahr der blutigen Ironie! Jawohl, ironisch, lächerlich und doch höchst schmerzlich war es auch zu sehen, daß fast alle die Liberalen, die seit 1816 oder 1830 für die Rechte des deutschen Volkes gekämpft hatten, auf einmal zaghaft und endlich reaktionär wurden. Mathy — der Verräther! Bassermann — sein Alter ego ... Dann kamen die Altklugen und jammerten: die Demokraten haben Alles verdorben mit ihrer Hitze. Als ob ohne diese Demokraten nur das geringste Resultat erkämpft worden wäre!

Jahr der jämmerlichsten Ironie! Dreißig Jahre lang war es verboten, die Farben des deutschen Reichs zu tragen; war dasselbe doch von den deutschen Dynasten konfisciert worden, die es als einen Hochverrath an ihrer »Majestät« bestraften, wenn Jemand es wagte, die Nationalfarben, versteht sich: die Farben der deutschen Nation, zu tragen. Da wollte man 1843 im Andenken an den Vertrag zu Verdun die tausendjährige Existenz des deutschen Staates feiern. In Leipzig veranstaltete ein Wirth ein Fest, zu dem er mit der Ankündigung einlud, daß die deutschen Banner in seinem Garten wallen würden. Natürlich dachte Jeder an das dreimal heilige Schwarz-Roth-und-Gold. Was wurde daraus? Grünweiße Fähnchen, die Farben des Landes Sachsen, waren aufgesteckt und vor den Thüren gingen Polizeidiener auf und ab, damit ja kein deutsches National-gefühl zum Ausdruck kommen möge. Das einzige patriotische Gefühl, mit dem man diese Feier begehen konnte, war patriotische Scham. In demselben Jahre hatte die letzte »Demagogenverfolgung" gegen die Burschenschaft stattgefunden. Was war ihr Verbrechen? Ein schwarzrothgoldnes Band zu tragen. Und noch am zweiundzwanzigsten Februar 1848 wäre man für diese Farben eingesteckt worden. Und siehe da! es fällt den Parisern ein, eine Revolution zu machen, ihren König zu verjagen und eine Republik zu proklamieren. Und nun auf einmal ist es jedem Deutschen erlaubt, die drei Farben auszuhängen, wie er will und wo er will. Was hatte denn die französische Revolution mit unsern drei Farben zu thun? Was für Einfluß hatte sie auf eine Rechtsfrage? Warum war auf einmal eine Tugend, was kurz vorher noch ein Staatsverbrechen gewesen war? Warum? Nun, Das ist ja eben der Humor davon, daß eine Antwort auf dies Warum so unsinnig ist, als dieses selbst. Da war gar kein Zusammenhang, gar keine Rechtsfrage, gar kein Staatsverbrechen. Die Dynasten, die sich auf Kosten des deutschen Reichs, der deutschen Nation, zu erblichen Eigenthümern von Ländertheilen gemacht hatten, die sie Anfangs nur als vom Kaiser eingesetzte und absetzbare Beamten verwaltet hatten, diese Dynasten hatten die Reichsfarben als unbequem verboten, weil dieselben ihnen ihr Unrecht, ihr Majestätsverbrechen gegen Kaiser und Reich, ins Gedächtnis riefen, und jetzt ließen sie nur gewähren, was sie nicht ändern konnten, — aus Furcht.

Die Ironie wird aber noch schneidender. Metternich war der Mann gewesen, der diese Farben am boshaftesten verfolgt, am giftigsten verklagt hatte. Er hätte es als einen Schimpf betrachtet, sich mit diesen Farben zu schmücken. Jetzt schickt nun Österreich einen Metternich als Gesandten nach Paris, es ist auf irgendwelcher Ambassade Ende des Karnevals 1851 ein großer kostümierter Ball, auf dem auch Frau von Metternich erscheint. In was für Farben erschien sie, die reizende Gitana? In den Farben des deutschen Reichs, in Schwarz-Roth-Gold!... Nun, was für ein Gesicht machen Sie da? Lachen Sie oder weinen Sie? oder thun Sie Beides zugleich wie Andromache, die Gattin des helmumflatterten Hektor's? Es ist so; eine Metternich schmückt sich mit dem heiligen Schwarz-Roth-und-Gold. Ob sie wohl dabei an die unzähligen edlen Jünglinge gedacht hat, die ihr Onkel oder Schwiegervater um dieser Farben willen mitten in der blühendsten Jugend in den Kerkern verschmachten ließ? ob sie wohl dabei bedacht hat, daß diese Farben zu tragen nur in Folge des Volks-aufstandes erlaubt worden ist? Wahrlich, wenn nicht das weibliche Zart-gefühl, schon der politische Takt hätte ihr gebieten sollen, nicht diese Farben zu erwählen. Aber — könnte man mir einwenden — es ist grade ein schöner Sieg, daß selbst eine Metternich im Auslande, auf einem Ball, wo sie officiell eine deutsche Macht repräsentiert, doch Deutschlands Farben zu ihrem Schmucke wählt? Es ist ein stolzer Gedanke für den Patrioten, daß selbst der geborne Gegner der nationalen Sache den Triumph derselben anerkennt, indem er ihre lang verfolgten Farben zu seiner Festkleidung adoptiert. Nun, es mag sein; ich will Ihnen erlauben, »in Thränen zu lächeln«, wenn es ein Siegeslächeln ist. Nur ich, eins der zahllosen Opfer der Metternich'schen Politik, ich spüre von diesem Siege Nichts.

Wir sind hiemit am Schlusse unserer Darstellung. Nach 1848 ist Nichts mehr zu schreiben, es gilt zu handeln, die Errungenschaften zu wahren oder wieder zu erobern und aus der Reichsverfassung eine Wahr-heit zu machen. Eine vorherige Durchsicht und Korrektur ist aber freilich nöthig, wenn nicht mehr. So gern ich auch auf einzelne Details in Ewerbeck's Werk eingehen möchte, worin kein der Demokratie theurer Name vergessen ist, so muß ich doch hier schließen. Aber sonderbare Ge-danken stiegen mir bei der zweiten Schilderhebung Struve's auf, der in Lörrach die deutsche Republik proklamierte und zu Feldherren Sigel, Willich und Becker hatte. Zehn Jahre später waren diese Drei in Nordamerika

Generale der Republik der Vereinigten Staaten; Willich hat den Tod der
Ehre auf dem Schlachtfelde gefunden. *)

Nur zwei Punkte will ich noch herauswählen. Erstens das Urtheil
Ewerbeck's über die Czechen. Er sagt Seite 629: »Die Opposition
der jungen Wiener Demokratie war nicht mächtig genug, um die Habsburgische Dynastie zu stürzen und die antidemokratischen Bestrebungen in
Prag zu unterdrücken, dessen Bevölkerung seit mehreren Jahren von der
ultra=czechischen Partei des Dr. Rieger gegen die deutschen Einwohner auf-
gereizt wurde. Diese Taktik des Dr. Rieger ist ganz verkehrt, sie ist sogar ver-
brecherisch, denn es handelt sich mitten im 19. Jahrhundert nicht darum,
eine Nation gegen die andere aufzureizen, als ständen wir noch im Mittelalter, sondern alle unterdrückten Völker unter einander zu verbrüdern.
Allerdings haben sich der deutsche und der czechische Stamm beinahe ein
Jahrtausend hindurch oft feindlich gegenüber gestanden, aber sie verdanken
sich auch gegenseitig große und fruchtbare Anregungen. Deutschland hat
den Czechen die Wissenschaften und Künste und die Industrie gegeben,
und das Czechenland hat auf dieses herrliche Geschenk edel erwidert,
indem es die hussitische Reformation, die unsterbliche Vorläuferin der
lutherischen, hervorgebracht hat. Später hat die perfide Dynastie der
Habsburger durch ihre Soldaten und ihre aus Deutschland geborenen
Büreaukraten den Aufschwung der czechischen Nation niedergedrückt; aber
wenn der deutsche Name in Böhmen verhaßt geworden ist, so ist Dies die
Schuld der Diplomatie und nicht der deutschen Nation. Wie Dem auch
sei, die panslavistische Partei hat sehr schlecht gegen die deutschen Demokraten
verfahren... Diese Partei thut durchaus nicht ihre Schuldigkeit, indem
sie dem russischen Zar ihre Hand reicht... Eine politische Partei, die
sich der Gunst von St. Petersburg erfreut, kann unmöglich der Freund
des europäischen Fortschritts sein. Nach einer Menge machiavellistischer
Ränke gelang es dem kaiserlichen Hofe, das Blut der Deutschen und der
Czechen in Prag, das der Ungarn und Kroaten an den Ufern der Donau
fließen zu lassen. Deutsche, Ungarn, Czechen und Kroaten im Streite —
was brauchte es noch Weiteres, als gegen sie die Gallizier und Wallachen
zu hetzen? Habsburg, im Einverständnis mit dem Zar und der pan-
slavistischen Partei in Prag und Ungarn, warf endlich im Herbst 1848
mit slavischen Regimentern, aus Kroaten und Galliziern bestehend, die
deutsche Demokratie in Wien zu Boden, und dasselbe Höllenwerk gelang ihr
in der Lombardei.«

Allerdings ist es unbestreitbar, die slavische Race hat den Sieg des
Despotismus in Östreich auf ihrem Gewissen. Und wenn man jetzt in
Wien liberale Experimente vornimmt, so wollen wir noch daran erinnern,

*) Unseres Wissens ist die Nachricht von Willich's Tode widerrufen worden.
D. Red.

daß der kaiſerliche Statthalter in Prag in dieſem Jahre den Landtag des deutſchen Reichslandes Böhmen, auf welchem die deutſchen Abgeordneten die Mehrheit bilden, mit einer czechiſchen Rede eröffnet hat. Wie reimt Das mit der habsburgiſchen Begeiſterung für Deutſchlands Wiedergeburt zuſammen? Als 1859 die italiäniſchen Beſitzungen Habsburg's bedroht waren, verlangte das Letztere, ganz Deutſchland ſolle für dieſelben einſtehen, und heuer wahrt es nicht einmal die deutſchen Rechte in Böhmen! Was ſie da fabeln von der neuen Ära Öſtreichs, iſt lauter Phraſe; divide et impera! bleibt Habsburg's Staatsgrundſatz.

Ich komme auf den zweiten Punkt, den ſchmerzlichſten von allen. Ganz Europa iſt entrüſtet über die Tyrannei, unter welcher das polniſche Volk ſeufzt; das verletzte Rechtsgefühl der gebildeten Welt ſchreit um Rache und klagt die ruſſiſche Regierung vor dem Richterſtuhle der Geſchichte an, daß ſie frevelhaft Alles verhöhnt und zertritt, was nur einem Volke heilig iſt: heimiſche Sitten, Sprache, Freiheit des Gewiſſens, die Gräber der Vorfahren, Eigenthum und was nur das Leben zum Leben macht. Nun wohl, auch Deutſchland hat ſein Polen; es giebt ein deutſches Land, einen deutſchen Volksſtamm, der eben ſo ſchimpflich, eben ſo tyranniſch mit Füßen getreten wird, wo der Fremdling mit frecher Willkür ſchaltet und Alles mit Füßen tritt, was ein Volk zum Volke macht, wo er mit barbariſcher Rohheit ſelbſt die Gräber beſudelt, Dasjenige, was ſelbſt dem Wilden heilig iſt, wo er der heilig beſchwornen Verträge ſpottet, wie nur ein roher Bube, wie nur ein Däne ihrer ſpotten kann: Schleswig-Holſtein. Und was das Fluchwürdigſte dabei iſt, wir haben nicht einmal die Entſchuldigung oder den Troſt, daß wir der Übermacht erliegen. Nein, wir ſind ein Volk von vierzig Millionen, und Dänemark zählt (ich ſchließe hier das zum Drittheil däniſche Schleswig mit ein) nicht einmal zwei Millionen! O, was iſt Hamlet's Qual gegen dieſen Gedanken! Wir ſind vierzig Millionen und heben den Arm nicht auf, um dies freche Volk Achtung zu lehren, und ziehen das Schwert nicht, um den Fremdling hinauszujagen und unſre Brüder zu ſchützen? Aber nein doch, wir ſind gar treffliche Patrioten, wir haben das lebendigſte Mitgefühl für den deutſchen Bruderſtamm und die Kourage fehlt uns wahrlich nicht, wir ſind bereit, Gut und Blut einzuſetzen und hinauszuziehen in den heiligen Kampf, wenn — wenn es nur die Polizei uns nicht verböte! Wir wollen wohl die Ehre Deutſchlands ſchützen, aber — unſre Regierungen wollen es nicht. Es giebt eben — glaubt es doch endlich, was ihr mit Händen greift! — es giebt noch kein Deutſchland, kein deutſches Volk, es giebt nur dreißig verſchiedene Regierungen, die ſich ſo nebenbei deutſch gebärden, aber im Grunde nur Lichtenſteiniſch oder Lebenſteiniſch ſind.

Und nun — o der verkehrten Welt! o des Spottes, der Einen noch verrückt machen kann! — nun kommen noch die Stimmen des Auslands in franzöſiſchen und engliſchen Zeitungen und klagen das große Deutſchland des Mißbrauchs der Gewalt gegen das kleine ohnmächtige dänische Volk an, das man (Frankreich oder England, lieber gleich beide zusammen) gegen den deutschen Übermuth schützen solle. Ha, ha, ha!! Lachen Sie, nun zum Teufel! so lachen Sie doch! Sehen Sie denn nicht, wie das arme dänische Volk von dem großen deutschen Michel gemißhandelt wird? Sehen Sie doch hin! genau! Nun, was sehen Sie?

Sie sehen: Daß die dänische Justiz ein Kind ausprügeln läßt, weil es deutsch fühlt, wie es deutsch spricht.

Sie sehen: Daß dänischer Frevel das Grabmal Preußer's, des deutschen Helden, besudelt und zerstört.

Sie sehen: Daß das Kopenhagener Ministerium dem Regierungsrathe Engel seine in aller Form Rechtens zugesicherte Pension entzieht und schamlos und gewissenlos den Gerichten verbietet, eine Klage des Beraubten gegen den Fiskus entgegenzunehmen.

Sie sehen: Daß man an deutsche Anstalten dänische Beamten schickt und die deutsche Sprache durch die dänische verdrängt; Beispiel: die Taubstummenanstalt in Schleswig unter dem berüchtigten Jörgensen.

Sie sehen: Daß unter den 56 Lehrern der höheren Unterrichtsanstalten nur noch sechs Deutsche sind.

Sie sehen: Daß selbst die Religion besudelt wird, indem man über hundert dänische Subjekte als ebenso viel' dänische Polizisten an deutschen Pfarreien anstellt.

Sie sehen — Nun, Sie sehen, daß das ebenso freche wie winzige Dänemark dem deutschen Volke ins Gesicht spuckt.

Noch ein Wort hinzuzufügen fällt mir nicht ein. Ewerbeck würde heute wahrscheinlich auch schweigen. Aber er schrieb 1851. Folgendes sind seine Worte:

»Der Streit zwischen Schleswig-Holstein und Dänemark, mit welchem sich die Zeitungen in Frankreich und England oft beschäftigt haben, ohne viel zu wissen warum, und zuweilen gar indem sie das Geld wogen, das die dänische Regierung die Güte hatte, ihnen zu schicken, ist eine ziemlich verwickelte und im Allgemeinen wenig verstandene Sache. Was das ausschließlich von Niedersachsen oder Niederdeutschen bewohnte Herzogthum Holstein betrifft, so wäre es Narrheit, noch ein Wort über die unsinnigen Anmaßungen einer gewissen Partei in Dänemark zu verlieren, die es der Kopenhagener Monarchie einverleiben möchte. Das Herzogthum Holstein kann die Ehre haben, die Lüsternheit der dänischen Kamarilla zu reizen; dieses herrliche Land bringt die schönsten Rinderherden und Pferde hervor; es liefert außerdem der Handelsmarine die besten Matrosen; und gerade deßhalb wird und soll es die dänische Kamarilla niemals besitzen. Das Herzogthum Schleswig erzeugt ganz dieselben Reichthümer, aber seine Bevölkerung besteht aus Dänen und aus Deutschen; es bildet geographisch

ben Übergang zwischen Holstein und Jütland oder der cimbrischen Halb-
insel. Die letztere war von den Angelsachsen, die später Großbritannien
eroberten, und von den Friesen bewohnt, einem deutschen Volksstamme, der die
ganze Nordseeküste vom Amsterdamer Golf bis zur Elbmündung einnahm.
Allmählich siedelten die zur skandinavischen Bevölkerung gehörenden
Dänen von den Inseln Seeland und Fünen, der offenbar ursprünglichen
Heimat der dänischen Nation, nach Jütland über und verbreiteten sich
hier. In Jütland nahmen sie überhand, in Schleswig vermischten sich
Dänen und Angelsachsen. Seit dieser Zeit und während des ganzen
Mittelalters hat der unter dem Namen Friesen bekannte deutsche Stamm
oft gegen die Dänen gekämpft. Die heute in Jütland wohnenden
Dänen reden einen eigenthümlichen dänischen Dialekt, und man unterscheidet
sie unter dem Namen »Westdänen« von den eigentlichen Dänen auf den
Inseln. Die Westdänen sind sicherlich ein skandinavischer Volksstamm,
aber man kann ihre Mischung mit deutschem Blut nicht leugnen, sie sind
wie ein Kilogramm Eisen, mit einer Unze Kupfer vermengt. Anders ist
es im Herzogthum Schleswig; hier ist die Bevölkerung des nördlichen
Theiles dänisch, aber die des südlichen Theiles ganz deutsch. Zugleich darf
man nicht vergessen, daß in allen so zahlreichen großen Städten Schleswigs
die deutsche Sprache vorherrscht, unter den Beamten und der Bürgerschaft
die hochdeutsche, unter den Arbeitern die niederdeutsche.«... (Folgt eine
Schilderung des höheren Einflusses Deutschlands, namentlich seiner Literatur,
auf Dänemark, das unter Struensee sogar die deutsche Sprache als officielle
Sprache gebrauchen mußte, welches Unrecht das heutige entgegengesetzte
nicht entschuldigt; die Dänen mögen Dänen bleiben, sie sollen nur auch
die Deutschen Deutsche sein lassen.) Ewerbeck fährt fort: »Die Politik
der dänischen Dynastie, bis 1600 durch die Adelsaristokratie Dänemarks
beschränkt, begünstigte die Herzogthümer Schleswig und Holstein, in welchen
die Aristokraten weit geringere Macht besaßen. Christian I. hat die Dynastie
feierlich erklärt: »Indem wir das Land Schleswig an uns nehmen, hüten
wir uns wohl, es als eine dänische Provinz zu betrachten, wir lassen den
unter einander verbundenen Ländern Schleswig und Holstein das Recht,
Eingeborne zu Ober= und Unterbeamten zu haben.«... Heutzutage ist
nun aber eine große Menge dänischer Beamten hier eingeführt worden,
und zwar zum großen Leidwesen der deutschen Bevölkerung. Diese letztere
wünscht vor Allem die Trennung der Finanzen Dänemarks von denen
der Herzogthümer. Die Deutschen sagen, daß die 800,000 Einwohner
Schleswig=Holsteins ebenso viel' Auflagen bezahlen wie 1,300,000 Einwohner
des Königreichs. Die Dänen nennen Dies einen Irrthum.... Wie Dem
auch sei, jeder wahrheitsliebende Däne wird sagen, daß in dem Herzogthume
Schleswig das deutsche Element seit vier oder fünf Jahrhunderten ein
wachsendes Übergewicht erhalten hat, und daß das Gebäude der dänischen
Gesellschaft in Schleswig dem Falle nahe ist. Die Schleswig=Holsteiner

wissen es sehr wohl und drücken es durch ein Symbol aus, das nicht besser gewählt sein kann: eine Eiche mit zwei Stämmen, aber einer einzigen Wurzel, und deren Äste sich in einer einzigen Laubmasse vermengen. Welche Thorheit der dänischen Kamarilla, durch eine chirurgische Operation die beiden Stämme trennen zu wollen, deren Vereinigung das Ergebnis einer fünfhundertjährigen Entwicklung ist. Schon 1816 wurde diese Thorheit als Thorheit erkannt, aber eine Kamarilla lernt und vergißt Nichts. Diese Kamarilla, die sich von den Steuern der Herzogthümer und dem Sundzolle mästet, wird leider von der wissenschaftlichen Gesellschaft der Panskandinavisten unterstützt... Allein, wenn man auch die logische Nothwendigkeit anerkennt, eine skandinavische und eine slavische Konföderation vorzubereiten, wohlverstanden, beide vom demokratischen Standpunkte, so muß man doch nicht so weit ausschweifen, daß man den Interessen Deutschlands schaden will, dessen die slavischen und skandinavischen Demokraten gegen den gemeinsamen Feind, die mongolische Regierung zu St. Petersburg, gewaltig bedürfen werden. Während übrigens der nördliche Theil Schleswigs dänischer ist, als der südliche, sind die Seeküsten deutscher, als das Innere des Landes; nach dieser Vertheilung der Bevölkerung wäre es daher sehr schwierig, Schleswig nach der Sprachgrenze in zwei Theile zu schneiden.«... (Folgt ein Demarkationsvorschlag)... »Gewiß aber ist die deutsche Sprache der Kammer der schleswig-holsteinischen Volksvertreter durchaus nothwendig, weil nach dem gegenwärtigen Wahlmodus die überwiegende Mehrheit der Vertreter der unterrichteten und gebildeten, d. h. vorzugsweise deutsch-sprechenden Volksklasse angehört. Die Bestrebungen der Panskandinavisten kommen zum großen Theil von einem krankhaften Gefühl für Nationalehre her. Dieselben haben Unrecht, all ihren Haß nicht gegen die russische Regierung zu koncentrieren, die den Skandinaviern Finnland entrissen hat; sie zürnen auf die Deutschen besonders auch darum, weil Letztere zur Zeit der Hansa ihren Handel ausgebeutet hätten. Aber ist diese Ausbeutung nicht durch den schwedischen Übermuth nach dem dreißigjährigen Kriege bestraft worden?«

Diese patriotische Schutzrede für das deutsche Recht der Schleswig-Holsteiner schließt Ewerbeck mit einer energischen Anrede an diese Deutsch-fresser, Panslavisten oder Panskandinavisten. Er sagt: »Wir stellen an sie Alle eine einzige Frage, einfach und kurz, aber entscheidend: »Seid ihr Demokraten und die Feinde der russischen Regierung?« Von ihrer Antwort wird unser Verfahren gegen sie abhängen.«

Mit Entsetzen bleibe ich vor dieser Schlußfrage stehen. Seht, so weit ist es mit uns gekommen, so namenlos elend sind wir geworden, daß wir nicht einmal das Recht zu dieser Frage mehr haben. Eine deutsche Regierung, die preußische, steht auf Seiten Rußlands, und deutsche Truppen, die preußischen, stehen bereit, der russischen Regierung zu Hilfe zu eilen. Die von Rußland unterdrückten Polen und die mit ihnen sympathifierenden Skandinavier dürfen uns fragen: »Europa will den russischen Greueln in Polen Einhalt thun; wohlan, antwortet: seid ihr Demokraten und Feinde der russischen Regierung?« Was können wir antworten? Was sollen wir antworten? Nichts. Wir haben genug gesprochen und genug geschrieben. Aufstehen sollen wir, zeigen endlich, daß wir Männer sind, und dreinschlagen.

Man ersieht aus dem Vorhergehenden, wie Ewerbeck, obgleich französischer Staatsbürger geworden, durchaus deutscher Patriot geblieben ist. Er gehörte eben — ich betone Dies ausdrücklich — zu jenen auserwählten edlen Naturen, die ihren deutschen Patriotismus nicht durch Franzosenhaß bethätigen zu müssen glauben, die, ohne zu vergessen, welche große Schuld hie und da auf Frankreichs Geschichte lastet, ohne die Gewaltthaten zu entschuldigen, die Frankreichs Volk oder Regent von Zeit zu Zeit geübt hat, doch auch die ungeheuern Verdienste dankbar anerkennen, die dieses Nachbarvolk sich um Gesittung und Freiheit erworben hat. Solche auserwählten, fein empfindenden Naturen giebt es auch in Frankreich, edle Herzen, die mit Stolz für Frankreichs Größe schlagen und doch mit Begeisterung für die unsterblichen Errungenschaften glühen, die der menschliche Geist dem deutschen Genius verdankt. Und darin liegt der Schwerpunkt der europäischen Zukunft. Es mag, ehe sich beide Nationen mit Gerechtigkeit achten und gewähren lassen, das Schwert, leider! diese Anerkennung zu erzwingen haben, denn die Massen folgen nur langsam den voranschreitenden Propheten und Führern der Menschheit. Aber unabweisbar richtet der Genius der Menschheit die Forderung an die beiden wichtigsten Nationen Europas: Versöhnt euch! denn Freiheit und Gesittung wird erst dann dauernd gesichert sein, wenn Frankreich und Deutschland vereinigt das Werk der Bildung aufnehmen. Schon erleuchtet die Sonne der Zukunft die Spitzen der Gesellschaft, und es war ihr früher Morgenstrahl, der in Ewerbeck's Auge glühte.

Außer den politischen Zuständen Deutschlands, suchte Ewerbeck den Franzosen auch die Ergebnisse der deutschen Philosophie und namentlich Feuerbach's Gedanken verständlich zu machen. Er that es in den beiden Werken: Qu'est-ce que la Réligion? d'après la nouvelle philosophie allemande. 1 vol. in 8., und Qu'est-ce que la Bible? d'après la nouvelle philosophie allemande. 1 vol. in 8. (Paris, chez les libraires Ladrange et Garnier frères). Eine andere (philologische) Aufklärung brachte er den Franzosen in der Übersetzung des Werkes von Schleicher: Les langues de l'Europe moderne. Die beiden ersteren lassen Dasjenige, was Renan über diesen Gegenstande geschrieben hat, weit hinter sich zurück; nur sind die Bände zu umfangreich, als daß sie hätten ins Volk bringen können; es hätte sich Jemand die Mühe geben sollen, sie in einem klaren, eleganten Auszuge auf die Hälfte zurückzuführen. Dennoch

haben sie viel gewirkt, und zwar namentlich in Piemont, wo die französische Sprache das Verständnis der deutschen Philosophie vermittelt. Man
kann mit Gewißheit behaupten, daß Ewerbeck durch diese Werke mächtig
auf die Bildung der höheren Stände in Sardinien eingewirkt und somit
in die italiänische Bewegung eingegriffen hat. Wie sehr diese Werke gefürchtet waren, beweist der Umstand, daß sie nicht mehr zu finden sind.
Vornehme Piemontesen haben das Zehnfache dafür geboten, ohne noch
ein Exemplar finden zu können. Ewerbeck beschuldigt die jesuitische
Partei, Alles aufgekauft und vernichtet zu haben.

Die letzten Jahre Ewerbeck's wurden schmerzlich getrübt. Im November
1851 befiel ihn ein Hirnschlag, von dem er sich nie ganz wieder erholt
hat. Sein Vermögen schmolz durch unglückliche Umstände zusammen.
Er hatte die drei Hauptwerke auf seine Kosten für 9998 Franks drucken
lassen und durch unglückliche Spekulation Alles eingebüßt. Im Jahre
1853 reiste er nach Amerika, um zu sehen, ob er sich hier als Arzt nieder-
lassen könne; seine idealistische Natur konnte aber in diesem praktisch-
merkantilischen Lande nicht heimisch werden. Im November 1854 war
er wieder in Paris, wohnte erst in Passy, wo ich ihn kennen lernte, und
ging Ende 1855 in die Stadt zurück.

Angeregt durch Gespräche mit mir (ich hatte damals die Idee, nach
den Nilquellen zu pilgern, und korrespondierte darüber mit Guillaume
Lejean, der später die Reise unternahm, aber krank auf halbem Wege umkehrte und jetzt als französischer Konsul in Abyssinien lebt), hatte Ewerbeck
den Gedanken genährt, auf Entdeckungsfahrten auszugehen, aber schon
seine Gesundheit hielt ihn ab. Er suchte nun seinen Unterhalt durch
deutschen Sprachunterricht zu gewinnen; aber seine politische Vergangenheit
und seine philosophischen Ansichten über Religion schadeten ihm bei den
Direktoren von Erziehungsanstalten. Im Jahre 1857 erhielt er eine
kümmerliche Anstellung (91 Franks monatlich) als Attaché des travaux
du Catalogue de la Bibliothèque impériale; er blieb hier zwei Jahre,
wie er klagte, fortwährend von Arbeitsgenossen seiner philosophischen, anti-
kirchlichen Ansichten wegen gepeinigt. Da brach der italiänische Krieg mit
Österreich aus. Noch einmal flackerte Ewerbeck's ganze Thätigkeit auf. Denn
nächst dem Hasse gegen die ultramontane Partei (er war Louis Veuillot's
böses Gewissen), war seine glühendste Leidenschaft der Haß gegen das Haus
Habsburg. Dieser Haß führte ihn mit dem Schriftsteller Michiels in
Paris zusammen, bekannt durch seine »Geheime Geschichte der habsburgischen
Dynastie«, die nun schon in vier Sprachen übersetzt ist (holländisch, englisch,
italiänisch, deutsch) und dem Feinde eine tödliche Wunde versetzt hat. Dieser
Haß beseelte Karl Vogt in Genf, Simon von Trier, Moritz Hartmann, Moritz
Heß, beseelte alle aufgeklärten Demokraten; er beruht auf der reinsten Liebe zu
Deutschland und zur Freiheit; denn daß derselbe und die Verbrüderung

mit Frankreich vortrefflich Hand in Hand mit deutschem Patriotismus
gehen kann, daß die also Gesinnten keinen Zollbreit deutscher Erde auf-
zuopfern gesonnen sind, geht doch aus dem Werke Ewerbeck's über Deutschland klar und lauter hervor. Wie verkehrt aber urtheilte man damals
in Deutschland über den italiänischen Krieg! In dem Vaterlande, wo
man das Alles, wie mir geschrieben ward, besser wußte, als wir es wissen
konnten, trieb man den »Patriotismus« so weit, die Rheingrenze an der
Linie des Mincio vertheidigen zu wollen (habsburgischer Stil), d. h. damit
die Franzosen Deutschland nicht unterjochen, müssen wir Deutsche Italien
unterjochen. Ja, dieselben Patrioten reklamierten das Elsaß als eine von
Frankreich dem deutschen Reiche geraubte Provinz und beanspruchten doch
zu gleicher Zeit das Recht, die offenbar italiänische und zu Italien von
Ewigkeit der Zeiten an gehörende Lombardei mit Venedig unter deutscher,
d. h. fremder Botmäßigkeit zu halten. Welche gewissenlose Inkonsequenz!
Was dem Einen recht, ist dem Andern billig. Wenn ja das linke Rhein-
ufer hie oder da als Nebengewinn vorschwebte (erwiesen ist es nicht, und
wenn der „Siècle" und die „Opinion nationale" noch von dieser Rokoko-
Idee besessen sind, so ist der verständige Franzose frei davon), so war es
doch Zeit, Dem zu begegnen, wenn man Hand angelegt hätte; aber sicher
war dann auch die moralische Kraft Deutschlands viel größer, wenn dasselbe erst gegen Italien gerecht wurde und erklärte: so wenig ich über
Fremde herrschen will, so wenig dulde ich Fremdherrschaft bei mir. Aber
daran dachte Niemand. Der Name Napoleon mag nun schon gewisse Be-
sorgnisse entschuldigen; ob sie auch begründet waren, wird die Zukunft zeigen.
(NB. Sollte es in diesem Augenblick zum Kriege mit Frankreich kommen, so
wird der Verständige zugeben, daß ihn nur preußischer Junkerwitz muthwillig
hervorgerufen, herausgefordert hat.) Principiell war aber die Sachlage
ganz einfach. Die Italiäner wollten Herr im Hause sein und die Fremden,
die Habsburger, aus ihrem Lande jagen; kein ehrlicher Demokrat wird
ihnen das Recht dazu bestreiten. Mit Freischaren unter Garibaldi's
Führung konnte Dies aber nicht gelingen, die österreichische Armee hat sich
als die beste gleich bewährt (schade, daß sie im Dienste der Reaktion steht).
Da fand sich ein patriotischer Staatsmann, Cavour, der, die Unzulänglichkeit des nationalen Enthusiasmus einsehend, minder idealistische Beweggründe benutzte, um denselben Zweck zu erreichen; er baute auf den Ehrgeiz
des Hauses Savoyen und verschaffte ihm gegen Abtretung Nizza's und
Savoyens die Bundesgenossenschaft Frankreichs. Habsburg ward besiegt;
warum das siegreiche Heer auf halbem Wege stehen blieb, weiß man.
Einen Theil der Schuld aber, daß noch immer Habsburgs Gewalt auf
einem fremden Lande lastet, trägt Deutschland; wäre nicht der Krieg am
Rhein zu besorgen gewesen, so wäre jetzt vielleicht auch Venedig frei. Mit
welchem Gewissen können wir gegen den dänischen Despotismus in

Schleswig=Holstein reklamieren, solange eine deutsche Regierung in Venedig mit gleicher Gewalt herrscht? Durch diese Hartnäckigkeit vergiften wir nur den Streit; nicht genug, daß die Italiäner Venedig zurückverlangen, wiegeln sie nun auch Istrien und die deutsche Reichsstadt Triest auf.

Wie gänzlich verkehrt selbst ehrliche Leute in Deutschland über den italiänischen Krieg urtheilten, ersah ich aus dem Auerbach'schen Volks= kalender auf 1860. Berthold Auerbach schrieb: »daß es jetzt Preußen wieder und wieder in der Hand habe, dem langen Elend ein Ende zu machen und endlich ein wirkliches und wahrhaftes Deutschland zu schaffen, und Das werde um so gewisser gelingen, da Preußen nun eine rechtschaffene Regierung besitze. (NB. Der König war damals noch Regent.) Die ehrlichen und freigesinnten Deutschen in Österreich wünschten selbst Nichts anders, als daß Deutschland seine starke Einheit für sich feststelle; dann hätten sie an einem starken und freien Deutschland einen natürlichen festen Bundes= genossen. Drum jetzt nach dem Rhein marschiert, aber nicht, wie Ver= führer und Verführte wollen, um für Österreich Italien zu erhalten, das ebenso gut, wie wir Deutschen, ein Recht hat, ein einiges Volk zu sein.« Kann man ärger mit Blindheit geschlagen sein? Wer wehrt denn den Italiänern ein einiges Volk zu sein, wer anders, als eine deutsche Macht, Österreich? Und dann wollt ihr nach dem Rhein marschieren, aber bei Leibe nicht, um Italien für Österreich zu erhalten, nein! So sperrt denn doch die Augen auf, die euch ja gegeben sind, damit ihr sehet! Seht ihr denn nicht, daß ihr eben Italien für Österreich erhaltet, wenn ihr nach dem Rhein marschiert, d. h. wenn ihr den einzigen und unbe= dingt nothwendigen Bundesgenossen Italiens, wenn ihr Frankreich angreift? Und ist es nicht so gekommen? Habt ihr nicht durch eure Kriegsdrohungen, zum Theil wenigstens, die siegreiche italiänisch=französische Armee bei Villa= franka aufgehalten und Venedig für Österreich erhalten? Oder hättet ihr etwa erst Frankreich niederwerfen und dann eure Waffen zu Gunsten Italiens gegen Österreich kehren wollen? Denn Das hättet ihr thun müssen, wenn ihr euch nicht Österreich gegen Italien dienstfertig zeigen wolltet. Wem wollt ihr aber Das weißmachen! Weiterhin sagt Auerbach noch: »Eine frevelhaftere Theaterposse, womit ein sonst edles und freigesinntes Volk sich selbst eine Lüge vorspielte (der Triumph=Einzug der italiänischen Armee in Paris nämlich), hat es gewiß noch nie gegeben. Was war denn dieser italiänische Krieg? Ein blutiges Possenspiel voll Lug im Anfang und Trug im Ende.« An dem ehrlichen, es gut meinenden Herzen Berthold Auerbach's zweifelt Niemand, der ihn kennt; an seinem Kopfe aber, d. h. an seiner Urtheilskraft in politischen Dingen, zweifle ich hier. Was für weltliche und persönliche Beweggründe, was für eigennützige Triebfedern in diesem Kriege mitgespielt oder ihn veranlaßt haben, weiß Jeder; aber Das ist gewiß, daß Cavour, die eigentliche Seele der ganzen italiänischen Bewegung, der vor Allen und fast ausschließlich diesen Krieg für Italiens Unabhängigkeit angezettelt hat, kein anderes Mittel sah noch wusste, Italien von Österreichs Drucke zu befreien, ihm seine Unab= hängigkeit und Einheit zu geben. Das ist gewiss, dass erst durch diesen Krieg die Annexionen der päpstlichen Staaten (bis auf Rom, ich weiß es wohl), der Zug Garibaldi's nach Sicilien und Neapel, und die Vertreibung der Bourbonen möglich geworden sind. Das ist gewiss, dass das Königs= reich Italien erst diesem Kriege sein Dasein verdankt. „In Frankreich miss= billigt ihn und seine Konsequenzen nur die klerikale und legitimistische Partei; und in Deutschland will man den deutschen Patriotismus gegen Garibaldi und für die Bourbonen aufhetzen, weil »eine deutsche Fürsten= tochter« Gaëta vertheidigt hat.

Übrigens hat sich schließlich wieder einmal der alte Satz leider als wahr bewiesen, dass Deutschland von sich heraus in politischen Dingen Nichts schafft, dass ihm immer ein Anstoß von außen kommen muss und dass die politische Initiative noch immer Frankreichs Antheil ist. Ohne den italiänischen Krieg hätte der Ruf nach deutscher Einheit noch lange wieder geschwiegen; dieser Krieg erst hat den ehrenwerthen Nationalverein ins Leben gerufen, und dieser Nationalverein möge seinen Ursprung wohl beherzigen.

Damals — am 2. Mai 1859 — schrieb mir Moritz Heß aus Paris in die Sevennen, wo ich mich grade aufhielt: »Du weißt, was Hegel so treffend »die List der Vernunft« genannt hat. Wir haben nicht nach den egoistischen Motiven zu grübeln, welche die welthistorischen Persönlichkeiten zu ihren folgenschweren Handlungen treiben. Die Frage, wie wir uns heute zu stellen haben, lässt sich in den Worten ausdrücken: Auf welcher Seite, auf französischer oder österreichischer, fallen die egoistischen Zwecke der Herrscher mit den allgemeinen Interessen der europäischen Völker zu= sammen? Kein Zweifel, dass diesmal der Kampf um die Unabhängigkeit der europäischen Völker keine bloß heuchlerische Redensart im Munde der Franzosen und ihrer Regierung ist, dass vielmehr die Heuchelei, der Wider= spruch, die innere Lüge und die Barbarei auf der andern österreichischen Seite steckt. Mit dem Kriege gegen Nikolaus hat der Umschwung in der Weltlage begonnen. Seit dieser Zeit wird die Reaktion gleichsam schichten= weise abgetragen; es wurde ihr durch den Krimkrieg, an welchem Nickel vor Verdruss und zurückgeschlagenem Hochmuth, starb, die Spitze abgekippt: das vernickelte Rußland. Sollen wir uns etwa darüber ärgern, dass Alles wieder von Frankreich ausgeht? Wer hat uns verhindert, es den Franzosen zuvor zu thun? Haben wir doch in Preußen einen »aufge= klärten« Regenten bekommen. Aber wir sind und bleiben Schlafmützen, und hinterher sehen wir neidisch und missgünstig auf die Anstrengungen anderer Völker.«

Ich sprach vom Nationalverein, auch dieser hat hie und da schon Licht= blicke über den italiänischen Krieg. So schrieb Herr von Rochau am 8. März dieses Jahres (No. 150 der »Wochenschrift des Nationalvereins«): »Österreich hat den zweiten Jahrestag des Februarpatents nicht gerade mit Schwung und Jubel, aber doch mit einer gewissen Selbstzufriedenheit gefeiert. Schade, dass der Gedanke an diesen glücklichen Wechsel immer und immer vergiftet wird durch das Bewusstsein, dass er aus den blutigsten Niederlagen des österreichischen Heeres hervorgegangen, dass es die Franzosen sind, welche bei Magenta und Solferino den Österreichern eine Verfassung erobert haben, dass der habsburgische Absolutis= mus nicht den Rechtsforderungen des eignen Volks, sondern

vor der Übermacht des auswärtigen Feindes gewichen ist.«
Lesen Sie diesen Satz, Herr Auerbach, mit Bedacht und Aufmerksamkeit;
Herrn von Rochau wird Niemand beschuldigen, daß er um Napoleon's
Gunst buhle oder die Rheingrenze verrathen wolle, wie es leider, dreimal
leider! Mann von Karl Vogt behauptet hat. Herr von Rochau ist ein
guter deutscher Patriot, und denken Sie sich, Herr Auerbach, er nennt
sogar die österreichische Verfassung eine Frucht des italiänischen Kriegs.
Man möchte fast sagen, die Österreicher hätten den Triumph-Einzug in
Paris mitfeiern können, denn auch bei ihnen hat die liberale Sache
triumphiert in Folge dieses italiänischen Krieges. Und wie ich schon oben
sagte, der ganze deutsche Absolutismus weicht nicht den Rechtsforderungen
des eignen Volkes, sondern nur vor der Übermacht des auswärtigen Feindes.
Darum, wenn es auch der entschiedenste Verrath an dem Vaterlande wäre,
den auswärtigen Feind zum Krieg mit dem Vaterlande zu veranlassen,
da der Krieg stets ein fürchterliches Hazardspiel bleibt, so wäre es dem
deutschen Patrioten doch nicht zu verargen, wenn er eine solche Gelegenheit, sich
alle Rechte und die ganze Freiheit des Vaterlandes zu erobern, nicht grade phi-
listerhaft bejammerte. Gesetzt z. B., Herr von Bismarck griffe zu diesem schrecklichen Mittel, sich aus seiner verzweifelten Lage zu retten, so ist doch so
Viel gewiß, daß nicht das deutsche Volk darüber zu Grunde geht. Es
ist nun einmal so. Oder straft mich Lügen durch das Gegentheil; steht
auf, ohne daß euch ein Fremder dazu erst stößt; steht auf als Männer
und fordert euer Recht als Männer, tretet zusammen von Ost und West,
von Nord und Süd und sprecht:

> Ja, wir sind eines Herzens, eines Bluts!
> Wir sind ein Volk und einig woll'n wir handeln.
> Wir wollen sein ein einig Volk von Brüdern,
> In keiner Noth uns trennen und Gefahr.
> Wir wollen frei sein, wie die Väter waren,
> Eher den Tod, als in der Knechtschaft leben!
> Wir wollen trauen auf den höchsten Gott
> Und nicht uns fürchten vor der Macht der Menschen.

So sprecht und so handelt, wenn ihr mich Lügen strafen wollt! Bis
dahin aber glaube ich euch nicht. Bis dahin weiß ich nur, daß ich, der
ich mit Tausenden für die Einheit und Freiheit des deutschen Reiches
gekämpft habe, mit Tausenden noch immer in der Verbannung leben muß
und daß mich Frankreich gegen meine Verfolger schützt.

Die entwickelte Auffassung des italiänischen Krieges war auch die
Ewerbeck's. Er schrieb damals an den österreichischen Gesandten in Paris,
Herrn Hübner, einen Brief, den ich nur im Auszug gesehen habe und
daher nur im Auszug wiedergeben kann, und den Herr Hübner durch die
Stadtpost erhalten hat; er lautet so:

»Excellenz!
In diesem feierlichen Augenblicke, wo der Kampf auf Leben und Tod
wieder beginnt zwischen dem alten bösen und dem neuen guten Princip,
ergreife ich die Feder, um Ihnen ein für alle Mal darzulegen, was der
eigentliche Kern deutscher Nation denkt und will:
Es gilt nichts Geringeres, als das Kaiserhaus Österreichs zu
stürzen und Österreichs Volk zu emancipieren.
Vor Allem verwahrt sich Deutschlands Kern vor der nur zu häufig
auftretenden Verwechslung zwischen den Österreichern und jenem Hause

Habsburg, dem Sie, Excellenz, dienen. Auch ich durchreiste manches
Land; ich war in allen deutschen Staaten; ich war in Schweden, Däne-
mark, England, Nordamerika; ich sah Holland, die Schweiz, Neapel und
Rom; aber oft musste ich den Namen Österreich mit Achselzucken und
Mißachtung ausgesprochen vernehmen. Und doch sind die Österreicher ein
deutscher Zweig!

Weßhalb nun diese Mißgunst gegen Österreich?

Weil die Österreicher, so zu sagen, verhabsburgert sind.

Und was hat dies böse alte Haus Habsburg gethan? Hier lesen
Sie, Excellenz, ein Verzeichnis vieler seiner Frevel, und wahrlich würde
der Raum des Briefes gebrechen, sollten in ihm sie sämmtlich aufgeführt stehen.

1) Habsburg tyrannisierte die Urschweiz durch seine Vögte so lange
und so arg, daß die Bauern der vier Waldstädte endlich das Joch zerbrachen;

2) Es ließ den Freigewordenen keine Ruhe und lieferte ihnen eine
Menge Schlachten, worin es allerdings jedesmal den Kürzern zog;

3) Es intrigierte rastlos gegen sämmtliche Gemeinden des deutschen
Donaulandes und schlug mit den Waffen deren Versuche, den Schweizern
nachzuahmen, nieder.

4) Es intrigierte vom deutschen Kaiserthron herab gegen die Versuche
der Deutschen, einer politischen Nationaleinheit sich zu nähern;

5) Es unterminierte die böhmischen Gemeindeverfassungen und brach
das progressistische Staatswesen der Hussiten;

6) Es stritt fanatisch-egoistisch gegen zwei Drittheile Deutschlands,
welche dem papistischen Götzendienste und Sittenunfuge heldenmüthig entsagt hatten, und ließ deutsches Blut in Strömen dreißig Jahre lang,
ohne Pause, vergießen;

7) Es brachte in das Ungarland, wo der Protestantismus blühte,
aufs Neue den Papismus;

8) Es war zu stumpfsinnig, zu feige, seinen Nachbar, den Sultan,
nach Asien zurückzuwerfen;

9) Es begünstigte die Türken gegen die Hellenen;

10) Es versäumte, in seinen sogenannten Erbstaaten dem Fortschritte
Englands und Frankreichs im siebenzehnten Jahrhundert zu folgen, sowie
dem Fortschritte Preußens im achtzehnten;

11) Es hat den einzigen guten aus der langen und langweiligen
Reihe seiner Herrscher, den edlen Joseph II., mit Kabale und (wohl
auch) mit Gift in der Bahn des Fortschritts aufzuhalten verstanden.
(Ewerbeck irrt sich hier hoffentlich insoweit, als das Gift, wenn
solches dem Kaiser Joseph gegeben wurde, ihm von den Jesuiten und
ihren Verbündeten gereicht wurde);

12) Es hat Italiens Entwicklung unterdrückt, Krakau in die Tasche
gesteckt, somit die Wiener Verträge zuerst verletzt;

13) Es hat neuerdings abermals Deutschlands Entfaltung politisch
den Hemmschuh angelegt; u. s. w., u. s. w.

Dieses Register, Excellenz, ist nicht vollständig; erlaubt sei mir jedoch
noch ein kleines Wort, Ihre Heere betreffend. Wir zweifeln keineswegs an
der Disciplin, an der Tapferkeit derselben; wir glauben, Ihr Generalstab,
seit Radetzky's Auftreten, hat wieder seine Tilly's und Piccolomini's, wie
vor zweihundertzwanzig Jahren. Aber Tilly und Piccolomini beugten
schließlich sich vor den schwedischen Kanonen, und ein Laudon musste der
preußischen Säbeln weichen. Die jetzigen »unbesieglichen« Heere Habsburg's,

troß ihrer verbesserten Uniformen, haben einen dreifachen Feind in Reih'
und Glied:

     1) den Prügelstock in ihrem Rücken,
     2) den Staatsbankerott unter ihren Schritten, und
     3) den Fluch über ihren Köpfen.
Verstehen Sie, Excellenz?

                              A. H. Ewerbeck.

    Nun, man weiß, daß es der habsburgischen Dynastie gelungen ist,
das Gefühl der persönlichen Würde in ihren Soldaten so zu ersticken,
daß sich dieselben troß des Prügelstocks in ihrem Rücken mit Todes-
verachtung für ihren Kaiser schlagen. Wie beschämend wieder für uns!
Den Söhnen unseres Volks droht der Prügelstock, dem französischen
Soldaten legt Frankreich den Marschallstab in den Tornister. Was den
österreichischen Staatsbankerott betrifft, so ist er auch nicht ausgebrochen,
denn so unerschöpflich reich ist das schöne österreichische Land, daß die
habsburgische Regierung, troß ihrer heillosen Verwahrlosung, immer neue
Hilfsquellen in ihm findet, wenn sie dasselbe schon ganz ausgesogen zu
haben droht; welch ein Füllhorn des Glückes müßte dasselbe sein, wenn
eine verständige Verwaltung es ihm möglich machte, sich in seiner vollen
Kraft zu entfalten! Aber der Fluch über den Köpfen des Heeres, das ein
nach Freiheit dürstendes Volk in die Fesseln des rohesten Despotismus
beugen wollte, er hat seine Wirkung nicht verfehlt.

    Ewerbeck ging noch weiter, er schrieb an den Kaiser selbst, an
Napoleon III., um ihm Glück gegen Habsburg zu wünschen, um ihn zu
beschwören, sich an die Spiße der Völkerbewegung zu stellen und die
Sache der Freiheit zu der seinen zu machen; ein Schritt, zu dem es
sicherlich einer starken Überzeugung und selbst eines starken Muthes bedurfte.
Kurzsichtiger Patriotismus wird ihn wahrscheinlich verdammen. Ich will nicht
von den Volksverräthern sprechen, die immer das Wort »Vaterlandsverrath«
im Munde führen, wenn der Demokrat sich mit fremden Völkern gegen
den Despotismus verbindet, und die ganz und gar vergessen, wie oft und
schmählich sie Volk und Vaterland an Frankreich und Rußland verrathen
haben. Ich denke hier nur an die edlen Männer, die den fürstlichen, auf
Deutschland lastenden Polizeidruck bitter fühlen und aus wirklichem
nationalen Zartgefühl selbst dann in dem Fremden einen Feind sehen,
wenn er ihre eigenen, aber heimischen Feinde bekämpft. Sicher ist ihr
Zartgefühl achtungswerth. Aber anstatt den Stein auf Ewerbeck zu
werfen, wie dies oder jenes Mitglied des Nationalvereins, den ich hier
besonders im Sinn habe, wohl thun dürfte, mögen Dieselben eher tief erwägen, wie unsäglich elend, wie verzweifelt unglücklich wir geworden sein
müssen, daß ein unbezweifelt aufrichtiger Patriot, wie Ewerbeck es war,
die fremden Waffen als Bundesgenossen gegen Habsburg begrüßte. Und,
kurz heraus, was hat denn auch Habsburg mit Deutschland zu schaffen?
Nichts. Im Gegentheil, was auch der Anschein sei, es ist der Erb- und
Erzfeind von Deutschlands Größe und Freiheit. Nicht Rußland ist der
Schlußstein des Kerkergewölbes, in welchem Deutschland, ja die ganze
europäische Gesittung, schmachtet und siecht; Habsburg ist es. Schon vor
zweihundert Jahren mußten wir ihm die religiöse Freiheit mit fremden
(schwedischen) Waffen abtroßen. Und hat es seit 1815 nicht am entschiedensten, wenn nicht allein, Deutschlands Einheitsbestrebungen und
politische Befreiung niedergehalten? Auf wen stüßt sich der Feind des
Nationalvereins, der reaktionäre großdeutsche, undeutsche Reformverein,

dieser Hemmschuh an der Einheitsbewegung? Auf Habsburg. Sprecht
den Namen »Österreich« nicht aus, diese Bemäntelung eurer Reaktions-
gelüste ist eitel Lüge, auf Habsburg stützt ihr euch.

Nicht bloß mit Worten, auch mit den Waffen in der Hand entschloß
sich Ewerbeck, dieses Habsburg, den Bruder der Bourbonen (par nobile
fratrum!), zu bekämpfen, aber der Schlagfluß, der ihn 1851 getroffen
hatte und seine rechte Hand lähmte, machte es unmöglich. Er nahte
seinem Ende. »Mir ist zu Muthe,« schrieb er mir am 8. Mai 1859,
»wie dem verwünschten Prinzen des persischen Zauberliedes in »Tausend
und Einer Nacht«, der die herrlichsten Heldenthaten träumt, aber er sitzt
festgebannt zu Pferde in voller Rüstung und kann kein Glied rühren im
unsichtbaren Netze, womit er umstrickt ist; mir ist zu Muthe wie dem
Jäger im Boote, das dem Niagarafall unaufhaltsam zuschwimmt; mir ist
zu Muthe wie dem Gefangenen in der sicilianischen Festung, dessen
Kerkerzimmer jede Nacht um einen Schritt enger wird, bis die Maschine
ihn zerquetscht.«

Seine letzten Jahre waren sehr getrübt. Die Versöhnung auf dem
Sterbelager hat gewisse persönliche Erfahrungen aus dem Gedächtnis
gewischt. Ewerbeck hat aber den ganzen Kelch des menschlichen Elends
geleert und zuletzt auch grimmig gefühlt, was Hunger ist. Er wohnte
in Montrouge, südlich außerhalb von Paris; den Tag brachte er auf
einem Lesekabinett in der Nähe des Pantheon zu, wo er Briefe und Besuche empfing. Dort sah ich ihn im Herbste 1860 in Gesellschaft von
German Mäurer.

Dem Schillerfest in Paris hatte er mit Enthusiasmus beigewohnt;
bis an sein Ende nahm er an Allem Theil, was Deutschlands Zukunft
fördern konnte. Aber betrübend war für ihn die Erfahrung, daß seine
Bemühungen, Frankreich und Deutschland gegenseitig aufzuklären, so geringen Erfolg hatten. Er schrieb mir am 17. November 1859: »Ich
machte so eben Bekanntschaft mit Alfred Michiels. Schon vor 28 Jahren
publicierte er zu Paris ganz verständige Artikel über deutsche Literatur,
worin er Schiller als Philosophen pries. Erstaunt war ich, als er Das
mir zeigte und zugleich wuthkreischend ward ich über die, trotz unserer
Mühen (Börne, Heine, die Männer der deutsch-französischen Jahrbücher),
noch nicht ganz erhellte, tückische Finsternis zwischen beiden Ufern des
Rheins. Also, dieser Michiels quälte sich schon vor 28 Jahren ab, und
ich zerriß und zerspliß mich schon vor 11 Jahren, um die intelligence
réciproque und appréciation mutuelle bei beiden Nationen zu fördern —
und siehe, Michiels' Bücher kennt nur eine mikroskopische Minorität in
Frankreich, keine Seele in Germaniens Auen und Gauen; gleichfalls
z. B. mein Buch L'Allemagne et les Allemands.«

Was das Letztere betrifft, so habe ich dem Andenken Ewerbeck's den
Zoll entrichtet, den ihm die demokratische Partei Deutschlands schuldig ist.
Sein Leben endete im Herbst 1860; im Oktober nahmen seine Kräfte
zusehends ab. Den Bemühungen seiner Pariser Freunde beim deutschen
Hilfsverein gelang es, ihm unentgeltliche Aufnahme in dem protestantischen
Krankenhause, rue de Renilly, zu verschaffen. Ich besuchte ihn dort,
seine Gedanken koncentrierten sich auf Deutschland, dessen Erhebung er
für nah und unvermeidlich hielt. Wenige Tage darauf verließ ich Paris.
Seine Wittwe schrieb mir später Folgendes über Ewerbeck's letzte Stunden:

»Mein Gatte ist am 4. November 1860 gestorben. Er ward in
dem Krankenhause trefflich gepflegt. Die Krankheit, an der er verschied,

war die Schwindsucht; seine Lungen waren in einem Zustande vollkommener Auflösung. Obgleich selbst Arzt, hatte mein Gatte keine Ahnung von der Gefahr; er glaubte sich nur etwas angegriffen und hat mir bis zu seinem letzten Augenblicke mehr als einmal gesagt, seine Brust sei so stark, daß er von dieser Seite Nichts zu fürchten habe. In den letzten Monaten seines Lebens war er sehr entkräftet, doch drückten ihn keine eigentlichen Schmerzen und bis zum letzten entscheidenden Augenblicke seines Daseins hatte er nicht zu leiden. Er sprach nur eben seine Freude aus über die ruhige Nacht, die er zugebracht hatte, und wollte einen Löffel Bouillon hinunterschlucken, als ihm eine leichte Erstickung zugleich Bewußtsein und Leben raubte.

»Ich habe meinen Gatten, seinen Grundsätzen gemäß, ohne religiöse Dazwischenkunft beerdigen lassen; ich hatte zu kämpfen, aber ich bin darauf bestanden. Nur habe ich es nicht über mich vermocht, ihn dem Armengrabe (la fosse commune) zu übergeben, das den socialistischen Grundsätzen des Dahingeschiedenen willkommen gewesen wäre. Ich habe es vorgezogen, ihm eine Stelle auf dem Kirchhofe von Père Lachaise zu kaufen, wo diejenigen seiner Freunde, die es wünschen, leicht den Rasen finden werden, der seine Asche deckt.«

Als ich zu Ostern dieses Jahres (1863) in Paris war, ging ich auf den Kirchhof hinaus, um einen Kranz auf das Grab des Kämpfers für Volk und Freiheit zu legen, konnte es aber trotz der gewissenhaftesten Nachforschungen nicht finden. In Folge der Demolitionen, die auch die Wohnung der Wittwe Ewerbeck's niedergerissen hatten, war es mir ebenso unmöglich, sichere Erkundigung einzuziehen. Ich mußte mich begnügen, einen Kranz auf Börne's Grab zu legen. In einem Artikel an das »Deutsche Museum«, wo ich davon sprach, erinnerte ich an Börne's Worte: »Sie haben die Freiheit begraben, aber die Freiheit ist unsterblich und wächst auch im Grabe fort.« Der Gedanke ist groß und schön, ich schreibe ihn nun zum dritten Male nieder, es sei aber das letzte Mal. Wenn die Freiheit fortwächst, so muß sie endlich auch wieder aus dem Grabe herauswachsen, so muß die Stunde kommen, wo sie erwachsen ist. Und es ist Zeit, daß diese Stunde schlägt; denn der Opfer sind nun genug für sie gefallen. Zu den edelsten aber gehört Ewerbeck.

* * *

Dieser Aufsatz war schon vor einigen Monaten geschrieben, er endete auf dem Grabe Ewerbeck's. Seitdem ist die Zeit vorwärts geschritten und die öffentliche Meinung hat einen unleugbaren Sieg gefeiert. Der Fürst jenes Reiches, das Börne von seinem Exil in Paris aus »das deutsche China« und »den Magen Deutschlands« nannte, hat sich vor dem Willen des deutschen Volkes gebeugt und versucht, die Volkssache zu der seinen zu machen. Zwar hat er seinen Dank dahin, denn Selbstsucht, Furcht vor der Zukunft leitete ihn. Aber er hat sich doch gebeugt, Börne's Knochen in der Erde des Père Lachaise haben vor Entzücken geschauert. Am Horizont zieht es wie Wetter herauf. Der Kampf mit Dänemark ist nicht mehr zu vermeiden, Schwedens Blindheit wird ihn nicht aufhalten. Ja, wie ich zu Ostern schrieb: es ist nun genug mit dem Troste Börne's: »Sie haben die Freiheit begraben, aber die Freiheit ist unsterblich und wächst auch im Grabe fort.« Sie ist genug gewachsen und soll nun auferstehen. Die Zeit der Gespenster ist um, der Morgen graut, wohlan:

Wacht auf, der Himmel steht in Brand,
Im Morgenwinde wehen
Die Fahnen, und das Vaterland
Soll endlich auferstehen.
Die Freiheit mit Posaunenmund
Ruft schmetternd uns zum heil'gen Bund,
Zum heil'gen Bund der Völker!

Kein Preußen und kein Österreich,
Kein Baiern und kein Sachsen!
Ein einig Volk, ein einig Reich,
Woll'n wir zusammenwachsen:
Ein einig Deutschland, groß und hehr,
Frei von den Alpen bis zum Meer,
Und fest wie seine Berge!

Die Zeit der Zwietracht ist vorbei,
Greift einig All' zum Schwerte!
Sobald wir einig, sind wir frei
Auf unsrer deutschen Erde.
Rings liegt die Welt in Freiheitswehn,
Ein jedes Volk will auferstehn,
Stehn wir denn auf mit ihnen!

So schweb empor, du deutscher Aar,
Flieg uns voran zum Streite;
Ihm nach, ihm nach, du heil'ge Schar,
Die Schwerter aus der Scheide!
Vorwärts, und unsre Losung sei:
Ein einig Deutschland, groß und frei,
Und fest wie seine Berge!

Druck von Pönit & v. Döhren.

www.ingramcontent.com/pod-product-compliance
Lightning Source LLC
Chambersburg PA
CBHW052340110726
47901CB00005B/1303